James A. Sullivan

Das Orakel in der Fremde

Die Chroniken von Beskadur 2

JAMES A. SULLIVAN

DAS ORAKEL IN DER FREMDE

2

DIE CHRONIKEN VON BESKADUR

Roman

Mit einer Karte

PIPER

Entdecke die Welt der Piper Fantasy:
PiperFantasy.de

Wenn Ihnen dieser Roman gefallen hat, schreiben Sie uns unter Nennung des Titels »Das Orakel in der Fremde« an *empfehlungen@piper.de,* und wir empfehlen Ihnen gerne vergleichbare Bücher.

Von James A. Sullivan liegen im Piper Verlag vor:
Die Granden von Pandaros
Die Stadt der Symbionten
Das Erbe der Elfenmagierin (Die Chroniken von Beskadur 1)
Das Orakel in der Fremde (Die Chroniken von Beskadur 2)

Im Anhang dieses Buches ab Seite 417 finden Sie ein Figurenverzeichnis, ein Glossar sowie Inhaltswarnungen und Tags (Stichworte zum Inhalt).

Unser Versprechen für mehr Nachhaltigkeit
Klimaneutrales Produkt
FSC®-zertifiziertes Papier
Hergestellt in Europa

FSC
www.fsc.org
MIX
Papier aus verantwortungsvollen Quellen
FSC® C083411

Originalausgabe
ISBN 978-3-492-70672-8

Dieses Werk wurde vermittelt durch
die Michael Meller Literary Agency GmbH, München
Karte: Matthias Rothenaicher
Satz: Satz für Satz, Wangen im Allgäu
Gesetzt aus der Minion
Druck und Bindung: CPI Books GmbH, Leck
Printed in the EU

Für Judith und Christian

Dank Heike

Im Gedenken an
Gisela Sullivan

Sahakeot
Sjarnul
Nolaegaun
ACHAELUN
Ireevos
Riladorem
NURENETH
Ireebeol
Goreevos
BERANUCH
Urelenur
Ireevos
Gornurae
Bemileath
Uskenna
BELRAUN
Ulascaal
Genoleam
Kunenmark
Lereleath
ELRUAR
Tharduron

DUR
Vrabilisches Meer
Yerebal
Ragnel
Obanon
Yasoruul
Ralvenmund
Angenmark
Klisenur
Ralvaar
Vrabur
Vrabieel
Berlenfurt
Uchtengrund
Gilaatou
Delukrau
Vrabenquell
LYSCALON
Elamath
Sormunas
Haselmoor
Kynoris
Lyscaal
Bjarelath
Maldenfeld
Djoremath
Tjalwun
Rilon
Drachenbühl
Elidenfurt
Hjorenfeld
Anar
Heliskanz
Ralenbach
Yelenfurt
Eskenfeld
EOLINGEN
Raveelis
Bawederon

DALUDRED

Die Jahre hier in Beskadur gewährten mir einen Blick in das Gefüge der Zeit, der an das geknüpft ist, was mir nahe war – geknüpft an meine Vergangenheit, aber auch an die Jerudanas und Ardoas'. Manchmal schweifen meine Sinne ab, und ich erhalte ohne mein Zutun Einblick in andere Leben. Dieser orakelhafte Blick in die Zeit eröffnet sich mir nur allmählich – wenn die Gegenwart sich zur Ruhe gelegt hat und zur Vergangenheit geworden ist.

Am Anfang waren alle Leben, in die ich Einblick erhielt, noch getrennt, wie Steine, die sich zu verschiedenen Mosaiken zusammensetzen und gemeinsam ein größeres Bild ergeben. Inzwischen jedoch sehe ich, wie mein Leben und das Jerudanas und Ardoas' ineinanderfließen, als würde ich gleichzeitig durch meine und ihre Sinne die Welt wahrnehmen, indem ich mich mal hier- und mal dorthin treiben lasse.

Nun liegen drei Jahrzehnte hinter uns. Für Niadaris, das Orakel von Beskadur, einst entführt von den Erluniden, waren es drei weitere Jahrzehnte Gefangenschaft. Drei Jahrzehnte, in denen wir meine Lehrmeisterin nicht finden konnten und der Felsentempel zu meinem Lehrmeister wurde. Die Fortschritte, die ich machte, sind aber nicht das Wichtigste. Was wirklich zählt, ist die besondere Gemeinschaft, die hier in Beskadur erblühte – eine Gemeinschaft, die unsere Hoffnung nährt. Manche sind nicht mehr unter uns, dafür sind andere hinzugekommen. Naulina zu verlieren war schmerzhaft, aber seit Kinderlachen die Hallen belebt, fühlt sich Beskadur wie meine Heimat an.

Nun ist der zweiunddreißigste Geburtstag des wiedergeborenen Ardoas gerade vorüber. Ardoas III. Die Chronik seines letzten Lebens ist geschrieben, die seines neuen Lebens beginnt gerade. Jerudana war bei ihm in Ilbengrund, und ich warte ungeduldig, dass das, was sie erlebt hat, für mich greifbar wird. Ich werde ihn durch ihre Sinne gewahren, aber vielleicht erlaubt es mir das Schicksal, auch in diesem Leben in seine Sinne zu blicken. Ich habe es nie versucht und würde es nur wagen, wenn er es mir gestattet oder ich ihn nicht mehr fragen könnte. Letzteres macht mir Angst. Die Angst – sie war lange begraben. Sie starb mit Ardoas, aber sie wurde auch mit ihm wiedergeboren.

Ich sehe Jerudana, wie sie durch die Wildnis reist und ahne, dass da draußen etwas darauf lauert, Naromees jüngste Inkarnation zu verschlingen, auf dass das Erbe der Elfenmagierin verloren bleibt. Aber dann flüstert Jerudana mir zu. Sie weiß, dass ich sie hören werde, und sie spricht von Sehnsucht und von Hoffnung, und ich spüre, dass sie den verhängnisvollen Pfaden ausweicht. Mögen sich ihre Hoffnungen erfüllen und meine erwachten Sorgen sich als nichtig erweisen!

Zitat aus den Tagebüchern Daludreds von Beskadur.
Band 3, folio 16 recto bis 18 verso.

ILBENGRUND

Inmitten der Festgesellschaft wanderte Jerudanas Blick immer wieder zu dem schmalen Haus hinüber, das sich zwischen den Palast und den Turm der Gelehrten schmiegte. Vor dreiunddreißig Jahren hatte sie Ardoas' Leichnam hierhergebracht und die Beerdigung miterlebt. Das Haus ihres einstmaligen Geliebten wirkte zwischen den aufragenden Prachtbauten bescheiden und versteckte die Bedeutung, die es für diesen Ort und die ganze Gemeinschaft aus Elfen, Zwergen und Feenwesen einnahm.

Jerudana war der einzige Mensch hier. Ilbengrund war eine Siedlung der Elfen, in der aber auch Feen lebten – in den kleinen Gebäuden, die am Waldrand wie Pilze an den Birken zu haften schienen. Zwerge sah Jerudana nur wenige. Der Magier Glosstor war da, der sie einst mit Zordura, Ardoas' Tante, in Beskadur besucht hatte und ihnen im Kampf gegen die Erluniden beigestanden hatte. Der alte Magier, der sein kindliches Gesicht nicht ganz unter dem langen Bart verstecken konnte, hatte ihr von den Geschehnissen in den Zwergenreichen erzählt, und sie hatte ihm im Gegenzug berichtet, was in Beskadur vorgefallen war.

Während hier unten um die große Linde herum die Gäste miteinander plaudernd auf Ardoas warteten, erschienen oben auf einem der blumengeschmückten Balkone des Palastes Ardoas' Eltern – Elwaree und Yordoas. Das Fürstenpaar schaute mit hoffnungsvollen Mienen auf die Vorbereitungen, und die Sorge vergangener Zeiten schien vergessen zu sein. Ardoas' Eltern präsentierten sich wieder einmal in Kontrasten – Elwaree die Kriegerin mit hellem Haar und heller Haut in dunkler Rüstung; Yordoas der Zauberer mit dunklem Haar und dunkler Haut in heller Robe.

Immer wieder kehrte Jerudanas Blick zu dem schmalen Haus zurück, in dem einst die legendäre Elfe Naromee gelebt hatte. Dort hinter verschlossener Tür wartete Ardoas auf die Feier seines zweiunddreißigsten Geburtstags.

Er war die achte Inkarnation der Elfe Naromee. Ihre Erinnerung zu entfesseln war im letzten Leben sein Ziel gewesen, und auch in diesem würde er danach streben, damit er die verloren gegangene Seelenmagie wiederentdecken und der Gemeinschaft zur Verfügung stellen konnte.

Sechsundfünfzig Jahre war Jerudana nun alt, und sie hatte diese Zeit mit Daludred und all den anderen durchlebt. In ihrer Gemeinschaft waren Kinder herangewachsen – die drei, die sie mit Daludred hatte, und die der anderen. Was sie sich einst als Söldnerin gewünscht hatte, war Wirklichkeit geworden. In Beskadur war sie Teil einer Gemeinschaft, in der Vertrauen und Wertschätzung herrschten.

Die Elfe Dulvaree, die mit Jerudana aus Derothur hergekommen war, wo sie für eine Weile Zorduras Platz eingenommen hatte, saß unter der Linde, ganz in der Nähe der Tafel, an der Ardoas sitzen würde. Dort probte sie ihr Harfenspiel. Im letzten Leben war Dulvaree Ardoas' Lieblingsmusikerin gewesen. Ihre Lieder bei der Beerdigung und der anschließenden Trauerfeier hatten Jerudana damals zutiefst berührt. Nun schaute Dulvaree lächelnd in das Geäst der Linde empor, wo sich Feen versammelt hatten und lauschten.

In der Nähe des Baums stand Obureen an einem der Tische, der mit kunstvoll gestaltetem Gebäck und zu Tieren und Blumen geschnitztem Obst gedeckt war, und sprach mit ihrer Familie. Mit ihr und zwölf Wachen der Beskadurischen Garde war Jerudana hergekommen. Sie hatten in Yannau bei Daludreds Schwester, Baronin Ardae, haltgemacht und waren auch bei Elusadra gewesen, der Baronin von Vaalburg. Und ebenso würde sie den beiden Baroninnen und ihren Familien auf dem Rückweg nach Beskadur einen Besuch abstatten.

Beim Blick über die Festgesellschaft fiel Jerudana eine Elfe in einer hellbraunen Rüstung auf, die wie Dulvaree einen faltigen Rock trug. Eine Kriegerin und eine Künstlerin schienen in ihr vereint. Sie war blass und hatte schwarzes Haar und blaue Augen. Es war Velbaree, die ihnen damals in Beskadur zu Hilfe gekommen war.

»Jerudana!«, sagte Velbaree mit einer von Erleichterung erfüllten Stimme und näherte sich lächelnd mit ihren drei Geliebten. Sie sah noch so aus wie damals. Nur das Haar war lang – so wie einst Jalmons, der das seine nun kurz trug. Coreldava, die sich früher den Kopf rasiert hatte, hatte ihre Locken wachsen lassen. Nur Odewyn hatte sich mit seinem kurzen grauen Haar, das sich deutlich von seiner braunen Haut abhob, überhaupt nicht verändert.

Sie waren vor mehr als zwanzig Jahren einmal mit Zordura und mit Daludreds Eltern nach Beskadur gekommen. Die Ängste, die Jerudana wegen der Ankunft ihrer sogenannten Schwiegereltern verspürt hatte, die deren Enkel kennenlernen wollten, war verschwunden, als sie Velbaree gesehen hatte.

»Du trägst ihn«, sagte Velbaree und schaute auf den Anhänger, den sie für sie geschnitzt und ihr damals nach Ardoas' Beerdigung gegeben hatte. Das kleine Schmuckstück zeigte Jerudana und ihre beiden Geliebten. Ardoas war in der Mitte, sie und Daludred schmiegten sich an ihn. Sie teilten eine Decke oder einen Mantel – je nach Laune änderte sich Jerudanas Blick darauf. Die Figuren waren zu winzig, um detailliert zu sein, doch Velbaree hatte mit wenigen Kerben ihre Züge getroffen.

»Vielleicht sollte ich es nicht tragen«, sagte Jerudana.

Velbaree schluckte. »Nein, nein. Das ist gut.« Sie trug kein Zeichen, das an ihre Liebe zu Ardoana erinnerte, der sechsten Inkarnation Naromees.

»Hast du ihn seit unserem letzten Treffen gesehen?«, fragte Jerudana.

»Aus der Ferne«, sagte Velbaree. »Er war einige Male in Nalmenhain. Ich hatte Angst, Ardoana in ihm zu erkennen.«

Ardoas lediglich als Seelenbruder der früheren Inkarnationen zu sehen, das fiel Jerudana inzwischen schwer, wenngleich er es in seinem letzten Leben selbst oft getan hatte. Er hatte sich nicht auf eine Sicht festgelegt. Für sie aber waren Ardoas, Ardoana und Ardowyn – all die Inkarnationen – eine Person, die ein langes Leben führte, unterbrochen durch die Ruhezeiten zwischen Tod und Wiedergeburt. Sie und Daludred hatten dadurch einen Weg gefunden, der *ihren* Ardoas am Leben hielt. Vielleicht war es eine Illusion, und sie würden das durchmachen, was Velbaree durchgemacht hatte, als sie damals *ihre* Ardoana nicht in Ardoas wiedererkannt hatte.

Jerudana fragte Velbaree und ihre Gefährten, wie es ihnen ergangen sei, und sie erzählten von Abenteuern auf den Meeren des Südens. Coreldava hatte sich in der Magie des Windes geübt, und Odewyn war, wie er grinsend erzählte, mit seinem Versuch gescheitert, die anderen dazu zu überreden, mit dem Vermögen, das sie gemacht hatten, ein kleines Schiff zu kaufen. Jalmon erzählte von Kämpfen und Rivalitäten, vergeblichen Schatzsuchen und geglückten Befreiungsaktionen.

»Manchmal wünschte ich mir, mit euch ein solches Abenteuer durchgestanden zu haben«, sagte Jerudana. Aber sie hatte über die Jahre ihre eigenen Questen erlebt – wann immer sie die Spur der Erluniden aufgenommen hatte.

»Du bist immer bei uns willkommen«, sagte Velbaree.

»Danke«, erwiderte Jerudana und dachte an die Reise, die sie gemeinsam vor zwanzig Jahren mit Velbaree und deren Vertrauten gemacht hatte, während Daludreds Eltern in Beskadur gewesen waren und sie Abstand gewinnen wollte. Auf dem Weg nach Yerebal, von Daludred getrennt, hatte Jerudana sich dann einsam gefühlt, und Velbaree und ihre Geliebten hatten sie getröstet, indem sie ihr körperliche Nähe geschenkt hatten, die man außerhalb der Elfenkultur mehr mit Liebschaft als mit Freundschaft verknüpfte.

Mit einem Blick zu Ardoas' Haus fragte Jerudana: »Wen werden sie zu ihm schicken?« Die Regeln besagten, dass eine Person an der Seitentür zwischen Fürstenpalast und dem schmalen Haus klopfen und Ardoas abholen sollte.

»Seinen Bruder«, sagte Velbaree.

»Lydon? Das sieht ihm gar nicht ähnlich.«

»Ich weiß. Aber er soll sich verändert haben. Einen jüngeren Bruder zu haben, das hat etwas in Lydon bewegt. Ich habe ihn in Derothur bei Zordura gesprochen, die heilsame Gespräche mit ihm führte.« Dass Lydon Ilbengrund verlassen hatte, um nach Derothur zu gehen, überraschte Jerudana.

Applaus erhob sich, und sofort wandten sich alle Blicke wieder dem schmalen Haus zu. Die Tür öffnete sich langsam, und zwei Elfen erschienen: Lydon und Ardoas. Sie ähnelten sich. Beide waren in grüne Gewänder gekleidet, beide hatten Lockenhaar, Lydon jedoch hatte hellbraune Haut – und doch zweifelte Jerudana für einen Augenblick, ob sie sich irrte. Damals hatte Lydon unsicher auf sie gewirkt und war Blicken stets ausgewichen; nun aber strahlte er Selbstbewusstsein aus – und er lächelte.

Ardoas hingegen hatte die braune Haut von einst, ungefähr die gleiche Statur und etwa die gleiche Größe. Das alles war geblieben. Aber seine Elfenohren stachen – wie die seiner Mutter – deutlich aus seinem Haar hervor. Jerudana erkannte ihn sofort als Ardoas. Er sah seiner vorigen Inkarnation ähnlicher als Lydon.

Mit offenen Armen und liebevollen Worten empfingen die Gäste Ardoas. Jerudana hatte in Beskadur unter anderem von Obureen Elfisch gelernt und verstand jedes Wort.

Von Elfen umgeben zu sein, die alle jung aussahen, berührte Jerudana mehr, als sie in Beskadur noch geglaubt hatte. Zwar hatte sie sich daran gewöhnt, dass Elfen nicht alterten, weil Obureen und die anderen Elfen von Beskadur über all die Jahre kein Zeichen des körperlichen Alterns gezeigt hatten, aber sie selbst war gealtert und fragte sich oft, ob ihre Zeit vorbei war. Würden ihre Kinder nicht viel besser auf diesem Pfad vorankommen, den sie und Daludred beschritten hatten?

Mit dem Blick folgte Jerudana Ardoas, doch sie musste immer wieder von ihm fortschauen. Sie wollte nicht starren. So richtete sie ihre Aufmerksamkeit auf Lydon. Damals hatte er Abstand zu anderen gewahrt, nun aber ließ er Nähe zu und führte Ardoas durch die versammelte Festgesellschaft, während Dulvaree die Harfe spielte und der Elfen- und Feenchor von Ilbengrund sang.

»Wer soll zu deiner Rechten sitzen?«, fragte Lydon, und als wäre es ein Befehl, verstummten sowohl die Harfenklänge als auch der Gesang.

»Gwaistoree!«, sagte Ardoas, und Jerudana bemerkte Velbarees überraschte Miene. Eine kleine Gestalt erschien, kaum größer als die Zwerge, die Jerudana aus Beskadur kannte. Da Gwaistoree eine Haube trug, war nicht zu erkennen, ob sie Elfenohren hatte.

»Wer ist das?«, fragte sie Velbaree.

»Die Wirtin des Gasthauses *Albenruhe* auf den Elfenpfaden zwischen Ilbengrund und Nalmenhain.«

»Ist sie eine Elfe?«

»Ja – und mehr noch. Ihre Mutter war eine Elfe, ihr Vater ein Zwerg. Sie ist beides – eine Twerelvar.« Velbaree grüßte Gwaistoree mit einem Wink, und die hellen Augen der Wirtin weiteten sich, und sie winkte zurück.

»Sie scheint dich zu mögen.«

»Ich bin ihre *Lieblingskriegerin.* Aber offenbar hat sie auch Ardoas in ihr Herz geschlossen.«

»Und wen möchtest du zu deiner Linken haben?«, fragte Lydon Ardoas mit fester Stimme, die immer noch befremdlich auf Jerudana wirkte.

»Eigentlich hätte er andersrum fragen müssen«, flüsterte Velbaree.

»Jerudana!«, sagte Ardoas und blickte sich suchend um. Lydon wies in ihre Richtung. Ein Lächeln legte sich auf Ardoas'

Gesicht. Es war seinem früheren Lächeln ähnlich, wirkte aber zurückhaltender.

»Bis später, Velbaree«, sagte Jerudana. »Wir haben viel zu bereden.«

»Das haben wir«, sagte die Kriegerin und löste ihren Blick nicht von Ardoas.

Lydon führte zunächst Ardoas an seinen Platz an der reich gedeckten Tafel, von wo aus er seinen Eltern zuwinkte, die immer noch vom Balkon aus das Geschehen beobachteten. Dann führte er Gwaistoree zu ihm. Sie sollte zwischen Ardoas und Lydon sitzen, auf der Seite der Familie.

Als Lydon zu Jerudana kam, wirkte er mit einem Mal unsicher. »Es ist dir doch recht, oder?«, fragte er und wich ihrem Blick immer wieder aus.

»Es ist mir eine Ehre«, sagte Jerudana und folgte Lydon, und je näher sie der Tafel kam, umso unruhiger wurde sie. Sie fragte sich, ob sie noch rasch den Anhänger verstecken sollte. Vielleicht war es zu aufdringlich, Ardoas an eine Liebe zu erinnern, die ihm vielleicht nichts bedeutete. Doch ehe sie eine Entscheidung fällen konnte, stand sie vor ihm. Falls sie sich nicht täuschte, hatte er etwas breitere Schultern und war einen Hauch größer, doch niemand hatte sie darauf vorbereitet, dass er seinem früheren Ich so ähnlich sein würde.

»Willkommen, Jerudana«, sagte Ardoas auf Ioderisch. Und seine Stimme – leicht anders, aber die gleiche Betonung, der seines Bruders nicht unähnlich – verstärkte gemeinsam mit dem Lächeln den Eindruck, den sein Aussehen in ihr erweckt hatte. Das war Ardoas, doch er wirkte so arglos, so unerfahren, so zweifelnd.

»Mögen sich deine Wünsche heute und über diesen Tag hinaus erfüllen«, sagte sie – ebenfalls auf Ioderisch. Ihre Worte jedoch mussten Ardoas offenbaren, dass sie sich mit elfischen Glückwünschen befasst hatte.

Er dankte ihr und senkte seinen Blick auf den Anhänger, schaute ihr dann aber sofort wieder in ihre Augen. »Ich habe lange darauf gewartet, dich und Daludred kennenzulernen«, sagte er leise.

»Daludred wäre gerne gekommen. Aber er wagt sich nicht aus Beskadur fort. Unsere Feinde könnten es zum Anlass nehmen, erneut anzugreifen.«

»Ich weiß«, sagte Ardoas und wies dann auf den Platz neben sich. Kaum saßen sie, beugte er sich ein wenig zu ihr hin, und gerade laut genug, dass es die Stimmen der Gäste und Dulvarees Harfenspiel übertönte, sagte er: »Danke, dass du gekommen bist.«

Lächelnd erwiderte Jerudana: »Danke, dass du mich an deine Seite geholt hast.«

Lydon führte Velbaree, Coreldava, Odewyn und Jalmon an ihren Tisch. Die Plätze zu Jerudanas Linken waren für sie gedacht, und das bescherte ihr sofort ein Gefühl der Sicherheit. Velbarees Lächeln, als sie Ardoas in die Arme schloss, erinnerte sie daran, was er damals über das letzte Mal erzählt hatte, als Velbaree an seinem Tisch gesessen hatte. Da hatte er sie durch ein Missverständnis in Verlegenheit gebracht. Nun war sie mit Freude hier und schenkte auch Gwaistoree zu Ardoas' Rechten ein Lächeln. Ardoas erzählte nun, dass er sie einige Male in Nalmenhain gesehen, sich aber nicht in ihre Nähe gewagt habe.

»Diese Unsicherheit beruht auf Gegenseitigkeit«, sagte Velbaree und stellte dann ihre Vertrauten vor. Ardoas dankte ihnen allen für das, was sie in Beskadur für seinen Seelenbruder – für ihn – getan hatten.

Sie alle setzten sich und schauten den ersten Tanzenden zu, die sich zu fröhlichem Trommel- und Flötenspiel bewegten. Nach einer Weile beugte Ardoas sich zu Jerudana herüber und sagte: »Falls es dir recht ist, begleite ich dich und Obureen sofort nach Beskadur.« Er wich ihrem Blick aus. »Wenngleich ich nicht auf die Fremde vorbereitet bin.«

»Du hast Zweifel?«, fragte Jerudana.

»Riesige.« Er schaute sich um. »Denn ich habe in den letzten

Jahren vieles für mich behalten, das ich vielleicht hätte teilen sollen. Heute jedoch werde ich es offenbaren.«

Die Trommeln ertönten wieder, und unter dem Gesang des Chores öffnete sich das Tor zum Palast. Elwaree und Yordoas führten den Rat von Ilbengrund an. Ardoas' Eltern zu sehen, wie sie strahlend vor ihren Sohn traten und ihn die Arme schlossen, ließ Jerudana an die Trauer denken, in die sie das Fürstenpaar damals versetzt hatte, als sie mit Ardoas' Leichnam zurückgekehrt war. Und nun schauten sie ihn voller Freude und Hoffnung an.

Obwohl Jerudana Ardoas' Eltern am Vortag getroffen hatte, empfingen sie sie noch einmal mit offenen Armen, als müssten sie für die Gemeinschaft erneut zeigen, wie verbunden sie sich ihr und Beskadur fühlten. Besonders Elwarees Umarmung ging Jerudana nahe. Rein äußerlich wirkte die Elfe wie eine junge Frau, doch sie strahlte so viel Erfahrung und Sicherheit aus, dass Jerudana sie wie eine Mutter wahrnahm. Ihre eigene war früh gestorben, und die Wärme, mit der Elwaree sie bei der Beerdigung umsorgt hatte, hatte sie nie vergessen. Sie hatte damals gesagt: *Dir steht hier alles offen.* Und genau dieses Gefühl vermittelte ihr Elwaree auch heute.

Yordoas war ihr gegenüber zurückhaltender. Gestern hatte er sie nach Daludred und nach der Gemeinschaft in Beskadur gefragt, heute sagte er ihr, dass viele – auch er – sie über die Jahre vermisst hatten.

Die Wertschätzung, mit der die Gemeinschaft Ardoas begegnete, offenbarte sich auch in den Geschenken, die seine Eltern ihm im Namen aller machten. Sie überreichten ihm einen dunkelbraunen Mantel und hellbraune Kleidung. Die Besonderheit war aber die waldfarbene Lederrüstung. Elwaree sagte, dass das Stoffgeflecht zwischen den Lederteilen mit Magie aufgeladen sei. »Es ist eine der Rüstungen, wie sie Naromee einst fertigte. Mit Fäden aus Feeneisen, die sich durchs Geflecht ziehen.« Sie tippte auf einen rotbraunen Edelstein, der auf der Innenseite eingelassen war. »Selbst durch dein Hemd hindurch kannst du über den Almandin der Rüstung Zauberkraft entziehen oder aber spenden.«

Das erstaunte Raunen, das sich ausbreitete, offenbarte, welch einen Schatz das Fürstenpaar seinem Sohn hier übergab.

»Das ist viel zu viel«, erwiderte Ardoas.

»Nicht, wenn es das Geschenk ganz Ilbengrunds ist«, sagte seine Mutter. »Diese Gaben enthalten die gesamte Kunstfertigkeit unserer Gemeinschaften. Es ist das erste Mal, dass wir dich mit unserer Zustimmung in die Fremde entlassen. Vergiss das nicht.«

Von Lydon erhielt Ardoas ein neues Reisetagebuch. »Mögest du es diesmal vollenden«, sagte er. Die Gelehrten Ilbengrunds fügten diesem Geschenk kunstvolles Schreibzeug hinzu. Von Gwaistoree, die sich mit Glosstor zusammengetan hatte, erhielt Ardoas einen reich verzierten Wanderstab, der mit seinen beiden Eisenkappen zugleich als Kampfstab dienen konnte.

Jerudana ließ von Obureen das Geschenk bringen. »Dies ist eine Gabe der Gemeinschaft aus Beskadur«, sagte sie und reichte Ardoas ein Buch. »Das ist die erste Chronik von Beskadur. Daludred hat sie mit unser aller Hilfe und dank seiner Gabe verfasst. Er hat durch seine eigenen und durch meine Sinne geschaut – und auch durch die deines letzten Lebens. Er spürte das auf, was du vergessen hast, und will dir dabei helfen, die Erinnerung zu entfesseln.«

»So mächtig ist Daludred inzwischen?«, fragte Ardoas, und dem Geflüster und den Mienen zufolge schienen sich auch andere diese Frage zu stellen.

»Die Macht, die Niadaris im Felsentempel zurückließ, unterwies ihn. Er ist zwar weit davon entfernt, ein Orakel zu sein, aber viel von dem, was vergangen ist, kann er sehen, wenn es weit genug zurückliegt.«

»Und er kann die Welt auch durch meine Sinne gewahren?«

»Durch die Sinne deines früheren Ichs – bis zum letzten Moment. Ob er es in diesem Leben könnte, wird sich zeigen.«

»Das wusste ich nicht«, sagte Ardoas. Vorsichtig nahm er das Buch entgegen und blätterte darin. Es war eine Abschrift, die Daludred selbst angefertigt hatte. »Er hat eine schöne Schrift«, sagte Ardoas.

Sie sprachen über Daludred, und Jerudana fragte sich, ob Ardoas klar war, dass Daludred auch diese Feier durch ihre Sinne gewahren würde.

Nachdem Ardoas mit Kleidung, Beutel, Taschen und Gurten weitere Geschenke entgegengenommen hatte, gab Velbaree Coreldava ein Zeichen. Die Magierin kam mit einem Pferd – einem sandfarbenen Elfenross mit heller Mähne. Ein mittelgroßes Tier, das trotz all der Feierlichkeiten ruhig blieb.

Ardoas staunte. »Vielleicht hätte ich mich doch mehr im Reiten üben sollen«, sagte er und strich dem stillen Tier über die Nase.

»Ihr Name ist Xelbura!«, sagte Velbaree.

»Xelbura«, wiederholte er. Trotz des Lächelns glaubte Jerudana einen Hauch von Bedauern an Ardoas' Miene abzulesen. In seinem letzten Leben hatte er sein Pferd – Dairuvee – in einem Pfeilhagel verloren. Seine Trauer hatte er damals in seinem Reisetagebuch dargelegt. Ob er nun genau an diese Einträge dachte? Diese Miene des Bedauerns weckte in ihr den Wunsch, dafür zu sorgen, dass Xelbura nicht das gleiche Ende nehmen würde wie einst Dairuvee.

Nachdem er sich eine Weile mit seinen Eltern und Lydon in die Kammer hinter dem Thronsaal zurückgezogen und sich dort ein wenig erholt hatte, kehrte Ardoas auf die Feier zurück, auf der noch immer viel gegessen, getrunken und gelacht wurde, und er wagte es, Jerudana wieder in ein Gespräch zu verwickeln. Sie wirkte so selbstsicher, während ihn Selbstzweifel plagten. Seit er das Reisetagebuch seines Seelenbruders erhalten hatte, fühlte er etwas für Jerudana und Daludred. Nun aber fragte er sich, ob seine Gefühle zu diesem oder aber zu seinem letzten Leben gehörten.

Als sein Vater sich neben ihn stellte und seine Rede begann, war Ardoas noch in Gedanken um Jerudana und Daludred versunken. Er schämte sich dafür, so unaufmerksam zu sein, und lauschte seinem Vater, wie er von den früheren Inkarnationen erzählte. Schließlich sagte Yordoas: »Viele Male waren wir an diesem Punkt, doch diesmal ist alles anders.« Er wandte sich an Ardoas. »Einst fürchteten wir, außerhalb unserer Gefilde erwarte dich nur der Tod.« Er schaute zu Jerudana. »Doch wir haben Verbündete – in Beskadur und anderswo.« Yordoas schaute in die Runde und lächelte dann Ardoas an. »Niemand vor dir war besser auf diese Aufgabe vorbereitet. Keines deiner Seelengeschwister ging mit all unserer Gunst und Unterstützung in die Fremde. Wir haben dich unterwiesen, wir haben dich ausgestattet, und wenngleich du mit Jerudana, Obureen und der Beskadurischen Garde gut beschützt bist, wollen wir dir noch mehr gewähren. Velbaree, ihre Vertrauten und ein Gefolge aus sechzehn Bewaffneten sollen dich nach Beskadur bringen.«

Ardoas wandte sich zu Velbaree um. Sie hatte mit einem Mal rosige Wangen, aber mit fester Stimme sagte sie: »Obureen und deine Leibwachen werden dafür sorgen, dass niemand zu dir durchdringt. Meine Aufgabe wird darin bestehen, allen Angreifern entgegenzustreben und sie niederzustrecken. Obureen ist deine Verteidigung; ich werde dein Angriff sein.«

Während sich ringsum zustimmende Rufe erhoben und in Jubel mündeten, legte Ardoas' Vater ihm sanft die Hand auf die Schulter. Als wieder Ruhe eingekehrt war, sagte er: »Vertraue deinen Gefährten und vertraue vor allem dir selbst – dir, all deinen Seelengeschwistern und Naromee.« Schließlich schloss er Ardoas in die Arme.

Seine Mutter war diesmal wortlos. Auch sie umarmte ihn, und er konnte an ihrem liebevollen Lächeln ablesen, was sie ihm in den letzten Tagen oft gesagt hatte: *»Ich habe nicht den geringsten Zweifel, dass du es zu Ende bringst.«*

Als sich alles um sie herum beruhigt hatte und die Gäste ihm entgegenblickten, wurde Ardoas unruhig. Er begann mit Worten, die niemand überraschten – Worten, die seiner Hoffnung Ausdruck verliehen, dass er der Gemeinschaft all das, was sie ihm gegeben hatte, mit Naromees Erinnerung danken werde. »Aber es gibt etwas, von dem ihr nichts wisst«, sagte er dann und verwandelte damit zuversichtliche Mienen in sorgenvolle. Seine Eltern blickten einander fragend an. Jerudana jedoch lächelte ihn an, als glaubte sie, nichts Falsches könne aus seinem Munde kommen.

»Seit einigen Jahren sind mir Dinge bewusst geworden, die ich für mich behielt – aus Angst, ihr könntet mich mit anderen Augen sehen.«

Glosstors Blick ruhte auf Ardoas, als wollte er jede seiner Regungen erfassen. Die meisten der Festgesellschaft wirkten jedoch wie vor Sorge versteinert.

»Ich fürchtete, ich würde aus eurem Blick verschwinden, weil ihr nur noch Augen für meine Seelengeschwister hättet«, sagte Ardoas und merkte, wie Jerudana den Blick senkte. Ob seine Worte sie verletzt hatten?

»Es ist etwas geschehen, mit dem ich nicht gerechnet hatte«, sagte er. »Die Erinnerung – sie ist in mir erwacht.« Es herrschte Stille um ihn herum. Die Leute schauten einander an, als fragten sie sich, was daran kein Grund zur Freude sein sollte.

»Das ist doch etwas Gutes«, sagte Gwaistoree neben ihm.

»Das ist mehr, als wir hoffen durften«, fügte seine Mutter hinzu. »Keines deiner Seelengeschwister ging hier mit Erinnerungen fort.«

»Es ist nur ein Teil der Erinnerung«, sagte Ardoas. »Nur einiges aus meinem letzten Leben ist mir in Bruchstücken offenbar geworden – wie Mosaiksteine, die sich bei mir sammeln und die ich zu einem Bild fügen muss.« Sein Blick wanderte von einer verwunderten Miene zur nächsten und verharrte bei Glosstor. Der Zwergenmagier war der Einzige, der unverhohlen lächelte.

»Ich wusste von zurückliegenden Geschehnissen, ehe sie mir

jemand erzählt hatte«, sagte Ardoas. »Ich erkannte Leute, die ich in diesem Leben noch nie gesehen hatte.«

»Deine Sorge – ich verstehe sie«, sagte sein Vater. »Du hast Angst, unsichtbar zu werden – hinter früheren Inkarnationen zu verschwinden.«

»Danke, dass du uns das offenbarst«, sagte Ardoas' Mutter. »Aber warum ist es dieses Mal geschehen?«

Mit einem Blick zu Jerudana sagte Ardoas: »Vielleicht hat der Kampf in Beskadur etwas in mir entfesselt – über den Tod hinweg, und selbst die Wiedergeburt vermochte die alten Fesseln nicht mehr ganz anzulegen. Wie dem auch sei: Es hat begonnen. Ein Teil meiner Erinnerungen ist erwacht.«

»Dann schicken wir dich mit noch größerer Zuversicht nach Beskadur«, sagte seine Mutter und küsste ihn auf die Stirn. »Nichts ändert sich an unserem Blick auf dich.«

»Unser Wohlwollen und unsere Wünsche begleiten dich in die Fremde«, sagte Yordoas. »Möge sich deine Erinnerung dort entfalten, mein Sohn!«

Am Abend verbrachte Ardoas viel Zeit abseits seines Platzes. Er begab sich zu den Tischen der Gäste und sprach mit ihnen, tanzte sogar eine Weile. Immer wenn er Jerudana nahe war, herrschte Unsicherheit – sowohl in ihm als auch in ihr. Während er sich fragte, wie viel von der früheren Liebe in ihr noch lebendig war, fragte sie sich, ob er je verstehen könnte, was sie für ihn gefühlt hatte. Er wusste nicht, wie er ihr begegnen sollte, und sie wusste nicht, ob sie Eigenschaften aus ihm herauslas, die trotz der erwachenden Erinnerungen nicht mehr da waren.

Als der Abend spät wurde, sprach Jerudana mit Lydon über das schmale Haus und die Kammern der Inkarnationen, wo zu jedem Leben Gegenstände aufbewahrt wurden. Lydon stellte Ardoas eine Frage zu seinem Schwert, das Glosstor erwähnt hatte, und ehe sie sichs versahen, schlug er vor, dass sie sich die

Waffe aus der Nähe anschauten. Da auch Jerudana Interesse bekundete, führte Ardoas sie ins Haus.

Im Erdgeschoss schaute Jerudana den Gang entlang in die Arbeitsnische, und an der Treppe angekommen, den Duft von Holz und Kräutern in der Nase, sagte sie: »Es ist so, wie ich es in Erinnerung habe.«

»Ich wollte alles so belassen, wie es war«, erklärte Ardoas und führte sie in den ersten Stock.

»Als ich das letzte Mal hier war, war dies das Haus eines Toten«, sagte Jerudana, während sie den Schlafbereich passierten. Mit einem gequälten Lächeln fügte sie hinzu: »Nun ist es das Haus eines Wiedergeborenen.«

»Das Haus eines Jünglings, der nicht bereit ist für die Welt da draußen«, sagte Ardoas, während er auf die Treppe in den zweiten Stock vorausging.

»Nicht bereit zu sein ist keine Schande«, sagte sie. »Glaubst du denn, du warst beim letzten Mal bereit?«

»Der Ardoas, den du kanntest, war einfühlsam. Er spürte die Magie anders als ich. Alle glauben, dass ich zu dem Gleichen fähig sein werde, aber ich spüre, dass ich dem nicht gewachsen bin.«

»Was sagst du dazu, Lydon?«, fragte Jerudana und wandte sich um. Doch Ardoas' Bruder war nicht dort. Er war offenbar auf der Treppe umgekehrt. »Nicht dein Ernst!«, sagte sie grinsend. »Ich erkenne ihn nicht wieder.«

»Das behauptet man nicht nur von ihm, sondern auch von mir«, sagte Ardoas und musste an seine Rede denken.

»Deine Angst, zu verschwinden, wenn deine Erinnerung erwacht – die hattest du auch in deinem letzten Leben. Und da war sie unbegründet. Ich war damals dabei, als du in Beskadur für einen Moment Klarheit hattest. Da schienen alle Inkarnationen in ein Leben gemündet zu sein – und du warst immer noch derselbe.«

Sie kam nahe an ihn heran und legte ihm die Hand an die Schulter. »Du musst dich deiner Angst nicht schämen. Wir alle hatten damals Angst.« Sie starrte ihn an, und dieser Blick *war* eine Herausforderung – diese Andeutung eines Lächelns, die Augenbrauen beinahe in Erstaunen erhöht. Man hatte ihm gesagt, er werde überrascht über ihr Aussehen sein, weil erwachsene Menschen in dreißig Jahren körperlich alterten. Aber er war nicht überrascht.

Jerudana deutete auf die Tür zur Kammer seiner vorigen Inkarnation, die nur ein paar Schritte von ihnen entfernt war. »Willst du mir das Zimmer noch zeigen?«

Ardoas nickte, führte sie zu der offenen Tür und wies ins Innere der Kammer. Jerudana wagte einen Blick und schaute lächelnd auf das Gemälde, das Ardoas im Körper seines vorigen Lebens zeigte, doch dann trat sie ein, und ihr Blick wanderte von links nach rechts – von dem Gemälde, das Daludred darstellte, zu dem, das sie selbst zeigte.

»Warum sind *wir* hier?«, fragte sie staunend.

»Velbaree hat mir das zu meinem sechzehnten Geburtstag zukommen lassen. Die Malerin Yelramee hat es nach ihren Skizzen erschaffen.«

Daludred war in der Robe eines Magiekundigen abgebildet. Er war perfekt getroffen – für damals. Der Zweifel, die Unsicherheit, die sein Lächeln nicht verderben konnten, waren in den Jahren geschwunden. Auf die ständige Angst und die Unsicherheit war eine Phase der Abwesenheit gefolgt und schließlich eine der Gewissheiten und der Zielstrebigkeit. All das war in diesem Gemälde bereits angelegt, hatte sich aber noch nicht entfaltet.

»Es ist wunderschön«, sagte Jerudana und schaute hinüber zu dem Bild, das sie zeigte. Auch sie war auf dem Gemälde so jung wie damals, als sie Velbaree zum ersten Mal begegnet war. Sie trug eine leichte Elfenrüstung. Sogar die Kette mit dem geschnitzten Anhänger war abgebildet. Diese junge Frau, mit ihrem spöttischen, aber liebevollen Lächeln, blickte sie an, als wollte sie zugleich sagen *Ich nehme dich nicht ernst!* und *Ich liebe dich!*

»Deshalb wusstest du, wie ich aussehe?«

»Aus den Schriften hatte ich mir schon vorher eine Vorstellung von euch gemacht. Diese Gemälde haben dieses innere Bild bestätigt.«

»Was musst du beim Anblick dieser Gesichter gedacht und gefühlt haben?«, flüsterte sie.

»Sehnsucht«, sagte er und blickte seinerseits von einem Gemälde zum anderen. »Ich habe Sehnsucht verspürt und mich in Erinnerungen hineinfantasiert.« Zögernd wagte er es, sie anzublicken.

Langsam führte sie ihre Hand an seine Wange. »Und dann siehst du mich, und ich bin nicht die Frau auf diesem Gemälde. Und das heißt, auch Daludred ist nicht der, den du dir vorgestellt hast.«

»Das ist es nicht. Auf das Altern war ich vorbereitet. Es ist … Ich weiß nicht, ob das *meine* Gefühle sind.«

Jerudanas Fingerspitzen fuhren über sein Kinn. Während sie sich fragte, was er tun würde, falls sie ihm nun ihre Finger auf den Mund legte, wusste Ardoas, dass er verloren wäre, würde sie es tun.

»Vielleicht hätte ich nicht kommen sollen«, sagte Jerudana. »Die Frau da – sie hat weniger mit mir gemein als du mit deinem früheren Ich.«

»Und Daludred? Im Reisetagebuch steht, dass ihn oft Ängste plagten.«

»Daludreds Ängste sind in Beskadur mit dir gestorben.«

»Könnten auch meine Ängste dort sterben?«

»So wie Daludred dort seine Orakelkräfte entdeckt, so kannst du dort deine Erinnerung ergründen. Und falls du fürchtest, dir selbst nicht gerecht zu werden, dann merke dir: Du hast für Daludred und mich bereits mehr getan, als wir je erwarten durften. Die Zeit mit dir damals hat uns auf den entscheidenden Pfad gebracht.«

»Wäre nicht ich, sondern wäre der andere Ardoas am Leben, hättet ihr all das zu dritt genießen können.«

»Wir haben deinen Tod bedauert, aber wir bedauern nicht die Jahre, die dann folgten. Am Anfang war es schwer, aber dann ist etwas passiert, mit dem ich nie gerechnet hätte. Nach der Geburt unserer Tochter – Yeraidena – veränderte sich mein Blick auf die Vergangenheit komplett. Es war etwas, das Daludred sagte – wie ein echter Orakelspruch.«

»Was sagte er?«

»Er starrte unserer Tochter in die Augen und sagte: *Es gibt Momente, da erkennst du, dass alles, was vorher war, zu diesem wunderbaren Augenblick geführt hat, und all das Schlechte und Bedauernswerte ist mit einem Mal Teil dieses Glücks.* Ich habe das zuerst nicht ganz begriffen. Aber es ließ mich nicht los, und mir wurde klar, dass ich wahrscheinlich so oder so ein Kind bekommen hätte. Allerdings wäre es nicht Yeraidena gewesen, sondern ein anderes Kind. Und so ist es bei dir. All das Leid deiner früheren Leben trägt dazu bei, dass du so bist, wie du nun hier vor mir stehst. Deine Kindheit als kleiner Bruder von Lydon – das und all deine Eigenheiten dieser Inkarnation wären nicht gewesen, wenn du damals überlebt hättest.«

»Das ist ein besänftigender Gedanke«, sagte Ardoas leise.

Sie strich ihm erneut über die Wange. »Besänftigend genug, dass einige Ängste von dir abfallen?«

»Möglicherweise. Aber was ist mit den Erluniden? Werden sie mich jagen, wie sie es das letzte Mal getan haben?«

»Es würde mich nicht wundern. Aber immer, wenn sie sich zeigten, haben wir ihre Spur aufgenommen. Deswegen sind sie vorsichtig geworden.«

»Und wenn sie nun meinetwegen ihre Vorsicht vergessen?«

»Wenn sie an dich heranwollen, müssen sie Velbarees Angriffen entgehen, Obureens Verteidigung überwinden; und dann müssen sie an mir vorbei. Ich werde deine Leibwächterin sein. Zwar bin ich nicht so schnell wie die Söldnerin von einst, aber ich kenne jeden Kniff des Handwerks.« Ihr Blick fand das Schwert, das Glosstor Ardoas geschenkt hatte, an der Wand. Es hatte einen verzierten Wiegenknauf, in den ein blauer Edelstein eingesetzt war. »Wir beide, Seite an Seite auf dem Weg nach Beskadur? Wer sollte uns aufhalten?«

Den Morgen der Abreise verbrachte Ardoas im Garten hinter Lydons Haus – bei dem Flugschiff, an dem sein Bruder seit Jahrzehnten arbeitete. Das Langschiff bot Platz für mehr als zwei Dutzend Leute, hatte keinen Mast und schwebte hier dicht über dem Boden.

Sein Bruder stand an seinem Arbeitstisch, der von Edelsteinen übersät war. Sein Interesse galt inzwischen vor allem den Flugsteinen. Das Schiff – die *Ilbengrund* – war bereit, die Magie aber, die es stabil hielt und bewegen sollte, war das große Geheimnis, das es zu lüften galt.

»Warum hast du mir nicht gesagt, dass die Erinnerung erwacht ist?«, fragte Lydon. »Ich hätte es verstanden.«

»Es tut mir leid«, erwiderte Ardoas. Er wusste, wie schwer Lydon sich an plötzliche Veränderungen gewöhnte. »Ich konnte es dir einfach nicht sagen.«

»Du bist mir ähnlicher, als dir guttut«, sagte Lydon.

»Ich wünschte, ich wäre so wie du«, entgegnete Ardoas.

Sein Bruder lachte. »Du kennst doch die Geschichten über mich.« Er blickte an dem Flugschiff entlang. »Dass ich nur das da im Sinn habe.«

»Du hast bewiesen, dass das nicht stimmt.«

»Weil ich plötzlich das für dich sein konnte, was du zuvor für mich gewesen bist – oder gewesen wärst, hätte ich es zugelassen. Vieles fällt mir noch immer schwer, aber ohne dich wäre ich heute nicht der, der ich bin.«

»Das hast du mir nie gesagt.«

Ein kleines Lächeln legte sich auf Lydons Lippen. »Solche Dinge zu sagen – darin bin ich nicht gut.«

»Mir gegenüber warst du immer gut darin.«

»Dann höre mir jetzt zu!«

Ardoas war gespannt.

»Vertraue Jerudana! Sie wird dich sicher nach Beskadur bringen. Sie, Obureen und Velbaree.«

»Ich fürchte nicht um meine Sicherheit, sondern um alle, die in meiner Nähe sind, wenn ich dort hinausgehe. Ich habe Angst, zum Felsentempel zu reisen und durch meine Anwesenheit alles zu verderben.«

Lydon schaute ihn lange an, als suchte er nach den richtigen Worten. Dann sagte er: »Naromee sprach einst: *Es ist eine Sache, ein Wagnis einzugehen und später zu bedauern, dass alles fehlgegangen ist; aber es ist etwas ganz anderes, ein Wagnis zu meiden und sich ein Leben lang fragen zu müssen, was wohl geschehen wäre, hätte man den Mut aufgebracht.*«

Ardoas nickte. »Ich fühle die Wahrheit dieser Worte.«

»Und trotzdem zweifelst du.«

»Der Zweifel macht mich träge.«

»Nein. Der Zweifel sorgt dafür, dass du die Dinge nicht als unveränderlich betrachtest. Der Zweifel hält deinen Blick wach und kann dein Verbündeter sein, wenn er dich nicht überwältigt. Zweifle am Verlauf des Weges, aber zweifle nicht am Ziel deines Weges.«

Ardoas schloss Lydon in die Arme und flüsterte: »Ich werde dich vermissen.«

Noch ehe Ardoas sich zum Gehen abgewandt hatte, widmete Lydon sich wieder seiner Arbeit. Das machte er immer, wenn er glaubte, alles sei gesagt. »Lebwohl!«, sagte Ardoas und ging langsam. Gerade als er den Garten verließ, hörte er Lydons Stimme: »Lebwohl, Bruder!«

Jerudana und Ardoas sahen sich vor dem schmalen Haus wieder. Sie konnte kaum glauben, dass er sie nach Beskadur begleitete, und er konnte kaum glauben, dass er mit der Gunst seiner Gemeinschaft in die Fremde gehen würde.

Lächelnd reichte Jerudana Ardoas die Zügel zu seinem Pferd – Xelbura – und stellte ihm dann ihr Pferd vor. Yulernos war sein Name, ein kräftiger Rappe mit langem Schopf, den sie zum ersten Mal auf Reisen mitnahm.

An Jerudanas Seite, gefolgt von Ardoas' Eltern, führten sie den Abschiedszug an. Ardoas war mit vielen seiner Gaben ausgerüstet. Den Wanderstab, den Glosstor ihm mit Gwaistoree in diesem Leben geschenkt hatte, führte er am Sattel mit; das Schwert, das der Zwergenmagier ihm im letzten Leben überreicht hatte, trug er am Gürtel.

Ardoas schaute voraus auf den Weg, auf dem sie links und rechts Elfen grüßten und ihnen eine gute Reise wünschten. Sie grüßten zurück, und Ardoas wunderte sich, wie viele der ihm vertrauten Elfen Jerudana beim Namen kannte.

Am Rande der Siedlung spaltete sich der Zug in jene, die Ardoas und Jerudana verabschieden, und jene, die sie begleiten würden. Schließlich wandte Yordoas sich an Ardoas. »Geh nach Beskadur und finde deine Erinnerung«, sagte er. Dann lächelte er Jerudana an. »Du und Daludred – seid euch gewiss, dass wir euch immer unterstützen werden. Traut euch, uns zu rufen, und wir werden euch beistehen. Denn Ilbengrund und Beskadur sind Verbündete.«

Elwaree umarmte Ardoas, und nach einem kurzen Blick zu Jerudana, sagte sie: »Mein Sohn, die Erinnerung deiner Seelengeschwister und Naromees ist die Erinnerung an dich selbst. Alles, was vorher war, mündet in dich. Hab keine Angst vor dem Verschwinden, wenn die Erinnerung erwacht. Sie wird dein Wesen nicht verdrängen, sondern dein Wesen vollständig zum Vorschein bringen.«

Als alle Worte gesprochen und alle Gesten ausgetauscht waren, hob Ardoas die Hand und spürte die Macht des Portals als Kribbeln in seinen Fingerspitzen. Er entfesselte den Torzauber, den er oft gewirkt hatte und der sich auch nun ans Werk machte. Ein Strahlen erschien in der Luft und verbreitete sich, bis es den Torrahmen ausfüllte. Oft war er durch Lichtportale geschritten, und doch war es diesmal etwas anderes. Er verließ Ilbengrund, ohne zu wissen, wann er zurückkehrte.

Um den Abschied noch ein wenig hinauszuzögern, ließ er den anderen den Vortritt: Obureen mit den Wachen, dann folgte Velbaree mit ihren Leuten. Schließlich waren nur noch Ardoas und Jerudana da.

»Ich werde wiederkehren – mit der Erinnerung der Naromee«, sagte er. »Und ich werde ich selbst sein – was auch immer das am Ende bedeuten mag. Lebt wohl, meine Vertrauten!« Seite an Seite führten er und Jerudana ihre Pferde ins Licht.

DEROTHUR

Ardoas war mit den Elfenpfaden vertraut, doch für Jerudana waren sie so atemberaubend wie damals, als sie sie zum ersten Mal betreten hatte. Jeder Augenblick hier war wie ein Zauber. Die Bäume, das Blätterdach, all die Sträucher und Ranken, all das Grün und der Frühlingsduft – es war wie in einem dichten und fruchtbaren Wald.

Als sie ihre Pferde von der Portallichtung auf den Pfad führten, der bis nach Derothur reichte, sagte Jerudana: »Es hat begonnen. Wir sind auf dem Weg.«

»Ich vermisse Lydon jetzt bereits«, erwiderte Ardoas. »Und doch … ist es, als wäre auch dieser Weg die Rückkehr in etwas Vertrautes.«

»Du erinnerst dich?«

»Manchmal wünschte ich, ich hätte die Bücher meiner anderen Inkarnationen nicht gelesen. Ich weiß einfach nicht, was aus dem Lesen erwachsene Vorstellungen sind und was Erinnerung.«

Nach einer Weile kamen sie an einer Feensiedlung vorüber, die keinen Namen hatte. Auf eine Frage Jerudanas hin erklärte Ardoas, dass viele Feen Ortsnamen vermieden, weil eine Bezeichnung einen Ort zu sehr aus seiner Umgebung hervorhob. Obwohl auch in Beskadur inzwischen Feen lebten und sogar einige aus dieser Siedlung am Wegesrand stammten, war Jerudana diese Besonderheit neu.

Nach Derothur zu gehen und zu wissen, dass Zordura nicht dort war, hatte für Ardoas etwas ebenso Befremdliches wie die

Tatsache, dass Dulvaree in ihrer Abwesenheit das Felsenhaus hütete. Ardoas hatte seine Lieblingsmusikerin nie als Gastgeberin verstanden, sondern als eine, die selbst überall zu Gast war.

Er hatte Dulvaree oft in Feenwalden zum Fest der Spiele getroffen, wo sie mit ihrer Musik Dramen unterlegte. Sie hatte sogar gemeinsam mit ihm an einem kleinen Spiel teilgenommen und dabei ihr Lied *Vareen* gesungen. Auf dem Musikfest hatte sie ihre beliebtesten Kompositionen zum Besten gegeben und mit ihrer Magie dafür gesorgt, dass die kleinen Stimmen und Instrumente der Feen an Fülle gewannen und weithin zu hören waren. Er empfand es als passend, dass Dulvaree ihn in Derothur erwarten und verabschieden würde. Es wäre wie ein Abgesang auf sein altes Leben.

Als sie an der Portallichtung von Derothur ankamen, blickte Ardoas zur Seite auf den Westpfad, der hier begann und auf dem – hinter dem Abzweig nach Nalmenhain – viele Elfen lebten.

An dem Portal, das sich am Rand der Lichtung erhob, wirkte Ardoas wie zuvor seinen Zauber, doch anders als in Ilbengrund wollte er hier als Erster in das wabernde Licht hineintreten. Jerudana hielt ihn jedoch zurück. »Da droht sicherlich keine Gefahr, aber wir sollten kein Wagnis eingehen«, sagte sie.

Velbaree führte ihr Pferd ins Licht, danach folgten Coreldava, Jalmon und Odewyn, dann erst waren Ardoas und Jerudana an der Reihe.

Kaum war Ardoas neben Jerudana aus dem Licht getreten, überkam ihn ein Gefühl der Vertrautheit, dabei hätte er Verwirrung erwartet, weil sich das Tor nach Süden hin geöffnet hatte und damit eigentlich falsch herum ausgerichtet war.

Aus dem Hain kamen sie an den Anfang des Weges, der am Berg emporführte. Die Bewaffneten begannen damit, an dem kleinen Platz, der hier durch ein Mosaik, eine Feuerstelle und einige Felsbrocken markiert war, ein Lager zu errichten. Zum einen war Ardoas fasziniert, dass hier alle ihre Aufgaben zu kennen schienen, zum anderen hatte er das Gefühl, dass sich etwas in ihm rührte.

Ardoas und Jerudana stiegen auf ihre Pferde und machten sich auf den Weg den Berg hinauf. Neben Obureen begleiteten sie auch Velbaree und deren drei Vertraute.

Als sich der Blick gen Norden über Felder und Höfe zum Fluss Vaale und der Stadt Vaalburg öffnete, hielt Ardoas an und sagte: »Irgendetwas stimmt nicht.«

»Es ist die Richtung«, sagte Jerudana. »Du bist nie bewusst aus Beskadur heimgekehrt. Du warst tot, als ich mit deinem Körper von dort zurückkehrte.«

»Das ist es«, sagte er leise und dankte Jerudana. Die Vorstellung, dass er immer wieder in die Fremde ausgezogen war, aber noch nie lebend heimgekehrt war, ließ ihn auf dem ganzen sich windenden Weg nicht los.

Als sie schließlich oben ankamen, blickte Ardoas hinüber in den Gemüsegarten, wo sich vor fast 2300 Jahren die magische Pforte befunden hatte, durch die Elfen, Zwerge und Feen aus Alvasur in diese Welt gekommen waren.

Vor dem Felsenhaus, das sich am Ende des Plateaus erhob, stand Dulvaree und lächelte ihnen entgegen. Sie hatte sich dunkle Bänder ins Haar geflochten und trug anders als sonst Hosen. Nach der Begrüßung entschuldigte sie sich, dass sie so rasch aus Ilbengrund aufgebrochen sei.

Während die Ankunft auf dem Hügel für Jerudana die Rückkehr an den Ort war, an dem sie vor zwei Tagen noch übernachtet hatte, war sie für Ardoas Rückkehr und Entdeckung zugleich. Nachdem sie ihre Pferde versorgt hatten, öffnete sich ihnen die runde Tür von magischer Hand. Kaum waren sie eingetreten, ließ Ardoas den Blick schweifen und erkannte, dass alles so war, wie er es sich vorgestellt hatte: die Feuerstelle zur Rechten, der schwere Tisch zur Linken, die Säulen, die Lichtsteine und die Gemälde.

Während Dulvaree ihnen das Haus zeigte, glich Ardoas Stück um Stück seine Vorstellung mit der Wirklichkeit ab. Es bestätigte sich, dass seine Schriften nicht einfach nur ein Bild des Felsenhauses in ihm erzeugt, sondern seine Erinnerung daran erweckt hatten.

Im ersten Stock führte Dulvaree sie zu ihren Zimmern. Ardoas bekam das letzte auf der linken Seite, in dem er im vorigen Leben übernachtet hatte. Noch ehe er das Zimmer betreten hatte, wusste er, welcher Blick sich ihm durch das Fenster bieten würde. Dort lag Vaalburg mit seinen Türmen und seiner Burg am Fluss Vaale, und nichts schien sich verändert zu haben.

Jerudana bekam das Zimmer gegenüber. Durch die offenen Türen sah Ardoas dabei zu, wie sie ihre Taschen auf dem Boden ablegte. Als sie seinen Blick bemerkte, konnte sie nicht anders, als zu lächeln. Sie sprachen über ihre unterschiedlichen Erfahrungen an diesem Ort, und Jerudana war erstaunt, dass Ardoas sich an die Einzelheiten des Gebäudes erinnerte.

Als sie wieder hinabgingen, halfen Velbaree und ihre Vertrauten Dulvaree bereits dabei, eine Suppe zuzubereiten, für die sie die Zutaten schnitten – Gemüse und Kräuter aus dem Garten. Und sie unterhielten sich über die Feier und ihre Gespräche dort, die sie alle genossen hatten.

Mit dem würzigen Duft in der Nase deckten Ardoas und Jerudana den großen Tisch, an dem Zordura ihm in seinem letzten Leben das Reisetagebuch seiner Seelenschwester Ardoana gezeigt hatte. Er erinnerte sich an die Bücher, die sich damals hier gestapelt hatten.

Beim Essen kamen sie rasch auf Zordura zu sprechen, und alle hatten eine andere Geschichte zu erzählen, die jedoch eines gemeinsam hatte: die Hilfsbereitschaft Zorduras.

»Überall, wo ich hinkomme, kennt und schätzt man sie«, sagte Dulvaree. »So etwas habe ich noch nie erlebt.«

Ardoas schaute in die Runde und fragte: »Wisst ihr, wohin sie wollte?«

»Nach Beskadur, glaube ich«, antwortete Dulvaree. »Mit einem Haufen Bücher, die sie zusammengetragen hat.«

Jerudana nickte. »Sie kam vor sieben Jahren mit einer Gesandtschaft der Baronin von Vaalburg. Und auch Daludreds Schwester schickte einige ihrer Leute mit. Das war wieder einmal ein Zug des Wissens. Sie blieb einige Monate, dann brach sie auf. Sie war irgendetwas auf der Spur, meinte aber, dass der richtige Zeitpunkt noch nicht da sei, etwas zu offenbaren.« Jerudana musste lächeln. »Ihr kennt sie ja.«

»Hatte diese Spur mit mir zu tun?«, fragte Ardoas.

Velbaree lachte leise und zog damit die Blicke auf sich. »Ardoas, beinahe alles, was deine Tante macht, hat mit dir zu tun.« Sein Blick blieb lange an Velbaree haften. Die überbordende Zuneigung, die er plötzlich für sie verspürte, konnte nur auf ihre gemeinsame Zeit hier zurückgehen. Daher kamen die Gefühle von Verlangen und Bedauern.

»Ebenso wie wir sucht sie nach den Erluniden«, sagte Jerudana. »In Beskadur hat sie unsere Aufzeichnungen studiert. Sie interessierte sich besonders für die Beschreibung der Flugboote und ließ mich die Zeichnungen des Flugschiffes prüfen, mit dem die Erluniden uns angegriffen haben. Obwohl sie es damals selbst gesehen hat, wollte sie unsere Einschätzung haben – besonders die Daludreds, weil er sich Dinge, die in Beskadur geschehen sind, vor Augen holen kann.«

»Das heißt, sie versucht, die Flugschiffe zu finden«, sagte Velbaree und nickte anerkennend.

Jerudana wiegte den Kopf hin und her. »Gewiss, aber uns hat diese Spur in all den Jahren nicht weitergebracht. Die Werften in den Königreichen standen uns nicht offen, in Ioderon ließ man uns nicht einmal zur Hauptstadt vor.« Aus Jerudanas Seufzen sprachen Jahre der Spurensuche. »Wir haben die Fährte der Erluniden immer nur dann aufnehmen können, wenn sie Fehler gemacht haben. Vor allem, wenn sie die Machenschaften unserer Verbündeten zu sehr im Auge behielten. Wir haben dann diese Spuren verfolgt. Aber in den letzten Jahren sind sie vorsichtiger geworden.«

»Ist Zordura ihnen gewachsen?«, fragte Dulvaree.

»Du hättest sie mit Glosstor in Beskadur sehen sollen, als die

Erluniden den Angriff mit ihrem großen Flugschiff wagten. Sie war wie eine Heldin aus alten Sagen.«

»Wie gerne ich dabei gewesen wäre«, sagte Velbaree genüsslich. »Zordura war nicht immer eine Einsiedlerin. In Alvasur war sie eine große Zauberin – und Kämpferin.«

»Sie und die Tempelwachen haben es den Erluniden verdorben. Ich will nicht lügen: Es war selbst mit Zordura und Glosstor knapp. Wir haben die Macht der Erluniden damals noch unterschätzt. Mit jener Streitmacht hätte man eine Baronie einnehmen können. Und ihr glaubt nicht, wie stolz wir waren, das überlebt zu haben.«

»Sind viele der euren gestorben?«, fragte Dulvaree.

Jerudana nickte. »Einige. Aber Zordura, Obureen und die anderen haben die meisten heilen können.« Sie lächelte Obureen an; die Kriegerin blinzelte zurück. »Die elfische Heilmagie hat unsere Gemeinschaft gerettet.«

»Wann war das?«, fragte Dulvaree. Ihre grünen Augen funkelten. Sie war dafür bekannt, Erzählungen zu sammeln und ihnen in Liedern eine neue Form zu geben.

»Vor fünfzehn Jahren. Seither haben sie keinen Angriff mehr gewagt. Damals haben wir Gefangene genommen, von denen manche redeten. Aber leider führten die Spuren ins Leere.«

»Was habt ihr mit den Ketten gemacht?«, fragte Ardoas.

»Du weißt also von den Ketten«, sagte Jerudana lächelnd. Sie erklärte für Dulvaree, dass die meisten Erluniden magische Halsketten trugen, die einen Zauber bargen, der es Erlun ermöglichte, Kontrolle auf seine Untergebenen auszuüben. »Zordura hat die Macht der Ketten gebrochen, sodass Erlun keinen Einfluss mehr auf seine Leute hatte. Aber dennoch haben die Gefangenen sich einer nach dem anderen das Leben genommen. Es war ein Fluch, der tief in sie gepflanzt war und irgendwann ausgelöst wurde.«

»Wie damals in Vaalburg«, sagte Velbaree und schaute Ardoas an. »Als ich dir auf der Spur war, erfuhr ich, dass der Meuchelmörder, der gefasst wurde, sich ebenfalls das Leben nahm.«

Ardoas war erstaunt. Er wusste nur, dass er damals in Vaalburg attackiert worden war und einer der Meuchelmörder überlebt hatte. Was aus ihm geworden war, hatte er nie erfahren. »Warum sollte sich jemand unter eine solche Abhängigkeit begeben?«, fragte er.

»Wenn wir das wüssten, hätten wir die Erluniden wahrscheinlich schon aufgespürt«, antwortete Jerudana.

»Aber ihr müsst doch Vermutungen haben.«

»Wegen der Flugschiffe glauben wir, dass sie irgendwo außerhalb der Königreiche ihren Sitz haben. In Yaskandrien, Kynoris oder Ioderon sind Flugschiffe viel zu selten und von den Herrschenden überwacht. Und steckten die Mächtigen dahinter, dann wäre Beskadur längst gefallen. Wir glauben, dass es ein Geheimbund aus Magiern ist, der Geld aus den Königreichen abzieht und sich damit irgendwo in den Belraunenreichen Flugschiffe und alles andere gekauft hat.«

»Warum in den Belraunenreichen?«, fragte Dulvaree.

»Nun, in Ioderon, Yaskandrien oder Kynoris wird der Handel mit Schiffen durch die Krone so streng überwacht, dass es eigentlich keinen Schiffshandel gibt. Bei den Belraunen ist das anders.«

»Ich wünschte, Zordura wäre hier«, sagte Ardoas. »Dass sie zu meinem Geburtstag nicht da war, macht mir Sorgen. Was, wenn ihr etwas geschehen ist?«

»Zordura denkt in Wirkungen«, sagte Velbaree. »Welche Wirkung hätte ihre Anwesenheit gehabt?«

Jerudana grinste. »Mich würde es nicht überraschen, wenn sie uns in Beskadur erwartet. Sie hat eine Art, immer zur richtigen Zeit vor Ort zu sein – als wäre sie selbst eine Art Orakel.«

Jerudana lag im Bett und schaute durch das Fenster in den Nachthimmel hinaus. Wie so oft flüsterte sie zu Daludred. Wenn er diesen Augenblick durch ihre Sinne gewahrte, würde er ihre

Worte vernehmen – ihre Zweifel, ob es ihnen wirklich gelingen konnte, an ihre alte Vertrautheit anzuknüpfen. Er würde ihre Gedanken lesen können, aber dennoch sprach sie zu ihm, als läge er hier neben ihr.

»Als er auf dem Fest aufgestanden ist und gesagt hat, dass sich die Erinnerungen wie Mosaiksteine bei ihm sammeln, da wirkte er selbstbewusst, hier in Derothur aber scheint er auf einmal hilflos zu sein. Er hat Velbaree angeblickt, als wüsste er, dass dies für ihn und sie zugleich ein Ort der Liebe als auch der Enttäuschung war. Mir und auch dir gegenüber scheint er Sehnsüchte zu haben – geboren aus seinen Schriften, in Zweifel gezogen durch meine Ankunft.«

Ein Klopfen an der Tür brachte Jerudana zum Lächeln. »Sehnsüchte«, flüsterte sie, erhob sich aus dem Bett und öffnete die Tür. Vor ihr stand Ardoas. Sie schaute an ihm hinab. Er trug Unterkleidung – ebenso wie sie. Elfische Unterkleidung, die zwar eng war, aber auch geschmeidig.

»Was ist so wichtig, dass es nicht bis morgen warten kann?«, fragte sie schmunzelnd.

»Vielleicht *kann* es bis morgen warten.« Er machte schon kehrt, da fasste sie ihn am Arm und sagte: »Wenn du jetzt gehst, werde ich die Nacht wach liegen und mich fragen, was du wolltest. Also: Was ist es?«

»Mir ist aufgefallen, dass du mich und meine Seelengeschwister als eine Person zu begreifen scheinst«, sagte er. »Ich würde mich gerne auch so sehen, aber ich spüre die Bande zu den anderen Inkarnationen nicht, obwohl mich Vertrautheitsgefühle überkommen.«

»Weil du es so gelernt hast.«

»Könnte ich es entlernen?«

»*Ent*lernen …«, wiederholte sie lächelnd. »Willst du das wirklich? Vielleicht ist das nur Daludreds und mein Blick auf dich. Damals im Orakelsaal hattest du für einen Moment Klarheit. Du hast dich an deine früheren Leben erinnert, warst aber immer noch du selbst. Wir können seither einfach nicht glauben, dass du ein anderer bist. Für uns sind du und deine Seelengeschwister eine Person. So wie ich mich von der Frau von damals unterscheide, so unterscheidest du dich von dem Elf von damals. Es ist, als hätten wir dreißig Jahre getrennt voneinander gelebt – auf Menschenweise.«

»Ich wünschte, ich könnte mich so sehen.«

»In deinem letzten Leben hast du dich manchmal so gesehen. Es schien, als hättest du dich nicht festgelegt.«

»Und Velbaree? Wie sieht sie mich?«

»Sie war im Orakelsaal dabei. Du hast mit ihr gesprochen – mit der Erinnerung an Ardoana. Sie versteht es wahrscheinlich besser als wir alle. Aber sie weiß, warum sie dir nicht zu nahe tritt. Sie will sich und vielleicht auch dich vor schmerzhaften Gefühlen schützen.«

»Es ist, als wollte mein früheres Ich an die Oberfläche kommen, um wieder mit euch zusammen zu sein – mit dir und Daludred oder mit Velbaree.«

»Ich möchte nicht, dass du das Gefühl hast, verdrängt zu werden«, sagte Jerudana.

»Aber du würdest auch nicht Nein sagen, wenn das, was wir hatten, wieder zu etwas erblühen würde.«

Sie schluckte. »Ganz sicher nicht. Aber wie machen wir das? Unter Menschen und Vilbaren hätte ich wahrscheinlich gesagt: Du bist zu jung für mich. Aber mit Elfen in Beskadur zu leben – zu sehen, dass Obureen keinen Tag älter als damals wirkt, das hat mich auf unsere Begegnung vorbereitet. Bin ich nun älter, weil ich all diese Erfahrungen gemacht habe, die du in diesem Leben noch nicht gemacht hast? Bist du älter – so alt wie Naromee oder zumindest so alt wie ihre Inkarnationen?«

»Ist das wichtig?«

»Macht ist wichtig, Ardoas. Ihr Elfen wisst das besser als wir anderen. Die Machtverhältnisse zwischen uns sind aber wahrscheinlich zu kompliziert, um sie je erfassen zu können. Geht es um die Macht, die in dir schlummert, geht es um die Macht in unserer Gemeinschaft, in der du neu sein wirst? Geht es darum, dass du auf dieser Reise von unserem Schutz abhängig bist?«

»Das sind keine Widersprüche«, sagte Ardoas. »Die Macht, die uns alles verderben kann, würde eine Gemeinschaft benötigen, in der sich das Gefälle entfalten kann. Ist Beskadur wie eines dieser Königreiche da draußen?«

»Nein. Aber dennoch ist es so, dass Daludred und ich dort Macht besitzen. Alle schauen mit Erwartungen auf uns.«

»Du meinst, alles könnte an Erwartungen, an Macht und an Abhängigkeiten scheitern?«

»Unsere Freundschaft? Nein. Unsere Liebe? Wenn wir nicht aufpassen – vielleicht?«

»Ist es Liebe?«

»Daludred und ich werden dich immer lieben – wie du damals warst. Alles andere gilt es zu ergründen. Aber ganz gleich, was sein wird: Du hast uns damals so viel gegeben, von dem wir immer noch zehren, dass wir alt werden und sterben könnten, ohne irgendetwas zu bedauern.«

»Ich habe mich nach euch gesehnt«, sagte Ardoas. »Ich glaube mich an manches zu erinnern: Kristallwände – Orakelhände – wir drei in Yerebal. Das hat mir als Jüngling den Kopf verdreht. Und du ahnst nicht, wie verführerisch es ist, hier vor dir zu stehen.«

»Und du ahnst nicht, wie groß die Versuchung ist zu verführen. Lass uns in dieser Sache auf Elfenweise vorgehen. Uns bleiben noch ein paar Jahre. Und wenn es damit enden würde, dass wir dich ein Stück auf deinem Weg zu Naromees Erinnerung weitergebracht hätten, würde uns das reichen. Für mich bist du Naromee.«

Ardoas schüttelte den Kopf. »Das ist zu groß. Ich kann mich nicht in sie hineinversetzen.«

»Wegen all der Sagen, die Naromee so groß machen?«

»Möglicherweise.«

»Aber was, glaubst du, wird man sich über Ardoas III. erzählen? Deine Offenbarung auf dem Fest könnte einst wie die Rede eines großen Helden erscheinen. Und irgendwann wird man dich so bewundern, wie du nun Naromee bewunderst.«

»Daran habe ich nicht gedacht.«

»Ab und zu lohnt es sich, die Dinge vom Ende her zu betrachten. Wie werden sie auf all das zurückschauen, wenn du Naromees Erinnerung – deine Erinnerung – gefunden hast und wir Niadaris befreit haben und sie Daludred zu einem echten Orakel macht?«

»Und du? Was ist dein Lohn für all die Mühen?«

»Ich bin dir und Daludred voraus. Ich habe das, was ich immer wollte – eine Gemeinschaft. In Beskadur ist beinahe alles erblüht, wovon ich je geträumt habe.«

»Beinahe?«

Jerudana lächelte. »*Du* fehlst noch.«

Ardoas staunte, dann blinzelte er. »Danke, dass du mir das gesagt hast.« Zögerlich wandte er sich zur Tür.

Als Ardoas mit all seinen Gedanken fort war, atmete Jerudana durch und wünschte sich, sie hätte ihn gebeten zu bleiben. Sie schloss die Augen und flüsterte zu Daludred: »Du bist wahrscheinlich der Einzige, der weiß, wie knapp das gerade war.«

Reisetagebuch
von
Ardoas III., achte Inkarnation der Naromee

Ganz gleich, ob uns nur die Jahre oder aber der Tod voneinander trennen – nimm all das, was du hier liest, mit Vorsicht. Denn was ich hier darlege, mag Erinnerungen wecken, ohne dass du es merkst. Du liest etwas, und das, was vor deinen Augen entsteht, und das, was du empfindest, scheint der Erzählung zu entspringen. Doch irgendwann merkst du, dass es Erinnerungen sind. Und dann fragst du dich, woran du dich noch, ohne es zu wissen, erinnerst.

Vorstellung und Gedächtnis sind mit einem Mal nicht mehr voneinander zu trennen.
Hier in Derothur plagen mich die gleichen Ängste wie im letzten Leben. Meine Gefühle für Jerudana sind so klar, wie sie klarer kaum sein könnten, die für Velbaree so verworren, dass ich sie nicht durchschauen kann. Es ist, als erinnerten sich meine Gefühle an etwas, das mein Verstand erst noch enträtseln muss.
Ganz gleich, ob ich gescheitert oder am Ziel unseres Strebens angelangt bin, verfolge du meinen Weg durch die Fremde. Falls ich in dir wiedergeboren bin, dann möge das Wissen dieses Buches dir zum Ziel verhelfen und dir Trost spenden. Falls du dieses Buch am Ende des Weges liest, dann möge es dich an wertvolle Augenblicke erinnern.
Die Pfade, die vor mir liegen, sind wie ein Labyrinth des Schicksals. Ich kenne den Ausgang nicht, aber ich bewege mich immer in der Hoffnung voran, dass du das liest, nachdem du alles erreicht hast – nachdem wir gemeinsam alles erreicht haben. Denn wir sind eins.

VAALBURG

Den Abschied von Derothur begleitete Dulvaree mit aufmunternder Musik. Die Beskadurische Garde und die anderen Bewaffneten hatten ihr Lager abgebrochen, als Ardoas sich zu ihnen gesellte. In der Ferne sah er Vaalburg, wo heute unzählige Fahnen wehten und offenbar viele seine Ankunft erwarteten, doch er wusste nicht, wie er diesen Erwartungen begegnen sollte.

An der Spitze ihres Zuges ritt Obureen und sollte die Blicke auf sich ziehen und die Umgebung im Auge behalten. Zu Ardoas' Rechten war Jerudana, zu seiner Linken Velbaree, während hinter ihm Coreldava, Odewyn und Jalmon folgten. Sie alle waren zum Kampf gewappnet. Obureen und ihre Leute trugen eckige Langschilde, Velbaree und die ihren Ovalschilde, und Ardoas und Jerudana waren die Einzigen, die mit Rundschilden gerüstet waren und diese auf dem Rücken trugen. Sein Schwert hatte Ardoas griffbereit.

Der Einzug nach Vaalburg hätte ein Triumph sein können. Überall standen Leute an den Rändern und jubelten ihnen zu. Doch dies war der Ort, an dem Ardoas beinahe einem Meuchelmord zum Opfer gefallen wäre. Er bekam Herzklopfen, während sie der Hauptstraße folgten, und hatte das Gefühl, dass überall Gefahr lauerte. Allerdings fand er nichts als Wohlwollen und Freude in den Mienen der Leute, die sie begrüßten. Die Vielfalt, die sich hier offenbarte, lenkte ihn ab. Er war fasziniert von all den Menschen und Vilbaren und fragte sich, welche Lebensgeschichten sie zu erzählen hätten.

Dann staunte er, als er zwei Raveelen und einen Belraunen erblickte.

Raveelen waren selten in dieser Gegend. Diese Wesen mit ihren mächtigen hohen Schultern und ihren länglichen Schädeln lebten vor allem in Vrabieel, einer Wildnis nordöstlich von Kynoris. Die meisten Belraunen lebten im Westen jenseits der Königreiche Ioderon und Yaskandrien in den Bergen. Die Belraune, die er sah, war groß und hatte hellgraue Haut und braunes Haar. Ihre hohen Schwingen waren zusammengefaltet. Sie stand so eng zwischen den Leuten, dass sie die Flügel nicht einmal ein wenig hätte öffnen können.

Während Ardoas in der Faszination für die Leute Trost fand, schaute Jerudana sich besorgt mit schnellen Blicken um. Ihr Blick fuhr immer wieder in die Höhe, denn sie fürchtete, jemand könnte sich auf den Dächern oder einem Balkon mit einem Bogen oder einer Armbrust auf die Lauer gelegt haben.

Auf dem Platz vor dem Anwesen der Baronin standen Musikanten und spielten mit verschiedenen Blasinstrumenten lang gezogene, parallel verlaufende Töne, die wie ein Fließen und von erwachenden Trommeln unterlegt waren.

Auf dem Burggelände schlossen sich die Tore hinter ihnen, und obwohl die Stimmen der Leute noch über die Mauern zu ihnen herüberdrangen, kam Ardoas zur Ruhe, und auch Jerudana war erleichtert, dass sie diesen Weg hinter sich hatten.

Ein Bote der Baronin erwartete sie am Haupttor der Burg, die sich mit all ihren Dächern und hölzernen Anbauten wie eine Stadt in der Stadt vor ihnen erhob. Er grüßte sie und führte Ardoas ins Innere. Ihn begleiteten neben Jerudana und Obureen auch Velbaree und deren Vertraute. Die anderen sollten zurückbleiben und sich um die Pferde und das Gepäck kümmern.

Die Wachen öffneten ihnen Tor um Tor, und hinter jedem vermutete Ardoas die Baronin von Vaalburg aufs Neue. Als es dann endlich so weit war, erwartete ihn nicht die Leere, von der sein Tagebuch berichtet hatte, sondern eine belebte Gemeinschaft. An den Wänden standen die Adligen der Baronie Vaalburg vor ihren Bänken; über ihnen und ihrem Gefolge prangten ihre Banner an der Wand, bei manchen sogar Wappenschilde. Manche der Anwesenden waren in Rüstungen gekleidet und trugen Schwerter, andere mieden alles Kämpferische und hatten Kleider, Kilts und Roben an. Er hatte sich die Adligen immer als Bewaffnete vorgestellt, die die Bauern im Auge behielten. Falls die Vielfalt der Kleidung in diesem Saal auch die Vielfalt der Lebensweisen ausdrückte, dann gab es hier manches zu lernen.

Mit einer Mischung aus Neugier, Unruhe und höfischen Gesten geleiteten die Menschen und Vilbaren – und sogar eine Raveele – ihn und die Seinen nach vorn.

Dort wartete die Baronin von Vaalburg – Elusadra. Ardoas erinnerte sich nicht mehr daran, wie genau sie früher ausgesehen hatte, ihm war jedoch klar, dass die Falten und das ergrauende Haar damals noch nicht gewesen waren. Aus seinen Schriften kannte er Elusadra als eine neugierige, offene und hilfsbereite Person.

Ardoas wusste, dass ihre Eltern gestorben waren und Elusadra einen Gatten gehabt hatte, der vor Jahren im längst beendeten Krieg zwischen Kynoris und Tharduron gestorben war. Aber trotz allem war sie hier von ihrer Familie umgeben – Menschen und Vilbaren. Er glaubte, die beiden Töchter zu erblicken, von denen Jerudana ihm am Morgen erzählt hatte. Die Ältere würde den Titel erben, während die Jüngere mit Daludreds Neffen – Bilgunis – hier in Vaalburg den Handel gelernt hatte.

Elusadra kam Ardoas entgegen, was für überraschte Mienen ringsum sorgte. Nur ein alter Krieger mit Ansätzen von Vilbarenhörnern lächelte. Ardoas vermutete, dass es Guludrosk war, der vor drei Jahrzehnten der Hauptmann der Garde gewesen war, nun aber abseits der Gardisten stand.

»Willkommen zurück, Ardoas«, sagte Baronin Elusadra, als begrüßte sie einen alten Freund. Er war sich nicht sicher, wie sie auseinandergegangen waren. Die Einträge in seinem Reisetagebuch waren wegen des Mordanschlags auf ihn von Eile geprägt gewesen.

»Ich danke Euch, Baronin«, sagte er.

»Für dich bin ich keine Baronin. Für dich bin ich eine Freundin – falls dir das über ein Leben hinweg nicht merkwürdig erscheint.«

»Alles, was über meine Leben hinweggeht, erscheint mir merkwürdig, aber Eure – deine – Freundschaft nehme ich gerne an.«

Sie kam zu ihm und schloss ihn in die Arme. Das Raunen, das durch den Saal ging, bewies, dass dies eine äußerst außergewöhnliche Geste für eine Adlige in der Öffentlichkeit war. Sie flüsterte ihm ins Ohr: »Verzeih mir. Das sind große Gesten und Worte – für die Augen und Ohren aller bestimmt. Wenn diese Zeremonie vorbei ist, können wir reden.«

Nach der sogenannten Zeremonie, die sich als ein ausgedehntes Fest mit Speisen und Wein, Musik und Tanz entpuppt hatte, verkündete die Baronin, sich mit ihren Gästen zurückziehen zu wollen.

In einer kleinen Kammer mit Blick in den Garten und auf die Vaale kam Ardoas endlich zur Ruhe. Wie das Zimmer hinter dem Thronsaal von Ilbengrund war dies der Rückzugsort der Familie. Und auch Guludrosk war mit seiner Frau, seinem Sohn und mit seinen beiden Enkelkindern da. Die Kinder taten sich zusammen, öffneten die Tür in den Garten und liefen hinaus ins Freie, um zu spielen.

Die Erwachsenen blieben unter sich zurück. Jerudana und Obureen sprachen mit Elusadras jüngerer Tochter und ihrem Mann, einem Vilbaren, über einen geplanten Handelszug, während Velbaree und die Ihren mit Guludrosks Frau und den beiden Geliebten Elusadras sprachen.

Die Baronin setzte sich in einen gepolsterten Sitz, wies Ardoas auf einen Stuhl neben sich und winkte auch Guludrosk heran. Dessen rechtes Bein wirkte steif und erschwerte ihm das

Gehen. Nachdem er Platz genommen hatte, hob er es auf einen bereitstehenden Hocker.

Elusadra sagte, dass der ehemalige Hauptmann ihr engster Berater sei, der ihr in all den Jahren beigestanden habe.

»Ich hatte alles in meinem Leben«, sagte sie. »Glück – Unglück – erneutes Glück. Und jetzt mündet alles in Zufriedenheit. Vieles davon haben wir dem Bündnis mit Beskadur zu verdanken.«

Elusadra und Guludrosk erzählten ihm, dass aus dem Bündnis auch andere Bande erwachsen waren – nicht nur mit dem Hause Yannau, sondern auch mit den Nauliniden, einem der Söldnertrupps, die Ardoas, Jerudana und Daludred einst verfolgt, ihnen in Beskadur aber zur Seite gestanden hatten.

»Und natürlich dürfen wir das Handelshaus Tauburg nicht vergessen«, sagte Elusadra.

Mit einem langsamen Nicken sagte Ardoas: »Das Handelshaus von Yulesch Tauburg.« Er wusste aus seinem Reisetagebuch, dass er den Händler dafür verachtet hatte, weil er Daludred gefangen genommen hatte, um ihn dazu zu zwingen, ihnen den Standort von Beskadur zu verraten – eine Antwort, die Daludred damals selbst noch nicht kannte. Wie die Söldnertruppen waren auch Yulesch und seine Leute in Beskadur von Verfolgern zu Verbündeten geworden.

»Was wurde aus den Yaskandriden?«, fragte Ardoas und schaute zu Jerudana hinüber, die mit Obureen in ein Gespräch vertieft war. Er hatte sie bisher nicht nach dem Schicksal des Söldnertrupps gefragt, zu dem sie früher gezählt hatte.

»Zarelunda hat die Yaskandriden von einer Söldnertruppe zu einer Handelsgarde gemacht. Sie hat unter anderem Yuleschs Handelszügen Schutz gewährt. Yulesch war so von ihr angetan, dass er sie vor dem Gesetz als seine Tochter annahm. Nach seinem Tod hat sie das Handelshaus Tauburg zu einem der größten in Tyreandar gemacht.«

»Ich habe das Gefühl, so viel verpasst zu haben«, sagte Ardoas und schaute hinaus zu den Kindern, die um einen der Bäume liefen und Fangen spielten.

»Ich wünschte, ich hätte einige Dinge verpasst«, sagte Guludrosk und schaute auf sein steifes Bein. Die Baronin erzählte, wie viel sie Guludrosk zu verdanken hatte. Dabei erfuhr Ardoas, dass Guludrosk mit ihr verschwägert war. Sein jüngster Sohn war der Gatte ihrer jüngsten Tochter.

»Sie sind hervorragende Handelsleute«, sagte Elusadra lächelnd. »Die Handelswege, die wir aufgebaut haben, haben sie und auch Daludreds Neffe zum Erblühen gebracht.« Sie erzählte von den Handelsrouten zwischen Vaalburg, Yannau, Barilon, Yerebal und Beskadur. Dann aber seufzte sie. »Doch die Krone fürchtet, dass eine Hierarchie neben der des Adels entsteht. Die anderen Baronien sind eifersüchtig. Statt sich ein Beispiel an uns zu nehmen, fürchten sie, dass ihre Macht schwindet.«

Guludrosk berichtete mit gequälter Miene, wie einige der Adligen immer neue Wege suchten, sie beim König anzuprangern. »Sie haben sogar versucht, ihre Missgunst wegen der Handelswege mit dem Neid auf unsere Nähe zu euch Elfen zu verbinden. Der Adel sei *besorgt*. Man müsse aufpassen, dass das Wort *Wahladel* nicht die Runde mache.«

Elusadra lachte. »Du hättest ihre Gesichter sehen sollen, als ihnen klar wurde, dass es uns nicht darum geht, möglichst viel Gewinn zu machen, sondern darum, dass alle entlang der Handelswege etwas haben. Als Rivalin hätten sie mich einzuschätzen gewusst, aber als eine Baronin, die nicht jeden noch so kleinen Vorteil ausnutzt, bin ich für sie unberechenbar. Sie können sich gar nicht vorstellen, dass Erfolg möglich ist, ohne alles an sich zu reißen.«

»Droht euch und den anderen Verbündeten Gefahr?«, fragte Ardoas. Seine Eltern und auch Zordura hatten ihm von dem Neid und der Missgunst in der Fremde erzählt.

»Vielleicht«, sagte Elusadra. »Der König hat mich und Ardae zu sich gerufen. Wenn er im Frühling in Drachenbühl ist, sollen wir zu ihm kommen. Davon wird für uns viel abhängen.« Mit

Elusadra und Daludreds Schwester waren damit seine wichtigsten Verbündeten in Gefahr.

»Kann ich irgendetwas tun, um zu helfen?«, fragte Ardoas.

Elusadra lachte. »Sorge dich nicht um uns. Wir werden das tun, was wir immer tun. Nimm du lieber unsere Unterstützung an. Du hast Verbündete – hier, in Yannau, in Barilon, in Yerebal. Das sind Bande, die uns alle vorangebracht haben. Ein Bündnis neben der Hierarchie von Königreichen.«

»Und wenn sie genau diese Bündnisse verbieten?«, fragte Ardoas.

»Dafür sind sie wegen der Steuern für die Krone zu einträglich. Am Anfang haben die meisten Adligen über uns gelacht, dann haben sie uns verspottet, und jetzt haben sie Angst vor uns. Selbst einige meiner Untergebenen. All jene, die sich auf den von der Krone verliehenen Privilegien ausruhen, sehen mich und Ardae als Gefahr. Daran, dass es so ist, hast du einen Anteil. All diese Dinge, die erblüht sind, haben damit begonnen, dass du hier vor drei Jahrzehnten erschienen bist.«

Der Gedanke, dass er so viel Einfluss auf das Geschehen in der Fremde gehabt haben sollte, trieb Ardoas einen Schauer über den Rücken. Er war froh, dass es eine begrüßenswerte Entwicklung war und nicht eine, die in Leid und Zerstörung geendet hatte.

Am Nachmittag standen die Handelswaren bereit, die Jerudana auf dem Hinweg bestellt und bezahlt hatte – vor allem Leder und Leinen, aber auch Vaalburger Wein. Die Packpferde, mit denen Jerudana und die anderen vor allem Beskadurische Seide und Lichtsteine gebracht hatten, würden sie nun auf den Heimweg begleiten.

Alles war für einen Aufbruch im Morgengrauen vorbereitet. Da Jerudana sich um Ardoas' Sicherheit sorgte, sollte Velbaree den Zug am Nordufer anführen, während sie heimlich mit Ardoas auf dem Schiff der Familie Weldenfurt fahren würde – der Familie, mit der Ardoas im letzten Leben in der Begleitung von Guludrosk nach Yannau gefahren war.

Auf Geheimwegen kam die Familie Weldenfurt in die Burg, und die Baronin stellte sie Ardoas vor. Die Älteste war Lirnae Weldenfurt, die damals das Oberhaupt der Familie gewesen war, inzwischen aber das Ruder abgegeben hatte. Die Kapitänin war jetzt Lirnaes Enkeltochter Korida. Ihr Vater und ihre Mutter hatten gerade das Flussleben aufgegeben und lebten mit Lirnae und anderen Familienmitgliedern in einem Haus am Osthafen.

»Ich hoffe, meine Familie kann dir die Gastfreundschaft gewähren, die ich dir einst gewährte«, sagte Lirnae mit ihrer heiseren Stimme und einem Lächeln auf ihrem faltigen Gesicht, das Ardoas ebenso faszinierte wie ihr weißes Haar, das sie zu einem langen Zopf gebunden hatte. Sie schaute zu Korida. »Du wirst mir doch keine Schande machen?«

»Großmutter!«, erwiderte sie, und ihre braune Haut konnte ihre geröteten Wangen nicht verdecken. Sie lächelte Ardoas an. »Wir haben deine Tante schon mal gefahren«, sagte sie.

»Dann werde ich in guten Händen sein«, sagte er.

»Noch vor Tagesanbruch legen wir ab«, sagte Jerudana.

»Wird man mich nicht vermissen?«, fragte Ardoas.

»Keine Sorge. Man wird glauben, uns zu sehen. Rüstungen, Mäntel und Helme verdecken viel. Man wird das Spektakel sehen und genießen. Merudoas wird deinen Platz einnehmen. Keine Sorge, er ist einer der Besten.«

Ardoas nickte und schämte sich, dass er nichts über Merudoas wusste. Er hatte kaum Zeit gehabt, die Wachen, die ihn beschützen sollten, näher kennenzulernen.

Die tiefen Glocken des Ra'alon-Tempels schlugen zur Mitternacht, als Ardoas an Jerudanas Seite die Stufen zu den Gemächern hinaufging. »Mir war nicht bewusst, dass so viel geschehen ist«, sagte er.

Jerudana blieb an einem der Fenster stehen und blickte kurz in die Finsternis hinaus. »Dreißig Jahre – auf Menschenweise. Da kommt viel zusammen.«

»Und trotzdem waren die wenigen Monate damals so wichtig für euch?«

»Hast du Elusadra nicht zugehört? Vieles von dem, was erblüht ist, entwuchs deiner Suche.«

»Das hast du aufgeschnappt?«

»Ich habe heute manches aufgeschnappt. Dass du beim Einzug verlegen, fasziniert und vielleicht ein wenig ängstlich warst.«

»Als könntest du meine Gedanken lesen.«

»Ich habe diese Reise im Kopf so oft gemacht.«

»Aber du ahnst nicht, was ich fühle, wenn ich dich anschaue.«

»Nein. Diese Gefühle habe ich zwar ebenso oft durchgespielt, aber sie bescherten mir vor allem Zweifel. Meist von der Furcht geprägt, du könntest mich sehen und nichts fühlen.«

Mit seiner Hand näherte sich Ardoas langsam Jerudanas Gesicht. Er zögerte, doch nach einem Blinzeln ihrerseits wagte er es, ihr über die Wange zu streichen.

Als er ihr ganz langsam mit den Fingerspitzen über die Lippen strich, hoffte er, sie möge sie küssen und ihm damit sagen, dass sie ihn begehrte und die Nacht mit ihm verbringen wolle. Er spürte ihren Atem auf seinen Fingerspitzen. Sanft fasste sie seine Hand und hätte sie nun überallhin führen können. Sie schloss sie, küsste sie, und sagte dann auf Elfisch: »Du weißt natürlich, dass ich diese Gesten kenne. Aber du weißt nicht, dass ich in den drei Jahrzehnten dazugelernt habe.« Sie küsste noch einmal seinen Handrücken. »Daludred und ich haben nicht alles für dich stehen und liegen lassen.«

»Darf ich dir eine Frage stellen?«, erwiderte Ardoas.

Jerudana musste lächeln. »Das hast du damals so oft gemacht: fragen, ob du fragen darfst.« Sie strich über seine Hand. »Du darfst mich alles fragen, Ardoas.«

»Was muss ich tun, damit du mir glaubst, dass ich es nicht nur ernst meine, sondern bereit bin?« Sein Blick fiel auf Jerudanas Anhänger, der sie, ihn und Daludred zeigte.

»Geduldig sein«, antwortete sie. »Begegne den Gefühlen zu mir und zu Daludred auf Elfenweise. So, wie wir es taten.« Ihr Elfisch klang alt und verführerisch. Lächelnd löste sie sich von ihm und ging die Treppe hinauf. »Bis morgen früh, Ardoas!«

Er schaute ihr nach; sie schaute von oben noch einmal zu ihm zurück, dann verschwand sie in ihrem Zimmer, und er stieg die Stufen empor und ging in das seine. Sowohl sie als auch er fragten sich, ob dieser Abend auch anders hätte enden können. Ardoas bereute es, ihr sein Begehren offenbart zu haben, und Jerudana bedauerte es, dass sie ihrem eigenen Begehren nicht nachgegeben hatte.

Während Jerudana den Anhänger an ihrer Kette umfasste und sich fragte, welche Gefühle Ardoas beim Anblick des Schmuckstücks empfunden hatte, wühlten Ardoas ebendiese Gefühle im Zimmer gegenüber auf. Der Anhänger spielte auf ihre Verbundenheit an – und auf ihre Liebesnächte. Und wieder einmal wusste er nicht, ob es eine aus Tagebüchern entsprungene Vorstellung oder die Erinnerung an sein früheres Leben war, mit der er an jene Liebesnächte dachte. Es waren echte Gefühle, dessen war er sich sicher. Doch er hatte Angst, dass Jerudana und Daludred ihn endgültig zurückweisen würden, falls er sein Empfinden noch einmal so deutlich offenbarte.

Er nahm sich vor, geduldig zu sein; und Jerudana im Zimmer gegenüber nahm sich vor, der Versuchung nicht zu schnell, zu unbedacht und zu leichtfertig nachzugeben. Die Machtverhältnisse zwischen ihnen waren längst nicht ausgelotet.

WELDENFURT

Mit dem Sonnenaufgang vermochten Ardoas und Jerudana endlich vom Schiff aus die Gemeinschaft am Nordufer zu sehen. Sie hielten sich im Moment ein Stück hinter ihnen.

Der Abschied in Vaalburg war so herzlich gewesen wie der Nachmittag und der Abend. Verbündete wie Elusadra spendeten Ardoas Hoffnung. Das galt auch für die Familie Weldenfurt, dic ihm neugierig begegnete – besonders die Kinder. Auf die Frage Korida Weldenfurts hin erzählte er von ihrer Reise damals, die sie als Kind miterlebt und nur noch vage in Erinnerung hatte. Ardoas holte das Reisetagebuch seines letzten Lebens hervor und übersetzte der Familie die Passagen, die er auf der *Weldenfurt* niedergeschrieben hatte. Darin kam viel Lob und Zuneigung zum Ausdruck.

Die Weldenfurts – insbesondere Korida – gingen mit strahlenden Mienen wieder ihren Arbeiten oder im Falle der Kinder ihren Spielen nach.

»Als hätten sie dich nicht schon genug gemocht«, sagte Jerudana grinsend, als sie sich mit Ardoas mittschiffs hinsetzte.

»Mir scheint, in meinem letzten Leben hatte ich eine Art, Leute für mich zu gewinnen.«

»Nicht nur im letzten«, sagte sie, wich seinem Blick aus und schaute dem Land entgegen, das sich am Nordufer in die Höhe zog. Dort lagen Weinberge neben Schafsweiden.

»Manchmal wünschte ich mir, ich wäre früher aufgebrochen«, sagte Ardoas. »Zweiunddreißig. Das erscheint mir oft wie eine willkürliche Zahl.«

Jerudana nickte. »Die Erfahrung haben wir in Beskadur auch gemacht. Da wachsen Elfenkinder neben Menschen- und Vilbarenkindern auf. Und spätestens bei Kindern zwischen Elfen und Menschen oder Vilbaren stellt sich die Frage, wann sie erwachsen sind.«

»Das ist eine schwierige Frage«, sagte Ardoas.

»Wenn wir eins gelernt haben, dann, dass ihr Elfen nicht zweiunddreißig Jahre benötigt, um erwachsen zu werden. Es liegt irgendwo zwischen sechzehn und zwanzig – wie in den meisten Kulturen. Eure Zahlenverliebtheit hat euch dazu getrieben. Es konnte nur die Sechzehn oder das Doppelte der Sechzehn sein.«

»Zordura sagte mal, daran könne man erkennen, dass wir auf unserem Weg keineswegs so weit vorangekommen sind, wie wir gerne glauben würden.«

Es plätscherte neben dem Schiff. Jerudana stutzte, schaute zum Nordufer, und noch ehe Ardoas selbst einen Blick wagen konnte, riss Jerudana ihn hinter das Schanzkleid. Sie schrie auf, drängte sich neben ihn und hielt sich den Oberarm. Ein Pfeil steckte darin fest; weitere Pfeile prasselten auf das Schiff hernieder. Die meisten platschten ins Wasser, einige schlugen auf dem Deck auf, andere pochten gegen die Schiffswand.

Jerudana zog sich den Pfeil aus dem Arm und warf sich schützend über Ardoas. Er konnte nur noch hören, was geschah. Korida Weldenfurt brüllte gegen die Angstschreie ihrer Familie an. Das Ausbleiben von Schmerzensschreien ließ Ardoas hoffen. Es zischte direkt vor dem Schiff, und Dampf stieg neben Jerudana auf.

Hinter ihnen schoss neben der Luke eine Flamme in die Höhe. Korida Weldenfurt rief die Flussgottheit Neerijas an, schnappte sich einen Eimer Wasser und versuchte die Flammen zu löschen. Ein Pfeil verfehlte sie nur knapp.

»Was ist das?«, fragte die Kapitänin.

»Zauberpfeile!«, rief Jerudana ihr zu. Zu Ardoas sagte sie: »Die Erluniden! Nicht das erste Mal, dass ich solche Pfeile sehe!«

Hufschläge ertönten und brachten Jerudana dazu, einen Blick ans Ufer zu wagen. »Velbaree!«, sagte sie genüsslich.

Ardoas wagte es ebenfalls, den Kopf zu heben und erspähte die kleine Gruppe aus einem Dutzend Schützen und noch einmal so vielen Lanzenträgern. Ardoas erwartete dunkle Mäntel, wie sie die Erluniden in der Vergangenheit getragen hatten, aber diese Leute wirkten so unterschiedlich, dass sie, wären sie getrennt voneinander gereist, als reisende Einzelpersonen erschienen wären.

Mit dem Herannahen Velbarees und ihres Gefolges wirkten die Schützen und ihre Gefährten unentschlossen. Schließlich schwangen sie sich in die Sättel und verschwanden in einem Wald, der beinahe bis ans Ufer reichte. Velbaree setzte ihnen mit ihren Leuten in vollem Galopp nach.

Während sich die Weldenfurts um sie herum aus ihren Verstecken unter Deck, hinter Fässern und Kisten hervorwagten, betrachtete Ardoas Jerudanas Arm. Das Leinenhemd war aufgerissen und von Blut befleckt. Sie hielt sich die Wunde.

»Darf ich dich heilen?«, fragte Ardoas.

Jerudana bekam Herzklopfen. Ardoas' Heilzauber hatte einst nicht nur Wunden geheilt, sondern hatte ihr auch lustvolle Empfindungen beschert. Sie wollte zusagen, da bemerkte sie den blutigen Fleck an Ardoas' Hüfte. Sie zeigte darauf, und Ardoas staunte. Da spürte er den Zauber, der ihm die Schmerzen nahm.

»Ich habe das gar nicht gemerkt«, sagte er und presste sich die Hand auf die Wunde. Das Hemd störte ihn nicht. Er hätte nicht einmal die Hand auflegen müssen, um den Zauber fließen zu lassen, denn die Heilkraft wirkte *in* ihm und musste nicht nach außen dringen. Aber mit der Hand auf der Wunde konnte er sich besser konzentrieren.

Jerudana beobachtete Ardoas mit Neugier, denn er verhielt sich anders als im letzten Leben. »Heißt das, du hast dir die Schmerzen selbst genommen?«

»Ja, ich habe das so oft geübt, dass es manchmal von allein geschieht.«

»Du weißt, dass das, was dir gerade unbewusst passiert ist, dir in deinem letzten Leben selbst mit Mühe nicht glückte?«

Ardoas lächelte, während seine Magie die Wunde in der Seite schloss und behutsam den betäubenden Zauber, der sich selbst entfesselt hatte, wieder zurücknahm. »Ich habe es gelesen. Manchmal wünschte ich mir aber, es würde nur auf meinen Befehl geschehen. Ich habe schon Verletzungen verschlimmert, weil ich es einfach nicht gemerkt habe.«

Korida kam mit einem Eimer Wasser und Tüchern. »Hier! Um die Wunde zu waschen.«

Ardoas dankte, wusch sich aber lediglich das Blut von seinen Händen. »Soll ich auch deine Wunde heilen?«, fragte Ardoas Jerudana.

»In Ordnung«, sagte sie.

Sie löste die Hand von ihrem Arm.

»Es ist nicht besonders tief«, sagte Ardoas. »Keine Sorge. Sie wird gleich verschwunden sein.« Er führte seine Hand auf die Wunde, entfesselte seine heilenden Kräfte und lenkte sie durch seinen Körper der Handfläche entgegen.

Der Zauber tastete nach Jerudanas Wunde und betäubte sie. Ein Pulsieren drang tief aus ihrem Körper an Ardoas' Fingerspitzen – wie ein lockender Ruf.

Jerudana fühlte Ardoas' Magie. Als würde ein Glühen dem magischen Funken in ihrer Brust entgegenstreben, breitete sich der Zauber aus.

Als die Wunde geschlossen war, löste Ardoas seine Hand von Jerudana, und während er mit dem Tuch ihren Arm wusch, spürte sie, wie sich der Zauber verflüchtigte. Er fragte: »Der magische Funke in dir – ist er seit damals gewachsen?«

»Nein«, antwortete Jerudana. »In der Nacht nach deinem Tod …« Sie schluckte. Es auszusprechen schmerzte immer noch. »In der ersten Nacht ohne dich, da nahm ich deinen Lichtstein mit ins Bett.« Sie holte ihn aus einem Beutel an ihrem Gürtel. Es war ein trüber Stein, der gut in die Hand passte und den Ardoas zögerlich annahm.

Jerudana strich mit ihren Fingerspitzen über den Stein, und mit einem Mal wurde er warm und strahlte hell. »Ich vermochte ihn aufzuwecken. Und ich lernte, wie ich ihm Hitze und Kälte, Licht und Dunkelheit entlocke. Aber mehr als das vermag ich nicht. Ich kann magischen Gegenständen die ihnen innewohnenden Zauber entlocken. Ich kann die magischen Türen von Beskadur öffnen, was früher nur Daludred konnte. Aber ich kann keine Zauber wirken.«

Sie redeten über Magie und ihre Erwartungen an sich selbst: Ardoas von seiner Ausbildung, Jerudana von den Artefakten, die sie in den Jahren verwendet hatte. Von Velbaree und ihren Geliebten hatte Jerudana einen magischen Rundschild geschenkt bekommen. »Odewyn hat ihn gemacht, Velbaree hat ihn verziert, und Jalmon hat den kraftspendenden Edelstein eingesetzt, und Coreldava hat den Zauber darüber gesprochen.« Ihr Blick fand am Nordufer eine Reiterschar.

Sie stand auf, und als auch Ardoas an ihrer Seite stand und Korida dazugekommen war, sagte sie: »Velbaree!«

Tatsächlich ritt die Elfenschar unbehelligt auf der Straße voran. Was immer sich in dem Wald zugetragen hatte, nichts erinnerte daran, dass eben noch eine Schar Bewaffnete Pfeile auf sie geschossen hatte.

Am Nachmittag waren Obureen und fünf Beskaduriden mit einem Fischerboot an Bord gekommen. Die Hauptfrau fürchtete, dass die Erluniden das Schiff erneut angriffen. Sie vermutete, dass in Vaalburg jemand ihren Plan verraten hatte.

»Waren das tatsächlich die Erluniden?«, fragte Jerudana.

Obureen nickte. »Die Ringe an den Fingern, Silberketten, über die Erlun sie beherrscht. Und manche hatten diese Schienen und Reife am Arm, die ihnen zusätzliche Kraft verleihen.«

»Wie verfahrt ihr mit diesen Artefakten?«, fragte Ardoas. In seinem alten Reisetagebuch hatte er gelesen, dass er im letzten

Leben diese Gegenstände gemieden hatte. Er war sie losgeworden, als sie ihm im Gebirge in die Hände gefallen waren.

»Ich habe ihnen die Kraft geraubt – den Zauber von ihnen gelöst«, sagte Obureen. »In Beskadur haben wir magische Becken, in die wir die Artefakte legen können. Dort werden sie jeden noch so kleinen Funken Magie verlieren.«

»Wäre es nicht möglich, die Artefakte zu nutzen, um Erluns Spur aufzunehmen?«, fragte Ardoas.

»Sicherlich – wenn er nicht die Bande zwischen sich und diesen Artefakten zerschneiden würde, sobald wir sie erbeutet haben.«

»Und was macht ihr mit den Gegenständen, wenn der letzte magische Funke abgeklungen ist?«

»Die meisten verkaufen wir an Zauber-Manufakturen in Yerebal.«

»Habt ihr keine Angst, dass da doch noch was sein könnte?«

»Nein, denn Daludred überprüft jedes einzelne Artefakt. Seinem Wort vertrauen alle in Beskadur.«

Ardoas nickte. Er hatte in seinem letzten Leben viel davon geschrieben, dass er Daludreds Gespür vertraue. »Ich freue mich, endlich Teil eurer Gemeinschaft zu werden.«

Obureen nickte. »Wenn du willst, können wir wieder Waffengeschwister sein.« Der Gedanke daran ließ Ardoas schmunzeln. Es war ihm, als wäre eine Erinnerung aufgeflackert: Obureen, die vor ihm mit dem Bogen kniete, den eigenen Köcher an der Hüfte, während er hinter ihr stand und Pfeile aus seinem Köcher zog, den sie an ihrem Rücken trug.

Mit der Nacht begaben sich Jerudana und Ardoas in ihre gemeinsame Kajüte. Sie lagen in ihren Kojen und redeten schon seit Stunden über ihre gemeinsame Vergangenheit.

»Das ist also das Flüstern, das in meinem Reisetagebuch immer wieder erwähnt wird«, sagte Ardoas leise.

»Ja. Das hier ist fast wie damals. Aber nicht so nahe. Nicht körperlich. Flüstern auf Distanz.«

»Ich bin froh, dass Obureen hier ist. In ihrer Gegenwart fühle ich mich sicher und habe das Gefühl, mich zu erinnern.«

»Dann fühlst du dich in meiner Gegenwart nicht sicher?«

»Ich habe bei dir das Gefühl, dass ich nur wenig tun muss, um alles zu verderben. Wie in Vaalburg, als ich zu viel wollte.«

»Als ich Daludred kennenlernte, gab es diese eine Nacht, da ich es leid war, dass er – obwohl ich merkte, dass er interessiert war – nichts unternahm und alle meine Andeutungen ins Leere laufen ließ. Also fragte ich ihn geradeheraus, ob wir miteinander schlafen sollten.«

»Hast du das so gesagt?«

Sie lachte leise. »Nein«, antwortete sie auf Ioderisch. Dann sprach sie die elfischen Worte »Davurebaruu ni vara«, was eine eindeutige Aufforderung zum Liebesakt war. Und für einen Moment war sich Ardoas nicht sicher, ob sie sich auf damals bezog oder auf nun, und Jerudana war sich dieser Doppeldeutigkeit bewusst. Sie sprach auf Elfisch weiter: »Das sagte ich ihm damals auf Ioderisch, doch er wies mich voller Selbstsicherheit zurück. Und er hatte völlig recht. Unsere Machtverhältnisse hätten problematischer nicht sein können. Ich war – wie er sagte – seine Kerkermeisterin, er war mein Gefangener. Das sind keine guten Voraussetzungen.« Ardoas lauschte ihren Worten und war beeindruckt von ihrer Stimme. »Was ist los?«, fragte sie auf Elfisch.

»Deine Elfenstimme – sie ist wunderschön.«

Jerudana lachte und hielt ihm die Hand entgegen. Die Kajüte war so eng, dass sie einander mit Leichtigkeit erreichen konnten. Zögerlich fasste Ardoas ihre Hand, und sie streichelten sich gegenseitig.

»Ist dir klar, dass das heute das Ende hätte sein können?«, fragte Jerudana auf Ioderisch.

»Nein. Ich habe keinen Augenblick daran geglaubt, dass wir

hier hätten umkommen können. Ich glaube, ich habe gar nicht verstanden, was passiert ist. Es ging so schnell.«

»Als wir in Gawanons Haus waren, hast du eines Nachts geweint, weil du daran gedacht hast, dass Daludred und ich alt werden und sterben würden. Und ich machte dir klar, wie schnell alles vorbei sein kann. Natürlich ahnte ich nicht, dass unser Glück wenige Wochen später zerbrechen würde.«

»Und ist es wieder so?«

»Ich hatte Angst um dich. Das sagt so viel über uns. Dass ich das Gefühl habe, dich beschützen zu müssen.«

»Wie ein Kind?«

»O nein. Nicht wie ein Kind. Wäre es so, würde ich nicht deine Hand streicheln und mich fragen, ob mehr geschehen könnte. Ich sehe dich nicht wie ein Kind. Ich habe Kinder. Ich weiß, wie das ist.«

»Wie werden deine Kinder auf mich reagieren? Wie alt sind sie? Wissen sie, was damals geschehen ist?«

Sie zog langsam ihre Hand zurück. »Yeraidena und Njeldred sind sechsundzwanzig und zweiundzwanzig. Yordowyn ist siebzehn. Und sie wissen von dir. Du bist ihr Warledyr.«

»Das Wort benutzt ihr?«

»Na ja. Sie sprechen auch Elfisch. Und das Ioderische hat kein Wort dafür. Und *Miteltern* oder *Nebeneltern* trifft es nicht ganz.«

»Aber auch hier gibt es Beziehungen zwischen mehreren Personen.«

»Die Elfen können mit ihrer Magie oft erkennen, wer das Kind gezeugt hat. Menschen, Vilbaren und andere können das nicht. Also sind alle Eltern. Und wenn der Vertraute später dazukommt, wie du, dann nennen sie ihn einfach beim Namen.«

»Ich bin also ein Warledyr. Ich hätte nicht gedacht, dass ich das so früh sein könnte. Ist dir klar, was das bedeutet?«

»Dass du ein Mitglied unserer Familie bist. Vielleicht war das ein wenig voreilig, weil wir von Dingen ausgegangen sind, die nicht leicht aufzulösen sind.«

»Aber es ist sicherlich leichter, einen Warledyr als etwas anderes zu sehen, als einen Fremden plötzlich als Warledyr zu akzeptieren.«

»Ich hatte gehofft, dass du das sagst. Es bedeutet, dass ganz gleich, wie es zwischen uns sein wird, unsere Kinder darauf vorbereitet sind.«

»*Unsere* Kinder.«

Jerudana lächelte. »Das macht dir Angst, nicht wahr?«

»Es ist zumindest wieder etwas, mit dem ich nicht gerechnet habe. Deine Kinder sind fast so alt wie ich.«

»Aber stört das euch Elfen?« Sie lächelte. »Obureen hat mir erzählt, wie sie erwachsen wurde und sich in eine viel ältere Elfe verliebte, die einen Sohn hatte, der jünger als sie war. Hat sie nicht davon abgehalten. Bei euch passiert das ständig, weil Alter, sobald ihr erwachsen seid, keine Rolle mehr spielt.«

»Aber so habe ich nie gelebt. Es gab Leben, in denen es nur wenige in meinem Alter gab, und wenn du sechzehn bist und dich nach Nähe sehnst, und dann ist da einfach kaum jemand, kann es einsam werden. Deswegen war ich in diesem Leben so oft auf den Elfenpfaden unterwegs. Einsamkeit. Und plötzlich bin ich mündig, und doch habe ich nicht das Gefühl, frei zu sein.«

»Aber du bist frei. Du musst nicht nach deiner Erinnerung suchen. Du könntest leben und warten, bis es von selbst geschieht. Das ist deine Wahl. Ebenso ist es deine Wahl, ob und wie du in Beskadur leben willst – als was, welche Rolle du einnehmen willst. Es ist alles vorbereitet. Und ganz gleich, wofür du dich entscheidest: Ich glaube, es liegen gute Jahre vor uns.«

YANNAU

Am Mittag des 22. Renowain fuhr die *Weldenfurt* auf den Dagolsee. Dort wartete wie geplant die Yannauer Hafengarde auf sie. Dass sie mit drei Schiffen und sechs Booten gekommen waren, um sie zu empfangen, überraschte Jerudana. Der Hauptmann der Wachen kam kurz an Bord und erklärte, dass Velbaree in Yannau von dem Angriff der Erluniden berichtet hatte.

Der Blick auf Yannau lenkte Ardoas von seiner Sorge ab, erneut von den Erluniden attackiert zu werden. Die Stadt lag auf zwei Ebenen, ein Teil, der sich vom Hafen bis zur Klippe erstreckte, und ein Teil, der auf der Klippe und den Hügeln lag. Die Erinnerungen, die sich in Ardoas rührten, waren jene an die Reisetagebücher seiner beiden früheren Leben. Anhand der blauen Kuppel des Neerijas-Tempels fand er die Bibliothek, in der er Birja kennengelernt und Daludreds Spur aufgenommen hatte. Das kastenartige Gebäude wirkte weit ansehnlicher, als er erwartet hatte. Ardoas vermutete, dass man die großen Fenstergiebel aus Holz hinzugefügt und damit den Anblick verändert hatte. Es schien, als hätte sich das Gebäude ein Beispiel an der Burg genommen, die sich neben einem Park auf der Klippe erhob. Die zahlreichen Balkone und die gewölbten Fenster mit ihren markanten Läden nahmen der Festung ihren wehrhaften Charakter. Dort oben war Ardoas in seinen beiden letzten Leben zu Gast gewesen; und dort war Daludred aufgewachsen.

Sie mieden den Haupthafen und steuerten stattdessen die Festung der Hafengarde im Osten der Stadt an. Kaum hatten sie an dem schlichten Gebäude festgemacht, verabschiedeten sie sich von den Weldenfurts. Korida würde später mit einigen Familienmitgliedern in die Burg hinaufkommen. Die Baronin hatte sie eingeladen. Die meisten von ihnen würden aber auf dem Schiff verweilen. So dankte er ihnen für ihre Gastfreundschaft und äußerte den Wunsch, irgendwann erneut auf dem Schiff der Familie zu fahren.

Nur zögerlich folgte Ardoas mit Jerudana den Hafenwachen ins Innere der Garnison. Ihm war unwohl dabei, mit Fremden hinter verschlossenen Türen zu sein, doch die Anwesenheit eines Mannes, der Jerudana auf dem breiten Quergang in die Arme schloss, beruhigte ihn. »Die ganze Stadt ist in Aufruhr«, sagte der Mann. Er war blass, hatte braunes, halblanges Haar und ein Lächeln, das an Daludred erinnerte. Gekleidet war er in eine leichte Rüstung, und als Waffe trug er ein schmales Schwert am Gürtel. »Du bist also Ardoas«, sagte er.

»Das ist Bilgunis«, erklärte Jerudana. Er hatte nicht nur in Vaalburg von Bilgunis gehört, sondern wusste auch aus seinem Tagebuch von ihm. Er war Daludreds Neffe, und Ardoas war ihm in seinem letzten Leben begegnet. Da waren er und seine Schwester noch Kinder gewesen. Darauf kam Bilgunis auch zu sprechen, während er sie über eine Treppe in ein Gewölbe führte. Hinter einer Tür lag ein langer Gang, an dem Lichtsteine aufglühten, sobald sie sich ihnen näherten.

»Wir sind hier direkt unter der Hauptstraße«, erklärte Bilgunis. »Da oben warten Hunderte auf eure Ankunft. Hab gehört, dass Merudoas dich vertritt.«

»Ja«, sagte Ardoas. Er hatte mit Merudoas nur wenige Worte gewechselt, als er ihm seinen Mantel, seine Ausrüstung und vor allem Xelbura überlassen hatte. Mit seinen grünen Augen, der helleren Haut und dem glatten Haar ähnelte Merudoas ihm zwar kaum, und doch mochte man ihn für Ardoas halten. Schließlich hatte ihn hier in diesem Leben noch niemand zu Gesicht bekommen.

Der Gang endete nach einer Weile hinter einer Doppeltür, die Bilgunis hinter ihnen schloss. Nachdem er zwei Riegel vorgeschoben und einen Balken aufgelegt hatte, wies er auf die Wendeltreppe, die hinter einem Torbogen begann.

Bilgunis erklärte, dass die Wendeltreppe direkt auf ihr Anwesen führte. Nach jeder Umdrehung auf der Treppe kamen sie an eine neue Tür und in einen Wachraum, der durch eine Scharte einen Blick auf die Treppe bot – und damit auch eine Möglichkeit, Eindringlinge mit einem Speer oder einer langen Klinge zu attackieren.

Während sie die Treppe emporstiegen und immer wieder warteten, bis Bilgunis die jeweilige Tür verriegelt hatte, fragte Ardoas nach Yannau und der Familie. Mal antwortete ihm Jerudana, mal Bilgunis.

»Vermisst die Familie Daludred?«, fragte Ardoas.

Jerudana nickte. »Sehr«, sagte sie. »Seine Eltern waren in Beskadur, um unsere Kinder zu sehen.«

»Meine Mutter und ich waren auch einige Male dort«, sagte Bilgunis. »Aber inzwischen bin ich der Einzige in der Familie, der den langen Weg auf sich nimmt.«

»Das heißt, hier wissen alle, warum Daludred in Beskadur ist. Und sie wissen auch, was ich dort will?«

»Die Wahrheit ist zwischen so vielen Geschichten verborgen, dass kaum jemand hier sie erkennen würde«, sagte Jerudana. »Die meisten halten Daludred bereits für ein Orakel und wissen nichts von Niadaris. Aber sie wissen von den Erluniden und dass sie unsere Feinde sind. Sie wissen, dass du als Ardoana hier warst und dass Ardae deswegen ihren Namen erhielt.«

»So ist es«, sagte Bilgunis, und mit übertriebener Stimme fügte er hinzu: »Du musst herhalten, damit die Familie in Elfenglanz erstrahlt.«

»Das gefällt mir nicht«, erwiderte Ardoas.

»Diese Geschichten haben uns Verbündete gebracht«, sagte Jerudana. »An vielen Orten.«

»Weckt das nicht Begehrlichkeiten? Werden nicht Leute nach Beskadur kommen wollen?«

»Sicherlich. Aber der Weg nach Beskadur ist beschwerlich.«

Sie schaute Bilgunis an. »Nur unsere engsten Vertrauten kennen den Weg.«

»Und unsere Feinde.«

»Richtig«, sagte sie. »Unsere Feinde.«

Ardoas hatte keine genaue Vorstellung von den Erluniden. Den Magier Erlun stellte er sich wie einen der Sklavenhalter aus den Sagen jener Welt vor, die keinen richtigen Namen mehr hatte, sondern lediglich *das Leid, die Qualen* oder *das Elend* genannt wurde. Und er fragte sich, was aus Caluon – Jerudanas Cousin – geworden war. Von Zordura hatte er erfahren, dass der ehemalige Anführer der Yaskandriden die Verbündeten in Beskadur verraten, sich den Erluniden angeschlossen hatte und dann mit ihnen aus Beskadur geflohen war. Ardoas überlegte, Jerudana nach Caluon zu fragen, doch er befürchtete, alte Wunden aufzureißen, und schwieg deshalb.

Die Treppe endete in einem kleinen Raum vor einer breiten Tür, in die ein Schloss eingelassen war. Bilgunis öffnete sie und winkte sie in ein kahles Kellergewölbe. Nachdem er die Tür mit einem Schlüssel verschlossen hatte, der wie ein kleiner Dolch aussah, wies er zur Seite, wo Tageslicht auf die Stufen fiel.

Sie folgten der Treppe auf einen Innenhof direkt am Turm neben dem Torhaus des Anwesens. Die Wolken hatten sich ein wenig aufgelöst, und ein milchig blauer Himmel kam zum Vorschein.

Dem Tor gegenüber erhob sich die Burg von Yannau, deren Fassade hier zum Teil mit Ranken bewachsen war, wodurch einige der Fenster im Schatten lagen. Zur Linken bot sich am Gebäude vorbei ein Blick auf die Stadt und den Dagolsee, zur Rechten lagen die Stallungen. Dahinter erhob sich der Aquädukt, der aus den Bergen über die Mauer in die Oberstadt reichte.

Dieser Anblick war Ardoas vertraut. Vor den Ställen hatte ihm Daludreds Familie das Pferd Dairuvee zum Geschenk gemacht. Das war eine Erinnerung, nicht nur eine Vorstellung.

Die Wachen öffneten das Hauptportal der Burg, und Daludreds Familie trat mit erwartungsvollen Mienen ins Freie.

Ardoas versuchte, jemanden zu erkennen, doch er konnte nur vermuten, dass die Frau in der Mitte, die ein Kind an der Hand hielt, Ardae sein musste. Er hatte sich Daludreds Schwester immer jünger vorgestellt – so jung, wie er sie in seinem Reisetagebuch beschrieben hatte. Damals war sie etwa vierzig Jahre alt gewesen, nun war sie in den Siebzigern, und die Falten und das graue Haar, das unter der grünen Haube in zwei Zöpfen hervorkam, erinnerten daran, wie viel Zeit vergangen war. Aber sie lächelte, als hätten die Jahre viel Freude für sie bereitgehalten.

Bilgunis führte Ardoas und Jerudana der Familie zu und grüßte bereits von Weitem. Ardae begegnete ihm, als wäre er ein Familienmitglied, das lange auf Reisen gewesen war. »Du siehst deinen Seelengeschwistern ähnlich«, sagte sie lächelnd. »Daludred hat recht behalten, als er sagte, du würdest zu unseren Lebzeiten auf die Reise gehen.«

Ardae stellte ihm ihre Familie vor: von ihrem Mann Cilgus über ihre Tochter Yorselde und deren Gatten und deren Kindern bis hin zu entfernteren Verwandten.

»Kommt, ihr beiden!«, sagte Ardae und führte sie in den Palast. Die Familie folgte ihnen zunächst, bog dann aber unter der Führung von Bilgunis nach links ab und ging eine breite Treppe hinunter. Wenngleich Ardoas in diesem Leben noch nie in dieser Burg gewesen war, wusste er, dass sich dort unten die Terrasse befand, auf der er im letzten Leben Ardae und deren Eltern – Njalmadra und Tjoldred – kennengelernt hatte.

»Du hast sie weggeschickt«, sagte Jerudana, als sie merkte, dass die anderen ihnen nicht folgten.

Ardae lächelte. »Nein, sie haben mir diesen Spaziergang mit euch zum Geschenk gemacht.« Sie musterte Ardoas. »Du ahnst nicht, wie sehr wir auf dich gewartet haben.« Sie erzählte von der freudigen Unruhe, die seinetwegen seit Wochen in Yannau herrschte.

In der Mitte des Hauses blieb Ardae vor einem Gemälde stehen, das Jerudana längst kannte, Ardoas aber die Sprache verschlug. Ein Mann mit dunkelblondem Haar, das ihm auf die

Schultern fiel, und einem langen Bart, der seinen Mund verdeckte, war darauf verewigt. An den braunen Augen erkannte er ihn. »Das ist Daludred«, sagte er. Der Unterschied zu dem Gemälde, das Velbaree hatte anfertigen lassen, war enorm.

»Ich reiste mit einem Handelszug nach Beskadur und nahm einige Künstler mit, die ihn malten und zeichneten«, erklärte Ardae. »Ich habe ihn zuerst nicht erkannt.«

»Wie alt ist dieses Gemälde?«, fragte Ardoas, ohne seinen Blick abzuwenden. Daludred stand vor hellgrauen Säulen, durch die man Berge unter einem blauen Himmel sehen konnte.

»Siebzehn Jahre«, antwortete Ardae. »Nach der Rückkehr meiner Eltern hatte ich so große Sehnsucht nach Daludred, dass ich dorthin reiste. Jerudana kam mit einem Handelszug und holte mich ab.« Sie erzählte von der anstrengenden Reise und der Freude, ihren Bruder wiederzusehen.

Durch das hintere Tor führte Ardae sie in einen Garten, der so weitläufig war wie der Palastgarten in Ilbengrund, in dem aber alles viel geordneter wirkte. Die Hecken waren gestutzt, die kleineren Bäume ähnelten einander, nur die großen schienen sich der Ordnung nicht zu unterwerfen.

Ardae erzählte von Daludreds Kindheit und dass sie wegen des Altersunterschieds sowohl Schwestergefühle als auch Muttergefühle für ihn hegte.

Über einen schmalen Pfad kamen sie auf den kleinen Friedhof. Die Gräber waren erhöht in großen Stufen angelegt, als wollte man den Toten einen freien Blick über die Mauer am Klippenrand bieten, auf dass sie in die Stadt hinab- und auf den Dagolsee hinausblicken konnten.

Ardae blieb vor einem Grabstein stehen. Njalmadra und Tjoldred waren hier bestattet – Ardaes und Daludreds Eltern. Der Baron war im Jahr 3470 gestorben; die Baronin im Jahr 3472. »Es ist ein Wunder, dass sie hier begraben sind.« Ardae erzählte, dass sie nach ihrer Rückkehr aus Beskadur gestorben waren. »Ich werde in diesem Leben nicht mehr nach Beskadur gehen«, sagte sie. »Also werde ich Daludred wahrscheinlich nie wiedersehen. Und auch euch sehe ich nun wahrscheinlich zum letzten Mal.«

»Ich wette, es steckt noch genug in dir, um uns nach Beskadur zu begleiten«, erwiderte Jerudana.

»Vielleicht, aber wenn deine Freunde nach und nach sterben, gewöhnst du dich daran, Abschied zu nehmen. Ich bin jetzt in diesem Alter.« Die Baronin wies auf einen Grabstein, ein Stück unterhalb von ihnen. »Meiner Großmutter ging es genauso. Sie hat nicht mehr erlebt, wie Daludred seinen Orakelkräften zu vertrauen lernte. Und ich werde nicht erleben, wie ihr Niadaris befreit. Aber Anteil an dieser Geschichte zu haben, das macht mich stolz.«

»Vielleicht wirst du es miterleben«, sagte Ardoas. »Meine Erinnerung rührt sich.«

»Mach mir nicht zu viel Hoffnung. Ich bin mit allem im Reinen. Ich möchte nur, dass du dich an dein Versprechen erinnerst.«

»Du meinst, dass ich meine sogenannten Abenteuer von euch verschriftlichen lasse?«

Ardae nickte. »Weißt du noch, wer Birja von Dilath ist?«

»Die Bibliothekarin, die mich auf Daludreds Spur brachte. Ich habe von ihr in meinen Schriften gelesen. Was wurde aus ihr? Ich hoffe, sie lebt noch.«

»Sie lebt«, sagte Ardae. »Sie ist die Bibliothekarin des Felsentempels. Ich befreite sie hier von allen Pflichten – wenn sie nur deine Geschichte niederschrieb. Das war keine Last, die ich ihr aufbürdete, sondern ein Wunsch, den ich ihr erfüllte. Das Versprechen, das Ardoana meiner Mutter gab und das du im letzten Leben erneuert hast, sollst du nicht mehr hier einlösen, sondern in Beskadur. Wenn alles verschriftlicht ist, dann wird meine Familie das entstandene Werk annehmen und in Ehren halten.«

Mit einem Lächeln sagte Ardoas: »Dann erneuere ich nun das Versprechen. Wie immer dies enden wird, die Geschichte wird ihren Weg hierher finden.«

Ardae fasste seine Hand. »Ich danke dir«, sagte sie, und während sie ihn die Stufen hinab zu dem Weg führte, der an der Mauer am Rande der Klippe entlang verlief, erklärte sie, dass Sagen in diesen Gefilden einen hohen Stellenwert hatten und bereits einige über ihn in Umlauf waren. Sie deckten sich zwar selten mit der Wahrheit, aber in nahezu allen waren die Erluniden seine verhassten Feinde.

Nachdem sie einen kleinen Hain hinter sich gelassen hatten, öffnete sich der Blick, und vor ihnen erstreckte sich die Terrasse, neben der sich die Burg erhob.

Die Familie stand dort an der Mauer und spähte in die Tiefe. Dann aber nahmen sie Ardae, Jerudana und Ardoas in ihre Mitte auf und zeigten ihnen, was sich dort unten tat. Auf der Hauptstraße standen die Leute dicht an dicht, und das Rauschen des Stimmengewirrs drang bis zu ihnen herauf. Berittene zogen gemächlich über die Serpentinen der Oberstadt entgegen. An der Spitze glaubte Ardoas Obureen zu erkennen.

»Na?«, fragte Bilgunis grinsend. »Wie gefällt dir dein Einzug nach Yannau?«

Ardoas erspähte Xelbura, die an der ersten Kehre der Serpentinen ankam, und er hatte tatsächlich das Gefühl, sich selbst zu beobachten – nicht, weil ihn da unten Merudoas verkörperte, sondern weil er damals mit Birja über die sich emporwindende Straße den Weg in die Oberstadt gesucht und zur Terrasse emporgeblickt hatte. Es war wie ein Blick in die Vergangenheit – ein Blick, der einen weiteren Schleier von seinem Gedächtnis nahm.

Ardoas war in Daludreds ehemaligem Schlafzimmer. Der Schein der Kerze auf dem Tisch ließ den Holzboden glänzen, spendete aber nicht genug Licht, um die Ecken jenseits des breiten Bettes zu erreichen. Durch das weite Fenster blickte er in die nächtliche Stadt hinaus. Dort unten brannten nur wenige Lichter, und der Dagolsee war im schwachen Schein des abnehmenden Mondes eine finstere Fläche in der Ferne, auf der die Laternen einiger weniger Schiffe strahlten.

Der Tag und der Abend waren mühsam gewesen. Er mochte Daludreds Familie, aber all den Persönlichkeiten der Stadt und der Baronie zu begegnen, war noch anstrengender gewesen als das Festmahl in Vaalburg. Ständig Blicke auf sich zu wissen, hatte ihn ermüdet. Ardae hatte es bemerkt und ihn überredet, sich zurückzuziehen.

Hier hatte er nicht nur sein Gepäck gefunden, sondern auch das von Jerudana. Die Familie nahm offenbar an, dass sie immer noch zusammen waren, trotz eines neuen Lebens und allem, was sie trennte.

In Yannau zu sein hatte ihm mit den Stunden ein Gefühl der Trauer beschert. Vielleicht waren es die Gräber von Daludreds Eltern gewesen, vielleicht die Aussage Ardaes, dass sie Daludred nie wiedersehen würde. Hier in Yannau hatte seine Suche Gestalt angenommen. Mit Dairuvee war er von hier aufgebrochen.

Dairuvee. Auch mit dem Pferd, das Ardae ihm damals geschenkt hatte, verband Ardoas Trauer. Er wusste, dass er es bei dem Hinterhalt vor dem Elfenwald verloren hatte, aber die vagen Vorstellungen passten nicht zu dem aufwühlenden Gefühl der Trauer, das ihn bei dem Gedanken an Dairuvee erfasste.

»Du bist wach«, hörte er Jerudanas Stimme sagen und wandte sich zu ihr um. Sie stand in der Tür zum Wohnraum und schaute sich im Schlafzimmer um, das einst Daludred gehört hatte.

»Zu viele Dinge drängen sich in meinen Kopf«, sagte er.

Sie wies zum Gepäck, das in der Ecke stand. »Ich wollte nur meine Sachen holen. Ich schlafe hier vorne auf dem Diwan.« Im flackernden Schein der Kerze wirkte Ardoas' Miene zutiefst bedrückt. »Das war zu viel für dich, nicht wahr?«, fragte sie leise.

Er nickte, und erst nach einer Weile sagte er: »Ich habe in meinem letzten Leben hier nur einen Tag verbracht, und doch wühlt es mich auf.«

»Im vorletzten Leben warst du länger hier.«

»Sollte mich dann nicht Freude mit diesem Ort verbinden, an dem so viel erblüht ist? Ich habe das Gefühl, hier etwas verloren zu haben. Es ist Leid – und dann Wut. Als hätte ich meinen Büchern etwas verschwiegen. Etwas, das selbst ihr nicht wisst.«

Jerudana kam zu ihm ans Fenster und strich ihm über den Arm. »Was soll das gewesen sein? Du hattest gar keine Zeit, um hier Leid zu säen oder zu empfangen.«

»Dairuvee. Vielleicht ist es Dairuvee.«

»Die einzige Gefährtin, die du damals verloren hast.«

Ihm liefen Tränen übers Gesicht. »Ich verstehe das nicht. Die Trauer verstehe ich, aber woher kommt diese Wut?«

»Ardoas«, sagte Jerudana leise. »Du hast damals in deiner Wut deinen Bogen sprechen lassen.«

»Das habe ich nicht aufgeschrieben.«

»Aber so war es.« Sie erzählte, wie er den Anführer der Angreifer aus dem Sattel geschossen hatte. »Du hast von ihr wie von einer Gefährtin gesprochen.«

»Ich habe nie richtig um sie getrauert«, sagte er. »Es ging alles so schnell. Der Elfenwald, die Zuflucht, Yerebal.«

»Ardoas«, sagte sie, aber er hörte sie nicht.

»Euch zu haben war ein Trost.« Sein Blick schien unten in der dunklen Tiefe der Stadt etwas zu suchen. »All das, was dann geschah, war ein Trost.« Er schaute sie an. »Ich weiß kaum etwas über Dairuvee, aber ich spüre den Schmerz. Meine Gefühle – sie erinnern sich. Nur meine Gedanken müssen zu ihnen aufschließen.«

Jerudana näherte sich vorsichtig mit den Fingern seinem Gesicht und wischte ihm die Tränen ab. »So weit ist deine Erinnerung schon? Es ist nicht nur die Erinnerung an Gesichter oder Orte. Du fühlst das, was du damals fühltest. Du fühlst es tatsächlich. Oder sind dir diese Gefühle fremd?«

»Sie sind nicht fremd. Dazu sind sie zu tief in mir verwurzelt.« Er schüttelte den Kopf. »Ich denke an Dairuvee und trauere, und ich rede mit Ardae und fühle Verbundenheit.«

»Und was fühlst du bei mir?«, fragte sie.

»Habe ich das in Vaalburg nicht auf meine unbeholfene Art offenbart?«

»Seit Vaalburg ist viel passiert. Die Fahrt auf der *Weldenfurt* ebenso wie das, was gerade geschieht.«

»Was geschieht gerade?«

»Vielleicht das, was schon in Vaalburg oder Derothur hätte geschehen sollen und das ich nicht zuließ, weil ich unsere Nähe überhöht habe. Hätten wir das wie Elfen geklärt, wäre es leichter gewesen.«

»Aber das haben wir versucht, indem wir über Macht gesprochen haben.«

»Doch wir hätten so viele andere Möglichkeiten in Betracht ziehen können.« Sie grinste. »Wusstest du, dass Daludred und ich mal was mit Velbaree hatten – aber nicht gemeinsam?« Sie erzählte von ihrer Reise nach Yerebal, während Daludreds Eltern in Beskadur waren. »Da habe ich sehr unter Sehnsucht gelitten. Und Velbaree und die anderen waren sehr großzügig zu mir.« Sie wiederholte die letzten Worte auf Elfisch und verwendete für das ioderische *großzügig sein* das alte elfische Wort *davurebiro,* was zwar wortwörtlich *großgebend* hieß, aber nur noch verwendet wurde, um den Liebesakt zu bezeichnen.

»Und Daludred? Wann kam er mit ihnen zusammen?«

»Als ich auf Reisen war und Velbaree nach Beskadur kam.«

»Ist da Liebe im Spiel? Oder ist es als Freundschaftsdienst zu verstehen?«

»Freundschaft. Dass es bei euch solche Freundschaft geben kann, habe ich lange nicht verstanden. Du glaubst nicht, wie sehr ich unter Schuldgefühlen litt. Es ist selbst in einer Yaskandride wie mir tief verwurzelt, dass Freundschaft von Lust getrennt ist. Und ihr? Ihr redet einfach darüber. Und wenn es sich als Fehler herausstellt, redet ihr über Fehler.«

»Unsere Gemeinschaft ist nicht groß. Die Beziehungen ändern sich. Und die Übergänge geschmeidig zu machen, das war immer ein Anliegen.«

»Hattest du je solche Freundschaft?«

»Nicht in diesem Leben. Das war nur Lust. Ich hatte ja diesmal nicht viele Gleichaltrige um mich herum. Und jetzt, da ich erwachsen bin und so viel erkunden könnte …«

»Bist du mit mir hier«, sagte sie. »Verstrickt in alte Gefühle.«

»So habe ich das nicht gemeint. Ich … ich sehe dich, und neben all dem Verlangen ist da auch eine Ruhe. Als wäre all das nicht nötig.« Er schaute aufs Bett. »Als könnten wir uns einfach ausziehen und hinlegen und flüstern – und wenn es zu mehr kommt, dann wäre es nicht verwunderlich, weil wir das schon viele Male getan haben.«

»Das fühlst du?«

»Verlangen und Ruhe – das ist ein Widerspruch.«

»Vielleicht nicht.« Sie wies aufs Bett. »Vielleicht verbirgt sich in deinem Gefühl der Weg, das zwischen uns nicht zu überhöhen, indem wir einander und uns selbst vertrauen.« Jerudana strich ihm über die Wange. »Soll ich bleiben?«

Ardoas nickte, und lächelnd löste sie sich von ihm und ging hinüber zu ihren Sachen. Sie holte den Lichtstein heraus und legte ihn aufs Bett. Anschließend begann sie sich auszuziehen, und auch Ardoas zog sich langsam aus. Er musste an die Nacht in Derothur denken, als sie sich in Unterkleidung gegenübergestanden hatten. Nun aber zogen sie sich ganz aus und standen einander durch das Bett getrennt gegenüber.

Ardoas hatte in diesem Leben noch nie einen solchen Körper gesehen. Vom Altern vermochte er weniger zu erkennen als von Stärke. Das war der Leib einer Kriegerin – nicht so glatt und so schmal wie die Körper der meisten Elfen, aber dennoch anmutig.

Jerudana musterte Ardoas und war über die Ähnlichkeiten verblüfft. Wie damals, als sie ihn in Yerebal durch die Kristallwand im Bad unter der hängenden Quelle gesehen hatte, war er nackt, schmal und makellos. Sie hatte nun keinen Zweifel mehr daran, dass er größer gewachsen war als in seinem letzten Leben und breitere Schultern hatte. Seine langen Beine faszinierten sie nach wie vor, und als er sich bückte und sie seinen Rücken sah, sehnte sie sich danach, mit ihren Händen darüberzufahren.

Sie legten sich ins Bett, das für zwei Personen eigentlich zu klein war, um Abstand zu halten. Aber sie konnten nebeneinander auf der Seite liegen und sich anschauen, und sie hatten noch Platz, um den Lichtstein zwischen sich zu legen. Ardoas löschte die Kerze und brachte den Stein mit einer Berührung zum Leuchten.

Jerudana staunte. »Das war das erste Mal seit damals, dass du diesen Stein erweckt hast«, flüsterte sie. Sie wusste nicht, ob sie in dieser Nacht großzügig zueinander sein sollten, aber allein dass es möglich war, beruhigte sie. Hier mit Ardoas zu liegen und zu flüstern, das machte so viel von dem aus, wonach sie sich gesehnt hatte.

Ardoas atmete entspannt. Die Wut und das Leid von eben waren fort, und nur Ruhe blieb zurück. Selbst das Verlangen hatte sich beruhigt, erwachte aber immer wieder. Er schaute zwischen Jerudanas Augen hin und her.

»Was ist los?«, fragte sie.

»Die Zuflucht. Ich habe davon gelesen.«

Jerudana lächelte. »Daran musst du denken?«

»Ich habe nicht alles niedergeschrieben.«

»Nein. Hast du nicht.«

»Habe ich dich gefragt, was gewesen wäre, hätte ich deine Hand geküsst?«

»Ja, das hast du. Du erinnerst dich tatsächlich.«

»Ich weiß nicht. Vielleicht …«

»Was habe ich geantwortet?«

Ardoas überlegte. Es war alles verschwommen und mit anderen Situationen verbunden – wie ein Traum, den er wieder und wieder geträumt hatte, ohne dass er hätte sagen können, welcher der ursprüngliche gewesen war. »Soooo … großzügig.«

Jerudana hielt den Atem an.

»Du sagtest: *Dann wären wir … jetzt … soooo großzügig.*«

»Ja«, hauchte Jerudana und strich ihm über die Brust, und als auch er mit seiner Hand von ihrem Schlüsselbein aus an der Kette entlang zu ihren Brüsten strich, sagte sie: »Warte!«

Er hielt inne. »Tut mir leid.«

Sie schüttelte den Kopf. Es musste ihm nicht leidtun, schließlich hatte sie den Anfang gemacht. »Du solltest etwas wissen. Einen Teil davon weißt du schon, aber ich bin mir nicht sicher, ob du das zu Ende gedacht hast.«

»Du fürchtest, schwang…« Ehe er das Wort aussprechen konnte, hatte sie ihm ihre Finger über die Lippen geschoben. »Ardoas, ich bin zu alt, um Kinder zu kriegen. Tut mir leid. Das hätte ich dir erklären müssen.«

»Wenn es nicht das ist, was ist es dann?«

»Daludred.«

»Ich wünschte, er wäre bei uns. Ich verstehe, wenn du warten möchtest.«

Jerudana lächelte. »Ganz gleich, wie weit wir gehen, er wird bei uns gewesen sein.«

»Gewesen sein?«

»Daludred vermag durch meine Sinne zu schauen. Ganz gleich, wo ich hingehe, er kann, wenn ein wenig Zeit vergangen ist, sehen, was ich sah, spüren, was ich spürte. Und er vermag alles, was du in deinem letzten Leben erfahren hast, nachzufühlen – als erlebte er es selbst.«

»Heißt das, er kann auch durch mich die Dinge sehen? In diesem Leben, nicht nur im letzten?«

»Das wissen wir nicht. Er hat es bisher nicht gewagt, sich deinem neuen Leben mit seiner Gabe zu nähern. Bei deinem letzten Leben hatte er weniger Bedenken, weil du tot warst und wir deine Erinnerung bewahren wollten.«

»Warum hat er es nicht bei mir versucht – in diesem Leben?«

»Er fürchtete, Elterngefühle für dich zu bekommen, wenn er dich zu früh gewahrte. Aus dem gleichen Grund wollte ich damals nicht bei deiner Geburt dabei sein.«

»Das heißt, ganz gleich, ob er durch meine Sinne sehen kann, er wird mich durch dich gewahren.« Staunend schüttelte er den Kopf. »Das ist unfassbar. Deinen Geliebten bei dir zu wissen und mit ihm sprechen zu können, wenn du einsam bist.«

»Es ist befremdlich, wenn es jemand merkt.«

»Ardoana I. schrieb einst, dass Selbstgespräche Gespräche mit den kommenden Seelengeschwistern sind. Man sagte ihr, sie solle nicht von ihrem Scheitern ausgehen. Darauf sagte sie, dass wir alle Seelengeschwister in der Zukunft haben, die vielleicht einst in der Lage sein werden, durch die Sinne früherer Inkarnationen zu blicken.«

»Was für eine Vorstellung!«, flüsterte Jerudana.

»Daludred wird also bei uns sein. Wenn ich dich küsse, küsse ich damit auch ihn.«

Jerudana lächelte. »Immer wenn er Trost sucht, reist er mit seiner Gabe in jene Nacht zurück, in der wir in Yerebal zusammenkamen. Mal schlüpft er in seine eigenen Sinne, mal in meine und mal in deine. Er hat diesen Augenblick wieder und wieder erlebt.«

»Dann weiß er mehr über mein voriges Leben als ich.«

»Nein. Du weißt alles, bist dir dieses Wissens aber nicht bewusst.« Sie fasste seine Hand und küsste sie. »Er wird dir helfen, die Erinnerungen zu entdecken und zu ordnen.«

Ardoas überlegte, wie es sein musste, die Welt durch die Sinne anderer Wesen zu gewahren.

»Fühlst du dich nun beobachtet?«, fragte Jerudana. »Stört es dich – dass er das, was ich erlebe, nacherleben wird? Wenn es so ist, dann sage es, und er wird sich fernhalten. Du kannst ihm auch sagen, welche Sinne du mit ihm teilen willst. Er ist geradezu stolz darauf, beherrschen zu können, für welchen meiner Sinne und für wie viel davon er sich empfänglich macht.«

Ardoas schüttelte den Kopf. »Ich habe keine Geheimnisse vor ihm.« Er schaute Jerudana in die Augen. »Und ich habe keine Geheimnisse vor dir, Jerudana.« Er blinzelte und schaute sie erneut an. »Daludred! Wenn du das erlebst, dann sei dir gewiss, dass ich deinen Blick durch meine Sinne gutheiße. Reise ein Stück auf ihnen und lerne mich kennen, ehe wir bei dir sind.«

Jerudana atmete schwer und schaute Ardoas fragend an. Die Vorstellung gefiel ihr, dass nicht nur sie mit Daludred sprach, sondern auch er, und dass Daludred sie nicht nur durch ihre, sondern auch durch Ardoas' Sinne gewahren würde.

Sie küssten sich, und Jerudana ließ ihre Hand an Ardoas' Körper hinabfahren, während er seine Hände an ihr herauffahren ließ. Sie schoben gemeinsam den Lichtstein unter die Kissen und drückten ihre Körper aneinander.

Mit einem Mal klopfte es im Nebenraum heftig an der Tür.

»O nein«, sagte Jerudana und schaute Ardoas an. »Nein, oder? Wir machen nicht auf.« Sie legte sich auf den Rücken und zog Ardoas auf sich, aber er zögerte.

Es klopfte erneut.

Ardoas hielt inne, Jerudana ebenso.

»Ich gehe«, sagte sie. »Du bleibst hier und wartest.«

»Ich werde warten«, sagte er lächelnd.

Jerudana erhob sich, und ehe sie hinüber ins andere Zimmer ging, schaute sie noch einmal zu Ardoas zurück. Er saß im Bett, als überlegte er, doch aufzustehen.

»Wer ist es?«, fragte Jerudana, während sie zur Tür ging.

»Obureen!« Die Hauptfrau der Beskadurischen Garde klang aufgeregt. Das konnte nichts Gutes bedeuten.

Jerudana öffnete Obureen und ließ ihr gerade genug Zeit einzutreten, ehe sie die Tür wieder schloss.

»Es ist etwas passiert«, sagte sie, während ihr Blick kurz an Jerudana hinabwanderte. Es war nicht das erste Mal, dass sie sie nackt gesehen hatte. Sie waren in Beskadur oft gemeinsam im Bad gewesen.

»Ich hoffe, es ist wichtig«, sagte Jerudana.

Obureen atmete durch. »Auf Ardoas wurde ein Kopfgeld ausgesetzt.«

»Verdammte Fakke!«, sagte Jerudana leise und hoffte, dass Ardoas im Nebenraum nichts hörte, doch obwohl er Jerudanas Wunsch folgte und sich nicht aus dem Bett erhob, vernahm er jedes Wort.

»Wie viel?«, fragte Jerudana.

»Zehntausend Kynorische Kronen!«

Ungläubig schüttelte Jerudana den Kopf. Langsam sagte sie: »Dann werden alle Söldnertrupps des Ostens hinter uns her sein.«

Obureens Lächeln wirkte bemüht. »Der Herbst naht, wir ziehen in die Wildnis – und wir sind wahrscheinlich die schlagkräftigste Gemeinschaft, die gerade im Osten unterwegs ist.«

»Die Gier wird diese Erkenntnis zur Seite wischen«, entgegnete Jerudana. »Zehntausend Kronen! Das ist mehr als fünfmal so viel wie damals das Kopfgeld für Daludred. Und der Wert des Geldes ist gestiegen.«

»Was sollen wir also tun?«

»Bereitet euch vor. Noch vor Sonnenaufgang werden wir aufbrechen. Ehe irgendwer merkt, was geschieht. Ich ziehe mir was an, dann werde ich mit Ardae sprechen.«

Obureen winkte ab. »Das übernehme ich. Ich werde alles vorbereiten.« Sie schmunzelte.

Jerudana bedankte sich. Als Obureen fort war, kehrte sie langsam ins Schlafzimmer zurück und bemerkte Ardoas' besorgte Miene. »Du hast es gehört?«

»Jedes Wort«, sagte er. »Wie sollen wir das schaffen, wenn wirklich alle hinter uns her sein werden?«

Sie setzte sich zu ihm auf die Bettkante und fasste seine Hände. »Keine Sorge. Niemand wird an dich herankommen. Wer dich töten will, hat den eigenen Tod in die Wege geleitet.«

Ardoas nickte. »Es ist nur, dass ich noch nie einen richtigen Kampf ausgetragen habe. Nicht in diesem Leben.«

Sie küsste seine Hände. »Ardoas. Als wir uns damals trafen, war das erst der zweite Kampf deines damaligen Lebens. Und du hast mir alles abverlangt. Du hast gekämpft wie ein erfahrener Krieger, der alle Kniffe kennt. Ich hörte, deine Ausbildung diesmal hat der letzten in nichts nachgestanden.«

»Aber dennoch …«

»Diese Unsicherheit – sie gehört dazu.« Sie strich ihm über die Brust und senkte den Blick. »Warum musste diese lästige Kunde uns die Nacht verderben?« Sie strich über seine Hüften.

»Hätte Obureen doch nur eine Stunde später geklopft!« Sie streichelte seine Beine. »Nun ist natürlich nicht mehr an Großzügigkeit zu denken.«

»Natürlich nicht«, sagte er, strich ihr über den Arm und führte seine Hand über ihre Hüfte zu ihrem Rücken.

»Es wäre auch zu schön gewesen«, sagte sie und küsste seine Schulter.

»Ja.«

»Ja?«, fragte sie lächelnd. »Immer noch – ja?«

Er nickte, und gemeinsam ließen sie sich aufs Bett zurücksinken.

Vor Sonnenaufgang gingen Ardoas und Jerudana hinab in den Saal, wo Ardae mit ihrem Sohn Bilgunis und der Hauptfrau seiner Garde – Ulaidera – ebenso wartete wie Obureen und Velbaree. Ardoas konnte nicht glauben, dass er eben noch in Jerudanas Armen gelegen hatte, und Jerudana wünschte sich, sie hätten mehr Zeit gehabt. Einige Tage – in Ruhe und Leidenschaft.

Ardae empfing sie mit besorgter Miene. Sie sprach ihr Bedauern aus und entschuldigte sich dafür, dass sie nicht sagen konnte, wer das Kopfgeld ausgesetzt hatte.

Jerudana musterte Bilgunis. Ardaes Sohn wirkte ausgeschlafen. »Überleg dir, ob du uns wirklich mit dem Handelszug begleiten willst«, sagte sie ihm.

»Mein Entschluss steht«, entgegnete er ruhig.

»Ich werde das Gerücht streuen, dass ihr noch hier seid und eine Reise das Anartal entlang plant«, sagte Ardae. »Zumindest einige werden wir damit sicherlich in die falsche Richtung schicken.«

Jerudana nickte. »Söldnertrupps setzen sich nicht in Bewegung, wenn sie sich nicht sicher sind, dass sie auch bezahlt werden. Wenn sie sich bewegen, können wir davon ausgehen, dass der Schattenadel seine Finger im Spiel hat und zumindest für die Zahlung bürgt. Mit ein wenig Glück könnte uns das auf eine Spur zu den Erluniden führen.«

»Ich werde Zarelunda Boten schicken, damit auch sie die Augen offen hält.« Dass Ardae mit Zarelunda in Kontakt stand, die nicht nur das Oberhaupt der Yaskandriden geworden war, sondern inzwischen auch das Handelshaus Tauburg führte, machte Ardoas Hoffnung, dass sie diese neue Gefahr überstehen würden.

Der Abschied kam schnell und nicht in dem Kreis, in dem er eigentlich hätte geschehen sollen. Die meisten Familienmitglieder schliefen noch, als Ardae sich an Ardoas und Jerudana wandte und ihnen mit besorgter Miene eine gute Reise wünschte.

»Ich wäre gerne länger geblieben«, sagte Ardoas. »Es ist wie zuvor. Eine Nacht in Vaalburg, eine Nacht hier – und immer der Wunsch, verweilen zu können. Ich danke dir und der Familie.«

Nachdem alle Abschied genommen hatten und die Geschäftigkeit um sich griff, machten Jerudana und Ardoas sich auf den Weg zu den Stallungen.

»Du staunst immer noch ein bisschen«, sagte sie auf dem Hauptgang.

»Das ist der Unglaube nach etwas Wundervollem.«

»Was, unsere Großzügigkeit oder der Gedanke, dass Daludred alles miterlebt?«

»Möglicherweise ist es beides.«

»Ich hoffe, es hat deine Ängste ein wenig gelindert.«

»Ein wenig«, sagte er. »Nun frage ich mich, was geschieht, wenn man uns nach Beskadur folgt.«

»Sollten die Erluniden je die Hoffnung haben, den Tempel noch einmal einzunehmen, werden sie seinen Standort nicht offenbaren. Allgemein weiß man nur, dass Beskadur sich irgendwo weit im Osten befindet, irgendwo zwischen den Thorilbergen und dem Gilgaongebirge. Ohne genau zu wissen, wo Beskadur liegt, ist es ein komplizierter und unangenehmer Weg. Und jene, die dennoch in unsere Nähe finden, wird Daludred sehen. Sein Blick über die Umgebung ist wahrhaftig der eines Orakels. Beskadur lässt ihn sehen, wer wann wo erscheinen wird. Er weiß stets, was nötig ist, um die Leute abzuwehren. Eine falsche Spur, eine Drohung – oder aber ein Kampf.«

»Aber was, wenn Adlige sich mit Söldnern zusammentun? Zehntausend Kronen sind eine Summe, die mancher Baronie aus der Klemme helfen könnte.«

»Ich sehe, du bist diesmal besser über den Wert des Geldes informiert.«

»Zordura hat es mich gelehrt.«

»Nun, sicherlich könnte diese Summe auch Adlige dazu bewegen, gegen uns vorzugehen. Aber sie müssten es im Geheimen tun. Und dann müssten sie viel Geld einsetzen, um eine Streitmacht nach Beskadur zu führen. Aber du hast recht: Wir sollten mit allem rechnen.«

DURCH DIE WILDNIS

Durch das Tor am Aquädukt, der aus den Bergen kam, über die Stadtmauer in die Stadt drang und in die Burg mündete, verließen sie Yannau. Ardoas und Jerudana ritten inmitten des Zuges, der sich vorsichtig durch die Finsternis bewegte. Die *Yannauer Schwerter,* die von Bilgunis und der Hauptfrau Ulaidera angeführt wurden, folgten ihnen mit dem Handelszug.

Jerudana spähte misstrauisch in die Dunkelheit, und ihr Schweigen erweckte Ardoas' Sorge. Jeder Schatten mochte ein Bogenschütze, jede Felsformation eine Schlachtreihe sein. Nicht einmal mit dem erwachenden Tag schwanden Ardoas' Ängste, doch Jerudana war zuversichtlich, als sie endlich einen der Pässe ins Gebirge erreichten und so schnell reiten konnten, wie es die Packpferde zuließen.

Nach einigen Stunden machten sie ihre erste Rast. Als Mahlzeit hatten sie das mitgenommen, was eigentlich ihr Frühstück in der Burg hätte sein sollen – vor allem dunkles Brot, Käse, kalter Braten und rote Dagoltrauben.

Die Sorge, entdeckt zu werden, ließ Ardoas nicht los. Er schaute sich ständig um. Von diesem Hügel aus konnte man die wellige Passlandschaft gut überschauen, wurde aber selbst leicht gesehen.

»Keine Angst, Ardoas«, sagte Velbaree nach einer Weile. »Die erste Stunde nach dem Auszug war die gefährlichste, weil uns da nicht allzu viele Wege zur Verfügung standen. Aber hier draußen gibt es so viele Möglichkeiten, sich zu bewegen. Schwierig wird es erst, wenn wir in das Grenzland zwischen den Gebirgen kommen.«

»Warum?«, fragte Ardoas.

Jerudana antwortete ihm: »Je nachdem, wo das Kopfgeld seinen Ursprung genommen hat, könnte die Kunde in Tyreandar oder in Nord-Kynoris bereits verbreitet sein. Und dann werden sie uns erwarten. Die meisten Söldnertrupps sitzen in Uchtengrund, weil sie von dort aus schnell überall hinkommen. Die Straße führt südwärts durch Kynoris, nordwärts nach Tyreandar. Und nach Osten hin kommst du in das Grenzland. Aufträge finden ihren Weg in der Regel schneller nach Uchtengrund als irgendwo sonst hin. Wenn die Erluniden geschickt waren, haben sie das Kopfgeld direkt dort ausgesetzt.«

Ardoas nickte. »Und doch seid ihr zuversichtlich.«

Jerudana tauschte ein Lächeln mit Velbarec und sagte dann: »Wenn ich mit deiner Schwertschwester reite, bin ich immer zuversichtlich.«

Während Ardoas im letzten Leben auf der Straße westlich der Gilgaongebirge nach Norden geritten und erst in Uchtengrund nach Osten gestrebt war, bewegte er sich nun mit dem Zug durch die Wildnis. Gerade als der 25. Renowain kam und Jerudana erklärte, dass dies Daludreds Geburtstag sei, dachte er daran, dass sie nun in die Region kamen, in der er Daludred und Jerudana kennengelernt hatte. Den ganzen Tag über sprachen sie Daludred immer wieder heimlich Glückwünsche und Liebesbekundungen zu, in der Nacht lagen sie in ihrem kleinen Zelt dicht beieinander und flüsterten zu Daludred von ihren Hoffnungen – dass die kommenden Jahre Glück für sie bereithalten mögen.

In den darauffolgenden Tagen kam Ardoas die Landschaft mehr und mehr vertraut vor. Eines Morgens schließlich öffnete sich ein Hochtal vor ihnen, und Jerudana sagte: »Hier habt ihr uns damals in die Irre geführt.« Sie wies voraus. »Da seid ihr herabgekommen.« Sie wies zu Hügeln im Nordosten. »Und da seid ihr wieder nach Norden gezogen, um nach Barilon zu kommen.«

»Und du hast uns durchschaut«, erwiderte Ardoas lächelnd.

»Wer weiß, was geschehen wäre, hätte ich es nicht getan. Wir hätten uns nicht in Barilon zusammengetan, wären nicht gemeinsam in den Elfenwald gegangen, wir hätten nicht in der Zuflucht geflüstert und hätten nicht die Großzügigkeit von Yerebal genießen können.«

Auf dem nordöstlichen Weg gelangten sie allmählich in die Ausläufer des Gilgaongebirges. Doch kaum lagerten sie im Grenzland mit dem Blick auf die Thorilberge, rief Obureen: »Reiter im Nordwesten!«

Als wären Obureens Worte ein Befehl gewesen, zogen Velbaree und ihre Bewaffneten aus.

Ardoas wollte sich erheben und sich den Waffengürtel umlegen, doch Jerudana hob die Hand und sagte: »Bleib sitzen und iss! Velbaree kümmert sich darum.«

»Aber es könnte …«

»Vertrau mir, Ardoas.« Sie deutete in die Runde, wo sie wie bei den meisten ihrer Lagerstätten weithin das Land überblicken konnten. »Wir würden sie kommen sehen. Beruhige dich und iss weiter. Du wirst die Kräfte brauchen.«

Ardoas befolgte Jerudanas Worte, während sich um ihn herum die Bewaffneten bereit machten weiterzureisen, dann aber abwarteten und Gespräche führten.

»Wie kannst du so ruhig bleiben?«, fragte Ardoas Jerudana.

»Das ist Vertrauen. Ich weiß, dass Velbaree da draußen wüten wird.«

»Aber ein Hinterhalt, ein verirrter Pfeil, und es kann aus sein.«

»Gewiss. Aber ich habe gesehen, wie Velbaree einmal acht Gegner niedergestreckt und dann einen Spurt auf drei Bogenschützen begonnen hat. Alle drei schossen, und alle drei verfehlten sie, so unberechenbar war ihr Lauf. Und am Ende lebte keiner ihrer Widersacher. Wenn du das gesehen hättest, dann würdest du dich nicht um sie sorgen. Wir haben uns oft in dieser Gefahr bewegt. Und wir waren manchmal nahe an den Erluniden dran.«

»Wann zum Beispiel?«

»Nach deiner Wiedergeburt beschloss ich, der Spur nachzugehen, die nach Elidenfurt führte. Dort hattest du nach Exemplaren der Gawanon-Bände gefragt, die Daludred in Yannau entwendet hatte. Doch auch dort waren die Bände gestohlen worden. Wir fanden sie in Beskadur – mit einem Brief des Gelehrten, der sie entwendet hatte. Dieser Spur folgte ich. Und es war ein echtes Abenteuer. Natürlich war der Gelehrte verschwunden, und gemeinsam mit Tarnabias, Obureen, Burrid und Golweda setzte ich ihm nach. Es war eine einzige Chaosfakke, die mit dem Tod des Gelehrten endete – und anderen Verwicklungen, deren *Ent*wickeln uns viel abverlangte.«

Gerade hatte Jerudana von ihrer Auseinandersetzung mit der Stadtgarde von Hjorenfeld erzählt und von ihrer beinahe halsbrecherischen Flucht über die Dächer der Stadt, da erhob sich Jubel im Lager. Jerudana und Ardoas standen auf und blickten den Hügel hinab. Velbaree kam rasch näher. Jalmon, Coreldava und Odewyn folgten ihr mit sechzehn Bewaffneten. »Sie sind vollzählig«, sagte Jerudana. »Und sie haben Pferde erbeutet.«

Velbaree hielt direkt vor Ardoas und Jerudana und sprang geradezu aus dem Sattel. Schwer atmend sagte sie: »Dreißig Leute! Und wir haben Beute gemacht.« Sie wies auf die Pferde, die fünf ihrer Leute an Zügeln führten und die mit Schwertern, Bögen, Pfeilen, Speeren und Taschen beladen waren. »Wir haben ihnen nahegelegt kehrtzumachen. Es könnte sein, dass eine Drohung über meine Lippen gekommen ist.«

»Ich glaube, euer Auftreten wäre Drohung genug gewesen«, erwiderte Jerudana, während Ardoas schwieg und Velbaree anschaute. Seine Gefühle für Velbaree wirbelten durcheinander.

War es Bewunderung, Verlangen, Liebe? Die Empfindungen früherer Leben breiteten sich unaufhaltsam in ihm aus, und er wünschte sich, sie würden endlich in eine noch so vage Erinnerung münden.

Der Angriff auf die Widersacher, den Velbaree schlagfertig und erfolgreich hinter sich gebracht hatte, war nur der Anfang der Konfrontationen. Die Gruppen, die sich das Kopfgeld verdienen wollten, bemühten sich, ihnen zu folgen. Velbaree zog ein ums andere Mal aus, um sie zu attackieren. Und selbst wenn ein Hinterhalt lauerte, schien nichts Velbaree und auch Obureen aufhalten zu können. Die Gemeinschaft machte meist eine Rast, während die beiden Kriegerinnen sich darin abwechselten, gegen die Feinde vorzugehen.

Selbst als sie an einem wolkenverhangenen Nachmittag aus einem Laubwald im Norden und einem höhergelegenen Nadelwald im Süden angegriffen wurden, rührten sich Ardoas und Jerudana nicht aus der Mitte des Zuges. Bilgunis und dessen Leute ritten zur einen Seite hinaus, Velbaree zur anderen, während Obureen mit ihren Leuten einen Ring um Ardoas und Jerudana zog.

Als die Feinde vom Hang aus Pfeile auf sie abschossen, nahm Jerudana Ardoas unter ihren Schild. Sie ließ den magischen Funken, der in ihr schlummerte, erglühen und spürte mit einem Kribbeln in ihren Fingern, wie die Zauberkraft in den Griff des Schildes fuhr.

Einige Pferde in der Nähe schrien auf, und die Erinnerung an Dairuvee erweckte in Ardoas den Schmerz von damals. Jerudana zog ihn mit sich hinter den Kadaver einer toten Stute, und Ardoas war es so, als befände er sich in jenem vergangenen Augenblick, als die Erluniden sie vor dem Elfenwald beschossen hatten und ihn wegen Dairuvees Tod die Wut überkam und er Pfeile auf die Feinde abgefeuert hatte.

Kampfgetöse ertönte in der Ferne, und mit einem Mal endete der Pfeilbeschuss. Als Jerudana den Schild senkte und zum Nadelwald hinaufblickte, sah sie Bilgunis' Leute unter den Feinden wüten. Besonders Ulaidera fiel ihr auf. Die Kriegerin bewegte sich wie eine Tänzerin umher und stieß immer wieder mit ihrem Degen zu.

»Fakke, ist die gut!«, sagte Jerudana.

»Wer?«, fragte Ardoas.

»Ulaidera!«

Als Bilgunis mit seinen Leuten zurückkam und die Verletzten sich von den Elfen heilen ließen, sagte Jerudana zu Bilgunis: »Deine Hauptfrau ist eine Meisterin der Klinge.«

»Die beste Fechterin in Ost-Kynoris«, sagte er. »Meine Lehrmeisterin.«

»Das heißt, du kannst auch so kämpfen?«, fragte Ardoas.

Bilgunis lachte. »Aber nein. Habe erst mit dem Fechten angefangen, als ich meiner Mutter sagte, dass ich an dem Baronstitel nicht interessiert bin und Yorselde die Würde weitertragen soll.« Er erzählte, dass er bei den Handelshäusern der Baronin von Vaalburg in die Lehre gegangen sei und Handelszüge zwischen Vaalburg, Yannau bis hinauf nach Barilon betreut habe. »Mit dem Geld baute ich die Yannauer Schwerter nach dem Tauburger Vorbild auf.«

»Worin besteht dieses Vorbild?«, fragte Ardoas.

»Es geht um eine Handelsgarde, die von verschiedenen Leuten unterstützt wird. Du gibst Geld und bekommst einen Anteil an dem, was sie verdienen. Ich kam mit meinem Geld, meine Mutter brachte ein wenig mit, aber das meiste bekamen wir von den Höfen auf der Route von Yannau nach Barilon.« Er erklärte, wie sie Handelszüge führten und ihre Teilhabenden auf dem Weg ausbezahlten – und wie sie deren Waren transportierten, die sie alleine weder so weit noch unter so großem Schutz hätten bewegen können.

»Zarelunda wurde mit solchen Zügen reich«, sagte Jerudana. »Deswegen: *Tauburger Vorbild.*« Sie erklärte, dass die Yaskandriden Handelszüge zwischen Barilon und Eolingen im Süden und Heliskanz in ihrer alten Heimat pflegten. »Sie sind jetzt eher Kaufleute als ein Söldnertrupp, aber sie geraten auch weit seltener in Schwierigkeiten.«

Ardoas erwähnte, dass Elusadra von Neid und Missgunst des übrigen Adels gesprochen hatte und dass sie und Ardae im Frühling vor dem König erscheinen mussten.

Bilgunis nickte mit gequälter Miene. »Damit steht und fällt vieles. Ein Wort des Königs, und unsere Handelshäuser könnten ruiniert sein. Aber Mutter und Elusadra haben schon ganz andere Situationen überstanden.« Er sprach zwar von Hoffnung, aber seine besorgte Miene erzählte eine andere Geschichte.

Nach einer Weile kehrte Velbaree zu ihnen zurück. Auch sie hatte Beute gemacht. »Ich komme mir allmählich wie eine Gaunerin vor«, rief sie ihnen entgegen.

»Sind sie etwa alle tot?«, fragte Ardoas.

»Verdient hätten sie es«, erwiderte Velbaree. »Aber nein. Die haben genug Pferde, um zu zweit zu reiten, und genug Verpflegung, um zu den ersten Höfen zu finden. Notfalls müssen sie halt jagen. Alle, denen sie begegnen, sollen merken, dass es sich nicht lohnt, gegen uns vorzugehen.«

»Sie könnten unseren Spuren folgen«, sagte Ardoas.

»Natürlich«, sagte Jerudana. »Aber irgendwann hätten sie genug, ständig von unserer Nachhut attackiert zu werden.«

Velbaree nickte. »Der Winter ist zwar noch fern, aber jene, die jetzt noch irgendwo aufbrechen, werden sich gut überlegen, ob sie hier oben sein wollen, wenn irgendwann Schnee und Eis kommen. Im Winter kannst du dich hier nur sicher bewegen, wenn du dich gut auskennst.«

Ardoas vertraute auf die Erfahrung Jerudanas und Velbarees, aber die Angst, dass sie doch noch attackiert würden, ließ ihn nicht los, denn die Erluniden kannten den Weg nach Beskadur.

In den frühen Tagen des Monats Ejoch kündigte der beständige Regen und der Wind den Herbst an. Als sie eines Nachmittags langsam durch einen Schauer ritten, wies Jerudana nach Süden und sagte leise: »Eine dieser Schluchten führt zu Gawanons Haus.«

Ardoas schaute hinüber, als könnte er unter all den Breschen der zerfurchten Berge den richtigen Weg erkennen. »Ich wünschte, wir könnten dort anhalten«, sagte er.

»Das führt zu weit vom Weg ab. Und falls uns doch irgendwer folgt, möchte ich sie nicht dort hinführen.«

»Wart ihr seit damals dort?«, fragte Ardoas.

»Daludred und ich nicht. Aber unsere Kinder und ihre Freunde waren dort.« Sie erzählte einiges von ihrer Zeit dort, das Ardoas nicht in seinem Reisetagebuch notiert hatte. Auf die Frage, ob der mittelgroße Bogen, den Jerudana am Sattel führte, der Bogen sei, den Ardoas einst für sie gemacht hatte, sagte sie: »Nein. Den habe ich in Beskadur gelassen. Nach deinem Tod habe ich das Interesse am Bogenschießen verloren.« Sie erzählte, dass sie den Bogen Werldyra geliehen habe, Golwedas und Merudoas' Tochter.

Ardoas schaute zu dem Krieger nach vorne. Merudoas hatte ihn auf dem Weg nach Yannau im Zug verkörpert. Jerudana erklärte, dass Merudoas, Burrid und Golweda zusammen seien. Werldyra sei Golwedas Tochter, und der Sohn von Burrid und Merudoas heiße Barudrosk. Diese Kunde machte Ardoas nachdenklich. So viele Familien waren in Beskadur entstanden – zwischen Elfen und Menschen, Elfen und Vilbaren, wahrscheinlich auch zwischen Vilbaren und Menschen. Und als Jerudana ihm mehr von den Feen erzählte, die mit Zordura nach Beskadur gekommen waren, und von den Zwergen, die Glosstor zu ihnen geführt hatte, konnte Ardoas es kaum erwarten, dort anzukommen.

Als sie am Abend am Rande eines kleinen Waldes in ihrem kleinen Zelt nebeneinander am wärmespendenden Lichtstein lagen und sich unter Jerudanas Decke geliebt hatten, blickten sie durch die Öffnung hinaus zu den Lagerfeuern ihrer Gefährten.

»Ob sie es gemerkt haben?«, fragte Ardoas.

»Und wenn schon«, sagte Jerudana. »Wir sind nicht die Einzigen. Velbaree und die anderen haben ihr Zelt da hinten an dem Felsen aufgebaut. Und Obureen habe ich vorhin mit Merudoas gesehen.«

»Ist er auch ihr Geliebter?«, fragte Ardoas.

»Nein. Merudoas liebt Burrid und Golweda. Aber er und Obureen haben abgemacht, sich auf der Reise ein wenig Nähe zu geben. Wobei Merudoas wenig am Körperlichen liegt, aber er ist dennoch überaus großzügig.«

»Und Obureen? Wartet auf sie jemand in Beskadur?«

»Birja. Sie haben zusammen eine Tochter.«

»Ich dachte, Obureen hätte damals ihren Körper an ihr Geschlecht angeglichen – oder ist Birja eine Asvaruana?«

»Nein, ist sie nicht. Obureen hat die Zeremonie damals vollzogen. Sie hatte aber nie vor, ihren Körper zu einem *mütterlichen* zu machen, sondern wollte nur einige ausgewählte Veränderungen, die zu ihrem Empfinden passten.«

»Das wusste ich nicht.«

»Als die Elfen nach Beskadur kamen, musste ich verlernen, allzu viele Annahmen über Körper zu machen. Ich dachte immer, dass alle doch irgendwie daran interessiert sein müssten, welche Körper sich unter der Kleidung verbergen. Aber dann lebten wir zusammen, und ich merkte, dass ich mir die Frage irgendwann einfach gar nicht mehr stellte. Als ich dann in den Bädern die Körper sah, herrschte zwar Klarheit, aber ich hatte da gelernt, wie viel in unserem Leben von Gewohnheit abhängt. Und so war es für mich dann nicht mehr verwunderlich, als ich Obureens Schwanz gesehen hab.«

»*Schwanz!* Das Ioderische hat so wunderbare Wörter.«

»Das Elfische doch auch. *Laraemeas* klingt viel zu vornehm. *Naerl* ist zu gewöhnlich. Mein Lieblingswort ist ja *Gimbelon-Gembelon.*«

Ardoas lachte. »Du weißt, was das wörtlich heißt?«

»Nein.«

»Das ist ein uraltes Wort und heißt einfach *Ding, Sache* oder *Zeug.*«

Jerudana lachte. »Ich hätte etwas Lyrischeres erwartet.« Sie küsste ihn, und flüsternd fragte sie: »Das erinnert mich an damals – in der Zuflucht im Elfenwald.«

»Als du mir das Wort *Fakke* erklärt hast und ich dir erklärt habe, was Großzügigkeit ist.«

»Daludred sagt, sich mit seiner Gabe der Zuflucht und des Zimmers in Yerebal zu entsinnen, sei wie eine Heimkehr.«

»Diese Reise – sie fühlt sich für mich auch wie eine Heimkehr an. Dabei gab mir Beskadur im letzten Leben kaum einen Grund, so zu empfinden.«

Jerudana strich ihm sanft über die Wange, und nach einem weiteren Kuss sagte sie auf Elfisch: »Wir fragten uns nach deinem Tod, ob Beskadur für uns je ein Ort des Lebens, der Freude und des Glücks sein könnte. Während ich mich nicht in die Orakelhalle wagte, in der du starbst, vertraute Daludred sich der Magie des Felsentempels an – wie du es ihm gesagt hattest. Er wurde zu dessen Schüler. Und nach Monaten führte er mich zu dem Felsenthron und tröstete mich, als die Trauer wieder hervorbrach. Und wie durch einen Zauber verließ ich den Saal voller Tatendrang. Wenn du dich erinnern könntest, würdest du Beskadur nicht wiedererkennen. Seitdem Zordura mit Glosstor und zudem mit Ilbengrunder Feen gekommen ist, ist nichts wie zuvor. War der Ort zuvor karg, leer, aber schön, ist er nun voller Leben und Vielfalt.«

»Ich liebe es, wenn du Elfisch sprichst«, sagte Ardoas ebenfalls auf Elfisch. »Und ich glaube dir jedes Wort. Jedes.«

BESKADUR

Trotz all der Erinnerungen, die inzwischen in Ardoas hervorgebrochen waren, deckte sich seine Vorstellung von dem Weg nach Beskadur nicht mit der Wirklichkeit, die sich vor ihm erstreckte. Während Jerudana den Weg auswendig kannte, kam Ardoas hier kaum etwas vertraut vor.

Nachdem sie den weiten und dichten Wald hinter sich gelassen hatten, gelangten sie über eine gebogene Passlandschaft an den Anfang eines weiten Tals und hatten freien Blick auf Beskadur. Der Felsentempel schien aus dem Berg emporgewachsen zu sein. Er war wie eine Festung, der dennoch etwas Feierliches anhaftete.

Während sie zwischen einem Wald und einem felsigen Hügelland Beskadur entgegenritten, suchte Ardoas' Blick etwas am Fuß des Berges. Wenngleich sein magisches Gespür in diesem Leben weit schwächer ausgeprägt war als in seinem letzten, gewahrte er den Zauber, der auf der linken Seite am Boden wirkte. Es war sein Zauber – Naromees Zauber. Sie hatte damals einen Elfenpfad angelegt, der vom Fuße der Klippe über die Kapelle in der Mitte bis hinauf in den Tempel führte.

Was Zordura ihm im Groben erzählt hatte, hatte Jerudana ihm auf der Reise im Detail berichtet. Den Hof jedoch, der sich am Fuße des Berges erstreckte und durch einen Palisadenwall geschützt war, hatte niemand erwähnt. An ihn knüpfte außen eine Pferdekoppel an, auf der mehrere Dutzend Tiere grasten. Dahinter konnte Ardoas sogar Schafe sehen, die an den Hügeln vor Weinbergen weideten.

Der Weg hinauf nach Beskadur wirkte mit seinen Serpentinen und einigen Wachstellungen kriegerisch, als wollte man einer Streitmacht den Weg lang machen und mit Hindernissen versehen.

»Willkommen in Beskadur«, sagte Jerudana, als sie am offenen Tor zum Hof ankamen. Sie wies hinüber zur vorspringenden Klippe. »Willst du auf den Elfenpfaden hinauf?«, fragte sie.

Ardoas schaute hinüber zu der Stelle, wo seine Magie wie ein Lichtschein schimmerte. Dann schaute er zum Felsentempel empor und sah ganz oben, wo die grünen Banner von Beskadur wehten, Leute stehen, die zu ihnen herunterschauten. »Nein«, sagte er. »Ich möchte den Weg hinauf nehmen, den ich damals nicht nehmen konnte.«

Jerudana lächelte. Sie hatte geahnt, dass er sich so entscheiden würde.

Durch das Tor gelangten sie auf den Hof. Vier Wachen empfingen sie: zwei Elfen, ein Mensch und ein Vilbare. Sie grüßten sie – insbesondere Obureen, die immerhin die Hauptfrau der Garde war. Sie stellte Ardoas vor, und die Wachen begegneten ihm mit einer Mischung aus Höflichkeit und unverhohlener Neugier.

Vor dem Haupthaus des Hofes saß ein Mann und grinste ihnen entgegen. Beiläufig spielte er mit Katzen, die um ihn herumliefen. Er war füllig und hatte graues, welliges Haar und einen Bart. Mit lauter Stimme begrüßte er Jerudana und erhob sich schwerfällig von seiner Bank. Weitere Leute, die Ardoas nicht kannte, kamen aus den umliegenden Gebäuden – Menschen, Vilbaren, sogar einige Raveelen.

Jerudana stieg von Yulernos ab und ging dem Mann, der sie begrüßt hatte, entgegen und schloss ihn in die Arme. »Tarnabias!«, sagte sie und überraschte Ardoas damit. Das war also Tarnabias, der Yaskandride, der Jerudanas Vertrauen zunächst missbraucht, hier in Beskadur jedoch gemeinsam mit der Söldnerin Naulina zu ihnen gestanden hatte?

Tarnabias kam näher, als Ardoas gerade abgestiegen war

und die Zügel seines Pferdes Xelbura dankend einem jungen Menschenmann gab. »Ardoas«, sagte Tarnabias und öffnete die Arme.

Ardoas ließ sich begrüßen. »Verzeih, Tarnabias, dass ich dich nicht erkannt habe.«

»Nun, wir haben uns wohl alle verändert«, sagte er.

Während um sie herum die Gefährten und der Handelszug einzogen und ihren Aufgaben nachgingen, erzählte Tarnabias, dass Daludred sie schon gestern erwartet habe.

»Das ist meine Schuld«, erwiderte Ardoas. »Ich wollte zu oft die Landschaft genießen.«

Velbaree kam näher und begrüßte Tarnabias wie einen alten Freund, Jalmon umarmte ihn sogar. Sie sprachen über die Lage in Nalmenhain, und Tarnabias berichtete ihnen von der Pferdezucht und von den jüngeren Beskaduriden, die allmählich den Hof übernahmen.

Tarnabias musterte die Gemeinschaft. »Für so viele Pferde haben wir oben keinen Platz«, sagte er.

»Keine Sorge«, erwiderte Bilgunis. »Wir werden hier ohnehin erst einmal die Dinge ordnen müssen.«

Obureen blickte zwischen Velbaree und Ardoas hin und her. »Reitet ihr hoch. Wir kommen später zu Fuß nach.«

Wieder auf den Pferden, machte Ardoas sich Seite an Seite mit Jerudana auf den Weg zu den Serpentinen, die sich den Berg hinaufwanden. Nach einer Weile sagte Ardoas: »Ich habe mir Tarnabias ganz anders vorgestellt.«

»Vom Söldner zum Pferdezüchter und Bauern«, erwiderte Jerudana. »Er hat uns in den ersten Jahren wirklich das Überleben gesichert.«

»Er wirkte zufrieden. Und er schätzt die Gemeinschaft ebenso wie du. Oder?«

»Das ist das, was ich damals falsch eingeschätzt habe. Wie mir ging es ihm um eine Gemeinschaft. Ich strebte nach einer neuen, und er versuchte, die alte zu retten.«

Auf halbem Weg den Berg empor kamen sie an der Kapelle

vorbei, und Ardoas überlegte, ob er nicht vielleicht doch das Portal auf den Elfenpfad öffnen sollte, dessen Magie er hier durch das geschlossene Tor spürte.

Nach der Kehre erzählte Jerudana davon, wie sie damals in der Kapelle erschienen waren und Tarnabias, Naulina, Yulesch und sogar ihrem Cousin Caluon das Leben gerettet hatten. Als sie sich nach der nächsten Kehre wieder in Richtung Kapelle bewegten, betrachtete Ardoas sie von oben und hoffte, dass sich seine Erinnerung regte, doch es geschah nichts.

Als sie schräg über der Kapelle angekommen waren, bog der Weg nach rechts ab und führte in eine Felsspalte. Ardoas folgte Jerudanas Beispiel und stieg aus dem Sattel, dann führte er Xelbura hinter ihr und Yulernos den stufigen Weg empor. Zunächst ging der Weg geradeaus, bog dann nach rechts ab, bis schließlich die Felswand zur Linken aufhörte und sich ein Blick durch das weite Tal öffnete. Eine hüfthohe Mauer schützte davor, dem Abgrund zu nahe zu kommen.

Nach einer Weile machte der Weg kehrt und die hellgrauen Mauern von Beskadur zeigten sich zu ihrer Linken. Das letzte Stück war steil, aber die Pferde ließen sich, ohne zu zögern, hinaufführen. Oben angekommen, blickte Ardoas die Vorderseite des Tempels entlang, an dessen Wänden die Banner Beskadurs hingen – ein goldenes Ringgeflecht auf grünem Grund.

Der Weg verlief mittig, und zur Linken war neben den Säulen ein Pferdestall an die Mauern angebaut, zur Rechten öffnete sich eine Terrasse bis zum Rand der Klippe, und daneben lag ein Garten mit Bäumen.

Die Gruppe, die er vom Fuße des Berges aus gesehen hatte, wartete vor den Säulen auf sie. Er erkannte Daludred sofort. Sein Gefährte von einst stand vor den anderen und lächelte ihnen entgegen. Menschen und Vilbaren, Elfen und auch einige Zwerge warteten hier. Sogar eine Fee erblickte Ardoas, die einer Vilbare mit glänzenden Hörnern und Gelehrtenrobe auf der Schulter saß und ihr ins Ohr zu flüstern schien.

Ein Blick zwischen den Säulen hindurch ins Hauptportal des

Tempels bescherte Ardoas ein Gefühl der Unsicherheit. Angst, Schmerz und das Empfinden, in den Tod davonzutreiben – all das mischte sich beim Anblick einer Gemeinschaft, die ihn willkommen hieß und ihm fremd und vertraut zugleich war.

Zwei Menschen, offenbar ein Mann und eine Frau, traten näher und baten darum, ihre Zügel zu nehmen.

Jerudana lächelte. »Die ach so Aufmerksamen hier, sind Njeldred und Yeraidena«, sagte sie.

Überrascht schaute Ardoas zwischen Jerudanas und Daludreds Kindern hin und her. Njeldred hatte halblanges dunkelbraunes Haar, und sein blasses Gesicht versteckte er hinter einem dichten Bart. Seine Augen ähnelten trotz ihrer grauen Farbe den wachen Augen Jerudanas. Der Name schien eine Abwandlung von *Njelra* zu sein. So hatte Daludreds Großmutter geheißen.

Yeraidena hatte dunkelblondes Haar und hellbraune Haut. Ihre Augen erinnerten ihn an Ardaes Augen, die Lippen ähnelten denen Jerudanas und schienen stets bereit, ein spöttisches oder ironisches Lächeln zu formen. Ihr Name war offenbar an den von Jerudanas Großmutter angelehnt, von dem bereits der Name ihres Vaters – Jeraibias – ebenso abgeleitet war wie Jerudanas Name.

Ardoas grüßte Yeraidena und Njeldred.

»Willkommen, Vater!«, erwiderte Yeraidena darauf.

»Wir haben so lange auf dich gewartet, Warledyr!«, sagte Njeldred. Die Worte der beiden trieben Ardoas einen Schauer über den Rücken. Warledyr! Vater! Die Vorstellung, dass Jerudanas und Daludreds Kinder ihn von klein auf als einen Vater neben Daludred verstanden hatten, überwältigte ihn, obwohl Jerudana ihn darauf vorbereitet hatte.

Während Njeldred und Yeraidena Xelbura und Yulernos an den Zügeln zur Seite führten, näherten sich Ardoas und Jerudana der wartenden Gemeinschaft.

Daludred hatte kaum etwas mit dem unsicheren, ständig ängstlichen, aber ebenso zielstrebigen und vertieften Jüngling zu tun, den Ardoas aus dem Reisetagebuch und den Erinnerungsfragmenten kannte. Er wirkte entspannt und zuversichtlich. »Willkommen in Beskadur, Ardoas!«, sagte er, schloss dann die Augen, und als er sie wieder öffnete, verkündete er: »Diese Worte – wie lange habe ich gewartet, sie endlich sagen zu dürfen!«

»Endlich, Daludred!«, erwiderte Ardoas.

Daludred streckte die Arme aus. Während Ardoas sich in die Umarmung begab, dachte Jerudana daran, wie zurückhaltend Daludred sonst mit körperlichen Berührungen war.

Ardoas entsann sich seinerseits einer Geste, die er und Daludred früher oft ausgetauscht hatten. Er küsste die eigenen Fingerspitzen und näherte sich mit ihnen Daludreds Mund, der halb von seinem Bart verdeckt war. Er wartete, ob er ihm die Berührung erlaubte, und nach einem Blinzeln und einem kaum merklichen Nicken strich er über seine Lippen. Eine Träne, die an Daludreds Wange herablief, fing er auf, ehe sie seinen Bart erreichen konnte, führte sie zu seinen eigenen Lippen und küsste sie fort.

Daludred ließ langsam von Ardoas ab und schloss dann Jerudana in die Arme. Sie küssten sich, und Ardoas war wohl dabei, diese Erleichterung an Jerudana zu beobachten.

Daludred wies zu den Ställen und sagte zu Ardoas: »Njeldred und Yeraidena hast du ja schon kennengelernt.« Er wandte sich der Gemeinschaft zu. »Dies hier ist Yordowyn. Auch wenn yor nicht wie die anderen auf dich losgestürmt ist, hat yor wie kaum jemand hier eurer Ankunft entgegengeblickt.« Am elfischen Namen, den Jerudana ihm genannt hatte, hatte Ardoas schon auf der Reise gewusst, dass Yordowyn varuwynisch war. Sie hatte viel auf Elfisch über ihre Kinder gesprochen und dabei die üblichen elfischen Pronomen verwendet, die auch solche für Varuwynee enthielten. Aber Yordowyn hatte alte elfische Pronomen ins Ioderische übernommen, die vor allem durch die vielen Sagen früherer Welten verbreitet waren: eine Kurzform des Namens, meist die erste Silbe. Auch Ardoas hatte in seiner fünften Inkarnation als Varuwyn solche Pronomen verwendet.

»Hallo, Vater«, sagte Yordowyn mit heller Stimme, und wieder wunderte sich Ardoas, wie selbstverständlich die Kinder ihn als Warledyr akzeptierten. Yordowyn sah Jerudana ähnlich – das dunkle Haar und die dunklen Augen. Nur yors Haut war einen Hauch blasser als die Jerudanas.

»Sei gegrüßt, Yordowyn. Ich hörte, niemand hier kennt sich besser mit Sagen aus als du.«

Yordowyn grinste. Mit siebzehn Jahren hatte yor offensichtlich schon mehr gelernt als die meisten Elfen in diesem Alter. Das hatte Jerudana ihm erzählt. »Darf ich dich für meine eigene Chronik befragen?«, sagte Yordowyn.

»Aber natürlich«, antwortete Ardoas.

Jerudana drückte Yordowyn an sich und sagte, wie sehr sie yor vermisst habe. Daludred wandte sich indes an zwei Frauen. »Dies sind Burrid und Golweda!« Er wies auf eine Vilbare und eine Menschenfrau, an deren schlichter Tracht kaum etwas daran erinnerte, dass sie einst Wachen in Yerebal gewesen waren. Sie waren groß und kräftig. Ardoas erinnerte sich an die Einträge in seinem Tagebuch, die sie erwähnten. Burrids Großvater hatte seinerzeit Ardoanas Tagebuch – sein Tagebuch – mit letzter Kraft nach Yerebal gebracht und war dort gestorben.

Nachdem sie Ardoas freundlich, aber auch ein wenig zurückhaltend begrüßt hatten, schlossen Burrid und Golweda Merudoas in entspannter Langsamkeit in die Arme.

Daludred stellte Ardoas nun einige Menschen vor, die früher bei den Nauliniden gewesen waren, und einige wenige, die zu den Yaskandriden gezählt hatten. Dann wandte er sich an die Vilbare, der eine Fee auf der Schulter saß.

»Birja – die hochgeschätzte Bibliothekarin von Beskadur«, sagte Daludred mit einem ironischen Lächeln und wies auf die Frau in der Gelehrtenrobe. Die Fee flog ihr nun auf den Kopf, hielt sich an einem der Hörner fest und lächelte Ardoas an.

Auch Birja, die ihm in Yannau geholfen hatte, war deutlich gealtert. Sie hatte inzwischen weißes Haar, und viele Falten zogen sich um ihre Augen. Aber sie lächelte und begrüßte ihn mit einer Erinnerung an ihre Begegnung in Yannau. »Dass ein Tag so viel verändern kann!«, sagte sie schließlich, und als er ihr und Daludred für die Chronik dankte, in der seine Suche nach Beskadur verzeichnet war, wurden ihre hellbraunen Wangen rot.

Birja stellte Ardoas die Fee, die zwischen ihren Hörnern stand, als Meräsu vor, den Sohn der Feenzauberin Murävee. »Ich kenne dich«, sagte die zierliche Gestalt. Ardoas bemühte sich seinerseits, sich an die Fee mit den blauen Libellenflügeln und dem dunklen Haar zu erinnern. »Kennst du mich aus Ilbengrund?«, fragte er.

»Nein«, erwiderte die Fee. »Als du in deinem letzten Leben auf die Elfenpfade kamst, habe ich dich und Zordura begrüßt.«

Ardoas erinnerte sich daran, mit Zordura auf den Elfenpfaden gewesen zu sein, und er war mit Jerudana und den anderen an jener Feensiedlung vorübergekommen. »Ich wünschte, ich könnte mich an unsere Begegnung erinnern.«

Meräsu versicherte ihm, dass er es ihm nicht übel nehme.

Ardoas dankte der Fee, auf deren Gesicht sich ein Strahlen ausbreitete.

Daludred stellte ihm nun einige Zwerge vor, die mit Glosstor gekommen und dageblieben waren – insbesondere Ralustane, eine Frau mit kurzem schwarzem Haar, deren Kleidung mit groben Hosen und Leinenhemd nicht an die einer Zauberin erinnerte. Daludred erklärte, dass Glosstor mit seinen Steinzaubern magische Flüsse geschaffen habe, die sich von der Magie des Felsentempels nährten und mit den Elementen dazu beitrugen, Beskadur zu einem lebendigen Ort zu machen. Von Wasser-, Luft- und Lichtsteinen bis hin zu den Glasfenstern hatte der legendäre Magier seine Hände im Spiel gehabt. Ralustane war eine seiner Schülerinnen und bewahrte den Zauber ihres Meisters.

»Glosstors Zauber in Beskadur!«, sagte Ardoas verblüfft.

»Es ist uns eine Ehre«, sagte Ralustane mit ihrer tiefen Stimme. »Weit weg von allen Regeln, die eigene Kunst ausüben zu können, sie an den Bedürfnissen der Gemeinschaft auszurichten und nicht etwa an Traditionen – dieser Wunsch ist mir hier erfüllt worden.«

Ardoas bemühte sich darum, die Namen all derer zu behalten, die Daludred ihm nun vorstellte. Birjas und Obureens Tochter Ksiradona ähnelte Barudrosk – dem Sohn von Burrid und Merudoas. Sie hatten beide sowohl Vilbarenhörner wie auch Elfenohren und wirkten wie Geschwister. Dabei hatte Barudrosk eine Schwester: Werldyra – die Tochter Golwedas und Merudoas'. Wäre sie in der waldfarbenen Kleidung in Ilbengrund erschienen, niemand hätte vermutet, dass ihre Mutter ein Mensch war. Ihre kleinen Elfenohren stachen ein wenig aus ihrem blonden Haar hervor.

Hier begegneten ihm mehrere Generationen, die Beskadur geprägt hatten, und die nächste stand bereits mit den Kindern vor ihm und stellte Fragen nach seinem Leben und ob es wirklich stimmte, dass er ein Wiedergeborener sei.

Zur Gemeinschaft von Beskadur gehörten fast vierhundertfünfzig Leute, von denen nur ein Teil zu Ardoas' Ankunft gekommen war. Insbesondere von den Feen, die laut Jerudana fast die Hälfte ausmachten, waren außer Meräsu kaum welche erschienen. Wie in Ilbengrund waren die Feen hier Fremden gegenüber zunächst zurückhaltend.

Als alle Anwesenden vorgestellt waren, führten Daludred und Jerudana Ardoas vor der Gemeinschaft zum Tempel. Durch das große Tor gelangten sie in eine lang gezogene Halle, die einmal von vorne bis hinten das Bauwerk durchquerte. Säulen ragten links und rechts ins Gewölbe hinauf, das von Lichtsteinen erhellt wurde. Deckengemälde gingen dort ineinander über. Sie wirkten wie eine Mischung aus Elfen- und Feenkunstwerken, und tatsächlich erklärte Daludred, dass die Landschaften, die Luftschiffe und das goldene Auge des Schicksals von den Elfen und Feen begonnen und von der ganzen Gemeinschaft vollendet worden waren.

Zur Rechten ging es auf halber Strecke zum Seitenausgang von Beskadur. »Da ist der Hafen«, sagte Daludred, und Ardoas konnte durch das offene Tor den breiten Steinsteg sehen, der mit dem Berg verwachsen schien und einst den Flugbooten der Erluniden Halt gegeben hatte.

Zur Linken lag der Kern von Beskadur mit seinen beiden Ringgängen. »Der Orakelsaal könnte dir Schmerz bringen, auf den du vorbereitet sein solltest. Überstürze es also nicht.«

Ardoas nickte und schaute nach oben. An der Wand dort, unterhalb des Gewölbes, reihten sich hohe Fenster aus Glas – einige waren sogar Mosaike. Ein Obergeschoss schien sich dort zu erstrecken.

»Da sind einige der Gemächer«, sagte Daludred. »Das nennen wir: Obertempel.« Er deutete voraus. »Hier ist der Tempel«, sagte er und zeigte dann auf den Boden. »Das eigentliche Leben findet da unten statt – im Untertempel. Dort liegen die Küchen und Speiseräume, die meisten der Werkstätten. Dort ist das Herz von Beskadur.«

Ardoas lächelte. Er mochte es, dass Daludred nicht etwa den Orakelsaal als das Herz des Felsentempels betrachtete, sondern den Ort, an dem die Gemeinschaft zusammenkam.

Durch das Tor am anderen Ende gelangten sie auf eine Terrasse, die einen Blick über einen breiten Bergrücken bot, auf dem ein Weg entlanglief und in einen Garten mündete. An den Hängen zur Linken und Rechten waren auf Stufen Felder und Häuser angelegt. Die nach Süden ausgerichteten standen im Tageslicht, die am Nordhang wurden von Lichtsteinen erhellt, die in Stützmauern eingelassen waren. Hier wuchsen bunte Pflanzen, die Ardoas an jene in den Gewölbegärten von Nalmenhain erinnerten.

Sie folgten der breiten Treppe vom Tempel hinunter auf einen kleinen Platz, von dem der Weg abging. Zur Linken erstreckte sich ein Garten mit Bäumen, der sich neben der Treppe bis zum Gebäude hinzog. Eine Trauerweide schmiegte sich direkt an die Wand und strahlte so sehr von Magie, dass Ardoas es zu spüren vermochte. An den pilzartigen Gebilden, die an den Stämmen hafteten, erkannte er die Bäume als Feensiedlung. Sogar an der Außenwand des Felsentempels hafteten einige der Feenhäuser.

Die meisten Feen hielten Abstand, beobachteten sie jedoch aus den Häusern und von den Baumkronen aus. Einige wenige wagten sich in die Tiefe und schwebten über ihren Köpfen. Manche gesellten sich sogar zu Meräsu und landeten neben ihm auf Birjas Kopf. Die Bibliothekarin lächelte nur.

Durch ein breites Doppeltor führte Daludred Ardoas zurück ins Gebäude. Hier erstreckte sich der Untertempel. Die Decke des Seitengangs am Rande des Gebäudes war mit einem Geflecht aus Zweigen zugewuchert, aus denen fleischige Blätter wuchsen. Aus Lücken drang magisches Licht heraus. Die Feenhäuser, die auch hier an der Wand hafteten, waren sicherlich mit jenen an der Außenmauer verbunden.

»Eine Feensiedlung außerhalb unserer Gefilde«, sagte Ardoas und grüßte einige Feen, die auf einem der Häuser standen und ihm zuwinkten.

Ein breiter Raum zog sich wie oben durch das Gebäude. Die Decke hier war jedoch lediglich so hoch wie die eines Elfenhauses. Ardoas schaute sich um und wunderte sich, dass hier trotz allem nur ein Lufthauch wehte. Schon oben war der Durchzug gemäßigt gewesen. »Die Magie besänftigt die Luftströme«, sagte er. »Ist das die Magie des Orakels?«

»Oben im Tempel ist es die Magie, die wir vorfanden, hier unten fügten wir etwas zu ihr hinzu. Dies ist der Ort der Wärme und des Lebens.«

Licht drang sowohl durch die hohen Fenster zur Linken wie aus vielen Lichtsteinen. Reich gedeckte Tafeln zogen sich durch den Raum. Sogar in den Nischen standen Tische. Viele Beskaduriden, die er eben noch begrüßt hatte, saßen bereits an ihren Plätzen, andere brachten Speisen. Es gab verschiedene Eintöpfe mit Bohnen, Kürbis und Kartoffeln, flache Brote, Lammbraten in Kräuterkruste und vieles mehr.

Die Leute, die hier die Tische deckten, hielten inne, um Ardoas zu grüßen, und er bedankte sich für all die Vorbereitungen. Einen besonderen Platz an der Tafel, der für Ardoas gedacht war, gab es nicht. Daludred führte ihn an eine Stelle im ersten Drittel des Tisches und wies ihm einen Stuhl zu, von dem aus er das Kommen und Gehen zur Küche ebenso beobachten konnte wie das Tor zum Garten, das Daludred als *Tor zum Hintertempel* bezeichnete.

Zwischen Daludred und Jerudana nahm Ardoas Platz. Velbaree und die Ihren setzten sich ihnen gegenüber an die Tafel, und Bilgunis kam bald mit Njeldred und Yeraidena und begrüßte Daludred freundschaftlich und setzte sich dann neben ihn.

Überall sprachen jene, die mit ihnen gekommen waren, mit jenen, die hier geblieben waren. Die Beskaduriden ließen sich erzählen, was in ihrer Abwesenheit geschehen war, die Yannauer Schwerter wurden Leuten vorgestellt, die sie von früher kannten, als diese ihrerseits in Yannau gewesen waren. Und überall wurden neue Bekanntschaften gemacht. »Dass all das einmal mit einer Handvoll Leuten begann«, sprach Ardoas vor sich hin.

»Ohne dich wäre all das hier nicht erblüht«, sagte Jerudana.

Alles hier war für ihn so neu und doch so vertraut. Ein Lächeln von Birja, ein Nicken von Burrid, ein Wink von Ralustane, und er wusste, dass er hier willkommen war. Aber würde er sich hier zu Hause fühlen können? Er schaute zur Decke. Was würde geschehen, wenn er sich in den Orakelsaal wagte und sich dem Felsenthron näherte? Was würde geschehen, wenn er an den Ort seines Todes zurückkehrte?

Nachdem er nach dem Mittagessen bei den Latrinen gewesen war, spazierte Ardoas allein durch den Tempel. Daludred hatte ihm gesagt, dass ihm alle Türen offen stünden. Auf der Tempelebene folgte er dem äußeren Rundgang und wagte sich dann auf den inneren Gang.

In den Nischen fand er die Tempelwachen, von denen er viel gehört hatte. Diese Gestalten, die ihn um einen Kopf überragten und wie zur Schau gestellte Metallrüstungen aussahen, gehorchten Daludreds Befehl und würden sich gegen Eindringlinge wenden. Sie trugen Schwerter am Gürtel und hielten Hellebarden in Händen. Ihre geschlossenen Visiere wirkten wie furchteinflößende Gesichter. Etwas Magisches vermochte Ardoas nicht an ihnen zu erspüren. Es war, als umflösse die Magie die Tempelwächter geradezu.

Als er an das Haupttor des Rundgangs kam und zur einen Seite den Weg durch die Haupthalle zum Hafen sah und zur anderen den Gang, der in den Saal des Orakels führen musste, überlegte er, ob er wirklich Daludreds Warnung missachten sollte. Aber der hell erleuchtete Raum am Ende des Gangs zog ihn an. Dort war er gestorben, aber dort hatte er vor seinem Tod auch Einblick in seine früheren Inkarnationen erhalten.

Mit jedem Schritt, den er sich dem Orakelsaal näherte, erwog er umzukehren, doch als er den Felsenthron in der Mitte sah, gab es kein Zurück mehr. Er betrat den runden Raum und spürte die Magie von Beskadur wie einen Windhauch.

Der Thron war ein glatter Fels, der in der Mitte nach unten gewölbt war und damit eine Sitzfläche bot. Der Anblick erinnerte an Verlust, Schmerzen und Ängste.

»Ich wusste, dass ich dich hier finden würde«, sagte Jerudana.

Ardoas schaute sich zu ihr um und schämte sich, dass er sich über Daludreds Rat hinweggesetzt hatte. »Ich musste ganz einfach herkommen«, sagte er.

»Und? Was hast du hier gefunden?«

»Ängste, Schmerzen und Verlust. Aber nichts, das mich in die Knie zwingen kann. Denn die Gefahr ist gebannt, und ihr seid hier. Ihr und die anderen.«

Die Feier ihrer Ankunft zog sich bis in die Nacht hinein. Ardoas genoss die Freude der Gemeinschaft über seine Ankunft. Yordowyn gab die Sage des Elfen Iridusor zum Besten und schaute dabei Ardoas immer wieder an. Yors Stimme war beeindruckend, so melodisch und rhythmisch, dass es genau zu dem Text passte, obwohl er nicht auf Elfisch verfasst war, sondern auf Ioderisch.

Nachdem Ardoas Yordowyn ein Lob ausgesprochen hatte, verabschiedeten sich Jerudanas und Daludreds Kinder und zogen sich mit vielen anderen zurück.

»Wohin gehen sie?«, fragte Ardoas.

»Wo Elternaugen sie nicht sehen können«, antwortete Daludred. »Komm! Lass uns unseren Rundgang fortsetzen. Im Orakelsaal warst du ja nun schon. Ich möchte dir die Gemächer zeigen.«

Ardoas folgte Daludred und Jerudana über einen Seitengang auf eine Treppe, die sich nach oben wand. »Sie führt in den Mauern zwischen den beiden Rundgängen im Zentrum empor«, sagte Daludred.

Im Obertempel lag eine ganze Ebene mit Wohn- und Schlafräumen. Auch die Bibliothek zog sich hier über zwei Etagen. Die meisten Zimmer fügten sich durch Holzanbauten in die hohen Räume.

Über eine Treppe im Ostteil gelangten sie auf einen breiten Gang. »Die Erluniden haben sich nie die Mühe gemacht, die Zimmer hier herzurichten«, sagte Daludred. »Erst Jerudana und ich zogen hier ein.« Er wies zwischen einer Tür zur Linken und einer zur Rechten hin und her. »Birja hat hier ihr Zimmer – direkt gegenüber der Bibliothek.«

Neben Birjas Zimmer blieb Daludred stehen, und auch Ardoas und Jerudana hielten inne. »Für dich wird es wie in Gawanons Haus sein«, sagte Daludred. »Du wirst ein Zimmer für dich haben. Dieses. Doch … falls du willst, kannst du bei uns bleiben.«

Daludred öffnete die Tür zu Ardoas' Zimmer. Es war eine

schlichte Kammer, aber durch das Kristallfenster bot sich ein Blick in sternenklare Nacht hinaus. In einem Regal waren Bücher aufgereiht. »Das sind deine Schriften«, sagte Daludred. »Zordura hat sie mitgebracht. Drüben in der Bibliothek findest du Bücher aus deiner Heimat. Aus Nalmenhain und Feenwalden, aber auch aus dem Zwergenreich. Glosstor brachte uns Abschriften der in den Sagenhallen eingemeißelten Texte.«

»Was du hier siehst, hat Zordura für dich vorbereitet. Auch die Gaben«, sagte Jerudana und wies auf den Schreibtisch. Da standen Kästchen. In einem kleinen war ein Ring – wie der Zauberring, den er in seiner letzten Inkarnation von Zordura als Geschenk erhalten hatte und der nun in der Inkarnationskammer lag. »Sie meinte, ein solcher Ring würde dir auch in diesem Leben gute Dienste leisten.«

In einem größeren Kästchen befand sich eine dunkle Kristallkugel. Ardoas nahm sie in die Hand und spürte sofort ein magisches Erzittern. »Was ist das?«, fragte er.

»Wir wissen es nicht«, antwortete Daludred. »Zordura hat dir das hinterlassen – vielleicht als eine Übung.«

Ardoas lächelte. »Das sieht ihr ähnlich. Mir Aufgaben dazulassen, die ich abarbeiten muss.«

»Komm«, sagte Jerudana. »Ich will dir etwas zeigen.« Und schon folgte er ihr und Daludred hinaus auf den Gang und hinüber in das nächste Zimmer. Es war geräumiger als seine Kammer. Hier gab es eine ganze Reihe aus Fenstern. Ein Bett an der Seite, Lichtsteine in der Decke, die einen warmen Schein spendeten. Gegenüber dem Bett befand sich neben einem Durchgang eine Kristallwand. »Wie das Zimmer in Yerebal«, sagte Ardoas.

»Glosstor und Zordura haben uns dabei geholfen.«

»Es ist anders als in Yerebal«, sagte er und schaute sich um. »Nicht ganz so geräumig, nicht fürstlich, aber warm und schön. Es ist trotz der Ähnlichkeit etwas Eigenes.« Er lächelte Jerudana an. »So wie die Kammern in Yerebal dich an deine yaskandrische Heimat erinnert haben«, sagte er.

»Das weißt du noch?«

»Es stand im Reisetagebuch. Aber ich erinnere mich an die Kristallwand und Blicke – mal von innen nach draußen, mal umgekehrt. Danke, dass ihr mir das gezeigt habt.«

»Du kannst hierbleiben, wenn du möchtest«, sagte Jerudana.

Ardoas war unsicher. »Ich wundere mich über mich selbst. Da bin ich euch seit Yannau nahe, und plötzlich ist es so, als würde alles von vorne beginnen.«

»Das ist meine Schuld«, sagte Daludred. »Es ist eine Sache zu erfahren, dass ich durch eure Sinne die Vergangenheit miterlebe. Aber hier zu sein, das ist etwas ganz anderes.«

»Dann hast du tatsächlich durch uns alles miterlebt, was in Yannau geschehen ist?«, fragte Ardoas. »Alles?«

Daludred nickte. »Erst habe ich die Dinge allein durch Jerudanas Sinne gewahrt; dann, als ihr in Yannau wart, bin ich deiner Einladung gefolgt und habe durch dich die Welt betrachtet – durch dich war ich Jerudana, und durch Jerudana war ich dir nahe.« Er holte Luft, zögerte dann aber, etwas zu sagen.

»Was ist?«, fragte Jerudana.

»Seit … seit Yannau kann ich meine Sinne zwischen euch hin- und herwandern lassen, ohne mich zurückziehen zu müssen.«

»Gilt das auch für unsere Reise damals?«, fragte Jerudana.

»Das ist ja das Verwunderliche. Inzwischen vermag ich es auch dort – nach Belieben zu wechseln zwischen uns.«

»Und andere?«

»Nur uns. Sosehr ich mich bemühte, Caluons Blick noch einmal aufzunehmen, es gelang mir nicht. Selbst die Einblicke, die mich ansprangen, vermag ich nicht mehr aufzunehmen.« Er schaute Ardoas in die Augen. »Ebenso wenig wie die bei Guludrosk, Birja und deinen Eltern.«

»Ist es unsere Zuneigung?«, fragte Ardoas.

»Ich weiß es nicht. Aber in dem Augenblick, in dem dir meine Gabe unheimlich erscheint, lass es mich wissen, und ich werde nicht durch deine Sinne schauen.«

»Ich wollte dir gerade das Gegenteil vorschlagen: Verbringe so viel Zeit wie möglich in meinen Sinnen. Ein unbefangener Blick erkennt die Ordnung der Dinge vielleicht besser, als ich es vermag.«

»Unbefangen?«, sagte Daludred lächelnd. »Ich bin unglaublich befangen. Aber ich bin der Einzige, der außer dir deine Erinnerung vor Augen hat. Wir haben viele hier, die über große Fähigkeiten verfügen, aber selbst sie vermögen nicht das, was ich vermochte. Und auch das, was du damals vermochtest, ist ihnen ein Rätsel geblieben.«

»Was vermochte ich denn?«, fragte Ardoas.

»Du hast dich an diesen Ort geknüpft, und dieser Ort hat dir nicht nur Dinge gezeigt, die hier geschehen sind, er hat auch deine Erinnerung geweckt.«

»Was habe ich getan, dass das passieren konnte?«

»Darauf habe ich in den Sinnen deines letzten Lebens eine Antwort gesucht«, sagte Daludred. »Von dem Augenblick, als du uns unten das Tor auf die Elfenpfade geöffnet hast, bis zu dem letzten Atemzug, den du machtest, habe ich alles wieder und wieder erlebt.«

Jerudana biss sich auf die Lippen und senkte den Blick.

Ardoas schüttelte den Kopf. »Warum sich all das Leid auflasten?«

»Für dich«, antwortete Daludred. »Um dir zu helfen.«

»Dann weißt du mehr über mich als ich selbst. Dieser letzte Tag meines vorigen Lebens ist für mich eine einzige Wirrnis. Aber am Ende war es nicht nur mein Schmerz, sondern auch der eure. Es tat mir so leid, dass wir einander verlieren würden.« Er schaute Jerudana an, die sich erneut auf die Lippen biss. »Wer hat euch bei *eurem* Leid geholfen?«, fragte er.

»Die Gemeinschaft«, sagte Daludred. »Und wir haben uns gegenseitig geholfen.«

»Die erste Nacht war die schwerste«, fügte Jerudana hinzu. »Ohne dich zu sein.«

»Es war so viel Schmerz, aber auch Trost«, sagte Daludred.

»Und jetzt … jetzt bist du hier, und ich fühle mich so unsicher wie seit Jahren nicht mehr.«

»Ich bin mindestens so unsicher wie du damals, als du nicht gemerkt hast, dass ich an dir interessiert bin«, sagte Ardoas.

»Dass du dich daran erinnerst!«

»Ich kann das, woran ich mich wirklich erinnere, und das, was ich in mein Tagebuch geschrieben habe, kaum noch auseinanderhalten. Aber ich teile deine Unsicherheit.«

Daludred und Ardoas blickten Jerudana an.

Sie schüttelte den Kopf. »Also – ich werde jetzt unter die hängende Quelle gehen. Und wenn ich wiederkomme, dann ist hoffentlich eins von drei Dingen passiert: Ihr beiden liegt da im Bett und habt schon angefangen. Oder: Einer von euch liegt im Bett, der andere schläft im anderen Zimmer.«

»Und was ist das dritte?«, fragte Daludred.

Grinsend sagte sie: »Ihr geht beide in das andere Zimmer und lasst mich schlafen. Dies hier ist nicht die Liebesnacht unseres Lebens. Ich bin müde, hab aber auch ein bisschen Lust, weiß allerdings nicht so genau. Überhöhen wir es also nicht.« Sie wandte sich ab, ging ins Bad und war gespannt, für welche der drei Auflösungen Ardoas und Daludred sich entscheiden würden.

Ardoas erwachte zwischen Jerudana und Daludred. Der Lichtstein ruhte auf seiner Brust und wärmte ihn. Seine beiden Vertrauten lagen auf der Seite, die Köpfe nahe an seinem, als hätten sie die ganze Nacht versucht, ihn mit einem Flüstern zu wecken. Er spürte Daludreds Hand auf seinem Bauch, die von Jerudana auf seinem Schenkel.

Daludred erwachte, und für einen Augenblick hatte er vergessen, dass Ardoas da war. Es war wie damals am ersten Morgen nach dessen Tod, als Jerudana gelächelt hatte, weil sie für einen Augenblick nicht an die Katastrophe des Vortages gedacht hatte.

»Das habe ich vermisst«, sagte Daludred und strich durch Ardoas' Haar. »Der letzte Mann, mit dem ich zusammen war, war Jalmon.«

»Der Trost einer besonderen Freundschaft«, sagte Ardoas. »Aber hättest du auch andere haben können?«

»Meine Gabe erschwert es mir. Berühren heißt oft, ungewollt in die Sinne der Berührten abzurutschen. Plötzlich finde ich mich in ihrer Vergangenheit wieder. Solcher Einblick steht mir nicht zu. Für die Chronik habe ich alle direkt oder indirekt gefragt, ob es ihnen recht ist, dass ich das, was das Schicksal mir offenbarte, verschriftliche. Die meisten haben es mir erlaubt. Der Einzige, bei dem ich keine Skrupel hatte, war Caluon.«

»Durch seine Sinne hast auch du geschaut?«

»Du hattest noch keine Zeit, die Chronik zu lesen, die Jerudana dir mitbrachte.«

»Nein«, sagte Ardoas. »Unterwegs lauschte ich lieber gesprochenen Worten als geschriebenen.«

»Nun, bei Caluon war es so: Als ich wieder einmal unserer Reise nachspürte, verschlug es mich in seine Sinne. Ich sah, wie er in Tyreandar einen Erluniden fasste und ihn verhörte. Und auch hier stolperte ich in seine Sinne und erlebte durch ihn, wie er sich den Erluniden anschloss.«

»Warum redet ihr über meinen Cousin?«, fragte Jerudana mit müder Stimme. »Es hätte so ein schöner Morgen werden können«, sagte sie. »Aber ihr redet über Caluon.«

»Es ist meine Schuld«, erwiderte Ardoas und streichelte Jerudanas Schulter. »Ich will zu viel wissen.«

»Richte deine Wissbegier lieber auf das Hier und Jetzt. Dies ist der erste Tag, den wir gemeinsam beginnen.«

»Was fangen wir damit an?«, fragte Daludred.

»Ich möchte jeden Winkel von Beskadur kennenlernen«, sagte Ardoas.

»Dann wird das ein langer Tag. Von der Schatzkammer tief im Berg bis hinauf auf die Spitze, wo der Tempel bei Gewittern Blitze einfängt und sich als Magie einverleibt. Von den geheimen Aussichtskammern im vorderen Teil bis ins letzte Haus des Hintertempels.«

»All das möchte ich sehen«, sagte Ardoas.

»Dann raus aus dem Bett, ihr Turteltauben«, sagte Jerudana und war im nächsten Moment schon auf den Beinen.

DIE BESKADURIDEN

Es brauchte Tage, bis Ardoas Beskadur erkundet und allen Beskaduriden begegnet war. Bei den Feen herrschte verzückte Zurückhaltung, was ihn anging. Er empfand es als Ehre, als die Fee Meräsu ihm in der Bibliothek die Feenmagierin Murävee vorstellte. Sie hatte breite Schultern und Hüften und flog mit heftigen Schlägen ihrer großen Schmetterlingsflügel auf den Tisch, und mit ihrer ruhigen Stimme, die durch einen Zauber Fülle erhielt, erzählte sie davon, dass sie auf dem Elfenpfad zwischen Ilbengrund und Derothur einige seiner früheren Inkarnationen gesehen hatte und sich später von Zordura hatte überzeugen lassen, hier in Beskadur etwas Neues zu beginnen.

Das Wissen der beiden Feen war enorm, und als Birja und Yordowyn dazu kamen, sprachen sie über verschiedene Sagen, und die Feen erzählten einige über die Drachen von Alvasur, die Ardoas neu waren. Die Fragen, die Yordowyn stellte, verrieten, dass yor viel von den Feen gelernt hatte. Und als Meräsu und Murävee sich zurückgezogen hatten, ordnete Birja einiges des Gesagten. Sie war Yordowyns Lehrmeisterin und mit ihrer Ruhe das Gegengewicht zu den beiden Feen. Als Ksiradona – Birjas und Obureens Tochter – zu ihnen kam, herrschte eine Entspanntheit in der Bibliothek, die Ardoas an den Gelehrtenturm in Ilbengrund erinnerte. Ksiradona, die Ardoas auf Mitte zwanzig schätzte, interessierte sich für Pflanzenkunde und übernahm auf den Feldern des Hintertempels viel Verantwortung. Ihre Ähnlichkeit mit Obureen war verblüffend, doch ihre ruhige Stimme hatte sie von Birja. Ihr und Yordowyn zu lauschen, ließ Ardoas die Zeit vergessen.

Als sie am Mittag immer noch beisammensaßen, kam Obureen dazu, und Ardoas war verwundert, wie liebevoll sie sein konnte. Er kannte sie als leidenschaftliche Kriegerin. Aber in der Nähe ihrer Tochter und ihrer Geliebten wirkte sie wie die Ruhe selbst.

Während Birja und Ksiradona sich nach dem Essen wieder in die Bibliothek zurückzogen, folgte Ardoas Obureen in die Übungshalle auf der Südseite des Tempels, jenseits der Orakelhalle. Dieser ganze Bereich war nicht mit der Mitte des Tempels verbunden, sondern bildete einen eigenen Teil von Beskadur. Hier hatte sich die Beskadurische Garde niedergelassen.

Obureen führte vor den Augen der Wachen einen Übungskampf mit Ardoas und bewies damit, dass sie in der Schwertkunst einander beinahe ebenbürtig waren. Obureen hatte deutlich mehr Erfahrung, aber Ardoas' Fähigkeit, sich schnell auf etwas Neues einzulassen, glich es beinahe aus.

Als sie am Ende verschwitzt auf der weiten Terrasse hinter der Übungshalle auf einer Bank saßen und ins Tal hinausblickten, erzählte Obureen von sich und von Birja und wie unwahrscheinlich es ihr erschienen war, dass sie sich ausgerechnet in die Gelehrte verliebt hatte. »Ich fürchte mich vor dem Tag, da ich sie verlieren werde. Ein solcher Verlust steht vielen hier bevor.« Sie starrte ihn an.

Ardoas nickte. »Darauf bin ich nicht vorbereitet.«

»Zordura meinte einmal, niemand wäre darauf vorbereitet.«

»Zordura!«, sagte Ardoas. »Morgen ist ihr Geburtstag, und ich habe keine Ahnung, wo sie ist. Ich wünschte, sie würde hier auftauchen und sagen: *Ihr müsst den Tag meiner Geburt nicht feiern! Wenn ihr mich nicht immer wieder daran erinnern würdet, hätte ich längst vergessen, welcher Tag es ist.*«

Während sie am Abend des 19. Ejoch im Untertempel mit Wein auf Zorduras Geburtstag anstießen, fiel Ardoas auf, dass die Beskaduriden ihn zu sehr wie einen Gast behandelten. Jerudana und Daludred baten ihn um Verständnis, eröffneten ihm aber bereits am nächsten Tag einen Weg, indem sie ihn mitnahmen, wenn sie ihre Arbeit zur Gemeinschaft beitrugen. Mal kochte er mit ihnen in einer der Küchen, mal arbeitete er mit ihnen auf den Feldern. Sogar unten auf dem Hof half er Tarnabias und anderen, die Schafe zu scheren.

Am Abend, als er von der Arbeit erschöpft dalag und zu nichts mehr fähig war, sagte ihm Jerudana grinsend: »Du hättest die Gastfreundschaft noch einige Tage ausnutzen können. Jetzt bist du einer von uns.«

In den folgenden Tagen befand er sich immer wieder in der Gesellschaft von Njeldred und Yeraidena, die mit anderen, die in den Zwanzigern waren, seine Nähe suchten und ihn mit Fragen bestürmten. Obwohl er gerade einmal zweiunddreißig war, fühlte er sich alt. Es lag daran, dass Njeldred, Yeraidena und auch Yordowyn ihn als *Vater* oder *Warledyr* bezeichneten. Er selbst tat sich schwer, sie als seine Kinder zu sehen, denn er hatte kaum Zeit gehabt, sich daran zu gewöhnen, ihr Warledyr zu sein.

Yeraidena und Njeldred führten ihn eines Nachmittags in einen Raum, in dem Ardoas seine eigene Magie spürte. Hier befand sich ein Tor auf den Elfenpfad, der von hier oben im Felsentempel bis hinab an den Fuß des Berges reichte. Bislang hatte er es vermieden, diesen Ort aufzusuchen – ob aus Angst, Naromees Erbe nicht gerecht zu werden, oder weil die Beskaduriden und der Felsentempel seine Aufmerksamkeit komplett beansprucht hatten, wusste er nicht zu sagen.

Da Yeraidena und Njeldred des Zauberns nicht fähig waren, baten sie Ardoas, das Zaubertor zu öffnen. Auf den drei Ebenen war genug Platz, um mit einer kleinen Gemeinschaft zu leben. Es gab Wasser und auch Pflanzen. Wobei Njeldred erklärte, dass sie und ihre Freunde die Pflanzen hergebracht hatten.

Auf der mittleren Ebene trafen sie auf Barudrosk und Werldyra. Der Sohn Burrids und die Tochter Golwedas sagten, dass sie über den Torzauber zu den Elfenpfaden verfügten. Ihr Vater – Merudoas – habe es ihnen beigebracht. Sie erklärten, dass sie fasziniert von dem Zauber des Elfenpfades seien, und stellten ihm Fragen. Er konnte ihnen etwas über den Zauber der Elfenpfade allgemein offenbaren, doch der Zauber, den er als Naromee hier einst gewirkt hatte, war für ihn ein gewaltiges Rätsel.

Da sie viel von ihm wussten, er aber kaum etwas über sie, fragte er sie, ob sie jemals Beskadur verlassen hätten. »Jerudana sagte, dass manche von euch in Gawanons Haus waren.«

Njeldred grinste. »Da haben wir mal den Sommer verbracht.« Er erzählte, wie er, Werldyra, Yeraidena und Barudrosk auf ihrer ersten eigenständigen Reise dort haltgemacht hätten.

»Wir haben da statt ein paar Tagen einige Wochen verbracht«, sagte Yeraidena. Sie erzählte, dass Barudrosk und sie dort ihre Liebe füreinander entdeckt hatten – und Njeldred und Werldyra ihre Freundschaft. Sie küsste Barudrosk sanft und erklärte dann, wie fasziniert sie von dem magischen Haus gewesen seien, an dem Daludred damals die entscheidende Spur nach Beskadur gefunden hatte. »Mutter sagte, wenn alles vorbei ist, möchte sie dort mit euch den Winter verbringen.«

»Wenn alles vorbei ist«, wiederholte Ardoas. »Das wirkt so weit weg.«

Yeraidena erklärte mit entschlossener Miene, dass sie bereit seien, ihnen beizustehen und notfalls die Aufgabe zu Ende zu bringen. Sie erzählten ihm von ihren Fähigkeiten und was sie auf ihren Reisen erlebt hatten. Den Kampf hatten sie bei der Beskadurischen Garde gelernt. Barudrosk und Werldyra konnten nicht nur mit Waffen umgehen, sondern mit ihrer Magie auch Wunden heilen. Werldyra übte sich sogar in Pflanzenzaubern.

»Damit seid ihr besser vorbereitet, als wir es damals waren«, sagte Ardoas.

»Wenn du also mit Mutter ausziehst«, sagte Yeraidena, »nimmst du uns dann mit?«

»Ich weiß nicht mal, wann ich hinausziehe. Das könnte Jahre dauern.«

»Aber *wenn* du ausziehst …«, sagte Njeldred.

Ardoas lächelte. »Dann hätte ich euch gerne dabei.«

Ardoas fiel auf, dass Velbaree ihm aus dem Weg ging. Jerudana und Daludred meinten beide unabhängig voneinander, dass er mit ihr sprechen solle. Offensichtlich empfinde sie noch etwas für ihn. Sich ihr anzunähern fiel ihm schwer, denn auch er war nicht frei von Gefühlen.

Nach den Schwertübungen, an denen sie beide teilnahmen, waren zu viele Leute da, nach dem Essen zog sie sich so schnell zurück, dass er nicht an sie herankam, und als er ihr einmal in den Badegewölben begegnete und sie beide entblößt waren, war nicht daran zu denken, ein Gespräch über Gefühle und Begehren zu führen.

Nach Ralustanes Geburtstagsfeier, auf der die Zauberin ein magisches Lichterspiel präsentiert hatte, wich Velbaree ihm nicht aus, sondern trat an ihn heran und bat ihn um ein Gespräch. Er folgte ihr in die kleine Werkstatt in der Nähe der Schwerthalle, die Velbaree nutzte, um Waffen und Rüstungen zu reparieren und Schmuckstücke für die Gemeinschaft zu schnitzen.

»Du wirst fortgehen, nicht wahr?«, sagte er. »Du wirst mit Bilgunis zurück nach Yannau reisen und dann heimkehren.«

Velbaree nickte. »Er wird auf dem Rückweg Schutz benötigen. Da draußen lauern sicherlich immer noch viele, die dich in jedem Zug vermuten, der sich durch das Grenzland bewegt. Wir wollen den Winter als Schutz nutzen.«

»Aber da ist doch noch mehr, nicht wahr?«

»Ja. Es ist wie damals in Derothur, als ich nicht zu fragen wagte, was dich bewegt, und du mich beschützen wolltest und mir dein Innerstes nicht offenbart hast.«

»Es scheint sich auf neue Weise zu wiederholen«, sagte Ardoas. »Und das tut mir leid.«

»Du kannst nichts dafür. Es ist ein Teil von dir, der einfach da ist. Ich sehe Ardoana in dir. Nicht in der Leidenschaft, sondern in kleineren Dingen. Im Kampf bewegst du dich wie sie. Wie deine Schultern hin- und hergehen. Du lächelst wie sie, und wenn dein Blick in die Ferne schweift, dann träumst du, wie sie träumte. Ich muss immer an den Augenblick im Orakelsaal denken, als du mit der Erinnerung Ardoanas zu mir gesprochen hast. Da wusste ich, dass sie nicht nur in dir weiterlebt, sondern ein Teil von dir ist. Aber all das ist jetzt wieder vergessen.«

»Das ist es nicht«, entgegnete Ardoas. Durch Velbarees überraschtes Gesicht abgelenkt, sagte er langsam: »Es gibt Erinnerungen, die erwacht sind. Aber sie sind vage. Von Berührungen im Bad in Derothur. Berührungen, die ich mit diesem Körper nicht nachempfinden sollte, die aber dennoch eine Entsprechung finden. Und Erinnerungen an Sehnsucht. Aber das alles ist flüchtig, außer der Erinnerung an unsere Begegnung in der Eingangshalle des Palastes von Ilbengrund. Die ist so klar, als wäre es gestern geschehen.«

»Das Begehren«, sagte Velbaree nickend.

»Du hast gemerkt, dass ich …?«

»Nein. Ich habe nur mein eigenes Begehren bemerkt. Jerudana erzählte mir von deinem – als wir in ebenjener Halle standen und deine Eltern oben im Saal darauf warteten, dass Obureen und die Wachen deinen Leichnam brachten.«

»Ich *erinnere* mich nicht nur an jenes Begehren«, sagte Ardoas. »Ich spüre es auch manchmal.«

»Ich auch, doch ich vertraue diesem Gefühl nicht.«

»Aber haben wir hier nicht alles, was wir brauchen, um diese Gefühle zu ergründen?« Diese Worte zu sprechen ließ einen Schauer durch Ardoas laufen. »Hier gibt es so unterschiedliche Beziehungen – es ist auch Platz, um deine Beziehung zu Ardoana zu erkunden.«

Velbaree schüttelte den Kopf. »Es ist mir zu kompliziert. Auch wegen Jerudana und Daludred.«

»Sie erzählten mir, dass ihr euch nahe wart.«

»Was wir mit Jerudana und dann auch mit Daludred hatten, war vielleicht zu viel.«

»Jerudana scheint sich gerne daran zu erinnern.«

Velbaree lächelte. »Es war schön, aber es war immer klar, dass es Trost und Geborgenheit war, die Jerudana und Daludred damals gebraucht haben und die wir auch gerne gewährten. Aber bei dir könnte ich das nicht.«

»Warum?«, fragte er leise, und seine Stimme offenbarte für sein Empfinden viel zu viel seiner Unsicherheit. »Wäre es denn so schlimm, wenn wir anders als damals in Derothur aussprechen würden, was wir fühlen?«

»Ich wünschte, ich könnte es. Dich wiederzusehen hat mir schonungslos gezeigt, dass nicht nur *du* damals geschwiegen hast, sondern auch ich. Ich dachte, zu schweigen hieße, dir zu vertrauen. Doch die Wahrheit ist, dass ich Verantwortung auf dich abgewälzt habe.«

Ardoas fasste ihre Hand und wunderte sich über sich selbst. Diese Geste passte nicht zu ihrer distanzierten Beziehung. Velbarees Staunen ließ ihn zögern. Schließlich sagte er aber doch: »Ich war es, der dir nicht vertraut hat. Ich habe dich nicht ernst genommen und geglaubt, dich durch mein Schweigen und mein Davonschleichen schützen zu können.«

»Einigen wir uns darauf, dass das alles nicht geschehen wäre, wenn wir geredet hätten.«

»Und genau das möchte ich jetzt.«

»Aber wir sind nicht mehr allein.« Sie wies zur Tür. »Das Glück, das sich hier für euch entfaltet, möchte ich nicht in Gefahr bringen. Ich spüre etwas, das ich lange nicht gespürt habe: Neid. Ich beneide Jerudana und Daludred. Und das sollte ich nicht – nicht mit Coreldava, Odewyn und Jalmon. Ich will mich nicht von ihnen entfernen. Und deshalb werden wir abreisen.«

Ardoas streichelte ihre Hand. »Jerudana liebt dich auf eine

Weise, die sie zuvor nicht kannte. Eine Freundschaft, die Begehren zulässt, ohne Verlustängste, ohne Zweifel.«

Velbaree löste ihren Blick von den Händen und lächelte ihn an. »Jerudana ist elfischer als die meisten Elfen«, sagte sie. »Und deswegen wird sie verstehen, dass ich gehen muss. Und Daludred versteht ohnehin mehr als wir alle.«

»Ich wünschte, ich könnte irgendetwas sagen, das dich zum Bleiben bewegt. Sei dir gewiss, dass du eine meiner wichtigsten Vertrauten bist.«

Velbaree lächelte erneut. »Wenn ich mit mir und den Meinen im Reinen bin, werde ich zurückkehren. Und wenn ihr Hilfe braucht, dann weißt du, dass du jederzeit nach mir rufen kannst. Wir werden euch immer zur Seite stehen, wenn ihr uns braucht – ganz gleich, worum es geht.«

STEINE DER ERINNERUNG

Der Abschied von Velbaree ging Ardoas und Jerudana nahe. Sie hätten Velbaree, Jalmon, Odewyn und Coreldava gerne in der Nähe gehabt. Nur Daludred war sich sicher, dass der Abstand nötig war. Bilgunis' Abschied haftete weit weniger Bedauern an. Alle waren sich einig, dass Daludreds Neffe Beskadur nicht lange fernbleiben würde. Bilgunis würde den sogenannten *Winterweg* nehmen, der zwar in der kalten Jahreszeit beschwerlich war, aber – so die Hoffnung – Schutz vor jenen bot, die auf Ardoas' Kopf aus waren.

Nachdem der Zug in der Ferne dieses trüben Tages verschwunden war, kehrte nach all den Vorbereitungen des Handelszuges und dem Abschiedsfest Ruhe in Beskadur ein. Die Zeit der Gäste war erst einmal vorüber.

Ardoas fühlte sich der Gemeinschaft inzwischen verbunden, insbesondere dann, wenn er Aufgaben erledigte. Er kochte immer noch gerne mit Daludred, Jerudana und anderen, fand aber auch Gefallen daran, mit Werldyra, Barudrosk und Ralustane auf den Feldern am Bergrücken zu arbeiten. Sie lenkten die Magie des Tempels zu den Pflanzen, als gössen sie diese mit Wasser.

Ralustane war nicht nur auf dem Feld oft in Ardoas' Nähe, sondern auch in der Bibliothek, wenn er mit Daludred und Birja, meist unterstützt durch Yordowyn, Ksiradona und Meräsu in Erzählwelten eintauchte. Wenn sie gemeinsam in jenen Chroniken von Beskadur lasen, die von Ardoas' letztem Leben handelten, war oft Jerudana dabei, die sonst viel Zeit mit Obureen, Burrid und Golweda verbrachte und neben ihnen und anderen eine Lehrmeisterin war. Die Details, die in den Chroniken von Ardoas' früheren Erlebnissen niedergeschrieben waren, weckten tatsächlich sein Gedächtnis.

Die Erinnerung an den Anfang der Reise seines letzten Lebens war inzwischen stark ausgeprägt. Von der Suche nach Daludred in Kynoris war aber nur ein einziger Rausch verschiedener Eindrücke geblieben. Seine erste Begegnung mit Daludred und auch mit Jerudana war jedoch bis ins Kleinste in sein Gedächtnis zurückgekehrt. An die anschließende Verfolgung, der Daludred und er und dann auch Jerudana ausgesetzt waren, erinnerte er sich nur lückenhaft.

Ralustane vermutete, dass die Aufregung sein Innerstes aufgewühlt habe und deswegen die Dinge verworren seien. Die Zwergenmagierin erzählte davon, dass zum Beispiel viele Zauber, die einen Einblick in die Gedanken anderer boten, oft durch Gefühle der betreffenden Person verdorben wurden.

Auf Jerudanas Frage, warum Daludred ebenjene Augenblicke in Klarheit wahrnehmen könne, sagte Ralustane: »Das Gedankenlesen von Magiekundigen findet in der Gegenwart statt, Daludreds Gabe aber ist an die Vergangenheit geknüpft – wenn die Dinge nicht mehr im Fluss sind.«

Schon in den nächsten Tagen offenbarte sich, dass Daludreds Blick Details fand, die Ardoas' Erinnerung anfachten. Insbesondere den Weg von Yerebal ins Gebirge erschlossen sie sich – von Jerudanas Leistung, sie sicher durch Tyreandar zu bringen, über ihre winterliche Passüberquerung bis hin zur Ankunft in Gawanons Haus.

Als er sich an die Artefakte erinnerte, die sie damals bei einem Kampf gegen die Erluniden zusammen mit Niadaris' Kristall gefunden hatten, fragte Ardoas nach den magischen Becken, von denen ihm Obureen und Jerudana erzählt hatten. Daraufhin führte Daludred ihn tief in den Tempel hinein, in einen unscheinbaren Raum, der wie ein kleines Bad wirkte. In den Wasserbecken, an deren Grund grünblaue Lichtsteine leuchteten, ruhten jedoch Schmuck, Steine und sogar Waffen. »Diese

Lichtsteine am Boden rauben diesen Sachen über die Flüssigkeit die magische Kraft. Durch die Macht des Tempels kann ich spüren, ob sie entleert sind.«

»Und das alles stammt von den Erluniden?«, fragte Ardoas.

»Nein. Nur einige wenige Dinge. Wir verwenden die Becken, um Gegenstände auf einen Zauber vorzubereiten. Aus den meisten Steinen hier machen Ralustane und die anderen Magiekundigen einfache Lichtsteine, die in Yannau und Vaalburg begehrt sind. Aber auch die meisten Waffen hier in Beskadur haben eine Weile in diesen Becken gelegen.«

»Welche Zaubersprüche legt ihr auf die Waffen?«

»Keine richtigen. Es geht nur darum, dass sich genug Magie in den Klingen sammelt, damit sie gegen Dämonen wirken. Denn die Erluniden haben immer wieder diese magischen Bestien gegen uns ins Feld geführt. Sie gehen geradezu leichtfertig mit diesen Wesen um.«

»Aber ist die Beschwörung von Dämonen nicht überall geächtet?«, fragte Ardoas.

»Ja. Und das sorgt dafür, dass die Erluniden auffallen, wenn sie diese Kreaturen ins Spiel bringen. Sobald unsere Verbündeten einen Verdacht äußern, zieht Jerudana aus.«

»Könnte ich sie beim nächsten Mal begleiten?«

»Wenn du das willst«, sagte Daludred. »Aber die Erluniden könnten Aufmerksamkeit erregen, nur um dich in die Falle zu locken. Vielleicht schaden wir ihnen am meisten, indem wir deine Erinnerung Stück um Stück freilegen.«

Mit dem Winter nahmen sich Ardoas und Daludred mehr und mehr Zeit, um Erinnerungen zu ergründen, indem sie in der Orakelhalle am Felsenthron das zu entfesseln suchten, was sich in Ardoas' letztem Leben hier manifestiert hatte. Der Kontakt sowohl zum Thron als auch zu dem grünen Kristall, den Niadaris Daludred zugespielt hatte, bescherte Ardoas ein vertrautes, aber zugleich ein schmerzhaftes Gefühl. Er selbst fand nur Bruchstücke von Erinnerungen, während Daludred an viele Details herankam.

Besonders interessierte sie die Vision der Stadt, die Ardoas gesehen hatte, die aber vor Daludreds Sinnen verschwamm. In dieser Stadt – so nahmen sie an – lebten die Erluniden, und Ardoas war sich mit Daludred einig, dass die Vision von Niadaris stammen musste und Ardoas über den Felsentempel Zugang dazu erhalten hatte. Dank Daludred vermochten sie die Einzelheiten der Stadt so genau herauszuarbeiten, dass sie eine Skizze anfertigen konnten. Daraus schufen Meräsu und andere Feen ein Gemälde, das die große Stadt mit ihren dunklen Mauern und ihren unzähligen Bannern zeigte. »Das können wir neben den Zeichnungen der Schiffe und Boote der Erluniden herumreichen«, sagte Daludred. »Vielleicht kennt jemand die Stadt.« Kaum hatte er es ausgesprochen, gähnte er und zog sich schließlich in ihre Gemächer zurück.

An den Nachmittagen war Daludred oft vom Einsatz seiner Gabe erschöpft und legte sich ins Bett. Da Ardoas nach den Stunden im Orakelsaal selten zur Ruhe kam, verbrachte er die Stunden mit Jerudana. Mal übten sie sich im Kampf, mal arbeiteten sie gemeinsam auf einem der Felder, oft aber saßen sie im Untertempel in einer der Nischen und tranken Tee, den die Feen angebaut hatten.

Jerudana erzählte von ihren Abenteuern mit Obureen, Burrid, Golweda und Tarnabias, bei denen sie den Erluniden immer wieder auf die Spur gekommen waren und auch ganz andere Abenteuer erlebt hatten. Sie hatte dabei die Bande zu Garewin und Zarelunda gepflegt. Während Garewin mit seinen Nauliniden nach wie vor in Uchtengrund auf Aufträge lauerte und inzwischen dort mit der ganzen Söldnertruppe auf einem Hof lebte, hatte Zarelunda, wie Ardoas in Vaalburg von Elusadra erfahren hatte, die Yaskandriden zu einem Teil des Handelshauses Tauburg gemacht.

»War Zarelunda immer so ambitioniert?«, fragte Ardoas und trank einen Schluck des würzigen Tees.

»Nein. Sie war wie ich eigentlich immer nur auf der Suche nach Anerkennung. Die erhielt sie erst, als Caluon fort war und Tarnabias und ich hierblieben. Niemand konnte ahnen, wie sehr die Yaskandriden unter ihr aufblühen würden. Unter Caluon wäre das nie geschehen.«

»Was wohl aus Caluon geworden ist?«, fragte Ardoas vorsichtig.

»Wie gerne ich den in die Finger kriegen würde«, sagte Jerudana mit einem grimmigen Lächeln. »Aber die Spuren verloren sich. Meine Tante macht sich Sorgen um ihn. Nach dem Tod seines Vaters hat Caluon seiner Mutter einen Boten geschickt – mit einem Medaillon als Geschenk und einem Brief. Ich bin nicht stolz darauf, aber ich habe meine Tante und meine Cousine überredet, mir die Sachen zu geben. Auf meinen Reisen habe ich beides oft herumgezeigt – in der Hoffnung, jemand könnte erkennen, wo es gefertigt wurde. Aber bisher hatte ich kein Glück.« Sie nippte an ihrem Tee. »Wie sehr ich mir wünschte, Daludred könnte Caluon im Gefüge der Zeit sehen.«

»Weiß deine Tante, was Caluon in Beskadur getan hat?«

»Nein. Es war eine Sache zu sagen, dass ihr Sohn mit zwielichtigen Magiern auf und davon ist, aber dass er zum Verräter wurde, dass er all die Jahre seine Gabe benutzt hat, um uns alle unter seinen Willen zu zwingen, und dass er mir mein Erbe genommen hat? Das kann ich ihr nicht sagen.«

»Du verspürst immer noch Hass auf ihn?«

»Die Vorstellung, dass er irgendwo da draußen mit denen gemeinsame Sache macht, die dich tot sehen wollen und Niadaris gefangen halten – dieser Gedanke schürt meine Verachtung und vielleicht auch meinen Hass. Was er getan hat ist nicht vergessen.«

Ardoas verbrachte wenig Zeit in der Kammer, die ihm als Rückzugsort diente, sondern lebte mit Jerudana und Daludred in den gemeinsamen Gemächern nebenan. Ein Teil seines Gepäcks befand sich aber noch in dem Zimmer. Der Stab, der zugleich Kampf- und Wanderstab war und ihm von Gwaistoree und Glosstor geschenkt worden war, stand hier neben der Tasche mit anderen Ausrüstungsgegenständen.

Die dunkle Kristallkugel, die Zordura ihm hinterlassen hatte, war ihm ein Rätsel. Immer wenn er in der Kammer war, versuchte er zwar, mit einem Fluss seiner Magie irgendetwas darin zu wecken, doch nichts geschah, und kaum hatte er die Kammer wieder verlassen, schwand seine Neugier dahin.

Nach einigen Wochen jedoch ließ es ihm keine Ruhe, dass der Kristall ihm nichts preisgeben wollte, und er wandte sich an Ralustane. Am großen Tisch in der Bibliothek, wo sie sonst mit Daludred, Birja und den anderen zusammenkamen, untersuchte die Zwergenmagierin die trübe Kristallkugel.

»In diesem Stein fließt Elfen-, Zwergen- und Feenmagie. Sogar etwas Fremdes ist dabei. Aber zusammengehalten wird es durch Zorduras Zauber. Sie verwendet oft einen doppelten magischen Fluss. Wie der Kristall seine Magie behütet, erinnert mich aber an Glosstor. Er hat gerne Rätsel geflochten, die wir nur lösen konnten, wenn wir gewisse Einsichten erhalten hatten. Damit erprobten wir unsere Sinne und unsere Konzentration.«

»Ich müsste demnach herausfinden, was Zordura mich lehren will?«

Ralustane nickte. »Du sollst eine Frage beantworten, deren Wortlaut du nicht kennst. Aber Zordura weiß ja, warum du hier bist.«

»Um meine Erinnerung zu finden.«

»Introspektion – das ist der Schlüssel. Mit Daludred in dich gehen und darauf achten, wie deine Magie fließt und wie deine Sinne sich bewegen – damit könntest du der Sache näher kommen. Vielleicht helfen auch Wahrnehmungsübungen.«

»Meine Sinne sind in dieser Inkarnation nicht mehr so scharf wie in der letzten.«

Ralustane erhob sich. »Wenn du mich als deine Lehrmeisterin annimmst, werde ich deine magischen Sinne schärfen.« Sie deutete auf das türkisfarbene Deckengewölbe, das sich über den dunklen Regalen erhob, und sagte: »Die magischen Flüsse von Beskadur eignen sich gut, um die eigenen Sinne zu schärfen.«

»Und wenn ich es körperlich nicht kann?«

»Dein Körper ist von Magie durchdrungen. Im letzten Leben hattest du einfach mehr Talent. Das kannst du durch Technik und Übung ausgleichen.«

»Du ahnst nicht, wie viel ich geübt habe«, sagte Ardoas.

»Aber du warst nie an einem Ort wie diesem. Und …« Sie grinste.

»Und?«

»Und du hattest nie eine Lehrmeisterin, deren zwergischer Blick auf die Magie dir neue Räume eröffnen könnte.«

Ardoas dachte an Zordura und sagte: »Dann sei für mich das, was Glosstor für Zordura ist.«

Ralustane strahlte vor Freude und sagte: »Das ist das schönste Kompliment, das mir jemals jemand gemacht hat.«

Der Winter nahm das Tal von Beskadur immer mehr in Beschlag, sodass die Felder auf der Südseite des Bergrückens bald von Schnee bedeckt waren, während auf der Nordseite die magischen Steine Licht und Wärme spendeten und die Pflanzen, die dort wuchsen, ebenso gut nährten wie jene in den Hallen hinter den Gängen der Feen.

Den magischen Flüssen nachzuspüren, führte zwar für Ardoas Empfinden nicht zu einer Schärfung seiner Sinne, doch Ralustane war der Meinung, dass er Fortschritte machte, und ließ ihn weiter der Magie Beskadurs lauschen.

Obwohl Ardoas Ralustanes Einschätzung nicht nachvollziehen konnte, merkte er bald, dass die Übungen ihm beim Aufspüren seiner Erinnerungen halfen. Wenn er mit Daludred im Orakelsaal war, eröffneten sich ihm immer neue Augenblicke seines vergangenen Lebens. Aber er kam nicht so weit zurück, um mehr als Gefühle und einige wenige Momente aus Ardoanas Leben zu finden, geschweige denn aus weiter zurückliegenden Inkarnationen. Zu seiner Überraschung öffnete sich sein Blick eines Morgens für die Geschehnisse im Tempel. Wie damals, als er hier alleine gewesen war und den Kampf draußen beobachtet hatte, vermochte er durch die in den Fels eingelassenen Kristalle zu sehen, was in den Hallen und Gängen vorging.

Als er sogar die Tempelwachen zu spüren vermochte, sagte Daludred: »Wähl dir eine und versuch ihr einen Befehl zu geben.« Doch Ardoas' Zauber perlte an den Tempelwächtern ab.

Ardoas war enttäuscht, nicht mit den Fähigkeiten seines letzten Lebens gleichziehen zu können, doch Daludred sagte: »Ist dir klar, dass außer uns, Zordura und Glosstor das niemand kann? Ralustane hat es versucht, aber sie kommt nicht an die Sinne von Beskadur heran. Du erinnerst dich noch nicht, aber damals hast du mir das Leben gerettet. Du hast den Tempelwächter gegen die Feinde geschickt.«

»Ich kann mir nicht einmal ansatzweise vorstellen, wie mir das gelungen sein soll.«

»Ich konnte dir nie danken«, sagte Daludred, während sie sich von dem Felsenthron entfernten und auf das Haupttor zugingen. Er drückte Ardoas sanft an sich. »Danke, dass du all das hier ermöglicht hast. Nichts hiervon wäre ohne dein Handeln damals erblüht.«

Ardoas hatte in Ilbengrund das Kämpfen im Einklang mit anderen gelernt, aber in Beskadur wurde daraus durch Obureen eine Kunst. Sie war zwar eine Meisterin im Umgang mit dem Schild, verzichtete aber oft darauf, wenn sie gemeinsam mit Burrid und

Golweda kämpfte. Diese waren mit Schild und Stoßspeer bewaffnet und schützten Obureen, hielten die Gegner auf Abstand, und wann immer sie ihr den Weg öffneten, strebte Obureen wie eine Naturgewalt vor.

Auch Ardoas übte mit Burrid und Golweda und nahm sich ein Beispiel an Obureen, mit der er den Kampf Seite an Seite mit Schwert, aber ohne Schild übte – wie sie es einst in Ilbengrund als Schwertgeschwister getan hatten. Die meiste Zeit verbrachte Ardoas jedoch mit Übungen an Jerudanas Seite – er nur mit dem Schwert bewaffnet, sie mit Schwert und ihrem magischen Schild.

Da Ardoas schneller ermüdete als Jerudana und die anderen und weil die magischen Übungen mit Ralustane und das Erforschen seiner Erinnerung mit Daludred an seinen Kräften zehrten, steckte Ardoas sich den Ring an den Finger, den Zordura ihm dagelassen hatte. So zehrte seine Magie erst an dem Ring und dann an seinem Körper. Als er dann auch noch statt einer Rüstung der Beskadurischen Garde die magische Rüstung trug, die seine Eltern ihm im Namen der Gemeinschaft mitgegeben hatten, vermochte er sowohl die magischen Übungen als auch die Kampfübungen gut zu überstehen.

An einem Tag bat Ardoas Daludred, ihn in die Schwerthalle zu begleiten, und dort führte er ihm gemeinsam mit Jerudana vor, was sie sich in den letzten Wochen erarbeitet hatten. Als sie fertig waren, äußerte Daludred den Wunsch, auch einen Hauch von Kampfkunst zu lernen. Und weil Dolche ihm zu gewöhnlich erschienen, Schwerter aber zu kriegerisch, schlug Jerudana vor, dass er sich im Stabkampf üben solle.

Da fiel Ardoas der Stab ein, den er von Gwaistoree und Glosstor erhalten hatte, und er bot ihn Daludred an. Er begab sich in seine kleine Kammer, nahm den Stab, und gerade als er gehen wollte, fiel sein Blick auf Zorduras Kristall, den er immer noch hier aufbewahrte, aber längst nicht mehr in dem Kästchen verborgen hielt, in dem Zordura ihn zurückgelassen hatte. Da er jedes Mal, wenn er im Zimmer war, den Versuch wagte, dem magischen Stein etwas zu entlocken, legte er den Stab auf dem Tisch ab, nahm den Kristall auf und ließ die eigenen Kräfte fließen.

Seine Magie drang diesmal nicht nur in den Stein ein, sondern rieb sich dort an etwas. Ein Aufblitzen ließ Ardoas zurückspringen. Der Kristall fiel auf den Tisch und rollte gegen das Kästchen. Ein Lichtschein suchte schräg seinen Weg zum Boden und ließ dort eine Gestalt auffahren. Es war, als würde ein Geist aus dem Boden auftauchen – ein Geist in der Gestalt seiner Tante Zordura.

Die dunklen Locken, die ihr fülliges Gesicht einrahmten und sich kaum von ihrer Haut abhoben, und das ironische Lächeln waren unverkennbar. Wenngleich ihr Körper lichtdurchlässig war, sodass Ardoas die Wand und den Lichtstein, der darin eingelassen war, erkennen konnte, war ihre Stimme fest, als stünde sie tatsächlich hier im Raum.

»Wenn du mich siehst, bin ich gescheitert«, sagte Zordura, und dennoch lächelte sie. »Wenn du diese Botschaft entfesseln kannst, sollte es dir mit der Zeit auch bei den anderen gelingen. Ich muss vorsichtig sein, weil der Kristall, den ich dabeihabe und der mich und meine Worte einfängt, in falsche Hände gelangen könnte, und ich möchte nicht, dass man mich und meine Gedanken verfolgen kann. Nur du sollst dazu in der Lage sein.« Sie erklärte, dass es zwei Kristalle gab – den, der vor ihm lag, und den, den Zordura bei sich führte. Ihr Kristall nehme ihre Botschaften in sich auf, sein Kristall fange diese ein und offenbare sie ihm, falls er sie entfesseln könne.

»Sollte alles so verlaufen, wie ich es vorbereitet habe«, sagte sie, »wirst du die Botschaften erkennen, die ich dir hinterließ. Vielleicht wirst du wie Daludred durch meine Sinne gewahren können, was ich erlebte, wenn ich meinen Stein dabeihatte. Die Kugel, die ich zurückließ, birgt eine Magie, an der ich seit Jahren mit der Hilfe anderer arbeitete und die ich durch den Kontakt mit Daludreds Kristall vollenden konnte. Es hängt alles zusammen. Steine der Erinnerung – sie öffnen unseren Blick.« Ihr Lächeln verging. »Mein Plan war, nach Beskadur zu kommen, ehe du dort eintriffst. Irgendetwas muss mich daran gehindert haben. Der Kristall, den ich dir daließ, birgt alles, was ich erlebte. Erkunde ihn!«

Damit verschwand Zordura und ließ Ardoas entsetzt zurück. Er tastete nach dem Kristall, nahm ihn auf und versuchte ihm noch einmal etwas zu entlocken. Es fiel ihm leicht, die bereits entfesselte Nachricht zu finden und erneut ihren Lauf nehmen zu lassen.

Nachdem Ardoas Zordura zweimal gelauscht hatte, bemerkte er, dass weitere Ansammlungen von Magie im Kristall schlummerten. Sie waren wie Perlen an einer Kette gereiht und ähnelten in ihrer Beschaffenheit der Botschaft, die er entfesselt hatte. Doch sosehr er sich bemühte – es gelang ihm nicht, eine weitere Nachricht zu enträtseln.

Kurz darauf offenbarte Ardoas seine Entdeckung Daludred und Jerudana, und kaum waren sie mit Ralustane, Birja und Meräsu in der Bibliothek zusammengekommen, ließ er Zordura ein weiteres Mal erscheinen. Daludred war fasziniert, dass Ardoas' Tante die Ähnlichkeit zwischen seinem Kristall und dem ihren betonte. Ralustane sah darin einen Hinweis und bat Daludred, den Stein der Niadaris zu holen.

Als der grüne und der schwarze Kristall nebeneinander auf dem Tisch lagen, berührte Ralustane beide mit den Händen – sowohl den kleineren Stein der Niadaris, der glatt, aber furchig war, als auch die Kristallkugel Zorduras.

»Versuch es!«, sagte Ralustane und machte Ardoas Platz. Als er jedoch vor den beiden Kristallen stand, zögerte er. Aus seinem Tagebuch wusste er, wie zügellos Daludreds Stein im letzten Leben mit seinen Sinnen umgegangen war, aber diesmal hatte das grüne Kleinod ihm lediglich den Zugang zur Magie des Felsenthrons erleichtert.

Ardoas berührte Daludreds Kristall mit der rechten Hand und hatte den Eindruck, die magischen Flüsse des Tempels ein wenig besser erfassen zu können. Als er aber mit den Fingern seiner linken Hand über Zorduras Kristall strich, war es, als träfe ihn ein Schwerthieb. Die Bibliothek verschwamm vor seinen Augen. Er sah Zordura zu Fuß auf einer Straße gehen. Sie schaute zu Boden, während ihre Füße auf grauen Pfaden wanderten. Dann ging sie über Gras, und sie hob den Blick über ein gelbgrünes Land, das sich in die Ferne zog. Sie schritt auf Häuser zu, die am Fuße eines Hügels lagen und nicht über diesen hinausragten. Alles geriet ins Zittern, als er Flugschiffe und Berge sah und mit Zorduras Blick zurückschaute – zu ihren Verfolgern, die Pfeile auf sie abschossen. Er spürte Zorduras Angst, die jedoch schlagartig mit allem anderen verging.

»Was ist, Ardoas?«, fragte Jerudana. Sie stand hinter ihm und fasste seine Schultern.

»Du siehst aus, als hättest du einen Dämon gesehen«, sagte Daludred.

Ralustane griff nach Ardoas' Hand und zog sie von Zorduras Kristall fort. Daraufhin löste Ardoas die andere Hand sogleich von Daludreds Stein und sagte: »Sie ist in Gefahr. Sie hat Todesangst. Sie war auf Reisen und wurde dann verfolgt.« Hastig erzählte er, was er gesehen hatte, und als er sich beruhigt hatte, wiederholte er es noch einmal langsam.

»Das waren nicht ihre Botschaften«, sagte Ralustane. »Du hast durch ihre Sinne geschaut. Wie sie es gesagt hat.«

»Wir müssen etwas tun«, sagte Ardoas.

Jerudana nickte. »Wir müssen ihre Fährte aufnehmen.«

»Es könnte eine Falle sein«, sagte Meräsu leise von Birjas Schulter aus.

Birja nickte. »Die Erluniden könnten sie gefangen und das Geheimnis dieses Kristalls enträtselt haben.«

»Einfach ausziehen, ohne mehr zu wissen – das ist gefährlich«, fügte Ralustane hinzu.

»Abzuwarten mag für Zordura gefährlich sein«, erwiderte Jerudana.

»Was sagst du?«, fragte Ardoas Daludred und fasste seine Hand.

»Ihr habt alle recht«, erwiderte Daludred. »Wenn Zordura in Gefahr ist, müssen wir etwas tun.« Er schaute zu Ralustane. »Aber wir wissen nicht, wo wir nach ihr suchen sollen. Wo sind diese grauen Pfade? Wo das gelbgrüne Land und die Häuser? Und die Flugschiffe – hat sie die in Ioderon, Yaskandrien oder irgendwo in den Belraunenreichen gesehen?«

Jerudana nickte. »Ohne einen Hinweis können wir nicht ausziehen.«

»Wird *ein* Hinweis reichen?«, fragte Ralustane. Weil Ardoas saß, war die Zwergenmagierin mit ihm auf Augenhöhe. »Sobald ihr aufbrecht, hast du nicht mehr Daludreds Stein und auch nicht den Felsenthron und die ganze Macht von Beskadur. Du wärst auf dich allein gestellt.«

Birja nickte. »Es gilt abzuwägen, mit wie viel Wissen ihr aufbrecht. Bei der geringsten Spur – oder aber, wenn ihr mehrere Hinweise gefunden habt.«

Ardoas schaute auf Zorduras Kristall. »Ich muss diesem Stein also noch etwas entlocken.«

»Ich werde dafür sorgen, dass eine Gemeinschaft bereitsteht, sobald du etwas gefunden hast«, sagte Jerudana.

»Wirst du mitkommen?«, fragte Ardoas Ralustane.

Die Magierin schüttelte den Kopf. »Wie bei Daludred ist mein Platz hier. Ich werde dir helfen, diesem Stein zu entlocken, was möglich ist. Aber ich bin nicht für Abenteuer geschaffen.« Das Gleiche erklärten Birja und Meräsu.

Daludred sagte schließlich: »Du glaubst nicht, wie sehr ich darauf brenne, mit euch nach Zordura zu suchen.« Er legte Ardoas die Hand auf die Schulter. »Aber da draußen bin ich niemandem eine Hilfe.«

Ardoas fasste Daludreds Hand, führte sie zu seinem Mund küsste sie kurz. »Hilf mir, Spuren zu finden.«

Daludred nickte. »Wenn wir unsere Kräfte zusammentun, wird uns nichts daran hindern können.«

Die folgenden Wochen waren von Anstrengung und vielen Enttäuschungen geprägt. Zwar vermochte Daludred noch am gleichen Tag mit seiner Gabe das zu gewahren, was Ardoas gewahrt hatte, und Dinge zu erkennen, die Ardoas im Rausch der Sinne nicht bemerkt hatte, aber es gelang ihnen nicht, neue Eindrücke zu finden, geschweige denn eine weitere von Zorduras Botschaften zu entfesseln.

Zorduras Kristallkugel wollte sich ihren Sinnen nicht öffnen, und das Zusammenspiel mit Daludreds Kristall förderte nichts als Enttäuschung zutage. Der einzige Stein, der in diesen Wochen Trost spendete, war Jerudanas Lichtstein, den sie, Ardoas und Daludred in der Nacht zwischen sich hin und her schoben und der ihnen in diesen Winternächten Wärme spendete.

Eines Morgens kamen sie wieder einmal in der Bibliothek zusammen. Diesmal waren auch Yordowyn und Ksiradona dabei. Trotz all der Rückschläge bauten sich alle nach wie vor mit erwartungsvollen Mienen um den Tisch herum auf. Nur Meräsu lag gelangweilt auf einem Bücherstapel und bewegte langsam seine Libellenflügel.

Wie zuvor verschwamm alles vor Ardoas' Augen und er sah einen Wald, den er aus der mit Daludred freigelegten Erinnerung kannte – einen Wald mit bunten Pflanzen, die alles zuwucherten. Durch Zordura spürte er überall Magie fließen. Es war der Elfenwald in Ost-Tyreandar.

Als wäre diese Erkenntnis ein Zauberspruch, rückte Ardoas mit einem Mal durch den Wald, entlang der Straße, einer Stadt entgegen, die von einem magischen Wall umgeben und von einem Fluss geteilt war. An der gewaltigen Burg der auffälligen Kuppel des Rates erkannte er die Stadt als Yerebal. In den Mienen derer, die Zordura begegneten, lag sowohl Verwunderung als auch Anerkennung. Durch Zorduras Augen blickte er in das Gesicht einer Frau. Er kannte diese blauen Augen. Xomuna, die Zauberin, die ihm, Jerudana und Daludred beigestanden hatte, begrüßte Zordura. »Endlich! Ich habe gehofft, dass dieser Tag kommt«, sagte die Zauberin, und schlagartig war Ardoas mit seinen Sinnen wieder am großen Tisch inmitten der Bibliothek von Beskadur und schaute in die gespannten Gesichter seiner Vertrauten.

»Yerebal!«, sagte er. »Sie ging nach Yerebal – zu Xomuna.« Er erzählte von seinen Eindrücken und wusste, dass Daludred später mit seiner Gabe alles noch einmal genauer betrachten würde.

»Yerebal«, wiederholte Jerudana genussvoll. »Wenn der Frühling da ist, brechen wir auf.«

»Wir könnten sofort aufbrechen«, erwiderte Ardoas. »Bilgunis, Velbaree und die anderen sind auch durch den Winter gereist.«

»Nach Westen und nach Süden hin gibt es Wege, aber nach Norden hin ist uns noch keiner bekannt, der im Winter ohne Lebensgefahr begehbar wäre. Wir müssten durch das Grenzland bis nach Westen ziehen. Das wäre nicht nur ein gewaltiger Umweg, wir müssten auch an Uchtengrund vorbei. Da sitzen die ganzen Söldnertrupps. Würden wir da auftauchen, wären wir Gejagte. Das Kopfgeld ist sicherlich nicht vergessen.«

»Fünfzehn Tage bis zum Frühlingsanfang«, sagte Daludred.

»Genug Zeit, um uns gut vorzubereiten«, fügte Jerudana hinzu.

»Aber werde ich unterwegs dem Kristall Weiteres entlocken können?«, fragte Ardoas.

Daludred antwortete: »Als ich in Yerebal war, hat sich meine Gabe entfesselt. Die Stadt gab mir das, was mir später Niadaris' Kristall gab. Vielleicht ergeht es dir dort ähnlich.« Er wich seinem Blick aus und sagte: »Wenn du willst, gebe ich dir meinen Kristall mit.«

»Nein«, antwortete Ardoas. »Du brauchst ihn hier. Stell dir vor, wir würden angegriffen und der Stein fiele in falsche Hände. Nein. Wir gehen nach Yerebal, befragen Xomuna, und wenn uns das nicht weiterführt und ich dem Kristall nichts entlocken kann, dann kehren wir zurück.«

»Was ist mit Dena und Njell?«, fragte Yordowyn; yor hatte wie Ksiradona die ganze Zeit geschwiegen.

»Was soll mit ihnen sein?«, fragte Jerudana.

»Sie werden mitkommen wollen«, sagte Yordowyn und schaute Ardoas an. »Du hast ihnen Hoffnungen gemacht.«

»Und ich werde diese Hoffnungen erfüllen. Ich bin dafür, sie mitzunehmen – und Werldyra und Barudrosk auch. Immerhin reisen wir zu deren Großeltern.«

Daludred nickte. »Einer solchen Gemeinschaft traue ich alles zu.« Er blickte Jerudana fragend an.

»Yordowyn«, sagte sie. »Tust du mir den Gefallen und sagst deinen Geschwistern, dass sie sich für eine Reise bereit machen sollen?«

Grinsend dankte Yordowyn Jerudana und lief zwischen den Regalen davon.

Jerudana wandte sich an Ksiradona. »Möchtest du auch dabei sein?«, fragte sie.

Ksiradona wurde rot. »Nein. Es gibt jene, die es in die Welt hinauszieht, und jene, die das, was sie erlebt haben, niederschreiben. Ich würde gerne eine Chronik mit dem beginnen, was Dena und die anderen erzählen werden.« Sie lächelte Birja an. »Ein anderer Blick auf das, was du niederschreibst.«

»Das ist eine gute Aufgabe«, sagte Birja und lächelte ihre Tochter an. »Du würdest Beskadur mit einer solchen Schrift bereichern.«

Der Winter galt im Felsentempel als Zeit der Geburtstage, weil viele Beskaduriden in den Monaten Arcaliun, Angounos und Neerijas Geburtstag feierten. Njeldred und Yeraidenas Feier hatte Leben auf den sonst so stillen Elfenpfad gebracht, die gemeinsame Feier von Merudoas, Golweda und Obureen war der Höhepunkt des Winters gewesen, und das Fest, das Yordowyn und Jerudana gemeinsam am Ende des Neerijas gaben, war nicht nur Geburtstagsfeier, sondern auch ein Abschiedsfest.

Am Morgen des 28. Neerijas, vier Tage nach Jerudanas Geburtstag, kam der Tag des Abschieds. Jerudana und Ardoas hatten Yulernos und Xelbura ihr Gepäck aufgeladen und waren bereit zur Abreise. Burrid, Golweda und Obureen zählten ebenso zu ihren Gefährten wie Njeldred, Yeraidena, Barudrosk und Werldyra.

Nachdem die Gemeinschaft sich mit vielen Wünschen von ihnen verabschiedet hatte, ergriff Daludred noch einmal das Wort und sagte: »Und wieder einmal hat uns Zordura mit einem neuen Weg überrascht. Oft wies sie uns im Großen wie im Kleinen auf etwas Neues hin oder aber auf etwas Vergessenes. Dass sie sich allerdings selbst auf einen Pfad begibt, damit hätte ich nicht gerechnet.« Er lächelte Ardoas an. »So wie du einst mir auf der Spur warst, so wirst du nun mit den anderen Zorduras Fährte folgen. Wenn ihr aufbrecht, dann seid euch gewiss, dass ihr mit unserer Hoffnung geht. Ich werde bei euch sein. Vergesst das nicht auf eurem Weg.«

»Das werden wir niemals vergessen«, antwortete Ardoas. Er, Daludred und Jerudana kamen zusammen und umarmten einander.

»Passt auf sie auf«, hörte Jerudana Yordowyn zu Yeraidena sagen. Das brachte sie zum Lächeln. Ihr gefiel der Gedanke, dass die Jüngeren, die noch hungrig auf Erlebnisse waren, den Älteren schützend zur Seite standen.

Der Abschied von Yordowyn fiel Jerudana schwerer als der von Daludred. Die Gewissheit, dass seine Orakelkräfte ihn mit einer Verzögerung durch ihre und Ardoas' Sinne gleichermaßen schauen ließ, beruhigte sie. Doch Yordowyn würde nicht nur auf sie verzichten müssen, sondern auch auf yors Geschwister.

Während sie kurz darauf die Serpentinen hinabritten und immer wieder nach oben schauten, musste Ardoas an Daludreds Worte denken. Sie erinnerten ihn an sein letztes Leben, als er das Gefühl gehabt hatte, dass Ardoana durch das Reisetagebuch seine Begleiterin war und Daludred ein Gefährte, der ihm voraus war, aber zu dem er aufschließen würde. Wieder einmal schwankte er zwischen Erinnerung und Vorstellung hin und her.

Der Zug, mit dem er unten den Hof überquerte und sich am Tor von Tarnabias verabschiedete, war kein Zug wie jener, mit dem Bilgunis und Velbaree ausgezogen waren. Dies war eine kleine Gemeinschaft, die nicht weiter auffallen würde.

Kaum waren sie auf dem Weg zum Pass, schaute Ardoas zu Jerudana hinüber, die neben ihm ritt, und sie lächelte zurück und fragte sich, was ihm wohl gerade durch den Kopf ging; sie empfand es als ungerecht, dass Daludred aus der Ferne wissen würde, was Ardoas dachte. Durch Fragen hätte sie diesen ruhigen Augenblick des Auszugs aber nur verdorben. Also schwieg sie.

Vor ihnen ritt Obureen an der Spitze der Gemeinschaft. Sie begleitete Jerudana inzwischen auf beinahe jeder Reise. *»Beskadur zu schützen heißt, dich hier draußen zu schützen«*, hatte sie einmal gesagt.

Hinter ihnen ritten Burrid und Golweda. Am Ende folgten Yeraidena und Barudrosk mit Njeldred und Werldyra.

»Warum halten sie Abstand?«, fragte Ardoas Jerudana.

Jerudana lachte. »Weil sie nicht wollen, dass ihre Eltern mithören«, sagte sie und hielt den Blick vorausgerichtet. »Wir sind nun auf dem Weg. Mit dir nach Yerebal zurückzukehren – das ist etwas Besonderes.«

»Werden wir dort offen auftreten können?«

»Das gilt es abzuwägen. In Yerebal werden Xomuna und die anderen zu uns stehen. Sie sind unsere Verbündeten, aber auf der Reise dorthin sollten wir uns schnell bewegen und ein Geheimnis aus dir machen.«

YEREBAL

Durch ein Gebiet voller lang gezogener Täler, die wie ein Irrgarten wirkten, gelangten sie auf einen Pass nach Tyreandar. Die Ankunft in dem Königreich des Nordens hatte nichts mit dem gemein, was Ardoas hier einst mit Jerudana und Daludred erlebt hatte. Damals waren sie in diesem hügligen Land Verfolgte gewesen und hatten sich bemüht, vor dem Winter über die Pässe ins Gebirge zu kommen; nun kamen sie mit dem Frühling aus den Bergen in ein grünes Land aus Wäldern, Wiesen und Hügeln, aus Flüssen und Seen.

Sie reisten bei Tag auf den Straßen und wichen den meisten Städten aus, jedoch keineswegs allen. »Wir müssen uns nur schneller bewegen als die Gerüchte«, sagte Jerudana. Und tatsächlich ritten sie tagsüber auf abgelegenen Straßen und Wegen, und nachts lagerten sie in Wäldern.

Als sie sich nach Tagen der Stadt Arratry näherten, musste Jerudana an damals danken, als sie Ardoas und Daludred entlang des Flusses Barewur verfolgt hatte. Sie hatte geflucht, dass sie die beiden nicht einzuholen vermochte, obwohl diese gemeinsam auf einem Pferd geritten waren. Sie vermied es, Ardoas davon zu erzählen, weil das Pferd, das ihn und Daludred getragen hatte, Dairuvee gewesen war. Doch kaum hatten sie in Arratry die Brücke über den Barewur hinter sich gelassen, packte die traurige Erinnerung an Dairuvee Ardoas ohne Jerudanas Zutun.

Den Elfenwald vor Augen, der mit seinen vielen bunten, von Magie genährten Bäumen selbst nun im Frühling an einen

Mischwald im Herbst erinnerte, musste Ardoas an ihren Kampf gegen die Erluniden und den Tod Dairuvees denken. Verzweiflung, Trauer und Wut wechselten sich ab, während er mit den anderen den Wald entlangritt.

Als sie auf der Straße angekommen waren, die durch den Elfenwald nach Yerebal führte, und ihre Pferde keine Scheu vor dem Zauber des Waldes zeigten, erklärte Obureen: »Wer uns folgen will, braucht Pferde, die an Magie gewöhnt sind. Die meisten Tiere werden sich nicht mal an den Zügeln hier hereinführen lassen.«

Für einige Stunden machte sich Erleichterung in Ardoas breit, doch dann dachte er immer öfter an das, was vor ihnen lag. Was würde sie in Yerebal erwarten? Die Kunde von den zehntausend Kronen Kopfgeld mochte sich auch bis dorthin herumgesprochen haben. Und selbst in einer verbündeten Stadt lauerten sicherlich Leute, die einer solchen Belohnung nicht widerstehen konnten.

Jerudana machte ihm Mut und erinnerte ihn daran, dass irgendwo dort im Wald die Zuflucht lag, in der sie und Daludred übernachtet hatten und dass in Yerebal der Ort auf sie wartete, an dem sie sich damals nähergekommen waren.

Als nach zwei Tagen endlich das Stadttor von Yerebal vor ihnen auftauchte, fühlte Ardoas sich entrückt. Einerseits hatte er das Gefühl, schon einmal durch dieses Tor in die Stadt gelangt zu sein, andererseits wanderte sein Blick nach links, wo er damals für Jerudana, Daludred und sich selbst eine Bresche in den unsichtbaren Wall gezaubert hatte, der sich an die Stadtmauer anschloss und an Säulen entlang verlief. Da er wusste, dass er in einem früheren Leben als Ardoana nach Yerebal gezogen war, führte er sein Gefühl auf deren Ankunft zurück.

Das Stadttor öffnete sich ihnen, ohne dass sie sich zu erkennen geben mussten. Dahinter kam ein Hof zum Vorschein, an dessen Ende sich ein weiteres Tor befand. In dieser Schleuse sammelten sich sieben Wachen um sie herum. Sie waren mit Hellebarden bewaffnet, manche von ihnen trugen Steine am

Gürtel – vermutlich magische. Die verstärkten Gambesons, die sie trugen, erinnerten an Burrids und Golwedas Rüstungen. Die der Wachen waren blau, und sie hatten dunkelbraune Mäntel an. Burrid und Golweda trugen grüne Rüstungen und hellbraune Mäntel. Die beiden Gefährtinnen sprachen die Wachen auf Yerebali an, einem Dialekt des Ioderischen, mit dem sie sich ebenso als Einheimische zu erkennen gaben wie durch die Nennung ihrer Familiennamen – Darlegau und Remuderon. Das Wort *Beskaduri* fiel, und die Wachen musterten die Gemeinschaft kurz, dann sagte ihr Anführer, ein blasser Mensch mit breiten Schultern: »Beskadurische Gäste sind immer in Yerebal willkommen!«

Kaum hatten die Wachen ihnen das zweite Tor geöffnet, ritten sie in die Stadt und bewegten sich schneller, als die Kunde von ihrer Ankunft sich verbreiten konnte. In eine Stadt zu kommen, in der niemand sie erwartete, war eine Abwechslung für Ardoas. Die verwunderten Gesichter der Menschen und Vilbaren, Raveelen und Belraunen beruhigten ihn. Sie sagten ihm, dass diese Leute, ganz gleich ob in schlichter Kleidung oder in vornehmen Roben, noch nichts gegen sie im Schilde führen konnten.

Sie ritten an dicht gedrängten Häusern vorüber, die mehr wie Türme als wie Wohnhäuser wirkten, und je näher sie dem Marktplatz kamen, auf dem Xomuna Ardoas, Jerudana und Daludred einst kurzzeitig in Haft genommen hatte, umso breiter wurden die Gebäude und umso zahlreicher die Leute, an denen sie vorüberritten.

Mit der Annäherung an die Burg, die wie ein Hügel aus der Stadt emporragte, passierten sie Handelshäuser und die großen Manufakturen magischer Gegenstände, mit denen sowohl Beskadur als auch die anderen Verbündeten Handel trieben. Ardoas erkannte sie an den Namen auf den Schildern, die über den breiten Toren hingen. In Beskadur hatte er von ihnen erfahren. Noch ehe Ardoas aber durch die offenen Tore erkennen konnte, was die zahlreichen Leute im Inneren der Gebäude machten, waren sie vorübergeritten.

Auf dem Vorplatz der Burg erwartete sie eine kleine Gemeinschaft, die sich hastig zusammenzog. Nur eine Person schien sich nicht von der Stelle zu rühren: Xomuna.

Ardoas erkannte sie an ihren blauen Augen und dem entspannten Lächeln, mit dem sie schon Zordura begrüßt hatte. »Die Beskaduriden kehren mit dem Erbe der Naromee nach Yerebal zurück«, sagte sie und verbeugte sich vor Ardoas. Diese Geste machte ihn verlegen. Die Yerebali, die Xomuna ihm vorstellte, kannte oder erkannte Ardoas nicht. Einige von ihnen waren alt genug, dass sie ihn damals in seinem früheren Leben kennengelernt haben mochten.

»Du hast dich kaum verändert«, sagte Xomuna, während sie schließlich neben ihm und Jerudana voranschritt.

»Tatsächlich?«, fragte Ardoas.

»Vieles von dem Zauber, den du jetzt in dir trägst, hast du auch damals in dir getragen.« Da sie nicht auf sein Aussehen anspielte, sondern auf seine Magie, fragte er sich, wie Xomuna die Welt sah. Er wusste nicht, wie alt sie war. Wie viele der mächtigen Magiekundigen hatte sie sich von den Fesseln des Alterns befreit.

Durch das hohe Portal, in dessen Rahmen das Abbild einer elfischen Reisegemeinschaft geschnitzt war, führte Xomuna sie ins Innere der Burg und an vielen neugierigen Gesichtern vorbei auf die breite Haupttreppe, an deren Wänden Ardoas einen magischen Fluss spürte. Daludred hatte recht: Hier war die Magie so stark, dass selbst er sie bemerkte. Sie hatte Ähnlichkeit mit der Magie seiner Heimat, schien aber alle Regeln zu brechen. Ob die Magiekundigen, die hier einst eine verlassene Stadt gefunden hatten, das magische Gefüge an ihre eigene Magie angepasst hatten oder ob die Magie der Elfen, die hier einst gelebt und keine Verbindung zu seiner Gemeinschaft besessen hatten, einfach fremd war, das vermochte Ardoas nicht zu entscheiden.

Xomuna führte sie auf den breiten Gang, der mehrere Zugänge zur Bibliothek in der Mitte bot und wies schließlich auf einen Seitengang und sagte: »Dies hier ist der Elfengang. Seit damals ist er für Gäste aus den Elfengefilden vorgesehen.« Er schaute Jerudana an. »Und für Gäste aus Beskadur.«

Ardoas schaute zwischen Burrid und Golweda hin und her. »Das ist der Gang, an dem ihr damals Wache gehalten habt.«

Burrid nickte; Golweda lächelte.

»Das Zimmer mit den Kristallwänden liegt darauf«, sagte Ardoas, blickte Jerudana fragend an und erntete ein Lächeln und ein langsames Nicken.

»Jedes Zimmer dort hat Kristallwände«, sagte Xomuna und führte sie voran. »Wir werden auch diesmal Wachen einteilen, wenngleich ihr euch selbst zu schützen vermögt.«

Während Burrid und Golweda das erste Zimmer nahmen und Obureen das gegenüberliegende beanspruchte, gingen Yeraidena, Njeldred, Werldyra und Barudrosk an ihnen vorüber und nahmen sich die letzten Zimmer auf dem Gang.

Ardoas folgte Xomuna und Jerudana in die Gemächer, in denen er im letzten Leben mit Daludred und Jerudana gewohnt hatte. Der Vorraum wirkte befremdlich auf ihn. Er hatte keine Erinnerung an die getäfelten Wände und den großen Tisch. Als sie aber das dahinterliegende Zimmer betraten und er das Bett, die hohen Fenster und die Kristallwand vor der hängenden Quelle erblickte, überkamen ihn die Gefühle von damals. Hier hatten Jerudana, Daludred und er endgültig zueinandergefunden. Doch etwas fehlte. »Waren hier nicht noch zwei weitere Betten?«, fragte er.

Xomuna und Jerudana tauschten ein Lächeln. »Du hast recht«, sagte die Magierin. »Hier waren mehrere Betten. Wir ließen sie entfernen. Dies sollte dein Zimmer sein – deines und das deiner Geliebten.«

Dank Daludred hatte Ardoas sich viel seiner Zeit in Yerebal in Erinnerung rufen können, aber hier zu sein war etwas ganz anderes. »Es fühlt sich beinahe wie eine Heimkehr an«, sagte er.

»Eine Heimkehr in die Erinnerungen«, fügte Jerudana hinzu. Sie offenbarten Xomuna mit knappen Worten, dass Ardoas allmählich seine Erinnerung an das letzte Leben zurückgewann und Daludred dabei eine Hilfe gewesen war.

»Wenn ihr Beskadur den Rücken gekehrt habt, muss euch etwas Wichtiges herausgelockt haben«, erwiderte Xomuna. »Wir hörten von dem Kopfgeld.«

»Es ist etwas vorgefallen«, sagte Jerudana. »Zordura ist verschwunden.«

Ardoas holte den dunklen Stein aus seinem Beutel und erklärte, was er bewirkte. Xomuna machte eine ungläubige Miene. Als er ihr aber Zorduras Erscheinung offenbarte und diese ein weiteres Mal verkündete, gescheitert zu sein, staunte Xomuna das Abbild seiner Tante an, das beinahe lebensecht im Raum wirkte und ihre Botschaft aussprach.

Als die Erscheinung verschwunden war, sagte Xomuna leise: »Ist dir klar, was für eine Magie das ist?«

»Wir vermuten, dass es eine Mischung aus Elfen- und Zwergenmagie ist und es noch einige andere Einflüsse hat. Es gibt eine Verbindung zu Daludreds Kristall.«

»Die Kugel, die du hast, schaut ins Gefüge der Zeit und findet das, was der andere Stein dort aufgeschnappt hat. Es ist, als hätte sich Zordura Orakelmagie nutzbar gemacht und einen Mantel aus Elfenmagie darumgelegt. Aber da ist noch etwas anderes. Wie ein anderer Geschmack. Vielleicht ist das die Zwergenmagie.« Sie schien neben Ardoas zu blicken, dann merkte er aber, dass sie auf sein Schwert schaute. »Stammt der Stein im Griff deiner Waffe von den Zwergen?«

»Es ist ein Geschenk, das mir der Zwergenkönig in meinem letzten Leben zukommen ließ.«

Xomuna schien zu überlegen. »Wisst ihr, wer für den Zauber auf diesem Schwert verantwortlich ist?«

»Wahrscheinlich Glosstor. Er überreichte es mir.«

»Ich hörte von ihm.«

Jerudana sagte: »Glosstor war in Beskadur, als die Erluniden uns angriffen. Viel der neuen Magie von Beskadur geht auf ihn zurück und auf jene, die er mitbrachte. Ralustane war seine

Schülerin. All die Quellenzauber, die Elemente spendenden Zauber und vieles mehr – das haben wir alles ihm und den Seinen zu verdanken.«

»Die Magie in Zorduras Kristall ist ein Jahrhundertwerk«, sagte Xomuna und wandte sich an Ardoas. »Hast du die Erinnerungen bereits vorher entfesselt – bevor du diesen Stein hattest?«

»Ja, in Ilbengrund bereits. Ich habe das Gefühl, dass das, was ich tun muss, um diesem Stein Wissen zu entlocken, das Gleiche ist, das ich tun muss, um meine Erinnerung zu entfesseln.«

Xomuna schüttelte den Kopf. »Es würde zu Zordura passen, dir einen zweifachen Nutzen zu geben.«

»Aber was sie mir hinterließ, offenbart sich mir nur bruchstückhaft. In Beskadur kam ich nicht weiter. Aber ich sah, dass sie hier war – hier in Yerebal.«

»Das ist richtig«, sagte Xomuna. »Sie war hier. Und sie interessierte sich für die Magie der Raveelen. Die meisten von ihnen altern sehr langsam. Und ihre Magie ist teilweise die Grundlage für die Jugendzauber, derer auch ich mich bediente. Gawanon war es, der diese Zaubersprüche für uns gewann. Ich hatte das Glück, in den Genuss zu kommen, ehe er allem den Rücken kehrte – sogar seinen Verbündeten. Er sagte mal, an das Altern seien auch andere Dinge der Zeit geknüpft. Die Magie der alten raveelischen Kulturen ist reich und wohlbehütet. Sie stammen aus einer Zeit, da die verschiedenen Wesen eher nebeneinander als miteinander lebten.«

»Sagte sie, worum es ihr bei der Raveelen-Magie ging?«

»Sie schien Parallelen zwischen Raveelen-Magie und Elfenmagie zu sehen, auch fragte sie nach der Wildnis von Vrabieel und schien sich auf eine Reise dorthin vorzubereiten. Dann aber wollte sie plötzlich etwas über die Magie von Yerebal und den Zauber des Waldes wissen.«

»Erwähnte sie die Erluniden?«, fragte Jerudana.

»Sicherlich. Aber das schien nichts mit dem zu tun haben, woran sie hier forschte.«

»Xomuna«, sagte Ardoas. »Wirst du uns helfen, diesem Stein mehr zu entlocken, als ich es vermochte?«

»Natürlich«, sagte sie und wies lächelnd im Zimmer umher. »Dies ist zwar nicht Beskadur, aber wir verfügen über die besten Magiekundigen des Ostens – die der Elfensiedlungen und der Zwergenreiche ausgenommen.«

Nachdem sie zur Ruhe gekommen waren, führte Xomuna Jerudana, Ardoana und die Vertrauten vor den Rat von Yerebal, der nach wie vor in dem runden Saal auf halber Höhe der Burg unter einem weiten Kuppeldach zusammenkam.

Xomuna war ihre Fürsprecherin und hatte ihnen geraten, nichts von Zordura zu sagen, sondern lediglich zu erklären, dass es ihnen um Wissen ging.

Gerudenis, ein kahlköpfiger Menschenmann, den Jerudana von früher kannte, an den Ardoas sich aber nicht mehr erinnerte, strich sich durch seinen weißen Bart und sagte schließlich: »An anderen Orten hätte man eure Ankunft geheim gehalten, um die Stadt zu schützen. Denn falls sich herumspricht, dass ihr hier seid, werden von überall her Leute kommen, denen es um das Kopfgeld geht. Solche Unruhe ist uns zuwider.«

Ein Belraune mit rot melierter Haut und grauem Haar, der zu Gerudenis' Rechten saß und sich als Awaeruun vorstellte, sagte mit ruhiger Stimme: »Und doch müssen wir dem Erben der Naromee unsere Gastfreundschaft gewähren.«

Gerudenis nickte. »Es ist nicht vergessen, dass du hier von unseren Feinden angegriffen wurdest.«

Ardoas wunderte sich, dass sie offenbar die Erluniden als ihre Feinde betrachteten. »Wir dürfen also bleiben?«, fragte Ardoas.

Gerudenis schaute sich um, erntete von einem Ratsmitglied nach dem anderen ein Nicken. Schließlich sagte er: »Ihr dürft bleiben und steht unter unserem Schutz. Und vergesst nicht:

Solltet Ihr jemals unsere Hilfe gegen die Erluniden benötigen, dann seid euch sicher, dass wir an eurer Seite sein werden. Denn die Scham, den Erben Naromees damals nicht vor einem Angriff geschützt zu haben, beschäftigt uns noch immer. Und der Regelbruch der Erluniden ebenfalls.«

Als sie später mit Xomuna in einem kleinen Speisezimmer am Rande der Burg zu Abend aßen, offenbarte die Magierin, dass sich in der Stadt tatsächlich viele dafür schämten, den Erluniden genug Raum für einen Mordanschlag auf Ardoas gelassen zu haben. »Den Willen, gegen die Erluniden vorzugehen, den spüre ich jedoch nicht«, sagte sie.

Diese Aussage ließ Ardoas während des Essens nicht los, sodass er das gebratene und gebackene Gemüse mit den verschiedenen süßen und würzigen Soßen nicht würdigen konnte. Später, als er allein mit Jerudana im Zimmer war, lenkten sie sich von der Sorge ab, von den Yerebali nicht den Rückhalt zu erhalten, den sie sich erhofften. Sie sprachen zu Daludred, als wäre er bei ihnen, dann gingen sie hinter die Kristallwand unter die hängende Quelle und erinnerten sich gemeinsam an die Zeit, die sie damals hier verbracht hatten.

Nachdem sie sich anschließend mit nassen Haaren und in weiche Tücher gehüllt aufs Bett gesetzt hatten, sagte Jerudana: »Ich mache mir Sorgen, dass wir hier nicht sicher sind. Xomuna selbst scheint Zweifel zu haben. Sie haben zwar alle brav genickt, aber außer Xomuna traue ich hier niemandem.«

»Lass uns einige Tage bleiben«, sagte Ardoas. »Selbst wenn wir dem Kristall keine Spur abgewinnen können, haben wir vielleicht alles, was wir brauchen. Das gelbgrüne Land, das ich sah, das muss Vrabieel sein.«

»Vrabieel ist zu groß, als dass wir sie dort ohne Spur finden könnten. Und je nachdem, welche Route sie wählte, könnte das Kopfgeld uns Schwierigkeiten bereiten.«

Ardoas küsste seine Fingerspitzen und führte sie an Jerudanas Mund. Es war eine Geste, die er meist nur bei Daludred machte.

Jerudana seufzte. »Ich wünschte, er wäre hier und könnte uns mit seinem Gefühl eine Richtung weisen.«

Bereits am nächsten Tag machte sich Ardoas mit Xomuna ans Werk, und Jerudana wich ihm nicht von der Seite. Sie trafen Xomuna auf der Terrasse, auf der sie mit Jerudana einst Konzentrationsübungen gemacht hatte, auf dass sie den magischen Funken in sich entdeckte. Xomuna fragte danach und sagte nach einer Weile: »Du hast den Funken gut kultiviert.«

Ardoas gegenüber erklärte Xomuna, dass Zordura ihm ein verworrenes Rätsel hinterlassen habe, als sie aber erzählte, wie sie mit Zordura die Tage verbracht hatte, vermochte Ardoas zwar nicht die nächste Botschaft zu enträtseln, aber er erhielt Einblick in ebenjene Augenblicke, von denen Xomuna gesprochen hatte.

»Das ist ein gutes Zeichen«, sagte die Magierin. »Es bedeutet, dass hier zu sein einen guten Einfluss auf dich hat. Es mag sein, dass dir, wenn du auf Zorduras Spuren wandelst, mehr und mehr offenbar wird.«

Tatsächlich öffneten sich ihm weitere Einblicke, wenn er die Orte aufsuchte, an denen Zordura gewesen war. Sie musste nur ihren Kristall dabeigehabt haben, und schon fiel es ihm leichter, zu ihren Sinnen zu finden.

Am Abend, wenn sie gemeinsam mit Xomuna beim Essen saßen, berichteten die anderen, was sie erlebt hatten. Yeraidena und Njeldred waren entweder mit Barudrosk und Werldyra in der Burg unterwegs und trafen Freunde und Bekannte, die sie bei ihrem letzten Besuch kennengelernt hatten, oder sie verbrachten mit Burrid und Golweda Zeit bei deren Familien.

Bei all den Erzählungen fürchtete Jerudana, dass Yeraidena und Njeldred zur Zielscheibe werden könnten, wenn sich herumsprach, dass es ein Kopfgeld gab. Zum Glück wusste niemand, dass Ardoas der Warledyr der Kinder war, und Jerudana bat die beiden darum, ihn öffentlich beim Vornamen zu nennen und ihn nicht als *Vater* zu bezeichnen.

Als Jerudana Xomuna bei einer von Ardoas' Übungen auf ihre Sorge ansprach, sagte die Magierin: »Meine Leute behalten die euren im Auge.« Sie grinste. »Eure Kinder sind weit vorsichtiger als das letzte Mal, als sie hier waren. Da musste die Stadtgarde für Ordnung sorgen.«

Jerudana hob die Hand. »Ich will es gar nicht wissen. Aber ich bin froh, dass deine Leute auf sie aufpassen. Das heißt, du befürchtest auch, dass etwas geschehen könnte?«

Xomuna seufzte und löste Ardoas damit aus seiner Konzentration. Er und Jerudana schauten die Magierin erwartungsvoll an. Sie nickte schließlich und sagte: »Es sind Leute in die Stadt gekommen, die sich nach euch erkundigt haben. Bei einer Befragung kam heraus, dass es ihnen um das Kopfgeld geht. Wir haben sie der Stadt verwiesen, aber es ist nur eine Frage der Zeit, bis Leute kommen, die sich ein wenig geschickter anstellen. Deswegen die Vorsicht.«

Ardoas saß in ihrem Zimmer im Schein eines Lichtsteins an dem Schreibtisch, an dem Daludred einst über den Büchern gesessen hatte. Er hatte lange genug wach gelegen und wollte Jerudana nicht wecken. Mit der Hand an Zorduras Kristall versuchte er etwas zu erspüren, kam aber nicht weiter.

Er gelangte immer nur in die gleichen Wahrnehmungen, die er zuvor gefunden hatte. Als er wieder einmal in seine eigenen Sinne zurückkehrte, stand Jerudana neben ihm, als hätte sie sich aus dem Bett an den Tisch gezaubert.

»Haben wir einander nicht müde gemacht?«, fragte sie, legte ihre Arme von hinten um ihn und drückte ihren nackten Oberkörper gegen seinen Nacken.

Entspannt atmete er aus. »Es ließ mir keine Ruhe«, sagte er. »Ich habe das Gefühl, ganz kurz davorzustehen.«

»Xomunas Übungen helfen dir, wie sie mir damals geholfen haben.« Jerudana küsste seine Schultern. »Versuch es noch mal«, flüsterte sie.

Ardoas berührte den Stein erneut und ließ den suchenden Zauber aus seinen Fingerspitzen fließen. Er nahm den gleichen Pfad wie eben. Der Ring, den Zordura ihm geschenkt hatte, half ihm dabei, seinen Zauber auszurichten. Und wie zuvor bekam er etwas zu fassen und sah etwas vor Augen. Grauer Sand, auf dem sich Zordura bewegte. Ein Zittern erfasste alles. Es war wie in einem Klartraum, bei dem er für einen Augenblick die Kontrolle hatte und merkte, dass ihm alles entglitt. Mit einem Mal aber erfasste ihn etwas Ungewohntes, und er schreckte zurück.

Er spürte Jerudanas Hände auf seinen Schultern. »Ist all…« Sie sprach nicht weiter, sondern schaute auf den Kristall, über dem eine neue Erscheinung erwachte.

Ein Strahl traf Ardoas' Körper, richtete sich dann aber zur Seite, und sobald er auf den Steinboden traf, erschien Zorduras Ebenbild, als tauchte Ardoas' Tante, dem Kristall zugewandt, aus dem Boden auf. »Der Elfenwald birgt viele Geheimnisse«, sagte sie. »Mir ist immer noch nicht klar, welchen Handel die Yerebali mit den Mächten des Waldes haben, aber ich bin auf etwas aufmerksam geworden. Ich folgte einem kleinen Bach nach Norden und fand eine magische Quelle. Zuerst dachte ich, es wäre nur eine weitere dieser Zufluchten, die es überall im Wald gibt und die unseresgleichen Schutz bieten. Da ist etwas. Da …« Das Gesicht verschwamm, der unscharfe Hintergrund, der wie eine bemalte Kristallscheibe im Zimmer wirkte, erzitterte, und Zorduras Abbild verging.

»Könnte sie in eine Falle gelaufen sein?«, fragte Jerudana.

»Nicht so früh. Das wilde Land, das ich durch ihre Augen sah, spricht dafür, dass sie diesen grauen Ort verlassen konnte. Und darauf folgen die Flugschiffe.«

»Die Handelsschiffe der Ioderoniden und der Belraunenreiche fliegen oft die großen Städte in Vrabieel an, um Handel zu treiben. Das ist nicht wie in Ost-Kynoris oder Tyreandar, wo sich nur selten mal ein Schiff hin verirrt. In die Wildnis hinaus gibt es viele Flugschiff-Routen. Was du gesehen hast, könnte überall nördlich und westlich von Ioderon sein. Manche der Freien Städte sollen sich sogar eigene Schiffe halten.«

»Jedenfalls ist sie nicht hier im Wald in eine Falle geraten, sondern während oder nachdem sie in Vrabieel war.«

»Eine Gefahr, der Zordura entging, könnte zu viel für uns sein«, sagte Jerudana leise. »Ich muss immer an Nalmenhain denken. Zordura hat mir die ganze bittere Geschichte erzählt. Selbst all das, was ich bereits von Velbaree wusste, konnte mich nicht darauf vorbereiten. Eine Elfensiedlung beinahe ganz ausgelöscht. Und dann schaue ich mich hier um und frage mich, ob das nicht wieder geschehen könnte. Überall bringen sich unsere Feinde in Stellung, und ich habe das Gefühl, dass wir nur sicher sind, wenn wir in Bewegung bleiben.«

»Obwohl mir dieser Ort dabei hilft, den Kristall zu lesen, teile ich dein Gefühl«, sagte Ardoas. »Wie wäre es, wenn wir hinausgingen und herausfänden, worauf Zordura dort gestoßen ist? Und dann kehren wir zurück und entlocken dem Stein Weiteres.«

Jerudana küsste ihn. »Ich vertraue der Ungewissheit des Waldes mehr als der Ungewissheit dieser Stadt«, sagte sie und zog ihn auf die Beine, um ihn zu umarmen.

Am nächsten Tag erfuhren sie von Xomuna, dass die Erluniden auf der Straße nach Yerebal gesehen worden waren, sich aber mit ihren Pferden nicht schnell voranbewegen konnten. Offenbar hatten sie ihre Spur draußen in Tyreandar aufgenommen.

Nachdem sie sich mit ihren Vertrauten beraten hatten, sprachen Ardoas und Jerudana noch einmal beim Rat vor und erklärten, dass sie die Stadt nicht belasten und deswegen abreisen wollten. Mit Xomuna aber machten sie später hinter verschlossenen Türen ab, dass sie, falls sie zurückkehren wollten, eine Lichtung südlich der Stadt aufsuchen sollten. »Ich werde wissen, dass ihr da seid, und euch unbemerkt in die Stadt holen«, sagte sie.

Am nächsten Morgen trafen sie sich mit Xomuna am Südtor. Trotz des raschen Aufbruchs waren viele Augen auf sie gerichtet. Auch Burrids und Golwedas Familien waren da, und Ardoas hatte Gelegenheit, sie zu grüßen und ihnen zu danken – insbesondere Burrids Mutter sprach er seinen Dank für die Taten ihres Vaters Warolias aus, der Ardoanas Reisetagebuch nach Yerebal gerettet hatte.

Für Jerudanas Geschmack waren zu viele Blicke auf sie gerichtet. Sie schaute in die Gesichter von Menschen und Vilbaren, von Raveelen und Belraunen und wurde das Gefühl nicht los, dass einige von ihnen über kurz oder lang auf ihren Fersen sein würden.

Zum Abschied sprach Xomuna ihnen noch einmal eine Warnung zu. Sie sagte: »Seid auf der Hut, wenn ihr magischen Flüssen nachstrebt. Und denkt daran: So unheimlich der Wald erscheinen mag, er kann ein mächtiger Verbündeter sein.«

Ardoas dankte ihr und der Stadt für ihre Hilfe und ihre Gastfreundschaft. »Wir werden sicherlich einst wiederkehren«, sagte er und hoffte, dass niemand an Xomunas Schmunzeln ablesen würde, dass es für den Fall, dass Zorduras Spur nicht weiterführte, bereits einen Plan für ihre Rückkehr gab.

Als sie mit ihren Pferden das Tor hinter sich gelassen hatten, schaute Jerudana erst zu Ardoas an ihrer Seite, dann zu den Gefährten zurück. »Macht euch zum Kampf bereit. Nicht nur dieser Wald hat Augen.«

Eine Straße gab es auf dieser Seite der Stadt keine, aber der Wald war so licht, dass sie voranreiten konnten. Nach einer Weile machten sie einen weiten Bogen nach Norden und kamen an den kleinen Bach, von dem Zordura in ihrer Botschaft gesprochen hatte. Kurz darauf fanden sie die Wasserquelle, die mit einer magischen Quelle einherging. Sie entsprang einem mit rötlichem Moos übersäten Felsen, der einen salzigen Duft verströmte.

In diesem Gebiet musste auch die Zuflucht liegen.

»Müssten die Yerebali sie nicht gefunden haben?«, fragte Werldyra nach einer Weile und schaute ihre Mutter an.

»Die Zufluchten sind für Elfen gedacht. Wir belassen sie, wie sie sind«, sagte Golweda. »Sollten Elfen zurückkehren, sollen sie ihnen zur Herberge werden.«

Burrid wies in den bunten Wald jenseits der Quelle. »Das ist ein Gebiet, in dem wir uns früher selten bewegt haben«, sagte sie.

»Weil dort eine Gefahr lauert?«, fragte Ardoas. »Oder hat das mit dem Handel zu tun, den die Yerebali mit den Mächten des Waldes gemacht haben?«

»Es hat mit dem Fluss zu tun. Wir halten uns meist an den Elbar. Das heißt, wir bewegen uns meist nach Nordwesten und Südwesten in den Wald hinein. Und natürlich wagen wir uns links und rechts der Straße in die Wälder. Aber hier soll so viel Magie fließen, dass sich nur die Mächtigen herwagen.«

»Das meinte Xomuna wohl mit ihrer Warnung«, sagte Jerudana.

»Ja, aber sie sagte auch, dass der Wald unser Verbündeter sein kann«, fügte Burrid hinzu.

»Finden wir heraus, wie dieser Wald zu uns steht«, sagte Jerudana entschlossen.

Ardoas nickte. Eine Erinnerung blitzte auf, an Wolfskreaturen, die ihn, Jerudana und Daludred jagten, und an ein überwuchertes Gebiet, das ihnen zur Zuflucht wurde.

ZUFLUCHT

Ardoas vertraute auf Obureens Gespür, weil sein eigenes in diesem Leben zu wünschen übrig ließ. Immer wieder blickte er Jerudana an und fragte sich, ob sie von ihm enttäuscht war. Sie bemerkte seine unsicheren Blicke, und wann immer der Wald so dicht wurde, dass sie ihre Pferde führten, überlegte sie, ob sie es ansprechen sollte. Aber erst am Abend, als sie an einer magischen Quelle lagerten und sie gemeinsam mit Ardoas Wache hielt, sagte sie: »Was war heute mit dir?«

Er erzählte ihr von seinem Gefühl der Unfähigkeit. Sie sagte darauf: »Aber du hattest in den verschiedenen Leben doch immer unterschiedliche Fähigkeiten. Im letzten konntest du dir selbst die Schmerzen nicht nehmen.«

»Sich selbst die Schmerzen zu nehmen, das ist hier draußen nicht so wichtig, wie magische Flüsse zu spüren.«

»Wir haben Obureen und auch Barudrosk und Werldyra. Und was sie übersehen, das wirst du schon entdecken.«

»Du überschätzt mich. Früher konnte ich, wenn ich dich berührte, Dinge spüren, die ich heute nicht mehr spüre.«

»Ach, hier geht es um deine großzügigen Sinne von einst. Du weißt, dass dich dein Empfinden manchmal überwältigt hat? Es wurde zu viel, und du musstest deine Sinne dämpfen. Vielleicht ist es so, wie es jetzt ist, besser – dass sich deine Wahrnehmung mit deiner Erinnerung schärft.«

»Sich vergangener Fähigkeiten zu erinnern, mag nicht damit einhergehen, diese auch nutzen zu können.«

»Denk an Daludreds Stein und den Felsenthron. Und denk

an Ralustanes Lehren. Das sollte dir Mut machen. Zordura sagte einmal, die Zaubersinne seien nur zum Teil körperlich. Es gehe vielmehr darum, den richtigen Weg durch den Irrgarten der Magie zu finden. Und du erinnerst dich an viele Wege.«

»Das sagte sie mir auch.«

»Warum glaubst du es dann nicht? Du vertraust ihr doch. Hat diese schnell wandelbare Welt deine Geduld geschmälert?« Sie fasste seine Hand. »Laste dir nicht zu viel auf. Wir sind eine Gemeinschaft. Wir alle tragen etwas bei. Also vertraue Obureen und ihren magischen Sinnen.«

Ardoas nickte, dann starrte er auf den Beutel neben sich. Am Nachmittag hatte der Kristall ihm nichts Neues beschert. »Dieser Stein – was, wenn er nur eine Prüfung ist, an deren Ende Zordura strahlend auf uns wartet?«

»Ich würde lachen, dann fluchen, dann wieder lachen und deine Tante in die Arme schließen.«

Am nächsten Tag folgten sie Obureen und Barudrosk, die langsam nebeneinanderritten, durch ein lichtes Waldstück. Die hohen Bäume standen weit auseinander und ließen Platz für kleine gelbe und blaue Blüten, die den Boden bedeckten. An einem grünen See mit weißem Grund hielten sie an. Obureen wies auf die andere Seite, wo sich eine hellgraue Klippe erhob, an der Wasser herabdrang.

Werldyra fragte, ob die Klippe den See speise.

»Er strahlt wie eine magische Quelle der Elfenmagie«, sagte Obureen. »Als wäre sie ein riesiger Wasserstein. Das ist die Magie, die uns hergelockt hat.«

Während sie die Pferde um den See herumführten, schaute Ardoas immer wieder zu der Klippe hinüber. Jerudana hingegen bemerkte, dass sich in einiger Entfernung ein grünes Gebilde unter der Wasseroberfläche bewegte, das wie übergroße Algen wirkte. Sie machte die Vertrauten darauf aufmerksam.

»Das sind nur Pflanzen«, sagte Obureen.

»Aber sie folgen uns. Ich möchte nicht von irgendwelchen Schlinggewächsen in ein nasses Grab gezogen werden.«

»Du hast zu viele von Tarnabias' Schauergeschichten gehört«, entgegnete Obureen.

»Zugegeben.«

»Aber warum sollten uns diese Pflanzen angreifen? Dieser See wimmelt vor Leben, das von der Magie genährt wird.«

»Du hörst eindeutig zu wenig von Tarnabias' Schauergeschichten«, sagte Jerudana lachend.

Mit einem Mal blieb Obureen stehen und stutzte. Sie schaute zu den Pflanzen, dann zur Klippe. Ardoas legte die Hand ans Schwert. Die Unsicherheit in Obureens Gesicht machte ihm Angst. »Diese Pflanzen«, sagte sie. »Sie sind mit der Klippe verbunden. Sie sind gewissermaßen ihre Sinne.«

»Du meinst, uns beobachtet jemand?«, fragte Jerudana.

»Möglicherweise.«

Sie nahmen Abstand vom Seeufer und setzten ihren Weg vorsichtig fort. Auch wenn Obureen wieder beruhigt wirkte, fürchtete Ardoas einen Hinterhalt. Auch Jerudana schaute sich um. Sie war in ihrem Leben zu oft in Fallen gelaufen, als dass sie sich nun arglos bewegen konnte. Je näher sie der weißen Klippe kamen, umso behutsamer führte Obureen sie voran. Beim Blick ins Wasser bemerkte Ardoas, dass die Pflanzen, die ihnen zu folgen schienen, sich nun von ihnen entfernten. Er schaute über den See zurück, und auf der anderen Seite zwischen den Bäumen entdeckte er Gestalten. Es waren mindestens acht, und auch sie führten Pferde durch den Wald. Es bedurfte keines Erinnerungsvermögens an sein früheres Leben, um die Leute an ihren finsteren Mänteln zu erkennen.

»Die Erluniden sind da«, sagte Ardoas leise.

»Ach du Fakke!«, entgegnete Jerudana. »Wäre auch zu schön gewesen!«

»Kommt! Schneller!«, sagte Obureen, beschleunigte ihre Schritte und zog ihr Pferd hinter sich her.

Einige der Erluniden setzten sich von den anderen ab und liefen zwischen den Bäumen hindurch.

»Wir müssen reiten«, sagte Jerudana. »Sie scheinen *ihren* Pferden nicht so recht zu trauen.«

Obureen stutzte, nickte aber schließlich. Zu Pferd kamen sie nun zwar schneller voran, doch obwohl Ardoas Xelbura vertraute und auch Yulernos und die anderen Pferde sich bisher bewährt hatten, war ihm, als würden sie einer Gefahr entgegeneilen. Dennoch strebten sie weiter und erreichten schließlich die Klippe. Wie eine Burg erhob sie sich vor ihnen. Ein breiter Spalt in ihrer Mitte wirkte wie ein Tor, doch der Zugang endete an einem glatten Felsbrocken, der die Lücke ausfüllte. Alles wies auf eine Zuflucht hin: eine Klippe, ein Brocken, der den Eingang versperrte, und ein Zauber, den sogar Ardoas bis hierheraus spüren konnte.

Während Yeraidena und Werldyra ihre Bogen spannten, brachten Njeldred und Barudrosk gemeinsam mit Golweda und Burrid die Pferde neben die Klippen.

Ardoas und Jerudana standen bei Obureen.

»Wir werden also wirklich kämpfen?«, fragte Ardoas.

Jerudana nickte. »Vielleicht können wir einen von ihnen gefangen nehmen. Wenn wir ihn rasch von den magischen Artefakten befreien, könnten wir ihm etwas entlocken.«

»Aber wir wissen nicht genau, wie viele da kommen«, entgegnete Ardoas.

»Wenn es zu viel wird, machen wir uns mit den Pferden davon.«

Obureen hatte gerade ihren Bogen gespannt und rückte den Köcher an ihrer Hüfte gerade, dann schaute sie in die Öffnung in der Mitte der Klippe. »Oder wir suchen an diesem Ort Zuflucht«, sagte sie.

Yeraidena kam an ihnen vorbei und reichte Ardoas seinen Bogen und seinen Köcher. »Hier! Ich glaube, das könnten wir brauchen, Vater.« Dass sie ihn Vater nannte, verwirrte ihn immer noch, aber er nahm den gespannten Bogen und die Pfeile an.

»Sie kommen«, sagte Burrid im Vorbeigehen und positionierte sich neben Golweda an einem der glatten Felsbrocken, die vor der Klippe wie Barrikaden verteilt schienen.

Mindestens fünf Bewaffnete nahten, dahinter folgten weitere, während aus der Ferne das aufgebrachte Wiehern von Pferden erscholl.

»Der Eingang da oben – das ist ein guter Ort, um Pfeile abzuschießen«, sagte Jerudana und schaute Ardoas an. Sie schämte sich, dass sie ihre Sorge so unbeholfen darbot. Ardoas nickte und fragte sich, ob seine Sorge um Jerudana etwas zählte. War ihr Leben nicht weit wertvoller als das seine? Immerhin würde sie nicht wiedergeboren.

»Ich komme mit dir, Ardoas«, sagte Obureen. »Gib mir deinen Köcher! Wir machen das wie damals, als wir zusammen geübt haben.«

»Gerne«, sagte Ardoas und erinnerte sich an ihre gemeinsamen Waffenübungen.

Jerudana schaute ihnen nach und hatte ein schlechtes Gewissen. Sie hatten so viel über Machtverhältnisse gesprochen, und hier in der Gefahr zeigte sich, dass sie Ardoas im Hintergrund wissen wollte, während ihre Kinder vorn bei Burrid und Golweda waren und Barudrosk und Werldyra bei ihnen Aufstellung nahmen.

In Gedanken versunken, ging sie zwischen Golweda und Burrid in Position. Ihren Bogen hatte Werldyra – das Geschenk Ardoas', mit dem Golwedas Tochter so viel besser umzugehen wusste als sie. Sie würde mit dem Schwert kämpfen. Burrid und Golweda würden mit Stoßspeer und Schild neben ihr sein – wie sie es wieder und wieder geübt hatten.

Während Jerudana den Erluniden entgegenschaute, die mit Geschrei auf sie zukamen, hatte Ardoas in der leicht erhöhten Öffnung der Klippe Stellung bezogen. Obureen ging vor ihm in die Knie, ihren eigenen Köcher an der Hüfte, seinen am Rücken, damit er im Stehen leicht neue Pfeile ziehen konnte. Er hatte solche Übungen in seiner Ausbildung zwar gemacht, aber es hieß, er und Obureen hätten diese Disziplin meisterlich beherrscht.

»Rechts. Der mit dem Langbogen!«, sagte Obureen und ließ einen Pfeil fliegen.

Ardoas legte an und schoss sofort auf den Erluniden, der sich zur Seite bewegte, nachdem einer von seinen Leuten durch Werldyras Pfeil zu Boden gegangen war. Zwei Pfeile stoppten den Weg des Mannes – einer drang ihm in die Seite, der andere ins Bein.

Unten stießen Burrid und Golweda aus der Deckung hervor und stoppten den Lauf zweier Angreifer; Jerudana stach die beiden von Speeren gehaltenen Feinde mit ihrem Schwert nieder. Yeraidena schoss einen Pfeil auf einen Krieger ab, der nahe an sie herangekommen war. Er stolperte in Barudrosks Klinge.

»Woher wusstest du, dass du auf die Beine schießen sollst?«, fragte Obureen, während sie ruhig den nächsten Pfeil auflegte.

»Das wusste ich nicht. Ich hatte keine Zeit, um nachzudenken.«

»Der Große im Kettenpanzer, mit dem hässlichen Schwert.« Sie schoss; er schoss – und ein weiterer Feind fiel zu Boden. »Verflucht!«, sagte sie leise. »Da hinten kommen noch mehr. Das sind zu viele.«

Ein Schrei unten zwischen den glatten Felsbrocken erschreckte Ardoas. Burrid hielt sich die Seite. Golweda stützte sie; Jerudana wies zu Ardoas und Obureen herauf und nahm Burrids Schild an sich.

»Jerudana!«, sagte Ardoas leise.

»Gewiss!«, erwiderte Obureen und schoss einen Pfeil auf einen Gegner ab, der sich mit einem Gefährten Jerudana näherte. Der eine blieb am Arm getroffen stehen, den anderen traf Ardoas Pfeil in der Brust.

»Guter Schuss!«, sagte Obureen, während der Getroffene unten zu Boden sank und sich nicht mehr rührte. Das war das erste elfenähnliche Wesen, das er in diesem Leben getötet hatte. Jerudana schlug dem anderen, der sich den Arm hielt, die Waffe aus der Hand und verjagte ihn mit einem angetäuschten Angriff.

»Da kommen zu viele«, sagte Obureen. »Lange machen wir das nicht mehr.« Als wollte das Geschehen ihre Aussage untermauern, gelang es einem Erluniden mit Ringen an den Fingern, Werldyra mit einem magischen Stoß zu Boden zu werfen. Zwar wurde ihm der Angriff mit einem Speerstich Njeldreds vergolten, doch Werldyra wirkte benommen und hatte ihren Bogen fallen gelassen.

»Barudrosk!«, rief Jerudana. Burrids Sohn nickte. Während Werldyra ihren Bogen wieder aufhob, holte er einen hellen Stein aus dem Beutel an seinem Gürtel, der gerade so in seine Hand passte, und hielt ihn den nahenden Feinden entgegen. Kurz vor Barudrosks Faust erschien ein gleißender Fleck in der Luft, schoss ruckartig von ihm fort, zerbarst mit einem Knall zwischen den Erluniden und tauchte sie und ihre Umgebung in ein grelles Licht. Es war genau das, was die Gefährten dort unten zum Rückzug benötigten.

Indes kamen Golweda und Burrid oben an. Burrid war blass und hielt ihren Speer wie einen Wanderstab, dessen Stütze sie nach einem langen Marsch benötigte.

»Heile sie, Ardoas«, sagte Obureen und machte einen Schritt aus dem Spalt hinaus. Während die anderen hastig die Pferde holten und aus dem Licht, das vor den glatten Felsen alles einhüllte, Angstgeschrei und Befehle drangen, schoss sie Pfeile in den Lichtschleier ab. Die darauf folgenden Schmerzensschreie bewiesen, dass sie ihre Ziele traf. Ob sie nach Gehör schoss oder aber das magische Strahlen der Artefakte ihrer Feinde im Blick hatte, vermochte Ardoas nicht zu sagen.

Beide Hände auf Burrids Wunde an der Hüfte gepresst, ließ Ardoas seine heilende Magie fließen. Er spürte, wie der Zauber Stück um Stück die Wunde von innen nach außen schloss. Burrid stöhnte auf, und Ardoas fragte, ob er ihre Schmerzen betäuben solle. Sie schüttelte den Kopf und streifte aus Versehen mit ihrem Horn seine Schulter.

»Sie ziehen sich zurück«, sagte Obureen. »Aber die werden wiederkommen.« Sie gab Golweda den Bogen, und auch ihren Köcher löste sie von ihrem Gürtel und reichte ihn ihrer Gefährtin. »Falls irgendjemand auf kühne Ideen kommt!«

Sie ging an Ardoas und Burrid vorbei zu dem Felsbrocken, der den Weg versperrte, und legte ihre Hand darauf.

Ardoas spürte Magie aufflammen. »Sollten wir nicht lieber fliehen?«, fragte er.

»Wenn das eine Elfenzuflucht ist, möchte ich von ihr Gebrauch machen«, antwortete Obureen, zog sich dann aber von dem Fels zurück. »Es geht nicht. Versuch du es!«

»Wenn du es nicht schaffst, dann werde ich …«

»Versuch es! So wie du eben die Pfeile abgeschossen hast. Denk nicht darüber nach, sondern mach es einfach.«

Ardoas löste sich von Burrid, die erleichtert wirkte. Obureen übernahm seinen Platz.

»Wir sollten los«, rief Jerudana. Sie saß bereits im Sattel. Die anderen führten die übrigen Pferde näher heran. »Wenn die wiederkommen, sollten wir weg sein!« Yulernos wurde unruhig und schien näher an den Felsen heranzuwollen. Da schaute Jerudana zu Seite, wo im verblassenden Licht eine Gestalt erschien – eine Art Schattenwesen.

»Ach du Fakke!«, sprach Jerudana vor sich hin.

»Was ist das?«, fragte Njeldred.

»Ein Dämon!«, erwiderte Golweda.

Ardoas war durch dieses Wort abgelenkt. Während Jerudana die Gestalt im Auge behielt, die mit schwarzem Nebel verschleiert schien, spürte Ardoas nur deren Präsenz. Dieses Wesen strahlte unverhohlen Macht aus.

»Wir müssen weg! Jetzt!«, sagte Jerudana.

»Wartet!«, entgegnete Obureen und wandte sich dann an Ardoas. »Gelingt es?«

Ardoas' Zauber floss bereits. Der reine Kontakt reichte nicht aus, um die Pforte zu öffnen. Er versuchte, die Magie des Felsens zu erspüren. Wie Furchen breitete sich das Gefüge vor ihm aus.

Doch ganz gleich, wie er seine Magie dem Felsen näherbrachte, sie lief ins Leere.

Kopfschüttelnd wandte Ardoas sich von dem Stein ab.

Obureen nickte, und nach draußen sagte sie: »Wir kommen zu euch!« Sie half Burrid auf die Beine, die sich mit schmerzverzerrter Miene aus dem Spalt führen ließ.

Gerade als Ardoas Golweda hinausfolgte, bemerkte er zwei magische Bahnen, die den Spalt einrahmten. Dort floss die Magie ungehindert – im Gegensatz zu dem komplizierten Geflecht, das den Felsbrocken durchzog. Er kannte solche Konstellationen.

Der Dämon rührte sich noch nicht, als hielte ihn das von Barudrosk erzeugte Licht zurück.

»Schnell jetzt!«, sagte Jerudana. Die anderen saßen bereits im Sattel und bemühten sich darum, die Pferde zu beruhigen, während aus der Ferne höhnisches Gelächter drang.

»Wartet!«, sagte Ardoas und wandte sich wieder um.

»Ardoas!«, rief Obureen. »Wir haben keine Zeit. Wenn dieses Biest sich in Bewegung setzt, haben wir Schwierigkeiten.«

»Nur einen Augenblick«, erwiderte er und betrachtete den Felsbrocken. Das Gefüge darin diente zwar einem Torzauber, doch dieser würde den Brocken nicht zur Seite schieben. Es war eine andere Art von Pforte.

Ardoas hob die Hand und konzentrierte sich auf den Torzauber der Elfenpfade. Während er seine Kräfte fließen ließ, starrte Jerudana besorgt dem Dämon entgegen. Das Licht, in dessen Mitte der Dämon erschienen war, war so weit vergangen, dass Jerudana die Erluniden zwischen den Bäumen sehen konnte. Auch sie hielten Abstand von dem Wesen.

Barudrosk wirkte erschöpft. Der Zauber hatte ihn Kraft gekostet, und Jerudana wusste, dass es dauern würde, bis er sich erholt hatte. Sie sammelten sich direkt vor dem Eingang, sodass Ardoas nur noch aufs Pferd steigen musste, um mit ihnen zu entkommen.

Der Dämon setzte sich in Bewegung. Er schien zwar über

den Boden zu schweben, aber ein Schmatzen ging von ihm aus, als würde er Laub und Erde in sich hineinschlingen.

»Ardoas!«, sagte Jerudana. »Wir haben *keine* Zeit mehr!«

Angst griff nach Ardoas. Es gab zwei Fluchtwege vor dem Dämon: Der eine war das Pferd hinter ihm, der andere die Pforte, die zum Greifen nahe war. Als gäbe es einen Kompromiss in dieser Lage, stieg er aufs Pferd, während er seine Magie weiter dem Felsbrocken entgegensandte.

Gerade hielt er die Zügel in Händen, da spürte er eine Bewegung. »Dort!«, rief er und hielt eine Hand immer noch in Richtung Felsbrocken gerichtet. Seine Magie strahlte aus seinen Fingern aus, und mit einem Mal drang Licht aus dem Felsbrocken, und eine wabernde Lichtfläche faltete sich direkt vor ihm in der Bresche auf.

»Ich glaub's nicht!«, stieß Jerudana hervor und schaute zu dem Dämon hinab, der bei den glatten Felsen angekommen war und sich fauchend näherte.

»Rein da!«, rief Jerudana.

Ardoas ritt mit Xelbura in das Licht. Das Pferd zögerte keinen Augenblick; es musste ebenso wie er den vertrauten Hauch der Elfenpfade spüren. Kaum war Ardoas im Licht verschwunden, überkam Jerudana Sorge. Er hätte nicht als Erster reiten sollen. Doch es blieb keine Zeit, irgendwelche Reihenfolgen festzulegen. Sie ließ ihre Gefährten nach und nach an sich vorbeireiten. Obureen hielt ihren Bogen wieder in Händen und schoss aus dem Sattel dem Dämon einen Pfeil entgegen – mitten auf den verschleierten Körper. Das Brüllen der Bestie erinnerte Jerudana an damals in der Kapelle in Beskadur, als sie zum ersten Mal einer solchen Bestie begegnet waren. Sie würde sich niemals daran gewöhnen. Rote Augen erwachten hinter dem Nebelschleier. Das Wesen hielt zwar inne, aber seine Wut war geweckt, und kaum war Obureen an Jerudana vorbei ins Licht geritten, da setzte es sich ruckartig in Bewegung.

Als Obureen durch das Licht kam und sich mit besorgter Miene auf der grauen Lichtung, die sie umgab, umschaute, fürchtete Ardoas um Jerudanas Leben. Obwohl er sich gut mit dem Torzauber auskannte, mit dem er die Pforte schließen wollte, wagte er es nicht ihn bereitzuhalten – aus Angst, dass er seinen zitternden Händen entglitt und von allein ans Werk ging und Jerudana den Weg versperrte.

Kaum aber war sie auf Yulernos aus dem Licht geritten, machte er sich ans Werk, spürte jedoch, wie sich ihm eine Macht entgegenschob. Als lockte ihn das Wesen, strebten Ardoas' Sinne durch das Tor nach draußen. Da war die Kreatur. Sie stand direkt vor dem Tor und drängte dagegen, die Magie der Zuflucht jedoch stieß sie ab.

Ardoas hatte den Torzauber entfesselt, doch die Pforte verging nur langsam, als hinderte der Dämon den Zauber daran, sein Werk zu verrichten. Ein Riss in der Lichtpforte, durch den Nebelschleier drangen, ließ Ardoas zurückschrecken. Jerudana fasste ihn an den Schultern; Obureen war mit gezogenem Schwert an seiner Seite und streckte die freie Hand der Pforte entgegen. Seine Waffenschwester half ihm dabei, den Torzauber zu erzwingen. Das Licht verging, und obwohl sich der Nebel auflöste, beschlich Ardoas das Gefühl, versagt zu haben.

Er schaute sich um. Es war nicht der Dämon, der ihm dieses Gefühl bescherte, sondern dieser Ort. Statt einer mit Gras oder Laub bedeckten Lichtung, die von blühenden Bäumen und Sträuchern umgeben war, war der Boden hier nur aus grauem Sand, der wie Asche aussah. Die Bäume, die die Lichtung einrahmten, waren nichts weiter als ein dichtes Geflecht aus feuchten Ästen und Zweigen. Durch die Lücken drang nicht strahlendes Licht, das den Pflanzen Leben spendete, sondern ein graues Leuchten, das waberte, als hätte es sich ein Beispiel an dem Lichtportal genommen.

»Das ist kein Ort der Elfen«, sagte Jerudana.

»Doch«, entgegnete Obureen und schaute sich um. Ein breiter Weg verlief am Rand der Lichtung vorbei. »Das war einmal ein Elfenpfad.«

Ardoas nickte. Die Magie, die er spürte, ähnelte der auf den Elfenpfaden, die er kannte. Doch wie schon in Yerebal umgab das magische Geflecht eine Fremdheit, die Ardoas als faszinierend und unheimlich zugleich empfand.

Obureen schüttelte den Kopf. »Hier sollte es keine Elfenpfade geben«, sagte sie.

»Verfügten die Elfen von Yerebal über die Macht, solche Pfade anzulegen?«, fragte Burrid.

»Wenn ja, dann ähnelt ihre Magie der unseren«, sagte Ardoas. »Kann das sein?«

Obureen erwiderte: »In anderen Welten sind wir Elfen begegnet, die diese Macht erlernten, ohne dass wir Kontakt zu ihnen hatten. Warum also nicht auch hier?«

Werldyra schaute sich um, als wollte sie prüfen, ob ihnen jemand lauschte. »Warum verblühten diese Pfade?«, fragte sie.

»Vielleicht deshalb, weil der Zauber nicht so beschaffen ist wie der unsere«, sagte Obureen. »Die Größten unserer Gemeinschaft haben den Zauber der Elfenpfade verfeinert. Naromees Elfenpfad in Beskadur ist ein gutes Beispiel.« Sie blickte Ardoas an. »Das ist Vollendung.«

Ardoas nickte verlegen. Auf Yeraidenas Frage nach den Pfaden in seiner Heimat erzählte er knapp, dass jene um Derothur die ersten seien, die die Gemeinschaft aus Elfen, Feen und Zwergen angelegt hatte. »Wäre niemand mehr da, der die Pfade pflegt, würden sie wahrscheinlich einfach zuwuchern und nicht mehr begehbar sein. Aber so wie hier würde es dort sicherlich nicht aussehen.«

»Wenn Zordura doch nur hier wäre!«, sagte Obureen.

»Sie war hier«, erwiderte Ardoas und holte den Kristall hervor, den sie ihm hinterlassen hatte.

»Was ist mit den Erluniden?«, fragte Yeraidena. »Was, wenn es ihnen gelingt, hier hereinzukommen?«

»Wäre ihnen das gelungen, würde ich mir um Ilbengrund

Sorgen machen«, antwortete Jerudana. »Aber du hast recht: Gehen wir kein Wagnis sein.« Der Torrahmen war aus glattem Stein und lag wie das Tor von Derothur am Rand der Lichtung, sodass man ihn nur von einer Seite betreten konnte.

Ardoas näherte sich dem Torbogen und knüpfte vorsichtig seine Sinne an die magische Pforte. Er vermochte hinauszuschauen. Von dem Dämon war nichts zu sehen, wohl aber von den Erluniden. Sie standen vor der Klippe wie auf einer Bühne und redeten darüber, was zu tun sei.

»Sie können nicht ewig da drin bleiben«, sagte ein bärtiger Mann, der mit einem Speer bewaffnet war.

Ein Mann mit Kampfstab, der an all den Ringen an seinen Fingern als erlunidischer Magier zu erkennen war, schüttelte den Kopf. »Larnsul verlor damals Beskadur, weil der Elf am Fuße des Berges ein solches Tor öffnete. Es führte ihn bis hinauf in den Felsentempel. Wir werden natürlich aufpassen, ob sich was tut. Aber es könnte sein, dass sie uns gerade entkommen sind.«

Lächelnd zog Ardoas seine Sinne zurück. »Sie haben erkannt, dass es Elfenpfade sind«, sagte er und erzählte von dem Wortwechsel.

»Da ist noch etwas«, sagte Obureen und starrte auf das Tor. »Die Pflanzen im See sind wie verlängerte Sinne dieses Ortes, als würde das, was hier hätte erblühen sollen, da draußen wachsen.« Sie lachte, den Blick scheinbar ins Leere gerichtet. »Wenn wir einen Ausfall machen müssen, kann ich hier alles ausspähen.«

»Aber *werden* wir einen Ausfall machen?«, fragte Jerudana und schaute zu den Pferden hinüber. Sie standen an der Seite und rührten sich kaum.

»Das hier ist eine tote Welt«, sagte Burrid. »Die Pferde werden hier nichts zu fressen finden. Und unser Wasser wird nicht lange reichen.«

»Wenn die Pfade so angelegt sind wie bei uns daheim, werden wir nur Stunden hier verbringen müssen, bis wir ein anderes Tor finden«, erklärte Obureen.

»Übernachten möchte ich an einem Ort wie diesem nicht«, sagte Ardoas und betrachtete den grauen Boden. »Aber dies ist der Weg, den Zordura nahm. Sie ging über grauen Sandboden, ehe sie die Wildnis erreichte.«

»Stell dir vor, wir könnten über diesen Weg nach Vrabieel gelangen«, sagte Jerudana und schaute in das Gewölbe aus geflochtenen Ästen hinauf. »Es mag hier unheimlich sein, aber vielleicht haben wir gerade einen Weg gefunden, der uns von den Erluniden da draußen und von all jenen, die dem Kopfgeld nachjagen, befreit. Fremde Pfade, denen wir nicht vertrauen, aber die uns dennoch weiterbringen – wie ein gefährlicher Gebirgspass oder … ein Zauberwald.« Sie lächelte. »Das hast du gut gemacht«, sagte sie und strich Ardoas über die Schulter.

»Was?«, erwiderte er.

»Du hast uns eine Menge Schmerz und Mühe erspart. Weil du nicht einfach meinem Wort gefolgt bist. Tu das öfter!«

GRAUE PFADE

Der breite Weg, auf dem zwei Pferde ohne Weiteres nebeneinanderlaufen konnten, schmiegte sich an den Rand der Lichtung. Zur Rechten endete er nach kaum fünfzig Schritten in einem dichten Geflecht aus Ästen. Obureen war der Meinung, dass der Pfad nach Osten führe – wahrscheinlich nach Yerebal.

Ihnen blieb nur die andere Richtung, und so führten sie ihre Pferde auf diesen sandigen Weg. Das Geflecht aus Zweigen, das sich wie ein Dach über sie spannte, war feucht, und von manchen Ästen tropfte Wasser herab. Es war, als würden sie sich hier nicht *in* einem Wald bewegen, sondern *unter* einem Wald, von verflochtenen Wurzeln umgeben.

Links und rechts gingen immer wieder enge Pfade ab, auf denen es düster war. Auf manchen von ihnen wuchsen Pflanzen mit roten bis blauen Blättern, die so sehr vor Magie strahlten, dass selbst Ardoas sie erfasste. Er traute diesen Pflanzen nicht, und Obureen warnte sogar davor, weil die Pferde keine Anstalten machten, die Gewächse fressen zu wollen. Da die Tiere sich überdies am liebsten in der Mitte des Weges aufhielten, schlug Jerudana vor, die Pferde hintereinander zu führen, und nicht länger in zwei Reihen.

Nach einer Weile, als die Pferde sich beruhigt hatten, wagten sie es, in den Sattel zu steigen und langsam voranzureiten.

Die ersten Lebewesen, die sie sahen, waren Insekten, die in der Nähe von magiedurchtränkten Pflanzen mit violetten Blüten erschienen. Sie wirkten harmlos und wagten sich kaum aus den Seitengängen heraus.

Als sie einen Vogel mit dunkelblauem Gefieder sahen, der krächzend aus einem der Seitengänge geflogen kam, ein Stück auf dem Hauptweg blieb und dann in einem anderen Gang verschwand, nahm Ardoas das als Zeichen, dass diese Pfade zwar keineswegs so lebendig wirkten wie die Elfenpfade in seiner Heimat, sich hier aber trotz allem Leben gehalten hatte.

Nach einer Weile fanden sie eine Lichtung mit einem Torbogen. Sie überlegten, ob sie eine Rast machen sollten, doch niemandem war nach Essen zumute. So tranken sie lediglich etwas.

Während Ardoas Zorduras Kugel nahm und einen weiteren Versuch machte, ihr etwas zu entlocken, beobachtete Jerudana Obureen dabei, wie sie an das Portal trat und die Hand hob, um mit ihren magischen Sinnen etwas zu erfassen.

Nach einem Moment flüsterte sie Jerudana zu: »Es führt in einen von Wasser erfüllten Raum.« Leise, um Ardoas nicht zu stören, verbreiteten sie die Kunde unter den Gefährten.

Indes fand Ardoas wie immer zuerst das, was er zuvor enträtselt hatte. Selbst die Botschaft, die er dank der Magie von Yerebal gefunden hatte, lag nun leicht zu erreichen neben ihm wie ein geborgener Schatz.

Konzentriert hielt er Ausschau nach neuen Wegen, dem Kristall etwas zu entlocken, und suchte nach den grauen Pfaden, auf denen er Zordura gesehen hatte. Und er fand das Bild – wie sie hinabschaute auf knirschenden Sand. Ein Vogelruf ertönte – wie das Krächzen des blauen Vogels, den er gesehen hatte. Der feuchte Duft der grauen Pfade, die Wärme, der fließende Zauber und alles, das ihn hier umgab, öffnete seine Sinne.

Er schreckte zurück, der Kristall fiel in den Sand, und vor ihm stach Zorduras Gestalt wie eine Säule in die Höhe. Die Gefährten ringsum staunten bei dem Anblick, obwohl er ihre Erscheinung zuvor schon mit ihnen geteilt hatte.

Zordura machte ein ernstes Gesicht. »Seid vorsichtig, wenn ihr auf die Grauen Pfade kommt. Es sind die Pfade der Elfen der Stadt, die heute Yerebal heißt. Das Tor unter Wasser wollte ich nicht durchschreiten, doch meine Sinne strömten hindurch und fanden ein eingestürztes Gebäude auf einer kargen Insel in der peraedischen Bucht. Verlassen, und doch erzählt es von einem Kampf. Ich sah Waffen und Rüstungen – beinahe zerstört vom Zahn der Zeit. Die Skelette, die ich dort sah, waren wahrscheinlich die von Elfen. Was immer sie niedergeworfen hat, kam über die Grauen Pfade zu ihnen.« Die besorgte Miene Zorduras verging.

»Was für eine absolute Fakke!«, sagte Jerudana. »Bitte sag, dass diese Gefahr längst vergangen ist und es kein Fehler war, hier zu wandern.«

»Da ist noch etwas«, sagte Ardoas und entlockte dem Kristall eine weitere Botschaft. Zordura ging schnellen Schrittes auf dem sandigen Weg weiter, kam aber als Erscheinung nicht von der Stelle und schaute immer wieder zur Seite. Ardoas stellte sich so, dass sie ihn direkt anzuschauen schien. Seine Gefährten sammelten sich bei ihm.

»Meidet diese Pfade! Nehmt lieber den Landweg nach Vrabieel. Falls es euch aber doch hierher verschlägt, dann weicht niemals vom Hauptweg ab! Niemals! Bewegt euch so schnell wie möglich voran. Wenn ihr Pferde habt, dann galoppiert den Pfad entlang – ehe sie erwachen können.«

Kaum war die Erscheinung verschwunden, schaute Jerudana in die Runde. »Ich würde das als Befehl bezeichnen.«

Hastig stiegen sie auf die Pferde und ritten los. Obureen war an der Spitze, ihr folgten Jerudana und dann Ardoas. Hinter ihm kamen die anderen.

Ardoas schaute mal links, mal rechts in die Seitenwege und spürte die Magie hier im Zentrum auf dem Pfad fließen, und dass sie schwächer wurde, wenn sie nach links und rechts ausstrahlte. Was immer dort im Schatten leben mochte, nährte sich nicht von dem Elfenzauber, sondern von der ungezügelten Macht, die die Pfade umgab.

Jerudana fürchtete indes, jeden Augenblick aus einem der Seitengänge attackiert zu werden. Auf dem Pferd zu reiten und das Astgewölbe über sich zu haben, bescherte ihr zudem ein Gefühl äußerster Unsicherheit, als könnte ein Zweig lebendig werden und nach ihr greifen.

Als sie die Lichtung erreichten, von der Zordura gesprochen hatte, hielt Obureen an dem Torbogen an, der zur Rechten eines Weges lag, doch ihr Blick war nicht auf die Pforte gerichtet, sondern auf die Gemeinschaft. Sie winkte alle an sich vorbei.

Barudrosk machte eine entsetzte Miene. »Spürst du das?«, fragte er Obureen.

»Ardoas!«, sagte Obureen. »Schau durch das Tor!«

Während alle ihre Pferde bei Jerudana sammelten, hob Ardoas seine Hand und knüpfte seine Magie an das Tor. Seine Sinne drangen nach draußen. In einem Hain, durch dessen Bäume er ringsum in ein grünes Land schauen konnte, über dem Regen herniederging, kreiste sein Blick. Einen Torbogen gab es draußen nicht. Von Siedlungen war nichts zu erkennen – nur Gras- und Hügelland zwischen Wäldern.

Ardoas blinzelte und war mit seinen Sinnen wieder bei sich. »Wir können hier hinaus«, sagte er, während die Pferde unruhig wurden und hinter ihnen Obureen und Barudrosk ebenso wie Golweda und Burrid ihre Waffen bereit machten – den Blick auf den Weg gerichtet, den sie gekommen waren. Bestialische Schreie drangen von dort und dann auch von der anderen Seite, wo der Weg weiterlief, an sie heran. Burrid und Golweda wandten sich um, hoben die Schilde und richteten ihre Speere aus.

Entschlossen hob Ardoas erneut die Hand und wirkte den Torzauber, und augenblicklich flossen seine Kräfte. Kaum hatte sich die Lichtpforte vor ihnen im Torbogen geöffnet, trieb Jerudana die Pferde von Burrid und Golweda hindurch. Yeraidena und Njeldred saßen im Sattel und machten sich klein, während sie hindurchritten.

Kaum war Werldyra mit ihrem Pferd durch das Licht verschwunden, kamen Obureen und die anderen ihnen entgegengelaufen. Obureen bedeutete ihnen, nicht auf sie zu warten. In ihrem Gesicht stand Entsetzen.

Hintereinander führten Ardoas und Jerudana ihre Pferde

durch die Pforte und kamen mitten auf einer kleinen Lichtung in feinem warmem Nieselregen hinaus.

Yeraidena, Njeldred und Werldyra bemühten sich, die Pferde zu beruhigen, während Ardoas und Jerudana die Zügel ihrer Tiere losließen. Xelbura und Yulernos trabten an den Rand der Lichtung, schienen sich aber nicht zu weit entfernen zu wollen.

Ardoas und Jerudana warteten darauf, dass die anderen aus dem Licht traten. Ardoas hatte die Hand bereits zum Zauber erhoben, aber wie schon am Anfang der Pfade bereitete er nichts sonst vor. Eine falsche Bewegung, und er mochte den Torzauber entfesseln, ehe die Gefährten hindurch waren.

Jerudana zog ihr Schwert. Sie wusste nicht, wem diese monströsen Stimmen gehört hatten, aber Obureens Miene hatte ihr alles gesagt, was nötig war.

Nacheinander kamen Golweda, Burrid und Barudrosk aus dem Licht gelaufen, dann kam Obureen auf ihrem Pferd herausgeritten, zügelte das Tier und sprang aus dem Sattel. Kaum hatte sie auf dem Boden aufgesetzt, schreckte ihr Pferd zur Seite davon, während sie ihr Schwert hob.

Ardoas' Torzauber wirkte bereits, und das Licht faltete sich zusammen, da sprang ihnen eine Gestalt entgegen, dann noch eine – und noch eine: drei elfenähnliche Wesen in zerlumpten Rüstungen mit rostigen Schwertern. Sie gingen sofort auf Jerudana und Obureen los. Golwedas Schild hinderte eine der Gestalten daran, Jerudana anzugreifen, während sie und Obureen die Attacke der beiden anderen abwehrten.

Ausgestreckte Arme reichten aus dem sich verengenden Licht, und blasse, schmutzige Hände mit langen Fingernägeln bemühten sich, etwas zu fassen. Doch unerbittlich drängte das schrumpfende Tor die Arme zurück auf die Grauen Pfade.

Kaum war die Pforte geschlossen, zog Ardoas sein Schwert und eilte Golweda zu Hilfe, die den Feind, den sie von Jerudana ferngehalten hatte, mit dem Speer zur Seite trieb. Die Bewegungen dieser Wesen, die grobe Metallhelme trugen, waren unberechenbar. Sie kämpften nicht, um sich zu schützen, sondern nur, um zu vernichten.

Der Gegner sprang mit erhobenem Schwert Ardoas entgegen, und hätte Golweda ihn nicht mit der Spitze ihres Stoßspeeres aufgefangen und zurückgedrängt, hätte er Ardoas getroffen.

»Los!«, rief Golweda, und Ardoas verstand. Wie sie es in Beskadur geübt hatten, hielt Golweda den Angreifer mit dem Stoßspeer auf der Stelle, und er griff mit seinem Schwert an. Er trieb dem Gegner die Klinge in die Brust. Ohne Schrei und ohne Aufbäumen stürzte der Angreifer zu Boden und rührte sich nicht mehr.

Golweda bohrte mit dem Speer in der Wunde, doch das Wesen spürte keinen Schmerz mehr. Daneben lag einer der beiden anderen Angreifer bereits ebenso regungslos am Boden. Den dritten traf ein Hieb Jerudanas links, dann ein Stich Obureens rechts, und das Wesen erschlaffte.

Obureen stöhnte vor Schmerz. Ihre Rüstung war in der Brust durchbrochen. Ein Schwertstich. Sie wich zurück und setzte sich mit stockendem Atem auf den regenfeuchten Boden.

Werldyra kam gemeinsam mit Barudrosk zu ihr. Barudrosk fasste Obureens Hände, und Ardoas sah dessen Magie wie ein aufflammendes Feuer. Werldyra schob ihre Finger durch die beschädigte Rüstung zur Wunde.

»Das wird schwierig«, sagte Werldyra.

»Helft mir durchzuhalten«, erwiderte Obureen, »und ich übernehme den Rest selbst.«

Burrid und Golweda prüften nochmals mit dem Speer, ob die drei Wesen tatsächlich tot waren. Ardoas bückte sich zu einem der Regungslosen und spürte keinen Lebenshauch, an den sein Heilzauber hätte anknüpfen können. »Sie sind tot«, sagte er.

»Was sind das für Wesen?«, fragte Obureen und hustete. Sie wirkte noch blasser als sonst.

»Obureen!«, sagte Jerudana. So angeschlagen hatte sie die Kriegerin zuletzt vor Jahren gesehen. »Schone dich!«

»Ich werde nicht an dieser Wunde sterben.«

Die Worte erinnerten Ardoas an sein letztes Leben, als er in Vaalburg Baronin Elusadra versichert hatte, dass er die bei dem Attentat zugefügte Wunde überleben werde.

Yeraidena schaute mit besorgter Miene Ardoas an. »Was ist mit dir, Vater?«

»Eine Erinnerung«, antwortete er und blickte dann von einem der toten Wesen zum nächsten. Er wagte es, den Helm des Wesens, das vor ihm lag, zu fassen.

»Bist du sicher, dass du das willst?«, fragte Jerudana.

Ardoas nickte, und feine Regentropfen rannen ihm übers Gesicht. Vorsichtig zog er den Helm vom Kopf. Zum Vorschein kam ein blasses, kahlköpfiges Wesen mit toten Augen und mit von Kratzern übersäter Haut – und Elfenohren.

»Nein«, sagte Ardoas hauchend und schüttelte den Kopf.

»Elfen?«, sagte Jerudana leise.

»Wer immer sie waren – das kann unmöglich ihr wahres Wesen sein.« Er konnte nicht anders, als Mitleid mit diesen Kreaturen zu verspüren.

»Ist das das Schicksal der Elfen von Yerebal?«, fragte Jerudana und starrte auf den Toten.

Burrid löste gerade den Helm der zweiten Leiche. Dieses Wesen hatte braune Haut und hellgraues Haar. »Ich hoffe, dass es das nicht ist«, sagte sie.

Golweda zog den Helm der letzten Leiche vom Kopf. Kurzes weißes Haar hatte diese. Ihre blauen Augen waren weit geöffnet, ihre dunkle Haut glänzte. »Ich wünschte, wir könnten davon in Yerebal erzählen«, sagte sie.

Ardoas nickte. »Wir können das nicht für uns behalten. Bei mir daheim wird man etwas von dieser Macht, die Elfen so verändern konnte, wissen wollen.«

»Ardoas«, sagte Jerudana, aber er redete weiter.

»Und in Yerebal sollten wir auch davor warnen. Sollten sie je das Tor öffnen können, wären sie dieser Macht ausgesetzt.«

»Ardoas«, wiederholte Jerudana und fasste sanft seine Hände. »Sie werden davon erfahren.«

Ardoas stutzte.

»Wir werden unseren Weg fortsetzen, und alles, was wir erleben, wird den Richtigen zugetragen.«

Ardoas schämte sich. »Verzeih. Daran habe ich nicht gedacht. Daludred.«

»Er wird durch uns alles erfahren und Boten nach Yerebal und Ilbengrund schicken. Wir aber dürfen unseren Blick nicht von unserer Aufgabe abwenden.«

»Wir müssen hier fort«, sagte Burrid. »Es ist zwar ein guter Lagerplatz, aber ich möchte möglichst weit von dieser Stelle weg sein, ehe die Nacht kommt.«

»Wenn wir sie begraben haben«, sagte Ardoas, und er wusste nicht, ob es eine Frage war oder eine Forderung.

»Ja, wir müssen sie begraben«, sagte Obureen und schaute Ardoas mit glänzenden Augen an. Er ahnte, was sie fühlte, denn ihn ergriff es auch. Eine Angst aus alten Welten, die tiefe Wunden in ihrer Kultur hinterlassen hatten. Verfolgt zu sein, von Magie gebunden, unterworfen und missbraucht und so zu enden wie diese Wesen – etwas Schlimmeres konnte Ardoas sich kaum vorstellen.

DALUDREDS TAGEBUCH I

2. Vaarabel 3490

Hier im Felsentempel geht alles den üblichen Gang. Nur mein Blick ist voller Sorge in die Ferne gerichtet. Zu wissen, dass das, was Jerudana und Ardoas gewahrten, erst mit einer Verzögerung zu mir kommt, schürt wieder einmal meine Sorge. Dass Yeraidena und Njeldred dabei sind, macht es nicht leichter.
Als Jerudana, Ardoas und die anderen noch in Yerebal waren, war ich voller Zuversicht, aber seit sie den Erluniden durch ein Zaubertor entkommen sind, kann ich sie nicht mehr sehen und befürchte das Schlimmste.
Die Verzögerung zwischen Gegenwart und Vergangenheit schwankt oft zwischen Tagen und Wochen. Und bei jeder drohenden Gefahr öffnet eine Wartezeit meinen wiedergeborenen Ängsten Tor und Tür.

4. Vaarabel 3490

Auf die Verzweiflung folgt die Erleichterung. Sie sind alle wohlauf. Die Heilkunst der Elfen macht eine eigentlich tödliche Wunde oft zu einer, die schnell vergessen ist. So haben Burrid und Obureen überlebt.
Die Grauen Pfade liegen hinter ihnen. Dass die Kreaturen,

die dort lauerten, früher einmal Elfen waren, hat hier für Entsetzen gesorgt. Merudoas bezeichnete die Grauen Pfade als die Totenhallen der Elfen von Yerebal. Und ich bin auch dieser Ansicht.
Ich habe heute eine Botschaft für Yerebal verfasst – und ebenso eine für Ilbengrund. Ich informiere Xomuna über die Grauen Pfade und warne davor. Da ich wegen des Kopfgeldes keine Elfen aussenden will, habe ich Tarnabias gebeten, die Schreiben nach Yerebal und nach Ilbengrund zu bringen. Er war nicht begeistert, aber einverstanden. Ich weiß, dass er auch diesmal einen hervorragenden Boten abgeben wird.
Den Vertrauten zu helfen, während sie unterwegs sind – Dinge in die Wege zu leiten, die ihnen später vielleicht helfen können, das ist ein Vorteil, den ich nutzen will. So habe ich mich auf Tarnabias' Vorschlag eingelassen. Er möchte, nachdem er seine Aufgabe erledigt hat, der Route durch Kynoris folgen, die Ardoas einst nahm, und dort falsche Fährten legen.
Tarnabias sagte zwar, er sei zu alt für Abenteuer, aber er wirkte erquickt auf mich. Vielleicht wird es seine letzte Reise – eine, die zwar nicht ihren Weg in die großen Sagen findet, aber dennoch wichtig ist.

10. Vaarabel 3490

Sie sind nun in Vrabieel, und Ardoas ist es gelungen, weitere Botschaften von Zordura zu enträtseln. Offenbar hat sie viele wieder entfernt, wenn sie merkte, dass sie auf einer falschen Fährte war. Den Weg, den sie sich über Monate und Jahre suchte, vermochten meine Vertrauten nun in Wochen nachzuvollziehen. Sie reisten zum Yasoruul und mieden die Stadt Yashemer. Dann zogen sie nordwärts an den Bergen der Tausend Namen entlang und ließen diese hinter sich. In einem Gebiet, das weder auf ihren noch auf all unseren Karten verzeichnet ist, folgten sie Zorduras Spur von Botschaft zu Botschaft. Und wenngleich Ardoas' Tante nicht preisgab, was sie suchte, nannte sie das Ziel, dessen sie sich selbst offenbar erst hatte bewusst werden müssen: die Raveelen-Siedlung Sharuveel.

19. Vaarabel

Meine Vertrauten sind inzwischen mehreren raveelischen Nomadenzügen begegnet. Ardoas ist immer noch fasziniert von den Raveelen mit ihren hohen und breiten Schultern und den langen Schädeln. Die Nomaden haben sie allesamt freundlich empfangen und ihnen den Weg gewiesen.
Ihr Ioderisch ist zwar nicht besonders melodisch, aber die Pausen wählen sie so gut wie Geschichtenerzähler.
Von ihnen erfuhren sie auch mehr über die Raveelen-Kultur und die Verhältnisse in Vrabieel. Die Städte und Siedlungen liegen weit verstreut und nur die wenigsten sind mit Straßen verbunden, da der Handel von den Flugschiffen des Königreichs Ioderon und der nördlichen Belraunenreiche wie Achaelun und Nureneth geprägt wird.
Von Odokeel, die mir mit ihren Karten eine große Hilfe ist, und den anderen Raveelen hier in Beskadur weiß ich, dass Vrabieel das Land der kleinen Gemeinschaften ist. Diese pflegen ein Geflecht aus Bündnissen, das zum gegenseitigen Schutz dient. Es wurde oft versucht, Vrabieel zu erobern. Vergeblich. Sobald die Raveelen-Siedlungen ins Spiel kommen, hat bislang jede Macht verloren.
Ein Satz, den Jerudana in die Runde sprach, will mir nicht aus dem Kopf gehen: »Mein Vater sagte, im Land der Raveelen lernst du, dass kleine Gemeinschaften, die

organisiert mit anderen zusammenarbeiten, immer über das große Heer triumphieren.« Das ist eine Vorstellung, mit der sie uns hier oft Mut gemacht hat. Nun hoffe ich, dass die kleinen Gemeinschaften von Vrabieel unseren Vertrauten Schutz gewähren und sie sicher nach Sharuveel gelangen.

SHARUVEEL

Der Sommer brachte eine trockene Hitze, als sie in das Gebiet der Sharuveeli kamen – einer weiten Steppe, aus der sich nur gelegentlich Hügel erhoben. Sie waren einer Jagdgemeinschaft begegnet, die einer Herde Herauven nachsetzte. Diese großen Büffel mit ihrem dichten Pelz und ihren mächtigen Hörnern faszinierten Ardoas, schon seit sie diese nördlich der Berge zum ersten Mal gesehen hatten.

Zum Jagdzug zählten nicht nur Raveelen, sondern auch einige Menschen und einige, die sowohl das eine als auch das andere zu sein schienen. Der Vilbare, den Ardoas inmitten des Zuges entdeckte, stach aus der Gemeinschaft heraus. Sie alle saßen auf gescheckten Pferden, deren Rücken Ardoas und Jerudana ungewöhnlich lang erschienen.

Langsam kam die Jagdgemeinschaft näher, und ihr Anführer, ein alter, kahlköpfiger Raveele, fragte nach ihren Pferden, die ihm offenbar seinerseits ungewöhnlich erschienen. Dann sagte er, dass man sie in Sharuveel bereits erwarte. Die Kunde ihrer Reise habe schneller den Weg gefunden als sie. Er erklärte ihnen, dass sich die Siedlung vor dem Hügelland befinde, und beschrieb ihnen den Weg.

Gegen Mittag sahen sie das Hügelland, das allmählich in ein Waldgebiet überging. Doch davor war keine Siedlung zu entdecken. Dennoch hielten sie sich an die Beschreibung, ließen die Felsengruppe zu ihrer Linken und einen einsamen Hügel zur Rechten.

Jerudana fürchtete bereits, dass sie die Wegbeschreibung

falsch verstanden hatten, doch Obureen war sich sicher, in der Ferne ein magisches Strahlen zu spüren. Ardoas vermochte es zunächst nicht nachzufühlen, aber nach einer Weile bemerkte auch er die Magie, die wie ein kühler Hauch durch die Hitze zu ihm fand.

Vor ihnen verliefen Wege im gelbgrünen Gras. Ein Stück weiter fiel ihr Blick auf weite Senken. In ihnen erstreckten sich Felder, auf denen verschiedene Weizensorten wuchsen. Dort arbeiteten Leute, vor allem Raveelen, aber auch einige Menschen. Aus Steinen am oberen Rand der Senken strömte Wasser heraus, lief in Kanälen durch die Felder ins Zentrum und sammelte sich dort.

Die Leute auf den Feldern unterbrachen ihre Arbeit, um sie zu beobachten, und Ardoas war sich ebenso wie Jerudana unsicher, ob das ein gutes Zeichen war. Erst als vor ihnen auf einer Bodenwelle Kinder erschienen und ihnen winkten, schwand ihr Misstrauen.

Die Bodenwelle entpuppte sich als ein Schutzwall vor einem tiefen Graben. Ein weiterer Wall, zu dem es aus dem Graben steil hinaufging, war mit einer Mauer versehen, die auf gleicher Höhe zum äußeren Wall abschloss, sodass sie aus der Ferne nicht zu sehen war.

Der Graben war am Eingang in die Siedlung unterbrochen und wirkte aufgeschüttet, sodass sie mit ihren Pferden passieren konnten.

Der Blick reichte in die Siedlung hinein, die sich in einem weiten Kessel erstreckte. Darin erhoben sich Häuser, ragten aber nie über den Rand des Tals hinaus.

Auf dem inneren Wall erschienen vier Wachen vor einer Gruppe von Leuten, während hinter ihnen die Kinder, die sie gegrüßt hatten, mit Abstand folgten.

Trotz des Grabens wirkte hier alles so offen, und Ardoas fragte sich, ob eine Brücke oder ein Tor nicht mehr Schutz geboten hätte. Als Xelbura jedoch unruhig wurde, spürte er Magie unter sich. War das die Erklärung dafür, dass der Wall aufgeschüttet wirkte – dass sie ihn mit Magie beseitigen konnten wie eine Zugbrücke?

Die Wachen begrüßten sie auf Ioderisch; an den Akzent der Einheimischen hatten sie sich inzwischen gewöhnt. Eine Raveele trat näher. Sie hatte lange braune Zöpfe, in die grüne Bänder geflochten waren. Ardoas' Blick pendelte zwischen den vielen Sommersprossen und den blauen Augen hin und her. »Wir zweifelten schon, ob ihr den Weg hierher finden würdet«, sagte sie. »Ihr seid hier willkommen – wie Zordura vor euch. Mein Name ist Chülekae. Und du bist Ardoas von Beskadur, nicht wahr?«

Ardoas war verwundert, dass sie ihn bei diesem Namen nannte – *von Beskadur.*

»Und du bist Jerudana von Beskadur!«

»Die bin ich«, sagte Jerudana und stellte die anderen vor. Die Leute, die sie umgaben, erwarteten jeden Namen mit großer Spannung. Die Namen von Obureen, Burrid und Golweda wurden sogar nachgeflüstert.

»Ihr müsst unser Erstaunen verzeihen«, sagte Chülekae. »Zordura erzählte uns von euren Reisen. Das sind mehr Abenteuer, als die meisten von uns erleben dürfen.« Letzteres wunderte Ardoas, denn Raveelen waren für ihre Langlebigkeit bekannt. Das hatten sie mit Elfen, Zwergen und Feen gemeinsam. Aber sie alterten. Hier gab es einige, die graues oder weißes Haar hatten und deren Gesichter von Falten durchzogen waren. Chülekae wirkte nach menschlichen und vilbarischen Maßstäben jung.

Sie stiegen von den Pferden ab und ließen sich von Chülekae in die Siedlung führen. Aus dem Hang ragten auf mehreren Ebenen, die in einem Ring durch den Talkessel liefen, Steinhäuser heraus. Über ihre Dachterrassen waren sie mit der nächsthöheren Ebene verbunden. Die Ecken der Häuser waren ebenso abgerundet wie die der Fenster. Das bunte Glas war so perfekt gefertigt, dass – wie in Beskadur – Zauberei im Spiel zu sein schien.

Je weiter sie ins Zentrum am Fuße des Tals kamen, umso deutlicher spürte Ardoas die Magie. Er war sich nicht sicher, ob hier einfach so viel Macht strahlte oder ob Obureen recht hatte und seine Sinne sich in der letzten Zeit weiter geschärft hatten.

»Wir haben viel von Elfen gehört«, sagte Chülekae. »Aber Zordura hier zu haben, das hat uns neugierig gemacht.«

»Zordura war demnach die erste Elfe, die je herkam?«

»Ja. Wir liegen zu weit draußen, als dass sich irgendwer zu uns verirren würde. Siedlungen wie diese gibt es überall in Vrabieel. Wir haben keine Macht über andere, aber wir haben viele Bande geknüpft, die gegenseitigen Schutz bieten. Die Räuberbanden haben hier nichts zu holen. Jene, die in diesem Land siedeln wollen, finden in der Nähe von Flüssen und Seen besseren Grund. Hier draußen leben nur jene, die sich der alten Magie bedienen.«

»Aber auch das wäre ein Schatz«, sagte Jerudana.

»Sicherlich. Aber in den Königreichen handelt man längst mit diesem Wissen. Es ist kein Geheimnis mehr.«

»Wegen dieses Wissens kam Zordura demnach nicht her?«, fragte Ardoas.

Chülekae lachte. »Nein. Ihr ging es um anderes Wissen.« Sie führte es nicht weiter aus, sondern wies auf ein Haus, das am Rande eines kleinen Platzes lag. Auf dem Weg dorthin passierten sie einen Brunnen, der sich aus einem Felsbrocken speiste. Auch hier spürte Ardoas einen magischen Hauch.

Das Haus war ein von Ranken bewachsenes Gebäude mit großen Fenstern, an das sich ein Stall anschloss. Chülekae wies auf die rot getünchte Doppeltür des Hauses. »Richtet euch ein, ruht euch aus«, sagte sie. »Wir werden ein Mahl bereiten, damit ihr euch stärken könnt.« Damit wandte sie sich ab und ließ sie mit den Blicken der Sharuveeli allein. Nur zögerlich wagten diese sich näher und stellten ihnen Fragen. Ardoas bemühte sich um gute Antworten, und erst als irgendwo aus der Gemeinschaft Stimmen laut wurden, man möge die Gäste gewähren lassen, zogen sich die Leute zurück.

Kaum waren die Sharuveeli fort, brachten die Gefährten die

Pferde in den Stall, pflegten und fütterten sie und sprachen dabei über ihre Erwartungen. Die Mutmaßungen, was Zordura hier gesucht hatte, gingen wie üblich auseinander – von Yeraidena, die glaubte, dass die Sharuveeli etwas über die Erluniden wussten; bis zu Obureens Annahme, es gehe um Magie, die ihnen bei der Spurensuche helfen solle.

Nachdem die Pferde versorgt waren, brachten sie ihr Gepäck ins Haus. Das Erdgeschoss bestand aus einem großen Raum, der durch Holzsäulen unterteilt war. Eine Feuerstelle und ein Ofen nahmen zur Linken viel Platz ein, zur Rechten stach in dem Wohnbereich ein ovaler Tisch hervor, an dem vier gebogene Bänke standen. Die Möbel waren schlicht, und als Zierde gab es hier nur Mosaiken in der Mitte des Hauses und Wandteppiche im Wohnbereich.

Während Obureen sich mit Golweda und Burrid im Schlafraum im Erdgeschoss einrichtete und Yeraidena und Njeldred ebenso wie Werldyra und Barudrosk im ersten Untergeschoss die Zimmer direkt neben dem Bad nahmen, brachten Ardoas und Jerudana ihre Sachen ins Obergeschoss. Das Zimmer unter dem gewölbten Dach bot ein breites Bett. Ardoas öffnete die Doppeltür und trat durch den Torbogen hinaus aufs Flachdach und ließ seinen Blick über die Siedlung schweifen.

Jerudana kam dazu. »Das ist ein guter Ort, um sich nach den Strapazen der Wildnis zu erholen.«

»Ich weiß nicht, ob ich mich erholen kann, solange ich nicht weiß, was aus Zordura geworden ist«, sagte er. »In keinem meiner Leben musste ich je um *ihr* Leben fürchten. Ich konnte mich immer darauf verlassen, dass sie für mich da ist. Und nun ist es Zeit, ihr etwas zurückzugeben.«

Jerudana schüttelte den Kopf. »Nein, Ardoas. Sie hat mir so oft gesagt, dass du niemandem in den Gefilden von Elfen, Zwergen und Feen irgendetwas schuldest. Denn Naromees Erinnerung werde alles mehr als aufwiegen.«

»Du meinst also, dass wir auf Elfenweise vorgehen sollen.«

»So wie Zordura selbst vorgehen würde.«

Ardoas schaute sich um. »Vielleicht hat Obureen recht, und der Zauber, den Zordura hier suchte, hilft uns weiter. Nicht nur bei der Suche nach Niadaris, sondern auch beim Enträtseln der Kristallkugel.«

»Lass uns herausfinden, was Zordura uns hinterließ, und dabei die Gastfreundschaft der Sharuveeli annehmen. Lass uns ein wenig Ruhe finden und uns erholen.«

Ardoas nickte. »Ich habe gehofft, dass du das sagst.«

Zum Mittagsmahl kamen sie in einem runden Haus nahe beim Zentrum der Siedlung zusammen. Anders als in ihrem Haus gab es hier weder Bänke noch Stühle, sondern nur einen niedrigen Tisch, an dem sie auf dem Boden sitzen konnten, wie es ihnen bequem war. Die Sharuveeli nahmen sie freundlich in ihrer Runde auf. Die Speisen reichten von würzigem Brot bis zu gebratenem Fleisch, von rohem bis zu eingelegtem Gemüse. Am häufigsten aber waren duftende Eintöpfe mit Gemüse und Herauven-Fleisch, die auf Hitzesteinen warm gehalten wurden.

Chülekae stellte ihnen viele Sharuveeli vor, einige davon Ratsmitglieder. Und es fiel Jerudana auf, dass viele davon in einfachen Berufen arbeiteten, die meisten auf den Feldern. Sie fragte Chülekae danach, und diese erzählte von ihrer Aufgabe als Ratsmitglied. »Im Wechsel werden Pflichten im Rat vergeben«, sagte sie und erzählte von zeitlich begrenzten und durch Abstimmungen vergebene Privilegien.

Ardoas hatte das Gefühl, Chülekae redete über die Gemeinschaft aus Elfen, Zwergen und Feen. Mit einem Mal schaute sie ihn an und sagte: »Wie deine Vorfahren waren die unseren Nomaden. Nur reisten unsere durch diese Welt, während deine zwischen verschiedenen Welten reisten.«

Wie er seinen Blick schweifen ließ, fiel Ardoas auf, dass ein Platz an der Tafel frei war. Er fragte sich, ob der Anführer der Jagdgesellschaft, dessen Namen er nicht erfahren hatte, dort hätte sitzen sollen. Dann aber kam ein Menschenmann mit offenbar sonnengebräunter Haut und setzte sich auf den Platz. Das dunkle Haar hatte er sich zu einem Zopf gebunden. Sein langer Bart war geflochten und ähnelte damit einem, wie viele Raveelen ihn trugen. Ardoas vermochte das Alter des Mannes kaum einzuschätzen. Zwar hatte er bereits vereinzelt weiße Haare, aber diese waren nicht so zahlreich, dass sein Haar ergraut wäre. Ardoas vermutete, dass der Mann zwischen Ende vierzig und Anfang fünfzig war. Er trug die einfache Kleidung eines Feldarbeiters, aber an der Lederkette an seinem Hals war ein Edelstein befestigt, von dem Magie ausstrahlte.

Ardoas fragte Chülekae nach der Vielfalt in der Siedlung und zog wegen der Menschen, die hier mit Raveelen lebten, einen Vergleich zu Beskadur. Darauf sagte sie: »Der Unterschied ist, dass in Beskadur unterschiedliche Wesen zusammenkommen und eine neue Gemeinschaft gründen.« Sie schaute in die Runde. »Unsere Kultur besteht bereits, und jene, die wir bei uns aufnehmen, werden zu Raveelen. Das Wort *Raveele* meint bei uns nicht nur Wesen wie mich, sondern auch die Mitglieder der raveelischen Kultur. Die Menschen und Vilbaren, die bei uns leben, sind Raveelen.«

Ardoas war beeindruckt von dieser zweiseitigen Betrachtung der Dinge.

Chülekae schaute zu Barudrosk hinüber. »Wie ist das bei euch? Ist Barudrosk ein Vilbare oder ein Elf?«

»Sowohl das eine als auch das andere«, antwortete Ardoas. »Oder besser gesagt: Er kann es sich aussuchen.«

»Bei euch zeigt sich also auch eine Art der Zweiseitigkeit«, sagte Chülekae. »Erzählst du mir mehr?«

»Gerne. Und erzählst du mir von eurer Gemeinschaft?«

Chülekae lächelte. »Ihr Elfen seid dafür bekannt, dass ihr Wissen tauscht. Und ich habe zu einem guten Tausch noch nie Nein gesagt.«

Als der Abend kam, saßen Ardoas und Jerudana mit den anderen im Erdgeschoss des Hauses, das Chülekae ihnen zugewiesen hatte, und ließen all die Eindrücke des Tages noch einmal an sich vorüberziehen. Sie tranken köstlichen Wein, den sie bereits beim Mahl genossen hatten. Da klopfte es an der Tür.

Ardoas erhob sich und bedeutete Obureen, die in solchen Augenblicken normalerweise die Schnellste war, nun aber wegen des Weins träge wirkte, sitzen zu bleiben.

Er öffnete die Tür, schaute Chülekae in ihre blauen Augen und bat sie herein.

Sie war nicht allein. Der Mann, der ihm auf dem Fest aufgefallen war und der immer noch seine Feldkleidung trug, folgte ihr und begrüßte Ardoas mit einem Nicken.

»Wir hatten Gelegenheit, euch als Gäste willkommen zu heißen – und uns davon zu überzeugen, dass ihr tatsächlich diejenigen seid, auf die wir gewartet haben.«

Ardoas wunderte sich und tauschte einen fragenden Blick mit Jerudana. Sie wusste auch nicht, worauf Chülekae hinauswollte.

»Es war uns immer klar, dass uns eines Tages Elfen hier finden würden. Aber wir waren verwundert, dass es Zordura war, die zu uns kam.« Sie wandte sich an Ardoas. »Wir rechneten mit dir. Wir hätten nicht erwartet, dass Zordura Derothur verlassen würde.«

»Ihr wusstet vorher schon von Derothur?«, fragte Ardoas.

Obureen stutzte, und auch die anderen machten misstrauische Mienen. Jerudana fragte sich, ob sie hier in eine Falle gelaufen waren.

»Wir wussten von dir, deiner Suche und dem Orakel Niadaris«, sagte Chülekae.

»Und es ist meine Schuld«, fügte ihr Begleiter hinzu.

»Wer bist du?«, fragte Jerudana.

Seine hellbraunen Augen funkelten, als er Ardoas anblickte. »Ich dachte, das hättet ihr längst erraten.«

»Vielleicht hatten wir zu viel Wein«, sagte Jerudana und war bereit zu einem Kampf. Ihr Schwert lag auf der kleinen Bank neben der Treppe. Mit zwei Schritten wäre sie dort.

»Ich bin in gewisser Weise ein Freund der Familie«, sagte der Magier. »Zordura und ich kennen uns schon lange – nicht so lange, wie ich dich kenne – Erbe der Naromee.« Er schaute in die Runde, und mit beinahe harmloser Stimme sagte er: »Ich bin Gawanon.«

Jerudana erstarrte; Ardoas schaute in die Runde und fand nur Verblüffung in den Mienen seiner Vertrauten, ehe er sich wieder dem Magier zuwandte. Er hatte sich Gawanon auf vielfältige Weise vorgestellt – manchmal mit weißem Haar und junger Miene, wie einen alten Zwerg – wie Glosstor. Aber immer war er ihm erhaben und außergewöhnlich erschienen. Dieser Mann jedoch war schmutzig, wirkte gewöhnlich und neben Chülekae eher bescheiden.

»Du bist tatsächlich Gawanon?«, fragte Jerudana.

»Ja und nein«, sagte er. »Der Gawanon, der mit Gefährten vor Naromee trat und mit dem Wissen von Elfen, Zwergen und Feen heimkehrte – der bin ich nicht mehr. Und der Gawanon, der glaubte, in Kynoris und darüber hinaus etwas bewegen zu können, der ist irgendwo im Geflecht der Zeit verloren gegangen.« Er schaute zwischen Ardoas und Jerudana hin und her. »Daludred und Niadaris mögen diesen Gawanon noch in der Vergangenheit entdecken. Aber der Gawanon, der bei den Raveelen Frieden fand, der nach kaum mehr strebt, als ein gutes Feld zu bestellen und sich weit weg von allem wohlfühlt, der steht vor euch.«

»Möchtest du dich … zu uns setzen?«, fragte Njeldred und wich dabei Gawanons Blick aus.

»Sehr gerne, Njeldred«, antwortete er.

Sie setzten sich an den runden Tisch, und alle Augen waren auf den Magier gerichtet – sogar Chülekaes.

Werldyra kam mit einem Becher, Njeldred goss Wein hinein, und Yeraidena reichte Gawanon das Getränk. Der Zauberer dankte, nahm einen Schluck und sagte: »Erzählt mir von euch. Nicht von Dingen, die Zordura mir erzählen würde. Ihr erzählt mir von euch, und dann werde ich euch von mir erzählen.«

GAWANON

Weder Ardoas noch Jerudana konnten glauben, dass sie mit Gawanon an einem Tisch saßen. Ihre Gefährten, die dem Magier von sich und ihren Leben erzählten, schienen diesen Umstand viel leichter zu nehmen als sie. Insbeson dere Obureen erzählte von den Eskapaden ihrer Reisen – von all dem, was abseits der Suche nach den Erluniden geschehen war.

Obureen, Burrid und Golweda beantworteten Fragen Gawanons, der seit Langem – was immer das heißen mochte – nicht mehr in Kynoris und Yaskandrien gewesen war.

Nachdem Ardoas von seiner Rettung Daludreds und von der Verfolgung durch Jerudana erzählt hatte, fragte Gawanon, wie es dem Hof in Firyl ergangen sei, auf dem er Ardoana getroffen und nach Yerebal verwiesen hatte. Ardoas bedauerte es, dass er sich an kaum etwas aus seinem Leben als Ardoana erinnerte, sondern nur auf das Wissen aus ihrem Reisetagebuch zurückgreifen konnte.

Auf die Nachricht, dass der Hof eine Ruine war, reagierte Gawanon betrübt. Dann fragte er nach dem Hof direkt am Eingang des Biralwur-Passes. Ardoas erinnerte sich daran, dass eine Bäuerin und deren beide Männer Daludred und ihm geholfen hatten.

»Bei den Vorfahren dieser Bäuerin habe ich einst eine gute Zeit erlebt«, sagte Gawanon. »So wie Zordura es hier eine Weile lang genossen hat, von allem entfernt zu sein. Sie erzählte mir, was eure Gemeinschaft in Beskadur erreicht hat.« Mit dem Blick in die Runde sagte er: »Dass ihr die Erluniden zurückgeschlagen habt, ist bemerkenswert.«

»Ohne Zorduras und Glosstors Hilfe hätten wir es nicht überstanden«, erwiderte Jerudana. »Wir waren nicht so gut vorbereitet wie heute.«

»Dennoch bemerkenswert. Allein dass Zordura und Glosstor aus ihren Gefilden in die Fremde zogen, sagt mir, dass es allmählich Zeit wird, mein Wissen nicht nur über Bücher mit euch zu teilen.«

»Du hast uns also absichtlich den Weg gewiesen?«

»Ja. Wenngleich ich es manchmal nicht ganz so genau mit dem Geschehen nahm, insbesondere mit der Reihenfolge der Dinge. Vieles schrieb ich rückblickend auf eine weit entfernte Zeit, anderes legte ich mit Absicht als Geheimnis an, damit nur diejenigen, die wirklich bereit waren, sich der Suche hinzugeben, ihren Nutzen daraus ziehen konnten.«

»Du weißt also, worum es uns geht.«

»Ich weiß vor allem, wer Erlun ist.«

»Ist?«, fragte Ardoas. »Dann lebt er tatsächlich noch?«

»Verzeih, ich rede oft über die Vergangenheit, als wäre sie noch die Gegenwart. Ich weiß nicht, was aus Erlun wurde, aber ich weiß, dass er einst als der Magier Xaledred bekannt war.«

Ardoas kannte den Namen *Xaledred* nicht, und selbst Jerudana verband nichts mit diesem Namen.

»Er ist vergessen – längst überstrahlt von anderen Magiekundigen. Er zählte zu jenen, die in den frühen Tagen der Zauberei gegen Drachen in den Kampf zogen.«

»Ich hoffe, das hat nichts mit der Großen Mauer zu tun«, sagte Jerudana. »Ich möchte wirklich nicht gegen Mächte antreten, vor der die Mauer schützen sollte.«

Gawanon lachte. »Keine Sorge. Das Geheimnis der Großen Mauer entzieht sich meinem Wissen. Der Magier Xaledred tötete mit seinen Gefährten einen Drachen und eignete sich dessen Macht an – eine Missetat, der sich viele Magiekundige in den frühen Tagen hingaben, um an die Geheimnisse der Drachenmagie zu gelangen.« Gawanon senkte den Kopf. »Die Lehren der meisten Magiekundigen der großen Königreiche gehen auf die Drachenmagie jener Zeit zurück.«

»Aber die Magie der Erluniden ist grob und ungeschliffen«, sagte Ardoas.

»Die Drachenmagie ist nicht für Wesen wie uns gedacht. In unseren Händen ist sie zunächst grob und muss geformt werden. Man muss sie an die Gegebenheiten anpassen. Aber die Erluniden sind nicht daran interessiert, Dinge zu verfeinern. Zordura legte mir einige ihrer Artefakte vor: Ringe, Armreife und Halsketten. Das ist Drachenmagie – grob verschmolzen mit alten Beschwörungsformeln, mittels derer man früher Dämonen rief. All das, was in den Königreichen verfolgt wird und nur im Verborgenen existieren kann.«

»Das heißt, Erlun könnte noch leben«, sagte Ardoas. »Die Stimme des Dämons, die ich in meinem letzten Leben vernahm, könnte tatsächlich ihm gehören und nicht nur dazu gedient haben, mich in die Irre zu führen.« Er erzählte von dem Kampf im Orakelsaal und an das, was er dank Daludreds Gabe freigelegt hatte.

»Beskadur hat in dir etwas verändert«, sagte Gawanon. »Ich kann geradezu spüren, wie deine Magie darauf wartet, entfesselt zu werden.« Gawanon schloss die Augen und atmete tief ein. »Deine Zaubersinne – sie schärfen sich.«

Ardoas erzählte von seiner Sorge, dass er mit den Erinnerungen an frühere Fähigkeiten überfordert sein könnte. Doch Gawanon beruhigte ihn. »Zaubern ist nichts anderes als eine Art, über die Wirklichkeit nachzudenken und deine Kräfte fließen zu lassen. Mit der Erinnerung kehrt das Wichtigste zu dir zurück. Es braucht natürlich Übung, und deine Kraft und deine Ausdauer mögen sich von denen in früheren Leben unterscheiden. Aber mit den Erinnerungen kehren Gedanken und Gefühle zurück; und so, wie du die Erinnerungen ordnest, ordnest du auch deine Magie.«

»Aber die Erluniden hatten Zeit, sich auf meine Erinnerung vorzubereiten.«

»Gewiss. Aber ihre Gemeinschaft ist nicht von Vertrauen und Hoffnung geprägt, sondern von Misstrauen – und von der Sorge, entdeckt zu werden und alles zu verlieren. Mit der Macht des Drachen stifteten sie einst Unheil und übernahmen in Nord-Kynoris das Land zwischen Vrabenquell und Berlenfurt. Kein großes Gebiet, aber sie eroberten es binnen Tagen und hielten es für Monate. Dämonen wurden auf dem Schlachtfeld gesehen – Dämonen, wie ihr sie erlebt habt. Mit dem Gold des Drachenhortes kaufte sich Xaledred Söldner und zog viele machtgierige Magiekundige auf die eigene Seite. Kynoris würde heute anders aussehen, hätten die Ioderoniden nicht erkannt, dass die Magier auch für sie eine Gefahr darstellten. Sie verbündeten sich mit Kynoris. Und auch Yaskandrien schickte eine Streitmacht, denn Xaledred war ihnen nur allzu bekannt. Als Erlun von Arvaskanz wurde er im Herzen von Yaskandrien wegen vielfachen Mordes gesucht. Die Erluniden verloren den Kampf und mussten fliehen. Ihre Gemeinschaft wurde zerschlagen, und es wurde Jagd auf Xaledred gemacht. Es hieß, er sei in Uskenna getötet worden – beim Versuch, in die Belraunenreiche zu fliehen. Das war, bevor die Gemeinschaft aus Elfen, Zwergen und Feen in Derothur in diese Welt kam.«

»Aber wenn er vor unserer Ankunft in dieser Welt bereits am Leben war, dann muss er doch sehr alt geworden sein.«

»Er fand den Zauber der Jugend«, sagte Gawanon und senkte mit bedauernder Miene den Blick. Dann schaute er Ardoas an. »Du hast in Beskadur gegen ihn gekämpft.«

»Ja, dank Daludred erinnere ich mich an die Visionen, die ich vor meinem letzten Tod hatte. Ich kämpfte als Naromee gegen ihn, um eine Zeremonie zu verhindern. Ich sah die verschleppten Magiekundigen – die Veliaru. Erlun wollte sie dazu zwingen, ihm das zu geben, ohne das er nicht mehr sein wollte.«

Gawanon stutzte. »Eine Zeremonie, zu der er die Veliaru

benötigte«, sagte er leise und mit nachdenklichem Blick. »Was immer er da getan hat, es ist der Schlüssel zu allem. Du musst dieses Wissen ganz freilegen und ordnen.«

»Der genaue Ablauf der Dinge entzieht sich mir. Ich kann nicht einmal sagen, ob Niadaris vor Naromees Ankunft in Beskadur entführt wurde oder danach.«

»Um den Ablauf zu enträtseln, müssen wir mit den Veliaru beginnen. Erlun hat sie aus Nalmenhain entführt, aber sie nicht sofort nach Beskadur gebracht. Denn ich sprach mit Naromee, während sie auf der Suche nach den Veliaru war. Sie fragte mich nach dem Orakel Niadaris und wollte, dass ich mitkomme. Aber da ich da noch Schwierigkeiten mit der kynorischen Krone hatte, wollte ich mich von Gemeinschaften fernhalten, um diese nicht in Gefahr zu bringen. Dann erschien Niadaris bei mir und fragte mich nach Naromee aus. Es war unheimlich. Sie schien neben sich zu stehen und sagte mir, dass sich eine große Veränderung ankündige.«

»In deinen Schriften heißt es, sie habe dir zum Abschied gesagt, du mögest sie in Beskadur besuchen, sobald sie dich einlade«, sagte Ardoas.

»Da habt ihr aber genau gelesen«, erwiderte Gawanon lächelnd. »Ja. Das ist der Grund, weshalb ich bisher nicht in Beskadur war. Ich ging auf die Suche nach Naromee, aber ehe ich sie fand, erfuhr ich von ihrer Wiedergeburt.«

»Das heißt, nachdem Niadaris bei dir war, müssen die Erluniden in Beskadur erschienen sein.«

»Ich glaube, Naromee befand sich in einem Wettlauf mit den Erluniden, nach Beskadur zu gelangen.«

»Das heißt, die Erluniden sahen im Felsentempel einen geeigneten Ort für die Zeremonie, und Naromee war ihnen auf die Spur gekommen.«

»Das vermute ich. Nur hatten die Erluniden im Gegensatz zu Naromee Flugschiffe. Als Naromee in Beskadur ankam, müssen die Veliaru bereits dort gewesen sein. Ob Niadaris noch da war, dessen bin ich mir nicht sicher. Wir wissen durch die Elfenpfade, die Naromee in Beskadur anlegte, dass sie Vorbereitungszeit hatte.«

»Der Weg in den Tempel wird bewacht gewesen sein«, sagte Jerudana. »Wie bei unserer ersten Ankunft.«

»Zordura meint, Naromee wollte die Veliaru auf die Elfenpfade holen und dort ausharren«, sagte Gawanon. »Vielleicht sogar, um von dort aus die Pfade in die Wildnis zu erweitern. So hätten sie entkommen können, ohne dass draußen in der Welt irgendwer sie bemerkt hätte.«

»So ist unsere Gemeinschaft in Alvasur unzähligen Gefahren entgangen«, sagte Obureen.

Gawanon nickte und starrte Ardoas an. »Was immer dann geschah, es endete mit einem Kampf im Felsentempel, bei dem du als Naromee dein Leben verloren hast.«

»Irgendetwas stimmt nicht«, sagte Ardoas. »In Beskadur überkam mich zuerst der Schmerz und das Bedauern, sterben zu müssen. Das waren Erinnerungen an mein letztes Leben. Aber wenn ich jetzt an die Visionen denke, an die ich mich dank Daludred erinnere, überkommt mich Wut – eine uralte Wut. Ich wollte Erlun vernichten für …«

Gawanon machte große Augen. »Für?«

»Für das, was er getan hat.«

»Du meinst wegen Nalmenhain?«

»Nein. Es ist etwas, worauf Naromee – ich – nicht gefasst war. Es hat sie überrascht.«

»Hast du sonst je solche Wut gespürt?«

»Dairuvee«, sagte Jerudana leise.

Ardoas biss sich auf Lippen, und erst nach einer Weile sagte er: »Ich spürte diese Wut zuletzt, als die Erluniden uns in Tyreandar angriffen und mein Pferd töteten.«

»Dieses Pferd – Dairuvee – war dir wichtig.«

Ardoas nickte nur.

»Dann mag es sein, dass du als Naromee auch in Beskadur deine Gefährten verloren hast.«

»Wer waren diese Gefährten?«, fragte Yeraidena.

Ardoas wusste es nicht, doch Gawanon sagte mit glänzenden Augen: »Orrienoa, Noreibeas, Auribies, Beseschra und einige andere.«

Weder Ardoas noch Jerudana kannte diese Namen, und auch die anderen machten ratlose Mienen, während Chülekae schweigend dasaß und mit großen Augen den Wortwechsel verfolgte, als wohnte sie einem historischen Ereignis bei.

»Die Sagen berichten nicht von ihnen«, erklärte Gawanon. »Naromee hat sie auf ihrer Suche für sich gewonnen. Es hätte mir eine Ehre sein sollen, mich ihnen anzuschließen. Aber Niadaris' Warnung hat mich von Beskadur ferngehalten.«

»Hast du nie an Niadaris' Einschätzung gezweifelt?«, fragte Njeldred.

»Oft genug, aber der Blick der Orakel ist wie der einer Person, die *Die zwei Körper des Königs* in Vollendung spielt. Sie können etliche Züge vorausdenken.«

»Wie damals, als sie uns den grünen Kristall zukommen ließ«, sagte Jerudana.

»Ja«, erwiderte Gawanon. »Sie hat so viele verschiedene Figuren in diesem Spiel, dass weder die Erluniden noch wir es überblicken können. Und dann mag es uns so erscheinen, als sagte sie tatsächlich die Zukunft voraus. Dabei sieht sie vor allem Möglichkeiten.«

»Du meinst, sie sah die Möglichkeit, dass du uns durch deine Schriften nach Beskadur führst?«, fragte Ardoas.

»Ich habe manchmal den Eindruck, dass sie mich dafür ausgewählt hat und ich dann einfach meine Arbeit machte. Als ich von Naromees Wiedergeburt erfuhr, war mir jedenfalls klar, dass ich Wissen zusammentragen musste. Und ich bin froh, dass ihr den Spuren folgen konntet. Ich werde euch helfen, Zorduras Fährte aufzunehmen.«

DALUDREDS TAGEBUCH II

14. Uchdered 3490

Gawanon durch Ardoas' und Jerudanas Sinne zu gewahren, überwältigt mich und alle, denen ich hier davon erzähle – besonders Ralustane, Birja und Meräsu.
Die Tage in Sharuveel vergingen in einer Ruhe, die ich lange nicht mehr durch meine Geliebten gewahrt hatte. Ich war bei Ardoas, als Gawanon ihn unterwies und von dem Verhältnis von Magie und Körper sprach. Er machte ihm Mut und sagte: »Wenn ich in all den Jahren eins gelernt habe, dann, dass meine Fähigkeiten zwar wichtig sind, aber mit der Gemeinschaft, in der ich mich befinde, alles steht und fällt. Vertraue also deinen Gefährten.« Mit großen Augen schaute er Ardoas an. »Ganz gleich, ob sie hier bei dir sind oder … aus der Ferne lauschen.«
»Er wird es hören«, sagte Ardoas, und ich hatte wieder einmal den Eindruck, Ardoas näher zu sein als mir selbst. »Du kannst mit ihm reden.«
Ein Schauer lief mir über den Rücken, während ich durch Ardoas' Augen in Gawanons Gesicht blickte. »Daludred!«, sagte der Magier. »Niadaris hat in dir den besten Schüler, den sie sich wünschen kann. Sei stark, lausche und handle – wie ein großer Magier, der im Hintergrund Dinge bewegt, die im Vordergrund Gestalt annehmen.«
Mir stockte der Atem, als ich das vernahm. Es war wie damals, als ich durch Jerudanas Sinne zurückschaute und

zum ersten Mal Niadaris hörte. Das war Ehrfurcht, wie ich sie verspürte, als ich zum ersten Mal Glosstor begegnete und Zordura leibhaftig vor mir hatte.

19. Uchdered 3490

Zorduras Kristall hat Ardoas noch nichts Neues zu entlocken vermocht, doch er erhielt ein Gespür für den magischen Funken, der in Jerudana schlummert, und sie selbst hat gelernt, ihren Zauber anders zu fühlen – größer, als er tatsächlich war. Gawanon machte ihr keine Hoffnungen, je eine Zauberin zu werden, aber er bewunderte ihren magischen Schild und wie sie inzwischen binnen eines Augenblicks die magischen Kräfte des Artefaktes weckte. Sie sprachen viel über Gawanons Haus und wie er sich dort mit den Einflüssen der elfischen und zwergischen Magie etwas Neues geschaffen hatte. Er sagte: »Doch ich unterschätzte die Gier in meiner Heimat, und mir missfiel die Anspruchshaltung und die Undankbarkeit. Für sie war Magie nur Mittel zum Zweck. Sie hatten keine Wertschätzung für die Kultur, die damit verbunden ist. Sie wollten Elfenmagie auf den Feldern, ohne zu würdigen, was die Elfen und ihre Geschwisterkulturen durchlitten haben. Natürlich ist es wichtig, dass die Felder blühen. Aber die Anerkennung sollte gleichermaßen die treffen, die vor Ort die Arbeit leisten, als auch die, denen wir das alles zu verdanken haben.«
Seine Worte erinnern mich an all das, was mir am Adel, dem ich entstamme, zuwider ist. Wie sähe die Welt wohl heute aus, wäre es Gawanon damals gelungen, mit der Elfenmagie auch eine Würdigung der Elfenkultur durchzusetzen?

Ardoas, Jerudana und die anderen haben sich in die Gemeinschaft der Raveelen eingefügt. Sie begleiten Gawanon auf die Felder und arbeiten an seiner Seite, während er ihnen Sagen von Leuten erzählt, von denen sie noch nie gehört haben, deren Abenteuer aber denen der großen Sagengestalten nicht nachstehen.
Ardoas ist in Zorduras Sinne eingetaucht. Allerdings hat er nicht gesehen, was sie auf dem Weg von Sharuveel fort gewahrte, sondern auf dem Weg dorthin. Immerhin hat er nun aufgeholt und kann nachvollziehen, was ihm bisher entgangen ist. Er hat auch einige Botschaften gefunden, die von den Gesprächen mit Gawanon berichten.
Dieses Aufarbeiten der zurückliegenden Wahrnehmungen und Botschaften hat Ardoas unter Gawanons Anleitung dabei geholfen, dem Kristall eine Nachricht zu entlocken, die auf den Weg vorausweist. Ihre Worte lauten: »Ich bin in Ioderon und suche in Lyscalon nicht nur die Bibliotheken auf, ich habe Zugang zu den Werften erhalten und darf dort meine Skizzen vorlegen, die das Schiff zeigen, mit dem uns die Erluniden einst in Beskadur angriffen. Folgt meiner Spur, aber seid vorsichtig. Wenn ihr bei Gawanon seid und ich nicht zu euch gefunden habe, befinde ich mich in Gefahr, die auch auf euch warten könnte.«
Kaum war die Erscheinung verschwunden, sah Gawanon in die Runde und sagte: »Euer Weg wird euch also in die Hauptstadt von Ioderon führen.«
Die Aussicht, in das legendäre Königreich zu ziehen, lässt mich träumen. Jerudana hat einmal versucht, nach Lyscalon vorgelassen zu werden, wurde aber fortgeschickt – ein Schicksal, das viele trifft, die mit einem Begehren in die Hauptstadt Ioderons wollen. Die Abweisung war ernüchternd gewesen, und seither hat sie nicht mehr

versucht, im Hochland des magischen Königreichs nach Spuren der Erluniden zu suchen.

2. Yelanith 3490

Die Sorge um Zordura hat Ardoas, Jerudana und die anderen dazu gedrängt, Abschied zu nehmen. Gawanon begleitete sie bis zum Rand der Siedlung und warnte sie vor der Hauptstadt von Ioderon. »In Lyscalon sind die Wege lang, und viele Tore werden euch verschlossen bleiben. Es sei denn …« Er reichte Ardoas ein Schreiben. Es hatte ein rot-blaues Siegel, in dessen Vertiefungen ein feines Leuchten verlief, das Ardoas als magisch erkannte. Selbst ich merke nun, dass die Wochen bei Gawanon seine Sinne erweitert haben.
»Falls ihr jemanden benötigt, der für euch bürgt, wird euch dieses Dokument helfen. Manchmal braucht es etwas, mit dem man all den Regeln und Abläufen, den Ritualen und Hierarchien entgehen kann. Nutzt das Schreiben zu eurem Vorteil, oder haltet es zurück, wenn ihr das Gefühl habt, dass die Aufmerksamkeit euch zum Nachteil werden könnte.«

18. Yelanith 3490

Ardoas und Jerudana vermissen Gawanon ebenso wie ich. Der Unterschied ist, dass ich immer wieder in die Wochen zurückkehren und Gawanon wiedersehen kann. Für meine Geliebten ist es nur eine Erinnerung. Ich wünschte, ich könnte meine Gabe mit ihnen teilen.
Ihre Reise hat sie einige Tage nach Südwesten, dann nach Süden geführt. Ardoas fällt es nun leichter, Zorduras Kristall

etwas zu entlocken. Die Botschaften wiesen ihnen den Weg zu einer unscheinbaren Lichtung in einem Tannenwald. Hier fand Ardoas ein Tor auf die Elfenpfade. Dahinter gelangten sie an einen Ort, den Obureen erkannte. »Ainseledur!«, sagte sie und betrachtete die Feen, deren Siedlung sich über ihnen im Geäst wölbte und den ganzen Weg zu überspannen schien. Als Botin von Ilbengrund war sie einmal hier gewesen, hatte das Portal in die Welt hinaus aber nie durchschritten.

Der Pfad geht vom Westpfad ab und führt nordwärts bis zu diesem Ort. Die schmalen Häuser der Elfen Ainseledurs ziehen sich links und rechts am Weg entlang.

Die Elfen und Feen von Ainseledur erinnern sich an Zordura und daran, dass sie es eilig hatte. Obureen wird hier begrüßt. Die Zuneigung – das spüre ich sowohl bei Jerudana als auch bei Ardoas – tut ihnen gut. Ardoas hat das Gefühl heimgekehrt zu sein. Über die Elfenpfade könnten sie binnen zwei Tagen in Ilbengrund oder Derothur sein, so kurz sind die Wege abseits der Welt.

Dennoch will Ardoas den Heimweg meiden und Zorduras Spur folgen. Nach einigen Stunden sind sie bereits, von Neugier und Bewunderung begleitet, auf den berüchtigten Westpfad gelangt. Es tut gut, durch Jerudanas Augen die Faszination zu sehen, mit der Yeraidena und Njeldred die Elfenpfade betrachten. Und es berührt mich auch mitzuerleben, wie Werldyra und Barudrosk sich zum ersten Mal in Elfengefilden bewegen, der Heimat ihres Vaters.

19. Yelanith 3490

Die Siedlungen auf dem Westpfad haben selten Namen. Es geht um Häuser und Familien entlang des Weges. Die Vorstellung, am Vortag noch in Vrabieel gewesen zu sein

und nun auf den Pfaden durch Kynoris binnen Stunden bis nach Ioderon zu gehen, überfordert Jerudanas Vorstellung. In Derothur auf die Pfade zu gehen und in Ilbengrund aufzutauchen, ist ihr leichtergefallen, weil sie bis heute nicht weiß, wo genau die Elfensiedlung liegt.
Für Ardoas ist es befremdlich, in den vertrauen Gefilden zu sein, aber doch nicht heimzukehren. Doch nun, da sie durch ein Portal wieder in die Welt hinausgegangen sind und sich mitten in Ioderon befinden, bereut er es, nicht nach Ilbengrund zurückgekehrt zu sein. Einige Stunden oder gar Tage hätten wahrscheinlich keinen Unterschied gemacht. Nun waren sie hier in einem fruchtbaren Land mit Straßen und Höfen, Dörfern und Städten – weitab der Wildnis von Vrabieel. Ich bin nun gespannt, was sie erwartet, wenn sie der Straße nach Norden zum Gebirge gefolgt sind.

24. Yelanith 3490

Die Pforte von Sormunas haben sie hinter sich gelassen und reisen nun durchs Hochland, der Stadt Lyscalon entgegen. Während sie am Boden zu Pferd voranreisen, schweben über ihnen Flugschiffe.
Sie waren unter falschen Namen unterwegs, und Ardoas, Obureen, Werldyra und Barudrosk verstecken ihre Elfenohren. Und doch haben sie Gawanons Schreiben vorzeigen müssen, weil die Wachen sie sonst abgewiesen hätten, und in dem Schreiben hatte Gawanon nicht nur ihre Namen genannt, sondern auch, dass Ardoas und Obureen Elfen waren.

LYSCALON

Auf dem Boden des Tales nach Lyscalon zu kommen, hieß, den Blick in die Höhe gerichtet zu haben. Hier in der Unterstadt bewegte sich, wer nicht über Flugschiffe verfügte oder aber an einem Handel interessiert war. Während sie hier unten lange Wege zurücklegen mussten, schwebten über ihnen all jene, die es sich leisten konnten, rasch von einem Ort zum nächsten zu gelangen.

Am Rande des Tales führte Jerudana die Gemeinschaft auf einer Straße in die Mittelstadt, wo das Leben vor allem auf Terrassen und Brücken, auf Hausdächern und weiten Stufen am Hang zu spielen schien, nicht hier auf der Straße.

Nach einigem Suchen fanden sie den Weg hinauf zur Bibliothek von Lyscalon, einem riesigen Gebäude, das am Osthang des Tals aus dem Fels hervorsprang und von Türmen umgeben war. Nach Süden hin schlossen sich Gärten in Stufen an das Anwesen an. Je weiter sie emporstiegen und je näher sie der Bibliothek kamen, umso mehr Misstrauen herrschte um sie herum. An einem weiteren Tor zeigte Jerudana erneut Gawanons Schreiben vor, und wie durch Magie verwandelte sich das Misstrauen in Überschwang.

Auf dem letzten Stück zur breiten Straße, die an der Vorderseite des Bibliotheksgebäudes entlangführte, sagte Jerudana: »Wie schnell sich der Blick der Leute ändert, sobald sie Gawanons Siegel sehen.«

»Wir haben keine andere Wahl«, entgegnete Ardoas. »Leider wird die ganze Stadt wissen, dass wir hier sind.«

»Vielleicht können wir einen Nutzen aus der Ehrfurcht und der Faszination ziehen«, sagte Jerudana.

Auf dem Vorhof der Bibliothek empfing sie ein kräftiger Mensch – ein Mann namens Muredeel, der hastig den Bediensteten Anweisungen gab. Er trug eine rote Gelehrtenrobe, die aus mehreren dünnen Schichten bestand. »Es ist uns eine Ehre, Schützlinge des großen Gawanon bei uns zu Gast zu haben.« Die Stimme des Bibliothekars war so übertrieben und seine Gesten so ausschweifend, dass sein hellblondes Haar in ständiger Bewegung war.

Die Bediensteten führten sie durch ein Tor zu den Unterkünften, die sich in einem lang gezogenen Haus befanden, das mit dem Hauptgebäude verbunden war. Nachdem die Gefährten ihre Pferde im Stall untergestellt hatten und mit ihrem Gepäck auf ihren Zimmern waren, kehrte endlich Ruhe ein. Jerudana stand mit Ardoas am Fenster und blickte über die Mauer des Anwesens hinaus ins Tal. Während sie die Flugschiffe bewunderte, die in unterschiedlichen Formen erschienen, war Ardoas' Blick in die Tiefe gerichtet.

»Ist es wegen Zordura?«, fragte Jerudana, als sie merkte, dass Ardoas etwas bedrückte.

»Nein«, entgegnete er. »Es ist … Ich bin in dieser Stadt einmal in den Abgrund gestoßen worden und dabei gestorben.« Unter den Visionen, die ihn im letzten Leben im Orakelsaal überwältigt hatten, waren Todesaugenblicke der verschiedenen Inkarnationen gewesen. »Einst hatte ich hier Feinde«, sagte er. »Hier könnten heute noch Leute auf mich lauern – ein Posten, der von Generation zu Generation weitergegeben wird. Ich wünschte, Gawanon hätte nicht unsere Namen in dem Schreiben erwähnt – und dass Obureen und ich Elfen sind.«

»Er ging offenbar davon aus, dass uns das helfen würde, indem es uns Türen öffnet, ehe unsere Feinde sich gegen uns in Position bringen können.«

»Dieses Spiel habe ich im letzten Leben schon einmal gespielt, und tatsächlich führte es mich zu euch. Aber auch die Erluniden wurden auf mich aufmerksam.«

»Ich fürchte nicht die Erluniden, sondern das Kopfgeld«, sagte Jerudana. »Was für uns spricht, ist, dass Söldnervolk hier in Ioderon nicht gern gesehen ist.«

»Ich sehe die Schiffe da draußen und frage mich, ob dies der Ort ist, an dem sich die Erluniden verstecken.«

»Unter den Augen derer, die sie einst fast auslöschten? Für so kühn halte ich sie nicht. Und vergiss nicht die Stadt, die du gesehen hast. Du hast etwas von Niadaris aufgeschnappt. Vielleicht ein Rest dessen, was sie uns über den Kristall sandte.« Sie blickte durchs Fenster in die Tiefe. »Da draußen gibt es bestimmt Leute, denen wir das Gemälde zeigen können, das die Feen angefertigt haben. Die Flugschiffe dieser Stadt sind weit herumgekommen. Ich möchte da hinaus und nach der Tinte und dem Papier des Briefes fragen, den Caluon an meine Tante schickte. Und ich möchte die Zeichnungen von den Flugschiffen an den Werften herumzeigen.« Sie umarmte Ardoas. »Endlich öffnen sich uns Türen, die uns all die Jahre verschlossen waren.« Sie schüttelte den Kopf. »Das gibt mir beinahe das Gefühl, dreißig Jahre ins Leere gelaufen zu sein.«

Ardoas wandte sich von der Stadt ab. »Aber das stimmt nicht.«

»Welche Spur zu Niadaris hätte ich je gefunden? Daludred hat seine Gabe verfeinert, aber ich …?«

Er fasste ihre Hände und küsste sie. »Du hast in dreißig Jahren eine Gemeinschaft geschmiedet, auf der alles beruht, was sich nun erfüllt. Du warst hier draußen und hast die Erluniden unter Druck gesetzt. Wenn wir am Ende Niadaris befreien, dann vor allem, weil du eine Meisterin darin bist, Bande zu knüpfen. Du bist die Begründerin einer Gemeinschaft, die einst mit der Gesellschaft von Elfen, Zwergen und Feen die große Reise beginnen wird. Beskadur wird eine weitere unserer Siedlungen sein, und wenn wir dieser Welt den Rücken kehren, wird all das, was in Beskadur wuchs, den Weg in eine andere Welt finden.«

Jerudana staunte. »Das glaubst du wirklich?«

»Als Naromee glaubte ich es«, sagte Ardoas. »Da sagte ich einmal vor dem Rat: *Ein Ort, an dem Feen leben, ist ein Ort unserer Gemeinschaft.*«

Während Jerudana draußen in der Stadt war, begab sich Ardoas zusammen mit Obureen endlich in die Bibliothek, die ihn an die Ratsbibliothek von Yannau erinnerte, nur viel größer war. Es schien, als wäre an den Wänden jede noch so kleine Stelle mit Regalen bedeckt. Ardoas wusste nicht, wo er anfangen sollte, und stöberte in Sagen, von denen Gawanon erzählt hatte.

Nach einer Weile wandte er sich an Muredeel, der sich – so sein Angebot – persönlich um sie kümmern wollte, was nichts anderes bedeutete, als dass er die Arbeit schnell an Untergebene delegierte. Da es hier keine Verzeichnisse gab, in denen niedergeschrieben war, wer die Bibliothek benutzt hatte, fragte Ardoas direkt nach Zordura, doch Muredeel wusste nichts von ihr. Als er aber nach Leuten fragte, die sich mit Städten auskannten und ein Gemälde begutachten konnten, sagte der Bibliothekar: »Es gibt Kartografen, die weit herumgekommen sind, oder aber Händler. Ich werde mich umhören und Euch dann berichten.«

Und tatsächlich kehrte Muredeel nach etwa einer halben Stunde zurück und gab ihnen einige Anschriften von Kartografen. Ardoas las gerade Obureen aus einer Sage vor, beendete die Lektüre jedoch augenblicklich. In ihrer Unterkunft wollten sie ihr weiteres Vorgehen planen, sobald Jerudana mit dem Gemälde zurück war. Doch auf dem Weg über den Hof tauchten mit einem Mal Wachen hinter den Säulen auf, und ein Gardist, er mochte kaum älter als vierzig sein, zeigte auf sie und sagte: »Ihr seid Gefangene! Ergebt euch!«

»Weswegen nimmt man uns gefangen?«, fragte Ardoas, während die Stadtwachen sie umzingelten und mit ihren Hellebarden bedrohten.

»Ihr habt ein Siegel gefälscht!«, erwiderte der Gardist, der offenbar der Hauptmann war.

Ardoas schaute zurück und erblickte Muredeel. Der Bibliothekar schüttelte den Kopf und sagte: »Gawanons Siegel! Dass wir darauf hereingefallen sind!«

»Ihr habt es geprüft?«, fragte Obureen.

»Die Gelehrten sagen, es sei eine Fälschung.«

»Wessen Gelehrte?«, fragte Ardoas.

»Die besten Gelehrten von Lyscalon.«

»Nun, wenn ich an Eurer Stelle wäre, würde ich das noch einmal überprüfen lassen«, erwiderte Ardoas. »Und zwar von Leuten, die ihr Handwerk verstehen.«

»Ergebt ihr euch der Krone?«, fragte der Gardist.

»Nur unter Protest«, sagte Ardoas. »Denn das Siegel *ist* echt.«

Jerudana war überrascht über die Fortschritte, die ein Morgen bringen konnte. An den Werften konnte man ihnen zwar nicht genau sagen, welche Stadt auf dem Gemälde abgebildet war, aber die Bauart erinnerte an alte Städte in West-Vrabieel, die sich nördlich der Belraunenreiche erstreckten. Allerdings gäbe es dort unzählige Städte. Jerudana betrachtete das als einen Erfolg. Wenn sie nur lange genug suchte, würde irgendwer sich an diese Mauern erinnern. Allerdings vermutete sie, dass die Stadt, die hier abgebildet war, inzwischen ganz anders aussah. Was Ardoas als Vision gesehen hatte, war wahrscheinlich der Zustand von vor mehr als zweitausend Jahren.

Als Jerudana in die Bibliothek zurückkehrte, wunderte sie sich, dass Ardoas und Obureen nicht dort waren und fragte dann den Gelehrten Muredeel, ob er ihr Leute nennen könne, die die Herkunft eines Briefpapiers und eines Medaillons zu bestimmen vermochten. Sie hoffte, dass der Brief mit dem Schmuckstück, den Caluon seiner Mutter geschickt hatte, ihr endlich eine Spur bescherte.

Mit einem Mal jedoch war Jerudana von Wachen umgeben.

»Nicht euer Ernst!«, sagte sie und schaute in die Runde. Sie konnte nicht entscheiden, was schlimmer war: das Gerede, das die Wachen nun von sich gaben, oder aber das rechthaberische Getue, das der Bibliothekar ihr gegenüber offenbarte. Er sagte, Ardoas und Obureen seien festgenommen worden, und behauptete, auch sie gehöre zur Bande.

Während sie sich abführen ließ, rief Jerudana dem Bibliothekar zu: »Wäre gerne dabei, wenn dir die Überheblichkeit aus dem Gesicht fließt und der Scham Platz macht! Denn das verfakkte Siegel ist echt!«

Seit Stunden war Ardoas mit Obureen im Kerker eingesperrt. Der Raum wirkte wie ein Schlafsaal in einer einfachen Unterkunft. Für die Notdurft gab es einen eigenen Bereich, und Obureen verkündete Ardoas, dass durch das Loch kein Durchkommen war. »Wollte es nur gesagt haben. Nicht, dass ich glaube, wir könnten ausbrechen.«

Ardoas schaute durch das Gitterfenster in die Stadt hinaus. »Immerhin lässt man uns diesen Anblick.«

»Schön zu sehen, wie draußen das Leben blüht, während du hier festsitzt«, erwiderte Obureen. »Wie kommen wir aus der Sache raus?«, fragte sie.

»Nur, indem sie ihren Irrtum erkennen.«

Nach einer Weile wurde die Tür entriegelt und geöffnet. Fluchend trat Jerudana ein, und der Anblick von Ardoas und Obureen vermochte nur kurz ein Lächeln auf ihre Miene zu zaubern. »Dieser Mann war kein Bibliothekar, sondern ein Kerkerwächter!«, sagte sie, kam zu ihnen herüber und umarmte Ardoas. Dann berichtete sie knapp von ihrer Spurensuche und ihrer Verhaftung.

»Sie werden die anderen sicherlich auch bald fassen«, sagte Obureen.

»Ich hoffe, Yeraidena und Njeldred bewahren die Ruhe.«

»Im Kerker zu sein, während unsere Pferde und all unsere Sachen diesen Leuten ausgeliefert sind, macht mir Sorgen. Sie werden alles durchstöbern.«

Jerudana nickte. »Wenn der Kristall weg ist, dann haben wir Probleme.«

Auf dem Gang ertönten Stimmen und Schritte.

»Tja«, sagte Obureen. »Wer ist es? Burrid und Golweda? Oder bringen sie uns alle zusammen?«

Die Tür öffnete sich, und statt Yeraidena, Njeldred oder ihren anderen Gefährten trat ein Mensch ein – groß, mit schmalen Schultern und rundem Gesicht, gekleidet in eine vielschichtige Gelehrtenrobe, wie sie sie in der Bibliothek gesehen hatten, die aber durch einen prächtigen Gürtel tailliert wirkte und einen Ausschnitt hatte. Ardoas hielt die Person für weiblich; Jerudana hatte das Gefühl, dass sie Yelanide war.

»Mein Name ist Tselryn.« Auf *ryn* endeten in Ioderon, Yaskandrien und Kynoris viele Namen von Yelaniden, aber sicher konnte man sich nicht sein. »Ich bin Hofmagierin und Schriftgelehrter, Geografin und Sagenforscher. Ich bin *sie, er, sier* – oder wie ihr wollt.« Während Jerudana nun klar war, dass für Tselryn offenbar Geschlechtsbezeichnungen keine Rolle spielten, war Ardoas beeindruckt, wie offen Tselryn darüber sprach. Man hatte ihn gelehrt, dass sich im Ioderischen nicht so leicht über Geschlechter reden ließ wie im Elfischen. Als wäre es eine Antwort auf Ardoas' Gedanken, sprach Tselryn die elfischen Worte »Elva Lianu lyn Radoras«, die besagten, dass Tselryn eine Magiekundige des ioderischen Königs war. Ihr Elfisch war beeindruckend. Es klang wegen der markanten Melodie beinahe so, als wäre sie auf dem Westpfad aufgewachsen.

»Elvo Elvaru?«, fragte er.

Schmunzelnd schüttelte Tselryn den Kopf. »Nas Elvar.« Wenn sie keine Elfe war, musste sie von einer Elfe gelernt haben. »Elva Navaruwyn«, sagte sie und offenbarte geradeheraus, dass sie yelanidisch war und einen *femininen* – oder wie man in seiner Heimat auch sagte, einen *mütterlichen* – Körper hatte. »Vora?«, sagte sie und musterte sie.

Jerudana war verwundert über die Worte des Magiekundigen. Außerhalb der Elfengefilde und abseits von Beskadur hatte sie noch nie erlebt, dass jemand so offen nach dem Geschlecht der anderen fragte.

»Elva Asvaruas«, antwortete Ardoas.

Jerudana sagte: »Elva Navaruana.«

Bei Obureens Worten – »Elvorae Asvaruana; Elva Ynvaruana« – fragte sich Ardoas, ob Tselryn verstehen würde, dass Obureen damals, als er in seinem letzten Leben Ilbengrund verließ, ihren Körper hatte verändern lassen – von einem *maskulinen* zu einem, der Merkmale von *maskulinen* und *femininen* Körpern trug. Tselryn mochte zwar bekannt sein, dass *maskulin* und *feminin, väterlich* und *mütterlich,* im Elfischen rein körperliche Kategorien waren, aber wusste sie von der Zeremonie?

Tselryn nickte und lächelte dann. »Nun, da das geklärt ist, hoffe ich, dass ihr unsere Entschuldigung annehmt.«

»Ihr habt demnach festgestellt, dass das Siegel echt ist?«, fragte Jerudana.

Tselryn wich ihrem Blick aus. »Das haben wir, und diese Sache ist uns unendlich peinlich.«

»Aber wie konnte das geschehen?«, fragte Ardoas.

»Ein Prüfer hat das Siegel als Fälschung eingestuft.«

»Wer ist dieser Siegelprüfer, der sein Handwerk so offensichtlich nicht versteht?«, fragte Obureen.

»Sein Name ist Werudeel. Er ist eigentlich einer der besten. Aber das Siegel ist leicht als echt zu erkennen. An den alten Gawanon-Siegeln lernen wir die magische Siegelkunst. Alle Kundigen hätten das bemerkt.«

»Er *wollte* das also missverstehen«, sagte Jerudana.

»Er war ein angesehener Mann – mit einer Stellung am Hof. Er musste wissen, dass eine Überprüfung seinen Fehler zutage fördern würde.«

»Er musste demnach damit rechnen, dass er uns nicht lange aufhalten kann«, sagte Ardoas.

»Aber wozu?«, fragte Obureen.

Jerudana schaute durch das vergitterte Fenster hinaus. Dann fragte sie: »Was wird jetzt passieren?«

»Ich nehme euch mit an den Hof«, antwortete Tselryn. »Das ist der Königsbezirk in der Oberstadt. Da seid ihr sicher.«

Jerudana nickte. »Aber bis wir dort sind, sind wir angreifbar. Was, wenn uns etwas geschieht, sobald wir dieses Gebäude verlassen haben?«

»Ihr misstraut mir?«, fragte Tselryn.

»Entweder du vermagst Gedanken zu lesen, oder meine Miene ist wie ein offenes Buch.«

»Es ist deine Miene«, erwiderte Tselryn. »Wenn ich euch etwas Böses wollte, würde ich es euch nun antun. Ich hätte hier nicht einmal hereinkommen müssen. Ich hätte meine Leute schicken können, um euch zu töten. Dies ist der perfekte Ort dafür, Leute verschwinden zu lassen.«

»Das glorreiche Königreich Ioderon – sagenhaft und so edel«, sagte Jerudana, bereute ihre Worte aber sofort. »Verzeih! Du hast recht: Warum Spielchen spielen? Würdest du zu unseren Feinden zählen, wäre dir alles gleich.«

»Ihr wart auf der Suche nach Xaledred-Sagen?«

»Bisher nicht«, sagte Ardoas. »Aber woher weißt du …?«

»Ich weiß es, weil Zordura hier war. Wenn Elfen in der Oberstadt sind, werde ich meist hinzugezogen. So auch nun.«

»In wessen Auftrag?«, fragte Jerudana.

»Im Auftrag der Krone. Die Magistrate des Königs wollen, dass ich diese peinliche Situation bereinige. Außerdem weiß ich von Zordura, wer ihr seid.«

»Wenn das so ist, dann weißt du auch, was wir wollen«, erwiderte Ardoas.

Tselryn musterte ihn. »Ihr alle kommt aus Beskadur und seid auf der Suche nach den Erluniden. Du bist der Erbe der Naromee und suchst nach ihrer Erinnerung. Und wenn du es gestattest, werde ich dir helfen.«

Kaum waren sie aus der Kerkerfestung ins Freie getreten, fürchtete Jerudana eine Attacke. Zwar folgten sie Tselryn, und vier mit Speer und Schild gerüstete Wachen hatten sie in die Mitte genommen, doch unbewaffnet fühlte sich Jerudana schutzlos.

Ardoas schaute sich aufmerksam um. Je näher sie dem breiten Flugboot kamen, das am Kai schwebte, umso mehr ließ er seinen Blick schweifen. Gerade als er an Jerudanas Seite auf das Boot hinübertrat, erspähte er ein kleines Flugschiff, das hinter einem anderen hervorkam und in ihre Richtung flog. »Da!«, sagte er und wies darauf.

Ein Pfeil schlug auf dem Deck auf. Jerudana fluchte; Tselryn schaute sich mit verständnisloser Miene um, während seine Wachen ihn zum Bug zogen und die Schilde hoben. Obureen suchte am kniehohen Schanzkleid Deckung. Ardoas und Jerudana sprangen ihr zur Seite.

Am Heck versteckte sich die Steuerfrau hinter dem Ruder. »Losfliegen!«, rief Jerudana ihr zu. Doch erst als Tselryn den gleichen Befehl gab, legte die Frau eine Hand ans Ruder, die andere an einen Kristall, der in einer schmalen Säule steckte. Ardoas wunderte sich, dass der Flugkristall so offen lag. Bei dem Flugschiff, an dem Lydon arbeitete, war der Stein in ein Geflecht zwischen dem Holz gebettet und bis über das Ruder zu erspüren.

Das Boot hob sich, während zwei weitere Pfeile herabdrangen. Einer verfehlte Jerudana knapp, der andere ging wegen des plötzlichen Rucks, mit dem das Boot beschleunigte, weit an ihnen vorüber.

Ardoas erspähte ein schmales Flugschiff, das von der Seite auf das Schiff ihrer Angreifer zustrebte. Er konnte zwar nicht erkennen, wer es steuerte, aber am Bug standen Yeraidena und

Werldyra und schossen Pfeile auf ihre Angreifer ab. »Das sind Yeraidena und die anderen«, rief er.

Schlagartig wandten die Angreifer ihr Interesse von ihnen ab und dem nahenden Schiff zu.

»Wir müssen da hin!«, rief Jerudana. Sie schaute zur Steuerfrau. »Bring uns da hin!«

»Tu, was sie sagt!«, befahl Tselryn und zog sich mit den Wachen ans Heck zurück, während Ardoas, Jerudana und Obureen zum Bug vorrückten.

Ihr Boot strebte dem fremden Schiff entgegen, auf dem Ardoas nun endlich jemanden erkennen konnte: Menschen mit Metallrüstungen und großen Bögen; keine dunklen Mäntel, keine magischen Ringe, und dennoch mochten sie zu den Erluniden gehören.

Das lang gezogene Schiff, auf dem Yeraidena, Werldyra und die anderen waren, schabte an dem der Angreifer entlang, und mit einem Mal sprangen Burrid, Golweda und Njeldred auf das feindliche Schiff hinüber und verwickelten dessen Besatzung in einen Kampf.

Jerudana schaute voller Angst, wie sich ihre Vertrauten schwertaten. Während Burrid und Golweda der Gegenwehr standhielten, wich Njeldred zurück. Er sprang zu Yeraidena hinüber – und rutschte ab, als die Boote ein wenig auseinanderstrebten. Gerade noch konnte er sich an einem der kleineren Flügel am Bug festhalten.

Yeraidena ließ ihren Bogen fallen und versuchte nach Njeldred zu greifen, doch er war zu weit unter ihr. Indes ging der Kampf oben weiter. »Schneller!«, rief Jerudana der Steuerfrau entgegen, nur um festzustellen, dass Tselryn mit angstgeweiteten Augen am Ruder war. Die Steuerfrau wurde von den Wachen gestützt; ihr ragte ein Pfeil aus dem Arm.

Das Boot geriet ins Schlingern, und Tselryn fluchte und fragte die Wachen, ob jemand das Boot fliegen könne, doch sie vermochten es nicht, denn es bedurfte Magie und Gefühl für das Fliegen.

»Ardoas! Hilf ihr!«, rief Jerudana. Sie erinnerte sich an Ardoas' Erzählung, dass er mit Lydon einmal geflogen sei. Was ihr ausreichte, um ihn loszuschicken, entsetzte ihn. Während er auf dem schwankenden Boot dem Heck entgegentaumelte, hatte er den Absturz vor Augen, den er mit Lydon erlebt und nur knapp *über*lebt hatte.

Kaum war er bei Tselryn angekommen, löste diese ihre Hand von dem Flugkristall und hielt das Ruder nur mit einer Hand, um ihm Platz zu machen. Zitternd fasste er dann den Kristall und spürte die Magie des Steins durch das Boot fließen. Der Zauber des Flugkristalls war im Gleichgewicht und empfänglich für die Bewegungen, die er dachte. Doch es verlangte ihm eine Schnelligkeit seiner Gedanken ab, der er nicht gewachsen war – als stellte ihm jemand ununterbrochen Fragen, ohne dass er je antworten konnte. Er wollte schnell zu Njeldred und den anderen fliegen, und tatsächlich beschleunigte das Boot, doch es schlängelte sich in die Höhe. Der Zauber sorgte zwar dafür, dass das Boot sich nicht zu sehr neigte, aber dennoch wurde es durch die ruckartigen Flugbewegungen durchgeschüttelt.

Ardoas schaute mit Entsetzen hinüber, wie Njeldred sich verzweifelt festhielt, und rang dem Flugkristall noch ein wenig mehr Kraft ab, sodass sie noch schneller voranstrebten.

Yeraidena warf ein Seil zu Njeldred hinab. Doch als er es greifen wollte, fiel er. Während Ardoas am Heck den Atem anhielt, stieß Jerudana in der Mitte des Boots einen Schrei aus, sah dann aber, dass Njeldred das Seil doch noch zu fassen bekam. Es schien, als hätte er sich an einem Knoten festgehalten. Mit Herzklopfen und zitternden Händen starrte Jerudana voraus und fühlte sich hilflos.

Voller Angst erinnerte sich Ardoas daran, wie er in dieser Stadt einst in die Tiefe gestürzt war und am Boden den Tod gefunden hatte. Und nun hing es von ihm ab, Njeldred vor einem solchen Schicksal zu bewahren.

Den Blick auf Njeldred gerichtet, überraschte Jerudana eine Gestalt, die an ihrem Sohn vorbei in die Tiefe stürzte. Suchend blickten sowohl Jerudana als auch Ardoas nach oben und schauten, ob ihre Vertrauten noch da waren. Yeraidena zog am Seil, vermochte es jedoch nicht hochzuziehen, sondern musste einem Speerstich ihrer Feinde ausweichen. Werldyra war bei ihr – und Barudrosk. Auf dem anderen Schiff schlug Golweda den Speerträger mit ihrem Schild zur Seite, während Burrid wieder auf das andere Schiff sprang.

»Es war keiner von uns«, sagte Jerudana und schaute zu Njeldred zurück. Dieser bemühte sich, an dem schwankenden Seil emporzuklettern, doch die langen Pausen, die er einlegen musste, sagten, dass er kaum noch Kraft hatte.

»O nein«, sagte Obureen. »Golweda!« Die Kriegerin schien sich nur noch mit dem Schild schützen zu können. Zwei Gegner schlugen darauf sein, als wollten sie es wie ein Holzscheit zerhacken.

Burrid sprang wieder auf das Schiff der Angreifer hinüber, direkt in einen Schwertstreich, der sie zum Einknicken brachte.

Jerudana schüttelte den Kopf. Sie waren zwar kaum mehr als fünfzig Schritte entfernt, aber sie hatte das Gefühl, alles zu verlieren. Als Ardoas den Flug verlangsamte, rief sie: »Was tust du?« Aber er wusste, was er tat. Damals, als er mit Lydon abgestürzt war, war das Schiff abrupt stehen geblieben, und sie waren über Bord gegangen. Er musste den Flug verlangsamen, damit hier nicht das Gleiche geschah.

Ardoas steuerte auf Njeldred zu. In den Kampf oben würden sie nur eingreifen können, wenn Njeldred außer Gefahr war. Die Kampflaute zu hören – das Hacken, die Schreie, manche davon vertraut – schmerzte, doch Ardoas hielt den Blick auf Njeldred gerichtet.

Jerudana hatte ebenfalls nur noch Augen für ihren Sohn. Sie zitterte so sehr, dass sie nichts zu sagen vermochte. Das Boot wurde zwar langsamer, doch es näherte sich Njeldred auch zielstrebiger.

Als sie unter Njeldred ankamen und er über ihr Boot hinwegschwenkte, sprang Jerudana auf.

Ardoas brachte sie höher, genau in Njeldreds Weg. Als dieser zu ihnen herüberschwang, packten ihn Jerudana und Obureen, konnten ihn aber nicht festhalten, und er verpasste seinerseits den richtigen Augenblick, das Seil loszulassen. Während er über das Deck pendelte, bewegten sich oben die Boote, und Njeldred drohte von ihnen fortzuschwingen.

Ardoas jedoch riss das Ruder herum. Sie flogen schräg auf Njeldred zu, während er zur Seite schwang. Die Bewegungen machten Jerudana schwindelig, und sie streifte Njeldreds Bein, bekam es aber nicht zu fassen.

Kaum war Njeldred an Jerudana und Obureen vorüber, ließ er das Seil los, flog Ardoas entgegen, streifte das Ruder, brachte das Boot damit aus dem Gleichgewicht und knallte gegen das Schanzkleid. Er wäre darüber hinweggeflogen, hätte Ardoas nicht das Ruder losgelassen und Njeldreds Arm gepackt. Eine Hand am Flugkristall, bemühte er sich, das Boot zu stabilisieren.

Das Boot geriet mit Ardoas ins Zittern, da stemmte sich Tselryn gegen das Ruder, und es war, als fiele eine Last von Ardoas ab. Als er Tselryns Hand auf seiner eigenen spürte, ließ er den Kristall los und packte Njeldred mit beiden Händen, und mit der Hilfe zweier Wachen zogen sie ihn ins Boot herein.

Njeldred schrie auf, während sie von ihm abließen. Seine Handflächen waren riesige Wunden, und auch sein Bein schien zu schmerzen. »Danke!«, sagte Njeldred, schwer nach Luft schnappend.

Jerudana kam herbeigelaufen und küsste ihren Sohn, erhob sich dann aber und schaute besorgt zu den beiden Schiffen hinauf. Sie lösten sich voneinander, und sofort fürchtete Jerudana um Golweda und Burrid.

Ardoas übernahm wieder das Ruder und brachte sie auf gleiche Höhe zu den beiden Schiffen.

Burrid und Golweda waren wieder bei Yeraidena an Bord. Die Feinde flogen rasch davon – verfolgt von Booten, die dem Tselryns glichen.

Während Yeraidena ihrer Erleichterung in einer Ansammlung von Flüchen Ausdruck verlieh, überließ Ardoas Tselryn das Ruder. Sie hielt das Schiff still, während er sich zu Njeldred hinunterbeugte und seine blutenden Hände berührte. Er betäubte sie, und dann sprach er einen Heilzauber.

Njeldred atmete auf. »Danke, Vater!«, sagte er. Wieder berührte es Ardoas, dass Jerudanas und Daludreds Kinder ihn als Warledyr betrachteten. Am Anfang hatte er noch Zweifel gehabt, aber nun sagte er: »Du hast es überstanden – mein Sohn.«

IN TSELRYNS HAUS

Von Booten der Königlichen Garde flankiert, flogen sie dem Schiff voraus, auf dem Yeraidena und die anderen waren. Während dort Werldyra und Barudrosk offenbar ihre Heilkräfte bei ihren Müttern fließen ließen, hatte Jerudana hier den Arm um Njeldred gelegt und war erleichtert, dass er in Sicherheit war. Ardoas hatte inzwischen wieder das Ruder übernommen und steuerte den Hof von Ioderon an. Tselryn erklärte ihm, dass dieser Ort nichts anderes sei als der höchste Teil der Oberstadt. Während in anderen Ländern der Hof der Ort war, an dem die Herrschenden sich aufhielten, blieb er hier für immer an den Stadtbezirk gebunden – selbst in der Abwesenheit des Königs, der mit seiner Familie den Sommer in Ulaskenz im Westen des Landes verbrachte.

Sie näherten sich Tselryns Haus, das mit seinen beiden Ecktürmen und dem Innenhof beinahe wie eine kleine Burg wirkte. An dem Steg auf der dem Talkessel zugewandten Seite des Gebäudes legten sie an.

Endlich kam die Gemeinschaft wieder zusammen. Yeraidena war sofort bei Njeldred und dankte ihrerseits Jerudana und Ardoas. Dabei fiel erneut das Wort *Vater* und brachte Tselryn zum Stutzen.

Yeraidena bezahlte die Bootsbesitzerin, die sie angeheuert hatte, dem Boot ihrer Widersacher zu folgen. Dann erzählte sie, dass sie den Bibliothekar zu dem Magier Werudeel verfolgt hatten und dort auf jene Meuchelmörder aufmerksam geworden waren. Yeraidena schaute Ardoas mit großen Augen an.

»Sie wollten dich töten, Vater«, sagte sie, und wieder machte Tselryn ein überraschtes Gesicht.

Burrid und Golweda fühlten sich noch immer geschwächt, aber die Zauber von Werldyra und Barudrosk hatten sie vor Schlimmerem bewahrt. Obureen packte sie links und rechts und sagte: »Ihr müsst aufhören, mir solche Angst zu machen.«

»So ist das Wiedersehen schöner«, erwiderte Burrid und wischte sich den Schweiß von der Stirn.

Während sie sich vom Steg über einen Durchgang in den Innenhof begaben und Jerudana sich Einzelheiten der heutigen Heldentaten ihrer Tochter und ihres Sohnes erzählen ließ, sagte Tselryn leise zu Ardoas: »Ich wusste, dass du und Jerudana zusammen seid, aber ich bin überrascht, dass ihr Kinder habt. Sie wirken zu jung, als dass du sie in deinem letzten Leben hättest zeugen können. Oder ist es das elfische Erbe?«

»Ich bin ihr Warledyr. Daludred ist ihr leiblicher Vater.«

»Warledyr«, sagte Tselryn. »Ein schönes Konzept.«

»Wo hast du Elfisch gelernt?«, fragte Ardoas. »Dein Akzent klingt, als käme er vom Westpfad.«

»Fast richtig. Die Familie, bei der ich es lernte, stammte von den Westpfaden, ließ sich dann aber in Blauensee nieder. Mein Lehrmeister kam bei ihnen unter. Ich war damals noch jung, und eure Kultur bot mir alles, was ich mir wünschte. Ich bin keine gute Magierin, aber das Wissen, das ich erwarb, öffnete mir hier Türen. Es gibt einige hier, die Elfisch sprechen, aber nur wenige, die die Elfenkultur kennen. Deswegen verwies man Zordura an mich. Und deswegen sollte ich mich um euch kümmern.«

Tselryn führte sie durch ihr Haus, das weitgehend auf Zierden verzichtete und mit den hohen Decken und großzügigen Torbögen ein Gefühl der Weite vermittelte. Während Tselryn sich zurückzog, führten Bedienstete sie in den Baderaum, wo sie sich frisch machen konnten. Besonders Burrid, Golweda und Njeldred waren dankbar dafür, sich das Blut abwaschen zu können, und auch für die frischen Leinenhemden, die die Bediensteten ihnen brachten, sprachen sie ihren Dank aus.

Als sie später gemeinsam mit Tselryn am Ende eines kühlen Saales in Sesseln und auf gepolsterten Bänken saßen und durch die hohen Fenster in die Stadt hinausschauten, fragte Jerudana: »Wie gefährlich wird es jetzt für uns?«

»In diesem Haus? Nicht so gefährlich wie da draußen. Ich werde euch die gleiche Hilfe bieten können wie Zordura.«

»Wohin wollte sie?«

»In die Belraunenreiche. Sie folgte einer Spur, die sie in der Werft aufgenommen hatte. Es ging um das Schiff, mit dem euch die Erluniden in Beskadur angegriffen haben.«

»Davon weißt du?«, fragte Ardoas.

»Ich weiß viel. Ich weiß vor allem, dass Gawanons Siegel viel Aufmerksamkeit mit sich bringt. Das ist vielleicht mehr Aufmerksamkeit, als euch guttut. Man könnte versuchen, euch jedes Detail abzuringen, das ihr über Gawanon wisst – vor allem seinen Aufenthaltsort.«

»Und du willst das nicht?«, fragte Jerudana.

»Gawanon wird Aufdringlichkeit wohl kaum zu schätzen wissen. Wir bewundern ihn dafür, wie er sich damals der kynorischen Krone widersetzte. Er ist ein Vorbild. Also lasst mich euch nur eine Frage stellen: Wird er dem Bild gerecht, das man sich von ihm macht?«

»Die Schwierigkeit ist, dass es viele Bilder von ihm gibt«, sagte Jerudana. »Aber wenn du einen Magier meinst, der um seine Macht weiß und trotzdem genügsam ist, dann entspricht er ganz und gar der Vorstellung.«

»Das ist alles, was ich wissen muss«, sagte Tselryn.

»Was ist mit unserer Ausrüstung?«, fragte Yeraidena.

»Die Königsgarde hat sie an sich genommen. Das ist das Beste, das euch geschehen konnte. Sollte irgendetwas fehlen, wird die Krone dafür aufkommen.«

Ardoas tauschte einen Blick mit Jerudana. »Es gibt Dinge, die lassen sich nicht ersetzen«, sagte er.

»Das ist richtig«, erwiderte Tselryn nickend. »Ich wünschte, ich könnte mit Gewissheit sagen, dass nichts fehlt. Was ich euch zusichern kann, ist meine Hilfe. Wenn eure Feinde Werudeel in ihrer Hand haben, müssen wir auf alles gefasst sein.«

Jerudana erzählte von dem Kopfgeld, das auf Ardoas ausgesetzt war, und von der Sorge, dass man auch hier davon erfuhr. »Alles, was die Erluniden tun müssen, ist, es hier zu verbreiten«, sagte sie.

»Ein weiterer Grund, hierzubleiben und mich und meine Leute die Arbeit machen zu lassen.«

Ardoas schaute zu Burrid und Golweda hinüber, die in einem Doppelsessel saßen und nach ihrer Heilung durch Barudrosk und Werldyra und dem Bad noch immer erschöpft wirkten. »Wir können eine Ruhepause gebrauchen«, sagte er. »Aber ich möchte nicht zu lange verweilen – um Zorduras willen.«

»Du hast ihren Kristall dabei. Er hat euch den Weg gewiesen. Deswegen seid ihr bei Gawanon gewesen.«

»Du kennst sogar den Kristall?«

»Ich war dabei, als sie ihn verwendet hat – hier, wo wir sitzen. Hier haben wir die Abende verbracht.«

»Leider offenbaren sich mir ihre Botschaften nicht ohne Weiteres. Was hat sie dem Kristall anvertraut?«

»Dass ihre Spuren in die Belraunenreiche führen. Alle Zeichen würden dorthin weisen. Das Schiff – und das Interesse der Erluniden für die Spurensuche. Sie glaubt, die Erluniden gehen davon aus, dass du bei deiner Suche nach Niadaris jedem Gerücht eines Orakels nachgehen wirst. Sie sagte, du hättest die Orakel des Westens richtigerweise als solche erkannt, die nichts mit Niadaris zu tun haben, weil sie eigentlich nur Orte sind und keine Wesen. Aber die Erluniden müssen davon ausgehen, dass du jeder Spur folgst. Sie glaubt, dass die Erluniden an Orakelstätten lauern.«

»So, wie sie hier lauerten, weil Lyscalon so viel Wissen behütet.«

»Allein schon dass hier Flugschiffe sind, die euch schnell von Ort zu Ort bringen können, dürfte ihnen Sorge bereiten. Hat man erst einmal Zugang zu den Häfen, ist eine Passage schnell gebucht. Und bei der Bedeutung, die Naromees Erbe hat, müssen sie sogar davon ausgehen, dass ihr euch mit den Elfengefilden im Rücken ein Flugschiff kaufen könnt.«

»Das wäre möglich? Ich dachte …«

»Es ist nicht leicht. Es muss genehmigt werden. Die Gesetze der Werften sind sehr streng.«

»Wie viel würde ein Schiff kosten?«, fragte Jerudana und dachte an den Schatz in Beskadur, von dem sie über die Jahre einiges genutzt hatten, ohne Aufsehen zu erregen. Die Sorge, sichtbarer Reichtum könne wieder Begehrlichkeiten wecken, hatte sie zurückhaltend sein lassen.

»In kynorischen Kronen?«

Jerudana nickte. Es war die Währung, mit der sie sich am besten auskannte und über die der Handel im Osten lief.

»Ein gutes Boot für etwa fünfzehntausend Kronen. Ein kleines Handelsschiff gibt es für fünfzigtausend.«

Wenn Tarnabias' und Birjas Schätzungen stimmten, hatten die Schätze von Beskadur einen Wert von etwa hundertzwanzigtausend Kronen – ein riesiges Vermögen. »Wenn wir eine solche Summe über ein kynorisches Handelshaus aufbringen könnten, würde man uns ein Schiff verkaufen?«

»Mit dem Schreiben Gawanons würde euch jede Bank der Stadt Geld leihen. Aber unter normalen Bedingungen würdet ihr die Erlaubnis, ein Schiff zu kaufen, nicht bekommen, oder es würde sich ohne Zweifel lange hinziehen. Was ihr braucht, ist ein *Schiffkaufbrief*. Darin wird genau festgelegt, was und wie viel ihr erwerben dürft.«

»Und wie bekommen wir so einen … *Schiffkaufbrief*?«, fragte Ardoas.

Tselryn lächelte. »Indem ihr euch an Gawanon ein Beispiel nehmt. Er soll einmal gesagt haben: *Oft bewegst du am meisten, wenn du dich nicht bewegst.* Ich werde schauen, was ich tun kann.«

Ardoas und Jerudana schauten sich in dem Gästezimmer um. Es war schlicht – wie die meisten Gelehrten es liebten, aber mit den hohen Fenstern nach Süden ausgerichtet, war es hell. Sie ruhten sich eine Weile aus, und Jerudana dankte Ardoas dafür, dass er Njeldred gerettet hatte, und sie entschuldigte sich dafür, ihm einen Vorwurf gemacht zu haben. »Ich verstehe nichts von Flugschiffen.«

»Ich auch nicht. Es war zu viel, dass Njeldreds Überleben von meinen sogenannten Flugkünsten abhing.«

»Du hast das sehr gut gemacht.«

»Ich hoffe, ich muss das nie wieder tun.«

Es klopfte an ihrer Tür. Auf Jerudanas Bitte einzutreten rührte sich nichts. So ging Ardoas zur Tür und öffnete.

Yeraidena stand vor ihm, und freudestrahlend sagte sie: »Die Pferde, und unser Gepäck – die Garde hat es gebracht.«

Gemeinsam gingen sie hinab auf den Hof, wo die anderen sich bereits um ihre Pferde kümmerten. Ardoas begrüßte Xelbura mit sanften Worten und einem Streicheln ihrer Stirn, während Jerudana Yulernos laut lobte und ihm über den Hals strich.

Nachdem die Pferde versorgt waren und im Stall standen, prüften sie ihr Gepäck. Es schien nichts zu fehlen: Ardoas' Tagebuch war da, sein Ring, sein Schwert – und Zorduras Kristall. Jerudana fand ihren magischen Schild ebenso wie die Rolle, in der sich das Gemälde, die Zeichnungen der Boote, das Briefpapier und das Medaillon befanden.

Als auch die anderen erklärten, dass nichts fehle, machten sie sich daran, das Gepäck auf ihre Zimmer zu bringen. Unterwegs fragte Ardoas: »Was, wenn sie Elfisch können und in meinem Tagebuch gelesen haben? Dann wissen sie alles, was ich seit Ilbengrund erlebt habe.«

Jerudana nickte, dann stellte sie ihre Taschen vor ihrer Zimmertür ab, während die anderen sie auf dem Gang passierten. »Sie wissen schon so vieles. Sie wissen, wo Beskadur ist. Sie wissen von Daludreds Gabe. Sie wissen von mir und dass ich ihren

Leuten gefährlich werde, sobald sie sich irgendwo zeigen. Von dir wissen sie Dinge, die sich deiner Erinnerung noch entziehen. Und dann ist da noch etwas: Was, wenn sie Niadaris Wissen entlocken und uns deswegen so lange entgehen konnten? Es mag sein, dass es in Vaalburg überhaupt keinen Verräter gab, sondern Niadaris' Orakelblick ihnen alles sagte, was sie wissen mussten. Die Wahrheit ist, dass unsere Feinde genug über uns wissen.«

Am Abend speisten die Gefährten in Tselryns Abwesenheit und saßen danach am großen Fenster beisammen. Ardoas war unwohl dabei, dass Tselryn nicht bei ihnen war. Die Bediensteten und die Wachen hatten sich zwar als aufmerksam und freundlich erwiesen, aber in dieser Stadt fühlte er sich ohne Tselryns Nähe nicht sicher. Es war wie in Yerebal, wo er Xomuna vertraute und vielleicht noch Burrids und Golwedas Familien, aber kaum sonst jemandem.

Burrid und Golweda wirkten nach wie vor müde, waren aber gesprächig und unterhielten sich mit Yeraidena und Barudrosk über Lyscalon und Flugschiffe, während Werldyra und Njeldred leise über den Kampf flüsterten.

Sie alle saßen noch immer am Ende des langen Wohnraums beisammen, als Tselryn zurückkehrte und sich mit hängenden Schultern zu ihnen setzte. »Das war ein ergiebiger Abend«, sagte sie und legte das Bündel auf dem Tisch ab, in dem sich das Gemälde, die Zeichnungen, das Briefpapier und das Medaillon befanden. »Eure Spuren haben eine deutliche Richtung. Die Bootszeichnungen verweisen in die Belraunenreiche – ebenso das Briefpapier und die Tinte. Natürlich kann das durch Handel an einen anderen Ort gebracht worden sein. Aber ich befragte die Gelehrten, die Zordura geholfen haben, und fand heraus, dass das Schiff, das sie suchte, ebenfalls aus den Belraunenreichen stammt.«

»Die Belraunenreiche sind groß«, sagte Jerudana. »Wo sollen wir anfangen?«

»Zordura hatte auch kein konkretes Ziel. Aber das Medaillon, das ihr mir mitgegeben habt, stammt aus den nördlichen Belraunenreichen – aus der Stadt Achaelun, der Hauptstadt des Königreichs des gleichen Namens.«

»Achaelun!«, sagte Jerudana. »Vielleicht sind wir Zordura einen Schritt voraus und können aufholen.«

»Der Kristall«, erwiderte Ardoas. »Ich werde den Kristall befragen.«

Ardoas fand die Botschaft, von der sie durch Tselryn bereits wussten. Zwar gelang es ihm nicht, weitere zu empfangen, aber er vermochte wieder einmal sprunghaft das Geschehen durch Zorduras Sinne zu beobachten. Er sah Flugschiffe, weites Hügelland, das in Bergland überging. Zordura hatte nach Werften gesucht und nach Orakeln gefragt. Er sah Städte und fand deren Namen in Zorduras Gedanken: Nureneth, dann Achaelun, Beranuch und Belraun.

Diese Erfahrungen öffneten ihm den Weg zu weiteren Botschaften, die sie in immer kürzeren Abständen dem Kristall anvertraute.

In der Stadt Gornurae in Belraun, am Fluss Goreevos, wurde sie von Erluniden attackiert. Sie konnte entkommen, doch ein Teil ihres Gepäcks fiel den Feinden in die Hände. Und das gerade vor dem Winter – dem Winter, den Ardoas in Beskadur verbracht hatte.

Die Botschaften hörten mit Zorduras Plan, die Erluniden zu belauschen, auf, aber wiederum vermochte Ardoas etwas durch den Kristall wahrzunehmen. Von Zeit zu Zeit strömte Magie hindurch und bemühte sich darum, den Zauber zu wecken. Sie war so grob, dass Ardoas sie sofort als den Zauber der Erluniden erkannte.

Sie hatten demnach den Kristall erbeutet. Zwar gab es keine Botschaften von ihnen, aber Ardoas vermochte zu hören, was in der Umgebung des Kristalls gesprochen wurde. So erfuhr er, dass die Angreifer in der Stadt Beranuch überwintert hatten und im Frühjahr – diesem Frühjahr – nach Achaelun fuhren, um Zordura aus dem Weg zu gehen.

Ardoas öffnete die Augen und schaute Jerudana ins Gesicht, dann blickte er in die Runde.

»Du weißt es«, sagte Jerudana.

Ardoas nickte langsam. »Alles ist entfesselt, und nun vermag ich sogar zu hören, was in der Umgebung des Kristalls gesprochen wird.« Er erzählte, was er gesehen und gehört hatte und erfreute sich an den hoffnungsvollen Mienen seiner Vertrauten.

»Sie haben Zordura nicht zur Strecke gebracht, sondern versuchen ihr zu entkommen«, sagte Jerudana genüsslich.

»Aber sie haben den Kristall«, sagte Obureen.

»Sie haben den Kristall«, wiederholte Ardoas. »Und dieser Stein ist nun die beste Spur, die wir haben.«

»Achaelun«, sagte Jerudana und wandte sich an Tselryn. »Können wir von hier aus eine Flugpassage bekommen?«

»Normalerweise ist das für Fremde nicht leicht«, antwortete Tselryn. »Und ich will offen sein: Sobald Seine Majestät in der Sommerresidenz davon hört, dass ihr mit dem Siegel des Gawanon hier seid, wird er einen Eilboten mit Anweisungen schicken. Er wird darum bitten, dass ihr sein Gast seid. Daraufhin wird euch niemand hier weglassen. Ihr habt also Zeit, bis der Bote aus dem Sommerpalast Ulaskenz zurückkehrt. Wenn ihr dann noch hier seid, dann werdet ihr erst einmal bleiben müssen.«

»Wie lange benötigt der Bote?«, fragte Ardoas.

»Bis heute Nachmittag habt ihr mindestens.«

»Kriegen wir so kurzfristig eine Passage?«

»Ich werde es versuchen – mit ein wenig Bedauern. Ich hätte euch gerne länger als Gäste gehabt. Soll ich eure Bitte um einen Schiffkaufbrief zurückziehen?«

»Nein«, antwortete Jerudana. »Sollte man ihn uns eines Tages gewähren, können wir uns immer noch überlegen, ob wir davon Gebrauch machen. Außerdem zeigt das, dass wir gedenken zurückzukehren. Der König wird sicherlich nicht glücklich über unsere Abreise sein.«

»Darauf könnt ihr euch verlassen«, erwiderte Tselryn. »Aber ich werde versuchen, es ihm zu erklären.«

»Du bist bereit, den Wunsch deines Königs zu missachten?«

»Über die Wünsche des Königs zu spekulieren, steht mir nicht zu. Ein Wunsch ist es erst, wenn der Bote hier eintrifft und ihn äußert«, sagte Tselryn lächelnd.

Am frühen Nachmittag verkündete Tselryn, dass sie eine Passage für sie gebucht hatte. Allerdings werde das Schiff erst am frühen Abend ablegen. Die Gefahr bestand, dass der Bote des Königs zurückkehrte.

Als sie am Ende der lang gezogenen Stube die Lage berieten, während Tselryn ihren Bediensteten Anweisungen gab, sagte Yeraidena: »Wir müssen uns nicht an die Bitte des Königs halten, oder? Wir sind nicht seine Untertanen.«

»Wir haben aber schon genug Probleme«, entgegnete Jerudana. »Im Augenblick haben wir was gut bei dieser Stadt. Wenn wir uns offen dem Wunsch des Königs widersetzen, beschämen wir ihn. Also müssen wir weg sein.«

»Wird Tselryn Probleme bekommen?«, fragte Obureen.

»Er weiß sicherlich einzuschätzen, wie viel er wagen kann. Ich mache mir Sorgen um Zordura.«

Ardoas fiel auf, dass Jerudana Tselryn mal mit *sie* und mal mit *er* bezeichnete, während er meistens *sie* verwendete. »Ich mache mir auch Sorgen«, sagte er. »Je eher wir sie gefunden haben, umso besser. Wir können mit ihr zurückkehren und dann Rede und Antwort stehen.«

Sie überlegten, was sie mit den Pferden machen sollten. Es

gab zwar auf vielen Schiffen die Möglichkeit, Pferde zu transportieren, aber sie fragten sich, ob die Tiere in den Gebirgsstädten der Belraunenreiche überhaupt von Nutzen wären. Deshalb entschlossen sie sich dazu, sie zurückzulassen.

Tselryn kehrte nach einer Weile heim und erklärte sich bereit, die Tiere bei sich zu behalten.

Als ein Bediensteter hereinkam und eine Nachricht überbrachte, befürchteten Ardoas und Jerudana bereits, der Bote des Königs sei eingetroffen, doch Tselryn sagte: »Es tut mir leid. Ich muss noch einmal fort. Die Ratsfürstin möchte mich sprechen.«

»Ob der Bote schon zurück ist?«, fragte Obureen.

Tselryn schüttelte den Kopf. »Ich würde eher sagen, dass ich nicht die Einzige bin, die ahnt, was der König erwartet. Wünscht mir Glück!« Tselryn schaute lächelnd in die Runde. »Bis bald!«

Kaum war Tselryn fort, sagte Njeldred: »Ich hoffe so sehr, dass sier die Ratsfürstin überzeugen kann.«

Jerudana erhob sich. »Wir sollten nicht hier sein, wenn Tselryn zurückkehrt.«

Obureen nickte. »Ich weiß, wenn ein ›Bis bald!‹ nichts anderes ist als ein ›Lebt wohl!‹.«

»Ihr meint, sier rechnet damit, dass wir losziehen?«, fragte Werldyra.

»Wenn die Ratsfürstin Tselryn sagt, dass wir bleiben sollen, kommen wir hier nicht mehr weg, ohne allen ins Gesicht zu spucken«, sagte Jerudana. »Wenn Tselryn aber zurückkommt und wir schon weg sind, erfahren wir nicht mehr, was die Ratsfürstin oder der König sich wünschen.«

DIE PASSAGE

Die *Oltudaron* war ein mittelgroßes Schiff mit einem geräumigen Frachtdeck und großen Unterflügeln, die ihm Stabilität verliehen. Ihr Kapitän und Steuermann war ein fülliger Belraune mit mächtigen Flügeln namens Korebeel. Seine Gelassenheit spendete den Gefährten bei ihrer ersten Reise auf einem richtigen Flugschiff Ruhe. Ardoas und Jerudana waren gleichermaßen fasziniert; sie standen gemeinsam am Heck und schauten in den Talkessel von Lyscalon zurück, der sich immer weiter von ihnen entfernte.

Sie flogen zunächst Richtung Nordwesten, ließen das Gebirge hinter sich und stießen in die Wildnis von Vrabieel vor. Das Grasland schimmerte in sommerlichen Grün- und Gelbtönen. Vogelschwärme sammelten sich unten auf Wasserflächen, und in der Ferne lief eine Helrauven-Herde an einem glitzernden Fluss entlang. Kleine Siedlungen lagen in der Landschaft verstreut und schienen keine Verbindung zueinander zu haben. Gelegentlich erblickten sie andere Schiffe und tauschten Fahnensignale mit ihnen aus.

Nachdem Ardoas den Kapitän nach der Bedeutung der Signale gefragt hatte, erkundigte er sich nach der Magie des Flugschiffs. Daraufhin bot Korebeel ihm an, ihn in der Handhabung des Flugkristalls zu unterweisen.

Während Ardoas das Angebot des Kapitäns annahm, saßen Jerudana und Njeldred am Bug und blickten über das Land.

»Du gehst mir aus dem Weg«, sagte Jerudana leise.

»Du weißt, warum«, antwortete Njeldred.

»Weil ich um dich und deine Schwester fürchte.«

»Dena meint, du wirst uns nach Hause schicken.«

»Njeldred! Glaubst du etwa, ich hätte mein Leben nicht riskiert, als ich so alt war wie ihr? Ich war sogar jünger als du, als ich in den Krieg musste. Und ihr … ihr seid so viel besser und weiter als ich damals.«

»*Du* warst weiter. Du hast bei den Yaskandriden Verantwortung übernommen.«

»Du könntest das auch«, sagte sie.

»Aber mir liegt das Befehlen nicht.«

»Du bist wie dein Vater. Du prägst die Gemeinschaft mit leisen Worten und leisen Taten.«

Njeldred grinste. »Der Schrei, den ich beim Fallen ausstieß, kam mir nicht so leise vor.«

Jerudana lachte und atmete erleichtert auf. »Ich war zwar zu weit weg, um den Schrei zu hören, aber davon werden wir noch lange erzählen.« Schlagartig war ihr nicht mehr zum Lachen zumute. »Vielleicht war es ein Fehler, euch mitzunehmen. Aber ihr seid keine Kinder mehr.«

Er nickte und schaute den baumlosen Bergen in der Ferne entgegen. »Ich habe Angst vor dem, was kommen wird.«

»Vor den Erluniden?«

»Nein, nein. Ich fürchte nicht die Erluniden, sondern den Erfolg. Was wird sein, wenn wir gewinnen?«

»Was sein wird? Wir kehren heim und führen ein schönes Leben. Das wird sein.«

»Und Ardoas?«

»Moment! Willst du mir sagen, dass du ihn doch nicht als deinen Warledyr betrachtest?«

»Hätte ich je Zweifel gehabt, dann wären sie fort gewesen, als er mir auf dem Boot das Leben rettete. Das ist es nicht.«

»Was ist es dann?«

»Wie werde ich ihn sehen, wenn … ihr nicht mehr da seid und ich alt werde?«

»Darauf kann ich dir keine Antwort geben. Bei deinem Vater

und mir wird es den Wechsel nicht geben. Wir sind durch seinen letzten Tod mit einem Sprung an ihm vorbeigealtert. Du glaubst nicht, was für eine Angst ich hatte, als ich nach Ilbengrund ging.«

Njeldred schüttelte den Kopf. »Ich dachte …«

»Dein Vater und ich – wir wollten nicht, dass unser Zweifel auf euch überspringt. Also behielten wir unsere Befürchtungen für uns. Aber ich hatte Angst, Ardoas würde in uns nur alte Menschen sehen, mit denen ihn nichts außer dem verband, was er in Schriften gelesen hatte. Und ich fürchtete ebenso, Muttergefühle für ihn zu haben. Aber weder das eine noch das andere ist eingetreten.«

»Aber ist es wie damals?«

»Ganz und gar nicht. Aber ich habe das Gefühl, dass es so, wie es jetzt ist, auch zwischen uns hätte sein können, wenn er nicht gestorben wäre.«

»Vielleicht hätten wir dann Geschwister gehabt«, sagte Njeldred lächelnd.

Jerudana strich ihm liebevoll über seinen weichen Bart. »Ich wünsche mir seit Denas Geburt nicht mehr, dass Ardoas überlebt hätte. Ihr wärt nicht die Personen, die ihr seid, hätte er überlebt. Wir hätten andere Kinder – nicht euch. Und das ist ein Preis, den ich nicht mal im Traum zahlen würde. Umso besser, dass es nun so ist, wie ich es mir früher vorgestellt habe. Das, was nicht werden konnte, ist vielleicht doch noch Wirklichkeit geworden.«

»Manchmal klingst du wie Vater«, sagte Njeldred und drückte sie an sich. »Was, wenn ich sterbe?«, fragte er mit einem Mal. »Was werdet ihr tun?«

Die Angst, die Jerudana in Lyscalon geplagt hatte, loderte wieder auf, doch mit ruhiger Stimme sagte sie: »Dann würden wir dich zurück nach Beskadur bringen, dich bestatten, um dich trauern und irgendwie weiterleben. Aber Eltern sollten ihre Kinder nicht sterben sehen.«

»Ardoas wird uns sterben sehen«, sagte Njeldred leise.

»Ja. Und dann muss irgendwer da sein, der ihm hilft. Eine Gemeinschaft, Vertraute, Familie.«

»Hast du mir gerade nahegelegt, Kinder in die Welt zu setzen?«

»Aber nein. Mach, was du willst. Aber Dena und Baru …«

»Du weißt es?«, fragte er.

»Was weiß ich?«, erwiderte sie.

»Ich habe nichts gesagt.« Njeldred wollte aufstehen, aber Jerudana hielt ihn am Arm fest. »*Was* weiß ich?«

»Bitte, ich habe versprochen …«, sagte er, aber sie legte ihm die Hand auf den Mund.

»Schon gut«, sagte sie wiederum leise. »Ich habe es nicht von dir gehört.« Sie überlegte und sagte dann: »Damit nicht die geringsten Missverständnisse bestehen: Dena ist schwanger?«

Njeldred nickte langsam.

»Seit wann?«, fragte sie.

»Zwischen Sharuveel und Ainseledur ist ihnen das Yerlunon-Kraut knapp geworden. Da muss es passiert sein. Ihre Blutung ist ausgeblieben, und Werldyra spürt etwas.«

Jerudana atmete tief ein und weit aus, und sie fragte sich, wie sie mit dieser neuen Kunde umgehen sollte.

Ardoas erwachte. Die *Oltudaron* bewegte sich kaum. Sie schien noch immer in dem stillen Hochtal zu schweben, in das Korebeel sie gebracht hatte, um einige Stunden zu schlafen. An ihrem ungleichmäßigen Atmen erkannte Ardoas, dass auch Jerudana wach war. In der schmalen Koje lagen sie so eng aneinandergeschmiegt, dass er jede Regung bemerkte. »Was ist los?«, flüsterte er.

»Du darfst es niemandem sagen. Ich sollte es eigentlich für mich behalten. Aber Daludred wird es in meinen Sinnen finden, also sollst du es auch wissen.« Sie atmete viele Male ein und aus, ehe sie weitersprach. »Njell ist rausgerutscht, dass Dena schwanger ist.«

»Das ist wunderbar«, sagte er.

»Nichts ist wunderbar. Wir begeben uns in Gefahr.«

»Aber sie machte keinen geschwächten Eindruck auf mich. Und in Beskadur haben sich Frauen, die deutliche Zeichen der Schwangerschaft trugen, im Schwertkampf gemessen.«

»Das waren Übungen. Dies hier ist echt.«

»Wir werden sie als Gemeinschaft unterstützen. Wir haben vier Leute, die des Heilens fähig sind.«

»Führen zu viele Heilzauber auf einmal nicht dazu, dass nichts mehr geheilt wird?«, fragte sie.

Jerudana hatte recht. Das Nachwirken von zu vielen Heilzaubern konnte dazu führen, dass eine weitere Heilung gestört wurde. »Ja, aber ich bin mir sicher, dass Obureens Zauber genügen wird. Außerdem hat Dena Mütter an ihrer Seite, die das alles schon durchgemacht haben. Eure Erfahrungen werden ihr helfen.«

»Das ist es ja. Jetzt ist sie noch bei Kräften, aber in ein paar Monaten wird sie nicht mehr so können wie jetzt.«

»Dann müssen wir schnell sein. Mit diesem Schiff überfliegen wir das Land in Tagen, für das wir früher Wochen gebraucht hätten. Und in Achaelun müssen wir ohnehin vorsichtig sein.«

»Ich habe keine Ahnung, was ich tun soll.«

»Hast du denn schon mit Dena geredet?«, fragte Ardoas.

»Nein.«

»Wenn sie bereit ist, wird sie zu dir kommen. Und das wird alles viel leichter machen. Glaub mir!«

Jerudana küsste Ardoas sanft, und schwer atmend sagte sie dann: »Wenn *du* das sagst, glaube ich es.«

Am Morgen saß Ardoas unter Deck in seiner Kajüte. Die anderen waren bereits oben beim Frühstück, während er sich noch einmal an Zorduras Kristall versuchte. Da kam Yeraidena zu ihm. »Vater«, sagte sie. »Darf ich mit dir sprechen?«

Ardoas legte den Kristall zurück in den Beutel und bat sie herein. Er ahnte, worum es ging.

»Es ist etwas, das ich Mutter sagen sollte, aber ich wage es nicht.«

»Du möchtest, dass ich es ihr nahebringe?«

»Wenn du es ihr sagst, wird sie sich nicht erschrecken.«

»Du bist schwanger«, sagte er und fühlte sich befreit.

»Du hast es gemerkt?«

»Ich habe es von deiner Mutter erfahren«, sagte er und vermied weitere Erklärungen.

»Natürlich«, sagte Yeraidena kopfschüttelnd. »Hätte ich mir denken können. Aber gerade *wenn* sie es weiß, brauche ich deine Hilfe. Denn wenn ich es ihr jetzt sage, wird sie mich heimschicken.«

»Das wird sie nicht«, erwiderte Ardoas ruhig.

»Ihr habt darüber geredet?«

»Wir haben über Sorgen geredet – und darüber, welchen Schutz Gemeinschaften bieten. Die Wahrheit ist, dass sie dich nicht wegschicken kann. Sie hätte dich in Lyscalon bei Tselryn lassen können – dich und Barudrosk. Aber jetzt sind wir unterwegs. Und ich glaube, sie wird besser damit zurechtkommen, wenn du in unserer Nähe bist.«

»Der Schutz der Gemeinschaft«, sagte Yeraidena lächelnd.

»Wie fühlst du dich? Körperlich, meine ich.«

»Stark genug. Aber ich weiß, dass ich vorsichtig sein muss. Ich kann meiner Einschätzung nicht mehr so ganz vertrauen, weil sich alles verändert.«

»Dafür hast du uns. Wir haben in unserer Gemeinschaft alles, was wir brauchen.«

»Du wirst dich also dafür aussprechen, dass ich bei euch bleiben darf?«

»Das habe ich schon«, sagte er. »Komm!« Er führte sie die Stufen aufs Deck hinauf, wo die anderen auf einer Bank saßen und sich Brot, Käse und Wasser reichten.

Als Yeraidena offenbarte, dass sie schwanger war, erhob sich Jerudana sogleich, kam zu ihr herüber, schloss sie in die Arme und küsste sie fest auf die Wange.

Als sie sich wieder in die Augen schauten, sagte Yeraidena: »Du wirst mich nicht nach Hause schicken?«

Jerudana schüttelte den Kopf. »Das ist gefährlicher, als dich in unserer Nähe zu behalten.«

»Und du traust mir zu, mit euch zu reisen? Da sind keine Zweifel?«

»Keine größeren als die, die dich selbst plagen sollten. Denk an deinen Vater! Benötigst du mehr Schutz als er, als ich mit ihm und Ardoas loszog? Er hatte allenfalls einen Dolch und war nicht ausdauernd zu Fuß. Er benötigte mehr Schutz als du nun. Und mit ihm haben wir es nach Beskadur geschafft. Also schaffen wir das hier auch.«

»Danke, Mutter«, sagte Yeraidena und schloss sie in die Arme. Dann ging sie hinüber zu Barudrosk, und gemeinsam begegneten sie den Glückwünschen. Besonders Burrid, die überrascht wirkte, schüttelte mit ungläubiger Miene den Kopf. »Und es ist tatsächlich wahr?«, fragte sie.

Ardoas kam an Jerudanas Seite. Sie sagte: »Du hast mit ihr gesprochen? Du hast sie auf mich vorbereitet?«

»Sie kam zu mir«, antwortete er.

»Danke, Ardoas!« Sie schaute hinüber zu Yeraidena und Barudrosk, die sich küssten. »Sieh dir das an!«

»Mit Burrid und Golweda im Rücken, Baru an ihrer Seite und uns um sie herum werden wir das überstehen. Ganz gleich, was uns in Achaelun erwartet.«

ACHAELUN

Im Königreich Achaelun flogen sie über ein Labyrinth aus grünen Tälern und hellgrauen Schluchten hinweg, in denen sich mal Felder, mal Städte erstreckten. Am Nachmittag öffnete sich in der Ferne eine Schlucht zu einem weiten Hochtal, in dessen Mitte sich ein felsiger Berg in die Breite zog, der von Häusern und Stufen übersät war.

Das Schiff senkte sich in die Schlucht, um durch ein riesiges Steintor zu schweben. Auf den Bergen ringsum erhoben sich Wachtürme, von denen Magie abstrahlte. Kapitän Korebeel erklärte, dass die Tore von Achaelun der einzige Weg ins Hochtal seien. Von oben könne man sich nicht einfach hinabsinken lassen, weil die Türme eine magische Kuppel nährten, die die Magie der Flugschiffe durcheinanderbrachte. »Alle müssen durch das Tor – außer der Achaeluner Flotte. Wenn die ausläuft, öffnen sie die Kuppel.«

Ardoas war beeindruckt von dem Zauber. Damit war die ganze Stadt vor einem Angriff sicher. Er stellte sich vor, wie solche Magie in Beskadur wirken würde.

Der gewaltige Torbogen wurde von Dutzenden von Belraunen bewacht, die mit Speeren bewaffnet waren und ihre Flügel einsetzten, um über die Schiffe hinwegzufliegen und einen Blick aufs Deck zu wagen.

Die *Oltudaron* flog hinter anderen Schiffen durch das Tor in das Hochtal hinein. Der Blick auf die Achaeluner Flotte, deren Schiffe an einem fortlaufenden Kai festgemacht waren, war beeindruckend.

Der Handelshafen befand sich auf halber Höhe am gewaltigen Berg, der sich aus der Mitte des Tals erhob. Hier legten sie am Kai an, und Kapitän Korebeel empfahl ihnen eine Unterkunft zwischen Hafen und Tempelbezirk, die den Vorteil hatte, dass sie über mehrere Etagen ging und die beiden Bezirke verband. »So könnt Ihr nachts, wenn die Tore geschlossen sind, zwischen den Bezirken wechseln.« Er sagte, es sei ein Privileg, das mit dem Gebäude einherging und den Wirt reich gemacht habe. Für Belraunen gab es keine Einschränkungen. Wer fliegen konnte, hatte Bewegungsfreiheit – ebenso all jene, die Flugboote besaßen.

Sie verabschiedeten sich von Kapitän Korebeel und suchten das Gasthaus. Es hieß *Othaberu* und wirkte mit all seinen Giebeln, als hätte man verschiedene Häuser in ein einziges zusammengefügt. Der Wirt – ein schmaler Belraune mit freundlicher Miene – war entgegenkommend. Obwohl die meisten Zimmer belegt waren, gewährten er ihnen zwei lange Räume unter dem großen Dach. Während die Zimmer gesäubert wurden, tranken sie einen herben Tee, der ihnen angepriesen wurde und angeblich von den Hängen des Tals stammte. Anschließend verstauten sie ihre Sachen in den Zimmern.

Später saßen sie auf der Terrasse und blickten über die Stadt in das Tal hinab. Nachdem sie ein Abendessen aus gefüllten Teigtaschen und verschiedenen Salaten zu sich genommen hatten und sich mit der Familie Othaberu unterhalten hatten, sprachen sie über ihr Vorgehen.

Ardoas hatte kein Geheimnis aus seinem Namen gemacht. Wenn die Erluniden hier waren, würden sie ohnehin von ihm erfahren. Er wollte sie aus der Deckung locken, um ihre Spur aufzunehmen. Zwar fürchtete er, dass das Kopfgeld auch hier gelten könnte, doch Jerudana sagte: »Sie müssen aufpassen. Wenn sie es überall aussetzen, könnten sie den Zorn der Herrschenden auf sich ziehen. Und wenn sie es nur dort aussetzen, wo sie irgendwann mit unserem Auftauchen rechnen, legen sie uns damit eine Spur.«

Ardoas nickte. »Ich bin dazu bereit, sie zu locken und über Zorduras Kristall zu belauschen.«

Jerudana war einverstanden. Obureen hatte jedoch Bedenken. »Wenn sie hier das Kopfgeld aussetzen, könnte das mit einem Schlag zu viel für uns sein. Den Einfluss und die Schlagfertigkeit, die sie in Lyscalon gezeigt haben, könnten sie auch hier an den Tag legen.«

»Sicherlich«, sagte Ardoas. »Wir müssen uns schnell bewegen. Schneller als sie.«

»Wo suchen wir?«, fragte Yeraidena und schaute ihre Mutter an.

Jerudana wusste, womit ihre Tochter rechnete. »Du gehst mit mir. Wir erkunden die Lage.«

»Wirklich?«, fragte Yeraidena.

»Hast du erwartet, ich würde dich bitten, das Haus nicht zu verlassen? Barudrosk, Njeldred und Werldyra – ihr kommt auch mit.«

Jerudana schaute zu Obureen. Die Kriegerin nickte. »Ich bleibe mit Ardoas hier. Man würde uns zu leicht als Elfen erkennen.« Werldyra und Barudrosk hatten zwar auch Elfenohren, aber bei Werldyra stachen sie nur ein wenig aus dem Haar heraus. Mit Haube sah sie aus wie ein Mensch. Bei Barudrosk waren die Ohren zwar offensichtlich, doch alle würden in ihm einen Vilbaren sehen; dass er auch ein Elf war, hatte auf ihrer Reise bisher niemand erkannt.

Burrid und Golweda erklärten sich bereit, im Haus zu bleiben und die Augen offen zu halten.

»Eine Sache noch«, sagte Obureen. »Das Orakel von Achaelun.«

Jerudana nickte. »Gawanon glaubt, dass die Orakel des Westens Orte sind, keine Lebewesen. Geistliche und Magiekundige entlocken ihnen die Orakelsprüche.«

»Was, wenn die Erluniden hinter dem Orakel von Achaelun stecken und Niadaris hier gefangen halten?« Obureen wandte sich an Ardoas. »Ich weiß, dass das hier nicht die Stadt ist, die du mit der Macht von Beskadur gesehen hast, aber über die Jahrhunderte könnten die Erluniden Niadaris an einen anderen Ort gebracht haben.«

»Wir könnten hier also am Ziel sein?«, fragte Jerudana.

Obureen nickte. »Und dann wären wir genau in die Höhle des Drachen gelaufen.«

Jerudana bemühte sich, den anderen ein Gefühl von Sicherheit zu geben. Sie erkundeten die Stadt und erfuhren viel über ihre Geschichte, die Kunst und das Geschehen – von den großen Flottenkämpfen über dem Gebirge über die Freskenkunst oben im Palast bis hin zu den Streitigkeiten zwischen den Zauberschulen, die die Leute in Atem hielt.

Im Tempelviertel suchten sie die Nähe zum Orakel von Achaelun, ein Gebäude, das weit aus dem Fels herausragte, als beugte es sich nach vorne, um bis zum Fuß der Stadt hinabzuschauen. Eine breite Treppe führte an der Mauer empor.

Bei dem Andrang in der Eingangshalle stellte sich die Frage, ob man sie vorlassen würde. Und als sie von einem Tempelbeamten befragt wurden, schienen ihre Antworten diesen zu belustigen. »Nein«, sagte er. »Hier wird Eure Anfrage angenommen. Später entscheidet sich, wann ihr Zugang erhaltet.«

»Und wie lange würde das dauern?«, fragte Jerudana.

»Im Normalfall etwa ein Jahr«, antwortete der Mann.

Die Antwort verschlug Jerudana die Sprache. Auf die Frage, ob es keinen kürzeren Weg gebe, sagte der Beamte: »Nur einen: Wenn das Orakel entscheidet, dass jemand früher gehört werden muss.« Es klang in Jerudanas Ohren nicht aufrichtig, sondern wie der Weg, den Adlige nehmen würden.

Als sie auf der anderen Seite des Tempels der Treppe in die Tiefe folgten, fragte sie Barudrosk und Werldyra: »Habt ihr etwas gespürt?«

Werldyra schüttelte den Kopf. Ihre Vorliebe war die Pflanzenmagie und die Heilung, nicht das Einschätzen fremder Zauber. Barudrosk aber war in vielerlei Magie bewandert und sagte: »In dem Tempel ruht eine Macht – keine Frage.«

»Könnte das Niadaris sein?«

»Wenn sie es ist, dann ist sie gut verschleiert, denn das ist eine Macht, die ich sonst auch in Tempeln spüre. Es ist weder die feine Macht des Felsentempels noch die grobe Macht der Erluniden. Das ist etwas Eigenes.« Barudrosk schaute an der Mauer des Gebäudes empor. »Es ist wie ein riesiger Yelanith-Tempel.«

Ardoas saß in seinem Zimmer und hatte die Fensterläden geschlossen. Nur Jerudanas Lichtstein erstrahlte. Während Obureen auf dem Gang Wache hielt, hatten sich Golweda und Burrid nach unten in den großen Speiseraum begeben, der auf die Terrasse hinausführte. Auf dieser Etage lag auch der Eingang in den Tempelbezirk, und wer aus dem Hafenbezirk kam, würde über die breite Treppe heraufkommen. Ardoas fühlte sich sicher, sorgte sich aber um Jerudana und die anderen.

Wieder und wieder erkundete er das, was der Stein ihm bisher preisgegeben hatte. Er fand Seitenwege, und einige Dinge erschienen ihm in größerer Fülle als beim letzten Blick darauf. Schließlich vernahm er Stimmen im magischen Gewebe. Eine sagte: *»Sie sind im Gasthaus* Othaberu.« Eine andere Stimme, die Ardoas bekannt vorkam, sagte: *»Wir werden nichts überstürzen. Wir müssen in dieser Stadt aufpassen. Wenn ich hiermit fertig bin, könnte sich uns etwas bieten.«*

Ardoas vermutete, dass einer der Männer den Kristall erforschte. Offensichtlich waren sie fremd in der Stadt, was sogleich die Befürchtung widerlegte, die Erluniden könnten hier ihren Sitz haben. Als er diese Erkenntnis Obureen verkündete, stutzte sie und überlegte lange.

»Hältst du es für möglich, dass sie uns in Sicherheit wiegen wollen?«, fragte sie. »Könnten sie uns eine Falle stellen, indem sie vor dem anderen Kristall Dinge sagen, damit du sie hörst?«

Ardoas war es peinlich, diese Möglichkeit nicht gleich in Betracht gezogen zu haben. »Ich weiß es nicht«, sagte er.

»Wir sollten allem, was sie sagen, mit großem Misstrauen begegnen.« Obureen lächelte. »Und doch gefällt mir der Gedanke, dass sie sich unbeobachtet fühlen.«

Als Jerudana und die anderen wieder im Haus waren und sie alle auf der Terrasse zusammenkamen, erzählte Ardoas von dem, was ihm der Kristall offenbart hatte. Da sich auch Jerudana unsicher war, inwiefern sie dem, was Ardoas gehört hatte, trauen konnten, begleitete sie ihn auf ihr Zimmer, um den Kristall noch einmal zu befragen.

Nachdem sie die Tür geschlossen, die Fensterläden geöffnet und sich auf der Bank mit Blick zu den Bergen niedergelassen hatten, nahm Ardoas den Kristall vom Tisch neben dem Bett. Er hielt die Kugel zwischen sich und Jerudana und sagte: »Es ist wie damals, als die Erluniden Niadaris' Kristall nahmen, weil er ihnen Kraft spendete.«

»Spendet Zorduras Kristall ihnen auch Kraft?«

»Vermutlich, aber sicherlich nicht so viel.«

»Nutze ihn«, flüsterte Jerudana.

Ardoas schloss seine Augen und verfolgte ein weiteres Mal die Pfade durch den Kristall mit seinen Sinnen. All das, was er bisher gesehen hatte, erschien – wie bei einem Gemälde, das sich mehr und mehr vervollständigte.

»Sie waren im Orakeltempel«, sagte die Stimme, die zuvor schon Bericht erstattet hatte.

»Sie wurden doch nicht etwa vorgelassen?« Die Sorge in der Stimme des Anführers gefiel Ardoas. Sie sollten sich Sorgen machen, dass sie einen Orakelspruch erhielten. *»Ich glaube, es wird Zeit, das hier ins Spiel zu bringen«*, sagte der Anführer – erneut

mit einer Stimme, die Ardoas bekannt vorkam. Er spürte einen Zauber, Angst und Hass. Am Hass erkannte er den Magier. Es war Larnsul - der ihn in seinem letzten Leben im Orakelsaal attackiert und den Dämon gerufen hatte. Er war mit Jerudanas Cousin – Caluon – entkommen und seither nicht mehr gesehen worden. Mindestens siebzig Jahre musste er inzwischen alt sein, wenngleich seine Stimme nicht so alt wirkte.

Mit einem Mal erfasste Ardoas etwas. Er schreckte zurück, die Kristallkugel glitt ihm aus der Hand und fiel zu Boden, rollte gegen die Truhe und blieb liegen.

»Was ist?«, fragte Jerudana und strich über Ardoas' Hände. Er erzählte, was er vernommen hatte, während er den Blick nicht vom Kristall nahm.

»Larnsul!«, sagte Jerudana. »Nach all den Jahren.« Sie verspürte immer noch Hass für den Magier, der damals für ihre Verfolgung verantwortlich gewesen war.

»Ich erinnere mich an Larnsul«, sagte Ardoas. »An den Kampf mit ihm und seinen Leuten. Und ich erinnere mich an seinen Rückzug und den Dämon, den er rief. All die Einzelheiten kommen zurück. Es ist so viel Wut in mir. Aber all das, was wir damals durchgemacht haben, das trägt nun Früchte. Und er kann nichts dagegen tun.«

Sie wagten sich in den nächsten Tagen nur mit Vorsicht aus dem Haus. Meist ging Jerudana mit Yeraidena, Barudrosk, Njeldred und Werldyra aus. Sie versuchten herauszufinden, ob Zordura in die Stadt gekommen war, und zudem zeigten sie die Zeichnungen der Boote, das Briefpapier und das Medaillon herum. Auch das Gemälde legten sie vor und hofften, dass die Erluniden davon erfuhren und in Panik gerieten und Larnsul in der Nähe des Kristalls den Namen der Stadt nannte, in der die Erluniden ihren Sitz hatten.

Das Medaillon stammte tatsächlich aus Achaelun, doch der

Goldschmied, der es gemacht hatte, lebte schon lange nicht mehr. Das Briefpapier ließ sich nicht näher zurückverfolgen, stammte aber aus der Region. Zu dem Gemälde, das die Stadt zeigte, in der die Erluniden wahrscheinlich zu Hause waren, konnte ihnen niemand etwas sagen. So kehrten sie am Nachmittag mit leeren Händen, aber mit der Hoffnung heim, dass die Erluniden ihre Spurensuche bemerkt hatten.

Da es tagsüber im Haus *Othaberu* ruhig war und die meisten Gäste erst abends kamen, um die Speisen des Hauses zu genießen, wählten sich die Gefährten ein frühes Abendmahl und zogen sich danach ins Dachgeschoss zurück. Sie öffneten die Fenster und saßen in dem Zimmer von Yeraidena und den anderen Jüngeren zusammen. Ardoas und Jerudana zogen sich immer wieder ins andere Zimmer zurück, wo Ardoas der Kristallkugel etwas Neues zu entlocken suchte.

Die Kristallkugel ruhte auf dem Tisch; Jerudana und Ardoas saßen am Fenster und schauten in den Hafen hinab, als ein Leuchten das Zimmer erfüllte. Ardoas und Jerudana sprangen auf und blickten auf den Strahl, der sich von dem Kristall löste und schräg zu Boden schoss.

Die Erscheinung eines alten Mannes erhob sich im Raum. Er war bis auf einen Kranz weißen Haares beinahe kahl und hatte einen gestutzten Bart. Jerudana hatte Larnsul nie aus der Nähe gesehen. Ardoas, der mit Larnsul gekämpft hatte und sich an ihn erinnerte, erkannte den alten Mann an der faltigen Stirn und seinem überheblichen Grinsen.

»Ardoas – Erbe der Naromee! Ich weiß, dass du diese Botschaft finden wirst. Diesen Stein deiner Meisterin zu enträtseln war ein Leichtes. Eure Magie ist schwach und leicht zu durchschauen. Ich weiß, dass du in Achaelun bist. Und ich lasse dich wissen, dass ich ebenfalls hier bin. Wenn du deine Tante lebend wiedersehen willst, dann komm zu dem Leuchtturm am Ende des Rankenwegs. Sie ist wie dieser Stein in unserer Gewalt. Wir werden dich nicht töten. Auch wir wollen das Spiel der Wiedergeburt beenden.«

Die Erscheinung verging, und Ardoas starrte nachdenklich auf den Kristall. Jerudana aber schüttelte den Kopf. »Ich glaube diesem Kerl kein Wort.«

Ardoas nickte. »Er will uns nur in die Falle locken. Aber was er sagte, ist etwas Neues – diese Vorstellung, dass sie mich nicht einfach töten. Wenn sie mich gefangen nehmen und am Leben halten, werde ich nicht wiedergeboren.«

»Und falls du dich erinnerst? Wären sie in der Lage Naromees Macht zu zügeln?«, fragte Jerudana misstrauisch.

»Sie können immerhin Niadaris' Macht zügeln.«

»Weil es nicht in Niadaris' Wesen liegt, anderen zu schaden. Als Naromee hättest du damit sicherlich keine Probleme.«

Ardoas wiegte den Kopf hin und her. »Sie könnten mich mit Magie oder Giften daran hindern, Naromees Erinnerung zu finden und ihre Kräfte zu entfesseln.«

»Wenn ich eins gelernt habe, dann, dass sie nur gegen uns vorgehen, wenn sie etwas zu befürchten haben. Die werden dich töten wollen wie sonst auch. Damit gewinnen sie dreißig Jahre. Das ist eine ganze Generation an Erluniden. Aber dreißig Jahre dich als Gefangenen zu halten – das birgt Gefahren, die sie sich nicht ins Haus holen werden.«

»Wenn ich mir sicher sein könnte, dass sie mich tatsächlich gefangen nehmen, würde ich zu dem Turm gehen. Daludred würde mir schließlich mit seinem Orakelblick folgen.«

Jerudana schüttelte Kopf. »Ein zu großes Wagnis, Ardoas. Aber wir gehen dennoch zu diesem Turm.«

»Was? Obwohl sie da auf uns lauern?«

»Es ist nicht das erste Mal, dass ich in eine Falle der Erluniden gehe. Am Ende waren die meisten von ihnen tot, und ich hatte eine neue Spur.« Sie schaute auf den Kristall. »Vielleicht haben wir einen Vorteil.«

Ardoas nahm den Kristall wieder auf und versuchte noch einmal, über ihn an Larnsul heranzukommen. Er sah die Botschaft erneut vor Augen, und tatsächlich war die Blockade, die ihn vorher zurückgehalten hatten, verflogen. Er hörte die bekannten Stimmen. Der Untergebene fragte: »*Und du glaubst, dass sie dich über den Stein sehen werden?*«

»*Ich sah eine Botschaft, die Zordura ihm hinterließ. Darin erklärt sie, was dieser Stein macht.*« Er wiederholte Zorduras Worte, die sie in Beskadur entfesselt hatten. »*Da sind noch weitere Botschaften, aber ich komme nicht an sie heran. Aber ich vermochte meine eigene Nachricht hinzuzufügen. Er wird sie sehen.*«

Sie redeten über Zordura und lachten darüber, wie sie seine Tante in Beranuch überlistet hatten. »*Sie sucht bestimmt immer noch in Belraun nach uns*«, sagte Larnsul.

»*Glaubst du, dass er wirklich kommen wird?*«

»*Er wird nicht widerstehen können, seine Tante zu befreien. Und wenn er nicht selbst darauf kommt, wird ihn Jerudana darauf bringen. Die Gefahr zieht sie an.*« Schritte entfernten sich, eine Tür schlug zu, und es herrschte Stille.

Ardoas erzählte Jerudana alles, und sie war bald hin- und hergerissen. »Die haben keine Ahnung, dass du sie belauschst. Aber zu hören, wie berechenbar ich bin – das gefällt mir nicht.«

»Wir werden also nicht gegen sie vorgehen?«

»Natürlich gehen wir gegen sie vor. Aber wir werden es zu unseren Bedingungen tun.«

Am nächsten Tag wagten sich Jerudana und Barudrosk in die Stadt hinaus und beobachteten den Turm aus der Ferne. Er lag am Ende einer breiten Straße erhöht an der Klippe – ein Leuchtturm, der Flugschiffe vor dem Berg warnen sollte.

Jerudana hoffte, dass sie auffallen würden. Sie wollte die Erluniden wissen lassen, dass Ardoas ihre Nachricht erhalten hatte. Zugleich war Njeldred heimlich mit Werldyra unterwegs, um zu schauen, ob im Turm Leute ein und aus gingen.

Wieder im Haus *Othaberu*, schmiedeten sie Pläne. Leider konnte Ardoas über den Kristall nichts darüber herausfinden, wie die Falle der Erluniden aussah. Njeldred berichtete, dass sich am Turm nichts tat.

Sie beschlossen, sich gut gerüstet in die Falle zu begeben. Barudrosk sollte mit seinem Zauber die Erluniden blenden, dann würden sie das Chaos ausnutzen, um zu kämpfen oder aber zu fliehen.

Am Abend legten sie ihre Rüstungen an und bewaffneten sich. Alle bis auf Ardoas und Barudrosk trugen Schilde bei sich. Sie legten fest, wer sich an wen halten sollte. Yeraidena würde sich zwischen Burrid und Golweda bewegen, Ardoas zwischen Obureen und Jerudana. Werldyra und Njeldred waren mit ihren Schilden für Barudrosks Schutz verantwortlich.

Sie trafen sich auf dem Gang, bereit, nach unten zu gehen, als eine füllige Gestalt in einem dunkelbraunen Kapuzenmantel die Treppe heraufkam. Ardoas, Jerudana und Obureen, die vorangingen, zogen sofort ihre Schwerter.

Der Anblick des langen Lockenhaars ließ Ardoas die Klinge sofort wieder senken. Eine vertraute Macht strahlte ihm entgegen. Als die Gestalt die Kapuze zurückschlug und ein dunkelbraunes Antlitz zum Vorschein kam, senkten auch Jerudana und Obureen die Waffen.

»Zordura!«, sagte Ardoas. Seine Tante stand lächelnd vor ihnen. In dem Mantel, unter dem ein Gambeson und grobe Hosen zum Vorschein kamen, wirkte sie wie eine Söldnerin. Sie trug sogar ein Kurzschwert am Gürtel.

»Wo kommst du her?«, fragte Jerudana.

»Aus dem Verborgenen komme ich – um euch vor einem Fehler zu bewahren«, sagte sie, ging direkt auf Ardoas zu und schloss ihn in die Arme. »Ich hätte nicht gedacht, dich wiederzusehen.« Sie küsste ihn auf die Stirn, dann begegnete sie Jerudana ebenso liebevoll, ehe sie die anderen begrüßte. »Genau die Gemeinschaft, die es braucht«, sagte sie schließlich.

»Mit dir werden wir ihnen etwas bieten«, sagte Obureen.

»Das werden wir«, erwiderte Zordura. »In dieser Nacht. Aber nicht so, wie ihr denkt.«

»Du weißt von dem Turm?«, fragte Ardoas.

»Mir ist nicht entgangen, dass sich etwas zusammenbraut. Ich habe mich bei den Erluniden eingeschlichen und meinen Kristall gefunden. Also kenne ich die Botschaft, die sie euch sandten, und ich habe andere Dinge entdeckt. Denn mein Stein hat sie belauscht.«

»Du hast den anderen Kristall?«, fragte Ardoas.

»Aber nein. Larnsul hätte sein Fehlen bemerkt. Sie sollen glauben, dass ihr zum Turm geht. Ich habe für Ablenkung gesorgt, während wir tun, was zu tun ist.«

»Was ist denn zu tun?«, fragte Ardoas.

»Während ein Teil der Erluniden euch im Turm erwartet, kehre ich mit euch – meiner Verstärkung – zum Quartier der Erluniden zurück.«

Jerudana machte große Augen. »Während sie uns in eine Falle locken, greifen wir ihr Lager an?«

»So ist es. Packt all eure Sachen! Wir kehren nicht mehr hierher zurück.«

»Die Sachen?«, sagte Ardoas. »Aber werden wir nicht einen Rückzugsort brauchen, nachdem wir sie angegriffen haben?«

»Wir nehmen ihr Versteck als Rückzugsort«, entgegnete Zordura entschlossen.

»Wo ist ihr Versteck?«, fragte Jerudana.

»Ihr Versteck ist die *Gormubeel.* Ich hoffe, ihr seid bereit, ein Flugschiff zu kapern.«

DAS FLUGSCHIFF

Ardoas und Jerudana waren beide beeindruckt, wie gut Zordura vorbereitet war. Während sie über Umwege durch die Nacht schritten, erklärte sie, dass sie die Spur der Erluniden über das Schiff aufgenommen habe. Es handle sich dabei eigentlich um die *Beremuul,* die gekapert und verändert worden sei. »Als ich an Bord war, bemerkte ich, dass der alte Zauber nur überdeckt ist«, sagte Zordura. »Es reicht aus, um eine Kontrolle zu überstehen, aber bei einer genauen Prüfung würde auffallen, dass es die *Beremuul* ist.«

Sie begegneten einer Gruppe dunkel gekleideter Gestalten, die Zordura im Vorbeigehen mit einem Nicken grüßte. Sie erklärte, dass der Schattenadel ihr versprochen habe, die Erluniden in die Irre zu führen. Im Gasthaus seien sogar einige Leute, die gegen Mitternacht in Richtung Turm aufbrechen würden.

»Warum greifen sie nicht mit an?«, fragte Ardoas.

»Sie wollen sich die Finger nicht schmutzig machen. Ich habe ihnen Geld gegeben, damit sie Verwirrung stiften und den Hafenmeister und die Hafengarde ablenken.«

»Ablenken?«, fragte Ardoas.

»Ich habe nicht nachgefragt«, erwiderte Zordura.

Jerudana grinste. »Wahrscheinlich bestechen sie die Verantwortlichen.« Sie wunderte sich darüber, wie gut Zordura sich in diesen Dingen auskannte, und fragte sich, welche Abenteuer sie früher in Städten erlebt hatte.

Sie kamen an das Bezirkstor, das zu dieser Stunde längst geschlossen war, doch die Wachen öffneten ihnen, nachdem Zordura sie begrüßt und im Fackelschein ihr Gesicht gezeigt hatte. Kaum waren sie hindurch, schlossen die Wachen das Tor wieder. »Dafür habe ich mein letztes Geld ausgegeben. Dass sie uns durchlassen und jenen, die uns zweifellos folgen, das Tor nicht öffnen.«

Tatsächlich hörten sie noch im Weggehen Stimmen am Tor.

Zordura schaute nach oben. »Wir müssen nur aufpassen, ob sie ein Flugboot haben.« Doch über ihnen war es still.

Über Treppen stiegen sie von Plateau zu Plateau hinab und erreichten den breiten Gürtel, der den Hauptteil des Hafenviertels ausmachte. Zur Linken drang Stimmengewirr und Musik aus den Tavernen. Weiter entfernt sangen Leute im Schein flackernder Öllampen Lieder auf der Straße. Zu ihrer Rechten begannen die Lagerhäuser; dort herrschte ebenso Stille wie an den Anlegestellen.

Während sie sich zwischen den Lagerhäusern hielten und immer wieder zu den Schiffen hinausspähten, fragte Ardoas: »Bekommen wir keine Schwierigkeiten, wenn wir ein Schiff stehlen?«

»Falls wir Probleme bekommen, erklären wir, dass das ein gestohlenes Schiff ist und es nach dem Gesetz eine Belohnung gibt. Sie werden dann die Gilde der Schiffsmagie hinzuziehen. Keine Sorge! Wenn alles gut geht, werden wir heute Nacht die Stadt verlassen.«

Zordura erzählte von ihren Vorbereitungen: wie sie an den Schattenadel herangetreten war, wie sie ihr Vertrauen mit einigen Heilzaubern gewonnen und mit ihrem Geld ihre Dienste gekauft hatte, die sich in dieser Nacht entfalteten. Dann ließ sie sich von Ardoas knapp erzählen, wie ihre Reise verlaufen war. Bei dem Bericht ihrer Ereignisse in Lyscalon nickte sie anerkennend. »Ihr wisst, wie man für Aufmerksamkeit sorgt«, sagte sie.

Als Jerudana Yeraidenas Schwangerschaft erwähnt hatte, sagte Zordura: »Keine Sorge, Dena. Eine weitere Heilerin dabeizuhaben ist sicherlich kein Nachteil.«

Mit einem Mal blieb Zordura stehen und wies zwischen zwei

langen Lagerhäusern hindurch zum Kai. »Das ist es«, flüsterte sie. Tatsächlich lag dort ein schlanker Zweimaster aus dunklem Holz. Eine Laufplanke führte aufs Deck, wo sich ein Schatten im Licht einer Lampe bewegte.

»Ich gehe vor«, sagte Zordura. »Ihr kommt mit euren Sachen nach, wenn ich euch ein Zeichen gebe.« Noch ehe irgendwer einen Einwand erheben konnte, schlich Zordura davon. Als sie aus der Gasse verschwunden war, führten Ardoas und Jerudana die anderen langsam voran. Sie wagten sich so weit vor, wie der Schatten es zuließ. An der Vorderseite der beiden Lagerhäuser hing je ein Lichtstein an einer Kette herab. Weißes Licht von links mischte sich mit violettem von rechts. Aus dem Schatten vermochten sie das ganze Schiff zu sehen. Ardoas entdeckte Zordura am Heck. Sie hing an einer der Leinen und kletterte aufs Schiff hinauf.

»Hätte nicht gedacht, dass sie so beweglich ist«, flüsterte Ardoas. Seine Tante war ihm immer als ruhig und gelassen erschienen, als Zauberin, nicht als Kämpferin. Er hatte zwar viele gesehen, die so füllig waren wie Zordura und dabei so schnell und akrobatisch wie andere, aber bei ihr hatte er es nicht erwartet.

»Du hättest sie damals bei der Verteidigung von Beskadur sehen sollen! Die Erluniden erwarteten, dass sie ihnen Zauber entgegenschleuderte, aber sie attackierte sie mit dem Kurzschwert. So präzise, so schnell, so kraftvoll!«

Kaum war Zordura oben, verschwand sie in einem Schatten, als hätte sie sich mit einem Zauberspruch unsichtbar gemacht. Die Bordwache bewegte sich vom Bug in die Mitte des Schiffes, eine weitere erschien auf dem Achterdeck und kam die Treppe herab. Die beiden Wachen trafen sich, und kaum gingen sie auseinander, bewegte sich etwas an der einen vorüber, und sie taumelten aus dem Blickfeld.

Ein Licht erstrahlte an der Treppe zum Achterdeck, und für einen Augenblick war Zorduras Gestalt zu sehen.

Jerudana führte die Gefährten aus der Gasse auf den erleuchteten Kai. Sie bemühten sich, so leise und schnell wie möglich zum Schiff zu gelangen. Zordura bewegte sich an Deck parallel zu ihnen.

Gerade waren sie auf der breiten Laufplanke angekommen, als oben auf dem Schiff Unruhe aufkam: Stimmen und Schritte, dann ein Alarmruf.

Kaum waren Jerudana und Ardoas an Bord, ließen sie ihre Taschen fallen und zogen die Schwerter. Während fünf Bewaffnete über das Deck liefen, kam Ardoas Zordura zu Hilfe. Jerudana nahm sich ihren Schild, während die anderen hinter ihr aufs Schiff eilten.

Zordura zog mit der rechten Hand ihr Kurzschwert, die Linke hob sie an und schickte den Angreifenden eine magische Welle entgegen. Wie ein heftiger Windstoß fegte der Zauber einen der Herannahenden von den Beinen. Während die übrigen zögerten, griff Zordura an, und Ardoas war bei ihr.

Die Überraschung über den Zauber stand den Männern ins Gesicht geschrieben, und sie agierten hastig. Einer lenkte Zorduras Klinge mit seinem Säbel ab, Ardoas aber traf sein Gegenüber in der Schulter. Die anderen wagten es nicht, sie anzugreifen. Und schon war Jerudana an ihrer Seite. Die Gegner wichen zurück. Nichts an ihnen wies sie als Erluniden aus. Sie trugen keine Zauberringe an den Fingern, keine magischen Armreife und auch keine Silberketten, die sie mit ihrem Anführer verbanden.

»Wir lassen euch gehen«, sagte Zordura. »Euer Leben gegen das des Magiers.«

Einer der Angreifer, ein Mann um die vierzig mit kurz geschorenem Haar, sagte: »Der Magier ist nicht an Bord.«

»Wo ist der Kapitän?«, fragte Zordura, während sich die Gefährten auf dem Deck aufbauten. Barudrosk stand an der Seite – offenbar bereit, seinen blendenden Zauber zu wirken. Golweda, Burrid und Yeraidena hatten sich neben Ardoas postiert. Obureen blieb bei der Laufplanke und behielt das Geschehen am Kai im Auge.

»*Ich* bin der Kapitän«, sagte ein Mann, der durch die mittlere Tür an Deck kam. Er mochte Anfang fünfzig sein. »Sie sind losgezogen und werden bald wiederkommen. Ihr solltet verschwinden.«

»Und das werden wir«, erwiderte Zordura. »Verlasst das Schiff!«

»Nur über meine Leiche!«, erwiderte der Kapitän.

Ein zitternder Lichtschein bildete sich vor Barudrosks ausgestrecktem Arm. Er musste den Zauber nicht zu Ende bringen. Die Gegner ließen ihre Waffen fallen, und der Kapitän hob die Hände zu einer beruhigenden Geste. »Ihr braucht uns, um das Schiff zu fliegen«, sagte er.

»Wir brauchen den Steuermann, den du unter Deck versteckt hältst.« Sie wandte sich an Njeldred und Werldyra. »Holt ihn!«

Golweda und Burrid führten die Besiegten zur Laufplanke und ließen sie an Land gehen, dann schoben sie mit Obureen und Barudrosk den Laufsteg von Bord. Mit einem Knall landete er auf dem Kai.

»Wir holen die Stadtgarde!«, rief der Kapitän. »Die ganze Flotte wird hinter euch her sein!«

»Die Stadtgarde wird sich für das Schicksal der *Beremuul* interessieren«, entgegnete Zordura. »Sie werden sich sicherlich fragen, wie du zum Kapitän dieses gekaperten Schiffes geworden bist. Deine größte Hoffnung sollte jetzt sein, dass die Hafengarde *nicht* kommt.«

Mit wütender Miene zog sich der Kapitän zu den Lagerhäusern zurück und schickte einen seiner Leute fort.

»Wir haben nicht viel Zeit«, sagte Zordura in die Runde. »Der Kapitän hat seine Leute mit den Erluniden zum Turm geschickt. Sie werden bald merken, was gespielt wird.« Sie wandte sich an Ardoas. »Komm! Ich brauche dich auf der Brücke. Wenn der Steuermann nicht mitspielt, wirst du dieses Schiff fliegen müssen. Du hast deine Sache in Lyscalon doch gut gemacht.«

»Gut? Ich war verzweifelt!«, erwiderte Ardoas, während er

Zordura folgte. Obwohl ihm Kapitän Korebeel auf der Passage einiges beigebracht hatte, fühlte er sich unvorbereitet.

»Verzweiflung ist manchmal eine gute Lehrmeisterin«, sagte Zordura, während sie zum Achterdeck emporstiegen.

Oben angekommen, erblickte Ardoas das große Ruder des Schiffes, daneben ein Podest, in das ein glatter Stein eingelassen war. Ardoas berührte den Flugstein und spürte sofort, dass der magische Strom dieses Schiffes stärker war als der auf der *Oltudaron.*

Burrid führte einen rothaarigen Belraunen mit angelegten Flügeln an Deck, dem ein magischer Hauch anhaftete. Er hatte müde Augen, gähnte und kratzte sich an der Schulter. Seine Haut wirkte hellbraun marmoriert, das halblange Haar schien durcheinandergeraten zu sein.

»Nun, Idobaal«, sagte Zordura. »Heute geht dein Traum in Erfüllung.«

»Mein … Moment! Du bist die Kauffrau aus der Schenke.«

»Du solltest nicht mit Fremden reden, wenn du trinkst.«

»Wo ist der Kapitän?«, fragte Idobaal.

Zordura wies an Land.

Idobaal ging taumelnd auf dem Achterdeck zur Reling und schaute auf den Kai hinab.

»Hilf ihnen nicht!«, rief der Kapitän ihm entgegen.

»Hättest dich besser um mich kümmern sollen«, erwiderte Idobaal. »Ich hab's gesagt: Sorg dafür, dass ich zufrieden bin, und wir kommen gut aus. Lebwohl, Kapitänchen!«

»Tu das nicht!«, brüllte der Kapitän.

Leute erschienen am Rande des Hafens. Ihre Bewaffnung und ihre Rüstungen waren zu uneinheitlich, als dass es ich um die Stadtgarde handeln konnte.

»Die Erluniden!«, rief Jerudana zu Ardoas und Zordura hinauf. »Und diese … Piraten!«

»Zeit, abzulegen!«, sagte Zordura und winkte Idobaal ans Ruder. »Ich hoffe, wir sind dir eine Hilfe.«

»Kappt die Leinen!«, rief Idobaal, und Njeldred schnitt das

Seil durch, über das Zordura an Bord geklettert war; Obureen machte sich an der Bugleine zu schaffen.

Idobaal riss am Ruder, die Hand am magischen Stein, und ein Ruck ging durch das Schiff. »Mist!«, fluchte er. »Die Festmacher brauchen einen Augenblick, um sich zu lösen.«

Ardoas hatte keine Ahnung, was ein *Festmacher* war, und auch Zordura blickte Idobaal mit ratloser Miene an.

»Das sind Paneele, auf denen magische Polster haften«, sagte der Steuermann. »Die saugen uns an den Kai. Dann brauchen wir keine Leinen.«

»Aber ihr hattet Leinen.«

»Die meisten Paneele sind beschädigt, nur das mittlere geht noch. Also müssen wir Heck- und Bugleinen benutzen.«

»Wie lange haben wir?«, fragte Zordura.

»Keine Ahnung. Ich arbeite daran«, sagte er.

Zordura klopfte Idobaal auf die Schulter und streifte seinen Flügel. »Denk übrigens nicht mal daran, uns reinzulegen«, sagte sie.

Der Steuermann nickte, dann gähnte er, was in Ardoas nicht das geringste Gefühl des Vertrauens weckte.

Wieder ging ein Ruck durchs Schiff, ein Stück bewegte es sich, haftete aber immer noch am Kai.

»Macht euch bereit!«, rief Zordura nach unten. Sie wandte sich an Ardoas. »Du auch! Lasst sie nicht an Bord!«

Ardoas lief über die Treppe nach unten zu den anderen. Sie hatten sich entlang des Schanzkleides aufgestellt.

Die Erluniden waren da und schossen mit Armbrüsten Bolzen zu ihnen herauf. Jerudana und Ardoas gingen nebeneinander in Deckung.

Unten auf dem Kai wurden Befehle gebrüllt, und als der Beschuss aufhörte, wagten Jerudana und Ardoas es, den Kopf zu heben. Der Kapitän wies seine Leute an, die Laufplanke aufzurichten. Es war die reine Verzweiflung, denn niemand hätte Ardoas und die Seinen daran hindern können, die Planke ein weiteres Mal von Bord zu stoßen.

Ardoas erblickte Larnsul. Er stand inmitten der Erluniden. Mit fuchtelnden Gesten gab er Befehle. Die ersten Armbrustschützen legten wieder an, und Ardoas und Jerudana gingen erneut in Deckung. Bolzen flogen über sie hinweg. Ein Knall ertönte, und Flammen schossen schräg übers Schiff, trafen den Mast und vergingen. Wären die Segel gesetzt gewesen, hätten sie sicherlich Feuer gefangen. Ein weiterer Knall, und mit einem Blitzen traf etwas das Schanzkleid; Holzsplitter stoben neben ihnen in die Luft.

Ein weiterer Ruck ging durch das Schiff, und diesmal schwebte es vom Kai fort und gewann unter den Flüchen der Erluniden an Höhe. Die Feinde machten sich nicht einmal die Mühe, ihnen noch Bolzen nachzuschießen. Sie standen einfach nur da und konnten offenbar nicht fassen, dass ihr Plan, Ardoas zu töten, in jeglicher Hinsicht gescheitert war.

Auf dem Weg durchs Tal standen Ardoas und Jerudana mit Zordura am Bug und schauten voraus. Zordura äußerte die Hoffnung, dass der Schattenadel sein Versprechen hielt und den Hafenmeister davon überzeugt hatte, dass man ihnen zu dieser Stunde das Südtor öffnete.

Mit einem Grinsen sagte Jerudana: »Du bist eine richtige Gaunerin, Zordura.«

»Es ist nicht das erste Mal, dass ich in der Fremde unterwegs bin. Die Gier und der Neid sind in diesen Gefilden mächtige Verbündete.«

Sie spähten in die Nacht hinaus. Ardoas' Blick wurde immer wieder an den Rand des Tales gezogen, wo im Schein von Lichtsteinen die Achaeluner Flotte lag.

»Traust du ihm?«, fragte Jerudana Zordura und schaute übers ganze Schiff zu dem Steuermann zurück.

»Wenn wir ihn gut behandeln, wird er auf unserer Seite stehen. Aber wer weiß, was er tut, wenn andere ihm nette Versprechungen machen? Ich würde ihn jedenfalls nicht alleine an Land lassen.«

Langsam näherten sie sich der Südpforte von Achaelun, die ebenso gewaltig war wie die Ostpforte, durch die sie in die Stadt gelangt waren. Ein riesiger gemauerter Torbogen wölbte sich über die Schlucht. Er stand in einem bläulichen Schein, der wenig preisgab, aber Ardoas spürte, dass der Bogen die Magie zurückhielt. Sie verteilte sich über die magische Kuppel, die sich über den Talkessel spannte.

Während sie sich näherten, bemühte sich Ardoas, irgendjemanden zu erkennen, doch da war niemand. Die Pforte war offen, obwohl sie in der Nacht hätte geschlossen sein sollen. Während sie durch den Torbogen flogen und dabei die mächtigen Mauern bewunderten, erhoben sie sich und gingen nach hinten zum Achterdeck hinauf, wo Idobaal das Ruder ruhig hielt und die Hand vom Flugstein löste. Die Magie schien selbst ihren Weg zu nehmen.

Hinter dem Schiff brummte es, und ein flimmernder Schatten schob sich aus dem Torbogen. Die Pforte hatte sich geschlossen.

»Wohin, Kapitänin?«, fragte Idobaal Zordura lächelnd.

»Ich dachte, *du* wolltest Kapitän sein.«

»Hab's mir anders überlegt. Zu viele Verpflichtungen!«

Zordura lachte. »Nach Beranuch!«

Idobaal nickte. »Ich werde an Höhe gewinnen. Die Segel brauchen wir erst mal nicht zu setzen. Das Schiff ist noch stark.« Er erklärte, dass sie mit Segeln Kraft sparen konnten. »Bei gutem Wind könnte das Schiff sogar mehr Magie aus der Welt ziehen, als es verbraucht. Falls ihr euch Sorgen macht, dass sie uns verfolgen, können wir die Segel natürlich setzen – sofern ihr das bei Nacht vermögt.«

»Wir können nicht einmal bei Tag Segel setzen«, erwiderte Zordura. »Wir haben keine Ahnung von Schiffen.«

»Und ihr kapert eins?«, entgegnete Idobaal und schüttelte dann den Kopf. »Macht nichts! Morgen zeige ich euch, wie man die verschiedenen Segel setzt.«

Zordura wirkte zufrieden, Jerudana war erleichtert, dass sie zumindest eine Person an Bord hatten, die etwas von dem Handwerk verstand. Ardoas fragte sich indes, welche Pläne Zordura verfolgte. Seine Tante führte sie unter Deck, wo die anderen bereits Kajüten bezogen hatten. Für Zordura war die Hauptkammer gedacht, Jerudana und Ardoas teilten sich eine Kabine, direkt nebenan.

Als sie die große Kammer betraten, überkam Ardoas ein Gefühl der Vertrautheit. Er sah den Kristall am Rand des Tisches. Die Kugel war in einen dicken Ring gelegt, damit sie nicht wegrollte, doch durch das Schwanken des Schiffes wäre beides beinahe herabgerutscht.

Hier hatte Ardoas Larnsul beobachtet. Der Magier war nicht in der Stadt gewesen, sondern auf diesem Schiff.

Jerudana kam dieser Moment ebenfalls vertraut vor. Sie schmunzelte. »Es ist das zweite Mal, dass wir Larnsul etwas wegnehmen, das er gestohlen hat.«

Zordura hob einige Briefe und andere Schreiben vom Boden und vom Tisch auf. »Und wieder hat er seine Schriften hinterlassen.«

Ardoas nahm Zorduras Kristall an sich. »Was machen wir nun damit, da wir gemeinsam reisen?«

»Ich werde ihn nehmen«, sagte Zordura. »Falls unsere Wege sich noch einmal trennen.« Sie durchwühlte die Papiere.

»Was suchst du?«, fragte Jerudana.

»Das hier«, sagte Zordura und zeigte einen aufgefalteten Brief. Sie las darin. »Ich habe die Kerle eine ganze Weile belauscht. Idobaal sagte mir, dass sie in Bemileath gewesen sind und dass sie da *unschöne* Dinge gemacht haben. Als ich den Kapitän und einige seiner Leute belauschen konnte, erfuhr ich, dass sie einen Auftrag bekommen haben, wenn *die Sache* – damit seid ihr gemeint – erledigt ist. Einen genauen Befehl werde man ihnen noch geben.«

»Und das ist der Befehl?«, fragte Ardoas.

Zordura nickte. »Der Kapitän und seine Leute sollen den

Händler Kelbiras Berlenyr töten – weil er sie verraten hat. Zu der Belohnung, die sie für ihren Auftrag in Bemileath erhalten haben, bekommen sie noch einmal viertausend Belraunische Taler. Der Händler soll in Süd-Belraun Handelshäuser betreiben.«

»Ein Händler, der die Erluniden verraten hat!«, sagte Ardoas genüsslich.

DALUDREDS TAGEBUCH III

17. Renowain 3490

Seit sie in Lyscalon waren, ist nichts wie zuvor. Mitzuerleben, wie Njeldred in Todesgefahr schwebte, war zu viel für mich. Ich habe mich tagelang nicht in Jerudanas und Ardoas' Sinne gewagt und mich stattdessen mit Merudoas im Stabkampf erprobt. Als ich mich beruhigt hatte und wieder ihre Nähe suchte, habe ich erfahren, dass Yeraidena schwanger ist. Wenn alles gut geht, werde ich Großvater. Voller Sorge habe ich meine Vertrauten nach Achaelun begleitet, und voller Erleichterung verlasse ich es mit ihnen – an der Seite Zorduras.

Nun sind sie auf der Beremuul auf dem Weg nach Süden. Sie befürchten, dass Larnsul, sobald er ein neues Schiff hat, sich daranmachen wird, den Händler Kelbiras Berlenyr zu töten. Nun treibt mich die Neugier dazu, immer wieder ihre Nähe zu suchen, doch ich scheitere wie an Klippen. Heute ist Ardoas' Geburtstag, und ich komme nicht an ihn und die anderen heran, weil erst Zeit vergehen muss, ehe ich die Dinge sehe. In all meiner Sehnsucht will ich zu viel, aber ich zweifle nicht daran, dass meine Vertrauten diesen Tag feiern werden.

24. Renowain 3490

Die Spur des Händlers hat meine Vertrauten nach Süden in das Königreich Belraun geführt. Hier betreibt Kelbiras Berlenyr einige Handelshäuser unter seinem roten Banner. Dank Jerudanas und Zorduras Geschick, sich in Städten zu bewegen, haben sie schnell herausgefunden, wo Kelbiras Berlenyr lebt. Und so ist nun die Stadt Elruar, die Hauptstadt des gleichnamigen Königreichs, ihr Ziel. Unsere Hoffnung ist nun, dass die Erluniden nicht zu schnell aus Achaelun fortgekommen sind. Es ist ein Wettlauf.

30. Renowain 3490

Elruar – die Hauptstadt des Elruardischen Reiches ist auf welligem Grund erbaut und erstreckt sich durch ein lang gezogenes Tal. Hier wohnt Kelbiras Berlenyr, doch es ist nicht leicht, an ihn heranzukommen. Er empfängt keine Gäste auf seinem großzügigen Anwesen und ist an keinen neuen Handelsbeziehungen interessiert.
Meine Vertrauten bereiten nun einen Einbruch auf das Anwesen vor. Die Jüngeren – auch Ardoas – sind verwundert, dass Jerudana und die anderen so bereitwillig einen solchen Schritt wagen. Mich erinnert es an all die zurückliegenden Abenteuer, die Jerudana mit Obureen, Golweda, Burrid und früher auch mit Tarnabias erlebte. Zwischen Zuversicht und Sorge schwankend, erwarte ich, was meine Vertrauten auf dem Anwesen des Händlers finden.

DER HÄNDLER VON ELRUAR

Wieder einmal konnte Kelbiras Berlenyr nicht schlafen. Seine Frau – Ithaunje – hatte ihm nur widerwillig ihre Schwingen und dann ihre Arme geöffnet und ihn fortgelassen. Er hatte noch einmal nach den Kindern gesehen. Uthoabar, Theraunja und Murbelu schliefen so fest wie immer.

Er selbst begab sich hinab in die hintere Stube und schaute durch das Glasfenster neben der Doppeltür in den finsteren Garten hinaus. Dass seine Wachen dort draußen patrouillierten, konnte ihn nicht beruhigen. Jede Nacht erwartete er den Angriff seiner ehemaligen Verbündeten.

Die Erluniden hatten ihm Macht beschert, doch mit dem Kontakt zu Niadaris hatte sich alles verändert. Erlun hatte ihn zu ihr geschickt, und er war nicht wie die anderen zusammengebrochen, als sie unter dem Zwang der erlunidischen Magie ihre Visionen mit ihm teilte. Er hatte Erlun die richtigen Weissagungen geliefert, denn er wusste, wann Niadaris es ehrlich meinte.

Damals bei den Erluniden war er Caluon Yelenfurt gewesen. Doch dieser Name gehörte in ein anderes Leben, zu einer Person, die kaum etwas mit dem Menschen gemein hatte, der er nun war. Ithaunje wusste alles und hatte ihn nicht verurteilt. Sie hatten in Belraun rivalisierende Handelshäuser gehabt, waren dann zu Verbündeten geworden und schließlich zu Geliebten.

In Gedanken an die vergangenen Jahre wurde er eines Glimmens gewahr. Draußen im Garten blitzte es, dann war es wieder dunkel. Ein magischer Hauch drang bis zu ihm herein. Der Zauber, der da draußen wirkte, erinnerte ihn an die Kampfzauber, die er nie gemeistert hatte.

Die Erluniden – sie hatten ihn gefunden.

Kelbiras verließ die Stube, lief den Gang entlang und vernahm von draußen einen Schmerzensschrei, der gurgelnd zu Ende ging. Er riss die Tür zum Schlafzimmer auf und erschreckte damit Ithaunje. »Sie sind hier«, sagte er und nahm sein altes Schwert aus dem Schrank. »Hol die Kinder! Bring sie ins Versteck!« Er hatte diese Nacht unzählige Male in Gedanken durchlebt, und Ithaunje lief los, als hätte sie ebenfalls auf diesen Augenblick gewartet.

Aus einer Truhe holte er im Halbdunkel eines Lichtsteins die Zauberringe hervor und steckte sie sich an die Finger. Für die Rüstung blieb keine Zeit.

Kaum hatte er das Zimmer verlassen, schallte ein lauter Knall durchs Erdgeschoss. Die Haustür war aufgebrochen. Hastig lief Kelbiras die Treppe hinauf. Die Tür zum Kinderzimmer stand offen, auf dem Gang lief Ithaunje mit Murbelu auf dem Arm und Uthoabar an der Hand. Theraunja rannte vor ihnen in die Bibliothek.

Kelbiras lief hinterher, während er Schritte hörte, die unten auf dem Steinboden hallten. Er betrat die Bibliothek, schloss sofort die Tür und schob die beiden schweren Riegel vor. Die Tür gegenüber, die zur erhöhten Terrasse führte, war verriegelt, die Fensterläden geschlossen und mit Haken verbunden, sodass man sie nicht aufziehen konnte. Die Leuchtsteine, die an den Deckenbalken hafteten, spendeten schwaches Licht.

»Kelbiras«, flüsterte Ithaunje ihm durch die offen stehende Geheimtür zu.

»Bleibt dort!«, sagte er leise.

Sie schüttelte den Kopf. »Nicht ohne dich.«

»Ich sorge dafür, dass sie nicht nach euch suchen.«

Mit verzweifelter Miene schüttelte Ithaunje den Kopf, dann aber nickte sie. Er schaute in das Versteck hinein. Die Kinder blickten ihn mit ängstlichen Augen an, und ihre kleinen Flügel zitterten.

»Ihr müsst leise sein«, sagte er. »Dann wird alles gut.« Er hoffte, dass die Worte seine Angst verbargen. Er umarmte Ithaunje, dann küsste er sie. Unter Tränen schloss seine Frau die Tür, und er hörte, wie sie den Balken vorlegte.

Er wandte sich ab, holte aus dem gegenüberliegenden Schrank seinen Schild und vernahm dabei von draußen Hacklaute und Schreie. Ein Knall und ein Windzug, und er schützte sich mit seinem Schild vor den Splittern der Tür, die ihm mit einem magischen Schwall entgegenschossen.

Ein Bewaffneter kam ihm durch den Dunst entgegen, und Kelbiras empfing ihn, indem er ihm mit dem Schild einen Stoß versetzte. Einem zweiten, der hereinsprang, begegnete er mit der Klinge und stach ihm in die Schulter. Während der Verletzte zurückwich, trat ein weiterer Mann herein. An all den Ringen war er als erlunidischer Magier zu erkennen.

Kelbiras wehrte einen Angriff des ersten Mannes zur Seite ab, dann packte er das Schwert fester. Statt damit zuschlagen, ließ er Magie aus seiner Faust schießen. Der Stoß erfasste den Zauberer und warf ihn gegen den Türrahmen.

Vor einem Hieb des ersten Erluniden wich Kelbiras zurück, versetzte ihm einen Schlag mit dem Schild und stieß ihm dann die Klinge in den Leib.

Da traf ihn ein magischer Schlag an der Schulter und warf ihn rückwärts zu Boden. Einem Schwerthieb entging er, indem er den Schild hochriss. Ein Tritt traf seinen Arm, und ihm entglitt das Schwert. Er ballte die Faust, um einen Stoßzauber zu wirken, doch als er die Schwertspitze an seiner Kehle spürte, öffnete er die Hand wieder und starrte in die blasse Miene seines Widersachers. Schmerz und Wut standen ihm ins Gesicht geschrieben.

Der Magier baute sich neben ihm auf. Kelbiras kannte ihn nicht. Er war zu jung, als dass er ihn damals bei den Erluniden hätte kennenlernen können. »Du bist also Caluon«, sagte er. »Man sagte uns, du seist gefährlich.«

Kelbiras fragte sich, ob der Magier für seine Beeinflussung empfänglich war, richtete seinen Zauber aber gegen den Schwertkämpfer. Er wollte ihn lediglich daran hindern, ihn zu töten. Der Krieger war wie ein offenes Buch. Er würde nicht zustoßen. Der andere, der an der Seite des Magiers stand, war ebenfalls leicht zu beeinflussen. »Wir könnten ihn am Leben lassen«, sagte er.

»Nein«, erwiderte der Magier. »Tötet ihn!«

Die Krieger rührten sich nicht. Während sie verwirrte Mienen machten und der eine sogar sein Schwert zurückzog, wandte Kelbiras seinen Zauber gegen den Anführer. Früher hätte der Magier seinen Zauber einfach von sich abperlen lassen. Doch nun bedurfte es Geschicks und Kraft, um sich seines Einflusses zu widersetzen. Erlun war ihm ein guter Lehrmeister gewesen.

»Du musst das nicht tun«, sagte Kelbiras und ließ seinen Zauber wie einen Duft zu dem Magier hinüberwehen.

»Ich werde dich nicht laufen lassen«, sagte der Magier und machte eine wegwischende Geste, und die Kontrolle über die beiden Bewaffneten entglitt Kelbiras.

»Tötet ihn!«, rief der Anführer. Ein Wimmern lenkte seinen Blick zur Seite. Er hob die Hand, und die Bewaffneten hielten inne. »Deine Familie«, sagte der Magier. »Nun, du stirbst in der Gewissheit, dass auch sie verloren sind.«

Ruckartig hob Kelbiras den Schild und richtete darunter zugleich seine Faust den Beinen seiner Feinde entgegen. Er setzte zu einem Stoß an, da traf ihn etwas in der Schulter, aber dennoch entfesselte er seinen Zauber, und die drei Männer gingen zu Boden.

Die Geheimtür öffnete sich, und Ithaunje spähte heraus. Ihre resignierte Miene verwandelte sich in eine erstaunte. Sie winkte ihn zu sich, und er richtete sich auf und lief ihr entgegen. Etwas traf ihn im Rücken, doch er stolperte durch die Geheimtür, und Ithaunje schloss sie sofort hinter ihm und stemmte sich dagegen. Obwohl sein Rücken brannte, warf Kelbiras sich ebenfalls gegen die Tür. Ithaunje hob den Balken vom Boden auf, legte ihn auf die Halterungen und versperrte damit den Weg zu ihnen.

Schweigend und mit unruhigen Mienen schauten ihre Kinder Kelbiras an. »Sie kommen nicht herein«, sagte er und wusste, dass diese Worte nur dann eine andauernde Bedeutung haben würden, falls sie überlebten.

Von draußen drangen mit einem Mal Flüche, Schmerzensschreie und Hacklaute zu ihnen hindurch.

»Rückzug!«, rief der Magier, und es wurde von einem Augenblick zum anderen still.

Kelbiras traute der Ruhe nicht. Stimmen erhoben sich dort draußen. Ein Klopfen an der Geheimtür klang so, als würde jemand um Einlass bitten, doch es war ein Abklopfen – mal hier und mal dort. »Eine Tür«, sagte eine klare Stimme. »Dahinter muss er sich gerettet haben.« Er kannte diese Stimme. Sie war gereift und wirkte entspannter als damals. »Wir können Euch und Eure Familie beschützen«, sagte sie, an ihn gewandt.

»Wer ist das?«, fragte Ithaunje flüsternd.

»Die Rettung«, sagte Kelbiras leise und war bereit, Jerudanas Rache auf sich zu nehmen, wenn sie seiner Familie Schutz bot.

Jerudana wusste, dass dort jemand war. Gerade hatte sich etwas im Inneren gerührt, da kam Ardoas herein, mit einem Kratzer auf der Wange, das blutige Schwert in der Hand. »Die Erluniden sind auf der Flucht«, sagte er und blickte auf den toten Magier, der am Boden lag.

»Hört ihr?«, rief Jerudana. »Eure Peiniger sind fort. Wir sind gekommen, um euch zu unterstützen.«

»Wir kommen raus!«, sagte eine gedämpfte Stimme. »Aber Ihr schwört, dass meine Familie verschont wird!«

»Wir versprechen es«, sagte sie.

Es rappelte an der Wand, und nach einem Augenblick der

Stille öffnete sich die Geheimtür nach innen, und ein groß gewachsener Mann trat zu ihnen heraus. Ardoas vermutete, dass es der Händler war, während Jerudana ihn sofort erkannte. Das blonde Haar von einst war ergraut, aber immer noch so dicht wie früher. Sein Körper hatte an Fülle gewonnen. »Caluon«, sagte sie. »*Du* bist Kelbiras Berlenyr!« Sie schüttelte den Kopf und verspürte Wut.

Ardoas schaute zwischen Jerudana und Zordura hin und her. Seine Tante musterte Caluon von oben bis unten.

»Ich sollte dich sofort töten«, sagte Jerudana.

»Du kommst zu spät«, entgegnete er. »Der Caluon, den du gekannt hast – er ist bereits tot.«

Sie ballte die eine Hand zur Faust, mit der anderen hob sie ihr Schwert, und hätte ihr Blick nicht Ardoas besorgte Miene gestreift, sie hätte Caluon niedergestreckt. So senkte sie die Klinge und sagte: »Du hast uns damals verraten!«

»Für mich war kein Platz in Beskadur. Und die Yaskandriden hätte ich nie zu den Höhen führen können, wie Zarelunda es getan hat. Es war gut, dass ich aus dem Spiel war. So konntet ihr euch entfalten.«

Durch die Geheimtür erschien eine Belraune mit drei Kindern, die ängstlich zu ihnen herausschauten. Die Kleinste, sie mochte etwa drei Jahre alt sein, blickte auf die Toten im Zimmer, hatte dann aber – wie ihre Geschwister – nur noch Augen für Jerudana, Ardoas und Zordura.

»Du hast versprochen, meine Familie zu verschonen«, sagte Caluon. Mit leidender Miene schaute er zwischen Jerudana und Ardoas hin und her.

Jerudana wandte sich an Zordura. »Richtet er seine Gabe gegen mich?«

»Nein. Seine Magie ruht«, sagte Zordura.

Ithaunje Berlenyr trat neben Caluon. »Was muss ich tun, damit ihr sein Leben schont? Wir brauchen ihn.«

Ithaunjes Stimme war so sanft, dass Jerudanas Wut sich mit einem Schlag in Verzweiflung verwandelte. »All die Jahre habe ich gedacht, wir würden dich bei den Erluniden finden.« Voller Zweifel schaute sie zu Ardoas und dachte an Daludred und seine Sicht auf all das Übel der Vergangenheit, das zu allem Guten in der Gegenwart beigetragen hatte. Sie hielt die Tränen nicht zurück und sagte: »Erzähl uns alles, was du weißt. Das ist der Preis für das Glück deiner Familie.«

Kelbiras nickte.

Auf dem Gang ertönten Schritte. Obureen kam mit Njeldred und Yeraidena zu ihnen. »Die Hauswachen sind auf dem Weg hierher«, sagte Yeraidena. »Ein Teil von ihnen hat das Gelände verlassen – garantiert, um die Garde zu holen.«

Schon hörten sie Kelbiras' Leute auf dem Gang. Eine Hauptfrau trat mit gezogenem Schwert und von zwei Wachen gefolgt ein. Kelbiras hob sofort die Hand. »Schon gut!«, sagte er. »Diese Leute haben uns gerettet.«

»Ich wollte nur sichergehen«, sagte die Hauptfrau und wies dann zu der Doppeltür gegenüber. »Dann gehört das Flugschiff da draußen euch?«

»So ist es«, antwortete Jerudana.

»Kommt!«, sagte Kelbiras. »Wir müssen reden.« Er umarmte seine Frau, flüsterte ihr etwas zu, dann drückte er seine Kinder an sich und flüsterte: »Ich habe euch gesagt, dass sie nicht zu uns hereinkommen.«

»Aber warum ist die Frau böse auf dich?«, fragte der Junge, der sicherlich nicht älter als acht war.

»Das ist meine Cousine«, antwortete Caluon.

»Jerudana?«, fragte die große Tochter, die zehn oder elf Jahre alt sein mochte.

»Ja, das ist Jerudana. Und alles, was ich euch über sie erzählt habe, ist wahr.«

Nachdem Zordura Kelbiras Wunden geheilt hatte, erschien die Stadtgarde auf dem Anwesen, und Kelbiras erklärte ihnen an der zertrümmerten Haustür, dass Jerudana, Ardoas und die anderen seine Verbündeten seien und sich Meuchelmörder in der Stadt befänden. Zordura nannte die Unterkunft ihrer Angreifer und erklärte, mit welchem Schiff sie angekommen waren. »Wir haben ihren Weg hierher verfolgt und sind gerade noch rechtzeitig eingetroffen«, sagte sie.

Die Stadtwachen wirkten zufrieden und ließen einen Wachtrupp auf dem Anwesen zurück. Kelbiras' Hausgarde kümmerte sich um die Getöteten; sie legten die Leichen in der Nähe des Hintereingangs ab. Die Bediensteten begannen mit Putzen und Reparaturen, während Ithaunje sich mit den Kindern ins Obergeschoss zurückzog.

Kelbiras führte Jerudana, Ardoas und Zordura in eine Stube, durch deren eingeschlagene Fenster sich ein Blick in den nächtlichen Garten bot. Dort leuchteten nur einige wenige Lichtsteine und ließen die patrouillierenden Wachen wie Schattenwesen erscheinen.

Kelbiras schaute immer wieder zur Decke.

»Du willst da oben bei deinen Kindern sein«, sagte Zordura, während Jerudana ihn nur anstarrte und darauf wartete, dass er sich endlich erklärte.

»Ja«, antwortete er, und nach langem Schweigen sagte er: »Das da oben ist *meine* Wiedergeburt.« Er schaute Ardoas an. »Anders als du erinnere ich mich an mein früheres Leben. Und ich bin bereit, euch alles zu sagen, damit ich dieses neue Leben weiterführen kann.«

»Auch damit kannst du nicht wiedergutmachen, was du uns angetan hast«, sagte Jerudana. »Meinem Vater, mir – uns allen.« Sie richtete ihren Blick auf Ardoas. »Und doch. Was hätte sich geändert, wärst du geblieben?«

»Ich weiß es«, sagte Caluon. »Niadaris zeigte es mir.«

»Du warst bei ihr?«, fragte Ardoas verblüfft.

»Bei Erlun lernte ich mehr als je zuvor in meinem Leben und stieg durch die Ränge der Magier auf. Aber es verging kein Tag, an dem ich nicht dachte: *Jerudana würde sich über diese Männer lustig machen.* Sie sind wie Reisende der Zeit – als wären sie in Märchengrotten gewesen und hätten Jahrtausende übersprungen. Erlun wollte, dass ich meine Gabe einsetzte, um Niadaris' Gunst zu gewinnen.«

»Dazu bist du fähig?«

»Die Kraft hätten mir die magischen Quellen beschert, derer sich die Erluniden bedienen, aber statt Niadaris' Gunst zu gewinnen, gewann sie meine.«

»Niadaris erschien dir als Frau?«

»Sie sagte mir, dass sie eine Yelanide sei und seit ihrer Gefangennahme nahe dem Weiblichen verweile. Sie müsse das Spiel der Erluniden spielen, um am Ende zu gewinnen. Als ich mit meiner Magie Zwang auf sie ausüben sollte, brachte ich es nicht übers Herz. Niadaris ist arglos. So etwas hat mich früher nie berührt, aber sie so zu sehen erweckte etwas in mir. Sie zeigte mir die Dinge, auf die die Erluniden aus waren, aber mit Wendungen, als würde sie immer das preisgeben, was uns abseits von Beskadur und Ardoas Erfolg brachte. Sie zeigte mir mit der Zeit andere Wege durch mein Leben. Und keiner führte hierher. Hätte ich alles richtig gemacht, wärst du Daludred und Ardoas nie begegnet.«

»Das heißt, Niadaris hat dir tatsächlich andere Pfade des Schicksals gezeigt?«, fragte Zordura.

»Es waren Möglichkeiten, die mir das Gefühl vermittelten, genau an der richtigen Stelle dieser Welt zu sein. Ich verspürte Mitleid mit ihr und wollte sie befreien und mit ihr fliehen, ehe Erlun meine Zweifel entdeckte. Aber sie sagte: ›*Alle Pfade führen in den Tod, wenn ich mich nun bewege.*‹ Sie sagte mir, ich solle fliehen und in den Belraunenreichen mein Glück suchen. Ich solle leben und doch wiedergeboren werden. Also machte ich mich ohne sie davon. Das war vor neunzehn Jahren.«

»Also vor dem Angriff der Erluniden auf Beskadur«, sagte Obureen.

Caluon stutzte. Er schien nichts von dem Angriff zu wissen. »Ich hatte mich unentbehrlich gemacht und meine Rivalen ans

Messer geliefert«, sagte er. »Ohne mich kamen sie sicherlich nur schwer an Niadaris heran. Vielleicht entschieden sie sich deswegen für einen Kraftakt.«

»Aber warum bist du nicht zu uns gekommen?«, fragte Jerudana. »Du hättest uns einen Boten schicken können.«

»Niadaris sagte, ich solle mich nicht bemerkbar machen – auch nicht für euch. Und genau das habe ich getan.«

»Du weißt also, wo Niadaris ist«, sagte Jerudana.

Kelbiras nickte. »Sie halten sie in der Stadt Tasraan gefangen – weit nördlich in der Wildnis von Vrabieel. Eine reiche Stadt abseits der üblichen Flugrouten.«

Ardoas rollte das Gemälde auf, das die Stadt aus seiner Vision zeigte.

Kelbiras nickte wiederum. »Diese Stadt ließ mich Niadaris durch ihre Augen sehen. So sah Tasraan einst aus, doch die Stadt wurde weitgehend zerstört und neu errichtet. Auch die Erluniden erlitten Niederlagen. Sie sind mächtig in Tasraan, aber sie beeinflussen das Geschehen nur, sie treten nicht offen als Herrscher auf.«

»Ich habe noch nie von Tasraan gehört«, sagte Zordura, und auch Ardoas und Jerudana wussten nichts darüber.

»Die Stadt liegt jenseits der Orte, die ioderische und belraunische Schiffe anfliegen würden. Aber sind die Waren erst einmal in Vrabieel, finden sie ihren Weg auch nach Tasraan. Die Piraten umgehen die üblichen Städte und machen dort gerne ihre zwielichtigen Geschäfte. Die Erluniden verbergen sich hinter der Fassade des Handelshauses Bulvedes. Nach außen hin wirkt Tasraan wie eine leicht verdorbene Handelsstadt. Nur basiert sie nicht auf einer Verbrechensfestung oder auf einer raveelischen Siedlung. Diese dunklen Steine stammen aus einer untergegangenen Kultur von Drachenwesen. Es heißt, ein leibhaftiger Drache habe dort gehaust und die Drachenwesen hätten ihn verehrt. Später zogen Siedler ein, und ein Fürstentum entstand. Der alte Drachentempel wurde zum Fürstenpalast, und heute gehört er den Erluniden.«

»Ein Drachentempel«, sagte Zordura. »Erluns Magie beruht auf Drachenmagie.«

»Dort ist Niadaris in ein magisches Geflecht gebettet«, sagte Kelbiras. »Der ganze Ort ist nur dazu da, Niadaris in einem Bann zu halten und ihren Orakelblick auszubeuten.«

»Und es ist niemandem aufgefallen?«, fragte Jerudana.

»Nein. Ihr Anwesen hat verschiedene Bezirke. In den äußeren Bereichen weiß niemand von den Erluniden. Leute arbeiten da seit Jahrzehnten und ahnen nichts. Und die Bediensteten in der Burg zählen zur Gemeinschaft. Es gibt Schicht um Schicht, die Erlun schützt. Erst im Fels unter der Burg hängen die Drachenbanner an den Wänden, und alles offenbart sich.«

»Und weißt du, was sie von mir wollen?«, fragte Ardoas.

»Ich weiß, dass Erlun in Beskadur gegen Naromee kämpfte und dort starb.« Kelbiras schaute zu Ardoas. »Und wie du wurde er wiedergeboren.«

Ardoas tauschte verwunderte Blicke mit Jerudana und Zordura. »Als Mensch?«

»Ja. Er sagt, alle Wesen werden wiedergeboren, doch nur wenige wüssten es. Einige der Erluniden können Erluns Seele erkennen. Wenn er stirbt, gehen sie auf die Suche, finden ihn und behüten ihn, bis seine Erinnerung zurückkehrt.«

»Hast du miterlebt, dass er wiedergeboren wurde?«

»Nein. Erlun ist zu vorsichtig, und er hält sich mit seiner Magie jung – ähnlich wie Xomuna in Yerebal.«

Zordura stutzte. »Was nur ist in Beskadur geschehen?«

»Meine Vermutung ist, dass die Zeremonie Erluns Seele in neuen Inkarnationen sichtbar macht«, sagte Kelbiras. »Deswegen können die Erluniden ihn erkennen.« Er erzählte von Sagen, in denen heldenhafte Erluniden ihren Meister aufspürten und nach Tasraan brachten.

»Mein Bruder und meine Schwägerin vermögen Naromees Seele zu erkennen«, sagte Zordura. »Was, wenn genau das, was Erlun geschah, auch Naromee geschehen ist? Was, wenn Erluns Errungenschaft auch seine Feindin erfasste?«

Kelbiras nickte; Jerudana und Ardoas staunten.

»Deswegen weiß er es«, sagte Zordura. »Weil es ihm selbst geschieht.«

»Nur scheint die Erinnerung bei ihm leichter durchzubrechen«, sagte Caluon.

»Vielleicht war er der Macht, die damals in Beskadur wirkte, länger ausgesetzt als Naromee.« Zordura schüttelte lächelnd den Kopf. »Danke, Caluon!«, sagte sie.

»Bitte nenn mich nicht so. Caluon lebt nur noch in Erinnerungen – und in Gefühlen von Schuld und Scham.«

Jerudana schüttelte den Kopf. »Was hat Niadaris mit dir gemacht?«, fragte sie. »Ich erkenne dich nicht wieder.«

»Sie hat auf den Grund meines Wesens geblickt und alles, was mich gefangen hielt, zum Einsturz gebracht. Ich ging zu den Erluniden, weil ich dort mich selbst finden wollte, aber ich fand mich erst, als ich bei *ihr* war.« Er schaute in die Runde. »Sofern ihr es zulasst, werde ich mit meiner Familie fortgehen – untertauchen und ein weiteres neues Leben beginnen, noch weiter abseits des Geschehens.«

Jerudana schüttelte den Kopf. »Du wirst keine Ruhe haben vor ihnen«, sagte Jerudana. »Wenn sie auf die Idee kommen, ein Kopfgeld auf dich und deine Familie auszusetzen, seid ihr des Todes.«

»Wäre das so schlimm für dich?«

»Um den Mann, der Caluon war, würde es mir nicht leidtun, wohl aber um die Enkelkinder meiner Tante, um den Neffen und die Nichten meiner Cousine.«

»Was soll ich also tun?«, fragte Kelbiras.

Jerudana schaute Ardoas fragend an. Er nickte und sagte: »Hilf uns, die Erluniden ein für alle Mal zu besiegen. Denn diese Gelegenheit kommt vielleicht nie wieder.«

»Ihr werdet es nicht bereuen«, sagte Kelbiras.

»Falls ich es doch bereuen sollte, dann werde ich dich töten«, erwiderte Jerudana. »Das weißt du.«

»Wenn ich dich enttäusche, dann tue es, aber schone Ithaunje und die Kinder. Sage es ihnen nicht. Tu es, ohne sie wissen zu lassen, dass du es warst.«

Jerudana nickte. »*Sollte* ich es bereuen«, wiederholte sie. »Nur weil mein Leben nicht an deinem Verrat zerbrach und wir jeden Rückhalt gebrauchen können – nur deswegen bin ich bereit, deine Hilfe anzunehmen.«

Jerudana lag wach im Bett in ihrer Kabine. Sie bemühte sich, das Schluchzen zu unterdrücken, doch Ardoas erwachte und hörte sie. Sie drückte sich an seinen nackten Körper. »Ich werde es nicht los«, sagte sie. »Ich muss immer an Daludreds Sicht denken. Ohne Caluons Verrat hättest du damals vielleicht überlebt, und all das, was du in dieser Inkarnation geworden bist, wäre nicht da. Kann ich wütend sein, dass du existierst? Dass meine Kinder so sind, wie sie sind? Es ist all das, was Daludred immer gesagt hat. Dass wir uns mit der Vergangenheit versöhnen müssen.«

Ardoas strich ihr über die Schulter, und ein Schauer durchfuhr sie. »Das sind zwei verschiedene Dinge«, sagte er. »Du kannst ihn verurteilen und dennoch die Dinge genießen, die aus dem Unglück damals erwuchsen.«

»Ich weiß nicht, ob ich seine Nähe ertrage.«

»Hat er sich denn wirklich so sehr verändert?«

»Er ist wie ein anderer Mensch. Ist es das, was uns alle in der Gegenwart von Niadaris erwartet? Ein schonungsloser Blick in unser Innerstes? Ich dachte immer, ich würde Caluon eines Tages gegenübertreten und er wäre dieser verwöhnte Bengel geblieben. Nun wirkt er erwachsen, bedacht und erfahren. Und doch kann ich ihm nicht verzeihen.«

»Weil er dich jahrelang gedemütigt hat, ohne je dafür zur Rechenschaft gezogen zu werden. Es ist leicht zu sagen: *Ich bin jetzt ein anderer,* und die Schuld abzulegen wie Kleidung, die einem nicht mehr gefällt. Und doch: Ich glaube ihm, dass er sich verändert hat und etwas fühlt, das früher nicht da war. Ich glaube, er ist ein guter Verbündeter.«

»Und ich bin bereit, mich mit ihm zu verbünden. Aber er soll nie wieder einen Fuß nach Beskadur setzen.«

Ardoas küsste sie ganz sanft auf die Lippen. »Ich kenne niemanden, der dem widersprechen würde.«

»Vor ein paar Jahren noch hätte ich ihn sofort getötet. Weißt du, was mich nun daran hinderte?«

»Seine Familie?«

»Du.«

Nach dem Frühstück, das sie gemeinsam mit der Familie im Esszimmer einnahmen, zogen sich Ithaunje und die Kinder zurück. Yeraidena und Njeldred musterten Kelbiras immer wieder. Sie wussten alles über ihren Onkel.

»Wie willst du uns also nun helfen?«, fragte Zordura.

»Indem ich euch Wissen über Tasraan mitgebe. Das Wichtigste ist wahrscheinlich, dass sie binnen kürzester Zeit Bewaffnete zusammenziehen können. Sie haben überall Kriegsboote in der Stadt, dann noch einige Schiffe direkt an der Burg. Und das war vor Jahren. Wer weiß, wie viele Schiffe sie heute haben.«

»Flugschiffe sind die Lösung«, sagte Zordura. »Mein Plan ist einfach: Wir spielen alle unsere Karten aus, nutzen jeden Gefallen, den man uns noch schuldet, rütteln die Mächtigen wach. Eine Flotte, die nach Tasraan zieht – aus Ioderon, Kynoris, Yaskandrien und aus Belraun.«

»Die Belraunenreiche werden sich nie darauf einlassen«, sagte Kelbiras. »Die anderen könnten ermuntert werden, wenn man sie an alte Zeiten erinnerte.« Kelbiras betrachtete Zordura lange. »Eine legendäre Elfenzauberin könnte den König von Ioderon überzeugen. Und wenn der sich bewegt, bewegen sich auch andere.«

»Du besitzt ebenfalls Schiffe«, sagte Zordura.

»Du willst, dass ich einen Krieg führe – als Händler?«

»Nicht nur ein Händler, sondern ein ehemaliger Söldner, der eine Schuld zu begleichen hat.«

»Meine Familie – was ist mit ihr?«

Zordura antwortete: »Du wirst sie nach Lyscalon bringen, wenn es so weit ist. Bis dahin rüstest du ein Schiff aus.«

»Sie werden mich im Auge behalten.«

Zordura nickte langsam. »Sie sollen dir zuschauen – und auch mir. Sie sollen zusehen, wie wir eine Flotte aufstellen. Diese wird gegen die Erluniden kämpfen, aber sie zugleich ablenken. Sie sollen glauben, dass wir ihnen auf die Schliche gekommen sind. Bevor wir losschlagen, schleichen sich unsere Leute in Tasraan ein.« Sie schaute zu Ardoas und Jerudana. »Ihr werdet das machen.«

Die Vorstellung, dass eine Flotte die Erluniden ablenkte, während sie versuchten, in die Burg vorzudringen, gefiel Jerudana. Aber sie war sich unsicher, ob so viel Unterstützung möglich war.

»Wenn ihr das Augenmerk auf mich legen wollt, dann überlasst mir die *Beremuul*«, sagte Kelbiras. »Sie werden dieses Schiff im Auge behalten, und das können wir ausnutzen. Ich werde den Eigentümer ausbezahlen, um das Schiff behalten zu dürfen. Euch gebe ich ein kleines Handelsschiff, mit dem ihr unbemerkt nach Lyscalon reisen könnt. So werden sie auf mich schauen und nicht auf euch.«

»Werden du und deine Familie sicher sein?«, fragte Ardoas.

Kelbiras machte ein verwundertes Gesicht. Jerudana musste lächeln. Dass Ardoas selbst für Kelbiras Mitgefühl empfand, rührte sie. Sie wünschte sich, sie wäre Kelbiras gegenüber zu solchen Gefühlen fähig. Der Gedanke an Ithaunje und die Kinder besänftigte sie. Sie wollte Ithaunje nicht den Gatten und den Kindern nicht den Vater nehmen.

Zögerlich erklärte Kelbiras, dass sie, um eine Streitmacht aufzustellen, viel ihres Besitzes aufgeben müssten. »Doch sich zu rüsten heißt auch, sich zu schützen. Und dann werde ich mich, meine Familie in Sicherheit wissend, mit der *Beremuul* in Gefahr begeben.«

Es dauerte drei Tage, bis Kelbiras bei Nacht ein kleines Langschiff auf das Anwesen bringen ließ. Die *Beremuul* blieb, wo sie war, an der Terrasse festgemacht, Kelbiras erhielt aber Kunde von dem Handelshaus Duremaun, dem das Schiff gehörte. Sie waren einverstanden, es ihm zu verkaufen. Wie viel er gezahlt hatte, wollte Kelbiras nicht preisgeben; er behauptete aber, dass die Belohnung, die sie für die Rückgabe der *Beremuul* erhalten hätten, genug gewesen wäre, ihm das kleine Handelsschiff abzukaufen. Zordura bezweifelte es, und als sie Idobaal fragten, lachte er so sehr, dass sich seine Flügel schüttelten. Sie saßen mit ihm im Garten auf einem Felsbrocken im Schatten einer Weide und sprachen über ihre Zukunft.

»Möchtest du bei der *Beremuul* bleiben?«, fragte Zordura. »Kelbiras würde dich übernehmen. Oder kommst du mit uns nach Lyscalon?«

»Lyscalon?«, sagte er mit großen Augen. »Eine schwere Entscheidung. Das Vertraute oder aber das Ersehnte.«

»Wir werden ein kleineres Schiff nehmen, mit dem wir nicht so sehr auffallen«, sagte Jerudana.

»Ich weiß, dass hier was Großes vorgeht. Schiffe von Piraten kapern, sie an mächtige Händler verkaufen und jetzt auch noch nach Lyscalon auf einem neuen Schiff.«

»Und? Bist du dabei?«, fragte Jerudana.

Idobaal grinste schief. »Ich bin dabei«, sagte er und lehnte sich gegen den Baumstamm.

Der Abschied von Kelbiras fiel Jerudana schwerer als erwartet. Sie hatte das Gefühl, noch nicht alles geklärt zu haben, aber sie wollte auch nicht mehr Zeit in seiner Nähe verbringen. Der Abschied von Ithaunje und den Kindern bescherte ihr ein Gefühl von Sorge. Sie wollte nicht, dass ihnen etwas zustieß.

»Wirst du zurechtkommen?«, fragte sie ihren Cousin.

Kelbiras nickte. »Unser Handelshaus hat viele Niederlassungen in den Bergen. Meine Familie wird sicher sein. Und ich auch.«

»Du scheinst von damals gelernt haben«, sagte Jerudana und musste lächeln. Schließlich hatte er früher mit seiner Leichtfertigkeit oft ihre Pläne verdorben. »Wäre es anders, hätten sie dich viel früher gefunden.«

»Ich bin froh, dass du hier warst«, sagte er leise. »Es tut mir leid, was ich getan habe. Du wirst sehen: Ich werde all das, was ich durch die Yaskandriden und vor allem durch dich gelernt habe, in die Tat umsetzen. Und am Ende, wenn alles vorbei ist, hoffe ich, ein wenig von dem wiedergutgemacht zu haben, was ich dir angetan habe.«

Jerudana nickte und reichte ihm die Hand.

Zögerlich nahm er sie an.

»Bis Tasraan, Kelbiras«, sagte sie.

»Pass auf dich auf«, erwiderte er.

Als sie an Bord des kleinen Handelsschiffes mit niedriger Reling und hochgezogenem Bug und Heck gingen, sagte Ardoas leise zu Jerudana: »Du hast vergessen, ihm zu sagen, dass du ihn nicht in Beskadur sehen willst.«

»Das musste ich ihm nicht sagen«, flüsterte sie.

Kelbiras' Kinder winkten ihnen zum Abschied. Während sich das Schiff von der Terrasse entfernte, nickte Jerudana Kelbiras zu. Er antwortete mit einem Lächeln. Sie konnte nicht zurücklächeln, aber sie konnte ihm winken. Mit einem Schwenk des Schiffes wandten sie sich von der Familie Berlenyr ab.

RÜCKKEHR NACH LYSCALON

Über den Ulascaal ins Königreich Ioderon zurückzukehren, brachte die Erinnerung an ihre Abreise zurück. Es war vor fünf Wochen gewesen, fühlte sich aber nach ihren Erlebnissen in den Belraunenreichen wie Monate an. Der Herbst hatte gerade begonnen und brachte noch einmal sonnige Tage, die sie lieber an Deck als in den engen Kajüten des kleinen Schiffes verbrachten.

Mit Zordura sprachen Ardoas und Jerudana viel über ihr Vorgehen in Lyscalon. Sie wollte sich um eine Audienz beim König bemühen, um ihn davon zu überzeugen, gegen die Erluniden vorzugehen. Solange der Angriff auf ihre Gemeinschaft in Lyscalon noch als Scham empfunden wurde, mochte der König ein offenes Ohr haben.

Jerudana rang sich endlich dazu durch, mit Yeraidena und Barudrosk darüber zu sprechen, ob sie an dem Kampf gegen die Erluniden teilnehmen sollten. Yeraidena gestand, dass sie sich beim Kampf in Elruar fremd in ihrem Körper gefühlt hatte. »Es war, als wäre ich immer wieder aus dem Gleichgewicht gekommen«, sagte sie.

»Du fürchtest, dass du, wenn es so weit ist, nicht mehr in der Lage sein wirst zu kämpfen.«

»Ja. Und deshalb die Frage: Wenn werden wir frühestens gegen die Erluniden losschlagen?«

Sie wandten sich an Zordura, die gerade Ardoas am Bug erklärte, wie er ihrem Kristall, den sie getauscht hatten, eine Botschaft anvertrauen konnte. Sie unterbrach die Lehrstunde, und auf die Frage antwortete sie: »Kelbiras braucht Zeit, und auch unsere Verbündeten, so wir welche gewinnen können, werden eine Weile benötigen, um alles vorzubereiten. Und um diese Verbündeten müssen wir erst einmal werben. Ich schätze, frühestens nächsten Sommer wird alles bereit sein.« Sie lächelte Yeraidena an. »Genug Zeit, ein Kind zu kriegen.«

»Werden wir nach Beskadur zurückkehren können?«, fragte Jerudana.

»Ihr müsst sogar dorthin zurück, um aus dem Blickfeld der Erluniden zu verschwinden. Während ihr euch dort auf die Befreiung Niadaris' vorbereitet, werde ich die Aufmerksamkeit auf mich ziehen. Die Erluniden werden mich und Kelbiras sehen. Sie werden merken, wie wir uns Verbündete suchen. Aber alles steht und fällt mit der Unterstützung des Königs von Ioderon. Wenn wir ihn nicht überzeugen können, werden wir niemanden überzeugen.«

»Dann muss jetzt alles ans Licht«, sagte Ardoas. »Derothur, Yerebal, Ilbengrund, Beskadur – diese und andere Namen müssen wir jetzt im Munde führen.«

Zordura nickte. »Es wird Zeit, die Geschichte der Naromee offenzulegen. Tselryn sagte, am Hofe wisse man nichts davon. Der Name Naromee jedoch zähle zu den großen. Ebenbürtig mit Gawanon, mit dessen Empfehlung ihr kamt.«

»Aber wird es reichen?«, fragte Ardoas. »Werden sie glauben, dass ich Naromees Inkarnation bin?«

»Ich kenne König Yelbias nicht. Der König von Ioderon hat zwar viele Freiheiten, aber es gibt ein Geflecht an Ämtern und Gesetzen, die ihn daran hindern, alle Macht in Händen zu halten. Das macht es uns schwierig, aber es ist etwas Gutes, wenn Leute daran gehindert werden, ihre Allmachtsgelüste auszuleben.«

»Ich dachte, er sei der mächtigste Herrscher dieser Welt«, sagte Ardoas.

»Ioderons Macht ist zu groß, als dass wenige sie tragen könnten. Sie muss verteilt werden. Die größte Furcht der Ioderiden ist die Erbfolge.« Ardoas wusste aus Sagen, dass die ioderische

Krone nicht vererbt wurde. Mit dem Tod des Königs würde sich die Pforte zum Herzen des Palastes schließen und später einer neuen Person öffnen. Ein magisches Ritual, das von vielen Sagen umwoben war. »Jeder Versuch, die Herrschaftszeit zu verlängern, wird schon im Keim erstickt«, sagte Zordura.

»Und was ist, wenn sich die Pforte zum Thron einem Raveelen oder einer Elfe öffnet – oder einem Zauberer, der dank seiner Magie nicht altert?«

»Magiebegabten Wesen öffnet sich die Pforte nicht. Elfen und andere, denen Magie innewohnt, werden niemals den Thron besteigen. Einigen Raveelen hat sich das Tor geöffnet. Jedes Mal war es eine jahrhundertelange Herrschaft, die von Ruhe geprägt war – ohne Versuche, die Macht an die Nachkommen weiterzureichen.«

»Und König Yelbias?«

»Ein König der Händler und der Künste. Er ist jung und hungrig. Vielleicht genau das, was uns nützt. Ist er aber selbstsüchtig, könnte es schwer für uns werden.«

»Du meinst, unsere plötzliche Abreise könnte er als Beleidigung aufgefasst haben?«, fragte Jerudana.

»Wenn es so sein sollte, wird er uns nicht vorlassen. Hoffen wir also, dass er mehr an uns als an sich selbst interessiert ist.«

Die Ankunft in Lyscalon ließ bereits Schlechtes vermuten. Ihr Schiff wurde von der Gebirgsgarde angehalten und überprüft. Sie mussten ihre Anlegestelle nennen, und als sie Tselryns Haus angaben, sagte man ihnen, dass man überprüfen müsse, ob man sie dort erwarte. Sie sollten so lange in den Unterhafen von Lyscalon hinabfliegen. Dieser Hafen im sogenannten *Talgrund* war ein Halbring aus durchgehenden Gebäuden, an dem Schiffe lagen und auf die Erlaubnis zum Weiterflug warteten.

Sie erfuhren, dass der König in der Stadt war. Von der Attacke auf sie war nichts bekannt, wohl aber von einer auf Tselryn.

Einer von Tselryns Leuten habe wahre Heldentaten an einem Seil vollführt. Es konnte keinen Zweifel geben, dass die Attacke, die ihnen gegolten hatte, als Angriff auf Tselryn verstanden wurde.

Am nächsten Morgen kam der Hafenbote mit seiner kleinen Barke an ihr Schiff herangeschwebt und überreichte ihnen ein gesiegeltes Schreiben, das ihnen den Zugang zum Oberhafen und zur Anlegestelle an Tselryns Haus gestattete.

Als sie kurz darauf bei ihrem Anstieg von der Hafengarde angehalten wurden, zeigten sie das Dokument vor und wurden von dem Langboot der Garde in die Oberstadt eskortiert. Die Schiffe der Königlichen Garde patrouillierten hier zwar, ließen sie aber gewähren.

An der Anlegestelle des breitgezogenen Hauses warteten vier Wachen auf sie, und Tselryn, über die Jerudana auf der Reise noch als *er* gesprochen hatte, die sie eben aber als *sie* bezeichnet hatte, trat aus dem Gebäude ins Freie und winkte ihnen zurückhaltend. Es war an ihrer Miene nicht abzulesen, ob sie sich über ihre Ankunft freute. Als das Schiff dann aber festgemacht hatte und sie an Land gingen, empfing sie sie mit einem unverhohlenen Lächeln und wandte sich an Zordura. »Es ist also geglückt. Ihr wisst, wo die Erluniden sitzen.«

»Tasraan«, sagte Zordura schmunzelnd.

»Tasraan.« Tselryn schüttelte langsam den Kopf. »Nie gehört.« Sie führte sie durchs Tor und den Durchgang zum Innenhof. Im Stall besuchten sie ihre Pferde. Xelbura war aufgeregt, schien Ardoas zu erkennen und knabberte an seiner Schulter, während er über ihren Kamm strich.

Die Gemeinschaft genoss den Augenblick mit den Pferden, während Tselryn und Zordura am Tor standen und miteinander sprachen. Als sie schließlich wieder auf den Hof hinaustraten, wandte sich Tselryn an Ardoas und Jerudana. »Eure Abreise hat den König enttäuscht.«

»O nein«, erwiderte Jerudana. »Bitte sag nicht, dass er jetzt beleidigt ist.«

»Er rief mich vor sich und wollte wissen, warum ich eure Abreise zugelassen habe. Ich brachte ihm eure Beweggründe nahe, und er wurde recht ungehalten.«

»Hat er dich etwa bestraft?«, fragte Ardoas.

»Nein. Er hat mich weggeschickt und seither schmoren lassen. Ich habe nicht einmal gewagt, um ein weiteres Gespräch zu bitten. Nun aber komme ich nicht mit leeren Händen. Ich habe schon einen Boten losgeschickt.«

»Dann sollten wir uns bereit machen«, sagte Ardoas.

Tselryn schüttelte den Kopf. »Erwartet nicht, dass Seine Majestät sofort auf eure Ankunft reagiert. Je nachdem, wie übel er euch die Abreise nimmt, wird er uns warten lassen.«

»Wie lange?«, fragte Jerudana.

»Wenn er euch morgen zu sich bittet, überragt sein Drang, euch zu sehen, alles andere. Aber je länger er euch warten lässt, desto schlimmer ist es.«

Seit drei Tagen warteten sie nun schon auf die Antwort des Königs, doch es kam nichts. Sie nutzten die Zeit, um ihre Ausrüstung zu pflegen und zu erneuern, mit den Pferden auf den beinahe ebenen Wiesen der Oberstadt auszureiten – und um sich über die Stadt Tasraan zu informieren. Die Bibliothek der Handelsrouten im Mittelhafen bestätigte Kelbiras' Informationen, hatte aber nur wenig mehr beizutragen.

Von Tselryn, der seinerseits nach Information suchte, erfuhren sie, dass Tasraan offiziell zwar selten angeflogen wurde, aber der Schattenhandel dort blühe. Es sei eine jener freien Städte in Vrabieel, deren Gebaren den meisten Handels- und Adelshäusern missfiel, die aber nie genug Aufmerksamkeit auf sich zogen, um gegen sie vorzugehen. »Der König wird prüfen lassen, was ein Angriff auf die Erluniden zur Folge haben könnte. Viele Städte in Vrabieel besitzen Flugschiffe. Wenn sie sich zusammentun, könnte es zu einem Krieg kommen. Königreiche und die vrabilischen Städte innerhalb der Handelslinien auf der einen Seite gegen die Städte außerhalb davon.«

»Das wollen wir nicht hoffen«, sagte Jerudana.

»Vielleicht ist es genau das, worauf wir hoffen sollten«, entgegnete Zordura.

Tselryn wiegte den Kopf hin und her. »Die Aussicht darauf könnte den König zur Zurückhaltung zwingen.«

Ardoas und Jerudana saßen auf der Dachterrasse zwischen den beiden Ecktürmen des Anwesens auf einer Bank und schauten über die Stadt. Ardoas hatte von seiner Angst erzählt, wie in einem früheren Leben in die Tiefe zu stürzen, und Jerudana hatte von dem Gefühl der Todessehnsucht erzählt, das manchmal nach ihr griff, wenn sie sich Abgründen, Wassertiefen oder scheinbar unendlichen Schneelandschaften gegenübersah.

Sie sprachen über Inkarnationen, über Erinnerungen und über ihre Erlebnisse, seit Jerudana Ardoas aus Ilbengrund abgeholt hatte. Schließlich überlegten sie, wann sie ihre gegenseitigen Vorbehalte aufgegeben hatten.

»Yannau«, sagte Ardoas.

Jerudana nickte und strich ihm über die Wange. »Als die Erinnerung an Dairuvee dich weinen ließ. Da wusste ich es.«

Sie küssten einander, doch ein Geräusch zur Rechten ließ sie aufhorchen. Die Turmtür wurde geöffnet.

Zordura erschien. Sie kam zu ihnen und schloss Ardoas in aller Ruhe in die Arme, als begrüßte sie ihn nach langer Zeit wieder. Und auch Jerudana wurde von ihr umarmt, was ihr Gefühle mütterlicher Geborgenheit bescherte.

Sie setzten sich, und sofort fiel Zorduras Blick auf den Griff von Ardoas' Schwert, das zwischen ihnen auf der Bank ruhte. Sie sagte: »Ich dachte, es würde Jahre dauern, bis du deine Erinnerung entfesselst. Dass es bereits in Ilbengrund begann, hat mich überrascht. Ich hätte nicht gedacht, dass der alte Glosstor recht behält. Ich dachte, er würde übertreiben.«

»Womit sollte er recht behalten?«, fragte Ardoas und schaute zu Jerudana, die ebenso ratlos war.

Zordura tippte Ardoas gegen die Schulter. »Ein Teil des Geheimnisses steckt in dir«, sagte sie. »Ein anderer Teil steckt in der Gabe, die Glosstor dir gewährte.«

»Seine Gabe? Er hat mir mit Gwaistoree gemeinsam einen Stab geschenkt. Aber den nutzt jetzt Daludred in Beskadur.«

»Ich meine das Schwert, das er dir in deinem letzten Leben schenkte.«

Ardoas griff nach dem Schwert neben sich. Der dunkelblaue Kristall, der in den Knauf eingelassen war, schimmerte im Tageslicht.

Jerudana beugte sich vor, um den Schwertgriff zu sehen. Ardoas hatte mit dieser Klinge in seinem letzten Leben den Dämon in der Kapelle besiegt und auch dem Dämon in der Orakelhalle damit zugesetzt. Sie selbst hatte am Ende das Schwert geführt, um die Bestie zu bezwingen.

»Der Stein birgt einen Zauber«, sagte Zordura. »Glosstor war sich sicher, dass du ein Geschenk des Zwergenkönigs in Ehren halten würdest. Du würdest diese Waffe überall mit hinnehmen. Der Kristall knüpft Bande an deine Wahrnehmung, macht sie auffindbar. Dass es so schnell wirken würde, das dürfte selbst ihn überraschen.«

Ardoas' Atem stockte, während er sanft über den Kristall strich. »Warum hat er mir das nicht gesagt?«, fragte er.

»Was hätte das mit dir gemacht? Hätte es dich vorsichtig gemacht? Er sagte, am besten entfalte sich der Zauber, wenn er ungezwungen ist.«

»Aber dann hättest du mir jetzt nichts sagen dürfen.«

»Ich musste etwas sagen. Denn es ist etwas geschehen, das weder ich noch Glosstor für möglich gehalten hätten.«

»Was?«, fragte Ardoas.

Zordura schaute zu Jerudana. »Das Schwert hat Bande zu dir geknüpft. Auch *deine* Erinnerungen finden sich hier.«

»Das bedeutet, ich werde mich an Jerudanas Leben erinnern?«, fragte Ardoas.

»Nicht erinnern. Aber mit Naromees Macht könntest du durch ihre Sinne schauen. Jeder Augenblick, den sie je erlebt hat, könnte dir über die Bande, die dieser Kristall knüpfte, offenstehen. So, wie Daludred durch eure Sinne schauen kann, aber nicht aus freien Stücken in die von anderen hineinkommt.«

Ardoas verschlug es die Sprache, und auch Jerudana brachte kein Wort heraus.

»Eines verstehe ich nicht«, sagte Zordura. »Wie konnte die Waffe Bande an euch knüpfen? Ihr wart euch nahe, aber das reicht nicht. Hat Daludred die Waffe je in Händen gehalten?«

»Aber ja. Beim Kampf im Orakelsaal. Er zog Ardoas hinter den Felsenthron, fasste dann das Schwert und schob es über den Boden zu mir herüber. Ich nahm es auf und kämpfte damit gegen den Dämon.«

»Nur ein kurzer Kontakt«, sprach Zordura vor sich hin.

»In den Tagen … danach.« Der Schmerz über Ardoas' Tod damals nagte nach all der Zeit immer noch an Jerudana. »Da haben wir die Waffe ab und zu in der Hand gehabt. Und als ich nach Ilbengrund ging, hatte ich sie dabei.«

Zordura schaute Ardoas in die Augen. »Dann hat das Schwert einen Zweck erfüllt, für den es nie vorgesehen war. Es sollte Bande knüpfen, damit du selbst einst deine Erinnerung findest – die Erinnerung an das, was in Anwesenheit des Steins geschah. Aber Daludred nutzt diese Bande, um seine Orakelkräfte ins Spiel zu bringen. Er findet euch dank dieses Steins.«

»Wir dachten, es wäre, weil wir uns so nahe sind.«

»Das mag eine Rolle spielen. Aber das Auffinden im Geflecht der Welt ist nicht leicht. Elfenmagie und Orakelmagie gehen hier Hand in Hand.«

»Weil Niadaris' Magie Elfenmagie ist«, sagte Ardoas.

Zordura nickte und starrte dann in die Leere. »Er bekommt jeden Augenblick mit, den ihr erlebt?«

Ardoas nickte. »Allerdings muss es erst zur Vergangenheit werden. Manchmal müssen Tage vergehen. Aber wenn wir in seiner Nähe sind, können es auch mal nur Augenblicke sein.«

»Ich wusste, dass er über die Jahre mächtig geworden ist, aber das …« Zordura schüttelte den Kopf. »Ich wusste, dass Glosstor es liebt, im Hintergrund die Fäden zu ziehen, aber das war selbst jenseits meiner Vorstellung.«

»Ob er wusste, welche Möglichkeiten der Kristall einem Orakel bieten könnte?«, fragte Jerudana.

»Das ist etwas, über das ich irgendwann einmal mit ihm reden muss«, sagte Zordura.

DIE AUDIENZ

Am Mittag des fünften Tages legten die Gefährten mit einem von Tselryns Flugbooten oben am Vorplatz des Palastes an. Gewaltige Säulen ließen diesen Eingang wie den von Riesen erscheinen. Zwei waagerechte Friese mit der Darstellung früherer Könige zogen sich am Gebäude entlang. Das helle Gestein hob sich von dem der anderen Gebäude und den Felsen ab. Die grün-violetten Flaggen des Königs wehten am Vorplatz und auf der Kuppel des Palasts.

Dass der König ihnen erlaubt hatte, mit dem Flugboot anzulegen, hatte ihnen den langen Fußweg über die Treppen erspart, die zur Linken verliefen und wie ein langer Pilgerpfad von Burg zu Burg führten.

Die breiten Stufen vor dem Palast waren von Wachen gesäumt. Tselryn, die sie anführte, flüsterte ihnen zu, dass das ein gutes Zeichen sei. Es drücke aus, dass der König sie respektierte.

Die gewaltigen Tore zum Palast öffneten sich, noch ehe sie oben angekommen waren. So mussten sie nicht anhalten, sondern konnten sofort in die weite Eingangshalle hineingehen. Unter Gewölben voller Fresken und entlang von Reliefs, die mit Sagen durch die prunkvollen Räume führten, durchschritten sie Halle um Halle von bläulichen zu meeresfarbenen, von rötlichen zu sandfarbenen, von grünlichen zu waldfarbenen. Sogar Elfen erblickte Ardoas darauf: In einer Baumsiedlung, die einem See zu entwachsen schien, heilten Elfen eine Menschenkriegerin. Das musste Blauensee am westlichen Ende der Elfenpfade sein. Wer die Kriegerin war, wusste er nicht.

»Königin Urveelia von Ioderon«, flüsterte Zordura ihm zu. »Eine einfache Kriegerin, die hier zur Königin wurde.«

Sie erreichten das gewaltige Tor des Thronsaals, das mit fein geschnitzten Mustern verziert war. Doch es öffnete sich ihnen erst mit einer Verzögerung, was Tselryn ihnen abermals als Geste des Königs erklärte. Als sich ihnen endlich ein Blick in den Thronsaal bot, war Ardoas ebenso überrascht wie Jerudana, wie viele Leute hier auf sie warteten. An den Wänden zogen sich auf tiefen Stufen voll besetzte Bänke entlang. Die Galerien waren voller neugieriger Gesichter: Menschen und Belraunen, Raveelen und Vilbaren.

Vom Ende des Saales blickte ihnen der junge König entgegen. Er saß auf einem einsamen Thron. Über die hintere Wand erstreckte sich die Karte von Ioderon als Mosaik. Seine Vertrauten standen links und rechts vor Stühlen. Die meisten waren Menschen. Einige trugen Gelehrtenroben, andere waren in Rüstungen gekleidet.

Tselryn führte sie bis ganz nach vorne, und als sie sich vor König Yelbias verbeugte, taten Ardoas, Jerudana und die anderen es ihr gleich.

König Yelbias III. trug keine Krone. Diese ruhte auf einem violetten Kissen, das ein auf den Stufen postierter Krieger auf den Händen hielt. Yelbias trug ein Gewand in Weiß und Gold, das sich deutlich von seiner dunklen Haut abhob. Sein Haar war gerade lang genug, dass sich seine Locken bildeten. Mit ruhigem Blick schaute er ihnen entgegen.

»Eure Majestät!«, sagte Tselryn. »Wir folgen Eurer Einladung. Ich danke Euch, dass Ihr mir gestattet, Euch Gäste an den Hof zu führen.«

»Wir danken Euch, Tselryn!«, sagte der König mit seiner klar vernehmbaren Stimme. »In der Stadt sind die unterschiedlichsten Gerüchte in Umlauf, und es lässt sich kaum auseinanderhalten, was Wahrheit ist und was Erfindung. Sagenumwobene Ortsnamen machen die Runde: Yerebal, Ilbengrund, Derothur – und der Name Beskadur.«

Tselryn wies auf Zordura und stellte sie als die Zauberin von Derothur vor, Schwester des Fürsten von Ilbengrund. Sie wies auf Jerudana und sagte: »Das ist Jerudana von Beskadur, die Anführerin der Abgesandten des Felsentempels.«

Der König nickte. »Jerudana von Beskadur. Ich habe von Euch gehört, als ich noch in Kynoris lebte. Das Duell von Djoremath habe ich nicht vergessen.« Er schaute in die Runde. »Ihr hattet jedes Recht, den Kampf abzubrechen, als ein zweiter Streiter hinzukam und Euch von hinten angriff. Dass ihr ihn fortgesetzt und beide Gegner in die Knie gezwungen habt, das sagt viel über Euch aus. Beskadur kann sich glücklich schätzen, eine Heldin wie Euch zu haben.«

Jerudana klopfte das Herz. Das Duell von Djoremath war einer der dreckigsten Kämpfe gewesen, den sie je hinter sich gebracht hatte. Es war überhaupt nie ein richtiges Duell gewesen, sondern vielmehr eine Falle, in die einige Gauner sie gelockt hatten. Doch sie wollte den König nicht korrigieren und nahm es als gutes Zeichen, dass er sie als Heldin bezeichnete. Dass er von dem Duell wusste, war zudem eine Erinnerung daran, dass der König aus dem Nicht-Adel kam. Tselryn hatte ihr erzählt, dass er als Sohn einer Fassbinderin in West-Kynoris aufgewachsen war.

»Unter eurem Gefolge sehe ich Menschen, Elfen und Vilbaren«, sagte Yelbias. »Ich erahne hinter jeder Miene eine spannende Geschichte.«

Tselryn stellte jedes einzelne Mitglied der Beskaduriden vor. Sie betonte, dass Burrid und Golweda aus Yerebal stammten, und erklärte, dass Werldyra und Barudrosk deren Kinder waren. »Njeldred und Yeraidena sind die Kinder von Jerudana und Daludred«, sagte Tselryn.

»Daludred – das Orakel von Beskadur.«

Am liebsten hätte Jerudana ihm widersprochen. Das Orakel von Beskadur war und blieb Niadaris, doch sie schwieg. Es hing zu viel von dieser Audienz ab.

»Wo ist Euer Gatte?«, fragte Yelbias.

»Daludred ist an Beskadur gebunden, Eure Majestät«, antwortete Jerudana. »Würde er den Felsentempel verlassen, könnten unsere Feinde geneigt sein anzugreifen.«

»Ich verstehe«, sagte der König.

Tselryn stellte nun Obureen als Hauptfrau der Beskadurischen Garde vor und erwähnte, dass sie zuvor die Botin von Ilbengrund gewesen sei. Auf diesem Hintergrund stellte sie Ardoas vor und sagte schließlich: »Er ist der Erbe der Elfenmagierin Naromee.«

»Naromee«, sagte der König. »Man nennt sie in einem Atemzug mit Gawanon und den anderen großen Magiekundigen. Und Ihr seid tatsächlich ihr Erbe?«

»Ja, Majestät«, sagte Ardoas. »Ich bin die achte Inkarnation der Naromee – auf der Suche nach ihrer Erinnerung.«

Der König schaute zu den Gelehrten zu seiner Rechten. »Es heißt, die Elfen glaubten an die Wiedergeburt. Aber aus Euren Worten spricht die Gewissheit. Erzählt mir davon!«

»Ich vermag mich an mein letztes Leben zu erinnern und hatte auch schon Einblicke in Leben, die davor lagen.« Er erzählte von Ardoanas Reisetagebuch, von seiner Reise im letzten Leben und vom Kampf um Beskadur, seinem Tod dort, seiner Wiedergeburt und der allmählich zurückkehrenden Erinnerung. Er verschwieg, dass er vor seinem Tod Einblick in seine früheren Leben gehabt hatte, denn er wollte nicht, dass alle glaubten, sie selbst könnten die Erinnerung an frühere Leben erhalten, wenn sie nur nach Beskadur reisten. Ebenso verschwieg er, dass Daludred Einblick in ihn und sein letztes Leben hatte.

»Ihr erwähntet die Erluniden. Sind das die gleichen, die euch hier in der Stadt überfielen?«

Ardoas erzählte von den Erluniden und ihren Versuchen, ihn zu töten. Er erwähnte die Feindschaft zwischen Naromee und Erlun, von ihrem Kampf und von Niadaris' Entführung. »Die Erluniden fürchten, dass mit Naromees Erinnerung auch ihre Macht in mir erwacht und ich diese gegen sie wende. Ihr Hass auf mich ist über zweitausend Jahre alt.«

»Ihr kommt also, um unsere Hilfe zu erbitten.«

»So ist es, Majestät.«

»Warum sollten wir euch helfen?« Der Blick des Königs hielt Ardoas gefangen. Zu gerne hätte er das Wort an Zordura übergeben, doch der König ließ ihn nicht aus den Augen.

»Weil Niadaris eine Verbündete Ioderons war und Erlun einer Eurer ältesten Feinde ist.«

»Es lässt sich sicherlich prüfen, ob beide Namen in unseren Chroniken auftauchen. Aber erklärt Ihr mir, welche Verbindung zu unserem Königreich besteht.«

»Der Name Niadaris wurde ebenso aus den Chroniken Ioderons ausgelöscht wie der Standort von Beskadur. Zurück blieben Sagen. Niadaris ist das Orakel des Felsentempels, einer ehemaligen Schatzfestung Eures Königreichs, das unter Urbulias II. Niadaris aus Dank zum Geschenk gemacht wurde. Um Niadaris Ruhe zu gewähren, wurden alle Hinweise auf den Felsentempel aus den Schriften entfernt, und König Urbulias versprach, den Namen des Orakels niemandem zu nennen.«

Der König befragte seine Gelehrten, ob sie von dieser Geschichte gehört hatten. Auf einer der Seitenbänke meldete sich ein Gelehrter und erklärte, dass das sogenannte Orakel des Felsentempels in einigen Sagen auftauche und Ardoas' Aussagen sich mit diesen Schriften deckten.

»Wenn es so ist, dann habt ihr uns mit der Nennung des Namens *Niadaris* von unserem Schweigeversprechen befreit. Der Name des Orakels soll in die Schriften aufgenommen werden. Wenn Urbulias II. Niadaris eine Schatzfestung vermachte, spricht das für die Wertschätzung, die er für Niadaris hegte. Ihr habt in dieser Hinsicht mein Wohlwollen. Aber Ihr sagtet, dass auch Erlun etwas mit uns verbindet.«

»So ist es, Majestät. Bei Erlun handelt es sich um den Magier Xaledred.« Ein Raunen ging durch den Saal. Geflüsterte Flüche machten die Runde.

Der König hob die Hand, und als Stille eingekehrt war, fragte er: »Wer ist dieser Xaledred?«

Einer der Gelehrten, der dem Thron nahe stand, verbeugte sich und sagte: »Majestät, Xaledred zählt zu jenen Magiekundigen, die Drachen töteten, um sich deren Magie nutzbar zu machen. Er gewann vor Jahrtausenden in Kynoris an Boden, und unsere Vorfahren erkannten, dass er auch für uns eine Gefahr werden konnte. Und so wurden Xaledred und seine Leute zu Gejagten. Er soll tot sein.«

Andere bestätigten, dass er als tot galt, ein Gelehrter auf der Galerie sagte sogar, Xaledred habe in der Stadt Uskenna sein Ende gefunden.

»Und Ihr sagt, dass Xaledred überlebt hat und als Erlun weiterlebt?«, fragte der König.

Ardoas wollte es vermeiden, darüber zu sprechen, dass auch Erlun in Beskadur gestorben sei und seither wiedergeboren wurde – wie er selbst. Stattdessen sagte er: »Nicht ich habe die Verbindung zwischen Erlun und Xaledred geschlossen, sondern Gawanon.«

Der Name des Magiers wurde überall im Saal geflüstert, wie ein leiser Zauber.

»Das Siegel, mit dem ihr herkamt, beweist, dass ihr Kontakt zu Gawanon hattet«, sagte der König. »Ich könnte Euch nun fragen, wo ihr Gawanon getroffen habt. Aber ich werde euch diese Frage nicht stellen – aus Respekt vor Gawanon und weil ich Euch nicht in eine Lage bringen will, in der Ihr mir widersprechen müsst. Wenn wir eines von den Kynorisiden gelernt haben, dann ist es, dass wir Gawanon und dessen Verbündete nicht zu etwas zwingen sollten.«

»Ich danke Euch, Majestät«, sagte Ardoas.

»Niadaris ist also unsere Verbündete, Erlun ist unser Feind und Gawanon bürgt für Eure Aussagen. Was kann das Königreich Ioderon also für Euch tun?«

»Wir bitten Euch, uns bei der Befreiung Niadaris' zu unterstützen.« Er erzählte, dass sie Zorduras Spur nach Achaelun gefolgt waren. Dabei verschwieg er Zorduras Kristalle und andere Details, die Begehrlichkeiten wecken konnten. Er blickte seine

Tante an, und sie tat, was er sich erhoffte: Sie übernahm das Wort von ihm.

Zordura berichtete dem König von dem Kampf gegen die Erluniden und der Rettung des Händlers Kelbiras. Sie nannte die Stadt Tasraan und offenbarte, dass sie vorhatten, dort gegen die Erluniden vorzugehen und Niadaris zu befreien. »Wir erbitten demütigst Eure Hilfe, Majestät. Die Erluniden sind mächtig geworden. Sie sollen über zahlreiche Schiffe verfügen.« Sie erzählte von Kelbiras und seinen Vorbereitungen. »Wenn Ihr uns beistehen würdet, wäre das ein Zeichen an andere, es Euch gleichzutun. Man würde Eurem Beispiel folgen.«

Der Blick des Königs wanderte unter jenen, die seinem Thron nahe waren, hin und her. Eine raveelische Gelehrte mit hellbraunem Haar erklärte, dass Tasraan jenseits der Handelslinien lag und ein zweifelhafter Handelsort sei. Es sei kein Ort, der dem Königreich etwas bedeute, doch falls sich die Städte in dem Gebiet verbündeten, könne es zu einem Krieg kommen. Falls auch die Städte innerhalb der Handelsrouten ihr Tun als Gefahr betrachteten, seien die Folgen nicht abzusehen.

Darauf sagte der König: »Das Letzte, das ich will, ist ein Krieg, der weit größer sein könnte als alles, was diese Erluniden je auf die Beine stellen können.«

»Die Erluniden fühlen sich bereits so mächtig, dass sie in fremden Königreichen zum Angriff übergehen«, erklärte Zordura. »Sie haben uns in Ost-Kynoris ebenso angegriffen wie in der Nähe von Yerebal. Sie haben in Kynoris und Tyreandar ein Kopfgeld auf Ardoas ausgesetzt. Zehntausend Kynorische Kronen!«

»Ihr habt vergessen, dass die Erluniden Euch hier in Lyscalon angegriffen haben.«

»Ich habe es mit Absicht nicht erwähnt, Majestät«, sagte Zordura. »Es war nicht nötig, um zu zeigen, dass die Erluniden bereits das Gefüge in den Königreichen stören. Was werden sie erst tun, wenn sie genug Macht gesammelt haben?« Sie erzählte von dem Angriff auf Beskadur und von dem großen Schiff, das sie dafür eingesetzt hatten. »Darauf waren genug Bewaffnete, um eine Stadt einzunehmen.«

»Ihr verlangt, dass wir uns in einen Kampf stürzen, um einen späteren Kampf zu vermeiden. Das kann nicht leichtfertig zugesagt werden.«

»Gewiss, Majestät«, sagte Zordura.

»Ich werde Euch meine Entscheidung zukommen lassen.«

Sie alle dankten dem König; ihre Stimmen waren wie die eines Chores.

»Tselryn«, sagte Yelbias. »Ihr seid für die Sicherheit unserer Gäste verantwortlich.«

»Sehr wohl, Majestät.«

»Jerudana!«, sagte der König.

Jerudana trat vor.

»Ich gewähre Beskadur die Privilegien von Verbündeten. Selbst wenn wir keine Schiffe entsenden sollten, unterstützen wir Euer Vorhaben, indem wir Euch Zugang zu unserem Handel gewähren.« Das Geraune im Saal ließ Jerudana vermuten, dass kaum jemand damit gerechnet hatte. Dabei klang es für Jerudana so, als würde der König ihren Plänen eine Absage erteilen und sie durch das Anknüpfen an das alte Vertrauensverhältnis abspeisen wollen.

Der König wandte sich an Ardoas. »Ihr wurdet in unserer Stadt beinahe zum Opfer. Aber meine persönlichen Gefühle – Scham und Wut – werden meine Entscheidung nicht lenken. Wir werden erwägen, welche Gefahr von den Erluniden ausgeht, und wir werden dann entscheiden, ob und wenn ja, wie wir Euch zur Seite stehen.«

»Danke, Majestät, dass Ihr Euch Zeit nehmt, die Dinge zu erwägen«, sagte Ardoas.

»Wie viel Zeit habt Ihr, ehe Ihr abreisen müsst?« Das war eine Frage, die Ardoas verwunderte. Würde sich der König von Ioderon tatsächlich nach ihren Bedürfnissen richten?

Ardoas wusste keine Antwort darauf und schaute Hilfe suchend zu Zordura. Sie sagte: »Ich werde bleiben, Majestät. Die anderen werden abreisen, sobald die Vorbereitungen getroffen sind. Wir wollen den Erben der Naromee nicht in Gefahr wissen.«

»Dann werde ich nach *Euch* schicken lassen, Zordura«, sagte König Yelbias.

Die Stimmung unter den Gefährten war nach der Audienz zwiespältig. Zwar hatte sich der König als sehr entgegenkommend erwiesen, aber beim entscheidenden Punkt, war er ausgewichen, und es gab viele Anzeichen dafür, dass er keine Schiffe zur Verfügung stellen würde.

In Tselryns Stube, mit Blick über die Stadt, saßen sie wieder einmal beisammen und überlegten, was sie tun konnten. »Ich wünschte, ich wäre überzeugender gewesen«, sagte Ardoas.

»Du hast das gut gemacht«, sagte Tselryn. »Seine Majestät war beeindruckt, aber sein Amt verlangt einen klaren Blick. Die zwei Körper des Königs! Als Mensch ist er bereits auf eurer Seite, ob er als Würdenträger zu euch steht, das entscheidet sich noch.« Tselryn wandte sich an Jerudana. »So oder so habt ihr Unterstützung – als Verbündete.«

»Worin bestehen die Privilegien von Verbündeten?«, fragte Jerudana.

»Betrachten wir die großen Dinge der Welt, dann steht Beskadur nun auf der Stufe von Königreichen und großen Freien Städten. Betrachten wir die kleineren Dinge, dann braucht ihr euch nun keine Gedanken mehr darum zu machen, ob ihr Schiffe kaufen dürft. Als Verbündete steht es euch frei, bei den Werften zehn Großschiffe, fünfundzwanzig mittlere Schiffe und fünfzig Kleinschiffe in Auftrag zu geben – sofern ihr es euch leisten könnt. Und es bedeutet, dass ihr Zugang zu allen Märkten habt.«

»Dann sollten wir uns das Schiff kaufen, mit dem wir nach Tasraan fliegen werden«, sagte Ardoas.

»Wir verkaufen das alte«, fügte Jerudana hinzu. »Dann fliegen wir bei Nacht und Nebel ungesehen mit dem neuen nach Beskadur.«

»Gut«, sagte Zordura. »Wenn es uns gelingt, die Erluniden glauben zu machen, dass die Gefahr von Naromees Erinnerung weniger schwer wiegt als eine Streitmacht mit Flugschiffen, dann könntet ihr euch in aller Ruhe auf Niadaris' Befreiung vorbereiten.«

»Vorausgesetzt, es wird eine solche Streitmacht geben«, sagte Jerudana.

»Ganz gleich, wie der König entscheidet: Ich werde Verbündete finden, die die Erluniden als ihre eigentliche Gefahr betrachten. Vertraut mir!«

Zwei Tage später verkündete Tselryn, über Mittelsleute ein gutes Schiff gefunden zu haben und legte ihnen sogar Zeichnungen vor. Es war ein langes Schiff mit niedrigem Vorder- und Achterdeck, aber mit einem geräumigen Unterdeck, das sowohl für Passagiere als auch für Ladung Platz bot. Mittschiffs gab es ein Beiboot, was für ihre Pläne in Tasraan hilfreich war. Sie würden nicht mit dem Handelsschiff bei den Erluniden eindringen, aber auf einem Beiboot mochten sie sich einschleichen können.

Am gleichen Tag, als sie sich für das Schiff entschieden hatten, erhielten sie Antwort vom König. Zordura las ihnen den Brief, den Yelbias an sie gerichtet hatte, laut vor: *»Die ioderische Krone unterstützt das Unterfangen mit drei Schiffen. Eines davon soll unter Eurem Befehl stehen.«* Mehr stand dort nicht.

Während die Gefährten jubelten, wandte Zordura sich an Ardoas und Jerudana und sagte: »Noch heute Nacht reist ihr ab.«

DALUDREDS TAGEBUCH IV

20. Ejoch 3490

Der Abschied von Lyscalon war eine Feier im Hause Tselryns. Zordura bat darum, Ardoas' Schwert halten zu dürfen. Sie erkundete die Waffe und erklärte, dass die Wirkung sich tatsächlich entfaltet, wenn man den Griff in der Hand hält. Es verlangt viel Macht. In der Nähe einer magischen Quelle wie hier in Beskadur mögen die Bande zwischen Kristall und Wesen binnen Augenblicken geschehen. Zordura verzerrte ihre Miene vor Anstrengung, und krümmte sich schließlich vor Erschöpfung. An mich gerichtet sagte sie: »Daludred. Erkunde, ob du mich im Gefüge der Welt findest. Wenn dieser Kristall dich auch mit mir verbindet, kannst du gezielt durch meine Sinne schauen. Nutze es und habe keine Scheu. Ich fürchte deinen Blick nicht. Ich weiß, dass mich und uns viele Augen betrachten. Aus der Zukunft – wenn Naromees Erbe wieder erblüht ist.«
Ich suchte nach Zorduras Sinnen – und nach einem Moment des Zweifelns fand ich sie. Ich sah Ardoas und Jerudana durch ihre Sinne. Ich versperrte mich den Tiefen ihres Wesens. Zordura hatte noch die Schrecken von Alvasur miterlebt. Dem wollte ich mich nicht aussetzen, auch wollte ich nichts von ihren Geheimnissen wissen.
Zordura und Ardoas überlegten mit Jerudana, ob sie die Kristalle tauschen sollten, sodass Zordura ihre Botschaften empfangen konnte. Solange sie nicht wussten, ob ich

durch Zorduras Sinne schauen kann, erschien es ihnen zu riskant, die Kristalle zu wechseln, doch Zordura sagte: »Ich vertraue auf Daludred. Und falls er nicht zu mir findet, dann schicke ich jemanden, damit wir die Kristalle tauschen.«
Ich war erleichtert, denn so vermochten wir in beide Richtungen Nachrichten durch das Gefüge der Welt zu schicken – wie über einen geisterhaften Botendienst.
Als das neue Schiff in völliger Dunkelheit auf der Dachterrasse zwischen den Ecktürmen von Tselryns Haus anlegte und die Gefährten an Bord gingen, bedauerte Ardoas, dass sie die Pferde erneut zurücklassen mussten. Seine Liebe zu Xelbura erinnert mich an die zu Duiruvee. Es gibt Flugschiffe, die Pferde transportieren, doch ihr Schiff, das sie insgeheim Orakelblick getauft haben, ist dafür nicht ausgelegt, wenngleich es an sich viel Platz bietet.
Während Idobaal die Orakelblick in die Luft brachte und meine Vertrauten sich von Zordura und Tselryn entfernten, hörte ich durch Jerudana Ardoas' Stimme: »Ich hoffe, die Gefahr wird für sie nicht zu groß.« Und dann hörte ich durch Ardoas' Ohr Jerudanas Stimme erwidern: »Ich vertraue dieser Frau. Sie wird uns Verbündete bescheren. Ganz gewiss.«

23. Ejoch 3490

Sie flogen über Nord-Kynoris hinweg. Die Wälder zeigten bereits die ersten Herbstfarben, und die Luft war morgens frisch und mittags angenehm. Durch Ardoas' Augen sah ich die Stadt Uchtengrund in der Tiefe, direkt am Eingang zum Grenzland zwischen den Thorilbergen und dem Gilgaongebirge. Ardoas dachte an die Begegnung mit Naulina, und gemeinsam mit Jerudana bedauerte er, dass er sie in diesem

Leben nicht mehr kennenlernen durfte. Aber die Erinnerung an sie kehrt zurück.
Das Land von oben zu sehen, weckte Gefühle – sowohl in Ardoas als auch in mir. Es war, als blickten wir gemeinsam auf das Land hinab. Sie flogen zu weit südlich, um den Wald zu erspähen, in dem ich und Jerudana Ardoas zum ersten Mal gesehen haben. Wir kreuzten den Weg, den Ardoas und ich nach Süden nahmen, um scheinbar nach Yannau zu ziehen, und ebenso den Weg, den wir nach Norden nahmen, um nach Barilon zu reiten. Auf jener Reise habe ich mich in Ardoas verliebt, und ich muss lachen, wenn ich daran denke, wie unsicher ich damals war. Ich erwartete, dass er deutliche Worte fand. Doch er – mit den Kulturen der Fremde konfrontiert – hatte sich in Vorsicht geübt.
Der sorgenvolle Blick zurück offenbarte Ardoas und Jerudana keine Feinde, die ihnen nachstellten. Da die Erluniden wissen dürften, dass sie irgendwann nach Beskadur zurückkehren wollen, könnten sie auf dem letzten Stück mit Schiffen lauern. Ich habe Späher ausgeschickt, die den Himmel im Auge behalten sollen. Mein beskadurischer Blick, der alles im Tal erfasst und mir auch manches offenbart, was darüber hinaus geschieht, erspäht nichts. Und doch bleibt die Angst.

HEIMKEHR IN DEN FELSENTEMPEL

Daludred wartete mit den anderen am Seitenausgang von Beskadur. Der Tag machte mit seiner Frische und dem Wind dem Herbst alle Ehre. Ungeduldig ging Daludred immer wieder vom Kai auf den Steinsteg, der erst am Berg entlangführte und schließlich ein Stück in die Luft hinausragte. Er spürte Ardoas' und Jerudanas Nähe, hielt inne und hatte den Eindruck, dass nur noch eine Hügelkette seine Geliebten von Beskadur trennte.

Als die *Orakelblick* sich hob und nichts als Luft zwischen ihr und Beskadur lag, war Daludred mit seinen Sinnen zwischen Ardoas und Jerudana, als stünde er mit ihnen am Bug. Die Freude dort an Bord und hier am Steg gingen in verschiedene Richtungen. Dort war es das Gefühl heimzukehren, und hier war es die sich erfüllende Sehnsucht, die Vertrauten bei sich zu haben.

Die Beskaduriden staunten dem Flugschiff entgegen, das sich federleicht zu nähern schien. Das letzte Schiff, das sie gesehen hatten, war mit Feinden gekommen, hier aber nahten ihre Vertrauten. Und kaum hatte die *Orakelblick* sich an den Steg geschmiegt und sich mit einem Zischen der beiden magischen Paneele daran festgesaugt, sprang Jerudana Daludred entgegen und fiel ihm ihn die Arme. Sie küsste ihn und fragte dann: »Du weißt alles?«

»Ich weiß alles«, erwiderte er.

Ardoas trat an Land und zögerte.

Daludred wunderte sich. »Was ist?«

»Ich erinnere mich jetzt«, sagte er. »Danke, dass du mir geholfen hast.« Mit diesen Worten ließ sich Ardoas in die Arme schließen und küsste Daludred.

Burrid und Golweda stürzten sich auf Merudoas, Obureen drückte Birja und Ksiradona an sich. Njeldred hob Yordowyn hoch, während Werldyra Tarnabias auf die Schulter klopfte.

Yeraidena näherte sich mit Barudrosk nur langsam Daludred. »Wissen sie es?«, fragte sie und schaute in die Runde.

»Nur Birja und Merudoas wissen es.«

»Wissen was?«, fragte Tarnabias.

»Ich bin schwanger«, sagte sie. Und kaum hatte sie es ausgesprochen, konnte sie sich gemeinsam mit Barudrosk kaum vor Glückwünschen retten.

»Die Frage, die ihr euch die ganze Zeit gestellt habt, kann ich euch beantworten«, sagte Daludred, während die Gemeinschaft Idobaal, der nach einigen kräftigen Schlägen seiner Flügel auf dem Steg gelandet war, willkommen hieß.

»Ich vermag Zordura zu sehen, wie ich euch sehe«, sagte Daludred. Er schaute aufs Schiff zum Gepäck. Dort irgendwo hatte Ardoas sein Schwert abgelegt. »Es war also der Stein im Knauf deiner Klinge. Nicht unsere Verbundenheit.«

»Aber diese Klinge hat uns damals im Saal verbunden«, sagte Ardoas. »Ohne sie wäret ihr vielleicht gestorben.«

»Ganz sicher sogar«, sagte Jerudana.

Sie drückten einander an sich, und Daludred sagte: »Uns bleibt ein wenig Zeit, bis es so weit ist.«

Die erste Nacht vereint, zeigten Jerudana und Ardoas, wie sehr sie Daludred vermisst hatten, und Daludred merkte wieder einmal, dass das Gewahren durch die Sinne der anderen etwas anderes war, als selbst zu empfinden. Wenn er später diese Nacht durch seine eigenen Sinne noch einmal erleben würde, wäre alles ein wenig verwischt, ein wenig neben dem, was er tatsächlich spürte. Es war wie eine Übersetzung aus einer anderen Sprache. Wie elfische Worte, die sich übersetzen ließen und ihn dann immer noch bewegten, aber den besonderen Klang des Elfischen verloren und manchmal nicht ganz das trafen, was ursprünglich gemeint war.

Als Daludred erschöpft dalag und Jerudana ihn anschaute und immer wieder durch seinen Bart fuhr, während Ardoas sich an seinen Rücken schmiegte, sagte er: »Ich möchte euch begleiten, wenn ihr nach Tasraan geht.«

Jerudana holte Luft, um etwas zu sagen, doch Daludred fuhr fort: »Ich weiß, dass das Beskadur schwächen würde, wenn ich nicht hier wäre, aber ich will bei euch sein.«

»Daludred«, flüsterte Ardoas, doch auch ihn unterbrach er und sagte: »Ich möchte es nicht nur aus der Ferne nachträglich erleben und mich in der Zwischenzeit vor Sorge quälen. Ich möchte in eurer Nähe sein.«

Jerudana schob ihm ihre Finger auf den Mund und brachte ihn so zum Schweigen. »Beskadur ist auch ohne dich stark genug, sich zu verteidigen«, sagte sie. »Wir haben all die Jahre mit einem Angriff gerechnet, immer befürchtet, die Erluniden würden mit mehr und mehr Schiffen und immer noch mehr Bewaffneten hier erscheinen. Wir sind inzwischen so wehrhaft, dass ich mir keine Sorgen mache.« Sie löste die Finger von seinem Mund.

»Aber werden sie es verstehen? Die Beskaduriden konnten sich immer darauf verlassen, dass ich hier bin.«

Ardoas flüsterte: »Du bist wie ich in meinen früheren Leben. Du glaubst, deine Erfüllung würdest du finden, indem du hier verweilst. Aber wenn es dich in die Fremde zieht, dann gehorche deinem Gefühl.«

»Du hast meinem Gefühl immer mehr vertraut, als ich ihm vertraute.«

»Weil er dich liebt, Daludred«, erwiderte Jerudana. »Wir vertrauen dir. Also vertraue auch du dir.«

Daludred strich über Jerudanas Schlüsselbein. »Ich kann in diesem Augenblick meine Fingerspitzen durch deinen Körper spüren. Wenn ihr mir nahe seid, gibt es keine Verzögerung.«

»Das ist die Kraft von Beskadur«, sagte Jerudana. »In Tasraan wird sie dir nicht zur Verfügung stehen. Es sei denn, die Burg der Erluniden spendet dir Kräfte.«

»Mein Kristall wird mir Kraft spenden«, sagte Daludred.

»Lasst uns alles, was wir haben, gemeinsam in die Befreiung Niadaris' stecken«, sagte Ardoas. »Wenn wir drei zusammenwirken, wird es uns gelingen.«

Sie schmiegten sich aneinander und flüsterten sich elfische Koseworte zu – ein Spiel, das Jerudana begonnen hatte und mit dem diese Liebesnacht ihren Anfang genommen hatte und nun weiterging.

Am Morgen nach dem Frühstück und einem Bad in den Gewölben trafen Jerudana, Ardoas und Daludred in der Bibliothek auf Birja und Ralustane. Die Zwergenmagierin war überrascht, von dem Kristall in Ardoas' Schwert zu erfahren. Sie wusste zwar, dass der Stein der Waffe einen magischen Hauch verlieh, aber dass er ein Band zwischen sich und jenen schuf, die das Schwert hielten, war ihr neu. Ihre Versuche, den Zauber zu enträtseln, scheiterten zunächst. Sie nahm das Schwert zur Probe in die Hand, doch Daludred verspürte keine Nähe zu ihr. Als sie das Schwert in den Orakelsaal brachten und Ralustane es erneut in die Hand nahm, vermochte Daludred sich ohne Verzögerung in ihre Sinne zu begeben.

»Erstens«, sagte Ralustane. »Wer immer dieses Schwert an Orten wie diesem in die Hand nimmt, an den knüpft es sich.«

»Zordura vermochte es ohne einen solchen Ort«, erwiderte Daludred.

»Zordura ist mächtiger, als sie preisgibt«, sagte Ralustane. »Zweitens: Die Bande, die du knüpfst, erlauben es dir, sofort durch die Sinne zu schauen, wenn die betreffende Person in deiner Nähe ist. In der Distanz kannst du es nur verzögert wahrnehmen. Und drittens: Die Verbindung lässt sich mit ein wenig Geschick lösen – wie eine Fessel, aus der man sich windet.« Zur Probe versuchte Daludred erneut in Ralustanes Sinne einzudringen, doch es gelang ihm nicht. Als sie wiederum das Schwert gehalten hatte, glückte es ihm.

Nachdem sie erneut die Verknüpfung mit einem Zauber gelöst hatte, sagte Ralustane: »Viertens: Um die Bande zu lösen, musst du in der Nähe des Schwertes sein. Aus der Distanz geht es nicht.«

Ardoas wurde kalt. Seit dem letzten Mal, da er hier am Felsenthron in der runden Halle gestanden hatte, waren weitere Erinnerungen an den Kampf gegen Larnsul erwacht. Der Schmerz von damals kehrte zwar nicht ohne Weiteres zurück, aber hier zu sein strengte ihn an.

Erst als sie wieder in der Bibliothek waren, kam Ardoas zur Ruhe. Gemeinsam mit Daludred, Jerudana, Birja und Ralustane richtete er die Aufmerksamkeit auf das andere Artefakt, das es zu prüfen galt: Zorduras Kristall.

Nach dem Tausch war es nun an Ardoas, Zordura Botschaften zu senden. Er verstand den Zauber, den sie ihm erklärt und den er einmal ausprobiert hatte. Jetzt jedoch erst hatte er die Ruhe, sich erneut an ihm zu versuchen.

Wie eine Hand griff seine Magie nach dem Zauber des Kristalls und weckte ihn. Ein Sog erfasste ihn. Seine Erscheinung und seine Stimme würden von dem Kristall aufgefangen und bewahrt, bis Zordura die Botschaft mit dem anderen Kristall zu sich holte.

Ardoas erzählte von ihrer Rückkehr und dass sie sein Schwert untersucht hatten. Dann sagte er: »Unser Wagnis, die Kristalle zu tauschen, hat sich als weise erwiesen, denn Daludred vermag durch deine Sinne zu schauen und hat es bereits getan. Er hat versprochen, nur an der Oberfläche zu bleiben und nicht in deinen Erinnerungen zu stöbern. Falls du das nicht mehr willst, dann sag es, und er wird es unterlassen. Wir hoffen, dass du wohlauf bist. Leider wissen wir nicht, wann du diese Botschaft findest und wann Daludred deine Antwort im Gefüge der Welt entdeckt. Wir werden wohl üben müssen.«

Einige Tage später – am 29. Ejoch – bereiteten Daludred, Ardoas und Jerudana gemeinsam mit Burrid und Golweda in der alten Küche mitten im Untertempel Thuredee für das Mittagessen vor. Damit erfüllten sie Ralustane ihren Wunsch, den sie am Vortag auf ihrer Geburtstagsfeier geäußert hatte, denn sie liebte die elfischen Klöße.

Als alles getan war, begab sich Daludred mit Ardoas und Jerudana durch den Hinterausgang zu einer gemütlichen Bank am Nordfeld. Über die magischen Steine in der niedrigen Mauer drang der Zauber des Felsentempels bis hier heraus. Vom würzigen Duft des von Magie genährten Weizens umgeben, konzentrierte sich Daludred auf seine Gabe.

Sein Blick wanderte von den gelben und blauen Ähren des Getreides vor ihm an einen Ort, den Daludred kannte, den er jedoch nie selbst besucht hatte: Derothur. Zordura saß an dem wuchtigen Tisch im Erdgeschoss, an dem sie Ardoas einst das Tagebuch seines frühen Ichs gezeigt hatte. Sie schrieb nun in ihr eigenes Buch und hatte sich wie Ardoas die Ioderische Zeitrechnung zu eigen gemacht. Sie schrieb den 27. Ejoch. Das war vor zwei Tagen gewesen. Sie war auf dem Weg nach Ilbengrund, um ihrem Bruder die Lage zu erklären, dass sie am 8. Uchdered des neuen Jahres – am Anfang des Sommers – die Erluniden angreifen würden und ihre Unterstützung benötigten.

Die *Urbulias*, das große Schiff, das der König von Ioderon ihr gewährt hatte, wurde gerade überholt, aber mit einem kleinen Schiff, das neu war und die *Urbulias* unterstützen sollte, war sie in der Nacht gekommen und verbarg es hinter dem Hügel an der Lagerstelle vor den Blicken der Menschen und Vilbaren von

Vaalburg. Sie hatte das Schiff *Iridusor* genannt, nach ihrem einstmaligen Geliebten, der der Vater von Ardoas I. gewesen war.

Zordura schrieb von ihrer Hoffnung, dass Yordoas und Elwaree dazu aufriefen, eine Streitmacht aufzustellen, die mit ihr auf der *Urbulias* in den Kampf ziehen sollte.

Mit einem Mal kam Velbaree mit ihren Vertrauten herein. Sie hatten Dulvaree abgelöst und lebten im Moment in Derothur. Coreldava und Odewyn schienen ihren Blick nicht aus der Leere heraus bewegen zu können und Jalmon lächelte wie ein Kind. »*Ich verstehe ja, dass du die Besatzung nicht nach Ilbengrund bringen willst*«, sagte Velbaree. »*Aber kannst du dir vorstellen, was für Augen sie machen würden?*«

»*Wäre doch schön, wenn mein Bruder mich hier besuchen würde*«, sagte Zordura. Schließlich fragte Zordura Velbaree und ihre Vertrauten: »*Werdet ihr dabei sein?*«

Velbaree antwortete: »*Wenn du eine Weile in Nalmenhain gelebt und den Schmerz gefühlt hast, der noch immer mit der Zerstörung von einst verbunden ist, dann kann die Antwort nur* Ja *lauten.*« Velbaree sprach weiter, aber ihre Worte waren unverständlich und ihre Stimme schwand vor Daludreds Sinnen dahin, und nach einem Blinzeln war er wieder auf der Bank im Garten und schaute in die erwartungsvollen Gesichter seiner Vertrauten. Er erzählte ihnen alles, was er miterlebt hatte.

Ardoas bekam dadurch Sehnsucht nach Derothur und Ilbengrund, nach seinen Eltern, seinem Bruder – und nach Velbaree.

»Ein Schlachtschiff voller Elfen!«, sagte Jerudana genüsslich. »Ich möchte nicht in der Haut der Erluniden stecken.«

ZWISCHEN VERGANGENHEIT UND GEGENWART

Sie hatten noch fünf Monate, bis sie nach Tasraan aufbrechen würden, und sechs Monate, bis die Flotte bereit war. Das erschien Daludred als sehr lang, doch Jerudana erklärte ihm, dass die Verbündeten sich in dieser Zeit nicht nur rüsteten, sie tauschten auch Wissen aus und machten Pläne – und sie kundschafteten den Feind aus. Das passte zu dem, was Daludred über Zordura wahrnahm.

Mit der *Iridusor* flog Zordura nach Yerebal, um dort magische Kristalle entgegenzunehmen, mit denen sich der Rat an ihrem Vorhaben beteiligen wollte. Zordura und Xomuna schwebten Zaubersprüche vor, mit denen sie die *Urbulias* an Zorduras Bedürfnisse anpassen wollten. Bei ihrem Austausch erwähnte Xomuna, dass die Erluniden, die Ardoas und die Gefährten verfolgt hatten, den Elfenwald nicht wieder verlassen hatten. »Sie sind nun ein Teil dieser Gefilde«, sagte Xomuna. Mit einem Gefühl der Genugtuung und einem Schatz aus magischen Gegenständen und Wissen kehrte Zordura nach Lyscalon zurück und half beim Umbau der *Urbulias.*

Während in Ioderon alles nach Plan verlief, kam aus Kynoris eine Kunde, die in Lyscalon für Begeisterung sorgte: Gawanon war in Eolingen vor den kynorischen König getreten. Das, was er einst verweigert hatte und wofür er ins Exil gegangen war, hatte er nun getan. Dies war ein Zeichen der Hoffnung, denn wenn Gawanon sich bewegte und die Stimme erhob, dann würden viele ihm folgen.

Als Daludred diese Kunde mit Jerudana und Ardoas und dann mit der ganzen Gemeinschaft teilte, herrschte Feierstimmung im Felsentempel. Als Daludred kurz darauf über Zordura erfuhr, dass die Audienz von Ardae und Elusadra beim kynorischen König im Frühjahr ein Erfolg gewesen war und ihre Handelszüge zwischen den Verbündeten weitergehen konnten, schien der Überschwang der Beskaduriden keine Grenzen zu kennen.

Die Entwicklungen, die sie aus der Ferne beobachteten, machten Jerudana, Ardoas und Daludred Mut und spornten sie an. Während Ardoas und Daludred viel Zeit in ihren Sinnen verbrachten, leitete Jerudana die Vorbereitungen in Beskadur. Allen war klar, was es bedeuten würde, dass Daludred mit ihnen nach Tasraan ging. Sie mussten mehr noch als zuvor zum Kampf bereit sein. So übten sich alle darin, und es war Jerudanas Aufgabe zu entscheiden, wer sie auf der *Orakelblick*, der sie während der Reise einen anderen Namen geben wollten, nach Tasraan begleiten sollte.

Nach allem, was geschehen war, hatte Jerudana neben Daludred, Ardoas und sich selbst vor allem Obureen, Golweda und Burrid im Auge. Mit Tarnabias wäre die Gemeinschaft beisammen, mit der sie früher oft ausgezogen war. Aber sie wollte nicht nur eine alte Garde dabeihaben, sondern auch Gefährten, die noch jung und hungrig waren. Und natürlich dachte sie an Werldyra und Njeldred und an Barudrosk und Yeraidena. Aber würde Yeraidena in der Verfassung sein, sie zu begleiten? Würden sie und Barudrosk überhaupt mitkommen wollen? Es widerstrebte ihr, Yeraidena von sich selbst, Barudrosk und dem Kind abzulenken. Zwar machte auch sie Kampfübungen, aber das taten viele Schwangere in Beskadur.

Jerudana beschloss, sich erst einmal auf die alte Truppe zu konzentrieren. Obureen sagte ihr, noch ehe sie fragen konnte: »Kommt nicht auf die Idee, mich zurückzulassen!«

Burrid und Golweda wollten die Suche, an der sie all die Jahre teilgenommen hatten, ebenfalls zu Ende bringen. Nur

Tarnabias zögerte. Der Botendienst, zu dem er nach ihrer Abreise aufgebrochen war, habe ihm nicht das Gefühl beschert, auf das er gehofft hatte. »Ich dachte, es wäre wie ein schöner Abgesang, stattdessen habe ich mich die ganze Zeit fehl am Platz gefühlt.« Er lächelte bei den Worten: »Und wenn du dich auf einer Reise fehl am Platz fühlst, dann ist das Reisen nichts mehr für dich.«

»Ich kann dich nicht locken, indem ich dir sage, dass das Reisen in einem Flugschiff eine besondere Erfahrung ist? Und einen Händler zu verkörpern würde dich nicht reizen?«

»Was für einen Händler?«

»Einen, dem alle abkaufen, dass er seit Jahren Geschäfte macht und mit seinem Flugschiff umherfliegt.«

»Na gut. Ich werde den Händler spielen. Aber ich sage es ehrlich: Für lange Kämpfe habe ich nicht mehr den Atem. Ich kann es lehren, aber mein Körper ist nicht mehr, was er einmal war.«

»Ein letztes Mal also?«, fragte sie und blickte ihn herausfordernd an.

»Ein letztes Mal!«, antwortete er.

Ardoas und Daludred begaben sich oft in den Orakelsaal. Hier war etwas, das um Ardoas herumschlich, das er aber nicht fassen konnte. Aber mit Daludred an seiner Seite, der durch ihn die Dinge gewahren konnte und ihn auf Einzelheiten aufmerksam machte, öffnete sich ihm etwas Neues. Er sah wiederum die Tode vor Augen, die er einst gestorben war, und er hielt sie aus.

Sein Blick reichte zurück in die Zeit, da Naromee hier gekämpft hatte. Über Ardoas erhielt auch Daludred Einblick in das Geschehen von damals, und so war es, als würden sie gemeinsam auf geheimen Wegen in die Vergangenheit reisen.

Über den Elfenpfad würde Naromee in den Felsentempel gelangen – den Elfenpfad, den sie selbst angelegt hatte, um den Veliaru dort eine Zuflucht zu bieten. Sie vermutete, dass sich die

Seelenkundigen von Nalmenhain ausruhen mussten, wenn sie sie befreit hatte.

Von den Elfenpfaden aus beobachtete Naromee die Erluniden. Sie schaute von der oberen Pforte aus an verschiedene Orte des Tempels. Die Veliaru lagen von Magie betäubt in den Kammern zwischen dem Orakelsaal und dem inneren Ringgang. Sie trugen mehrere Ketten am Hals und Metallhelme, die die Stirn und die Augen verdeckten.

Durch die magischen Adern des Felsentempels vermochte Naromee auch in den Orakelsaal zu blicken. Dort hafteten die magischen Steine auf dem Boden; in drei dichten Reihen zogen sie einen Kreis um das Zentrum. Die Magie strömte von außen in den Steinkreis und entfaltete dort ihre Wirkung. Ringsum waren Menschenmagier versammelt und wirkten mit Zaubern auf den magischen Strom ein.

Ardoas und Daludred blieben in Naromees Sinnen verhaftet, als diese sich mit ihren Gefährten im Rücken in den Felsentempel vorwagte. Der Kampf auf den Ringgängen verschwamm vor Ardoas' Sinnen, und selbst Daludred, der zwar das Gleiche gewahrte wie Ardoas, aber manchmal mehr erkannte als er, vermochte keinen klaren Eindruck zu gewinnen. Naromee litt an Schmerzen – an ihren eigenen wie an denen ihrer Gefährten. Denn auf den Schmerz ihrer Gefährten folgte meist deren Tod, und der Verlust der lieb gewonnenen Vertrauten quälte sie. Mit Magie schlug sie wild um sich und trieb die Erluniden zum Rückzug.

Es gelang Naromee, das Tor zu einem der Verbindungsgänge zu öffnen, die zwischen den Kammern vorbeiführten, in denen die Veliaru gefangen waren. Die Türen standen offen. In der Hoffnung, zumindest einige der Seelenkundigen aus dem Geflecht dieses Zaubers zu befreien und damit das Gefüge dieses Rituals zum Einsturz zu bringen, löste sie in einer Kammer den Helm der Elfe Nirusaree und blickte in tote Augen. Nirusaree war gerade einmal vierzig Jahre alt gewesen und nie zuvor in der Fremde gewesen. Ihre ganze Familie war beim Angriff auf Nalmenhain umgekommen. Was immer sie beigetragen hatte: Das Werk war vollbracht, und der Zauber hatte ihr das Leben entrissen. Naromee nahm ihr alle Zeichen der Erluniden ab. Als sie mit der Halskette in Berührung kam, wusste sie nicht nur, dass Erlun damit die Macht über Nirusaree und die anderen Veliaru gewonnen hatte, sie spürte auch, dass der Magier, der diese Gräueltaten zu verantworten hatte, in der Nähe war.

Mit tiefer Wut lief Naromee in den Orakelsaal, und wieder verschwamm im Kampf alles vor Ardoas' und Daludreds Sinnen. Die Verzweiflung loderte in Naromee. Jene, die sie hatte retten wollen, waren ebenso tot wie die Gefährten, die ihr zur Seite gestanden hatten. Dieser Ort war von einer Stätte der Hoffnung zu einer des Niedergangs geworden. Naromee spielte dieses Spiel mit und säte Angst, Schmerz und Tod mit Schwert und Magie. Sie kämpfte gegen Magier und Krieger gleichermaßen.

Inmitten des Steinkreises stand Erlun. Von Magie umwirbelt, schien er auf die Wirkung des Zaubers zu warten. Schwer verletzt und mit schwindenden Kräften kämpfte sich Naromee bis zu dem Steinkreis vor und drängte sich mit einem aufzehrenden Zauber durch die magische Barriere hindurch.

Mit letzter Kraft trieb sie Erlun ihre Klinge in den Leib, dann wurde sie von dessen Magie niedergeworfen und blieb liegen. Sie sah, wie ihr Feind sich bemühte, aus dem Kreis zu entfliehen, doch dazu fehlten ihm die Kräfte. Seine Heiler waren direkt vor ihm, aber ihre Macht drang nicht durch die Barriere zu ihm durch. Er sank zusammen, schaute in Naromees Richtung und sagte: »*Ich habe, was ich wollte.*«

Mit einem gequälten Lächeln erwiderte Naromee: »*Und du teilst es mit mir.*« Erlun machte große Augen, während sie weitersprach: »*Wir werden uns wiedersehen, wir werden uns erinnern, und ich werde dir diese Macht wegnehmen.*«

Erlun rührte sich nicht mehr. Eine verängstigte Miene war das Letzte, das Naromee von ihm und der Welt sah.

Ardoas wurde mit Daludred aus Naromees Sinnen gerissen

und betrachtete alles von außen, durch die magischen Augen von Beskadur. Sie sahen, wie die Erluniden – Krieger wie Magier – sich um den Kreis aus Steinen sammelten und auf die beiden Toten starrten. Erst als die magische Barriere zusammensank, rührten sie sich und bargen dann die Leiche ihres Meisters. Naromees Körper sowie die Leichen ihrer Gefährten und die der Veliaru warfen sie in einen abgelegenen Raum und brachten den Gang dorthin zum Einsturz.

Mit einem Mal erschien Niadaris von bewaffneten Erluniden umgeben und folgte den Eroberern vorbei an den regungslosen Tempelwachen durch das Seitentor hinaus zu den Anlegestellen. Dort führte man sie an Bord des größten der Flugschiffe.

Die Erluniden teilten sich auf. Die einen blieben mit zwei kleinen Flugschiffen und vier Flugbooten in Beskadur zurück, die anderen flogen mit Niadaris davon. Und wie zuvor verschwamm beinahe alles vor Ardoas' Sinnen, und auch Daludred vermochte nichts mehr zu sehen. Doch ebenso wie damals vor Ardoas' letztem Tod, drängte sich das Bild der Stadt Tasraan in seine Sinne – die große Stadt mit den dunklen Mauern unter vielen Bannern.

Ardoas blinzelte sich die Tränen aus den Augen und nahm die eine Hand vom Felsenthron, vor dem sie immer noch knieten, die andere löste er von Daludreds Hand.

Zögerlich erhob sich Daludred und schaute sich um. »Sie starben also tatsächlich beide hier«, sagte er. »Jetzt wissen wir, dass Niadaris hier war, als es zu Ende ging. Sie müssen sie in einer der Kammern gefangen gehalten haben, in die die magischen Adern nicht hineinreichen.«

Ardoas erhob sich jetzt erst und schaute seinerseits in die Runde. Naromee und Erlun waren innerhalb des Steinkreises gestorben, inmitten der Magie, die die Erluniden hier entfesselt hatten. »Jetzt ist klar, warum die Erinnerung in mir erwacht.«

»Der Zauber der Erluniden«, sagte Daludred.

»Nein. Das ist der Zauber der Veliaru. Die Seelenkundigen von Nalmenhain bewirkten es unter dem Zwang der Erluniden.

Dieser Zauber muss irgendeine Fessel gelöst haben, die uns allen anhaften sollte – ob Menschen, Elfen oder anderen.«

»Die Drohung, die du damals hier ihm gegenüber ausgesprochen hast – sie ist die Quelle seiner Ängste. Hast du sein Gesicht gesehen? Er hat das gewonnen, was er wollte, aber seine ärgste Feindin gewann es ebenfalls.«

Ardoas nickte. »Ihm wurde klar, dass Naromee die Einzige ist, die ihm diese Macht wieder nehmen kann. *Ich* kann sie ihm wegnehmen.«

»Weißt du denn, wie?«

»Ich wünschte, ich hätte eine Ahnung. Ich weiß nur, dass sie davon überzeugt war, ihm diese Macht nehmen zu können. Aber ebenso wenig wie ich weiß, wie ich einen Elfenpfad anlegen soll, so wenig weiß ich, wie ich Erlun diese Macht entreißen kann. Und ich muss es wissen. Wenn wir auf ihn treffen und ihn besiegen – ihn töten, dann wird er wiedergeboren, und alles geht von vorne los.«

»Aber was wäre er ohne seine Gemeinschaft und ohne die unterjochte Macht von Niadaris?«

»Jemand, den wir nicht unterschätzen sollten.«

Mit der Hilfe von Yordowyns Karten des Felsentempels fanden sie den Gang, von dem sie überzeugt waren, dass sich dort die Überreste von Naromee, deren Gefährten und der Veliaru befanden. Die magischen Flüsse von Beskadur reichten nicht bis hier herab, so konnten weder Ardoas noch Daludred in die Vergangenheit dieses Ortes schauen. Doch Yordowyns Zielstrebigkeit spornte die ganze Gemeinschaft an, und als sie den Gang freigelegt und Jerudana und Obureen die schwere Tür aufgestemmt hatten, blickte Ardoas in einen finsteren Raum, aus dem ihm ein modriger Gestank entgegenwehte.

Ralustane warf einen Luftstein in den Raum; Yordowyn schob drei Lichtsteine hinterher, die das Gewölbe mit einem kühlen Schein erhellten. Inmitten des ovalen Raumes, über dessen Wände sich glitzernde Flechten zogen, ruhten Skelette. Die Überreste der Veliaru erkannten Ardoas und Daludred an ihren Helmen. Die Erluniden hatten sich nicht einmal die Mühe gemacht, sie ihnen abzunehmen. Die Gefährten Naromees erkannten sie daran, dass sie Rüstungen trugen. Es gab nur ein Skelett, dem beinahe alles geraubt war. Der Boden um die Überreste war von dunklen Flecken bedeckt.

»Ist das Naromee?«, fragte Yordowyn und zeigte auf das unbekleidete Skelett.

Ardoas erkannte sein früheres Ich an dem Beinsegment, einem glatten Steingebilde, das einen Teil des rechten Unterschenkelknochens ersetzte. Das Fleisch war längst geschwunden, das längliche Segment aber, das einst daran anknüpfte, war geblieben. »Das ist sie«, sagte er.

Jerudana erklärte den anderen leise, was es mit dem länglichen Beinsegment auf sich hatte.

»Die Magie des Segments ist erloschen«, sagte Ralustane, noch ehe sie bei den Überresten angekommen waren.

Ardoas starrte in die leeren Augenhöhlen seines früheren Ichs. Er hatte noch nie zuvor die Leiche eines früheren Lebens gesehen. Die Wut von damals, die er durch Naromees Sinne gespürt hatte, flammte auf, und er konnte sie nur mit Mühe zurückhalten. Als Yordowyn mit klarer Stimme fragte: »Wo werden wir sie bestatten?«, musste Ardoas an seine Pläne als Naromee denken.

»Wir werden sie auf den Elfenpfad bringen«, sagte er. »An den Ort, den ich als Naromee schuf, um den Veliaru eine Zuflucht zu bieten.« Er wandte sich an Ralustane: »Kannst du sie in die Wände des mittleren Saales betten?«

Die Zwergenmagierin nickte langsam. »Ich vermag es, und ich werde es tun«, sagte sie unter Tränen.

Die Beisetzung Naromees, ihrer Vertrauten und der Veliaru bedrückte die Gemeinschaft, und nur die Zeit der Geburtstage, die nun mit dem fortschreitenden Herbst begann, ließ sie die Trauer überwinden. Selbst Ardoas fand dank Daludreds und Jerudanas Zuneigung zu der Hoffnung, der Abschluss, den die Bestattung markierte, würde ihm einen neuen Zugang zu seinen Erinnerungen als Naromee eröffnen.

Daludred versuchte, seine Gabe ins Spiel zu bringen, um ähnliche Bande zu erspüren, wie sie zwischen Glosstors Kristall in Ardoas' Schwertknauf und ihnen bestand, doch die Verbindung zwischen ihnen und Beskadur war eine andere.

Nach Wochen vergeblicher Versuche sagte Daludred: »Ich bin mit meinen Fähigkeiten am Ende. Wir sind zu oft gegen Wände gelaufen. Ich glaube, wir brauchen Niadaris' Hilfe.«

»Aber wie soll ich Erlun die Macht nehmen, wenn ich nicht mit Naromees Erinnerung nach Tasraan gehe?«, fragte Ardoas. »Sollte er sterben, ehe ich mich erinnere, müsste ich auf seine Wiedergeburt warten, um ihm die Macht zu nehmen.«

»Und was wäre schlimm daran? Die Zeit hast du.«

»Aber du und Jerudana – ihr würdet es nicht miterleben.«

»Ich würde in der Gewissheit sterben, dass es dir gelingt. Doch es gibt auch einen anderen Weg. Der verlangt allerdings, dass du Naromees Wut zügelst.«

Ardoas schaute Daludred fragend an.

»Wir könnten Erlun zum Gefangenen machen.«

»So wie Larnsul in Achaelun mich angeblich zu seinem Gefangenen machen wollte?«, fragte Ardoas.

»Auf diesem Gedanken ließe sich etwas aufbauen. Glaubst du, du könntest es? Ihn gefangen nehmen?«

»Ich weiß es nicht. Ich gebe zu, dass Naromees Zorn immer wieder aufflammt, wenn ich daran denke, was Erlun hier den Veliaru, ihren Gefährten und daheim ganz Nalmenhain angetan hat. Diese Wut – sie macht mir Angst.«

Es war der 7. Vaarabel, der Frühling war in voller Blüte, als Yeraidena ihr Kind zur Welt brachte und ihm den Namen Waroliane gab. Obureen und Werldyra waren zwei der Hebammen. Werldyra nahm Yeraidena die Schmerzen, Obureen heilte mit Zaubern ihre Wunden, während Barudrosk Yeraidena beruhigte und ihr die Ängste nahm.

Obwohl Jerudana viel Zeit gehabt hatte, sich an den Gedanken zu gewöhnen, dass Yeraidena ein Kind zur Welt bringen würde, erschien es ihr nun, als wären die letzten Wochen mit einem Schlag vergangen: Eben hatte sie noch zwischen Sorgen und Hoffnungen geschwankt, und nun hielt ihre Tochter das Kind im Arm.

Für Daludred war es, als erlebte er eine Erinnerung ein weiteres Mal. Seine Gabe spielte ihm wieder einmal einen Streich. Statt ihm im Vorfeld zu offenbaren, dass nichts zu befürchten war und alles gut enden würde, sagte sie ihm nun mehr oder weniger, dass sie es schon immer gewusst habe. Er, Jerudana und auch Ardoas waren nun Großeltern.

Zu sehen, wie Jerudana und dann Daludred Waroliane im Arm hielten, gab Ardoas das Gefühl, niemals das für das Kind empfinden zu können, was sie empfanden. Dann aber sagte Yeraidena: »Hier, Vater!«, und reichte ihm das Neugeborene. Das Kind war rosig. Die beiden blassen Wölbungen auf dem kahlen Köpfchen waren die Ansätze von Hörnern. Die Augen des Kindes waren geöffnet und schienen Ardoas anzustarren. Doch kaum wiegte er Waroliane langsam in den Armen, wurden deren Lider schwer, die Augen schlossen sich, und die kleinen Lippen formten für einen Moment ein Schmunzeln.

Dieses wunderschöne Wesen in Armen zu halten, während es einschlief, berührte Ardoas. Aber waren das Großvatergefühle? Würde er Zeit haben, um sein Empfinden zu erkunden? Würde Waroliane ihn überhaupt erleben? Alles mündete in die Frage: Würden sie lebend aus Tasraan zurückkehren?

Als Ardoas am Abend zwischen Jerudana und Daludred lag und nicht schlafen konnte, wandte sich Jerudana ihm zu und sagte: »Du fragst dich wieder, ob du das verdient hast, nicht wahr?«

»Ja. Ich tauche hier auf und habe all die Jahre nicht miterlebt. Jedes Mal, wenn eines der Kinder *Vater* sagt, denke ich: *Bin ich das wirklich?*«

Jerudana fasste seine Hände. »Aber du warst hier«, sagte sie. »Wir haben dich zu einem Teil unseres Lebens gemacht. Daludred hat den Kindern Geschichten von dir erzählt – ihrem Vater aus den Elfenreichen. Sie wuchsen damit auf – vor allem mit der Sehnsucht, dass du eines Tages vor sie treten würdest. Mir scheint, es liegt nicht an uns oder den Kindern, sondern an dir.«

Er nickte.

Jerudana griff nach dem Lichtstein, der unter ihrem Kissen lag, und schob ihn sanft gegen Ardoas' Brust. Die Wärme bescherte ihm ein wohliges Gefühl. »Vielleicht war es falsch, dir das aufzulasten«, sagte sie. »Wenn du willst, dann rede ich mit den Kindern.«

»Nein. Es stimmt alles – ich brauche nur Zeit.«

»Wenn alles vorbei ist, werden wir Zeit haben.«

»Falls wir es überleben.«

»Das ist es? Du fürchtest, dass der Tod auf einige von uns wartet?«

»Ja. Sollte ich sterben, dann werden mich Yeraidena, Njeldred und Yordowyn wiedersehen, wenn sie viel älter sind. Waroliane wird mich einen Großvater nennen, der jünger ist als ihre Eltern. Es wird mit der Zeit schwerer und schwerer. Und wenn ihr sterbt … Ich weiß nicht, ob ich dann die neu erwachende Erinnerung überstehen würde.«

Jerudana küsste ihn. »Wir werden irgendwann sterben. Ob in Tasraan im Kampf oder später, nachdem wir alt geworden sind. Irgendwann wirst du von uns Abschied nehmen. Aber weißt du, was hilft?«

Er wusste es nicht. »Es ist lange her, dass ich jemanden aus meiner Familie verloren habe.«

»Gemeinschaft hilft«, sagte Jerudana. »Neues zu entdecken hilft. Als meine Mutter starb, war ich nicht auf den Schmerz vorbereitet, bei meinem Vater wurde die Trauer unterbrochen, weil er sein Erbe Caluon vermachte. Aber hier zu sein hat mich anders auf den Tod blicken lassen. Als Naulina starb, war es, als verlöre ich eine weitere Mutter, aber wir feierten ihr Leben. Wir erzählten den Kindern, die sie nicht mehr kennengelernt hatten, wer sie war. Nicht die Zeit heilt die Wunden, sondern die Gemeinschaft.«

Ardoas küsste Jerudanas Schulter und trieb ihr einen Schauer durch den Körper. »Ohne dich gäbe es diese Gemeinschaft nicht«, sagte er. »Das hier ist dein Traum, und du hast ihn irgendwie auch zu unserem gemacht.«

»Das ist etwas, das ich mühsam lernen musste und erst seit Kurzem verstanden habe«, sagte sie. »Und seither bin ich mit mir im Reinen.«

Am 27. Vaarabel sichteten die Wachen ein Flugschiff, und augenblicklich herrschte Aufregung in Beskadur. Alle befürchteten, dass die Erluniden zurückkehrten, um einen Angriff zu wagen. Schnell waren Bewaffnete auf ihren Posten – insbesondere die Bogenschützen im Obertempel, die durch die Fenster einen freien Blick auf den Kai und den Steg hatten.

Jerudana kam ins Zimmer und weckte Daludred, der am Abend noch lange mit Yordowyn in ioderischen Sagen gelesen hatte. Er schaute sie an und ließ sich alles berichten, war aber nur halb bei der Sache, weil seine Orakelsinne bereits durch den Tempel strebten und die Eindringlinge draußen im Tal zu erfassen suchten.

Schnell zog er sich seine Robe vom Vortag über und folgte Jerudana. Auf der Treppe nach unten trafen sie auf Ardoas. »Sie kommen direkt von Norden«, sagte er. »Sie scheinen genau zu wissen, dass dort der Hafen ist.«

Mit einem Mal blieb Daludred auf der Treppe stehen und musterte Jerudana und dann Ardoas, nur um dann seinen Blick ins Leere zu richten. Nur langsam und nachdenklich setzte er seinen Weg fort. Auf der Tempelebene entspannten sich seine Züge, und als er durch das Nordtor in den Hafen hinaustrat, zierte ein Lächeln seine Miene.

»Wer ist es?«, fragte Jerudana.

»Ist es Zordura?«, setzte Ardoas nach. Daludred hatte seit Tagen nicht mehr durch ihre Sinne schauen können.

»Es ist nicht Zordura«, war alles, was Daludred sagte.

Das schwerfällige Schiff näherte sich langsam, und als Ardoas am Bug eine blasse, dunkelhaarige Kriegerin sah, die ihnen zuwinkte, sagte er: »Velbaree! Es ist Velbaree.«

Jubel verbreitete sich unter den Beskaduriden.

»Velbaree«, wiederholte Jerudana. Sie hatte sie vermisst. Durch die Einblicke, die Daludred in Zorduras Sinne erhalten hatte, wusste sie, dass Velbaree zu Zorduras Streitmacht zählen würde und inzwischen Bewaffnete aus Nalmenhain, Ilbengrund und Feenwalden zu der Gemeinschaft zählten, die gegen die Erluniden vorgehen würden.

Das Schiff schwebte an der *Orakelblick*, die am Steg festgemacht war, vorüber und stellte sich am Kai vor dem Tempel quer. Ein breites Tor öffnete sich in der hohen Bordwand. Coreldava und Odewyn erschienen und klappten mit der Hilfe eines Menschenmannes und einer Belraune eine schwere Planke zu ihnen herab.

Kaum waren Coreldava und Odewyn zu ihnen herabgestiegen, begrüßten Jerudana und Daludred sie überschwänglich. Ardoas war zurückhaltender. Ihn verband nicht so viel mit Velbarees Vertrauten. Velbaree selbst kam mit Jalmon im Arm die breite Planke herunter.

Nachdem Daludred und Jerudana auch sie begrüßt hatten, sagte sie zu Ardoas: »Ihr wisst es wahrscheinlich schon über Zordura, aber wir haben eine elfische Streitmacht.« Wieder erhob sich Jubel, obwohl die meisten schon von den Bewaffneten wussten, die Zordura aus den Elfensiedlungen erwartet hatte.

»Wir wissen, dass ihr Leute bekommen solltet, aber wir wissen nicht wie viele«, sagte Jerudana.

»Zweiunddreißig Elfen aus Feenwalden, Ilbengrund und Nalmenhain«, sagte sie, und die Beskaduriden klatschten, denn das war genau die Anzahl von Bewaffneten, die Yordoas und Elwaree damals hier als Garde in den Felsentempel geschickt hatten. Inzwischen war ihre Zahl mit der Gemeinschaft gewachsen. »Und König Alwaodin hat uns noch einmal zweiunddreißig Leute geschickt, die zum Besten gehören, was das Zwergenreich zu bieten hat.«

»Wo sind sie?«, fragte Daludred.

»In Ioderon.« Velbaree wies zu ihrem Schiff zurück. »Wir bringen euch die Ausrüstung, die ihr haben wolltet, auch Handelswaren und Kleidung aus Süd-Vrabieel. Und wir haben Kynorische Kronen dabei, die ihr tauschen wolltet.« Sie grinste: »Und da ist noch etwas!« Sie führte sie auf das Schiff, dessen Deck sehr tief lag. Die Ladung wurde links und rechts in schweren Netzen gehalten. Im gesamten Mittelteil standen Pferde dicht an dicht.

»Xelbura!«, rief Ardoas. Es waren ihre Pferde, die sie in Ioderon hatten zurücklassen müssen. Alle, die damals dabei waren, kamen aufs Schiff und schauten nach ihren Reittieren. Yeraidena näherte sich mit Waroliane auf dem Arm und brachte Velbaree zum Lächeln. »Zordura hat mir eure Botschaft gezeigt«, sagte sie und nahm Waroliane auf den Arm, während Yeraidena und Barudrosk ihre Pferde begrüßten.

Waroliane staunte Velbaree geradezu an. »Sie mag dich«, sagte Ardoas und kehrte mit der Kriegerin an Land zurück.

»Sieht eher aus, als hätte sie Angst vor mir.«

»Es ist gut, dass du hier bist. Manche haben Zweifel, ob wir es schaffen können. Dich hier zu haben wird die Zweifel zerstreuen. Du hast doch Hoffnung, dass wir es schaffen können?«

»Hoffnung? Ich kann es kaum erwarten!«, sagte sie, begrüßte Obureen und Birja und bewunderte gemeinsam mit ihnen Warolianes Mienenspiel.

Ardoas traf sich mit Velbaree auf den Elfenpfaden, wo sie mit ihren Vertrauten untergekommen war. Im großen Saal vor den Wohnräumen setzten sie sich auf die Bank, die den Gräbern Naromees, deren Gefährten und der Veliaru gegenüberlag. Eine Tafel mit der Aufschrift der Namen, die ihnen bekannt waren, schmückte die breite Platte aus weißem Stein.

»Dieser Ort war schon immer etwas Besonderes«, sagte Velbaree. »Der Zauber hier fühlt sich wie daheim an.«

»Es ist Naromees Zauber«, sagte Ardoas.

»Dein Zauber.«

»Ich dachte, du wärst meinetwegen fortgegangen.«

»Ja, und deinetwegen kehre ich zurück. Die Waren hätten auch andere bringen können. Aber ich wollte dich und die anderen noch einmal sehen. Eine große Schlacht steht bevor, und wer weiß, wer von uns überlebt.«

»Du hattest Sehnsucht nach uns?«

»Ja. Ich wollte wissen, ob sich etwas geändert hat.«

»Meine Erinnerungen reifen, und viele Gefühle leben auf. Gefühle für Nyra, die ich liebte, als ich Naromee war, und die ich ans Glanzfieber verlor. Gefühle für die Geliebten meiner anderen Leben. Und Gefühle für dich.«

»Ich hoffe, sie bedrohen nicht, was du mit Daludred und Jerudana hast.«

»Nein. Wie sollte ich je die Gefühle meiner Leben in mir ertragen, wenn ich sie gegeneinander ausspielte?«

»Und in meinem Fall: War es am Ende noch Liebe?«

Er nickte. »Eine Liebe, bei der ich durch meine Selbstsucht alles verloren habe und nun froh bin, dass du dennoch in meiner Nähe sein willst. Ich möchte dir all das sagen, was ich damals nicht in einen Brief niederschreiben konnte. Aber ich weiß noch nicht, wie ich es anfangen soll.«

Sie küssten einander, und Ardoas konnte nicht sagen, wie es dazu gekommen war. Hatte sie den Anfang gemacht, oder aber er? Diesen Kuss hatte er vermisst, doch er verschlimmerte nur noch die Schuldgefühle.

»Verzeihst du mir?«, fragte er. »Dass ich fortging und dich zurückließ?«

»Das habe ich längst.«

»Ich merke bei jeder unserer Begegnungen, dass der Abgrund meiner Schuldgefühle immer tiefer wird. Das verlangt nach immer neuen Erklärungen.«

»Nein«, sagte Velbaree. »Ich verzeihe dir alles – all das, wovon du weißt, und all das, wovon du noch erfahren wirst.«

»Danke, Velbaree.«

»Nun, da das geklärt ist«, sagte sie und zögerte, bis sich ein Lächeln auf ihre Lippen legte. »Was sind wir füreinander?«

»Ehemalige Geliebte, die gerade zu Freunden werden?«

»Das würde ich mir wünschen.«

»Vielleicht ist das längst Wirklichkeit.«

Sie umarmten sich, verharrten lange, und als sich Velbaree von ihm gelöst hatte, sagte sie: »Wann immer du eine Vertraute brauchst, die dir den Rücken stärkt, dir Trost spendet oder wie ein Drache über deine Feinde kommt – dann komm zu mir oder schick mir einen Boten.«

»Das werde ich. Und dass du in Tasraan dabei sein wirst, macht dich zu dieser Vertrauten – nicht nur für mich, sondern auch für Jerudana und Daludred.«

Die Zeit war gekommen. Es war der 8. Ra'alon. Der Frühling war fast vorbei, und die Natur stand in voller Pracht. Der Angriff der Flotte auf die Erluniden würde in einem Monat beginnen. Zordura verkündete, dass alle bereit seien loszuschlagen, doch von dem Plan, dass Ardoas und die anderen in Tasraan Fuß fassten, ehe der Angriff kam, rückten sie nicht ab. Die ioderischen Späher berichteten, dass der Handel ungebrochen weiterging, während die Erluniden die Bewegungen in Ioderon und Kynoris im Auge behielten.

Einige Sabotageakte gegen eines der ioderischen Schiffe schürten nur noch die Entschlossenheit der Verbündeten, und als es Zeit war festzulegen, wer auf der *Orakelblick* nach Tasraan ziehen würde, war weiterhin klar, dass neben Ardoas, Jerudana und Daludred auch Burrid und Golweda sowie Tarnabias und Obureen mitkommen sollten, während Merudoas die Verantwortung für die Verteidigung von Beskadur übernahm.

Von den Jüngeren fragte Jerudana Njeldred und Werldyra, die sofort zusagten. Sie wagte es nicht Yeraidena und Barudrosk zu fragen, doch ihre Tochter, die ihr selbst in Sachen Direktheit in kaum etwas nachstand, nahm Ardoas, Jerudana und Daludred nach dem Mittagessen zur Seite und sagte: »Baru und ich wollen auch mitkommen.«

»Und …«

»Waroliane wird hier gut versorgt sein. Merudoas, Yordowyn und Birja werden über sie wachen.«

»Und wer wird sie stillen?«

»Gurlewaane«, sagte Yeraidena. Die junge Vilbare hatte ihr Kind vier Monate vor Yeraidena bekommen.

Jerudana nickte. »Nach allem, was wir gemeinsam erlebt haben, habe ich euch sehr gerne dabei.«

»Du hast keine Angst, uns zu verlieren?«

»Doch, natürlich. Aber ich habe um euch alle Angst. Aber wenn dein Vater uns begleiten kann, dann kannst auch du uns begleiten. Mir ist nur wichtig, dass du es nicht bereust, sobald wir erst einmal unterwegs sind.«

»Ich werde die Kleine vermissen. Aber ich muss dabei sein. Mein ganzes Leben habe ich darauf gehofft, mit euch loszuziehen, um die Erluniden zu erledigen.«

Yeraidena schaute Daludred an. Er lächelte und sagte: »Darf ich dich und Barudrosk als Leibgarde haben?«

»Natürlich«, sagte Yeraidena und wandte sich an Ardoas. Es überraschte ihn immer noch, dass sie an seiner Meinung interessiert war. »Du findest das auch in Ordnung? Ich würde nicht gehen, wenn du etwas dagegen hättest.«

»Ich bin ein Elf. Und mir scheint, die Elternschaft von Beskadur ähnelt der in meiner Heimat. Die Gemeinschaft wird Waroliane gut behüten, damit wir dich und Baru dabeihaben können.«

Damit stand die Gemeinschaft fest, und auch wenn Ardoas, Jerudana und Daludred einander in der Nacht ihre Sorgen zuflüsterten und sich fragten, was sie tun würden, falls jemand von ihnen nicht zurückkehrte, waren sie froh, dass sie in der Gemeinschaft auszogen, in der sie Zordura gefolgt waren.

»Nur Tarnabias war nicht dabei«, sagte Ardoas.

»Er wird einen hervorragenden Händler abgeben«, flüsterte Jerudana.

»Ich war auch nicht dabei«, sagte Daludred.

»Du warst dabei«, entgegnete Ardoas.

»Du bist immer dabei«, fügte Jerudana hinzu.

»Ja, aber diesmal werde ich mit meiner Gabe an eurer Seite sein.«

TASRAAN

Auf der *Orakelblick* flogen sie nach Nordwesten tief nach Vrabieel hinein. Sie sahen mehrere große Helrauven-Herden durch die blühenden Steppen ziehen, folgten Flüssen und überquerten Seen voller Wasservögel. Zur Tarnung nannten sie das Schiff *Finraweel.* Das war der Name einer kleinen Siedlung nahe Gilaatou im südlichen Vrabieel – einem Bereich, den sie als ihre Heimat ausgaben. Die Übungen, die Idobaal mit ihnen gemacht hatte, zahlten sich nun aus. Sie vermochten nach seinen Anweisungen Segel zu setzen und andere Arbeiten an Bord zu leisten. Die Magiebegabten unter ihnen übten sich darin, das Schiff zu lenken, und selbst die anderen versuchten sich am Steuerrad, um das Schiff zumindest wenden zu können.

Schließlich näherte sich die Gemeinschaft der Stadt Tasraan. Sie erschien, nachdem sie eine Bergkette passiert hatten, inmitten der weiten Landschaft. Nach all den Jahrhunderten hatte die Stadt wenig mit dem Ort gemeinsam, den Ardoas in seiner Vision gesehen hatte. Das dunkle Gestein von einst fand sich in vielen neueren Gebäuden. Die Stadtmauer fehlte teilweise, an anderen Stellen waren die Lücken mit Palisaden gefüllt. Die Stadt zog sich über mehrere Hügel, auf denen sich große Gebäude erhoben, als würden sie über die anderen Häuser herrschen.

Besonders auffällig war der ehemalige Fürstensitz im Westen der Stadt. Für die Öffentlichkeit war es der Sitz des Handelshauses Bulvedes, doch in Wahrheit war es das Heim der Erluniden. Das Anwesen zog sich in miteinander verbundenen Gebäuden den ganzen Hügel hinauf und gipfelte in einer Burg aus trübem

Gestein. An weiten Anlegestellen schwebten dort oben zwei große Dreimaster, die mit ihren vom Bug bis zum Heck stufenweise ansteigenden Decks kaum etwas mit dem Schiff gemein hatten, mit dem die Erluniden Beskadur angegriffen hatten.

Kelbiras Berlenyr, den Tarnabias in ihren Gesprächen als Einziger noch *Caluon* nannte, hatte ihnen Wissen über die Stadt zukommen lassen. Zudem hatten Spione die Verhältnisse ausgekundschaftet. Über Zordura hatte das Wissen zu Daludred gefunden. So war ihnen bekannt, dass die Anlegestellen vermietet wurden und sich bei manchen sogar Häuser anschlossen, in denen sie ihre Waren lagern und zum Kauf anbieten konnten. Da hier alles von einem Rat beherrscht wurde, der nichts weiter war als die Ansammlung der Oberhäupter der großen und geschäftigen Handelshäuser, gab es kaum etwas, das sie daran hinderte, mit ihrem Schiff anzulegen und zu verweilen.

Nachdem sie sich bei der Hafenmeisterei einen der Anlegeplätze mit einem anknüpfenden Handelsgebäude gemietet hatten, erhielten sie Dokumente, die ihnen überall in der Stadt als Beleg dienen konnten – falls sich denn jemand dafür interessieren sollte. Sie mussten nicht einmal ihre Ladung nennen oder irgendeine Art Zoll entrichten. Alles schien über die Miete abgegolten zu sein.

Ihre Geschäfte übernahm Tarnabias, als wäre er tatsächlich ein Händler, der ein Vermögen machen wollte. Njeldred und Burrid begleiteten ihn hinaus in die Stadt, während die Übrigen ihre Sachen vom Schiff holten und sich in dem Haus einrichteten.

Um nicht als Elfen erkannt zu werden, trugen Ardoas, Obureen, Werldyra und sogar Barudrosk Kopftücher, wie sie in Nord-Kynoris bis weit nach Süd-Vrabieel hinein am Boden beliebt, in der Luft aber bei Besatzungen weit darüber hinaus verbreitet waren, um das Haar vor dem Wind zu schützen.

Ihre Kleidung mit Leder und Leinen entsprach dem Gebiet um Gilaatou, wo auf weiten Flächen Viehherden gehalten und Flachs angebaut wurde. Die Waren, die sie führten, gingen jedoch weit über Leder und Leinen hinaus. Velbaree hatte ihnen Werkzeuge und Rüstungen, Kräuter und Gewürze, Stoffballen und Felle nach Beskadur gebracht.

Sie kamen nicht mit einem voll beladenen Schiff, sondern wollten den Anschein erwecken, dass sie entlang der großen Handelsrouten bereits Geschäfte getätigt hatten, in Tasraan aber haltmachten, um hier Waren zu kaufen, die es anderswo nicht gab oder die dort nicht ohne Weiteres zu kaufen waren: Waffen, magische Artefakte und alchemistische Zutaten.

Das Haus, in das sie sich eingemietet hatten, war im Erdgeschoss nichts anderes als ein Lagerraum, mit zwei großen Doppeltoren vorne und hinten und einem Verkaufsfenster zur Marktseite hin. Erst über die Treppe gelangte man zu den Quartieren im ersten und zweiten Stock. Auf dem Flachdach gab es eine kleine Anlegestelle für Boote. Hier hinauf steuerte Idobaal ihr Beiboot und setzte mit ihm in der dafür vorgesehenen Vertiefung auf. Dadurch wurde die Magie des Flugkristalls geschont – wenngleich ihr Stein noch voller Kraft war.

Da sie niemandem in der Stadt vertrauten, bewachten sie das Schiff und das Boot mit je zwei Leuten. Für das Dach waren Ardoas, Jerudana, Daludred und Obureen verantwortlich, für das Schiff die Übrigen.

Nach draußen in die Stadt ließ sich Tarnabias auch weiterhin von Burrid und Njeldred begleiten – manchmal nahmen sie auch Yeraidena mit. Der Tag gehörte ihm, nach Einbruch der Dunkelheit aber machte sich Jerudana oft mit Golweda auf den Weg durch die Stadt, um Informationen zu sammeln. Das alte Spiel, das sie früher als Söldnerin gespielt hatte, beherrschte sie noch immer und entlockte den Leuten Wissen, ohne dass sie es merkten.

Als Jerudana nach dem ersten ihrer nächtlichen Streifzüge zurückkam, fand sie Daludred und Ardoas auf dem Dach auf einer Bank, die halbhohe Mauer an der Anlegestelle des Bootes im Rücken. Aneinandergelehnt starrten sie schweigend in die Nacht hinaus.

»Habt ihr etwas entdeckt?«, fragte sie leise.

»Die Burg da oben versteckt sich vor den Sinnen der Magiekundigen«, sagte Daludred.

»Ich spüre so gut wie nichts«, flüsterte Ardoas. Dabei waren seine magischen Sinne so geschärft wie nie zuvor in diesem Leben.

»Aber ich spüre die Macht, die wir einst in Beskadur fanden«, sagte Daludred. »Eine unterdrückte Macht, die wie ein Flüstern zu mir hindurchdringt.«

»Niadaris ist also wirklich hier«, sagte Jerudana. »Oder ist es wie in Beskadur: dass ihre Macht da ist, sie selbst aber schon längst fort?«

Daludred überlegte und schaute zu dem Anwesen des Handelshauses Bulvedes hinüber, an dem gerade einige mittelgroße Schiffe ablegten. »Niadaris *ist* hier. Die Burg und der Hügel – es ist wie der Felsentempel daheim.«

»Und du?«, fragte Ardoas Jerudana. »Was hast du herausgefunden?«

»Dass das Handelshaus Bulvedes eines der größten der Stadt ist – die wichtigste Stimme im Stadtrat. Die Großen haben sich hier alles aufgeteilt. Sie lassen alles laufen, denn die Stadt lebt davon, dass fremde Schiffe kommen und Waren kaufen, die in ihrer Heimat mit sagenhaften Zöllen belegt oder gar verboten sind. Am meisten verdienen sie mit Giften und Rauschkräutern.«

»Und Erlun?«

»Ist als Gaulubion Bulvedes immer noch Oberhaupt des Handelshauses, tritt aber fast nie in Erscheinung. Man weiß so gut wie nichts über ihn. Nicht einmal im Rat nimmt er den Platz seines Handelshauses selbst ein, sondern lässt sich durch Söhne vertreten.«

»Das heißt, er hat *doch* eine Familie.«

»Man sagt, er hätte überall Geliebte, und es würde niemanden wundern, wenn sein Erbe aus den Königreichen komme. Das wäre bei Gaulubions Vorgängern auch so gewesen.« Von

Kelbiras wussten sie, dass Erlun durch einen Zauber kaum alterte und gezwungen war, alle paar Generationen seinen Tod zu erklären und in der Burg unterzutauchen, um später als vermeintlicher Erbe wiederzukehren.

Jerudana erzählte von anderen Händlern und den Verflechtungen innerhalb der Stadt und erklärte, dass sie vorsichtig sein mussten, um nicht durchschaut zu werden.

»Ich bin so froh, dass wir Tarnabias dabeihaben«, sagte Daludred darauf. »Hast du seinen Akzent gehört? Er spricht wirklich wie jemand aus dem vrabilisch-kynorischen Grenzland.«

Ardoas konnte den Akzent zwar nicht so gut zuordnen wie Daludred, aber auch er war der Meinung, dass Tarnabias die Rolle des geschäftigen Händlers hervorragend spielte. »Er sagte mir vorhin, er habe bereits einen satten Gewinn gemacht.«

Daludred starrte der Burg entgegen. »Wir sind so nahe an sie herangekommen. Am liebsten würde ich sofort dort hochfliegen, aber ich weiß, dass das tödlich wäre.«

»Da sind zwei große Schiffe. Die Spione sprachen von mindestens vier«, sagte Ardoas.

»Die großen Handelshäuser haben Lagerstätten außerhalb der Stadt«, erwiderte Jerudana. »Die Erluniden betreiben in den Bergen eine Mine. Vielleicht sind die übrigen Schiffe dort.«

»Ich hoffe es, denn sonst wäre Beskadur in Gefahr.«

»Jedes Schiff, das am 8. Uchdered nicht hier ist, wird unsere Aufgabe leichter machen«, sagte Jerudana. »Und wenn es so sein sollte, dass die Unseren Beskadur verteidigen müssen, damit wir es hier leichter haben, werden sie es tun. Ich zweifle an vielem, aber nicht an den Beskaduriden.«

Daludred nickte. »Sie lauern sicherlich irgendwo auf den Angriff. Ich sehe eine gewaltige Luftschlacht an einem trüben Tag. Eine Schlacht, wie es sie lange nicht gegeben hat. Ich sehe die Schiffe der Erluniden, wie sie sie in den Belraunenreichen erbeutet haben. Als Piraten haben sie nun mehr Schiffe als das ganze Königreich Kynoris. Es wird gewaltig – falls alles so kommt.«

Ardoas wunderte sich. Daludred hatte nicht einmal seinen Kristall dabei, weil er fürchtete, auf dem Dach könnte jemand dessen Strahlen entdecken. Und doch schien er seine Gabe entfalten zu können.

Tatsächlich hatte Daludred das Gefühl, dass Niadaris' Macht sich über die Stadt ausgebreitet hatte. »Es ist wie damals, als wir im Tal von Beskadur waren und ich euch zu der Stelle führte, wo der Elfenpfad beginnt.«

»Hinterfrage es nicht«, sagte Jerudana. »Öffne dich dieser Macht, und vielleicht kannst du uns Dinge sagen, die uns die Spione nicht sagen konnten.«

Daludred nickte. Er hatte seine Aufgabe erkannt.

Daludred erwachte von einem Traum, an den er sich nur vage erinnerte, der aber von dieser Stadt gehandelt hatte. Er war vor Erschöpfung in Ardoas' Umarmung eingeschlafen. Jetzt lag Jerudana halb auf Ardoas, als lauschte sie seinem Herzschlag. Sie schliefen.

Er liebte diese Nächte der mal gemeinsamen und mal wechselnden Lust. Hatte der Traum davon gehandelt? Vage erinnerte er sich an eine Gestalt in der Nacht. Er griff nach dem Beutel auf dem Stuhl neben dem Bett und holte seinen Kristall daraus hervor. Im schwachen Schein des Lichtsteins, der zwischen ihm und seinen beiden Geliebten lag, wirkte das grüne Artefakt trüb und geheimnisvoll.

Zärtlich strich er darüber und öffnete sich seiner Gabe. Die Erinnerung an den Traum kehrte zurück. Zögerlich folgte er einer Gestalt durch die Straßen, einer Frau. Doch als er zu ihr aufschloss, war es ein Mann. Dann erkannte er, dass er sich geirrt hatte. Er hatte die Gestalt erst als Frau, dann als Mann gelesen, aber sie war yelanidisch.

In seinem Kopf flüsterte eine Stimme: »*Der Traum zeigt den Fluss meines Wesens. Noch ist das Orakel in der Fremde weiblich, doch wenn alles vorbei ist, und erst dann, wird Niadaris das sein, was nia früher war.«* Mit dem Pronomen *nia* folgte Niadaris einer alten elfischen Tradition – so wie Yordowyn.

»Wenn alles vorbei ist«, wiederholte Daludred. »Ich werde darauf achten«, fügte er hinzu und bekam Herzklopfen.

»Du musst dich beruhigen«, flüsterte Niadaris. *»Und ich muss vorsichtig sein. Sie sind aufmerksam. Sie wollen, dass ich ihnen die Pläne unserer Verbündeten offenbare.«*

Daludred bemühte sich, ruhig zu atmen, doch das Herzklopfen blieb. »Du bist in der Burg«, sagte er leise.

»In den Gewölben unter der Burg.«

»Und du weißt von unseren Verbündeten?«

»Es steht im Geflecht des Schicksals geschrieben. Um jedoch Macht über mich auszuüben, müssen sie meinen Blick schmälern. Aber nun wollen sie wissen, was sich tut. Es ist ihnen im Süden zu ruhig geworden. Also geben sie mir ein wenig Spielraum. Und deswegen kann ich zu dir sprechen.«

»Werden sie merken, dass ich hier bin?«

»Falls sie aufmerksam sind, werden sie merken, dass ich etwas sende. Aber alles, was den Kristall erreicht, geht den Weg über Beskadur. Sie werden wie zuvor glauben, dass ich zu dir spreche. Es mag sein, dass es ihnen gleich ist, weil sie glauben, dass du nichts bewegen kannst.«

»Was *kann* ich bewegen?«

»Du wirst deine Gabe einsetzen und den Weg finden, der zu mir führt. Und du wirst das Gespür haben, wo Gefahren lauern. Ohne dich kann es nicht gelingen.«

»Ich bin zu allem bereit.«

»Der Felsentempel war dir ein guter Lehrmeister. Doch sei vorsichtig! Kommst du zu früh zu mir, könnte die Macht, die mich gefangen hält, auch dich ergreifen und sich gegen deine Vertrauten wenden. Sieh es als Prüfung.«

»Das heißt, ich bringe meine Vertrauten in Gefahr, wenn ich sie begleite?«

»Du bringst sie überhaupt erst in dieses Spiel des Schicksals. In

Gefahr werdet ihr alle schweben. Es sind so viele Dinge in Bewegung, dass ich das Ende nicht sehen kann. Aber ich sehe die Dinge, die sich langsam bewegen – die Burg, die Macht unserer Feinde und dein Wesen und dein Vertrauen in deine Geliebten. Es führt ein Weg zu mir, und ihr werdet auf ihm wandeln.«

»Was muss ich über den Weg wissen?«, fragte Daludred.

»Kommt im Morgengrauen jenes trüben Tages mit dem kleinen Boot in den Park auf der Nordseite der Burg. Verhaltet euch, als gehörtet ihr dorthin. Geht die Treppe hinauf, betretet das Gebäude. Im Inneren wartet alles, was ich vorbereitet habe, auf deine Ankunft. Bist du dem gewachsen?«

»Ich weiß es nicht«, antwortete er.

»Ich vertraue dir«, sagte Niadaris. *»Ich habe dir all die Jahre vertraut. Du hast das gespürt.«*

»Ja, das habe ich«, sagte er. Das Herzklopfen war fort, dafür liefen ihm die Tränen übers Gesicht. »Der Zauber von Beskadur – daraus spricht dein Vertrauen. Mit dem Felsentempel hast du mir alles anvertraut. Und dein Kristall hat mir ebenfalls den Weg gewiesen.«

»Und er wird es an jenem Tag wieder tun. Du musst ihn mitnehmen und nutzen.«

»Was, wenn wir scheitern? Bleibt dann dennoch Hoffnung?«

»Es bleibt immer Hoffnung. Falls es scheitert, ist es nicht eure Schuld, sondern meine. Es ist mein Plan – vor langer Zeit gefasst und Stück um Stück dem erhofften Ausgang entgegengeführt. Also: Werdet ihr euch in die Burg unserer Feinde wagen?«

»Wir werden da sein – im Morgengrauen jenes trüben Tages«, antwortete Daludred.

»Dann schmälert nichts mehr meine Hoffnung.«

»Niadaris?«, flüsterte er, doch das Orakel antwortete nicht.

»Was ist los?«, fragte Jerudana mit müder Stimme und schaute ihm entgegen, den Kopf immer noch auf Ardoas' Brust gebettet.

»Niadaris«, sagte er, und als hätte er Ardoas' Namen gesagt, erwachte dieser, strich Jerudana durchs Haar, dann erst erblickte er Daludred.

»Was ist mit Niadaris?«, fragte Jerudana.

»Niadaris hat über den Kristall zu mir gesprochen.« Daludred bemühte sich um ein Lächeln. »Ich weiß, wann und wo wir in die Burg kommen. Sie hat es mir gesagt.«

Jerudana schob sich von Ardoas herunter, drückte den Lichtstein zur Seite und strich mit beiden Händen über Daludreds Bart. »Du weißt, was wir tun müssen, und sagst das so, als wäre es das Schlimmste auf der Welt.«

»Der Weg birgt Gefahren.«

»Auf die wir vorbereitet sind«, sagte Jerudana.

»Auf alle Gefahren, aber nicht auf die eine. Die Macht der Erluniden könnte mich erfassen und mich gegen euch wenden. *Ohne mich* gelangt ihr nicht hinein; *mit mir* schwebt ihr in Gefahr.«

»Wir schweben in jedem Fall in Gefahr«, sagte Jerudana.

»Aber ich möchte nicht, dass sie mich gegen euch wenden. Wir wissen alle, dass eine Macht, die Niadaris gefangen nahm, mich mit Leichtigkeit einfangen würde.«

»Sie werden durch die Schlacht abgelenkt sein«, entgegnete Ardoas. »Wenn wir uns schnell bewegen, dann bleibt ihnen keine Zeit, irgendetwas gegen dich zu unternehmen. Solange wir zusammen sind, wird uns niemand in die Knie zwingen.«

Die Tage vergingen, als wären sie tatsächlich Handelsreisende. Tarnabias spielte seine Rolle meisterhaft, und Jerudana vermochte indirekt vieles über das Handelshaus Bulvedes herauszufinden, aber sie schnappte auch die Gerüchte auf, wonach die großen Handelshäuser sich auf einen Kampf vorbereiteten. Das Gerücht, dass der König von Ioderon eine Flotte zusammengestellt hatte, erreichte Tasraan in diesen Tagen. Sie kam nicht etwa mit Handelsschiffen, sondern aus den großen Handelshäusern. Immer mehr Bewaffnete, ob Söldnertrupps anderer Städte oder aber Räuberbanden, fanden sich in der Stadt ein. Die meisten kamen zu Pferd, denn nur die wenigsten von ihnen konnten sich ein Flugboot leisten.

Es hieß, das Haus Bulvedes habe die anderen Handelshäuser davon überzeugt, dass ein Angriff bevorstehe. Von den Erluniden wurde nicht geredet, vielmehr davon, dass Tasraan der ioderischen Krone zu mächtig geworden sei.

Mit dem Söldnervolk kam auch das Misstrauen in die Stadt. Zwar lief der Handel weiter wie gewohnt, aber die Frage nach Spionen wurde gestellt, und Schiffe, die neu in Tasraan ankamen, wurden kontrolliert. Sie, die schon seit Wochen hier waren, gerieten nur einmal ins Visier: Die Marktgarde wollte ihre Waren prüfen und schaute sich im Erdgeschoss alles an. Tarnabias überzeugte sie jedoch mit seiner Darbietung davon, dass er ein Händler war, dem es tatsächlich ums Geschäft ging. »Da könnt Ihr jeden fragen«, sagte er einige Male, und wie sie später erfuhren, hatte die Garde sich bei anderen über ihn erkundigt und überall das Gleiche zu hören bekommen: Was für ein geschickter Händler Tarnabias sei.

In diesen Tagen schaute Daludred einige Male durch die Sinne Zorduras, und so sah er nun, dass sie auf der *Urbulias* unterwegs war – mit Elfen und Zwergen. Und sie schaute hinüber zur *Beremuul,* auf der Kelbiras mit seinen Leuten war – Menschen, Vilbaren, Belraunen und Raveelen in sandfarbenen Rüstungen und roten Mänteln – rot wie die Fahne des Handelshauses Berlenyr.

Zur anderen Seite waren zwei Schiffe: Auf einem stand Gawanon achterdecks und zog die Blicke auf sich. Auf dem anderen Schiff der kynorischen Krone war zwar nicht zu erkennen, wer dort das Sagen hatte, aber Zordura wusste, dass es Bilgunis war, Daludreds Neffe, der die Handelsroute zwischen Yannau und Barilon zum Erfolg geführt hatte. Die Besatzung bestand aus Bewaffneten aus Yannau und Vaalburg.

»Unsere Verbündeten!«, sagte Daludred und erklärte Jerudana, Ardoas und den anderen, die sich am Esstisch im ersten Stock versammelt hatten, was er sah und durch Zordura wusste. Damit war klar, dass Elusadras und Ardae und damit die Verbündeten von Beskadur hohes Ansehen genossen und der Versuch der rivalisierenden Baronien, die Krone gegen Vaalburg und Yannau aufzubringen, gescheitert war.

Auf einem mittelgroßen Flugschiff vor den kynorischen Dreimastern erblickte Zordura Bewaffnete in grauen Rüstungen und tristen Mänteln. Zarelunda war mit den Yaskandriden gekommen – auf einem Schiff, dessen Bau der ioderische König ihr erlaubt hatte. Das Schiff trug den Namen *Yelenfurt* – nach Jerudanas Familiennamen, den sie lange nicht mehr benutzt hatte und der zugleich die Herkunft der Yaskandriden bezeichnete: die Stadt Yelenfurt. Als Daludred das, was er gewahrte, beschrieb und für einen Moment seinen Blick im Hier und Jetzt schweifen ließ, sah er, dass Jerudana Tränen in den Augen standen. Ihr Vater hätte sich sicherlich niemals träumen lassen, dass die Yaskandriden einst Teil einer Luftflotte sein könnten.

Hinter ihnen folgten zwei Schiffe aus Yaskandrien, von deren Anführer Daludred noch nie etwas gehört hatte. Offenbar wollte die yaskandrische Krone der kynorischen in nichts nachstehen. Die beiden weiteren Schiffe, die versetzt hinter der *Urbulias* flogen, gehörten dem König von Ioderon.

»*Wir sind auf dem Weg*«, flüsterte Zordura vor sich hin. Zuerst dachte Daludred, die Worte wären an ihn gerichtet, als sie sie aber wiederholte, vermutete er, dass sie sich Mut zusprach.

Als Daludred aus Zorduras Sinnen herausschwankte, musste er blinzeln und schaute wieder einmal in die Runde. »Acht große Schiffe, ein mittelgroßes und einige kleine.«

»Acht große Schiffe!«, wiederholte Jerudana.

»Wenn das nicht für eine Ablenkung sorgt, dann weiß ich auch nicht«, sagte Tarnabias.

Ardoas legte Zorduras Kristall auf den Tisch und erweckte ihn. »Es verläuft alles nach Plan. Tut, was ihr tun müsst, und wir werden das Unsere tun.« Mehr sagte er nicht. Er wollte sie nicht von ihrem Vorhaben ablenken. Der Unterschied zwischen dem, was sie über Daludred sahen, und dem, was sie Zordura über den Kristall zuspielten, war, dass Daludreds Wahrnehmung verzögert war.

Da sie alle am Tisch versammelt waren – auch Idobaal, der längst fest zur Gemeinschaft gehörte –, erklärte Daludred, was genau Niadaris ihm durch den Kristall mitgeteilt hatte.

»Ich wusste es«, sagte Burrid. »Sie hat das all die Jahre vorbereitet.«

Tarnabias nickte. »Niadaris kennt die Stärken und Schwächen von Freund und Feind. Das sind keine Orakelsprüche – leichtfertig dahingesagt. Sie ist wie das Oberhaupt einer Streitmacht, das alles überblickt.«

»Wir bleiben also bei unserem Plan?«, fragte Obureen.

Jerudana nickte, sagte dann aber: »Es sei denn, wir wollen uns anders aufteilen.« Es gab keinen Zweifel daran, dass sie, Ardoas und Daludred sich auf das Anwesen der Erluniden wagen würden. Obureen, Burrid und Golweda würden ebenfalls dabei sein.

Daludred wandte sich an Yeraidena: »Du kannst auch hierbleiben und unseren Rückzug sichern.«

Yeraidena schüttelte den Kopf. »Ich werde mein Versprechen halten und dich beschützen, Vater.«

Barudrosk stimmte zu und sagte: »Wo du bist, da werden auch wir sein.«

Njeldred hingegen sagte: »Wir werden bei Idobaal bleiben und euch notfalls den Rückzug sichern.« Werldyra nickte und schaute Barudrosk an. »Wir haben das Signal abgemacht.«

Ardoas lächelte. »Der Lichtzauber!«

»Wir werden auf jeden Fall zur Mittagsstunde auf der Nordseite über das Gelände fliegen«, sagte Njeldred.

Jerudana blickte Tarnabias herausfordernd an. »Hast du es dir überlegt?«, fragte sie.

»Ich liebe euch, aber mich kriegt niemand in diese Burg.«

»Du willst dich nicht noch ein letztes Mal mit deinen alten Gefährtinnen der Gefahr stellen?«

»Ich fürchte, es könnte wirklich mein letztes Mal werden. Außerdem: Wie du dich erinnerst, war ich meist derjenige, der für unsere Flucht verantwortlich war. Und genau das werde ich nun gemeinsam mit Njeldred und Werldyra tun. Es sei denn, ihr braucht tatsächlich noch ein Schwert.«

»Nein«, sagte Jerudana und schaute in die Runde. »Wir tun in der Burg unser Werk, und ihr tut auf dem Schiff das eure – und die Flotte wird draußen vor der Stadt ihre Aufgabe erfüllen.«

ZWISCHEN SCHIFFEN UND GEWÖLBEN

Vor Sonnenaufgang kamen sie im Erdgeschoss zusammen, um sich auf den Tag vorzubereiten. Sie waren gerüstet und bereit, das zu tun, worauf sie so lange hingearbeitet hatten. Daludred trug einen Gambeson unter seinem Mantel, und er war mit Ardoas' Stab bewaffnet, mit dem er sich in Beskadur im Kampf geübt hatte.

Ardoas führte als Waffe sein Schwert. Er trug die Rüstung, die seine Eltern ihm im Namen Ilbengrunds geschenkt hatten. Der magische Stein, der innen in sie eingelassen war, sprühte nur so vor der Magie, die er in Beskadur in sich aufgenommen hatte. Neben der Rüstung würde auch Zorduras Ring ihm Kraft spenden. Ihren Kristall trug er in einem kleinen Beutel. So konnte er seiner Tante Botschaften senden.

Während Ardoas keinen Schild dabeihatte, nahm Jerudana den ihren mit – einen magischen, der ihr über die Jahre gute Dienste geleistet hatte. Sie würde mit Schwert und Schild an Ardoas' Seite sein. Manchmal würde Obureen dazukommen, manchmal Burrid mit Golweda. Sie hatten das Kämpfen in verschiedenen Konstellationen geübt.

Auch Yeraidena und Barudrosk hatten sich im gemeinsamen Kampf erprobt. Sie führten Ovalschilde und schmale Schwerter mit sich. Zudem hatte Barudrosk Wurfmesser dabei und Yeraidena ihren Bogen.

Sie alle hatten dunkle Mäntel an, wie sie die Erluniden zu tragen pflegten.

Tarnabias hatte in großen Mengen Mäntel gekauft, als mehr und mehr Söldner in der Stadt erschienen waren. Seine Vermutung, dass die Erluniden und auch die anderen Handelshäuser, die sich zu einem Kampf bereit machten, die Söldner durch die Farbe ihrer Mäntel markieren wollten, erwies sich als wahr. So hatte er nicht nur ein gutes Geschäft gemacht, er hatte ihnen auf diese Art auch die Mäntel besorgt, ohne dass es sie verdächtig machte.

Daludred war sich sicher, dass Niadaris' Rat darauf anspielte, dass sich viel Söldnervolk in der Stadt befand. Jerudana hatte sogar beobachtet, dass mehrere Dutzend Bewaffnete durch eines der Tore auf das Anwesen des Handelshauses Bulvedes gegangen waren. Auf diese Weise würden sie – so ihre Hoffnung – mit den dunklen Mänteln und ihren eigenen Rüstungen als Söldnertrupp erscheinen.

»Sie wissen, dass unsere Verbündeten kommen«, sagte Daludred. »Sie bereiten sich vor, und die anderen Handelshäuser unterstützen sie.«

»Gemeinsam haben sie zehn große Schiffe«, sagte Tarnabias. »Die Erluniden haben dazu viele kleine Boote. Das könnte für die Unseren schwer zu überblicken sein.«

»Unsere Verbündeten haben sich lange auf einen Luftkampf vorbereitet«, sagte Ardoas. »Wie viele dieser Söldner können das von sich behaupten?«

Jerudana nickte. »Die Zahlen sind auf ihrer Seite; die Fähigkeiten auf der unseren.«

»Zordura kommt«, sagte Daludred, als wäre es die Antwort auf eine Frage, und blickte scheinbar ins Leere.

»Kannst du durch ihre Sinne schauen?«, fragte Jerudana.

»Nein, aber es ist wie in Beskadur. Ich spüre sie da draußen. Die Flotte kommt. Wir müssen jetzt aufbrechen.«

Sie gingen hinauf auf das Flachdach. Hier verabschiedeten sich Ardoas und Jerudana von Njeldred, Werldyra, Tarnabias und auch von Idobaal.

»Wenn wir uns das nächste Mal sehen, werden wir die Erluniden bezwungen haben«, sagte Jerudana und wusste, dass dieser Ausgang längst nicht gesichert war.

»Ich weiß, dass ihr es schaffen werdet«, erwiderte Njeldred. »Wir werden hier draußen wachsam sein.«

Jerudanas Abschied von Tarnabias war wortlos. Er drückte sie an sich und schaute sie mit glänzenden Augen an. Es war kein Ausdruck der Angst, sondern der Verbundenheit. Ihnen war es immer um das Gleiche gegangen: um eine blühende Gemeinschaft. »Vielleicht erfüllt sich heute alles, wofür wir gearbeitet hatten«, sagte er.

Die Nacht war noch nicht vorüber, doch Zorduras Blick vermochte viel zu sehen – die Schiffe der Verbündeten und die Stadt in der Ferne. Und sie sah Schiffe in den Bergen neben der Stadt. Die Boote der Späher hatten sie gewähren lassen. Die Erluniden sollten wissen, dass sie kamen. Ardoas hatte ihr eine letzte Botschaft gesandt. Sie waren bereit, ihren Plan durchzuführen. Jetzt bereits mussten sie sich auf den Weg zur Burg gemacht haben. Daludred hatte mit Niadaris Kontakt gehabt, weil die Erluniden dem Orakel in ihrer Verzweiflung Raum gewährt hatten, damit es mehr über ihre Flotte preisgab. Doch genau darum ging es: dass alle Augen auf sie gerichtet waren.

Die Erluniden hatten in den vergangenen Monaten viel versucht, um sie aufzuhalten. Sabotageakte, sogar die Entführung einiger Steuerleute. Doch nichts hatte die Gemeinschaft davon abgehalten, ihre Streitmacht in Bewegung zu setzen.

Neben Zordura erschien ein Schatten, den sie nur an seiner fein gegliederten Magie erkannte. »Bist du gekommen, um zu sehen, ob dein Werk aufgeht, Glosstor?«

Der Zwergenmagier lachte. »Nein. Ich bin gekommen, um zu sehen, ob Niadaris' Werk aufgeht.«

Durch die Dunkelheit flogen sie über die Stadt. Daludred saß am Heck und flüsterte zu Ardoas, der eine Hand am Ruder hielt, die andere an dem Flugstein, der neben ihm in die Bank eingelassen war. »Bring diesen Glockenturm zwischen uns und die Burg«, sagte Daludred, und Ardoas tat es, ohne zu fragen. Er musste an damals denken, als sie zum ersten Mal nach Beskadur gelangten und er und Jerudana Daludreds Anweisungen gefolgt waren. So war es auch jetzt. Sie bewegten sich, sie verharrten, sie änderten den Kurs – alles, wie Daludred es wollte.

Am Fuße des Hügels herrschte noch Dunkelheit und Stille, oben, auf der Südseite der Burg aber, bewegten sich Kriegsleute auf den beiden hell erleuchteten Schiffen, während kleinere Schiffe und Boote nach Süden ausschwärmten. Und auch auf den Anwesen der anderen großen Handelshäuser leuchten Feuer und Lichtsteine und offenbarten Vorbereitungen. Ihre Aufmerksamkeit schien ebenfalls nach Süden gerichtet zu sein.

»Sie machen sich zum Kampf bereit«, flüsterte Ardoas, den Blick auf die Burg der Erluniden gerichtet.

Obureen, die mit Jerudana vor ihm und Daludred saß, zeigte nach Nordwesten in die Dunkelheit. »Da sind noch weitere Flugschiffe!« Jerudana konnte nichts erkennen, aber Ardoas sah die Magie wie Blitze hinter Wolken. »Das müssen die übrigen Schiffe der Erluniden sein«, sagte Obureen.

»Wie viele?«, fragte Jerudana.

Obureen konnte es nicht sagen, und auch Ardoas und Barudrosk vermochten es nicht zu erkennen. Es war wie ein Unwetter, das aufzog. Diese Flotte der Erluniden machte einen Bogen um die Stadt, als wollte sie nicht zu früh zu den beiden anderen Schiffen stoßen.

Daludred schaute nach Süden und ahnte, wo die Verbündeten sich bewegten. Wie eben schon zog es ihn in Zorduras Sinne. Sie flog mit der *Urbulias* an der Spitze der aufgefächerten Flotte und rief Glosstor entgegen: »Das Schiff muss vor Magie strahlen! Sie müssen uns sehen!« Kaum war Daludred mit den Sinnen wieder bei sich, sagte Ardoas: »Da! Das ist Magie!«

»Wie ein magisches Leuchtfeuer«, erklärte Obureen. »Das sind unsere Leute.«

Sie waren so nahe ans Anwesen der Erluniden herangekommen, dass sie die Rufe hören konnten, die von der Südseite der Burg in die heraufschleichende Dämmerung drangen. Als draußen vor der Stadt Lichtstrahlen in die dunstige Luft stachen und umherschwenkten, schien es kein Halten mehr zu geben. Das erste der beiden großen Schiffe legte ab, das zweite folgte nur einen Moment später.

»Los!«, sagte Daludred, und Ardoas ließ das Boot zwischen den raschelnden Baumkronen hinausschießen.

Da all die Aufmerksamkeit nach Süden gerichtet war und die Mauern merkwürdig dünn besetzt wirkten, flogen sie unbehelligt auf das Anwesen. Mit einem großen Bogen wollte Ardoas zur Hinterseite des Anwesens fliegen, doch Daludred sagte: »Nimm den direkten Weg!« So lenkte Ardoas das Schiff sofort der Burg entgegen. Auf der Ebene der Anlegestellen schien in jedem Raum Licht zu brennen, darüber zeigte sich wie zuvor, dass nach Süden hin Wachsamkeit herrschte, während der Norden der Burg zu ruhen schien.

In einem Park hinter der Burg schwebten sie zwischen Bäumen und sahen in der Nähe zahlreiche Zelte – allesamt schienen leer. Hier mussten die Söldner gelagert haben, die die Erluniden sich für die Schlacht angeworben hatten.

Ardoas setzte sanft mit dem Boot auf dem Boden auf, und schon stiegen sie links und rechts aus, kamen davor zusammen und lauschten auf die Umgebung.

»Bist du bereit?«, fragte Jerudana Daludred leise.

»Nein, aber ich sehe Pfade vor uns. Wir müssen uns beeilen.«

Die ersten Schritte machte Daludred zögerlich, dann aber führte er sie in das verlassene Lager der Söldnertruppen. Es war ihm, als könnte er die Leute spüren, die hier vor Kurzem noch in den Zelten gelegen und an den Feuern gesessen hatten. Die Müdigkeit, das Wachrütteln, das Ausrüsten und Losziehen – all das war für ihn noch greifbar.

»Sie haben nicht einmal Wachen zurückgelassen«, sagte Jerudana.

»Keine Wachen an der Treppe zum Hintertor«, sagte Obureen und wies voraus. »Das riecht nach einer Falle!«

»Keine Falle«, sagte Daludred leise und führte sie der Treppe entgegen.

Jerudana tauschte einen Blick mit Ardoas. Sie beide vertrauten auf Daludreds Gespür, und dennoch mochte auch er sich täuschen.

Sie waren nicht einmal bei den ersten Stufen angekommen, als zwei Wachen oben am Ende der Treppe erschienen. Sie trugen zwar dunkle Mäntel, doch ihre hellgrauen Gambesons, die braunen Hosen und die Hellebarden passten zu den Wachen der Handelshäuser, nicht so sehr zu den Erluniden.

»Ihr seid spät!«, sagte einer der beiden Männer und schien Jerudana anzuschauen, die neben Daludred ging.

»Wir kämpfen normalerweise bei Tageslicht, nicht in der Dämmerung«, erwiderte sie und näherte sich mit Daludred und den anderen.

»Kommen da noch mehr?«, fragte der andere Gardist.

»Mag sein, dass im einen oder anderen Zelt noch jemand liegt«, antwortete Jerudana.

»Seid Ihr der Anführer?«, fragte der erste Gardist und musterte sie.

»Ich bin die Anführerin. Wo geht's zu den Schiffen?« Sie waren oben bei den Wachen angekommen und erblickten vier weitere, direkt jenseits des offen stehenden Tores.

Der Gardist, der Jerudana gemustert hatte, wies ins hell erleuchtete Innere der Burg und sagte: »Geht hindurch. Falls die großen Schiffe fort sind, sollt ihr euch für die Boote bereithalten.«

»Danke«, erwiderte Jerudana und ging, ohne zu zögern, voran. Daludred folgte ihr und war froh, dass er nicht das Wort hatte ergreifen müssen.

Mit zielstrebigen Schritten passierten sie die vier Wachen

jenseits des Tores. Jerudana deutete einfach mit einem fragenden Blick voraus; die Wachen nickten gelangweilt.

Der breite Gang hatte offenbar in den letzten Stunden etlichen als Weg vom Lager zu den Schiffen gedient. »Es muss eine Falle sein«, flüsterte Obureen. Sie kamen über verlassene Kreuzungen und schauten in Gänge, in denen sich niemand bewegte. Ardoas vermutete, dass die Erluniden ihre Wachen auf den Schiffen und Booten benötigten und deswegen hier kaum Leute zu finden waren.

Daludred überlegte, welchen Weg sie nehmen mussten. Er konnte es im Vorbeigehen nicht sagen. Jede Abweichung mochte auffallen und sofort das Chaos erwecken, vor dem er sich fürchtete. Als der Hauptgang sich auf halbem Wege mit einem breiten Seitengang kreuzte, warf Daludred einen Blick zurück zu den Wachen und einen voraus, wo jenseits des Tores Leute durcheinanderliefen.

»Kommt«, sagte Daludred und bog nach rechts auf den Seitengang ein. Alarmrufe vom Hauptgang und hallende Schritte verrieten, dass die Wachen ihr Abweichen vom Weg bemerkt hatten.

Daludred blieb vor einer unscheinbaren Doppeltür stehen.

Obureen, Burrid und Golweda wandten sich zur Kreuzung um, während Yeraidena ihren Bogen zur Hand nahm und Barudrosk ein Wurfmesser bereithielt.

Ardoas und Jerudana blieben bei Daludred und schauten ihn fragend an. Er hatte das Gefühl, als hätte er diese Doppeltür aus der Ferne immer wieder betrachtet – eine Tür, die allen, die sie geöffnet und geschlossen hatten, längst nichts mehr bedeutete, ihm aber wie eine Lücke erschien. Es gab keine Klinken oder Griffe an den Torflügeln. »Eine magische Tür«, sagte Daludred.

»Wir haben keine Zeit dafür!«, entgegnete Jerudana und zog ihr Schwert.

Daludred legte seine Hand auf die Tür, doch der Zauber war anders als der in Beskadur. Der Felsentempel antwortete ihm, hier aber musste er Befehle erteilen. Er holte seinen Kristall aus dem Beutel und sagte: »Geht nicht weg!«, dabei hatten die anderen sich nicht bewegt.

»Zu spät«, sagte Obureen, als die Schritte so laut waren, dass die Wachen im nächsten Moment auf der Kreuzung erscheinen mussten, und für einen Augenblick konnte Jerudana sie sehen, dann aber wurde es finster. All die Lichtsteine, die die Gänge erleuchteten, waren erloschen, und Daludred lächelte in die Finsternis hinein, denn sein Kristall hatte das vollbracht.

Flüche drangen von der Kreuzung her, dann Gebrüll und Anrufe irgendwelcher Gefährten.

Daludred führte den Kristall an die Tür. Es knarzte vor ihnen, und ein matter Schein traf Daludred und Ardoas. »Schnell!«, sagte Daludred und lief durch die offene Tür. Ardoas war der Erste, der ihm folgte, und wagte einen Blick in den kleinen Raum, der zu einer Wendeltreppe heranreichte. Die Stufen führten in die Tiefe.

Jerudana kam als Letzte, schob die Tür hinter sich zu und drückte sich dagegen. Da schlug etwas von außen gegen die Tür. Fluchend versuchten die Wachen, die Torflügel aufzustoßen. Burrid und Golweda kamen an Jerudanas Seite und stemmten sich mit ihr dagegen.

»Wie verriegeln wir es?«, fragte Yeraidena.

Barudrosk schob sich neben seiner Mutter nach vorne und legte die Hand auf einen der Flügel. Er stutzte und schüttelte dann den Kopf. »Ich habe keine Ahnung, wie das gehen soll.«

Jerudana schaute sich um, ob es einen Balken oder irgendein Möbelstück gab, mit dem sich die Tür blockieren ließ. Da kam Daludred neben sie, und kaum hatte er den grünen Kristall gegen die Tür geführt, knirschte es in den Wänden, und ein Klackern zog sich durch die Türflügel, das in ein schlürfendes Geräusch überging. Die Flügel rührten sich nicht mehr, und die Stimmen von draußen verstummten mit einem Mal.

Jerudana ließ von der Tür ab und betrachtete sie misstrauisch. Auch Burrid und Golweda zogen sich vorsichtig einen Schritt zurück.

»Was wird hier gespielt, Daludred?«, fragte Obureen.

»Niadaris hat all die Jahre diesen Ort für uns ausgekundschaftet und in diesem Kristall verborgen. Die Erluniden hätten ihn sonst gefunden. Die Türen, das Licht, einfach alles hat Niadaris diesem Stein anvertraut. Wir hatten den Schlüssel zu dieser Burg die ganze Zeit bei uns.« Vorsichtig bettete er den Kristall wieder in den offenen Beutel, in den er jederzeit hineingreifen konnte.

Daludred deutete voraus. »Wir müssen uns beeilen. Es gibt andere Wege. Und selbst wenn sie diesen Wachen nicht offenstehen, unsere Feinde sind nun gewarnt.« An Jerudanas Seite ging er zu Ardoas, der an der Treppe stand und lauschte. Auch Daludred bemühte sich, etwas zu hören, aber irgendetwas lenkte ihn ab. Wie in Beskadur flüsterte dieser Ort zu ihm, aber hier waren unzählige Dinge in Bewegung. Vorne an der Burg herrschte Aufregung, tief unter ihnen verbreitete sich Zweifel. Und draußen vor der Stadt schwankten die Gefühle. Er wäre fast die Treppe hinabgestolpert, aber Ardoas fing ihn auf.

Daludred fragte sich, ob der Ort gerade versucht hatte, sich seiner zu bemächtigen? Oder hatte er nur die Sinne ihrer Verbündeten gestreift?

»Es sind Schleichwege der Mächtigen«, hörte er Niadaris' Stimme flüstern. »Habt ihr das gehört?«, fragte Daludred.

»Nein, was ist los?«, erwiderte Obureen.

»Ich … ich«, sagte er und schnappte nach Luft. »Dieser Ort! Es ist so viel.«

Jerudana und Ardoas stützten Daludred, während er die kahlen Wände betrachtete, als wären sie voller atemberaubender Gemälde. »Sie ist da unten«, sagte. »Aber *er* ist auch da unten. Erlun. Dies ist sein Pfad – sein schneller Weg hinab und wieder herauf.« Daludred wurde schwindelig. Für einen Moment sah er ein Segel vor sich, als schöbe sich das, was draußen geschah, über das Geschehen hier. Er hörte sich einen Befehl rufen – auf Elfisch, mit Zorduras Stimme. Die Sinneseindrücke, die er bewusst gesucht hatte, drängten sich ihm hier auf.

Zordura stand auf dem Achterdeck und beobachtete das, was die Lichtstrahlen, die von den magischen Schilden am Bug ausgingen, in der Dämmerung erfassten. Es bestätigte sich, was Ardoas ihr gesagt hatte: Die Erluniden hatten die anderen Handelshäuser in Tasraan davon überzeugt, mit ihnen in den Kampf zu ziehen.

Die Schiffe der Erluniden hielten sich im Westen, die der übrigen Handelshäuser blieben im Osten. Offenbar wollten sie einander nicht zu nahe kommen.

Gawanon, Kelbiras und Bilgunis warteten mit ihren Schiffen im Westen auf die großen Schiffe der Erluniden. Zwei legten gerade von der Burg ab, fünf weitere kamen in einem Bogen von Nordwesten.

Die beiden übrigen Schiffe aus Ioderon und die beiden aus Yaskandrien schwärmten im Osten umher und machten sich für den Kampf gegen die sechs großen Schiffe der Handelshäuser bereit.

Zordura hielt sich in der Mitte auf, war mit ihrem Gefolge – Schiffsleuten aus Ioderon und Bewaffneten aus ihrer Heimat – bereit, mal hierhin und mal dorthin zu schwenken. Sie wollte die *Urbulias* zu einer scheinbaren Zielscheibe machen und die Feinde in die Falle locken.

Vermochten die Lichtstrahlen die großen Schiffe in der Dämmerung leicht zu erfassen, entgingen ihnen die mittelgroßen und kleinen Schiffe – und vor allem die zahlreichen Boote der Erluniden, die um die großen Schiffe herumschwirrten wie Glühwürmchen um einen Baum.

Zordura gab den Steuerleuten den Befehl, in die Mitte des Schlachtfeldes zu fliegen. Wie die Spinne im Netz würden sie darauf lauern, dass ihnen die Feinde zu nahe kamen.

Im Osten wagten sich die Yaskandriden bereits weit vor. Kleine Schatten flogen über sie hinweg, in denen Lichter tanzten und dann herniederregneten und auf den Schiffen Feuer entfachten.

Zordura legte die Hand an den Kristall, den sie hier oben für sich in ein Podest, gleich denen der Steuerleute, hatte einsetzen lassen. Damit konnte sie hier, wie Glosstor vorne, einige der Lichtstrahlen steuern. Sie schwenkte nach links oben, erfasste Dutzende von kleinen Booten, die vonseiten der Erluniden hinübergeschwenkt waren. Einige von ihnen gerieten wegen des Lichts, das die Steuerleute blendete, ins Schlingern.

Zordura färbte den Lichtstrahl rötlich, und sofort schossen die Ilbengrunder Bogenschützen schräg in die Höhe und zwangen die Feinde zum Umdrehen.

Der Jubel, der sich mittschiffs erhob, erstarb sofort, als Glosstor von vorne einen anderen Lichtstrahl auf zwei mittelgroße tasraanische Schiffe richtete, die auf sie zustrebten.

»Macht euch bereit!«, rief Zordura.

Jerudana und Obureen führten sie an. Ardoas folgte mit Daludred, der abwesend wirkte. Die Wendeltreppe wand sich im Schein trüber Lichtsteine in die Tiefe. Auf jeder Etage gab es eine magische Tür. Erst an der fünften Tür hatte Daludred das Gefühl, dass sie richtig waren. Das Treppenhaus führte zwar noch weiter in die Tiefe, aber Daludred fürchtete, dass auf dem direkten Weg etwas lauerte.

Zögerlich brachte Daludred seinen Kristall mit der Tür in Berührung, und als sie sich auftat, war es, als öffnete sich nicht nur ein Gang vor ihm, sondern auch die Gewissheit, welchen Weg er nehmen sollte.

Auf dem Gang passierten sie Türen, hinter denen Ardoas pulsierende Magie spürte. Es erinnerte ihn an damals, als er sich mit den anderen in den Gängen unter Yerebal bewegt und die

Pflanzenmagie der Stadt gespürt hatte. Hier aber fühlte er nur die grobe Magie der Erluniden.

An der nächsten Kreuzung traf der Gang auf einen breiteren; Daludred hob vor der Ecke die Hand und bedeutete ihnen abzuwarten. Irgendwo wurde eine Tür geöffnet. Schritte hallten den Gang entlang und verstummten. Kaum schlug eine andere Tür zu, gab Daludred Jerudana und Obureen einen Wink, und sie bogen um die Ecke. Mit leisen Schritten, die Waffen bereit, bewegten sie sich auf dem Gang.

Daludred fühlte sich als Teil des Geschehens, das hier in verschiedenen Strömungen umherfloss. Er führte sie in einen Seitengang, wartete mit ihnen, bis er das Gefühl hatte, dass sie weitermussten. Wären nicht ab und zu Stimmen, Schritte oder sich öffnende oder schließende Türen zu hören gewesen, er hätte selbst an seinem Empfinden gezweifelt. So aber führte er sie auf umständlichen Wegen zu Türen, die der Kristall ihnen öffnete und hinter denen Treppen in die Tiefe führten.

»Warum bleiben wir nicht auf einer Treppe?«, flüsterte Yeraidena ihm nach einer Weile zu.

»Weil wir auf den anderen Wegen entdeckt worden wären«, antwortete er. »Es ist wie ein Traum, den ich wieder und wieder träumte, bis ich den Weg durch dieses Labyrinth kannte.«

»Dieser Traum«, sagte Ardoas. »Könnte Niadaris ihn in all den Jahren des Wartens geträumt haben?«

Daludred hielt auf der Treppe an und legte den Finger an den Mund. Sie alle rührten sich nicht und schwiegen. Daludred schaute Ardoas an. Schließlich flüsterte er: »So fühlt es sich an. Dass ich ausführe, was sie geplant hat.«

Er führte sie weiter, und jeder Bereich wirkte wie eine Antwort auf die Frage, was sich unter dem Handelshaus Bulvedes befand. Ob es das raue Gewölbe war, in dem Rüstungen und Waffen gelagert wurden, oder die kahlen Gänge, wo sich hinter Metalltüren vermutlich Schätze häuften – die Wahrheit fanden sie, als Daludred sie in eine Halle führte, von der Röhrengänge abgingen und in der Ardoas überall Magie spürte, die durch den Boden und die Wände floss.

An der Wand hing ein grau-rotes Banner, auf dem ein schwarzer Drache abgebildet war. »Das Banner der Erluniden. Hier machen sie kein Geheimnis daraus, wer sie sind«, sagte Daludred. »Hier ist es.«

Jerudana nickte. Dieser Ort brachte den magischen Funken, den sie in sich trug, zum Flackern. »Selbst ich kann den Zauber spüren«, sagte sie und schaute in der Hoffnung in Daludreds Gesicht, die erstaunte Zuversicht, die sie in seiner Stimme bemerkt hatte, in seiner Miene zu finden, doch Daludred blickte sich um, als schwebten Geister um sie herum, und sagte dann: »Draußen! Njeldred! Er ist in Gefahr!«

Während Idobaal die *Orakelblick* der Luftschlacht entgegensteuerte, bemühte sich Njeldred an der Seite von Werldyra darum, die Feinde von ihrem Schiff fernzuhalten. Eines der Boote schwebte neben ihnen her, driftete immer wieder an sie heran, und die Erluniden versuchten, sie mit ihren Speerspitzen zu treffen. Einige nutzten sogar die Augenblicke, in denen Schiff und Boot nahe beieinander waren, um an Bord zu springen.

Werldyra wich einem Speerstich aus, geriet dadurch aber in Gefahr. Ein Erlunide, der hinter ihr an Bord gesprungen war, hob bereits den Säbel. Njeldred lenkte die Klinge mit seinem Schwert zur Seite und versetzte dem Gegner einen Tritt, der ihn genau in die Speerspitzen seiner Verbündeten trieb.

»Festhalten!«, brüllte Idobaal. Das bedeutete, dass er die Richtung ändern würde. Neben Werldyra wandte er sich von dem Boot ab und hielt sich an dem Seil fest, das am Schanzkleid entlanglief. Das Schiff kippte zur Seite. Der Erlunide, der den eigenen Leuten in die Waffen gelaufen war, ging schreiend über Bord. Schwungvoll schwebte das Schiff zur Seite und rammte das Boot. Holzsplitter flogen in die Luft, und mit einem lauten

Knacken geriet das Boot der Erluniden ins Zittern und stürzte schwankend in die Tiefe.

»Eine Blockade!«, rief Idobaal und wies voraus.

Ein mittelgroßes Schiff, das von je zwei Booten flankiert wurde, kam ihnen entgegen.

»Halt sie gerade!«, befahl Tarnabias, der am Bug stand.

Idobaal tat wie ihm geheißen. Er hielt direkt auf das mittlere Schiff zu, schwenkte kurz davor jedoch nach Steuerbord und brachte eines der Boote zwischen sich und das Schiff. Das Boot flog an ihnen vorüber, und das Schiff, das voller Bewaffneter war, machte eine behäbige Wende, doch schon hatten sie es passiert. Die vier Boote aber drängten im nächsten Moment von links und rechts an sie heran.

Tarnabias gesellte sich zu Njeldred und Werldyra.

Njeldred schaute die Reihe der kampflüsternen Krieger entlang und bemerkte, dass Werldyra ihren Bogen bereit machte. Schon der erste Schuss verwandelte begierige Mienen in ängstliche. Und dennoch suchten die Boote ihre Nähe.

Ein rotes Licht erfasste die beiden Boote backbord, und im nächsten Moment hagelten Pfeile herab. Unter Schreien krümmten sich die Bewaffneten, und das eine Boot tauchte nach unten weg, das andere wandte sich von der *Orakelblick* ab und suchte das Weite. Die Schiffe zur anderen Seite ließen sich in großzügigen Flugbahnen zurückfallen.

Da traf ein rotes Licht die *Orakelblick*.

»Runter!«, brüllte Tarnabias, und Njeldred sah noch, wie Idobaal sich hinter das Ruder duckte, dann warf er sich an Werldyras Seite auf die Stufen zum Vorderdeck. Die Pfeile prasselten hernieder – die einen prallten ab, die anderen bohrten sich ins Holz.

Tarnabias fluchte und rettete sich mit einem Sprung neben sie. In seinem Bein steckte ein Pfeil. »Was für eine Chaosfakke!«, stieß er aus und riss sich den Pfeil aus dem Bein. Während der Pfeilhagel aufhörte, das Schiff aber immer noch in rotes Licht getaucht war, legte Werldyra ihre Hand auf Tarnabias' Wunde.

Njeldred schaute zu der rot-grünen Fahne hinauf, die ihren Verbündeten als Zeichen hätte dienen sollen.

»Abdrehen?«, fragte Idobaal lauthals.

»Niemals!«, erwiderte Tarnabias und stöhnte vor Schmerz, und zu Werldyra und Njeldred sagte er: »Lieber darauf hoffen, dass unsere Freunde uns erkennen, als darauf zu hoffen, dass unsere Feinde eine plötzliche Einsicht haben!«

Der Lichtschein wandelte sich von Rot in Violett.

»Was bedeutet das?«, fragte Tarnabias, und Njeldred wünschte sich, man hätte sie in die Einzelheiten der Zeichen eingeweiht. Ein Knall vor dem Schiff, und sie wurden durchgeschüttelt. Eine Kugel schwebte mittschiffs über das Deck und zog einen Funkenschweif hinter sich her.

»Der nächste wird uns sicherlich nicht verfehlen«, sagte Njeldred.

»Wir müssen abdrehen!«, rief Idobaal.

»Wir drehen nicht ab!«, entgegnete Tarnabias. »Oder?«, fragte er und schaute Werldyra und dann Njeldred an.

Njeldred war hin- und hergerissen. Er blickte zurück, wo sich Boote der Erluniden sammelten.

»Idobaal!«, rief Njeldred. »Mach das, was du in Beskadur mit uns zum Spaß gemacht hast.«

»Festhalten!«, rief Idobaal.

Sie hielten sich am Geländer der Treppe fest, und schon begann das Schiff zu schwanken, zugleich flog es in Wellen auf und ab.

»Es hat keinen Sinn«, rief Werldyra, während der Lichtschein sie immer wieder einfing. »Das Schiff ist zu schwerfällig, um ihnen zu entkommen.«

»Ich will ihnen nicht entkommen«, erwiderte Njeldred. »Ich will, dass sie auf uns aufmerksam werden und genau hingucken.«

Zordura hatte viele ihrer Aufgaben delegiert. An den Kristallen, die an verschiedenen Stellen mit dem magischen Geflecht des Schiffes verbunden waren, erfassten Magiekundige die feindlichen Schiffe mit einem Lichtstrahl und entfesselten Zauber, die sie und Glosstor in Ioderon über Monate vorbereitet hatten. Die yerebalischen Kraftsteine im Bauch des Schiffes glühten, und es war fraglich, wie lange sie all diese Zauber noch nähren konnten.

Zordura hatte vor allem Augen für des Geschehen auf der Westseite, wo Gawanon mit seinem Schiff vorstieß und gleich drei der großen Schlachtschiffe der Erluniden in einen Kampf verwickelte. Eines hatte er sogar mit einem Zauberspruch gelähmt. Es stürzte zwar nicht ab, rührte sich aber nicht von der Stelle und wurde so zu einem Ziel der kleineren Schiffe und Boote, die ihre Krieger dort absetzten.

Als sie nach Osten blickte, erspähte sie eine Reihe Schiffe, die in rotem Licht schwebten; eines versuchte dem violetten Licht, das sie als Ziel für einen Zauber markierte, mit abwegigen Flugmanövern auszuweichen. Da erblickte sie die grün-rote Fahne – die vereinbarten Farben für die *Orakelblick*.

Mit der Hand an ihrem Kristall stand sie am Pult neben dem Steuerrad und suchte mit ihren magischen Sinnen den Schild an der Steuerbordseite, der das violette Licht aussandte. Sie fand ihn und löschte den Zauber aus.

Dann schaute sie aufs Hauptdeck hinab und rief: »Die *Orakelblick* nähert sich Steuerbord voraus!« Sie konnte nur hoffen, dass es Ardoas und den anderen gelungen war, in die Burg einzudringen und sie hier nicht etwa ihr Vorhaben hatten abbrechen müssen.

»Markiert sie grün!«, rief sie hinab. Es war nichts anderes als der Befehl, das Schiff zu schützen. Kaum erfasste grünes Licht die *Orakelblick*, strebte es geradewegs auf sie zu. Aber die Boote der Erluniden holten auf. Verstreut näherten sie sich und drohten sie einzuholen, ehe sie bei ihnen wären.

Ein Pfeil traf Idobaal, und er verschwand hinter dem Ruder. Das Schiff war stabil, trieb aber voraus und wurde langsamer. Als wäre es eine Aufforderung, sprangen links und rechts Bewaffnete an Bord. Gemeinsam mit Tarnabias und Werldyra bemühte sich Njeldred, die Treppe zum Achterdeck zu verteidigen. Tarnabias hastete die Stufen hinauf und fluchte. Njeldred fürchtete um Idobaal. Ohne ihn wären sie verloren.

Einer der Bewaffneten wagte sich brüllend vor, und Njeldred schlug dessen Klinge zur Seite, woraufhin Werldyra den Krieger mit einem Schwertstich zurücktrieb. Wie er es in Beskadur wieder und wieder geübt hatte, kämpfte Njeldred im Einklang mit Werldyra. Obwohl er sich nicht von den kleinen Treffern, die seine Feinde ihm versetzten, ablenken ließ, wusste er, dass sie diesen Kampf nicht gewinnen konnten. Sie mussten sich über die Treppe aufs Achterdeck zurückziehen. Oben angekommen, hatte Njeldred gerade genug Zeit, um zu erkennen, dass Idobaal benommen dasaß und Tarnabias ihm gut zuredete. Ein Pfeil steckte in seiner Schulter.

Die Feinde strebten die Treppe herauf, und Njeldred und Werldyra hielten sie ab. Da kam Tarnabias mit einem Speer zu ihnen und stach links und rechts zu – überall, wo Feinde die Treppe umgehen und zu ihnen heraufklettern wollten. In der Mitte kämpften Werldyra und Njeldred im Einklang, doch es waren zu viele Gegner.

Die Feinde zogen die Toten und Verletzten von der Treppe und setzten nach. Als der Andrang Njeldred und Werldyra dazu zwang, zum Ruder zurückzuweichen und auch Tarnabias an ihre Seite kam, wusste Njeldred, dass sie dies nicht überleben konnten. Sie warteten auf den letzten Angriff.

Etwas traf das Heck des Schiffs und schickte einen Ruck über das Deck. Die Feinde vor ihnen starrten, dann griffen sie an. Nur drei kamen auf sie, die anderen liefen an ihnen vorüber, und Njeldred hatte keine Zeit zu schauen, gegen wen sie dort ankämpften. Tarnabias stach mit seinem Speer einem Feind in die Brust und drängte ihn gegen seine Verbündeten, und Werldyra und Njeldred nutzten das Taumeln aus, um ihre Gegner niederzustrecken.

Steuerbord flog ein langes Schiff an ihnen vorbei, und Pfeile schossen schräg auf die Feinde hinab, die vom Hauptdeck nachrücken wollten. Wer nicht zu Boden ging, versuchte sich auf die Boote zu retten.

Njeldred wandte sich nach links und sah zwei Bewaffnete in Elfenrüstungen. Die eine Person trug ein Kurzschwert, die andere einen kurzen Stoßspeer und einen Schild. Auf der anderen Seite kämpfte eine Elfe drei Feinde mit zwei Bewegungen ihres Schwertes nieder, dann trat sie an ihn heran. Er erkannte sie sofort an ihren blauen Augen.

»Velbaree!«, sagte er und spürte die Schmerzen in Schulter, Arm und Bauch. Kleine Wunden, die auf den Augenblick der Erleichterung gewartet hatten.

Die beiden Elfen, die sich nun auf die Treppe begaben, um die letzten Feinde zu vertreiben, waren Odewyn und Jalmon.

»Alles gut, Njeldred?«, fragte Velbaree.

Er schnappte nach Luft und wandte sich zu Idobaal um. Coreldava war bei ihm, hatte ihm bereits den Pfeil aus der Wunde gezogen und ihm ihre heilenden Hände aufgelegt.

»Danke, Velbaree«, sagte er immer wieder.

Die feindlichen Boote ringsum zogen sich vor ihnen zurück. Die Elfen schienen ihre Pfeile ununterbrochen abschießen zu können, obwohl ihr Langboot immer wieder im engen Bogen um das Schiff flog. Es schien, als hätten sie sich mit den Beinen verkeilt und dadurch beide Hände frei. Der Steuermann, ein Elf in leichter Rüstung, dessen Lockenhaar im Wind zitterte, hielt beide Hände am Ruder. Einen Kristall schien er nicht berühren zu müssen. Selbst bei der Flucht der Erluniden gelang es dem Elfen, das Schiff so zu positionieren, dass die Schützen ihr Ziel fanden. Er schwenkte, verharrte und flog weiter, kaum dass die Pfeile abgeschossen waren.

»Wer ist dieser Steuermann?«, fragte Njeldred.

»Das ist Lydon – Ardoas' Bruder.«

Njeldred staunte. Selbst Idobaals gequälte Rückkehr ans Ruder konnte ihn nicht davon abbringen, dem Bruder seines Warledyr mit dem Blick zu folgen. »Dann ist das das Flugschiff, an dem er all die Jahre gearbeitet hat?«

»Ja, das ist die *Ilbengrund!*«, sagte Velbaree.

»Was ist mit Njeldred?«, fragte Jerudana mit verzweifelter Miene. »Sag's endlich!«

»Verzeih!«, erwiderte Daludred und lächelte. »Er ist gerettet. Erst einmal.« Er schaute Ardoas an. »Velbaree ist da! Mit ihren Vertrauten auf der *Ilbengrund.*«

»*Ilbengrund?*«, erwiderte Ardoas.

»Das Schiff deines Bruders. Er ist der Steuermann!«

»Lydon ist hier?« Ardoas konnte sich kaum vorstellen, dass sein Bruder, der Ilbengrund nie weiter als bis Derothur den Rücken gekehrt hatte, hier sein sollte.

»Er hat unserem Sohn das Leben gerettet«, entgegnete Daludred. »Die Feinde fürchten ihn und seine Flugkünste.«

»Wie steht die Schlacht?«, fragte Obureen.

Daludred nickte langsam, während er den Gang hinunterschaute und überlegte, ob es ein guter Augenblick wäre weiterzugehen. »Wir sind unterlegen. Die Erluniden haben unzählige kleine Schiffe und Boote!«

»Das heißt, sie haben auch unzählige Magiekundige abgezogen, um die Flugkristalle zu beherrschen«, sagte Barudrosk.

Daludred nickte. »Nur wenige der Schiffe können ohne Magiekundigen betrieben werden. Und die Boote sind voll besetzt. Mit ihren Leuten und Söldnern.«

»Deswegen ist es hier so leer«, sagte Burrid.

»Können die Unseren bestehen?«, fragte Jerudana.

Daludred lächelte. »Wenn Fähigkeiten über die reinen Zahlen triumphieren – dann können sie gewinnen. Die Magie wirkt überall. Zordura! Glosstor! Gawanon!«

»Wenn sie nicht gewinnen können, dann vermag das niemand«, sagte Yeraidena und brachte Barudrosk zum Nicken.

»Sie müssen nicht gewinnen, sondern uns nur genug Zeit verschaffen«, sagte Daludred. Er schaute zur Decke und hatte das Gefühl, die erlunidischen Wachen spüren zu können, wie sie die oberen Etagen absuchten.

Schritte hallten in der Ferne. »Wir müssen weiter«, flüsterte Daludred und wies zur Seite in einen Gang.

Während sie Daludred folgten, ließ Ardoas seinen magischen Sinnen freien Lauf. Dieser Ort machte kein Geheimnis aus seiner Macht und seiner Absicht. Alles floss der Mitte entgegen.

Mit Daludreds Kristall öffneten sich ihnen weitere Türen und Tore, und je weiter sie kamen, umso verlassener wirkte die Umgebung. Daludred hatte keine Scheu mehr zu reden. »Wir sind bald da«, sagte er.

»Es ist wie in Beskadur«, flüsterte Ardoas, der trotz aller Zuversicht Daludreds fürchtete, dass hier irgendwer auf sie lauerte. »Nur viel gröber, zwingender, gewaltsamer. Dieser Ort wurde geschaffen, um zu unterdrücken.«

Aus dem Gang gelangten sie in eine lange Halle, auf die sieben Röhrengänge mündeten. »Hier ist es zu still«, sagte Jerudana.

Daludred wies auf den breiten Gang auf der anderen Seite der Halle. »Caluon war hier. Er kam den langen Weg. Hier unten dürfen nur jene hin, denen Erlun vertraut.«

Das Tor, vor dem sie standen, war mit Eisen beschlagen, und es fehlte ihm jede Zier. Daludred brachte den Kristall mehrmals damit in Berührung, doch es rührte sich nichts. »Dieses Tor entzieht sich Niadaris' Macht«, sagte er. »Durch Lücken fand sie Wege zu den Türen und dem Licht oben. Aber diese Pforte müssen wir mit anderen Mitteln öffnen.«

»Warum kann sie es bei diesem Tor nicht?«, fragte Jerudana.

»Weil alles hier unten darauf aus ist, Niadaris zu binden.« Er hatte Angst, dass diese Macht auch ihn erfassen würde. Doch noch vermochte er seine Gabe zu verwenden, um hinaufzuschauen in die Schlacht. Die *Orakelblick* machte an der *Urbulias* fest, die unbeweglich wie eine Insel wirkte.

Ardoas versuchte sich an dem Tor und scheiterte, und auch Barudrosk gelang es nicht, das Tor zu öffnen. Gemeinsam machten sie sich daran, das Geflecht des Zaubers, der sich vor ihren magischen Sinnen erstreckte, zu enträtseln.

»Wir haben keine Zeit«, sagte Daludred und wies auf den Gang gegenüber. »Sie kommen! Ihr müsst schnell sein.«

»Hier ist etwas«, sagte Barudrosk. »Spürst du diesen Übergang von verschiedenen Zaubern?«

Ardoas begriff erst nach einem Augenblick, was Barudrosk meinte. Die Zauber der Erluniden waren so grob, dass sie sich nur schwer miteinander verweben ließen. Es entstanden Zwischenräume. »Das könnten die Lücken sein, die Daludred meinte«, sagte er leise. »Vielleicht können wir sie nutzen.«

Sie erprobten die Räume, die die groben Zauber der Erluniden ihnen boten, da ertönten Schritte, und Daludred deutete erneut auf den Gang gegenüber. Dort erschienen Bewaffnete in verstaubten Rüstungen und dunklen Mänteln.

Die Erluniden hatten sie aufgespürt.

Die *Orakelblick* machte nun neben der *Ilbengrund* an einem der beiden kynorischen Schiffe fest, und Njeldred kam mit Werldyra und Velbaree Bilgunis zu Hilfe. Njeldreds Cousin und Ulaidera, die Hauptfrau der Yannauer Schwerter, waren von Feinden umgeben. Ein ganzer Söldnertrupp wütete auf dem Schiff, und gerade als Njeldred und Werldyra sie von zwei Angreifern befreit hatten, stach ein dritter Ulaidera das Schwert in die Brust. Zitternd zahlte sie ihrem Angreifer den Stich gleichermaßen heim. Sie sah zu, wie er von ihrer Klinge glitt und sank dann selbst zusammen.

Bilgunis schrie auf und verlor jegliche Vorsicht. Während er sich zu Ulaidera auf den Boden warf und sie an sich drückte, übernahm Njeldred mit Werldyra und Velbaree seine Verteidigung. Odewyn kam hinzu und hielt die Feinde mit gezielten Speerstichen und Schlägen mit dem Schild ab, während Jalmon mit schnellen Stichen seines Kurzschwertes, das er hinter seinem kleinen Schild hervorschnellen ließ, zwei Feinde niederstreckte und zwei weitere in die Flucht schlug. Als dann auch noch Coreldava kam und mit magischen Stößen die Feinde von Bilgunis forttrieb, konnten sie sich für den Moment halten.

»Bilgunis!«, rief Njeldred. »Ruf deine Leute zu uns!«, fügte Werldyra hinzu.

Mit einem Wutschrei erhob sich Bilgunis und stürmte mit dem Schwert in der Hand auf die Feinde los. Voller Sorge folgte Njeldred ihm mit Werldyra und Velbaree.

»Bilgunis!«, rief Njeldred, doch nichts konnte seinen Cousin dazu bringen, den Angriff zu mäßigen.

»Wir müssen fort«, sagte Werldyra in einer kurzen Atempause. »Sonst sterben wir hier!«

Ein Ruck ging durch das Deck. Von Steuerbord war ein mittelgroßes Schiff gegen sie gestoßen, und Bewaffnete sprangen an Bord.

Für einen Augenblick überlegte Njeldred, ob sie fliehen konnten, um wenigstens nicht einen sinnlosen Tod zu sterben, da erkannte er die vermeintlichen Gegner an ihren grauen Rüstungen. Die Yaskandriden! In ihrer Mitte näherte sich eine Frau, die in ihren Bewegungen seiner Mutter ähnelte, wenngleich sie mehr Kraft und weniger Geschick in ihre Schwerthiebe steckte. Aus ihrem Helm quoll ergrautes Haar hervor. Es war Zarelunda.

Die Yaskandriden bewegten sich mit Dutzenden Bewaffneten und mit solcher Entschlossenheit über das Deck, dass ihre Feinde den Befehl zum Rückzug gaben.

Bilgunis wollte den Feinden nachsetzen, doch Njeldred packte ihn am Arm, was seinen Cousin dazu brachte, das Schwert gegen ihn zu erheben, und erst als er ihn erkannte, entglitt ihm die Waffe, und er schaute an ihm vorbei zu Ulaideras Leiche. »Es ist alles vorbei«, sagte er unter Tränen.

Njeldred übergab Werldyra sein Schwert und fasste Bilgunis an den Schultern. »Wir brauchen dich, Bilgunis! Wir müssen stark sein, damit alle ihren Teil tun können.«

»Ich kann nicht.« Er schaute zu Zarelunda, die sie mit besorgter Miene begrüßte und auf Ulaideras Leiche starrte.

»Übernimmst du die Verantwortung?«, fragte Bilgunis Zarelunda. Sie wirkte zunächst überrascht, dann aber nickte sie. »Bleib in meiner Nähe«, sagte sie. »Dann überstehen wir den Tag.«

Njeldred behielt Bilgunis im Auge. Zwar war das Schiff befreit und die Feinde erst einmal auf dem Rückzug, aber eine Frage nagte an ihm: Wie würde er reagieren, wenn er Werldyra verlöre? Er schaute sie an, und sie lächelte und sagte schließlich: »Du denkst es auch? Du fragst dich, was du tun würdest, wenn …?«

Njeldred nickte.

Der Kampf vor der Pforte war entfacht. Während sich Barudrosk, von Yeraidena beschützt, weiterhin mit seiner Magie am Tor zu schaffen machte, kämpfte Ardoas zwischen Jerudana und Daludred. Jerudana war wie immer meisterhaft mit ihrem Schwert und ihrem magischen Schild, und was Daludred an Kampfkunst fehlte, glich er durch seine Vorahnungen aus. Es war, als würde für ihn der Kampf so schleppend verlaufen, dass er genug Zeit hatte, über jede seiner Bewegungen nachzudenken.

Ein Aufschrei Yeraidenas ließ sie alle drei herumfahren und machte sie angreifbar. Ardoas traf ein Schwert am Bauch, doch die Rüstung ließ den Stich nicht hindurch. Dennoch trieb ihn der Schlag zurück, und er spürte, wie die Magie, die in der Rüstung wirkte, aufflammte.

Jerudana hob gerade rechtzeitig den Schild, Daludred duckte sich, ohne zu schauen, unter einem Schwerthieb weg und attackierte den Krieger, der Yeraidena eine Wunde über der Hüfte zugefügt hatte. Er kam von der Seite und schlug dem Mann mit dem Stab gegen die Beine, sodass er rücklings zu Boden fiel. Stöhnend stach Yeraidena dem Mann das Schwert in den Leib und beendete dessen Leben.

Barudrosk ließ von dem Tor ab, um Yeraidena zu heilen, doch sie wies ihn zurück. »Das halte ich aus. Mach weiter!«

»Ich schaffe es nicht«, sagte Barudrosk.

»Dena! Lass dich heilen!«, sagte Daludred. »Baru! Nach der Heilung machst du weiter am Tor!« Nach diesen Worten wandte er sich ab und kam wieder an Ardoas' Seite. »Wir brauchen dich am Tor«, sagte er.

Ardoas zog sich zurück, nachdem Burrid und Golweda ihre Gegner verletzt und in die Flucht getrieben hatten.

»Hast du Fortschritte gemacht?«, fragte Ardoas Barudrosk, der gerade seine heilende Hand auf Yeraidenas Wunde legte. Unter den Anstrengungen des Zaubers stöhnend sagte er: »Es ist wie ein Labyrinth.«

Ardoas legte seine freie Hand auf das Tor und tastete sich Stück um Stück mit seiner Magie vor. Ein Hauch von Barudrosks Zauber war im Geflecht verblieben. Er folgte diesem Hauch wie einer Reihe von Wegmarken in einer unübersichtlichen Landschaft.

Um Konzentration bemüht, schloss er die Augen und hörte den Befehl eines Mannes. »Rückzug!«, rief dieser, und Schritte entfernten sich. Während die Erluniden mit lauten Schritten davonliefen, spürte er, dass etwas anderes sich aus einem der Seitengänge näherte – etwas Magisches, das er schon einige Male gespürt hatte.

Entsetzt schlug er die Augen auf. »Macht euch bereit!«, rief er. »Ein Dämon!« Er zeigte in den Seitengang neben ihnen, direkt gegenüber dem Gang, aus dem sie gekommen waren.

Daludred starrte mit Entsetzen in den schattigen Gang; er spürte die Anwesenheit des Wesens nicht. Es war nicht Teil des Geflechts, das sich seiner Gabe erschloss.

Die Gefährten bauten sich vor dem Gang auf. Dank Ralustanes Zaubersprüchen haftete jeder ihrer Waffen ein magischer Hauch an, der Dämonen schaden konnte. Ob es auch für diesen galt, war ungewiss.

Jerudana und Daludred standen Seite an Seite und sahen den kugeligen Schatten, der den kompletten Röhrengang auszufüllen schien – als wäre diese ganze Ebene allein für dieses Wesen geschaffen worden.

Yeraidena war wieder auf den Beinen, holte ihren Bogen vom Rücken und legte einen Pfeil auf die Sehne.

Barudrosk kehrte an Ardoas' Seite zurück. »Lasst mich das machen«, sagte er. »Sie werden dich brauchen.«

»Folge meinen Spuren«, erwiderte Ardoas und löste die Hand von der Pforte. Kaum hatte er zwischen Jerudana und Daludred Stellung bezogen und das Schwert gehoben, schoss die kugelartige Kreatur, die sie alle überragte und sich auf spinnengleichen Beinen bewegte, in den Raum. Die fahle Haut des Wesens war von rötlichen Mulden überzogen. Vorne hatte es Dutzende Augen, aber kein Maul oder etwas Ähnliches.

Mit einem Schmatzen schoss etwas aus zwei der Mulden hervor. Dunkelrote Greifarme züngelten umher. Der eine peitschte von oben zwischen Obureen und Burrid auf den Boden, der andere fegte Golweda zur Seite und stieß sie gegen das Tor. Ihr Gambeson war teilweise zerfetzt, aber offenbar nicht durchdrungen. Da sah Ardoas es: Die Greifarme waren mit Dornen übersät.

Yeraidena schoss einen Pfeil ab – direkt in eines der vielen Augen des Wesens. Ein gedämpfter Schrei ertönte. Mit dem Aufreißen der Haut unter den Augen suchte sich der Schrei einen Weg in die Freiheit und legte dabei zwei Reihen Reißzähne frei.

Obureen schlug mit dem Schwert auf den sich am Boden schlängelnden Tentakel. Diesmal brüllte der Dämon ohne Verzögerung, und mit einem Schlag öffneten sich mehrere Körperstellen und Tentakeln schossen heraus. Sie schwangen umher und brachten den Dämon ins Taumeln.

Burrid stach mit dem Speer nach einem der Beine und brachte das Wesen aus dem Gleichgewicht. Es rollte zur Seite und schlug mit den Tentakeln wild um sich. Jerudana und Ardoas sprangen zurück, Burrid eilte zu Golweda hinüber und hob den Schild, während Obureen auf dem Weg zu Yeraidena zu Boden stürzte. Ein hoch erhobener Fangarm zitterte über ihr, während sie sich hin und her rollte.

Daludred lief los.

»Nein, Daludred!«, rief Jerudana und wäre ihm nachgelaufen, hätte Ardoas sie nicht zurückgehalten. Was sie beide sahen, verschlug ihnen den Atem: Daludred lief voran, wich einem Tentakel zur Seite aus, tauchte unter einem weiteren hinweg, ging neben Obureen in die Hocke, hob den Kampfstab und brachte ihn mit dem herabpeitschenden Tentakel in Berührung. Der Fangarm zuckte zur Seite und verfehlte Daludred nur um Haaresbreite. Obureen kroch rückwärts Yeraidena entgegen; Daludred lief mit ihr mit, es kam ein Tentakel von links, ein anderer von rechts.

»Nein!«, brüllte Jerudana und lief los. Ardoas war an ihrer Seite, und sie beide mussten zusehen, wie Daludred sich zu Boden warf und die Dornen des einen Fangarms über seinen Rücken streiften und ihn aufschreien ließen.

Er hatte den einzigen Ausweg genommen, den ihm das Wesen gelassen hatte. Der Rücken schmerzte zwar, aber die Rüstung hatte ihn vor dem Schlimmsten bewahrt. Er kroch vorwärts, rollte sich dann zur Seite und blieb liegen, als er Jerudana und Ardoas über sich sah. Er hatte Angst, dass er seine Geliebten gerade in eine Todesfalle gelockt hatte.

Zordura hatte sich verschätzt. Der Zauber, den sie vorbereitet hatte, um den großen Schlachtschiffen der Erluniden zuzusetzen, brauchte zu lange, um sich aufzubauen. Die feindlichen Schiffe drängten von allen Seiten an sie heran. Immer wieder sprangen Feinde an Bord. Die Angriffe brachten ihren Plan ins Wanken, die mittleren und kleinen Schiffe mit Zaubern vom Himmel zu holen. Da die Wolken sich allmählich auflösten und der Tag zu hell wurde, als dass ihre Lichtmarkierungen noch deutlich sichtbar gewesen wären, schwanden ihre Vorteile dahin.

Unten auf dem Hauptdeck war Glosstor in Schwierigkeiten. Er schleuderte zwar Blitz um Blitz und schlug damit an der Seite seiner Kriegsleute Welle um Welle der Angreifenden zurück. Mit seinen hängenden Schultern und den Pausen zwischen den Angriffen wirkte er jedoch müde.

Ein Pfeil verfehlte Zordura nur knapp. Von der Seite kam ein Flugschiff. Sie duckte sich, behielt aber die Hand am Kristall. Die *Ilbengrund* erschien über ihr und schlängelte hinter den Angreifern her. Zordura war beeindruckt von Lydons Flugkünsten. Er kreiste über Achterdeck und Hauptdeck und hielt damit die Feinde ab.

»Wir müssen etwas Neues probieren«, sagte Tarnabias, der mit Njeldred und Werldyra wieder mit der *Orakelblick* bei ihnen angelegt hatte. Idobaal war unter Deck und ruhte sich von den Strapazen aus.

Zordura hatte Tarnabias einige Male geheilt. Sie hielt ihn in seiner Nähe, weil er ein gutes Auge für das Schlachtgeschehen hatte. Nach den ioderischen Offizieren, die den Tod gefunden hatten, war sie froh um jede Hilfe.

»Wir haben etwas Neues«, sagte Zordura. »Aber es ist noch nicht bereit. Der Zauber muss sich erst aufbauen.«

Da erblickte sie vor ihnen ein brennendes Schiff der Feinde, von dem sich Velbaree und ihre Vertrauten gerade auf die *Ilbengrund* hinüberretteten. Sie hatten das kleine Schiff der Erluniden, das voller Amphoren mit brennbarem Öl war, tatsächlich gekapert, es nun auf Kurs der Feinde gebracht und in Brand gesteckt. Während sie mit der *Ilbengrund* davonflogen, stürzte das lodernde Schiff auf einen der erlunidischen Dreimaster, der ihnen den Weg zur Burg versperrte, und entfachte ihn mit einer gewaltigen Stichflamme.

»Das ist *die* Gelegenheit!«, rief Tarnabias.

»Nun gut«, erwiderte Zordura. »Das wird entweder ein Befreiungsschlag oder unser größtes Scheitern.« Sie legte die Hand auf den Kristall, mit dem sie die Zaubersprüche von der Brücke aus über das ganze Schiff beherrschen konnte. Der Zauber war noch nicht bereit, noch nicht fein genug verwoben. Sie veränderte ihn, indem sie ihm den magischen Fluss eines der großen Kristalle, die unter Deck ruhten, zur Verfügung stellte und damit seine Kräfte nährte.

Das Strahlen, das sich am Bug an den Metallschilden verbreitete, war bereits der sich anbahnende Zauber. Mit einem Erbeben des Schiffes löste sich eine Lichtkugel vom Bug und zog einen Funken sprühenden Schweif hinter sich her. Sie flog dem großen Schiff der Erluniden entgegen, das als einziges die Burg noch absicherte. Die Kugel schwebte über die stufenweisen Decks hinweg bis zum Achterdeck hinauf und tauchte dort mit Donnergrollen alles in grelles Licht.

Als das Licht verging, neigte sich der Bug des Schlachtschiffes nach unten, und es sank in aller Langsamkeit dem Boden entgegen. Das magische Geflecht des Schiffes war zerschnitten!

Während sich bei ihr an Bord Jubel erhob, versuchte die Besatzung auf der anderen Seite dem sinkenden Schiff zu entkommen. Einige Boote und Schiffe in der Nähe nahmen die Ihren auf. Jene, die ihnen zugesetzt hatten, zogen sich zurück.

»Von wegen *unser größtes Scheitern!*«, rief Tarnabias.

Nach so viel Bangen genoss Zordura diesen Augenblick der Erleichterung. Dann aber wandte sie sich an die Steuerleute und sagte: »Haltet auf das Schiff zu! Wir fliegen darüber hinweg zur Burg!«

Das Wesen bemühte sich, an Daludred heranzukommen. Selbst mit verletzten Beinen bewegte es sich noch. Sie wichen ein Stück zurück, doch nicht so weit, dass Barudrosk vom Tor abrücken musste. Burrid und Golweda leisteten mit ihren Schilden Widerstand. Kaum hatte Jerudana einen Tentakel mit ihrem Schwert abgewehrt, schlug Ardoas danach.

Dabei hatte Jerudana den Eindruck, das Wesen stieße seinen Schrei zu früh aus, als erwartete es bereits Ardoas' Hieb. Als sie aber den Abdruck ihres Schildbuckels wie eine Brandwunde an einem der Fangarme sah, presste sie ihren Schild seitlich gegen den Tentakel, den Burrid gerade von sich fernhielt. Das Wesen schrie auf, zog den Fangarm zurück und drehte sich von ihnen fort.

Jerudana setzte nach. Kaum kam ihr Schild gegen den Körper des Wesens, schrie es auf, und die Tentakel wirbelten wild umher. Ardoas und Obureen versetzten dem Dämon gleichzeitig einen Schwertstich; Yeraidena schoss einen weiteren Pfeil ab; Burrid und Golweda nahmen Daludred in die Mitte, und sie stachen alle drei, den Kopf in Deckung, über den Schild hinweg nach dem Wesen.

»Ich habe es!«, rief Barudrosk, und ein Knirschen verkündete, dass sich das Tor öffnete.

Das Ungetüm schrie nun ununterbrochen. Ein Tentakel schlug zwischen Obureen und Ardoas auf dem Boden auf und blieb liegen, andere zogen sich mit einem schlürfenden Geräusch in den Körper des Wesens zurück. Der Dämon wandte sich ruckartig Ardoas zu und biss nach ihm. Während Ardoas den Schwertarm zurückzog, sprang Jerudana ihm zur Seite und presste ihren Schild gegen die Augen des Ungeheuers. Das Geschrei fand solche Höhen, dass es in den Ohren schmerzte.

Der Dämon wandte sich von ihnen ab und taumelte mit verletzten Beinen und blutleeren Wunden davon.

Obureen wollte dem Ungetüm nachsetzen.

»Nein!«, rief Daludred. »Keine Zeit!«

Während das Wesen sich jaulend in den Gang zurückzog, aus dem es gekommen war, wies Daludred erneut auf den Gang, in dem die Wachen verschwunden waren. »Sie haben sich gesammelt«, sagte er.

»Sie wollen wohl sehen, was von uns übrig geblieben ist«, erwiderte Yeraidena und folgte Barudrosk durch das geöffnete Tor.

Während er sich der Pforte näherte, spürte Ardoas bereits eine Macht vor sich, wie er sie sonst nur aus dem Orakelsaal in Beskadur kannte. Der Blick öffnete sich in einen halbrunden Saal. Gegenüber begann hinter einem Torbogen ein weiterer Röhrengang, in dem blaugrünes Licht strahlte und ein Funkeln lag.

Burrid und Obureen schlossen rasch das Tor. Barudrosk legte seine Hand darauf, verzog das Gesicht vor Anstrengung, und als er die Finger zurückzog, sagte er: »Ich verstehe den Zauber nicht, aber ich hoffe, das wird sie ein wenig verwirren.«

»Da hinten!«, rief Daludred. »Da ist es!« Er führte sie in den Gang gegenüber. Edelsteine waren hier in die Wände und in den Boden eingelassen. Ardoas spürte den magischen Fluss, der darin strömte und sogar die Luft erfüllte.

Der Gang endete in einem kleinen Raum vor einem grau getünchten Doppeltor.

»Wir sind da«, sagte Daludred und konnte es kaum glauben. »Hinter diesem Tor ist Niadaris.« Er hatte das Gefühl, dass die Erluniden bereits auf dem Gang waren, doch als er sich umwandte, war dort niemand. Sein orakelhafter Blick, der sonst nur auf die Gegenwart und die Vergangenheit gerichtet war, schien dem Geschehen nun vorauszueilen.

Schnell brachte Daludred seinen Kristall mit dem Tor in Berührung, doch es tat sich nichts. Er bat Barudrosk darum, sich daran zu versuchen. Dessen zweifelnde Miene verwandelte sich in eine verbissene, kaum dass er seine Hände auf die Pforte presste. Mit dem Zauber, den er am großen Tor erprobt hatte, öffnete sich ihnen hier die Doppeltür.

Behutsam betrat Daludred als Erster den erleuchteten Raum. Er war rund – wie der Orakelsaal in Beskadur, nur viel kleiner. Die Kristalle im Gewölbe spendeten kühles Licht. In der Mitte erhob sich ein kugelartiges Gebilde, das aus blassen Ästen geflochten schien. Ein breiter Kreis aus glatten Edelsteinen umgab dieses Kugelnest. Ein Pfad dieser funkelnden Steine kam ihnen entgegen, links und rechts verschwanden weitere in hüfthohen Röhren, in denen Kristalle von außen in die Mitte stachen.

Das ganze Gewölbe glitzerte, und gegenüber dem Eingang führte ein weiterer Edelsteinpfad durch einen Torbogen, aus dem Ardoas Elfenmagie entgegenstrahlte. Es war der Zauber der Elfenpfade.

Daludred trat an das Kugelgebilde heran und sagte: »Darin liegt sie.«

»Die ganzen Jahre?«, fragte Jerudana.

»Nein. Dort hinten darf Niadaris Niadaris sein. Der Preis: dass sie hier in diesem Geflecht ist, wenn Erlun es befiehlt.«

Jerudana bemühte sich, zwischen den Ästen hindurch Niadaris' Gestalt zu erkennen, aber das Geflecht war so dicht, dass ihre Blicke nicht hindurchfanden.

Barudrosk schloss den Eingang und verriegelte ihn mit seinem notdürftigen Zauber. »Euch ist klar, dass wir in der Falle sitzen?«, fragte Yeraidena.

»Genau die Ruhe, die wir gerade brauchen«, sagte Ardoas und holte Zorduras Kristall hervor. Er entfesselte dessen Zauber und erklärte Zordura in einer Botschaft, was geschehen war und wo sie sich nun befanden.

Daludred versuchte die Zweige des Geflechts mit den Händen zu lösen. Als auch eine Berührung mit seinem Kristall nichts bewegte, trat Ardoas mit seinem Schwert vor. Kaum spürte Ardoas, dass die Kraft aus Zorduras Ring durch seine Hand in die Klinge floss, schlug er auf die zähen Zweige ein und durchtrennte einen nach dem anderen.

»Sei vorsichtig«, sagte Daludred, als eine blasse Hand zum Vorschein kam. Sie glänzte, als wäre sie mit Öl bestrichen. Der Ärmel eines hellblauen Gewandes tauchte auf.

Daludred berührte Niadaris' Hand, zog seine Finger aber sofort wieder zurück. Die Haut des Orakels glühte beinahe vor Magie, und doch war es regungslos wie eine Leiche.

»Lebt Niadaris?«, fragte Ardoas.

»Ja«, sagte Daludred und zögerte. »Sie schläft einen magischen Schlaf. Nur so kann sie längere Zeit in dem Gebilde bleiben.«

Es raschelte vor ihnen, als bewegten sich unzählige Wesen in dem Nest. Wie Schlangen wanden sich Zweige, lösten sich voneinander und gaben den Blick auf eine Elfengestalt frei. Niadaris entsprach der Gestalt, die Ardoas durch die Augen von Beskadur gesehen hatte. Ihr braunes Haar glänzte, das auf grobem Stoff gefertigte Kleid, das sie trug, wirkte wie das einer Elfe aus den kargen Zeiten von Alvasur.

Sie erschien Daludred als Frau, aber er wusste, dass sie eine Yelanide war, und erinnerte sich an ihre Worte, dass sie in der Fremde weiblich sei, und erst wenn alles vorbei wäre, würde *Niadaris das sein, was nia früher war.* Sie würde wechseln und nicht wie in der Gefangenschaft verharren. Sie würde frei sein – mal *sie*, mal *er*, aber immer *nia*.

Niadaris öffnete langsam ihre grünen Augen und holte tief Luft, als wäre sie aus einem See aufgetaucht. Sie musterte zuerst Daludred, Ardoas und Jerudana, dann erst suchte ihr Blick Burrid und Golweda, Yeraidena und Barudrosk. Schließlich ruhte ihr Blick einen Moment lang auf Obureen.

»Es ist nicht nur eine Vision oder ein Traum?«, fragte Niadaris mit müder Stimme und antwortete sich selbst: »Das hier ist nicht nur ein Gedankenspiel. Ihr seid tatsächlich hier. Es passiert.« Ihre blassen Lippen formten ein sanftes Lächeln.

»Wir sind gekommen, um deinen Plan zu erfüllen«, sagte Daludred.

Niadaris kletterte an den Rand des geöffneten Nestes und setzte sich auf die Kante. Dort musterte das Orakel die Vertrauten erneut und fasste dann Daludreds Hand. »Mein Schüler – mein so wunderbarer Schüler! Wenn du wüsstest, wie viele vor dir den Weg nach Beskadur hätten gehen sollen, um bei mir in die Lehre zu gehen!«

»Ich bin bereit, deine Lehren zu empfangen.«

Niadaris' Lachen erinnerte Ardoas an das der Sängerin Dulvaree – klar und wohlklingend. »Seit du meinen Kristall in Händen hältst, bist du mein Schüler. Und du hast den verschlungenen Pfad zu diesem Augenblick gefunden.« Sie schaute in die Runde, kehrte mit dem Blick aber immer wieder zu Daludred, Ardoas und Jerudana zurück. »Ich hoffte lange auf die eine, heldenhafte Gestalt, die all die Tugenden, die es brauchte, in sich vereint. Doch sie alle scheiterten. Damit es gelingt, brauchte es eure Gemeinschaft.«

»Dann haben wir gewonnen?«, fragte Yeraidena.

Niadaris schaute zur Tür. »Mit Zordura, Glosstor und Gawanon da draußen weiß Erlun, dass hier alles verloren ist. Selbst wenn er heute gewinnt, werden neue Flotten kommen, um diese Burg anzugreifen. Da er die Burg nicht halten kann, bin ich für ihn wertlos. Er will mich und euch töten.«

»Wie verhindern wir das?«, fragte Ardoas.

»Indem du dich erinnerst«, sagte Niadaris und berührte seine Hände mit ihren warmen Fingern. »Wenn das Orakel in der Fremde dem Erben der Elfenzauberin die Gedanken öffnen kann, dann werden wir diesen Tag vielleicht überleben.«

Zordura flog mit der *Urbulias* den Kai vor der Burg entlang und schaute zurück. Gawanon hatte mit seinem Schiff ihren Platz eingenommen. Zauber um Zauber schoss in einem Feuerwerk nach außen. Es war nur eine Frage der Zeit, bis der Widerstand der Erluniden brach. Deren Verbündete waren bereits auf dem Rückzug.

Den Blick wieder der Burg zugewandt, nahm Zordura ihr Kurzschwert, aus dessen Klinge sie auch Zauber schießen konnte, und begab sich zu Glosstor aufs Hauptdeck hinab. »Du schützt die Schiffe; ich gehe hinein«, sagte sie.

»Das ist mir recht«, erwiderte der Zwergenmagier. »Ich spüre zwar Magie, die durch Stein fließt, aber das schaue ich mir lieber an, wenn die Kämpfe vorüber sind.«

An der Seite von Velbaree ging sie an Land. Die Ihren hatten die Erluniden mit Pfeilen beschossen. Die Söldner, die hier eben noch den Kai hatten schützen sollen, hatten das Weite gesucht, als Zordura den Kai mit rotem Licht erfasst hatte, das ins Violette überging. Der Regen war ihr Verbündeter gewesen. Dank ihm war der Tag wieder trübe geworden, und die Lichtzauber versetzten die Feinde in Schrecken.

Tarnabias verabschiedete Njeldred und Werldyra, die Zordura begleiten wollten. »Passt auf euch auf!«, rief er ihnen nach. Zordura und die anderen, die sich auf Heilzauber verstanden, hatten ihm so oft die Wunden geschlossen, dass der Zauber inzwischen versagte. Er schien nicht unglücklich darüber zu sein, dem Kampf fernzubleiben. Sie sah aber Sorge in seiner Miene, als Njeldred und Werldyra sich von ihm abwandten und zu ihr kamen. Sie würde ein Auge auf die beiden haben und bat sie nun, ihr den Rücken zu decken. Dann strebte sie mit Velbaree an der Seite dem Tor entgegen.

Über sie hinweg flog die *Ilbengrund* den Kai entlang und verlangsamte den Flug am Tor. Pfeile schossen den erlunidischen Wachen entgegen, und schon war Lydon mit seinem Schiff und seinen Leuten weitergeflogen.

Als sie das Tor erreichten, ergaben sich einige Erluniden, und Zordura gab den Befehl, sie auf einem der erbeuteten Schiffe zu sammeln. Velbaree ging mit ihren Vertrauten indes gegen die vor, die noch Widerstand leisteten.

Als der Weg frei war, sagte Velbaree in die Runde der Bewaffneten: »Das sind nur die Wachen des Handelshauses Bulvedes! Je näher wir an Erlun herankommen, umso verbissener werden sie kämpfen!«

Zordura hatte dem nichts hinzuzufügen. Als Anführerin konnte sie sich nicht mit Velbaree messen, als sie aber ins Innere der Burg vordrangen, waren ihre Fähigkeiten vonnöten. Sie spürte den Hauch ihres eigenen Kristalls, den Ardoas durch diese Gänge getragen hatte.

»Jetzt hoffen wir, dass ich das Tor, das Daludred mit seinem

Stein entriegelte, ebenfalls öffnen kann.« An den Zauber, der die Tür verschlossen hielt, musste sie sich herantasten; zugleich wusste sie aber, dass Erlun in diesem Augenblick irgendwo dort unten war. Und selbst als sich die Torflügel unter dem Einfluss ihrer Magie öffneten, hatte sie das Gefühl, zu spät zu sein.

Ardoas spürte, wie sich vor dem Tor eine Macht ausbreitete und durch den Boden zu ihnen hindurchsickerte.

»Erlun ist da«, sagte Niadaris und starrte auf die Tür. Die Flügel gerieten ins Zittern, doch Niadaris erhob sich, und Ardoas spürte, wie von dem Orakel Elfenmagie dem Tor entgegenströmte.

Daludred wollte Niadaris den grünen Kristall geben, doch sie lehnte mit einer beruhigenden Geste ab und verzog dann das Gesicht vor Anstrengung.

Die Türflügel öffneten sich zu einem Spalt. Eine Faust drang hindurch, und schon zuckte ein Blitz zwischen sie und verfehlte Ardoas nur um Haaresbreite. Der Zauber verwirrte ihn, oder war es die Aussicht, dass es so endete, wie es so oft geendet hatte?

Yeraidena schoss einen Pfeil auf den Arm ab, der aus dem Spalt herausragte. Mit einem Schrei zog der Magier seine Faust zurück.

Niadaris zitterte; Daludred stützte sie und sah dabei ihren Konflikt vor Augen. Unzählige Wege führten zu diesem Moment im Gefüge der Zeit, und nun stand sie vor einer Wahl: Nähme sie ihre Kraft, um das Tor geschlossen zu halten, verlöre sie Daludred, weil Erlun ihn unter seinen Willen zwingen würde. Behütete sie Daludred aber, öffnete sich das Tor, und die Feinde strömten herein – und mit ihnen das Chaos, in dem nichts mehr sicher wäre.

Ein magischer Strahl zuckte aus dem Gewölbe herab und traf Niadaris. Daludred wurde mit ihr zu Boden gerissen. Er spürte die Macht, die Niadaris niederdrückte und keinen Widerstand duldete. »Wir haben getan, was zu tun war«, sagte Niadaris und hielt Daludreds Hand fest umklammert. »Ich kann dich nur noch davor bewahren, gegen deine Vertrauten vorzugehen. Halte meine Hand – für eine Weile!«

Kaum hatte sie die Worte gesprochen, öffnete sich die Doppeltür knirschend, und die Erluniden stürmten herein.

In dem Saal jenseits der großen Pforte stand Zordura Larnsul gegenüber. Der alte Magier war gut mit dem Kampfstab und flocht immer wieder einen Kampfzauber ein, sei es ein magischer Stoß, ein Blitz oder eine lähmende Wolke.

Während um sie herum die Bewaffneten gegeneinander vorgingen, hatte sie Larnsul für sich allein. Doch als sie Njeldred zu Hilfe kam, weil ihn ein Speerträger von hinten zu erstechen drohte, verlor sie den Magier kurz aus den Augen, und als sie sich ihm wieder zuwandte, wurde sie mit voller Wucht von seinem Stoßzauber getroffen. Rasch war er über ihr und hob seinen Stab, dessen Spitze rot aufleuchtete. Sie brachte ihre Magie wie einen Schild vor sich. Der Zauber blieb daran haften, der Stab aber senkte sich, glitt an ihrem Kurzschwert ab, traf sie am Hals und schlug jegliche Kraft aus ihr heraus.

Larnsul holte erneut aus, und Zordura fühlte sich wie in einem Traum, in dem ihr Körper ihr nicht gehorchte. Sie sah, wie Larnsuls Magie abermals aufleuchtete, als er den Stab anhob, doch als er ihn senken wollte, kam ihm etwas dazwischen – eine Klinge, die seinen Stab auffing.

Zordura war mit einem Mal hellwach, griff nach ihrem Kurzschwert und trieb die Klinge schräg aufwärts direkt in Larnsuls Leib. Der Zauberer erstarrte, stöhnte dann auf, ballte die Fäuste, und als Zordura spürte, wie sich Magie ansammelte, drehte sie die Klinge herum.

Larnsul schrie auf. Mit einem Tritt stieß ihn jemand von ihrer Klinge fort. Sie schaute zur Seite und sah Njeldred, der ihr die Hand hinhielt.

Stöhnend bäumte sich Larnsul auf, die Faust nach Njeldred ausgestreckt, doch ein Schwerthieb Velbarees trennte ihm die Hand ab. Blutend fiel Larnsul zurück, und nach einem Speerstich Odewyns in seine Brust rührte sich der Magier nicht mehr.

Kaum bemerkten die Erluniden ringsum, dass Larnsul tot war, gaben sie den Widerstand auf und liefen durch das große Tor davon.

»Lasst sie«, rief Zordura, quälte sich auf die Beine und sah, dass Coreldava die Hand auf Jalmons blutenden Arm legte, während Werldyra sich selbst einen Schnitt in der Seite heilte.

»Danke, dass du für mich da warst«, sagte Zordura zu Njeldred. Dieser schien sie nicht zu hören, sondern starrte in den Gang, dessen Wand von Edelsteinen übersät war. Von dort waren mehr und mehr Krieger gekommen. »Da ist Erlun«, sagte er.

Velbaree wirkte hellwach und grimmig und starrte auf den Gang. »Holen wir ihn uns!«

Obwohl Zordura sich müde fühlte und sich fragte, ob die Anstrengungen dieses Tages sie nicht zu sehr geschwächt hatten, führte sie ihre Leute an der Seite von Velbaree an.

Im Raum am Ende des Ganges wurde gekämpft. Davor aber stand ein Mann, von dem ungezügelte Magie ausging. Das musste Erlun sein, der sich zurückhielt, während seine Leute vorstießen. Ruckartig wandte er sich zu Zordura um, und sie glaubte, Überraschung und dann Sorge in seiner Miene zu lesen. Dann lief er mit seinen schwer gepanzerten Leibwachen in den Raum hinein, und die Torflügel gerieten in Bewegung.

Zordura lief, so schnell sie konnte, doch das Tor hatte sich so weit geschlossen, dass nur ihr Blick durch den Spalt hindurchdrang und Jerudana, Burrid und Golweda erfasste, die mit verbissenen Mienen gegen die Übermacht ankämpften. Die Tür schloss sich direkt vor Zorduras Augen.

Erlun war ein unscheinbarer kleiner Mann, der trotz der Ansätze von Grau in seinem Haar nicht alt wirkte. Seiner blassen Miene haftete etwas Jungenhaftes an, und in seinem prunkvollen Wams, über dem er den dunklen Mantel der Erluniden trug, wirkte er wie ein überheblicher Händler. Auch er hatte zahlreiche Ringe an seinen Fingern. Die Kette an seinem Hals ließ Jerudana daran zweifeln, dass dieser Mann wirklich Erlun sein konnte, doch als Daludred rief: »Das ist er! Das ist er!«, glaubte sie es.

Jerudana war überrascht, dass Erlun nur mit einer Handvoll Leuten kam. Offenbar hatte der Kampf, dessen Lärm sie durch das eben noch geöffnete Tor vernommen hatte, ihn dazu gezwungen, seine Garde aufzuteilen.

Während sich auf der Seite ihrer Feinde Erlun zurückhielt, waren es bei ihnen Daludred und Niadaris. Sosehr Jerudana danach war, zu Erlun vorzustoßen, so sehr wusste sie, dass ihre Leben von ihrem Zusammenhalt abhingen.

Burrid und Golweda schützten Obureen, die immer wieder aus dem Schutz der Schilde hervorsprang. Yeraidena hatte zwar keine Pfeile mehr, aber sie und Barudrosk sorgten dafür, dass die Feinde nicht von der Seite an Daludred und Niadaris herankamen.

Jerudana selbst kämpfte an Ardoas' Seite, doch etwas stimmte nicht. Seine Kampfhandlungen waren verzögert, als müsste er einen Augenblick über das gerade Geschehene nachdenken. Bei der Verteidigung verpasste er mehrmals den Augenblick zum Gegenangriff, und er verharrte zu lange, das Gesicht vor Wut verzerrt.

Nachdem sie ihn zweimal vor einem Stich, den er sonst mit Leichtigkeit abgewehrt hätte, bewahrt hatte, traf ihn der dritte am Arm. Er reagierte mit einem kraftvollen Hieb, den sie ihm nicht zugetraut hätte und der in seiner Grobheit und seinem Mangel an Präzision nicht zu ihm passte.

Während Jerudana durch Ardoas' Verhalten abgelenkt war, brodelte in ihm die Wut. Wie oft hatte er Augenblicke wie diese erlebt, in denen er wieder einmal all seine Gefährten verloren hatte, auch selbst gestorben war, nur um später einsam wiedergeboren zu werden!

»Ardoas!«, rief Jerudana und wehrte einen Angriff mit dem Schild ab. »Wir gehen drauf …« Sie unterbrach ihre Worte, um einen Feind die Klinge in den Leib zu stoßen. »… wenn du nicht bei der Sache bist!«

Ardoas dachte an ihre Übungen. Im Augenblick folgte Jerudana seinen ausufernden Handlungen, doch er nahm sich zurück und ließ sie wieder führen. Sie parierte mit dem Schild; er stieß zu.

»Nein, Daludred«, rief Niadaris.

Jerudana wagte es nicht, sich umzuschauen, Ardoas jedoch fand einen Augenblick, und bemerkte, dass Daludred sich von Niadaris gelöst hatte.

Daludred wollte, dass es endet. Alles sollte enden. Sie hatten ohnehin verloren, und er wollte es nicht in die Länge ziehen. Es sollte kurz und schmerzlos enden. Da packte ihn jemand. Er dachte zuerst, es wäre Niadaris, doch dann blickte er Ardoas ins Gesicht, während neben ihm Jerudana blitzschnell zwei Speerstiche ihrer Feinde mit dem Schild abwehrte.

»Nein, Daludred«, sagte nun auch Ardoas. Durch die Berührung fühlte er die Magie, die Ardoas durchfloss wie ein Kribbeln. Die Versuchung, es einfach enden zu lassen, war groß, aber es war wie immer: Er konnte Ardoas keine Bitte abschlagen. Mit seiner Gabe spürte Daludred die Verwirrung, die von Ardoas Besitz ergriffen hatte, und wurde selbst Teil dieser Verwirrung. Er hörte den Kampf nur noch in der Ferne, während er die Erinnerungen vor Augen hatte, die in Ardoas erwacht waren. Naromee im Orakeltempel. Ihre Wut und ihre Verzweiflung.

»Es wiederholt sich«, sagte Daludred. »Was in Beskadur geschah, geschieht nun hier.«

»Nicht, wenn wir es verhindern«, entgegnete Ardoas.

Ein Wurfmesser flog an ihnen vorüber in Erluns Richtung. Der Magier betrachtete den Dolch, der in seiner Handfläche steckte und schüttelte ihn dann einfach ab, als wäre er ihm lästig, wies dann mit seinem Kampfstab in Barudrosks Richtung, und ein Windzug fegte durch den Raum. Etwas Unsichtbares traf Barudrosk und stieß ihn zu Boden.

Yeraidena schrie vor Entsetzen auf und stellte sich schützend vor ihren Geliebten. Kaum war Jerudana an ihrer Seite, sah sie, dass Burrid am Arm verletzt war. Golweda plagte eine Schulterwunde, und als auch Obureen von einem Speerstich in die Seite niedergezwungen wurde und ihrem Angreifer nur mit Mühe einen Stich versetzte, fürchtete Jerudana, dass sie binnen eines Augenblicks alles verlieren mochten.

»Ich hole ihn mir!«, rief Yeraidena und blickte Erlun entgegen, um den sich dessen Leibgarde sammelte.

»Wir bleiben zusammen!«, erwiderte Jerudana. Sie war mit ihrem Schild in der Mitte, die Schilde von Burrid und Golweda neben sich, die anderen lauerten dahinter.

»Du bist also Erlun«, sagte Jerudana und warf dem Magier ein spöttisches Lächeln zu.

»Gebt auf!«, erwiderte Erlun. Seine Stimme war so gewöhnlich, dass Jerudana kaum glauben konnte, dass dies tatsächlich der Anführer ihrer Feinde sein sollte.

»Wie ich das sehe, haben wir die Oberhand gewonnen«, entgegnete Jerudana. »Oder warum zögert ihr?«

Daludred kam an Jerudanas Seite, während sich ein Grinsen auf das Gesicht des Magiers legte. »Komm zu mir, Daludred!«, sagte er.

»Daludred«, sagte Jerudana leise, doch ihr Geliebter hatte keine Augen für sie. Mit den Gedanken jedoch war er bei ihr. Seine Hand ruhte auf dem Kristall, den er am Gürtel in einem Beutel trug.

»Töte sie!«, sagte Erlun.

Daludred lächelte. »Du hast versagt, Erlun. Deine Macht über diesen Ort ist gebrochen. Zordura ist jenseits dieser Tür. Sie kann dir nicht mit Waffen zusetzen, aber ihre Magie ist bereits in diesem Raum. Sie hat ihm die Fesseln genommen. Der

Zauber steht nun allen zur Verfügung, nicht nur dir, sondern auch mir. Ich sehe alles, was hier und draußen geschieht. Und ich weiß, wie es enden wird.«

Erlun streckte die Faust vor und schoss einen Lichtstrahl in ihre Richtung. Daludred wich aus, und Ardoas duckte sich hinter Jerudanas Schild.

»Jeder Angriff, den du gegen uns richtest, raubt dir Kraft«, sagte Daludred. »Du kannst uns nicht alle besiegen. Besiegst du Jerudana oder mich, musst du deinen Blick von Niadaris und Ardoas nehmen – und von Zordura. Es endet hier für dich!«

Erlun hob seinen Stab, und ohne ein Wort zu sprechen, griff er gemeinsam mit seinen Leuten an.

Während Ardoas einem der Krieger seine Klinge in den Leib stach, hob Jerudana ihren Schild und bewahrte damit Daludred vor einem Hieb von Erluns blitzendem Stab. Der Schild knackte, und ein Zittern durchfuhr Jerudana. Den zweiten Schlag des Stabes lenkte Ardoas mit dem Schwert ab und schlug nach Erluns Arm. Zwar schnitt seine Klinge keine Wunde, doch der Magier sprang mit schmerzverzerrter Miene zurück, nur um dann noch verbissener anzugreifen.

Erlun war ein Meister des Kampfstabes, und immer wieder flocht er einen Zauber ein, den er mit der Spitze seiner Waffe überbrachte. Er streifte Obureens Arm, und obwohl keine Wunde zu sehen war, schrie sie vor Schmerz. Ein Blitz sprang vom Stab auf Burrids Speer über und versetzte ihr einen Schlag gegen die Brust.

Obureen quälte sich, als wären die Zauber, die sie trafen, ein Gift, das sie langsam betäubte. Burrid und Golweda verteidigten sich nur noch, während Yeraidena die Leibwachen attackierte, wenn sie Barudrosk zu nahe kamen. Als dieser sich aufrichtete und ihr zur Seite ging, wandten sie sich abseits von Erlun gegen die Wachen.

Ardoas wusste nicht mehr, ob der Kampf, in dem er hier steckte, wirklich geschah oder lediglich Erinnerung war. Doch zu sehen, wie Erlun seine Gefährten Stück um Stück schwächte, schürte seine Wut – die Wut aus allen Leben, in denen er Vertraute verloren hatte.

»Ardoas!«, rief Jerudana, doch er merkte nicht, was sie meinte. Da traf ihn ein blitzender Hieb und warf ihn zu Boden. Schwer atmend lag er da und merkte, dass sein Betäubungszauber sich entfesselt und seine Schmerzen in ein Kribbeln verwandelt hatte. Um seinen Körper zu fühlen, schwächte er die Betäubung ab. Da flackerte ein weiterer Zauber Erluns auf, und Ardoas wusste nicht, wie er ihm entkommen sollte. Doch dann sah er Jerudana über sich.

Sie hob den Schild, doch Erlun drängte sie mit seinem Zauber zurück. Kaum war der flackernde Strahl vergangen, setzte er nach, und sein magischer Stoß trieb Schild und Arm gegen Jerudanas Brust. Zwischen Ardoas und Daludred fiel sie zu Boden. Das Kugelgeflecht im Rücken, erwachte ein Glühen in ihr. Der magische Funke, der in ihr schlummerte, wuchs zu einem lodernden Feuer heran, das sie von innen aufzuzehren schien und sie zugleich lähmte.

Während Ardoas sich zitternd neben ihr erhob, fasste Daludred ihr Schwert, das ihr entglitten war, und drückte es ihr wieder in die Hand.

Mit einem Mal wurde es hell. Eine Lichtkugel traf Erlun mit einem Knall. Barudrosks Zauber! Doch nicht Erluns Schrei ertönte aus dem blendenden Licht, sondern der Barudrosks. Das Licht verging, und Yeraidena stürmte mit erhobenem Schwert auf Erlun los. Obureen quälte sich an ihre Seite, doch Erlun musste nur seine Hand heben, um die Angreiferinnen mit einem Zauber hinfortzufegen. Vor Schmerzen zuckend, wurden Yeraidena und Obureen zurückgedrängt und gingen neben Barudrosk zu Boden.

Erlun wandte sich Ardoas zu. »Endlich!«, sagte er. »So, wie es hätte sein sollen. Du ahnst nicht, wie sehr ich hierauf gewartet habe. All die Jahre in Vorsicht zu leben und sich doch nach Vergeltung zu sehnen.«

Ardoas hatte wieder Macht über seinen Körper, doch damit

kam der Schmerz, und mit dem Schmerz kehrte die Wut zurück und weckte Erinnerungen. »Du wirst vielleicht uns besiegen«, sagte er. »Aber Zordura, Gawanon und Glosstor werden dich vernichten!«

Erlun grinste wie ein Kind. »Und dann werde ich wiedergeboren – woanders. Ich muss hier nicht überleben. Ich muss nur einige von euch töten.« Er streckte den Arm vor und schoss einen blitzenden Zauber ab.

Ardoas riss die Hand hoch und presste seine magische Kraft dagegen – und tatsächlich fing er den Zauber ab, hielt ihn in der Luft vor sich und ließ ihn verglühen. Das hatte er noch nie getan – nicht in diesem Leben.

Zuerst staunte Erlun, dann aber fand Ardoas nur noch Zorn in seiner Miene und spürte, wie sein Feind Magie aus dem Boden sog. Da auch Ardoas sich der Kraft dieses Ortes bediente und sein Ring und seine Rüstung sich von dieser Kraft nährten, wartete er ab. Die Frage war, wem die Verzögerung mehr nützte.

Ardoas musste an Erluns Worte denken: Wenn er nun stürbe, würde er woanders wiedergeboren. Die Macht, Erlun den Zauber zu nehmen, der ihn in einem neuen Leben sich erinnern ließe, spürte Ardoas in sich. Aber er war so unsicher wie alles, was Naromee umgab. Der Körper, in dem er steckte, hatte nicht genug magische Kraft, um diesen Zauber zu wirken. Die Kraft würde durch den Ring, die Rüstung und diesen Ort durch ihn hindurchfließen müssen.

Obureen, Burrid und Golweda rafften sich auf und bezogen vor Niadaris Stellung, während Yeraidena und Barudrosk sich mit hängenden Schultern und gequälten Mienen zum Kampf bereit machten.

Jerudana hatte sich gefangen und ließ sich von Daludred auf die Beine helfen. Gemeinsam mit ihm kehrte sie an Ardoas' Seite zurück.

Als Erlun den Stab zum Kampf hob, schien er die einzige Person im Raum zu sein, die noch bei Kräften war. Seine Garde befolgte seine Befehle, und wäre es nur gegen sie gegangen, hätten

Ardoas, Jerudana und Daludred mit ihren Vertrauten den Angriffen standgehalten. Mit Erlun in ihrer Mitte waren ihre Feinde ihnen jedoch überlegen.

Jerudana verteidigte sich nur noch mit ihrem magischen Schild, fühlte ihren Arm aber nur noch wegen der Schmerzen. Der Zauber, der sie getroffen hatte, schien irgendetwas in ihr durcheinandergebracht zu haben.

Yeraidena schrie auf. Ihre Hand blutete, und sie hatte ihr Schwert fallen gelassen. Jerudana eilte ihr zu Hilfe, ehe der Gardist, der es auf sie abgesehen hatte, nachsetzen konnte.

Kaum war Jerudana fort, stürzte sich Erlun mit dem Stab auf Ardoas und Daludred. Während Daludred den Schlägen auswich, musste Ardoas einige Hiebe hinnehmen, und der Zauber, der ihn traf, raubte ihm magische Kraft.

Mit einem Mal leuchtete die Spitze von Erluns Stab grell auf. Daludred stieß Ardoas zur Seite, konnte selbst aber nicht mehr ausweichen, und wäre in diesem Augenblick Jerudana nicht mit dem Schild zurückgekehrt, wäre es um ihn geschehen gewesen.

Während nur noch drei erlunidische Wachen auf den Beinen waren und gegen Obureen und die anderen kämpften, stellten Ardoas, Jerudana und Daludred sich Seite an Seite Erlun entgegen. Jerudana schützte sie in der Mitte, Ardoas und Daludred griffen links und rechts an.

Erlun hielt dagegen. Nachdem die letzte Wache jedoch zu Boden gegangen war, kamen Obureen und die anderen hinzu, und gemeinsam brachten sie den Magier in Bedrängnis. Ardoas stach ihm in die Schulter; Daludred versetzte ihm einen Schlag gegen den Kopf, der ihn taumeln ließ. Der Zauberer ging zu Boden und rührte sich nicht.

Jerudana holte mit ihrem Schwert aus.

»Nicht!«, rief Ardoas und hob die Hand.

»Solange er lebt, ist er eine Gefahr«, sagte sie.

»Wenn er jetzt stirbt, wird er wieder zu einer Gefahr«, erwiderte Ardoas. »Ich erinnere mich an den Zauber, der ihm die Seelenmagie nimmt.«

»Du hast Naromees Erinnerung?«, fragte Jerudana.

»Sie ist noch flüchtig, und vielleicht scheitert es, aber wir müssen es versuchen. Haltet ihn fest!«

Daludred nahm dem bewusstlosen Magier den Stab ab, ebenso den Dolch, den dieser am Gürtel trug. Jerudana und Obureen zogen ihm die Ringe vom Finger, Yeraidena riss ihm die Halskette ab.

Ardoas wusste, wie er den Zauber denken musste, und er nutzte die Kraft seines Ringes, seiner Rüstung – und des Raumes. Selbst aus Zorduras Stein zog er Magie ab und führte sie diesem fremden und doch vertrauten Zauber zu.

Als Daludred ihm seinen grünen Kristall in die Hand legte, gab es kein Halten für den Zauber. Begierig entfesselte er sich und griff nach Erlun. Ardoas spürte den Herzschlag des Magiers und das Strömen seiner Magie. Er spürte den Jugendzauber, den er sich auferlegt hatte. Den Zauber, der ihm mit jedem Leben die Erinnerung bescherte, fand er jedoch nicht.

Er dachte an damals, da er als Naromee im Grunde eine Veliaru gewesen war. Es ging nicht darum, einen Zauber zu brechen, denn das Vergessen war der Zauber, den die Wiedergeburt sonst großzügig gewährte. Es ging hier darum, den Zauber wiederherzustellen.

Obwohl Ardoas nicht genau verstand, was er tat, machte er, was er einst gelernt hatte. Auch als Naromee hatte er diesen Zauber nie ganz gewirkt, sondern nur Teile davon. Als er nicht weiterwusste, fragte er sich, ob er gescheitert war, doch Niadaris trat neben ihn und legte ihm eine Hand auf die Schulter. »Es ist vollbracht«, sagte sie.

»Aber ich spüre es nicht«, sagte er.

»Es ist nicht an dir, etwas zu spüren.« Sie schaute auf Erlun hinab. »Und auch er wird es nicht spüren. Ganz gleich, was jetzt noch geschieht, die Inkarnationen des Erlun enden mit diesem seinem Leben.«

»Sind auch meine Inkarnationen damit beendet?«, fragte Ardoas.

»Nein. Natürlich kannst du auch dir den Zauber des Vergessens auferlegen, aber du würdest damit all das, wofür so viele gelitten haben, wegwischen. Nutze diese Gabe zum Wohle der Gemeinschaft.«

Das Tor öffnete sich, und Zordura trat zum Kampf bereit ein. Während ihre Leute einen Kreis um sie zogen, näherten sich Zordura und Velbaree mit Njeldred und Werldyra.

»Die Erluniden sind auf der Flucht«, sagte Zordura und schaute auf Erlun hinab. »Das ist er also.«

»Ja«, sagte Ardoas. »Wir haben ihn lebend.«

Er wollte gerade offenbaren, dass er ihm für zukünftige Leben die Gabe der Erinnerung genommen hatte, doch da rührte sich Erlun; ein Wirbel umkreiste ihn und ließ alle zurückweichen.

Zordura hob die Hand, und ein Flimmern löste sich von ihr. Es schwebte Erlun entgegen, geriet dann aber ins Stocken und kehrte sich um. Erlun warf ihren eigenen Zauber auf Zordura zurück. Während sie sich unter Schmerzen krümmte, löste sich Erluns Stab aus Yeraidenas Griff und flog in die Hände des Magiers. Sofort führte er damit einen Funken sprühenden Hieb gegen Zordura, der sie niederwarf. Dann wandte er sich um und ging auf Jerudana los. Sie blockierte den Angriff mit dem Schild, Daludred wich aus, und Ardoas lenkte den Stab mit dem Schwert ab. Wie zuvor wollten sie ihn besiegen, während Velbaree und Njeldred Zordura zu den Bewaffneten zogen.

Die Gefährten positionierten sich um Erlun herum. Burrid versetzte ihm sogar einen Stich in den Rücken, den er mit einem Aufstöhnen hinnahm, aber mit einem Stoßzauber begegnete, der Burrid zurückstieß. Beinahe wäre sie in die Klingen ihrer Verbündeten gestürzt.

So schnell, dass Magie im Spiel sein musste, wandte sich Erlun um und schoss einen Zauber gegen Jerudana. Ihr Schild barst entzwei, und der Zauber zwang Jerudana benommen zu Boden.

Ardoas stellte sich schützend vor Jerudana, während Daludred ihr auf die Beine helfen wollte. Neben Erlun raffte sich Zordura auf. Gemeinsam mit Velbaree griff sie Erlun von der Seite an, während die Krieger den Kreis um den Magier enger zogen.

Erlun sprang vor, und Ardoas fing ihn mit seinem Schwert auf. Velbarees Hieb traf Erlun in der Seite, und nachdem Ardoas ihn von seiner Klinge hinabgestoßen hatte, kamen Bewaffnete von allen Seiten und stachen auf den Magier ein.

Schließlich hob Zordura die Hand, und die Gefährten hielten inne. Ihre Finger waren verkrampft, als hielte sie Erlun mit einem Zauber fest. Seine Arme und Beine schienen am Boden zu haften.

»Ihr könnt nicht gewinnen«, sagte er nach einer Weile.

»Wir haben gerade gewonnen«, erwiderte Ardoas.

»Wir werden uns wiedersehen. Und dann werdet ihr nirgendwo sicher sein. Nicht in Beskadur, nicht Ilbengrund – nirgendwo. Ich werde nicht ruhen, bis ich euch Elfen und alle eure Verbündeten brennen sehe.«

Ardoas spürte, dass aus dem Boden Magie zu Erlun aufstieg und ihn zum Zittern brachte – und mit ihm zitterte Zordura. Velbaree riss sie nach hinten fort und stieß dabei einen Schmerzensschrei aus, als hätte sie sich an Zordura verbrannt.

Jerudana holte mit ihrem Schwert aus, und diesmal konnte sie nichts und niemand zurückhalten. Sie stieß Erlun ihre Klinge in die Brust – und alles schien mit dem Magier zu erstarren. Als stünde die Zeit still, rührte sich niemand, bis Jerudana ihre Klinge wieder dem Körper des Magiers entriss.

Ardoas bückte sich und tastete nach Erlun. Das Herz seines Feindes hatte aufgehört zu schlagen. Obwohl die Magie dem Toten entwich, spürte Ardoas noch die Spuren eines letzten Zaubers.

Erlun hatte sich mit seiner eigenen Magie das Leben genommen.

Zordura hustete. Sie saß schwer atmend am Boden. Velbaree und Coreldava waren bei ihr.

»Er wollte dich mit sich reißen«, sagte Zordura und lächelte

Ardoas müde an. »Er wollte uns alle mit diesem Gift töten. Mit einem Schlag all die Feinde aus dem Spiel nehmen.« Sie seufzte schwer.

Ardoas war bei ihr und fasste ihre Hände. Er ließ seine Heilkräfte fließen, und aus den Erinnerungen, die von überall her zusammenkamen und ihn verwirrten, wählte er Naromees Heilkräfte aus. Er war Naromee. Er erinnerte sich an alles. Es war ein Teil von ihm, eine andere Lebensphase, die mit weit mehr Zweifeln behaftet war als dieses Leben.

»Ich hätte nicht gedacht, noch einmal diesen Zauber zu spüren«, sagte Zordura schmunzelnd.

»Wenn ich ihn nur richtig wirken könnte«, erwiderte er. »Alles ist so falsch – so anders.«

»Du kannst nicht in einem Augenblick das meistern, worin du dich seit Jahrtausenden nicht geübt hast. Lass uns mein Ende nicht zu einer Kette von Rettungsversuchen machen. Ich sehe Erluns Zauber, und nicht einmal du könntest ihn zurückhalten. Er hat sein Werk bereits getan. Alles, was ich tue, ist, ein wenig länger festzuhalten.«

»Zordura«, sagte Ardoas. »Wir brauchen dich!«

»Wozu? Alles, was ich je wollte, habe ich erreicht. Du warst meine Aufgabe. Erinnerst du dich an früher?«

»Ich erinnere mich an jedes Leben. Es ist durcheinander, aber du bist da – du warst immer da. Als Mutter, als Tante, als Vertraute.« Er erinnerte sich daran, dass Zordura ihm damals geraten hatte, andere auszuschicken und selbst in Ilbengrund zu bleiben. Doch Naromee – er – hatte nicht gehört.

Zordura schloss kurz die Augen, öffnete sie dann schlagartig wieder und stöhnte vor Schmerz auf.

Ardoas schob ihr den Ring auf den Finger, den sie ihm geschenkt hatte, und hoffte, dass ihr das Zeit verschaffte, während seine Magie sich mit der von Coreldava und Velbaree mischte. Werldyra kam hinzu – und auch Barudrosk. Heilende Hände berührten Zordura von allen Seiten.

»Vergesst mich nicht«, sagte sie. »Bringt mich heim – heim

nach Derothur. Begrabt mich dort im Fels unter dem Haus. Ich möchte eins sein mit meinem Heim.«

»Halte einfach durch«, sagte Jerudana leise.

Daludred schwieg. Ein Blick zu Niadaris, deren Augen funkelten, und er wusste, dass keine Hoffnung für Zorduras Leben blieb.

»Durchzuhalten ist so anstrengend. Ich habe mir meine Ruhe verdient – die Ruhe von allem.« Sie lächelte Ardoas an. »Ihr drei. Genießt die gemeinsame Zeit, und wenn das Ende naht, dann nehmt es wie ich – mit der Gewissheit, dass nichts, was ich dachte oder fühlte, je verloren ist. Die Orakel und die Veliaru werden es bewahren.«

Ardoas umarmte Zordura. »Leb wohl, Zordura!«, flüsterte er und küsste ihre Stirn. »Ich werde deine Erinnerungen finden.«

Sie schaute ihn mit ihren großen Augen an und sagte: »Das ist das erste Mal, dass ich Muttergefühle habe. Den Sohn loszulassen, damit er sein eigenes Leben führen kann. Es ist erstaunlich.« Sie drückte seine Hand fest an ihre Brust. »Leb wohl, Ardoas! Lebt wohl, meine Vertrauten!« Sie schaute in die Runde, suchte Blickkontakt zu allen, und als sie bei Niadaris angekommen war, staunte sie, als hätte das Orakel ihr etwas offenbart. Dann lächelte sie, blickte Ardoas an und sagte, während ihre Augenlider schwer wurden: »Der Zukunft ist der Weg bereitet.«

DAS ENDE EINER SCHLACHT

Der Weg durch die Burg der Erluniden war ein Trauerweg. Die Elfen aus Ilbengrund trugen Zorduras toten Körper durch die Gänge und über die Treppen nach oben.

Jerudana war noch schwach auf den Beinen, und ihr Arm schmerzte. Daludred hatte Blasen an den Händen, und die geheilten Wunden kribbelten – besonders sein Rücken. Und auch die Vertrauten litten unter der Schwäche, die sie nach der vielfachen Wundheilung befallen hatte.

Ihre Gemeinschaft kehrte mit Mühe ins Erdgeschoss zurück, wo die Verbündeten inzwischen alles beherrschten, und trat durch das Südtor ins Freie. Da lag die *Urbulias,* die Jerudana, Ardoas und Daludred nie mit eigenen Augen gesehen hatten. Und neben ihr hatte die *Orakelblick* festgemacht. Tarnabias und Idobaal winkten ihnen freudestrahlend.

Daneben lag ein Langschiff, auf dem sich nur ein Elf befand. Er rührte sich nicht, sondern starrte ihnen nur entgegen. So schwer Ardoas' Beine waren, so sehr eilte er dorthin, während der Elf von Bord kletterte und ihm entgegenkam.

»Lydon!« Ardoas schloss seinen Bruder in die Arme. Er war erleichtert, ihn unversehrt zu sehen.

»Ich sagte dir, eines Tages würde ich …« Lydons Lächeln verging, als er Zorduras Leiche erblickte. »Nein«, sagte er hauchend.

»Sie hat uns allen das Leben gerettet«, sagte Ardoas.

Lydon konnte die Tränen nicht zurückhalten, während die Elfen Zorduras Leichnam auf das Schiff – die *Ilbengrund* – betteten.

Ardoas erzählte Lydon, was geschehen war, und nannte ihm Zorduras letzten Wunsch.

»Darf ich sie mitnehmen?«, fragte Lydon.

»Ich glaube, das würde ihr gefallen, auf deinem Schiff heimzukehren. Von Ilbengrunder Elfen umgeben – und von Velbaree und den Ihren.«

»Werdet ihr da sein, wenn wir sie beisetzen?«, fragte Velbaree und ließ den Blick zwischen Ardoas, Jerudana und Daludred wandern.

»Mich wird nichts daran hindern«, antwortete Ardoas.

»Ich werde da sein«, sagte Jerudana.

Daludred suchte Blickkontakt mit Niadaris.

Das Orakel sprach: »Sobald du mich nach Beskadur begleitet hast, ist deine Aufgabe vollendet. Ich habe dich gerne bei mir. Beskadur ist dein Heim, aber es sind dir keine Pflichten auferlegt. Geh mit den Deinen, trauere um die Verlorenen, feiere mit denen, die dir geblieben sind.«

»Dann werde ich auch da sein«, sagte Daludred.

Während ihre Boten dem Rat von Tasraan ihre Bedingungen überbrachten, kamen die Verbündeten auf den Schiffen zusammen. Auf der *Orakelblick,* die immer noch vor der Burg der Erluniden lag, saßen Ardoas, Jerudana und Daludred beisammen und schauten sich unter den Verbündeten um.

Zordura war nicht die Einzige, die gestorben war. Garewin, der einst Jerudanas Rivale gewesen war und die Nauliniden von Naulina übernommen hatte, war bei einem Brand auf einem der Schiffe ums Leben gekommen. Ulaidera, die Hauptfrau der Yannauer Schwerter, war gefallen und hatte Bilgunis in Verzweiflung gestürzt.

Hier saßen nun die Überlebenden zwischen Trauer und Freude, zwischen Last und Erleichterung.

Auf dem Achterdeck waren Glosstor und Gawanon zusammengekommen und sprachen mit ernsten Mienen und vielen Gesten über Dinge, über die Ardoas, Daludred und Jerudana nur mutmaßen konnten.

Velbaree saß mit ihren Vertrauten bei Njeldred, Werldyra und Obureen. Sie scherzten laut darüber, dass Velbaree an diesem Tag eine neue Leidenschaft gefunden habe: Flugschiffe zu kapern und in Brand zu setzen!

Während um Velbaree herum die Leute über so viel Verachtung für den Wert eines Flugschiffes lachten, saßen Burrid und Golweda abseits und flüsterten miteinander. Yeraidena und Barudrosk waren drüben mit Lydon auf der *Ilbengrund* und suchten die Nähe zu Zordura.

Jerudana erblickte Zarelunda und winkte ihr. Die Anführerin der Yaskandriden saß mit Tarnabias beisammen und redete über alte Zeiten.

»Ardoas?«, fragte Jerudana leise. »Darf ich dir eine Frage stellen?« Das war etwas, das sonst er sagte.

»Natürlich.«

»Was hat sich verändert? Ich meine – in dir?«

»Du willst wissen, ob ich noch ich selbst bin?« Er atmete tief ein und weit wieder aus. »Ja – mehr denn je. Du hattest recht damals, als du sagtest, du seist nicht mehr die Frau von einst. So bin ich nicht mehr das, was ich in den anderen Inkarnationen war. Das sind die Abschnitte eines langen Lebens.«

»Siehst du uns anders? Kannst du mit uns zusammen sein, wenn du Nyra oder andere vermisst?«

»Nyra«, sagte er und erinnerte sich an die Geliebte Naromees – an seine Geliebte. Ihr graubraunes Haar, die großen Augen und die Verzweiflung, in der sie schwebte, als das Fieber sie niedergeworfen hatte. »Es tut jetzt noch weh«, sagte er. »Aber das schmälert nicht das, was ich für euch fühle. Es geht nie darum, das *eine* Wahre zu finden und immer daran festzuhalten. Es geht darum, das Passende zu finden. Und ich habe es in euch gefunden.«

Daludred starrte ins Leere.

»Was beschäftigt dich?«, fragte Ardoas.

»Beskadur!«, sagte er, dann sprach er laut in die Runde: »Die Erluniden waren in Beskadur!«

Sofort kehrte Stille ein.

»Das ist unmöglich!«, rief Obureen über das Deck hinweg.

Niadaris, die schon den ganzen Abend bei Kelbiras saß, sagte: »Es ist die Wahrheit.«

»Das darf doch nicht wahr sein«, erwiderte Jerudana.

»Sie *waren* in Beskadur?«, fragte Ardoas.

Daludred nickte. »Die Beskaduriden haben sie bezwungen. Das Schiff der Erluniden liegt zerstört im Tal. Merudoas, Ralustane – und Yordowyn haben sich hervorgetan.« Er sah die Beskaduriden, wie sie feierten und trotz ihres Erfolges voller Sorge waren. »Sie sitzen zusammen wie wir. Sie ahnen noch nichts von dem Ende der Erluniden.«

Jubelrufe erschallten unter den Gefährten. Kelbiras und die Seinen klatschten Beifall.

»Sie wissen es«, sagte Niadaris und näherte sich ihnen mit vorsichtigen Schritten. »Sie wissen von dem Ausgang hier.«

»Sie wissen?«, fragte Daludred.

»Yordowyn weiß«, sagte Niadaris und setzte sich zu ihnen.

»Ist yor ein … Orakel?«

»Nein. Aber Yor wird magiekundig sein.« Niadaris musterte Ardoas. »Beskadur spricht zu yor, wie es zu dir sprach. Yor ist begabt und wird vielleicht einst zu den Veliaru zählen.«

Daludred tauschte liebevolle Blicke mit Jerudana und Ardoas. »Ich kann es nicht erwarten heimzukehren«, sagte er. Dann wandte er sich an Niadaris, die inzwischen eine leichte Elfenrüstung trug und den braunen Mantel eines Yaskandriden. »Ist nun alles vorbei?«, fragte er.

Das Orakel nickte. »Wenn ich den Felsentempel mit eigenen Sinnen erkunden kann, dann wird es vorbei sein. Dann werde ich mal *sie*, mal *er*, aber immer *nia* sein.«

»Genau das habe ich da unten gedacht«, sagte er. »Hast du meine Gedanken gelesen?«

»Es ist manchmal nicht leicht zu erkennen, wer wessen Gedanken liest – besonders für Orakel wie dich.«

Daludred staunte. »Orakel?«

»Du warst ein Orakel, als du zum ersten Mal deinen Fuß in das Tal von Beskadur gesetzt hast. Und nun ist deine Ausbildung abgeschlossen.«

»Ich habe aber noch so viel zu lernen«, sagte er.

Niadaris lächelte. »Ich auch, Daludred. Von dir, von Jerudana und Ardoas – von eurer ganzen Gemeinschaft.«

Es war spät, als Jerudana, Ardoas und Daludred auf der *Ilbengrund* bei Zorduras Leichnam saßen. Sie war aufgebahrt und wirkte dank des Zaubers, den Velbaree über sie gesprochen hatte, als schliefe sie nur.

Lydon hatte sich gerade zur Ruhe gelegt, als Gawanon und Glosstor das Schiff betraten. Gawanon wirkte wach, als hätte ihm die Schlacht keine Mühe gekostet. Glosstor gähnte immer wieder leise.

Sie sprachen über Zordura: Glosstor von Freundschaft, Gawanon von Liebe.

»Es war nicht ihre Sache, das zu fühlen, was ich fühlte«, sagte Gawanon. »Aber ich habe das nie als Verlust empfunden.« Er erzählte von ihren Begegnungen und von ihren brillanten Einsichten. »Die Welt hat eine große Magierin verloren«, sagte er.

Nachdem Ardoas, Jerudana und Daludred von ihren Erfahrungen mit Zordura erzählt hatten, berichtete Glosstor von Zorduras Besuchen in den Zwergenreichen und von den magischen Artefakten, die sie gemeinsam gefertigt hatten. Er berichtete, wie sie die trüben Kristallkugeln geschaffen hatten, mit denen Zordura ihnen eine Spur gelegt hatte.

Ardoas holte sein Schwert, das er neben der Laufplanke mit seinen übrigen Sachen abgelegt hatte und fragte Glosstor: »Zordura erzählte mir etwas über diese Waffe. Hat sie mit dir darüber geredet?«

Glosstor lächelte. »Das hat sie. Und ich war nicht so selbstgefällig, zu behaupten, ich hätte die Tragweite dieser Waffe vorhergesehen. Ich wollte dir nur eine Hilfe an die Hand geben, die deine Erinnerung über Leben hinweg bewahren sollte – so wie die Reisetagebücher es getan haben.« Er schaute zu Daludred und strich über den Edelstein im Knauf. »Aber ich habe nicht geahnt, dass diese Waffe Bande schaffen konnte, die deiner Gabe nützten. Das sind Pfade, die es zu erkunden gilt. Es ist etwas, das ich mit Zordura machen wollte.«

»Was wird ohne sie sein?«, fragte Ardoas. »Sie hat so viele Leben berührt. Die Kunde von ihrem Tod wird Ilbengrund in die Verzweiflung treiben.«

Glosstor machte große Augen. »Sie sagte einmal: *Die meisten Sagen überhöhen die Taten einfacher Leute so sehr, dass wir nicht in Betracht ziehen, selbst solcher Taten fähig zu sein.*«

»Aber du bist dir doch deiner Taten bewusst«, sagte Daludred. »Oder etwa nicht?«

»Als sie mir das sagte, war ich es nicht. Ich konnte es nur werden, weil ich mich aus dem Schatten der Großen, an denen ich mich maß, löste und mich einfach mit dem beschäftigte, was vor mir war.«

Während Ardoas und Daludred noch mit Glosstor beisammensaßen und von magischen Dingen redeten, machte sich Jerudana auf den Weg zurück zur *Orakelblick* und traf unterwegs Kelbiras, der mit einigen seiner Leute an einem Feuer am Kai saß und sich ihre Geschichten anhörte. Als er sie sah, entschuldigte er sich und kam zu ihr.

Sie gingen nebeneinander den Kai entlang, und nach langem Schweigen erzählten sie sich vor der hell erstrahlten Burg, was sie an diesem Tag erlebt hatten.

»Ich habe dich mit Niadaris gesehen«, sagte Jerudana nach einer Weile. »Sie hat dir viel zu verdanken.«

»Nun, ich glaube, ich habe Niadaris mehr zu verdanken als umgekehrt. Ohne sie wäre ich wahrscheinlich heute immer noch das Ekel von damals.«

»Wie geht es deiner Mutter und deiner Schwester?«, fragte Jerudana. »Sind sie in Sicherheit?«

»Sie leben bei uns und haben sich daran gewöhnt, dass ich mich verändert habe. Nun, da die Gefahr gebannt ist, werden wir uns wieder öffnen können.« Er lächelte. »Sie haben dich immer gemocht«, sagte er. »Besonders meine Mutter. Sie meint, ich müsse das, was ich dir angetan habe, wiedergutmachen.«

»Es ist gut, Kelbiras. Natürlich kann ich niemals vergessen, was war. Es ist ein Teil von mir. Aber es muss nicht zwischen uns stehen. Du hast Zarelunda gesehen. Nun sag mir: Ob du oder ich es mit den Yaskandriden je so weit gebracht hätten?«

»Nein. Wir haben uns selbst die Gemeinschaften gewählt, die zu uns passen.«

»Und diese Gemeinschaften sind weit mehr, als die Yaskandriden je für uns hätten sein können«, sagte sie.

»Solltest du je einen Verbündeten brauchen, dann …«

Sie hob die Hand und schüttelte den Kopf. »Dann gehe ich nach Yannau oder Vaalburg, nach Ilbengrund oder Yerebal – vielleicht nach Ioderon. Aber nicht zu dir.«

Er nickte. »Dann werden wir uns nie wiedersehen?«

»Doch. Aber ich will dir niemals in Beskadur begegnen. Wenn es dir recht ist, würde ich euch gerne irgendwann besuchen. Dich und deine Familie. Deine Schwester – und deine Mutter. Lass uns über das Haus Yannau Kontakt halten.«

»Danke, Jerudana«, sagte er und reichte ihr die Hand.

Sie nahm sie an und zog ihn schließlich zu sich in eine Umarmung. »Ich wusste, dass du so sein kannst«, flüsterte sie ihm ins Ohr. »All die Jahre, die ich bei den Yaskandriden geblieben bin, habe ich gehofft, dass du so sein könntest.« Sie löste sich von ihm und sah in seine funkelnden Augen. »Niadaris wäscht all das fort, womit wir uns selbst belügen. Und mit klarem Blick auf uns selbst können wir uns verändern.«

»Erlun konnte es nicht«, sagte Kelbiras und lächelte böse. Sie kannte dieses Lächeln von früher, als sie sich gemeinsam über ihre Rivalen lustig gemacht hatten.

»Erlun war eine Enttäuschung.« Sie schaute an der Burg hinauf. »All das, nur um den kindischen Ambitionen eines einzelnen Menschen zu dienen. Ich glaube, als Niadaris ihm sein Inneres offenlegte, war da einfach gar nichts.«

Während Daludred sich zurückzog, blieb Ardoas noch bei Zorduras Leichnam und hörte nach einer Weile, wie Lydon erwachte.

»Hast du gehört, was wir gesagt haben?«, fragte Ardoas.

»Nein. Ich war zu müde.«

»Ich kann immer noch nicht glauben, dass du hier draußen in der Fremde bist«, sagte Ardoas.

»Das hier ist das, worauf ich mich mein ganzes Leben vorbereitet habe«, sagte Lydon und ließ seinen Blick über das Schiff wandern. »Ich wünschte, Zordura wäre uns geblieben. Velbaree, die anderen und ich haben davon geträumt, mit ihr loszuziehen und die Lüfte unsicher zu machen. Nun müssen wir ohne sie aufbrechen.«

»Du wirst nicht heimkehren?«

»Erst einmal schon. Aber ich habe beschlossen, mit dem Schiff die Welt zu erkunden – die kleinen Orte, die auf den Karten niemand sucht, ebenso wie die Orte jenseits aller Karten. Ich habe mehr als ein halbes Jahrhundert auf diese Zeit gewartet.«

»Du wusstest es also?«

»Nein. Ich hatte keine Ahnung.« Er blickte auf Zordura, deren Körper unter einem Fell ruhte. Nur ihr Kopf lag frei. »Sie hat mir diese Möglichkeit eröffnet.«

»Wieder ein Leben, in dem sie ihre Spuren hinterließ.«

»Wirst du uns auf eine solche Reise begleiten?«, fragte Lydon.

»Dich, Velbaree und die anderen? Nein.« Ardoas lächelte. »Aber ich werde da sein, wenn ihr von euren Fahrten erzählt.«

Am Morgen fühlten sich Daludred, Jerudana und Ardoas keineswegs erholt. In der Nacht hatten sie sich vor lauter Erleichterung und Zuneigung in körperlicher Großzügigkeit üben wollen, doch Daludred war zu müde gewesen, Jerudana plagten bei vielen der ersehnten Berührungen Schmerzen, und Ardoas spürte vor lauter Magie, die er an diesem Tag gewirkt hatte, kaum noch seinen Körper. Der Zauber, der ihm die Schmerzen nahm, machte, was er wollte.

Beim Frühstück versuchten sie sich mit Scherzen über ihre misslungene Liebesnacht von der Trauer abzulenken. Drüben auf der *Ilbengrund* lag nach wie vor Zorduras Körper, und sie konnten noch immer nicht fassen, dass sie all das, was nun erblühen konnte, ohne sie erleben sollten.

Nach dem Frühstück riefen Gawanon und Glosstor die Verbündeten zusammen und verkündeten, was der Rat in Tasraan zu dem gesagt hatte, was erst die Boten und dann Gawanon ihnen in der Nacht über die Erluniden offenbart hatte. »Der Rat von Tasraan hat sich von dem Handelshaus Bulvedes losgesagt und die Erluniden zu Feinden erklärt. Sie akzeptieren, dass wir die Magie des Ortes brechen und alles, was wir mitnehmen wollen, auf unsere Schiffe laden.«

Die Jubelrufe offenbarten, wie viele, die hier gekämpft hatten, auf eine Beute aus gewesen waren. Den Elfen und auch den Beskaduriden bedeuteten Schätze nichts. Sie hatten mit Zordura mehr verloren, als sich mit Gold und Edelsteinen aufwiegen ließ.

Beim Gespräch, das sie nach der Verkündung mit Glosstor führten, erfuhren sie, dass der Zwergenmagier und Gawanon dem Ort die Magie nehmen wollten. Sie würden die magische Quelle versiegeln und Artefakte in Besitz nehmen, die nicht in falsche Hände fallen durften. Es würde einige Tage in Anspruch nehmen. »Ihr aber solltet abreisen«, sagte er. »Niadaris sollte nicht an diesem Ort verweilen.«

Am Mittag bereits machten sie sich zur Abreise bereit. Sie würden Niadaris endlich nach Beskadur bringen. Die Gefährten waren immer noch müde, einige wurden von Wunden geplagt, die nicht heilen wollten, weil ihr Körper von Heilmagie überflutet gewesen war und diese sich erst einmal setzen musste. Dennoch waren sie alle erleichtert, bald heimzukehren.

Vor ihrer Abreise gingen sie noch einmal zur *Ilbengrund* hinüber, um sich von Lydon, Velbaree und den anderen zu verabschieden. Ein weiteres Mal betrachteten sie Zorduras Leichnam. Coreldava und Jalmon hatten ihr das Haar gemacht. Ihre schwarzen Locken rahmten glänzend ihr Gesicht ein.

»Bringt sie gut heim«, sagte Ardoas leise.

Lydon nickte. »Glosstor wird zum Herbstbeginn nach Derothur kommen und sie dann im Fels bestatten. Bis dahin wird sie in Derothur aufgebahrt sein.«

»Viele werden von weit her kommen, um sie und ihr Leben zu feiern«, sagte Ardoas.

Schließlich nahmen sie Abschied. Lydon genügten Worte; Coreldava, Jalmon und Odewyn sagten mit Umarmungen Lebwohl. Velbaree aber küsste erst Daludred, dann Jerudana und schließlich Ardoas – und es war ein freundschaftlicher Kuss. »Danke«, flüsterte sie schließlich Ardoas ins Ohr.

Noch während sie von Bord gingen, hatte Ardoas das Gefühl, Velbaree und Lydon begleiten zu müssen, doch dann sah er Niadaris auf ihrem Schiff, wie sie aufrecht dastand und Idobaal mit ihren Worten die Röte ins Gesicht trieb.

»Ich weiß, was du denkst«, sagte Jerudana. »Und ich würde auch gerne beides tun – nicht von Zorduras Seite weichen und zugleich Niadaris heimbringen.«

»Ich habe Schuldgefühle«, sagte er, »weil ich damals nicht auf sie hörte. Sie warnte mich davor, in die Fremde zu gehen. Damals, als ich Naromee war.«

»Deine Erinnerung sollte dir nicht die Schuldgefühle aller Inkarnationen auflasten.«

»Meine Erinnerung ist ein wirres Geflecht.«

»Wir werden dir helfen«, sagte Daludred und schaute zur Burg zurück. »Nun, da dir niemand mehr nach dem Leben trachtet, können wir zur Ruhe kommen.«

Sie gingen hinüber zur *Orakelblick* und trafen dort auf Gawanon und Glosstor, die sich gerade von Niadaris und den anderen verabschiedet hatten.

»Wir sehen uns in Derothur wieder«, sagte Glosstor.

Gawanon erklärte, dass er mit der *Iridusor*, dem kleinen Schiff, mit dem Zordura viele Fahrten gemacht hatte, nach Derothur kommen werde. »Und dann werde ich euch irgendwann in Beskadur besuchen«, sagte er.

Ardoas musste lächeln. »Niadaris hat dich demnach eingeladen?«

»Nach all den Jahren. Und ich bin neugierig wie seit Langem nicht mehr. Vielleicht tauschen wir Wissen – wie damals, als ich mit den Magiern nach Ilbengrund kam.«

Ardoas erinnerte sich an die Magiekundigen aus Kynoris. Gawanon war damals nur einer unter vielen gewesen, erst später hatte er – als Naromee – erkannt, dass der zurückhaltende Mann mit neugierigem Blick einer der größten Magier in der Fremde war. »Raveelische Magie gegen elfische?«, fragte er.

Gawanon grinste. »Nicht nur Magie. Lasst uns über Speisen und Getränke, über Lieder und Sagen sprechen!«

»Wenn es dir darum geht, wird es dir bei uns gefallen«, sagte Jerudana und dachte an die Sagenschätze, die Yordowyn hütete.

HEIMKEHR DES ORAKELS

Mit der *Orakelblick* in das Tal von Beskadur zu fliegen, war die Heimkehr, nach der sich nicht nur Jerudana und Daludred und die anderen gesehnt hatten, die hier Jahrzehnte verbracht hatten, auch für Ardoas fühlte es sich wie eine Heimkehr an – nicht, weil er zweimal hier gestorben war, sondern weil er hier mehr und mehr zu sich gefunden hatte.

Sie flogen über das auf Felsen zerschmetterte Flugschiff der Erluniden hinweg und hatten bald keine Augen mehr für das trübe Wrack ihrer besiegten Feinde, sondern blickten dem Hafen an der Nordseite des Felsentempels entgegen. Dort sammelten sich die Beskaduriden. Alle schienen auf den Beinen zu sein. Die Kinder schwenkten die grünen Fahnen von Beskadur. Von den Fenstern im Obertempel warfen einige Blüten herab.

Idobaal brachte sie schnell auf gleiche Höhe zum Hafen und ließ die *Orakelblick* langsam an den Kai schweben. Es sah aus, als würden nicht sie sich mit dem Schiff dem Hafen nähern, sondern als würde sich ganz Beskadur ihnen entgegenbewegen.

Obureen war die Erste, die von Bord ging. Sie sprang auf den Kai und lief Birja entgegen, schloss erst sie in die Arme und drückte dann Ksiradona an sich.

Burrid und Golweda hatten immer noch schwere Beine. Ohne Überschwang, aber mit einem entspannten Grinsen nahmen sie Werldyra in die Mitte und begrüßten Merudoas.

Yordowyn wartete mit Waroliane auf dem Arm an der Seite der Amme Gurlewaane, die ihr eigenes Kind vor der Brust trug.

Yeraidena und Barudrosk nahmen ihre Tochter weinend zwischen sich.

Tarnabias legte Idobaal einen Arm auf die Schulter, ging mit ihm von Bord, und gemeinsam verschwanden sie in einer Menge, die sie feierte.

Als Ardoas und Jerudana das Schiff verließen, erhob sich Beifall, der sich fortsetzte, als Daludred Niadaris langsam an Land führte. Die Tränen, die dem Orakel kamen, brachten den Beifall zum Schweigen.

»Verzeiht«, sagte Niadaris. »Es ist so lange her, und ich wusste nie, ob ich für diesen Ort noch etwas empfinden konnte.« Sie schaute zum Felsentempel empor. »Aber nun weiß ich: Dies ist der Ort, von dem ich geträumt habe.«

Das Orakel kam zu Jerudana und fasste ihre Hände. »Euch ist es gelungen, den ersehnten Ort zu schaffen. Wenn ihr wollt, werde ich ein Teil davon sein.«

»Das haben wir uns immer gewünscht«, sagte Jerudana. »Deine Heimkehr macht unsere Gemeinschaft vollkommen.«

Es war Nacht, als Jerudana, Ardoas und Daludred mit Niadaris durch den Tempel gingen und zum ersten Mal den Orakelsaal betraten. »*Hier* hat sich nichts verändert«, sagte sie und schaute in die Runde des kahlen Raumes. »Ihr habt einen blühenden Ort geschaffen, aber hier habt ihr nichts verändert.«

»Aus Respekt«, sagte Daludred. »Und aus Ahnungslosigkeit, weil wir nicht wussten, wie du zu den Veränderungen stehen würdest.«

»Nun wisst ihr es, und es wird Zeit, aus der Tempelebene etwas anderes zu machen. Einst war es der Tempel der Yelanith, dann eine Schatzfestung, dann wurde es mein einsames Heim, und nun ist es die Siedlung einer Gemeinschaft, die einst mit Elfen, Zwergen und Feen in eine neue Welt aufbrechen wird.«

Ihre Worte verschlugen Daludred und Jerudana die Sprache. Ardoas aber sagte: »Dann ist Beskadur nun wahrhaftig eine Siedlung der Gemeinschaft.«

Während sie Niadaris im Südteil an den Schwerthallen vorbei zu den Werkstätten führten, erzählte sie ihnen, dass sie sich zum ersten Mal seit Langem elfisch fühlte. »Mein Name war einst Raelewyn.«

Ardoas blieb stehen. »Ich kannte dich – als ich Naromee hieß. Du bist mit deinen Eltern auf den Westpfad gegangen.«

»Meine Eltern zählten zu jenen, die den Pfad nach Ainseledur anlegten. Dort lebte ich, und von dort ging ich in die Fremde.« Sie erzählte, dass sie sich, nachdem ihre Eltern gestorben waren, einsam und verloren gefühlt habe. »Ich fragte mich, wer mich vermissen würde, wenn ich fortbliebe. Also blieb ich fort.« Sie erzählte von Abenteuern in Vrabieel und Ioderon und wie sie mit ihrer Gabe Gefahren aus dem Weg ging und überall neue Leute kennenlernte und ihnen half. »Aber dann kamen die Begehrlichkeiten«, sagte sie. »Und mir wurde klar, dass ich mich dem entziehen musste.«

Während Niadaris erzählte, führten sie sie nach oben in die Bibliothek. Es brannte noch Licht, und in der Mitte lauschten Birja, Ralustane und Yordowyn Obureens Bericht. Sie setzten sich dazu, und Niadaris musterte Obureen mit großen Augen, als wäre die Erzählung ihrer Taten in Tasraan ihr völlig fremd.

Birja machte Notizen in ihr Buch, die sie später heranziehen konnte, wenn sie mit Daludred an einer der Chroniken arbeitete.

Niadaris ließ sich von den Chroniken von Beskadur erzählen – von der *Chronik des Felsentempels* bis hin zur sogenannten *Ardoas-Chronik*. Schließlich schaute sie sich um und sagte: »Ich möchte jede dieser Chroniken lesen. Und ich möchte Teil davon werden.«

Birja grinste. »Du bist längst ein Teil davon.«

Niadaris nickte zufrieden. »Dann bin ich nun wirklich frei«, sagte sie und lächelte Daludred an. »Hier werde ich das sein, was ich früher war – mal *er,* mal *sie* – aber immer *nia.*« Mit diesen Worten schaute nia Yordowyn an und sagte: »Du hast es gewusst.«

Yordowyn nickte. »Dieser Ort flüstert zu mir.«

»Dieser Ort«, sagte Niadaris, »wird einen Funken in dir entfesseln. Und eine ganze Gemeinschaft wird dann da sein, um dir auf deinem Weg zu einer Veliaru zu helfen.«

»Zu einer Veliaru«, wiederholte Yordowyn und lächelte Ardoas an.

Nachdem Niadaris sich auf nias Zimmer zurückgezogen hatte, das auf dem gleichen Gang wie das ihre lag, gingen Ardoas, Jerudana und Daludred ins Bett und genossen endlich wieder ihre körperliche Großzügigkeit. Die Hindernisse von Tasraan waren verschwunden, und als sie schweißgebadet und erleichtert nebeneinanderlagen, flüsterte Jerudana zu Daludred: »War es richtig, dass ich sagte, Niadaris würde unsere Gemeinschaft vollkommen machen?«

»Wenn Vollkommenheit bedeutet, dass hier alles so ist, wie es sein sollte, dann: ja!« Er wandte sich an Ardoas. »Weißt du noch, als wir auf dem Weg nach Barilon waren und ich dir so dankbar war und glaubte, das nie wiedergutmachen zu können. Weißt du noch, was du da gesagt hast?«

Ardoas lachte leise. »Ich sagte: *Lass uns später, wenn alles vorüber ist, prüfen, wer wem was schuldet.*«

»Ich habe mich oft gefragt, ob wir am Ende im Gleichgewicht sein würden.«

»Wir waren immer im Gleichgewicht«, sagte Ardoas. »Und ich glaube, ich habe das nur gesagt, weil es – solange wir zusammen sind – nie vorbei ist.«

»Du denkst immer noch daran, was sein wird, wenn wir fort sind, nicht wahr?«, sagte Jerudana.

»Wegen Zordura. Sie fehlt mir.«

Jerudana seufzte. »Ich wünschte so sehr, sie wäre noch da und würde uns zu einer Feier in Derothur erwarten.«

»Und ich hätte gerne noch so viel gesagt, was in all meinen Inkarnationen unausgesprochen geblieben ist.«

»Wie ist das – sich an sie in deinen unterschiedlichen Leben zu erinnern?«, fragte Jerudana.

»So, wie du dich als Kind anders an deine Eltern erinnerst als in deiner Jugend und dann als Erwachsener.« Er erzählte von all den Inkarnationen und wie Zordura ihm in ihnen begegnete. Sie war ihm immer mit der gleichen Zuneigung und Unterstützung begegnet. Er war es, der sich wieder und wieder verändert hatte.

DEROTHUR

Sie flogen auf der *Orakelblick* über den Fluss Anar nach Ost-Kynoris hinab. Aus der Luft wirkten die Höfe, Dörfer und Städte wie Spielzeug. Manchmal schwebten sie so tief, dass sie die Besatzungsmitglieder der Flussschiffe erkennen konnten, die an Deck standen und ihnen zuwinkten. Während Jerudana, Ardoas und Daludred halbherzig zurückwinkten, tat Obureen es mit Überschwang. Sie nutzte jede Gelegenheit, sich von dem, was bevorstand, abzulenken. Merudoas und Ralustane ließen sich von Obureen mitreißen.

Kurz vor der Stadt Eskarvaal, die sich an der Mündung der Vaale in den Anar erstreckte, brachte Idobaal das Schiff auf östlichen Kurs, und sie flogen direkt auf Yannau zu.

Ebenso wie die Rückkehr nach Beskadur war dieser Flug für Daludred eine Heimkehr. Er war oft mit Jerudanas Sinnen dort drüben in seiner Geburtsstadt gewesen. Zuletzt hatte er sie auch durch Ardoas' Sinne neu zu sehen gelernt. Aber diesen Weg selbst zu nehmen, das brachte Erinnerungen an Zeiten zurück, da er sich trotz allem hier zu Hause gefühlt hatte.

Lydon, Velbaree und die anderen waren sicherlich vor Wochen diesen Weg geflogen, um heimzukehren. Und Bilgunis und seine Leute hatten gewiss mit einem der kynorischen Flugschiffe hier irgendwo angelegt. So viele Luftschiffe hatte man hier gesehen, und doch herrschte auf den Straßen von Yannau Aufruhr, als Idobaal sie langsam auf Höhe des Palastgartens brachte. In den Straßen der Unterstadt sammelten sich ebenso Menschen wie auf den Serpentinen, die in die Oberstadt hinaufführten.

Daludred, Ardoas und Jerudana wandten sich von dem Blick über die Stadt und den Dagolsee ab und schauten in den Palastgarten. Dort hatte Daludred als Kind gespielt. Selbst heute mussten dort noch einige seiner alten *Schätze* vergraben sein.

Als sie an dem Friedhof vorüberflogen, auf dem Daludreds Vorfahren begraben waren, hatte er zuerst das Gefühl, den Toten den Ausblick zu nehmen – als wären die Grabsteine ihre Gesichter, durch die sie das Land betrachteten. Dann aber stellte er sich vor, dass seine Eltern und seine Großmutter ihn sahen, während er auf der *Orakelblick* an der Seite seiner Geliebten vorüberflog.

»Ich sagte euch, ich würde eines Tages zurückkehren«, flüsterte er.

Auf der Terrasse erwarteten sie all jene, die inzwischen zu seiner Yannauer Familie zählten und von denen er die meisten nur durch Jerudanas Sinne kannte. Unter Jubel legte die *Orakelblick* an der Mauer an, und als Daludred auf die Terrasse hinabgestiegen war, erschien zwischen all den Leuten seine Schwester Ardae.

Kopfschüttelnd kam sie näher und sagte immer wieder seinen Namen. »Ich habe es nie geglaubt«, sagte sie, als er vor ihr stand und sie ihn von oben bis unten musterte. »Dich hier zu haben!« Sie drückte ihn an sich, während die Familie sich um sie versammelte.

Mit Ardoas nach Derothur zurückzukehren, hatte für Jerudana etwas Heilendes. All die Qualen der letzten Heimkehr mit ihm waren nur noch Erinnerung, die ihr nicht mehr wehtun konnten. Und doch barg auch diese Rückkehr Trauer in sich.

In Vaalburg schien jeder Turm das grüne Schlangenbanner der Baronie zu tragen. Es war wie ein Willkommensgruß der Stadt. Doch statt der Burg der Baronin entgegenzufliegen, steuerte Idobaal das Schiff Richtung Süden, wo sich jenseits der

Felder und Höfe Derothur vor der Wildnis erhob. Oben auf dem Plateau hatte nicht nur die *Ilbengrund* angelegt, sondern auch die *Iridusor,* das kleine Schiff, mit dem Zordura in der Zeit der Vorbereitungen umhergeflogen war.

Sie legten an, gingen von Bord, und Ardoas hatte das Gefühl, als wäre er wie seine Vorfahren aus einer anderen Welt auf den Hügel der Ankunft gelangt. »Ich bin noch nie lebend aus der Fremde hierher zurückgekehrt«, sagte er.

Während sie an der *Iridusor* vorübergingen, nickten ihnen die ioderischen Wachen an Deck respektvoll zu. Ardoas fragte sich, wie wohl die Rückkehr der Verbündeten nach Ioderon und in die anderen Reiche verlaufen war.

Am Haus öffnete sich die runde Tür, und Ardoas' Eltern traten heraus und schauten ihnen ungläubig entgegen. Die Trauer war ihnen anzusehen: die hängenden Schultern seines Vaters, die geröteten Wangen seiner Mutter. Er konnte sich nicht vorstellen, wie schwer sie Zorduras Tod getroffen hatte. Beide waren in trübgrüne Trauergewänder gehüllt.

Sie erwarteten sie, und als Ardoas vor ihnen stand, wagte er es nicht, sich ihnen weiter zu nähern, so viel Schmerz stand ihnen ins Gesicht geschrieben. Sein Vater war es, der ihn in die Arme schloss; seine Mutter kam dazu. Und sie flüsterten ihm zu, wie erleichtert sie seien, dass er wiedergekehrt sei.

Nachdem sie auch Jerudana begrüßt hatten, wandten sie sich an Daludred. »Endlich«, sagte Elwaree. »Daludred von Beskadur! Vielen Dank für all das, was du für uns getan hast.« Daludred war verlegen. Er konnte immer noch nicht gut mit Lob umgehen, aber die Worte, die Elwaree für ihn und dann auch für Jerudana fand, waren nichts anderes als eine Einladung. »Ihr werdet immer zu unserer Gemeinschaft gehören«, sagte sie.

Als sie auch Obureen, Merudoas und die Wachen begrüßt hatten, führte Yordoas sie ins Haus, und Ardoas' Blick traf sogleich auf Glosstor und Gawanon, die an der Feuerstelle standen und ein würzig duftendes Mahl bereiteten.

Lydon stand mit Velbaree und ihren Vertrauten zwischen

den Säulen und wiederholte Worte, die Zordura einst an ihn gerichtet hatte.

Obwohl die bereits Anwesenden sie in ihre Mitte nahmen, das Haus voller Gäste war und unten am und um den Lagerplatz Zelte dicht an dicht standen, verspürte Ardoas ein Gefühl der Leere. An diesem Ort zu sein und Zordura tot zu wissen, das befremdete ihn.

Während Ardoas Gawanon und Glosstor bei der Zubereitung von Thuredee half und erklärte, dass er die Liebe für die kleinen Klöße von Zordura hatte, sprach Jerudana mit Velbaree über deren Pläne, mit der *Ilbengrund* auf eine Reise zu gehen. Daludred war bei Elwaree und Yordoas und erzählte ihnen von seiner Gabe.

Als sie später am großen Tisch saßen und die Thuredee mit Gawanons und Glosstors vorzüglicher Pilzsoße aßen, kehrte Stille ein, und Ardoas musste an die vielen Male denken, da er hier mit Zordura gesessen hatte. Er hatte sich von Mal zu Mal verändert, aber sie war immer die Gleiche geblieben.

Nach einer Weile bat Elwaree Daludred darum, etwas von Beskadur zu erzählen. Sie hatte die Geschichten gehört, aber nie erfahren, wie es dort wirklich aussah. Daludred beschrieb es, so gut er es vermochte, während Ardoas am Gesicht seiner Mutter ablas, dass sie Sehnsucht nach dem Felsentempel hatte. Als er sie darauf ansprach, sagte sie: »Ihr werdet mich nicht auf eines dieser Flugschiffe bekommen. Und der Weg über Land ist mir zu mühsam und zu gefährlich. Deswegen …« Sie sprach nicht weiter, sondern schaute zu Yordoas.

»Der Rat von Ilbengrund hat mit dem von Nalmenhain, dem von Feenwalden und mit der Stimme des Zwergenkönigs beschlossen, einen Elfenpfad nach Beskadur zu legen.« Er schaute Ardoas an. »Wir wollen, dass ein Pfad von hier bis zu dem Pfad führt, den du einst geschaffen hast.«

»Das werdet ihr wirklich tun?«, fragte Jerudana.

»Es ist entschieden und wird geschehen – sofern ihr es wünscht«, sagte Elwaree.

»Wünschen?«, erwiderte Daludred. »Das wäre ein Traum. Beskadur als eine der Siedlungen.«

»Das seid ihr längst – eine Siedlung weit draußen, in der mehr Vielfalt herrscht als in unseren Siedlungen.«

»Aber wird es nicht Begehrlichkeiten gegenüber Niadaris wecken?«, fragte Jerudana.

Elwaree stutzte. »Niadaris selbst hat uns über Lydon gebeten, diese Möglichkeit in Betracht zu ziehen.«

Jerudana, Ardoas und Daludred tauschten ein Grinsen aus. »Natürlich«, sagte Jerudana. »Nia ist uns wieder einmal einen Schritt voraus.«

Ardoas nickte. »Ich glaube, Zordura hätte das gefallen – eine Verbindung von hier nach Beskadur.«

Nach dem Essen wagten sich Ardoas, Jerudana und Daludred in den Keller hinab, zu dem Raum neben den Badegewölben. Nach einer Berührung öffnete sich die Tür und gab den Blick auf Zordura frei. Sie lag auf einem flachen Stein, der mit einem grünen Pflanzengeflecht und Blüten bedeckt war. Zordura trug nicht mehr die Rüstung einer Kriegerin, sondern eine blaue Gelehrtenrobe, die mit violetten Bändern geschnürt war. An ihrem Finger befand sich noch immer der magische Ring, ihr Geschenk an Ardoas, den er ihr aber in Tasraan angesteckt hatte, damit sie ein wenig länger durchhielt.

Ihre Füße waren nackt, so bleich auf den Sohlen, so dunkel auf dem Spann. Es war, als ruhte sie sich hier nach einem Bad aus, um später wieder oben bei den Gästen zu sein.

Jerudana konnte die Tränen nicht mehr zurückhalten. Es war wie damals bei ihrer Mutter und dann bei Naulina.

Daludred fühlte sich verloren. Er konnte nicht trauern. Es war, als wäre alles den richtigen Weg gegangen. Er war mit Niadaris auf den Pfaden zu jenem Tag in Tasraan zurückgekehrt. Und nia hatte ihm gezeigt, wo ihr Scheitern gelauert hatte. Zu sehen, dass sie ohne Zorduras Zauber alle von dem magischen Gift Erluns erfasst worden wären und welche Auswirkungen es gehabt hätte, das ließ ihn die Ruhe und die Zufriedenheit verstehen, mit der Zordura dem Ende entgegengeblickt hatte. Sie wären alle tot gewesen. Für sie hatte sich der Ausgang nicht geändert, aber durch die Gewissheit, ihre Vertrauten gerettet zu haben, war sie mit allem im Reinen gewesen.

Ardoas überkam ein Gefühl der Erleichterung. »Ich vermisse sie, aber ich hatte so viel von ihr, dass ich nicht klagen möchte. So viele Erinnerungen.« Er wandte sich an Daludred. »Du hast es gesehen.«

Daludred nickte. »Danke, dass du sie mit mir geteilt hast.«

Jerudana sagte: »Ich hätte gerne erlebt, wie sie hier einfach in aller Ruhe ein paar Jahre verbringt und wir ab und zu vorbeikommen, ohne dass irgendwelche Rätsel zu lösen oder Feinde aufzuspüren sind.«

»Das hätte ich auch gerne erlebt«, sagte Ardoas. »Aber zu wissen, dass sie wiedergeboren wird und nicht ahnt, dass ihre Seele diese Vergangenheit hatte, das gefällt mir. So findet sie die wohlverdiente Ruhe, und etwas Neues kann beginnen.«

Der Herbst hatte begonnen, und das Felsenhaus von Derothur war an diesem Morgen voller Gäste. Es waren so viele gekommen, dass nicht alle im Haus Platz fanden. Ein Strom von Elfen, Zwergen und Feen, aber auch von Menschen und Vilbaren suchte einen Weg in die Totenkammer im Keller.

Aus Yannau waren Ardae und Bilgunis gekommen, aus Vaalburg Baronin Elusadra und Guludrosk mit Korida und Lirnae Weldenfurt. Aus den Elfengefilden waren Ratsmitglieder aus den großen Siedlungen erschienen. Glosstor vertrat den König der Zwerge, der an seine Hallen gebunden war wie einst Daludred an Beskadur.

Als es so weit war, durften die engsten Vertrauten Zorduras

in dem Raum neben dem Badegewölbe dabei sein. Feurige Lichtsteine strahlten die helle Wand an. Glosstor trug ein blaues Gewand mit goldenen Verzierungen, Ralustane stand ihm in einem violetten Gewand zur Seite.

Mit ihrer Magie öffneten sie den Fels, und Jerudana erinnerte sich an Ardoas' Bestattung in der Linde hinter dem Palast von Ilbengrund. Was dort mit Pflanzenzauber geschehen war, vollzog sich hier als Steinzauber.

Die Gehilfen, unter denen sich Elwaree und Yordoas befanden, wickelten Zordura in grauen Filz, von dem Magie abstrahlte. Wie mit einem Mantel umhüllt, der nur Gesicht und Locken preisgab, trug das Fürstenpaar gemeinsam mit Ardoas, Lydon und anderen Zordura zu der Öffnung im Fels. Sie hielten sie aufrecht, während Glosstor seine Kräfte fließen ließ und der Fels vor Zorduras Brust zusammenfloss und sie stützte. Schließlich war nur noch ihr Gesicht zu sehen.

Feen von den Elfenpfaden schwebten über der Öffnung und sangen ein Trauerlied, während Dulvaree sie mit ihrem Harfenspiel begleitete.

Als die Zeit zum Abschiednehmen kam, ließ Yordoas den Gästen den Vortritt. Die Familie sollte zuletzt an der Reihe sein. Es war eine Wahl, die die Verwandtschaft je nach Gefühl festlegte. Die Gäste traten nun vor Zorduras Leichnam und sprachen zu ihr, als wäre sie noch lebendig.

Yordoas und Elwaree hatten bestimmt, dass sie und Lydon vor Daludred, Jerudana und Ardoas Abschied nahmen. Für Jerudana und Daludred war es eine Ehre und ein Zeichen größter Wertschätzung, vom Fürstenpaar den Platz gewährt zu bekommen, der eigentlich den beiden gebührte. Aber das hatten sie bei Ardoas' Bestattung schon einmal getan. Damals durfte sie als Erste, noch vor den Eltern, Abschied nehmen.

»Verzeih, Schwester, dass ich dir oft misstraut habe«, sagte Elwaree. »Du allein hast erkannt, was wir vor lauter Sorgen nicht zu sehen vermochten.«

Yordoas strich Zordura weinend über die Wange. »Vielen

Dank, Schwester! Du warst so viel mehr, als wir je verstehen werden. Die meisten kannten dich als Einsiedlerin von Derothur, aber ich erinnere mich an die Zeiten, da du oft da draußen in der Fremde warst. Die Vorstellung, dass du hier in diesem Haus verweilen könntest, wäre mir damals nicht in den Sinn gekommen. Wir werden dieses Haus fortan *Zorduras Haus* nennen – es wird auf ewig mit deinem Namen und mit dir verbunden sein.«

Daludred tat sich schwer, Worte zu finden, sagte aber schließlich: »Nichts von dem, was du erlebt hast, wird je vergessen sein. Du hast mir deine Sinne anvertraut, und so werde ich die Erinnerung an dich am Leben halten. Wir alle werden das.«

Jerudana weinte lange, ehe sie zu sprechen wagte. »Ihr Elfen glaubt, dass alles Sein eine Reise ist – ob im Tod oder im Leben. Und ich glaube das auch. Ich glaube, dass du gut auf der anderen Seite ankommst, und ich glaube, dass du einst wiedergeboren wirst und, ohne es zu ahnen, in wohlverdienter Ruhe weiterlebst – auf der langen Reise durch die Welten, immer auf den Spuren der Murimee. Leb wohl, Zordura!«

Die Vorstellung, die Jerudanas Worte heraufbeschworen, ließ Ardoas zögern, doch dann küsste er Zordura wie zuvor auf die Stirn und sagte: »Die Erinnerung ist da. Sie kam unvermittelt und ohne große Offenbarung und ist längst noch nicht entflochten. Aber sie ist da. Ich hätte so gerne ein weiteres Mal deinen Beistand gehabt, aber die Erinnerung bescherte mir die Einsicht, dass du etwas getan hast, was du so oft für viele von uns getan hast. Du hast unser Leben mit etwas bereichert, dessen Bedeutung wir erst viel später erkannten. Wir werden noch lange von dem zehren, was du uns gewährt hast. Selbst auf der anderen Seite stehst du uns bei, und ich hoffe, wir haben dir etwas gegeben, das dir auf deiner Reise hilft und dir Trost spendet.« Er strich ihr vorsichtig über die Wange. »Leb wohl, Zordura!«, sagte er leise.

Mit einem Schwall von Glosstors Magie schob sich der glatte Fels wie ein Schleier vor Zorduras Gesicht. Ardoas hatte den

Eindruck, als läge ein leichtes Schmunzeln auf ihren Lippen. Während ihr Antlitz verschwand, flüsterte er: »Leb wohl, meine Tante, meine Vertraute – meine Mutter!«

Am Nachmittag saßen Ardoas, Jerudana und Daludred draußen auf einem flachen Felsen und schauten über die Felder hinweg nach Vaalburg. Sie hatten gerade Ardae verabschiedet, und nun kam Baronin Elusadra zu ihnen heraus. Ihre Stimme war noch immer von Trauer geprägt. »Wer wird dieses Haus hüten?«, fragte sie, und Ardoas hatte den Eindruck, es handle sich um eine Aufforderung.

»Dulvaree ist keine Einsiedlerin, Lydon wird auf Reisen gehen. Die meisten von uns zieht es in die Ferne. Aber ich hörte, Ralustane denke darüber nach, hier eine Weile zu bleiben. Ein guter Ort für eine Zwergenmagierin.«

»Wir wissen kaum etwas über die Zwerge«, sagte die Baronin. »Es wäre etwas Neues für uns – etwas Gutes nach all der Trauer.«

»Ich habe mit ihr gesprochen«, sagte Guludrosk und rieb sich von der Stirn über sein rechtes Horn. »Sie möchte von hier aus die Elfenpfade erkunden, hat sie gesagt.«

Ardoas verschwieg, dass es um einen Elfenpfad ging, der bis nach Beskadur reichte, bestätigte aber das, was Guludrosk wusste, denn es war die Wahrheit.

Lydon und Velbaree kamen mit ihrer Besatzung dazu, gefolgt von Glosstor, Ralustane und Gawanon. Es war ein großer Abschied voller Erleichterung. Die Geschichten vom Abend hatten die Trauer besänftigt.

Als Baronin Elusadra und Guludrosk mit ihrem kleinen Gefolge fort waren, trat Lydon an Ardoas heran und reichte ihm einen Beutel. Darin befand sich die Kristallkugel Zorduras, mit dem sie nach dem Tausch Ardoas' Nachrichten empfangen hatte. »Das solltest *du* nehmen«, sagte er.

Ardoas schüttelte lächelnd den Kopf. »Lass uns das anders machen«, sagte er. Von der *Orakelblick* holte er die andere Kristallkugel Zorduras aus seinem Gepäck und hielt sie Lydon hin. »Eine Botschaft zu senden ist leichter als eine zu empfangen«, sagte er. »Und da du derjenige sein wirst, der auf Reisen geht, solltest du diesen Stein haben.« Und so tauschten sie die Kristalle.

Mit der Gewissheit, dass er Lydon über den Kristall nahe sein konnte, fiel Ardoas der Abschied leichter. »Genieße es da draußen«, sagte er.

»Ist es dir aufgefallen?«, fragte Lydon.

»Was?«

»Du bist nicht mehr mein kleiner Bruder«, sagte er, umarmte Ardoas und zog sich dann langsam von ihm zurück.

Lydon hatte recht. Mit den Erinnerungen, die immer wieder in Einfällen zu ihm kamen, war er gewissermaßen an ihm vorbeigealtert.

Nach und nach ging die Gemeinschaft auseinander. Die Besatzungen sammelten sich an und auf den Schiffen. Unter jenen, die an Land blieben, waren Ralustane und Glosstor. Nachdem die beiden bei der *Ilbengrund* gewesen waren, kamen sie zur *Orakelblick* und wünschten eine gute Heimreise.

Glosstor sagte: »Wir bleiben hier und treiben die Elfenpfade in eure Richtung.«

»Werden wir noch erleben, dass ihr in Beskadur ankommt?«, fragte Jerudana und spürte, wie Bedauern in ihr aufloderte.

»Es wird einige Jahre dauern«, sagte Glosstor. »Aber ihr seht mir so aus, als hättet ihr noch Jahrzehnte vor euch.«

»Wir werden es mit Vorfreude erwarten«, sagte Jerudana.

Gawanon erklärte, dass er Ardae und Bilgunis auf der *Iridusor* mitnehmen werde. Daludreds Schwester und ihr Gefolge waren bereits auf dem Schiff. »Ich werde euch im Sommer in Beskadur besuchen kommen«, sagte der Magier.

»Und was machst du im Winter?«

»Ich werde heimkehren und Zeit mit meinen Vertrauten verbringen und ihnen von unserem Abenteuer erzählen – in der

Hoffnung, die ioderischen Magiekundigen spüren mich nicht auf.«

»Warum sollten sie das?«, fragte Jerudana.

»Weil sie Rat zu all den Schätzen bekommen wollen, die wir in Tasraan aus der Burg geholt haben. Bei Gold und Silber oder den gekaperten Schiffen haben sie natürlich keine Fragen, aber die von Magie durchdrungenen Kristalle und all die Artefakte geben ihnen Rätsel auf. In vielen schlummert eine Macht, die wir nicht dort liegen lassen konnten. Damit wären die Erluniden irgendwann zu einer gewaltigen Gefahr geworden. Wir sind rechtzeitig gegen sie vorgegangen. Und nun ist die Burg von Tasraan beinahe leer. In den Gewölben hausen noch Dämonen, und es scheint Geheimgänge zu geben.«

»Reizt das nicht das Herz eines Magiers?«, fragte Daludred.

»Nicht das Herz dieses Magiers. Die schlimmsten Artefakte haben wir beiseitegeschafft.« Er blickte zu Glosstor, Yordoas und Elwaree hinüber, die gerade aus dem Haus kamen. »Gegenstände, die wir lieber in Sicherheit wissen wollen. Sie sind nun tief in den Zwergenreichen verborgen oder wohlbehütet von Elfen und Feen.«

»Und du hast nichts für dich behalten?«, fragte Obureen.

»Doch«, erwiderte Gawanon. »Ich habe einige Steine, die uns in Sharuveel gute Dienste auf den Feldern leisten werden. Einige habe ich Xomuna überlassen. Ihr hättet die Gesichter im Rat von Yerebal sehen sollen!« Ardoas stellte sich vor, wie ein Treffen zwischen Gawanon und Xomuna wohl verlaufen sein mochte. »Und auch euch werde ich einige dieser Steine mitbringen«, sagte Gawanon. »Was in den Händen der Erluniden Verschwendung war, mag anderswo erblühen.«

Der Abschied war entspannt, war er doch mit der Gewissheit des Wiedersehens verbunden. Gawanon würde nach Beskadur kommen, und Ardoas versprach seinen Eltern zurückzukehren, um in Ilbengrund Zeit zu verbringen.

»Weißt du schon, wo du die neuen Veliaru unterweisen willst?«, fragte Elwaree.

»Ich muss erst selbst wieder zum Seelenmagier werden, um es andere lehren zu können. Das mag in Beskadur sein, das mag in Ilbengrund sein – oder hier.« Er schaute zu Jerudana und dann zu Daludred. »Es wird dort sein, wo wir sind.«

Als sie mit der *Orakelblick* vom Plateau von Derothur ablegten und Ardoas' Eltern und den anderen, die noch dortblieben, zuwinkten, fühlte sich Ardoas befreit.

»Wisst ihr, dass wir drei zum ersten Mal gemeinsam auf Elfenweise leben können?«, fragte er und schaute auf die Gemeinschaft bei Derothur zurück. Dort legte nun auch die *Ilbengrund* ab und holte schnell zu ihnen auf.

»Auf Elfenweise – das möchte ich«, sagte Jerudana.

»Voller Ruhe, Zuversicht – und Großzügigkeit«, sagte Daludred und brachte Ardoas und Jerudana zum Lachen. Lydon näherte sich mit der *Ilbengrund* und lenkte das Langboot direkt neben sie. Noch einmal riefen sie einander Abschiedsworte entgegen. Da bemerkte Ardoas, dass Dulvaree auch an Bord war. Die Sängerin hatte sich der Gemeinschaft offenbar angeschlossen.

»Fliegt ihr direkt nach Beskadur?«, fragte Velbaree.

»Wissen wir noch nicht«, antwortete Jerudana. »Und ihr? Wohin geht's zuerst?«

»Erst nach Yerebal, dann nach Ioderon! Im Land der Sagen sollen überall die Abenteuer lauern.«

Als die *Ilbengrund* von ihnen fortstrebte, sagte Idobaal zu Ardoas: »Ich kann nicht glauben, dass dein Bruder sich das alles selbst beigebracht hat.«

Sie lachten, doch Ardoas schaute der *Ilbengrund* mit Bedauern nach. »Ich beneide sie«, sagte er. »Aber ich weiß nicht warum. Ich möchte nach allem, was wir erlebt haben, einfach an einem Ort verweilen und ihn bis ins Kleinste kennenlernen. Aber jemand wie Velbaree – die zieht es hinaus ins Abenteuer.«

»Ich liebe sie«, sagte Jerudana.

»Velbaree?«, fragte Ardoas.

»Velbaree, Coreldava, Jalmon, Odewyn – und auch Lydon

und Dulvaree. Zu einer anderen Zeit hätte ich mich danach gesehnt, sie zu begleiten.«

»Aber nun bist du müde?«, fragte Daludred.

»Nein, nicht müde. Entspannt, befreit. Und ich möchte eine Weile von allem wegkommen. Von allem – außer von euch. Lasst uns irgendwohin fliegen und überwintern.«

»Es ist gerade erst Herbstanfang, und du willst schon überwintern?«, fragte Daludred.

»Ich kenne ein Haus, in dem sich gut Herbst und Winter verbringen lassen«, sagte Ardoas.

»Gawanons Haus?«, fragte Jerudana grinsend.

Daludred staunte mit offenem Mund.

Jerudana lehnte sich lächelnd an Ardoas an. »Das wär's«, sagte sie leise und strich dabei Daludred über den Bart. »Was sagst du, mein Orakel? Einen Herbst und einen Winter – nur wir drei in Gawanons Haus?«

»Gawanons Haus«, wiederholte Daludred genussvoll. »Davon habe ich immer geträumt.«

ANHANG

FIGUREN

Ardae von Yannau. Daludreds Schwester. Baronin von Yannau. Ihr Name ist eine Abwandlung von *Ardoana.*

Ardoana. Sechste Inkarnation Naromees und damit als Ardoana III. ein früheres Ich von Ardoas.

Ardoas. Eine der drei Hauptfiguren des Romans. Die achte Inkarnation Naromees.

Ardowyn. Name zweier Inkarnationen der Magierin Naromee, die Varuwynee (nicht-binäre Personen) waren.

Barudrosk. Magier und Krieger. Sohn von Burrid und Merudoas. Geliebter von Yeraidena. Bruder von Werldyra.

Bilgunis von Yannau. Baronin Ardaes Sohn, Daludreds Neffe. Hat auf sein Erbe verzichtet und leitet Handelszüge.

Birja von Dilath. Bibliothekarin von Beskadur. Geliebte von Obureen, Mutter von Ksiradona.

Burrid. Beskadurische Kriegerin. Ihr Großvater – Warolias – brachte einst das Reisetagebuch Ardoanas III. nach Yerebal. Geliebte von Golweda und Merudoas. Mutter von Barudrosk.

Caluon Yelenfurt. Ehemaliger Söldnerhauptmann der sogenannten *Yaskandriden.* Jerudanas Cousin. Er ist zu den Erluniden übergelaufen.

Chülekae. Ratsmitglied der raveelischen Siedlung Sharuveel.

Coreldava. Eine der drei Geliebten Velbarees. Magierin und Kriegerin.

Dairuvee. Ardoas' Pferd, das er im vorigen Leben verlor.
Daludred. Eine der drei Hauptfiguren. Angehendes Orakel. Jerudanas Geliebter. Vater von Yeraidena, Njeldred und Yordowyn. Bruder Ardaes von Yannau.
Dulvaree. Elfische Musikerin, die zwischenzeitlich Zordura in Derothur vertritt. Ardoas' Lieblingsmusikerin.
Elusadra von Vaalburg. Die Baronin von Vaalburg.
Elwaree. Ardoas' Mutter. Fürstin von Ilbengrund.
Erlun. Magier und Oberhaupt der Erluniden.
Garewin. Anführer der Nauliniden.
Gawanon. Legendärer Magier, dessen Spuren die Gefährten nach Beskadur wiesen.
Glosstor. Legendärer Zwergenmagier. Ardoas' Schwert wurde ihm von Glosstor im Namen des Zwergenkönigs übergeben.
Golweda. Beskadurische Kriegerin. Geliebte Burrids und Merudoas'. Mutter von Werldyra.
Guludrosk. Ehemaliger Hauptmann der Garde von Vaalburg. Nun Vertrauter Baronin Elusadras und mit ihr verschwägert.
Gwaistoree. Wirtin des Gasthauses *Albenruhe.* Beliebt bei Ardoas und auch bei Velbaree.
Idobaal. Steuermann der *Gormubeel,* der unzufrieden mit seiner Mannschaft ist und einen Wechsel will.
Jalmon. Einer der drei Geliebten von Velbaree. Kennt sich besonders gut mit der Magie der Elfenpfade aus.
Jerudana Yelenfurt. Eine der drei Hauptfiguren des Romans. Früher Söldnerin, nun eine der wichtigsten Persönlichkeiten von Beskadur. Daludreds Geliebte. Mutter von Njeldred, Yeraidena und Yordowyn. Cousine von Caluon Yelenfurt.
Kelbiras Berlenyr. Händler aus Elruar, den die Erluniden beseitigen wollen.
Korida Weldenfurt. Kapitänin des Schiffes *Weldenfurt.*
Korebeel. Kapitän des Schiffes *Oltudaron.*

Ksiradona. Tochter von Birja und Obureen. Hat Elfenohren wie Obureen, die sie zeugte, und Hörner wie Birja, die sie gebar.

Larnsul. Magier und ein Hauptmann der Erluniden. Er hat einst Beskadur an die Gemeinschaft um Ardoas verloren.

Lirnae Weldenfurt. Kapitänin, die Ardoas in seinem letzten Leben nach Yannau fuhr. Längst im Ruhestand, hat ihre Enkeltochter Korida ihre Position übernommen.

Lydon. Ardoas' Bruder. Baut an einem Flugschiff.

Meräsu. Männliche Fee in Beskadur. Hat Ardoas in seinem letzten Leben auf den Elfenpfaden gesehen.

Merudoas. Elf, der mit Obureen als Teil einer Garde nach Beskadur kam. Geliebter von Burrid und Golweda. Vater von Barudrosk und Werldyra.

Murävee. Feenzauberin in Beskadur. Meräsus Mutter.

Naulina. Hauptfrau der Nauliniden, die sich in Beskadur niederließ und dort starb.

Niadaris. Das Orakel in der Fremde, das einst von den Erluniden aus Beskadur entführt wurde.

Njalmadra von Yannau. Daludreds Mutter. Starb im Jahr 3472.

Njeldred. Sohn von Daludred und Jerudana. Bruder von Yeraidena und Yordowyn. Er ist das mittlere Kind.

Nyra. Geliebte der legendären Naromee. Sie starb an einem Fieber.

Obureen. Ehemalige Schwertschwester Ardoas', nun Oberhaupt der Garde von Beskadur. Geliebte von Birja und Mutter von Ksiradona, die sie mit ihr gezeugt hat. Obureen ist eine trans Frau.

Odewyn. Einer der drei Geliebten von Velbaree. Krieger und Liebhaber alter Sagen. Eine nicht-binäre Person (Varuwyn). Pronomen: er/ihm.

Ralustane. Zwergenmagierin in Beskadur. Schülerin des legendären Glosstor.

Tarnabias. Früher Söldner bei den Yaskandriden, nun eine der wichtigsten Persönlichkeiten von Beskadur.

Tjoldred von Yannau. Daludreds Vater. Starb im Jahr 3470.

Tselryn. »Hofmagierin und Schriftgelehrter« am ioderischen Hof in Lyscalon. Nicht-binäre Person, der Pronomen gleichgültig sind.

Urbulias. Einst König von Ioderon. Er vermachte Niadaris den Felsentempel, der damals eine Schatzfestung war.

Velbaree. Elfenkriegerin. Einst die Geliebte Ardoanas III., nun ist sie mit Coreldava, Jalmon und Odewyn zusammen.

Warolias. Magier aus Yerebal. Er war ein Gefährte von Ardoana III. und rettete ihr Reisetagebuch.

Werldyra. Jägerin und Magierin. Tochter von Golweda und Merudoas. Schwester von Barudrosk. Eng mit Njeldred befreundet.

Xelbura. Ardoas' Pferd. Ein Geschenk Velbarees und ihrer Vertrauten.

Xomuna. Berühmte Magierin. Mitglied des Rates von Yerebal.

Yelbias. König von Ioderon.

Yeraidena. Tochter von Daludred und Jerudana. Schwester von Njeldred und Yordowyn. Sie ist die Älteste der drei.

Yordoas. Ardoas' Vater. Fürst von Ilbengrund. Ein Zauberer.

Yordowyn. Das jüngste Kind von Daludred und Jerudana. Yordowyn ist nicht-binär und verwendet ein elfisches Abkürzungspronomen: »yor«.

Yorselde von Yannau. Baronin Ardaes Tochter, Daludreds Nichte. Sie wird Ardaes Titel erben.

Yulesch Tauburg. Händler aus Barilon, der vor seinem Tod Zarelunda adoptierte und sie zu seiner Erbin machte.

Zarelunda Tauburg. Anführerin der Yaskandriden. Als Adoptivtochter Yulesch Tauburgs hat sie das Handelshaus Tauburg geerbt und ihm zur Blüte verholfen.

Zordura. Ardoas' Tante. Yordoas' Schwester. Lebte in Derothur, ist nun aber verschwunden.

GLOSSAR

Alben. In der Mythologie der Elfen legendäre Vorfahren, die ihnen auf dem Weg durch die Welten weit voraus sind.

Alvaredur. Der elfische Name für die Erzählwelt.

Alvasur. Die Welt, von der aus die Elfen, die Zwerge und die Feenwesen als Gemeinschaft nach Alvaredur kamen.

Arcaliun. Gottheit des Schicksals und des Glücks, die meist als Frau dargestellt wird. Nach ihr ist der zehnte Monat des Jahres benannt.

Belraunen. Geflügelte humanoide Wesen, die wegen ihrer scheinbar marmorierten Haut wie Wasserspeier wirken.

Derothur. Der Hügel, auf dem die Elfen mit den Zwergen und Feenwesen durch ein Zauberportal aus Alvasur in die Welt kamen. Das Felsenhaus ist Zorduras Heim.

Ejoch. Der Gott der Winde, der auch dem ersten Herbstmonat seinen Namen gibt.

Elfenpfade. Zauberwege, die durch ein magisches Portal zu erreichen sind und sozusagen *neben der Welt* entlangführen.

Erluniden. Geheimnisvoller Magierbund.

Fakke. Fluchwort, das sich aus den Wörtern *Kacke* und *ficken* zusammensetzt und sich zwischen den Jahren 3460 und 3490 allmählich in Ost-Kynoris verbreitete. Davor war es nur in Yaskandrien nachgewiesen, insbesondere auch der Ausdruck »Chaosfakke«, der unter yaskandridischen Leibwachen ein verworrenes Geflecht aus Gefahren bezeichnet.

Helrauven. Büffel mit dichtem Fell, die vor allem in Vrabieel vorkommen.

Ioderon. Sagenumwobenes Königreich, westlich von Kynoris, nördlich von Yaskandrien. Es verfügt über eine ganze Flotte von Flugschiffen. Hauptstadt: Lyscalon.

Kynoris. Königreich, östlich von Yaskandrien und Tharduron.

Murimee. Elfengötter. Der Sage nach sind die Alben auf dem die Murimee ein und dasselbe sind.

Nauliniden. Söldnertruppe, die von Naulina gegründet wurde und von Garewin weitergeführt wird.

Neerijas. Gott des Meeres, der Flüsse und des Wassers. Nach ihm ist der zweite Monat des Jahres benannt.

Ra'alon. Der Gott der Sonne und des Lichtes. Sein Name steht auch für den fünften Monat des Jahres, dem letzten des Frühlings. Das ioderische Wort für *Mann (Raal)* geht auf diese Gottheit zurück.

Raveelen. Humanoide Wesen. In der Regel stämmiger als Menschen, mit breiten Schultern und länglichen Schädeln.

Renowain. Gott, der von vielen als Wächter der Welt verehrt wird. Nach ihm ist der achte Monat des ioderischen Kalenders benannt, der letzte des Sommers.

Seelengeschwister. Ardoas bezeichnet die anderen Inkarnationen der Naromee manchmal als Seelengeschwister. Auf Elfisch: *Velsarilu.*

Tasraan. Freie Stadt in Vrabieel, weit jenseits der üblichen Handelsrouten der Königreiche Lyscalon und Kynoris.

Tharduron. Königreich, südlich von Yaskandrien und westlich von Kynoris.

Thuredee. Kleine elfische Klöße.

Tyreandar. Königreich nördlich der Thorilberge.

Uchdered. Gott des Krieges, des Todes und des Tötens. Nach ihm ist der sechste Monat benannt, der erste Monat des Sommers – wegen einiger Kriege und Dürren, die prägend waren.

Varuwyn. Das elfische Wort für *nicht-binäre Person.*

Veliaru. Einst Magiekundige bei den Elfen, die über die Seelenmagie verfügten und damit durch die Sinne von Vorfahren und früheren Inkarnationen blicken konnten. Seit der Zerstörung der Siedlung Nalmenhain sind sie verschwunden. Naromee galt als eine solche Seelenmagierin.

Vilbaren. Menschenähnliche Wesen mit Hörnern. In der Regel größer und breiter als Menschen.

Vrabieel. Land nördlich von Kynoris und Ioderon, in dem viele Raveelen leben.

Weldarae. Göttin des Lebens, der Liebe und Fruchtbarkeit. Der dritte Monat, der erste Monat des Frühlings, ist nach ihr benannt. Das ioderische Wort für *Frau (Welda)* geht auf diese Göttin zurück.

Yaskandriden. Söldnertruppe aus Yaskandrien, inzwischen angeführt von Zarelunda.

Yaskandrien. Königreich westlich von Kynoris, nördlich von Tharduron und südlich von Ioderon.

Yelaniden. Ioderische Bezeichnung für *nicht-binäre Personen.*

Yelanith. Schicksalsgottheit, nach der der siebte Monat des Jahres benannt ist. Die Gottheit gilt weder als männlich noch als weiblich, sondern als nicht-binär. Die ioderische Bezeichnung für nicht-binäre Personen leitet sich vom Namen der Gottheit ab: *Yelaniden.*

Yerlunon. Das elfische Wort für ein Kraut, das als Verhütungsmittel verwendet wird.

ZEITRECHNUNG

Der ioderische Kalender

Viele Kulturen verwenden den ioderischen Kalender. Die Jahreszählung richtet sich nach dem Beginn des ioderischen Königreiches.

1 Jahr = 320 Tage = 40 Wochen = 10 Monate
1 Woche = 8 Tage
1 Monat = 32 Tage

Am Ersten eines Monats ist Neumond, am 16. ist Vollmond. Der Roman beginnt im Jahre 3455.

Wochentage

Drachentag, Greifentag, Neldentag, Lindentag, Wassertag (Waschtag), Markttag, Feuertag (Festtag), Göttertag (Ruhetag)

Monate

1. Angounos (Winterbeginn)
2. Neerijas
3. Weldarae (Frühlingsbeginn)
4. Vaarabel
5. Ra'alon
6. Uchdered (Sommerbeginn)
7. Yelanith
8. Renowain
9. Ejoch (Herbstbeginn)
10. Arcaliun

TAGS ZUM INHALT

Um einen Überblick über die Themen des Romans zu bieten, sind auf dieser Seite Tags aufgeführt. Diese sind Stichworte, die nicht nur Handlungselemente und Motive wiedergeben, sondern auch Genrekategorisierungen und (gesondert aufgeführte) Inhaltswarnungen. Diese Praxis stammt ursprünglich aus Internet-Archiven für Fanfiction (insbesondere aus dem aktuell größten Archiv, dem »Archive of Our Own«, kurz: AO3), wo diese Tag-Listen Lesenden ermöglichen, möglichst schnell einschätzen zu können, was sie in einer bestimmten Geschichte erwartet. Eine solche Einordnungshilfe soll auch an dieser Stelle gegeben werden.

ZUM INHALT

Elfen *Reise* *Orakel als Personen*
Progressive Phantastik *Polyamorie* *Found Family*
Wahlverwandtschaft *Zweifel* *Hurt/Comfort*
Erinnerungen *Wer bin ich?*
Flugschiffe *Luftschlachten* *Magische Kleinodien*
Diversity als Default
Unsere Unterschiedlichkeit ist unsere Stärke
Altersunterschiede *Sinnesreisen*
Wholesome Epic Fantasy

INHALTSWARNUNGEN

Gewalt Tod Verfolgung Verlustängste
Gefangenschaft Blut Tentakel Fremdbestimmung
Tötung von Tieren Trauer Selbstzweifel
Leistungsdruck Abtrennung von Gliedmaßen

Die Tag-Listen erheben keinen Anspruch auf Vollständigkeit, sondern können nur eine grobe Orientierung bieten.

Der Fantasy-Klassiker in neuer Ausstattung!

*Cover- und Preisänderungen vorbehalten

Robert Jordan

Das Rad der Zeit 1

Die Suche nach dem Auge der Welt

Aus dem amerikanischen Englisch
von Uwe Luserke
Piper, 896 Seiten
€ 20,00 [D], € 20,60 [A]*
ISBN 978-3-492-70711-4

In dem abgeschiedenen Dorf Emondsfelde erzählt man sich noch immer die alten Geschichten um den Dunklen König und die Magierinnen der Aes Sedai, die das Rad der Zeit drehen. Niemand ahnt, wie viel Wahrheit in diesen Legenden steckt – auch der junge Bauernsohn Rand al'Thor nicht. Dann jedoch überfallen blutrünstige Trollocs, die Häscher des Dunklen Königs, das Dorf und brennen den Bauernhof von Rands Familie nieder. Die Magierin Moiraine verhilft dem Jungen in letzter Minute zur Flucht …

Leseproben, E-Books und mehr unter **www.piper.de**